* 이 도서의 국립중앙도서관 출판예정도서목록(CIP)은 서지정보유통지원시스템 홈페이지(http://seoji.nl.go.kr)와 국가자료공동목록시스템(http://www.nl.go.kr/korisnet)에서 이용하실 수 있습니다.
(CIP제어번호: CIP2017017935)

| 일러두기 |

1 이 글은 소설이다.

2 내용 중 당시 시대상과 제도는 여러 기록을 바탕으로 했으며 수록 작품 또한 실제 작품에 근거했다. 다만 주인공과 일부 등장인물의 성별, 출생 가문과 애정 관계 등은 소설적 개연성을 위해 재구성된 허구이다. 이 점 후손 여러분의 혜량을 바란다.

3 강관식, 유홍준, 강명관, 정병모, 이명옥, 정종미, 임영주, 조용진, 김홍규, 고 오주석 씨 외 일일이 이름을 열거하지 못하는 수많은 연구자들의 한국 미술, 단원과 혜원 풍속화, 조선풍속사, 동양화의 화법, 색채 재료, 한국화 도상학 등 다양한 분야의 저서와 연구 논문이 아니었으면 이 책은 세상에 나오지 못했을 것이다. 사전에 일일이 양해를 구하지 못한 결례를 지면으로 사과드린다.

4 수록된 도판은 간송미술문화재단과 국립중앙박물관, 삼성미술관 리움의 사용 허가를 받았다.

The
Painter
of
Wind

바람의 화원

이정명 장편소설

은행나무

사라진
천재를 추억함

베토벤과 모차르트, 고흐와 고갱, 피카소와 마티스……. 한 시대를 풍미한 두 천재의 삶은 매력적이다.

궁중 화원 김홍도와 신윤복. 소재나 표현 기법은 다르지만 18세기 조선 화단의 혁신적 화풍을 이끈 두 천재 화가다. 김홍도가 서민들의 건강한 삶을 단순하고 힘 있는 필치로 그린 반면, 신윤복은 여인들의 내밀한 삶을 세련되고 섬세하게 표현했다. 그중에서도 같은 화제(畵題)를 다른 방식으로 그린 그들의 그림은 말할 수 없는 호기심을 불러일으킨다. 그들은 왜 제목과 등장인물조차 같은 그림을 다른 방식으로 그렸을까?

화풍의 상이함만큼이나 그들의 삶의 궤적도 극과 극으로 다르다. 궁중화원으로 활동하며 당대에 이름을 떨친 김홍도의 기록에 비해 신윤복은 '속된 그림을 그려 도화서에서 쫓겨났다'는 후문만 떠돌 뿐 역사에서 완전히 지워졌다. 1928년 오세창(吳世昌·1864~1953)이 쓴 《근역서화징》에 나오는 두 줄이 유일한 기록이다.

신윤복(申潤福). 자 입부(笠父). 호 혜원(蕙園), 고령인. 첨사 신한평(申漢枰) 의 아들. 벼슬은 첨사다. 풍속화를 잘 그렸다. 부친 신한평은 화원이었다.

한 시대를 풍미했던 최고의 화원이 어떻게 역사 속에서 완벽하게 사라졌을까?
이 이야기는 바로 그 호기심과 물음에 대한 수많은 대답들 중 하나이다.

신윤복
(1758~?)

본관 고령(高靈). 자 입부(笠父). 호 혜원(蕙園). 도화서 화원 신한평(申漢枰)의 아들. 김홍도(金弘道)·김득신(金得臣)과 더불어 조선 삼 대 풍속화가로 지칭된다. 부친과 조부에 이어 예조 산하의 도화서 화원을 지냈지만 속된 그림을 그린다는 이유로 도화서에서 쫓겨난 후 직업 화가로, 당시 수요에 따른 많은 풍속화를 그렸을 것으로 보인다.

특히 혜원은 남녀의 애정을 주제로 한 정을 나누는 그림 그리기에 뛰어나 이 분야에 따를 사람이 없었다. 그는 풍속화뿐 아니라 남종화(南宗畵)풍의 산수(山水)와 영모(翎毛) 등에도 뛰어났다. 배경을 생략한 김홍도와 달리 그의 그림은 산수를 배경으로 조선 후기 사회의 사실적인 모습을 그렸다. 선명한 주제를 섬세한 표현과 세련된 필치, 그리고 아름다운 채색으로 표현하여 매우 세련된 감각과 분위기를 담아냈다. 특히 그는 유려한 필치로 그린 여인들의 놀이를 묘사하기를 즐겼으며 부녀의 풍습과 도회지 양반들의 풍류 생활, 남녀 간의 애정을 풍자적인 필치로 묘사했다. 도회지의 한량과 기녀 등 남녀 사이의 은은한 정을 천재적인 필치로 아름답게 승화시켰다.

대표작으로는 국보 제135호로 지정된《신윤복필 풍속도 화첩(申潤福筆 風俗圖畵帖)》(간송미술문화재단 소장)이 전해진다. '단오풍정', '기방무사', '월야밀회' 등 모두 삼십여 점으로 이루어진 이 화첩은 국내뿐 아니라 해외 전시를 통해 외국에도 잘 알려진 그림이다. 특히 초상 기법으로 그려진 '미인도(美人圖)'는 조선 여인의 아름다움을 잘 드러낸 걸작으로 손꼽힌다.

| 차례 |

나는 하나의 이야기를 하려고 한다. 한 얼굴에 관한 아주 길고도 비밀스러운 이야기를.
가르치려 했으나 가르치지 못한 얼굴, 쓰다듬고 싶었으나 쓰다듬지 못했던 얼굴,
뛰어넘으려 했으나 결국 뛰어넘지 못했던 얼굴, 잊으려 했으나 결코 잊지 못한 얼굴……,
나는 그를 사랑했을까? 아마 그랬을지도 모른다. 아니, 사랑하지 않았을지도 모른다.

프롤로그

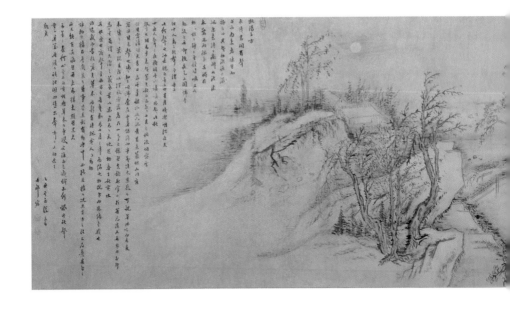

　산꿩의 날갯짓 소리에 설핏 잠에서 깨었다. 낙숫물이 떨어지는 낮은 처마
엔 날아간 꿩의 기척이 남았다. 내가 모르는 곳에서, 내가 모르는 시간 속으
로 비가 내렸다. 늙은 몸은 긴 낮을 견디지 못한다. 고적한 산속 누옥의 마
루턱 너머로 눈길을 던진다. 앞뜰엔 여름풀이 우거지고 새들이 날아오른다.
무엇을 위해 날아오르려 하는가. 새야! 세상의 영화란 흔적 없는 여름비 같
음을……

　늙은 육신은 더 이상 가는 붓대 하나조차 지탱하지 못한다. 붓을 놓은 지
오래, 마음만 빈 화폭 위를 서성인다. 흰 종이를 가만히 들여다보면 하나의
얼굴이 떠오른다. 가르치려 했으나 가르치지 못한 얼굴, 쓰다듬고 싶었으나
쓰다듬지 못했던 얼굴, 뛰어넘으려 했으나 결국 뛰어넘지 못했던 얼굴, 잊으

바 람 의 　화 원

김홍도, '추성부도(秋聲賦圖)', 종이에 담채, 214×56cm, 삼성미술관 리움
구양수의 '추성부'를 인용해 쓸쓸한 가을밤의 고독과 적막감을 그렸다.
늙은 단원의 서글픈 애상이 메마른 화폭 위에 황량한 풍경으로 드러난다.

려 했으나 결코 잊지 못한 얼굴……

처음 만났을 때 그는 나의 제자였고, 나는 그의 스승이었다. 그러나 나는 그에게 배웠고, 그는 나를 가르쳤다. 우리는 서로 마음을 나눌 유일한 친구였고, 죽도록 이기고 싶은 경쟁자였고, 정욕으로 불타는 연인이었고, 넘고 싶은 벽이었다. 죽어서도 넘지 못할 높은 벽.

그 시절 나는 모두의 별이었다. 스물 몇 무렵에 선대왕의 어진(御眞)을 그리던 바로 그날부터. 조선의 팔도에 모르는 이 없는 궁중 화가, 도화서의 큰 선생, 주상의 총애를 받는 차비대령화원, 그림에 뜻을 두었다면 모사하지 않은 자가 없는 화원 중의 대화원.

나는 화원으로서 지상의 모든 영화를 누려왔다. 남들은 나를 천재라고 불렀다. 하지만 나는 그 흔한 호칭이 못마땅했다. 도화서 밖에서도 도화서 안에서도, 허접한 장사치에서 지존하신 주상 전하까지, 구실을 달지 못한 그 호칭조차 우습기만 했다. 나의 이름은 별처럼 평생을 빛났다. 빛나는 것은 별밖에 없으리라 나는 생각했었다.

그러나, 내가 별이었다면 그는 밤하늘을 가르는 벼락이었다. 너무나 갑작스러워 감당할 수 없는 그 빛은 차라리 재앙이었다. 그를 둘러싼 세상에게도, 바로 그 자신에게도. 뜨겁지 않으면서도 모든 것을 불태워버리는 재앙, 미처 준비할 겨를도 없이 달려들어 눈을 멀어버리게 하는 재앙, 마침내는 어둠 속으로 사라져버리는 재앙.

그를 본 순간 나는 눈이 멀었다. 그라는 뜨거움은 내 가슴에 평생 지워지지 않을 깊은 불 자국을 남겼다. 나는 그를 넘어서려 했으나 넘어서지 못했다. 그는 내가 딛고 서지 못한 단 한 사람, 내가 이루지 못한 단 하나의 꿈이었다.

나는 그보다 빨리 죽고 싶었다. 그러나 나는 그가 죽은 후에도 오래 살아남았다. 나는 알고 있다. 내가 죽는 날까지 그의 재능을 따라잡지 못할 것임을. 내가 이렇게 늙은 몸으로 살아 있음은 단 하나의 이유는 그가 남긴 것들을 갈무리하고 그의 이름을 증거하기 위해서다. 이 늙은 화공이 아니면 누가 그의 이름을 어둠 속에서 꺼내어 불러줄 수 있을까. 한낱 무뢰한, 오입쟁이들의 호사에나 오르내릴 그 이름을 그 누가 정갈하게 닦아줄 수 있을까.

지금부터 나는 하나의 이야기를 하려고 한다. 한 얼굴에 대한 아주 길고도 비밀스러운 이야기를. 아마도 당신은 나의 이야기를 믿을 수 없을지도 모른다. 하지만 누구든 이 이야기를 진실로 믿고 싶어질 것이다, 나의 이야기를 듣는다면. 설사 진실이 아닌 늙은 자의 노망이라 해도…….

나는 아직도 그날을 잊을 수 없다. 그 얼굴을 처음 만난 이른 아침을. 그는 어린 소년이었다. 빛나는 두 눈, 복숭아처럼 발간 두 뺨, 꼭 다문 찰진 입술……. 그 모든 것을 가슴속에 화인으로 새겨버린 나는 도화서 생도청의 젊은 교수였다. 그리고 그는 내가 가르쳐야 할 생도였다.

눈을 감으면 떠오른다. 무서리가 마르지 않은 도화서 생도청, 낯선 손님처럼 안개가 서성이는 촉촉한 앞뜰, 습기를 말리기 위해 피운 아궁이의 장작불이 타닥거리는 소리, 은근한 불기운과 아련히 감도는 연기, 대청마루 너머 생도 방에서 재잘대는 아이들의 미변성(未變聲)……. 그 아이들은 무진년에 도화서에 입시한 견습생도들이었다.

나는 큰 숨을 한껏 들이켜 달콤한 아침 공기를 마셨다. 그리고 성큼 마루턱을 올라 생도 방의 여닫이문을 열어젖혔다. 그리고 그 아이를 만났다.

나는 그를 사랑했을까?

아마 사랑했을지도 모른다.

아니, 사랑하지 않았을지도 모른다.

홍도

"그린다는 것은 무엇이냐?"

윤복

"그린다는 것은 그리워하는 것입니다. 그리움은 그림이 되고, 그림은 그리움을 부르지요.
문득 얼굴 그림을 보면 그 사람이 그립고, 산 그림을 보면 그 산이 그리운 까닭입니다."

생도청

옥색 두루막 자락을 스적스적 스치며 선생은 서안으로 다가앉았다. 김홍도(金弘道). 하지만 사람들은 단원(檀園)이라는 호로 부르기를 즐겼다. 열일곱에 주상의 어진을 그렸다는 그림 천재. 바다 건너 왜국의 지도를 그려 주상께 바쳤다는 대가.

"그린다는 것은 무엇이냐?"

흰 화선지에 뚝뚝 떨어지는 먹물처럼 선명한 목소리였다. 누구도 대답하지 못했다. 가끔 침을 삼키는 소리, 머리통을 긁는 소리가 들렸다.

"눈에 보이는 형상을 종이 위에 붙잡아두는 것입니다."

코밑이 거뭇거뭇한 뒷줄 생도의 목소리가 기어들었다. 홍도는 자신의 눈길을 피하는 검은 눈동자들을 하나하나 찌르듯 둘러보았다. 불안에 흔들리는 눈빛, 두려움에 떠는 눈빛, 아무 생각도 없는 멍한 눈빛들……

틀렸다! 얄팍한 재주로 벼슬자리나 탐하려는 녀석들! 궁중 화가라는 허울로 벼슬아치들의 초상이나 그려주고 돈이나 벌려는 녀석들! 홍도는 마른 침을 넘기며 쓴 입맛을 다셨다.

아침 햇살이 방 한가운데까지 길게 비쳐 들었다. 소년은 손가락을 폈다가

오므리며 무언가에 열중하고 있었다. 손가락을 움직일 때마다 하얀 종이 위에 온갖 모양의 그림자가 나타났다가 사라졌다.

"무엇 하는 놈이냐! 여기가 어디라고 잔망스러운 장난이냐?"

소년은 화들짝 놀랐으나 두 눈은 생기를 잃지 않았다. 이제 겨우 열서너 살이나 되었을까. 버럭 소리를 지른 자신이 오히려 겸연쩍었다.

"다시 한번 묻는다. 그린다는 것은 무엇이냐?"

"그것을 어찌 제게 물으십니까?"

당돌한 소년의 대꾸에 홍도는 내심 흠칫했다. 그러나 소년의 표정에는 반항기보다 호기심이 가득했다. 소년은 잠시 눈길을 내리깔고 생각을 가다듬은 후 촉촉한 눈으로 입을 열었다.

"그린다는 것은 그리워하는 것이 아닐지요?"

"어찌 그러하냐?"

"가령, '저문 강 노을 지고 그대를 그리노라'라고 읊을 때, 강을 그리는 것은 곧 못 견디게 그리워함이 아닙니까."

홍도는 뒤통수를 얻어맞은 듯했다. 그린다는 것과 그리워한다는 것, 그림이 곧 그리움이라는 말을 옳다 그르다 할 수는 없었다. 다만 그 말이 오래전에 들은 적이 있는 것처럼 낯익을 뿐이었다.

"계속해보아라."

"그림이 그리움이 되기도 하지만, 그리움이 그림이 되기도 합니다."

"어찌 그러하냐?"

"그리운 사람이 있으면 얼굴 그림이 되고, 그리운 산이 있으면 산 그림이 되기에 그렇습니다. 문득 얼굴 그림을 보면 그 사람이 그립고, 산 그림을 보면 그 산이 그리운 까닭입니다."

팔도의 화공이란 화공은 모두 모여드는 곳. 대를 이은 화원의 가문이 뿌리내린 도화서. 하지만 이곳에서 홍도는 진정한 화인의 혼을 지닌 생도를 만나지 못했다. 얄량한 재주로 출세를 좇는 얄팍한 자들만 득실거릴 뿐. 그런데 이 아이는 대체 누구인가.

그리움에서 그림이 나오고, 그림이 그리움을 낳는다……. 앳된 이 아이는 무엇을 그려야 하는지를 이미 알고 있다. 몇 년씩 먹을 갈고 붓대를 놀린 자들보다 더 정확하게. 그리움을 불러일으키는 그림, 그리움으로 그리는 그림……. 그것이야말로 혼이 담긴 그림이었다.

"이름이 무엇이냐?"

"신윤복입니다."

신윤복(申潤福). 홍도는 그 이름 석 자를 조용히 되뇌어보았다. 날카로운 직관의 미늘 끝에 무언가가 걸려들었다.

"혹 네 부친이 화원 신한평이 아니더냐?"

아이는 무언가를 들킨 듯 두 눈을 동그랗게 떴다. 신한평(申漢枰)이 누구인가. 대대로 궁중 화원을 지내온 고령 신씨 가계의 적자. 온몸에 화인의 피가 흐르는 뿌리 깊은 화원 가문의 대들보. 태어나면서부터 화원이었고, 화원으로 평생을 살아온 인물이었다.

생도청 맨 뒷자리에 바로 그의 아들이 앉아 있었다.

홍도는 내키지 않는 걸음으로 화원 회의장에 들어섰다. 화원들의 까칠한 눈길 속에서 카랑카랑한 목소리가 달려들었다.

"도대체가 생도청이란 곳에 어찌 이런 그림이 떠돌 수 있나?"

화원 김동주가 흔들어대던 종이를 신경질적으로 내던졌다. 홍도는 엉거주춤 다가가 종이를 집어 들었다. 게슴츠레하던 홍도의 두 눈이 점점 커졌다.

조용한 대가의 뒤뜰. 단아한 벽돌담이 이어진다. 화면 위쪽에서는 무성한 수양버들 가지가 늘어져 있다. 가운데에 마른 고목이 서 있고, 고개를 돌린 한 여인의 옆얼굴이 보인다. 여인이 무엇을 보고 있는지, 누구를 기다리는지는 알 길이 없다.

"안정적이지만 대담한 구도, 강한 고목의 기세와 흐드러진 수양버들의 조화, 누군가를 기다리는 듯한 여인……. 생도의 습작이라기에는 나무랄 데 없어 보입니다만……."

홍도가 그림에서 눈을 떼지 않은 채 중얼거렸다.

"저런 못 말릴 자를 봤나. 눈이 있으면 보란 말일세. 그 그림이 무엇을 그린 것인지."

원로 화원 강안석이 쯧쯧 혀를 차며 나무랐다. 홍도는 다시 그림을 들여다보았다. 단순하다 할 만큼 간단한 구도, 편안한 느낌을 주는 황색 계열의 단일색, 아래로 늘어지는 수양버들과 위로 치솟는 고목의 절묘한 대비, 아득한 시간의 한가운데를 베어낸 듯한 여인의 자태, 어딘지 모를 곳으로 던진 여인의 무심한 시선……. 모든 것은 모호했다. 짧은 순간을 그렸지만 영원 같았고, 일상적인 풍경이었으나 비할 바 없이 생경했다. 십수 년간 도화서의 양식에 길든 화원들로서는 상상도 하지 못할 구도와 묘사였다.

"볼수록 빼어납니다. 단순한 여인의 옆얼굴에서 수만 가지 생각이 떠오르니까요."

"화면 가운데다 떡하니 아녀자를 배치하는 것이 말이 된다고 생각하나?"

사실 도화서 그림에 여자를 그리는 것은 금기 중에서도 금기였다. 정밀한 기록화나 의궤(儀軌)에서 어쩔 수 없이 여자를 그려야 할 때조차 화면 구석에 배치하거나 비정상적일 정도로 작게 그려 넣었다. 그런데 이 그림은 여자를, 그것도 화면 중간에 버젓이 그려둔 것이다.

"하지만 아녀자라는 사실을 깨닫지 못할 정도로 자연스럽지 않습니까."

점입가경을 마주한 화원들의 혀 차는 소리가 들렸다.

"알고도 모른 척하는 것인가, 아니면 정말 몰라서 하는 소린가? 이것은 명백한 춘화도야. 저질스럽기 짝이 없는 더러운 그림이라고!"

신윤복, '무제' 또는 '기다림', 종이에 담채, 소장처 미상
조용한 대가의 뒤뜰에서 누군가를 기다리는 여인의 초조함과 안타까움이 묻어난다.
여인이 들고 있는 것은 승려들이 쓰는 송낙이라는 모자다.

춘화라면 홍도 역시 청나라에서 흘러 들어온 적나라한 것들을 물릴 정도로 보았다. 젊은 화원들은 몰래 노골적인 통정 장면을 그려 저자에 내다 팔기도 했다. 적나라하면 적나라할수록 그림은 비싸게 팔렸다. 은밀한 춘화 습작을 팔아 기방 출입을 하는 생도들까지 있었다.

"제 눈으론…… 이 그림에서 춘화의 느낌을 찾을 수 없습니다."

고개를 갸우뚱하는 홍도에게 강안석은 격한 목소리를 쏟아부었다.

"저 여인의 발치에 뿌리박은 고목을 보고도 모르겠나!"

여린 봄풀이 돋아나는 부드러운 흙 속에 뿌리박은 검고 뭉툭한 고목등걸이 위로 치솟아 있었다. 홍도는 강안석의 말뜻을 알 것 같았다.

"남녀가 반벌거숭이로 얽힌 춘화가 저잣거리에 지천으로 나돌고 있습니다. 설사 춘화라 하더라도 이렇듯 은근하게 승화된 바에야……."

"저런, 저런! 그림을 두 눈으로 보고도 저런 소리를 하니……. 잘 보게, 이 사람아. 그 아낙이 무엇을 들고 있는지."

뒷짐 진 여인의 손에 들려 있는 것은 승려가 쓰는 송낙이었다. 홍도는 마른침을 삼켰다.

"이제 알겠는가. 정분을 맺고 내뺀 중놈이 빠뜨린 송낙을 들고 여염의 아낙네가 안절부절못하는 광경일세. 이런 속된 그림이 민가의 화실도 아니고, 저자를 떠도는 환쟁이 품속도 아닌 도화서에서 나오다니 말이 되는가!"

강안석이 다시 목소리를 높였다. 홍도는 아무 말도 하지 못했다.

"이 그림이 어디서 나왔습니까?"

"생도청 외유사생에서 나왔네. 어떤 놈의 소행인지 알아내고 당장 잡아들이게."

외유사생(外遊寫生)은 '자유롭게 그리라'는 화제(畵題)로 도화서 생도들이 해마다 치르는 행사였다. 딱딱한 도화서 양식에 젖은 생도들에게는 모처럼 주어지는 자유였다. 하지만 거기에는 도화서의 치밀한 노림수가 숨어 있었다.

생도들은 '도화서 양식'의 충실한 이수자이자 전승자여야 했다. 선 하나를 긋는 데도 반드시 근거가 있어야 했고, 붓질을 한 번 꺾는 데도 규율을 따라야 했다. 그러나 엉덩이에 뿔난 고약한 자들은 어디에나 있었다. 그들은 거침없는 붓질로 정묘한 도화의 법도를 망가뜨리는 것으로도 모자라 충실한 양식의 계승자들마저 물들일 우려가 있었다. 아무 대상이나 골라 내키는 대로 그리라는 외유사생은 제 흥에 겨워 양식을 무시하는 자들을 솎아내는 장치이기도 했다.

"하오나 외유사생은 그린 사람의 이름조차 밝히지 않는데 어찌 잡아내라 하십니까?"

"잡아내야 해! 반드시 그놈의 손모가지를 비틀어 다시는 붓을 잡지 못하게 해!"

홍도는 대답 대신 팽개쳐진 그림을 집어 들었다. 궁금증은 화원회의보다 홍도의 내부에서 더 뜨겁게 끓어올랐다. 어떤 녀석이 이토록 대담하고 완벽한 그림을 그렸을까. 범인은 분명 생도들 중에 있을 것이다. 서른 명 중의 한 명…… 하지만 무슨 수로 찾아낸단 말인가. 은밀한 춘화도를 그린 배포라면 웬만한 추달에는 눈도 꿈쩍하지 않을 것이다. 그렇다고 생도 동 하나하나를 쥐 잡듯 뒤질 수도 없는 노릇이었다.

홍도는 그림을 들여다보며 쿵쾅대는 가슴을 가라앉히려 애썼다. 사실 범인을 잡아내고 싶은 마음은 눈곱만큼도 없었다. 단지 누가 그렸는지를 알고 싶을 뿐…… 녀석은 물고를 내야 할 문제아가 아니라 엄청난 재능을 지닌 천재일지도 모른다.

"저 철없는 작자하고는…… 춘화라니 아예 가슴이 뛰는 모양이로군."

혀 차는 소리를 흘려들으며 홍도는 히죽거리며 그림을 챙겼다.

생도청의 하루는 첫닭이 울기 전에 시작되었다. 깜깜한 어둠이 푸른 기운을 머금는 시간, 마침내 동쪽 하늘은 짙붉음과 연한 붉음, 차가운 붉음과 따스한 붉음이 섞여 요동쳤다.

부드러운 송연묵(松煙墨) 향기가 화실 안을 그윽하게 맴돌았다. 어슴푸레한 새벽빛과 향기로운 묵향이 섞여 코와 눈은 어지러울 정도였다. 윤복은 계란을 굴리듯 조심스럽게 벼루 위로 송연묵을 문질렀다. 오래 간 먹물이 벼루 위에 넘칠 듯 윤택한 빛을 뿜었다. 기숙동에서 깨어난 생도들이 화실로 향하는 발자국 소리가 요란했다. 멀리서 오전 수업을 알리는 북소리가 들렸다.

생도청 교당에는 고즈넉한 정적이 떠돌았다. 새벽부터 벼룻물을 긴고 먹을 간 생도들은 해 뜰 무렵이면 녹초가 되곤 했다. 홍도는 작은 부채를 펼쳐 들고 교당 마루를 걸었다. 음탕한 생도를 잡아내라는 화원회의의 호통은 갈수록 더 심해졌다. 난감했지만 어린아이들을 잡아놓고 주리를 틀 수도 없는 일, 답은 아이들에게서 직접 찾아내야 했다. 서안에 다가앉은 홍도는 나지막하게 입을 열었다.

"오늘은 정묘한 묘사력을 위해 산수도를 모사하는 실습을 하겠다."

"모사 실습이라면 어제 김동주 교수님께서 시키신 바 있습니다."

뒷자리에 앉은 한 아이의 볼멘소리였다. 어떻게든 힘든 모사 수업을 피해 보려는 심사였다. 다른 화원의 그림을 똑같이 베끼는 모사 수업은 고되고 따분한 시간이었다. 작은 점 하나, 붓 자국 하나는 물론 원화의 실수까지 똑같이 베껴야 했다. 하지만 생도청 수업을 맡고 있는 교수 화원들에겐 시간을 때우기에 너없이 좋은 방법이었다. 원본 그림 한 점을 걸어놓고 늘어지게 자고 일어나면 수업 시간이 끝나는 것이다.

홍도는 평소에 아이들에게 모사 수업을 시키지 않는 편이었다. 아이들의 재주를 하나의 틀에 끼워 맞추는 짓이라 생각했기 때문이었다.

"연습을 통해 정밀한 묘사력을 기르는 것이 모사의 가장 큰 목적이다. 잘된 그림의 필치와 기세를 그대로 따라함으로써 뛰어난 화원의 기법을 배울수 있다."

보조 교수가 교당 앞쪽에 한 폭짜리 족자를 세웠다. 수군거리는 소리가점점 커지더니 마침내 웅성거림으로 바뀌었다. 소란을 깨고 앞자리의 한 아이가 말했다.

"교수님! 어제 모사한 그림을 어찌 또다시 그리라 하십니까?"

"똑같은 그림이지만 과제는 다르다."

홍도는 입가에 부드러운 웃음을 거두지 않은 채 옆에 선 보조 교수에게짧게 말했다.

"아래위가 뒤집어지도록 병풍을 거꾸로 세우게."

완전히 뒤집어진 그림을 지그시 바라보며 홍도는 하얀 이를 드러내고 웃었다.

"오늘 과제는 뒤집어진 병풍을 모사하는 것이다. 자, 시작하거라. 정오가되기 전에는 끝내야 하니……."

그제야 아이들은 허겁지겁 서안 위에 종이를 펼치느라 부산을 떨었다. 방안에는 순식간에 먹 향이 짙게 들어찼다.

얼마나 시간이 지났을까. 꿈결처럼 수업 종료를 알리는 북소리가 들렸다.

"각자 자신의 그림에 이름을 적어 내거라."

홍도는 아직 먹물이 덜 마른 아이들의 그림을 하나하나 찬찬히 살펴보았다. 알 수 없었다. 어디서부터 녀석을 찾아야 할까. 분명한 것은, 발칙한 그림을 그린 맹랑한 생도 녀석을 찾아내지 못한다면 자신에게 불똥이 튈 것이라는 사실이었다.

영복은 도화서 우물가에서 오래 손질하지 못한 화구들을 빨고 있었다.

물기를 간직한 토벽 위로 웃자란 담쟁이넝쿨이 반짝였다.

부드러운 담비 털 붓은 삼 년이 지나는 동안 털이 많이 빠졌다. 하지만 붓을 빨고 벼루를 씻을 때면 도화서 생도가 될 수 있었음에 새삼 감사할 뿐이었다. 문득 오래전 어느 날 밤의 일이 떠올랐다.

"윤복이도 열네 살이다."

그윽한 송연묵과 진한 유연묵(油煙墨) 향기 속에서 신한평의 나지막한 음성이 떠돌았다. '열네 살이 되었다'는 말은 '도화서 생도가 될 수 있다'는 말이었다. 전국 사화서(私畵署)의 도제나 그림에 재주가 있는 자들은 매년 도화서 생도를 뽑는 엄격한 시험에 몰려들었다.

희미한 불빛 아래 열망으로 들끓는 아버지의 두 눈이 빛났다. 화원의 가계를 잇기 위해 야차에게 영혼을 팔아버린 남자. 그림으로 세상을 자신의 것으로 만들려는 남자. 그 욕망의 번득임이 예리한 단도처럼 영복의 가슴을 스쳤다.

"예, 아버지."

선반 위에 나란히 놓인 색색의 안료처럼 영복의 마음은 어지러웠다. 기쁜가 하면 슬프고, 기다렸던가 하면 피하고 싶고, 받아들이고자 하나 두려웠다.

"네가 있으니 윤복이에 대해선 이제 마음을 놓을 수 있겠다."

얼마나 오랜만에 느껴보는 아버지의 사랑스러운 눈길인가?

영복은 누대로 궁중 화원을 지낸 화인 가계의 유일한 오점이었다. 온 세상이 떠받드는 재능, 왕의 용안을 앞에 두고도 붓을 떨지 않을 자신감, 정묘하고 세밀하여 터럭 하나도 놓치지 않는 감각을 얻지 못한 것이다. 한때는 자신에게만 깃들지 않은 가문의 축복을 원망한 적도 있다. 아우의 재능을 질투하기도 했다. 하지만 이젠 할 수 있는 일이 생겼다. 도화서 생도가 되어 가문의 빛이자 기둥인 윤복을 곁에서 돌보는 일이다.

영복은 두 눈을 꾹 감았다. 오래 갈아 푸른빛이 감도는 먹물 같은 눈동자에서 후드득 눈물이 떨어졌다.

"눈물을 흘리는 것이냐?"

"아닙니다. 누대로 이름난 궁중 화원 가문의 명망을 마땅히 소자의 대에서 더욱 빛내야 하나, 소자의 재주는 화인의 피가 부끄러운 지경이라 두려웠던 터에 이제 할 수 있는 일이 생겨 감사할 뿐입니다."

눈물을 훔치는 아들을 한평은 냉정한 눈길로 바라보았다.

"고령 신씨 가문의 화맥이 여기서 끝을 볼 수는 없는 일, 윤복이라면 그화맥을 다시 살릴 수 있을 것이다. 암, 그 아이는 하늘의 그림을 그릴 아이야. 그 아이를 돌볼 수 있음이 너와 나의 행운이다."

영복은 아버지의 그 말을 한순간도 의심하지 않았다. 화원의 가계를 이어나가는 일도, 가문의 명망을 떨치는 일도 자신이 아니라 윤복의 손끝에서 시작될 것이었다. 신한평은 부푸는 가슴을 억누르기 위해 코를 벌름거렸다.

"그 재주가 윤복이가 아닌 너에게 주어졌으면 너와 내게 조금은 더 큰 행운이었겠지."

"얻을 수 없는 행운을 안타까워하기보다는 지금 가진 행운에 감사해야겠지요."

열일곱, 이제 겨우 코밑에 솜털이 가뭇가뭇한 소년은 한 천재를 위해 모든 것을 포기하는 것을 두려워하지 않았다.

"윤복이의 곁을 한시도 떠나지 말거라. 그 아이의 벼루에 물이 마르면 네가 길어다 붓고, 먹이 다하면 네가 갈거라."

"물을 구할 수 없다면 제 눈물로 먹을 갈고, 먹이 떨어지면 제 뼈를 갈 것입니다."

영복은 마른 입술을 깨물었다. 칭찬을 받기 위한 말이 아니었다. 진실로,

진실로 아우가 위대한 화인이 될 수 있다면 자신의 모든 것을 다 버려도 좋았다.

"그래. 우리가 할 일은 저 아이를 돌보는 것이다. 너와 나는 그렇고 그런 한 시절의 화원으로 죽어가더라도, 네 아우는 영원한 화인의 이름을 얻을 것이다. 나는 한 임금의 화원일 뿐이나, 네 아우는 만인의 화원이 될 거야."

신한평은 잔주름이 자리 잡기 시작한 눈꼬리를 가늘게 뜨며 오래 뒤에 올 가문의 영광을 떠올렸다. 그리고 아직 철들지 않은 아들을 위해 최고의 청나라산 벼루와 송연묵, 담비 털과 노루 털로 만든 붓, 세모필, 상아 주척(周尺) 한 자루를 챙겨 넣었다. 영복은 조용히 붓털을 비비며, 오래전 아버지와의 은밀한 모략을 떠올리며 흐뭇하게 웃었다.

마침내 윤복이 입시했을 때 생도청에서는 큰 들썩임이 있었다. 엄청난 그림 솜씨와 아름다운 외모는 생도청 사람들의 입에 오르내리기에 모자람이 없었다. 하지만 사실 뛰어난 그림 실력은 그들이 원하는 것이 아니었다. 도화서의 관념화되고 체계화된 화법을 받아들이기에는 윤복의 그림이 너무도 분방했다.

뛰어난 재능에도 불구하고 윤복은 자꾸 눈 밖에 났다. 윤복의 그림은 언제나 못 그린 그림보다 더욱 나쁜, '그려서는 안 되는 그림'의 본보기가 되곤 했다.

하지만 존재의 귀중함은 스스로 발현하였고, 생도들은 범접할 수 없는 그 재주를 어쩔 수 없이 부러워하였다. 빼어난 용모는 나이 든 생도들에게는 연정의 대상이었고, 어린 생도들에게는 흠모의 대상이었다. 영복은 그런 동생의 뛰어남이 오히려 불안했다. 어쩌면 자신이 지키기에는 너무도 귀하고 소중한 존재일지도 모른다. 하지만 그것 역시 운명이라면 받아들여야 했다.

영복은 요즈음 모든 것이 불안했다. 김홍도는 교수라 부르기에도 민망한, 한량 같은 자였다. 전통적 도화서 양식보다는 쓸데없는 산술 문제를 풀게 하거나 한시 수업에 더욱 열중했다. 산술 문제를 푸는 것이 어찌 그림에 도움이 될 것이며, 시를 짓는 것이 어찌 그림 공부가 될 것인가.

붓을 씻고 벼루를 씻지만 어지러운 마음은 좀처럼 씻겨나가지 않았다.

"며칠 전부터 도화서에 떠도는 춘화 소문을 너도 들었지?"

씻던 담비털 붓의 물기를 털던 영복이 뒤를 돌아보지 않고 물었다. 보지 않아도 알 수 있었다. 등 뒤에서 다가오는 해맑은 숨결이 누구의 것인지. 윤복이 걸음을 멈추며 겸연쩍게 웃었다.

"화원회의에서 그림을 그린 생도를 색출하라는 엄명이 떨어졌다고 한다."

"그렇게 쉽게 잡힐 녀석이라면 그런 위태한 짓을 했겠수?"

"몇몇 선임급 생도들도 춘화를 저자로 빼돌려 짭짤한 돈벌이를 하고 있는 모양이더만……. 이번에는 그냥 넘어갈 것 같지가 않아. 누군지 몰라도 짐을 싸야 할 게다. 혹 말이다. 혹…… 너는 아니겠지? 그래, 어깨에 가문을 짊어진 네가 허튼짓을 할 리 없겠지."

영복은 바라볼수록 대견하고 자랑스러운 동생의 어깨를 두드렸다.

"오늘은 선과 도형에 대한 문제를 내겠다."

홍도의 말에 아이들은 하나같이 한숨을 내쉬며 입맛을 쩝쩝 다셨다.

"그림을 배워야 할 도화서에서 어찌 또 산술 문제를 내십니까?"

앞줄의 아이 하나가 더듬거리며 볼멘소리를 냈다.

"그림을 잘 그리려면 산술과 도형을 알아야 한다. 산술은 더하고, 곱하고, 나누는 것이니 화면의 분할과 조화에 꼭 필요하다. 도형은 선과 면과 각으로 이루어지는 것이니 원과 삼각형과 사각형을 공부하는 것은 화면을 구성하는 데 필수적이다."

아이는 고개를 갸우뚱거리며 입을 삐죽거렸다. 홍도는 아이들을 내려다보며 몇 개의 점이 찍힌 재생지를 펼쳐 들었다.

"붓을 한 번도 떼지 말고, 아홉 개의 점을 모두 지나되 서로 연결된 네 개
의 선을 그어보아라."

꿀꺽 침을 삼킨 아이들이 저마다 앞에 놓인 종이에 아홉 개의 점을 찍고
손가락을 바쁘게 움직였다. 하지만 아이들은 곧 지쳐갔다. 대부분의 아이들
이 정답 찾기를 포기하고 잡담을 시작할 무렵, 홍도가 주척으로 서안을 탁
쳤다.

"그만! 한 사람도 문제를 풀지 못했으니 상은 없다. 대신 정답을 보여주마."

홍도의 붓 끝은 아홉 개의 점이 만든 사각형 바깥쪽에서 시작되어 거침
없이 이어졌다. 아이들은 침을 삼키며 붓 끝의 움직임을 좇았다.

아이들은 스승의 뚜렷한 붓선을 믿을 수 없다는 듯 쳐다보고 또 쳐다보
았다.

"교수님의 풀이 방식은 선을 시작한 위치가 사각형의 틀에서 벗어났으니
규정을 위반한 것입니다."

골똘히 문제지를 바라보던 한 아이가 대들듯 따졌다.

"문제는 붓을 떼지 말고 아홉 개의 점을 지나는 서로 연결된 네 개의 선을 그으라는 것이었다. 점들의 연결선 위에서 선을 시작하라 말한 적이 없다."

홍도는 아이들 모두를 둘러보며 말을 이었다.

"너희들은 아홉 개의 점이 만든 사각의 틀 속에서 답을 찾았다. 하지만 너희들이 생각한 사각의 틀이란 애초에 없어. 보아라. 여기에는 아홉 개의 점이 있을 뿐 사각의 틀은 없지 않느냐. 아홉 개의 점에서 보이지 않는 사각의 틀을 만든 것은 너희들 자신일 뿐이야. 틀 속에 갇혀 있는 이상 해답은 없다. 틀을 벗어난 곳에 길이 있는 것이다."

물을 끼얹은 듯 조용한 실내의 침묵을 깨는 목소리가 있었다. 햇살이 비쳐드는 창 쪽에 앉아 있는 생도였다. 갸름한 얼굴선과 반듯한 눈빛이 예사롭지 않은 아이.

"네 개의 선으로 가능하다면, 세 개의 선만으로도 점들을 이을 수 있을지요?"

맹랑한 녀석은 스승에게 싸움을 걸고 있었다. 다시 물속 같은 적막이 찾아들었다. 한참이 지난 후에야 홍도는 마른 입술에 쓴웃음을 띤 채 말했다.

"내 생각에…… 네가 낸 문제에는 정답이 있을 성싶지 않구나."

"답은 있을 것입니다. 다만 찾지 못했을 뿐입니다."

상황은 피할 수 없는 싸움으로 전개되고 있었다. 홍도는 녀석의 도발에 너무 쉽게 싸움판에 끌려 나와버린 자신의 성급함을 후회했다.

성큼성큼 앞으로 걸어 나온 윤복은 아홉 개의 점이 찍힌 문제지의 양옆에 빈 종이를 한 장씩 덧붙였다. 그리고 먹물을 묻힌 붓으로 이어붙인 종이의 오른쪽 맨 윗부분에서 옆으로 긴 선을 그어나갔다.

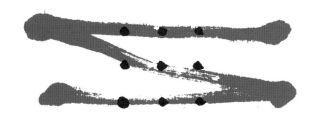

아이는 붓을 놓으며 손바닥을 털었다. 홍도는 힘겨운 듯 겨우 입을 열었다.

"훌륭하다. 하지만…… 이 풀잇법에는 약간의 모순이 있구나."

윤복의 단정한 눈썹이 움찔거리자 미간에 가는 주름이 생겼다. 고집을 보여주려고 일부러 짓는 듯한 표정이었다.

"세 개의 선은 엄밀하게 보았을 때 점과 완벽하게 일치하지 않는다. 맨 위의 선은 가운데 점과 일치할 뿐 오른쪽 점의 윗부분과 왼쪽 점의 아래쪽을 스친다. 마찬가지로 중간선은 왼쪽 점의 위를 스치고 오른쪽 점의 아래를 지난다. 아래쪽 선도 마찬가지다."

말이 끝나자 아이들이 환성을 질렀다. 아이들은 모두가 무언의 공모자들이었다. 뛰어난 동료를 인정하기보다는 모두가 함께 평범해지기를 원했다. 윤복은 튀어나온 돌부리일 뿐이었다.

"이 그림으로만 본다면 스승님 말씀이 틀리지 아니하였습니다."

윤복은 스승의 말이 '옳다'고 하는 대신 '틀리지 않았다'고 말했다.

"그러면 네 풀잇법이 틀렸느냐?"

홍도가 다시 물었다. 윤복은 두 눈을 똑바로 뜨며 대답했다.

"제 풀잇법은 옳습니다. 사선의 기울기는 꺾인 각도에 비례합니다. 각도가 커지면 경사는 가파르고, 각도가 작아지면 기울기도 완만해집니다. 만약 각도를 무한히 작게 할 수 있다면 기울기는 점점 작아지다 마침내 사라질 것입니다. 그러면 세 개의 점을 지나는 선은 기울어지지 않을 것입니다."

홍도의 귓가에서 징소리가 울리는 듯했다.

"궤변이다. 명확한 해법이라면 모두의 눈으로 확인할 수 있어야 해. 모든 사람의 눈으로 네 풀이법을 확인시킬 수 있겠느냐?"

"제게 원하는 만큼의 종이를 문제지 옆에 붙일 수 있게 하고, 수십 개의 벼루에 가득한 먹물을 주신다면 반듯한 선을 그어 보이겠습니다."

홍도의 눈빛이 흔들렸다. 동시에 아이들은 신음 같은 한숨을 내쉬었다. 한참이 지난 후에야 홍도는 고개를 끄덕였다.

"되었다. 이곳에 그 많은 종이와 먹물이 없는 이상 네 말을 뒤집기 어렵겠구나."

장작을 쪼개듯 명료하게 논쟁은 끝났다. 하지만 아이들은 대체 어떤 일이 일어난 것인지, 어떤 논쟁이 오갔던 것인지조차 혼미할 뿐이었다.

교수실 방문 너머로 가을빛이 무르익었다. 마당의 석류나무에는 붉은 석류알이 반짝이며 벌어졌다. 홍도는 예순 장의 모사화를 한 장 한 장을 뜯어보았다. 뒤로 갈수록 실력은 떨어지고 완성조차 하지 못한 그림이 대다수였다.

"이런, 이런······. 이따위 실력으로 화원이 되고자 한다니······. 화원의 근본은 보이는 것을 그대로 모사하는 것인데, 보이는 것을 그리지 못하는 화원이 어찌 보이지 않는 것을 그릴 수 있다던가······."

끌끌 혀를 차는 사람은 사방관 아래로 순백의 머리카락이 빛나는 수석교수 장조한이었다. 그러다 그는 '강효원'이라는 이름이 적힌 그림을 발견하자 비로소 흐뭇하게 웃었다. 산세의 생동감과 운필의 역동성이 원본을 베낀 것을 넘어 자신만의 필치에서 돋보이는 수작이었다.

"대단한 재주이긴 하지만······ 이 두 그림을 한번 비교해보시지요."

홍도는 또 다른 그림 한 점을 나란히 펼쳤다. 장 교수는 헛기침을 하며 두 점의 그림에 번갈아 돋보기를 들이댔다.

"오른쪽의 이 형편없는 그림은 누구 솜씨인가?"

"강효원입니다."

노인이 못마땅하게 고개를 가로저었다.

"실없는 소리만 하고 다니는 줄 알았더니 이젠 거짓말까지 하는가? 같은 아이가 같은 그림을 모사했는데 어찌 이렇게 다른 그림이 나올 수 있단 말인가?"

"두 번째 그림은 거꾸로 놓인 원본을 모사했기 때문입니다."

"그림을 거꾸로 놓고 모사한다? 생도청의 학습 법도에 그런 것이 있었던가?"

이 천방지축의 젊은 선생이 내키는 대로 아이들을 가르치는 것이 노인은 내내 언짢은 터였다.

"춘화의 범인을 잡기 위해서였습니다."

"거꾸로 뒤집은 그림을 따라 그린다고 범인이 나요, 하고 손 들고 나오기라도 한다던가?"

"그런 것은 아니나, 그린 자의 생각과 작법을 파악할 수 있습니다. 춘화를 그린 자는 도화서 양식을 깡그리 무시한 것으로 보아 자유로운 성정을 지녔으며, 생도라 생각할 수 없을 만큼 기교가 뛰어납니다."

노인은 순간 가슴이 철렁했다. 그 정도로 뛰어난 아이라면 자신이 아끼는 강효원뿐이다. 하지만 그 아이야말로 정묘한 도화서 양식이 몸에 배어 있지 않던가.

"걱정 마십시오. 강효원은 아닙니다."

노인의 심중을 읽은 듯 홍도가 한마디 덧붙였다.

"어떻게 그것을 알 수 있나?"

"강효원이 바로 놓고 모사한 그림은 원본보다 정묘하고 뛰어납니다. 그러나 거꾸로 그린 그림은 도화서 생도의 이름이 아까울 만큼 졸작이지요."

"그야 당연하지. 뒤집어놓은 그림을 누가 제대로 따라 그리겠나?"

"보이는 대로만 그린다면 원본이 바로 서 있거나 거꾸로 있거나 상관없는 일이겠지요. 하지만 아이들은 모사에 들어가기 전에 먼저 머릿속에서 원본을 자기 마음대로 규정지어버립니다. 눈으로는 원본을 모사하지만, 기실은 자기 머릿속에 투영된 산을 그린 것입니다."

"그림을 뒤집어도 그것은 마찬가지가 아닌가?"

"같은 그림이지만, 뒤집힌 산은 한 번도 본 적이 없는 생소한 풍경일 것입니다. 머릿속 산의 형상은 아무 의미가 없어진 것이지요. 오로지 눈만 믿고 보이는 대로 그릴 수밖에 없는 것입니다."

"정말 이 방법으로 범인을 잡을 수 있단 말인가?"

"잘 그렸느냐 못 그렸느냐가 아니라 두 그림이 얼마나 차이가 나느냐가 열쇠입니다. 두 그림의 차이가 적다는 것은 보이는 대로 그렸다는 뜻이니, 관념을 그리는 전형적 화법을 벗어난 것이지요."

"무슨 소린지는 모르겠지만…… 그래서 춘화를 그린 녀석을 밝혀냈단 말인가?"

"문제가 된 그림에는 세 가지 특징이 있었습니다. 단순한 선을 이용한 절묘한 면 분할은 그림을 그린 자가 선과 면 그리고 형태를 인식하는 능력이 뛰어남을 말해줍니다. 또한 나뭇가지와 담장을 화면 양쪽 모서리로 빠져나가게 하고 버드나무의 늘어진 가지만 묘사한 것은 전경을 화면 밖으로 연속해 보이도록 한 것입니다. 작은 화폭에 표현할 수 없는 많은 이야기들을 화면 밖으로 확장시킨 것이지요. 또한 외면한 듯 여인의 시선을 정면이 아닌 뒤쪽으로 뺀 것은 보는 이의 시선을 화면 뒤까지 입체적으로 확장시켜주는 효과를 주고 있습니다."

노인이 서안을 짚으며 바짝 다가앉았다.

"그 경지의 생각과 표현 수준을 지닌 생도를 찾아낸단 말인가? 아니면 짚이는 자라도 있는가?"

"선과 면의 속성을 이해하는 정도 그리고 정해진 영역을 넘어서는 과감성을 아홉 개의 점과 선의 수수께끼로 시험해본 정도입니다. 여하튼 보통 재주가 아닙니다. 자유로운 필치와 고도로 계산된 면 분할, 손댈 곳 없는 구도와 세련된 필치로 그 형상이 아니라 마음을 그렸으니 수석 화원 뺨칠 정도이지요."

"자네는 지금 금지된 그림을 그린 아이를 두둔하는 건가?"

노인의 미간에 깊은 주름이 잡혔다. 못마땅한 표정으로 다리를 바꾸어 포개며 노인은 말을 이었다.

"그 그림은 근본적인 결격을 가지고 있네. 금기인 아녀자를 화면 중앙에 배치한 것, 파격적인 구도로 도화서의 엄격한 양식을 무너뜨린 것, 그림 안에 숨겨둔 음란한 장면……. 근본이 잘못된 채 재주 자랑만 하는 자라면 도화서에 있을 이유가 없겠지. 저잣거리에서 속된 춘화나 그려 팔면 될 테니까."

평생을 도화서에서 살아왔고 죽어서도 도화서 귀신이 될 노인이다. 그러니 도화서의 양식을 거스르는 해괴한 그림을 보고 어찌 마음이 편할 수 있을까.

"여러 말 말고 자네 마음속에 둔 아이가 누구인지를 말하게."

홍도는 막다른 골목에 몰린 것처럼 갑갑해졌다. 어차피 노인은 홍도의 마음속에 담긴 아이를 짐작하고 있을 것이다. 더 이상 숨기려 해도 소용없을 듯했다.

"소인의 짐작으로는 아마도…… 신윤복이 아닌가 합니다만……."

노인은 주름진 손으로 서안을 탕 내리치며 고개를 천천히 끄덕였다.

"역시 그 녀석이었군! 자꾸 엇나가기만 하더니 결국 일을 저지르고야 말았어. 썩은 샘에서 맑은 물 솟기를 바랄 수는 없는 법, 아무리 재주가 뛰어난들 깨끗지 못한 정신으로 의궤며 어진을 그리는 것은 곧 왕실과 주상 전하를 능멸하는 것이 아닌가!"

도화서의 그림은 화법도 정결하고 양식화되어 있었지만 의례 또한 지극히 양식화되어 있었다. 일단 어진 화사(御眞畵事)가 정해지면, 화원들은 참선 수도를 하듯 먹을 갈고 붓을 가다듬으며 마음을 비워야 했다. 추운 겨울에도 매일 새벽 목욕재계를 하고 엎드려 선대 어진들을 알현하며 마음의 준비를 해야 했다. 그렇게 신성하기까지 한 일에 춘화 나부랭이나 끄적이는 화원이 가당키나 한 일인가.

"화원회의에 아이를 회부하실 생각이십니까?"

노인은 눈을 감은 채 입술에 힘을 주었다. 평생에 한 번 만날까 말까 한 재주를 타고난 제자, 평생을 몸 바쳐 지켜온 도화서의 순결하고 고결한 양식……. 둘은 얼음과 불처럼 노인의 가슴속에서 얽혔다.

그 어느 쪽도 후회할 수밖에 없는 선택, 하지만 둘 중 하나를 택해야만 한다. 노인의 감은 눈꺼풀이 바르르 떨렸다.

"내일 아침 화원회의에 가겠네."

노인이 한 자 한 자 찍어내듯 말했다. 긴 화살이 지나가 바람이 들어오는 것처럼 홍도의 가슴 한 편이 서늘해졌다.

그림을 그리는 기본은 선(線)이다. 첫 번째도 선이요, 두 번째도 선이요, 세 번째도 선이다. 선을 통해 공간은 분할되고 조합되고 연관된다. 그리고 분할된 면에 따라 비로소 형태가 생겨난다.

아홉 개의 점을 잇는 문제의 핵심은 '주어진 틀 안에서 사고하느냐, 그 틀을 벗어나 사고하느냐'였다. 주어진 틀 안에서는 이미 제시된 모범적인 답만을 다람쥐 쳇바퀴 돌리듯 반복할 뿐이다. 새로운 생각, 뛰어난 창작은 틀을 부수고 울타리를 뛰어넘어야만 이루어지는 것이었다.

그 아이는 기울기 변화에 따른 각도와 선 길이의 연관 관계까지 알고 있었다. 그것은 직선의 변환과 교차로 생성되고 분할되는 공간의 개념을 명확하게 이해하고 있다는 뜻이었다.

팔도의 그림쟁이들이 불개미처럼 모여드는 도화서. 화원들이 하는 일은 그림을 그리는 것이 아니라 강고한 관념을 떠받치는 것에 불과했다. 그들은 뛰어난 자를 받아들이는 법을 알지 못했다. 틀을 깨고, 규범을 어기고, 위계를 흐트러뜨리는 천재성이란 그들에겐 위협일 뿐이었다. 누구든 출세와 돈벌이에 여념이 없었고, 어떻게든 뛰어난 자의 재능에 흠집을 내려고 안달이었다. 상대가 강할 때는 눈치를 보며 주변을 돌다가, 허점을 보이면 피 냄새를 맡은 이리 떼처럼 달려들었다. 그럴 때 관념과 규율은 상대를 해치는 흉기였다.

신선이 내려와 화원이 되었다는 소문이 떠돌 정도로 뛰어난 김홍도 또한 도화서 안에서는 외톨이일 뿐이었다. 명성은 사람을 외롭게 한다. 높이 선 자는 언제나 고독하다. 견고한 양식은 천재를 옥죄고 그 영혼을 결박했다. 예리하던 감각은 무디어졌고, 거침없이 휘몰아치던 붓 끝은 힘을 잃었다. 생도청은 어쭙잖은 속물들에게 천재성을 침식당하지 않기 위해 스스로 택한 홍도의 피신처였다. 칼끝 같은 경쟁자들의 눈초리를 피해 양식에 물들지 않은 아이들을 가르치는 것이 오히려 마음 편했다.

어스름 달빛이 창호지 안으로 하얗게 스며들었다. 발걸음 소리가 멎고 문밖으로 희미한 그림자가 어렸다. 조용히 문이 열리고 소년의 하얀 버선발이 보였다.

반듯한 이마와 길고 단정한 눈썹, 조금은 가늘지만 오뚝한 콧대, 야무지게 다문 입…… . 가는 턱 선은 가냘프다고 생각될 정도였으나 그 얼굴의 아름다움을 돋보이게 하기에는 충분했다.

"너의 문제 풀이는 인상적이었다. 너에게 도형학과 산술을 가르친 사람이 있었더냐?"

홍도가 바짝 다가앉자 소년은 가는 속 쌍꺼풀이 엿보이는 눈을 깜박였다.

"그저 혼자 궁리하여 깨달은 바이니, 하나의 선으로 아홉 개의 점을 연결할 방법도 있습니다."

"보여줄 수 있겠느냐?"

홍도는 흥분하지 말자고 스스로를 타이르며 종이 위에 다시 아홉 개의 점을 찍어 내밀었다. 아이는 왼쪽에서 오른쪽으로 맨 위 줄 세 개의 점을 잇는 선을 그었다. 종이를 벗어난 붓 끝은 커다란 원을 그리며 방 안을 한 바퀴 돌았다. 다시 종이 왼쪽에 닿은 붓은 가운데 세 점을 지나 방 안을 다시 크게 돌았다. 다시 돌아와 아래쪽 세 점을 이은 아이는 큰 숨을 내쉬며 붓을 벼루 위에 걸쳐놓았다.

"종이에는 세 개의 선이 있는데 어찌 하나의 선이라 하느냐?"

"종이 위에 그려진 세 개의 선은 보이지 않게 이어진 하나의 큰 나선형 곡선의 일부입니다."

아이가 빈 붓을 들고 방 안을 한 바퀴 돈 것은, 연결되는 나선형의 곡선을 허공에 그리는 행위였던 것이다. 홍도의 말끝이 미세하게 떨렸다.

"네 말은 알겠다만, 그것은 직선이 아니라 곡선이 아니냐?"

아이는 당황하지 않았다.

"곡선이기도 하지만 직선이기도 합니다."

"곡선이 어떻게 직선이 되느냐?"

"작은 원의 한 부분은 분명 곡선이지만, 원이 점점 커진다면 그 부분도 점차 직선에 가까워질 것입니다. 만약 원이 무한히 커진다면, 그 원 테두리의 작은 부분은 직선이 될 것입니다. 그러니 세 개의 점을 시작으로 무한히 큰 원을 그린다면 세 개의 점을 지나는 짧은 선은 곧 직선이 될 것입니다."

아이는 직선과 각도의 관계뿐 아니라 원과 곡선의 속성까지도 알고 있었다. 붓을 들고 방 안을 돌았을 때, 아이는 화폭을 평면의 종이 위가 아니라 삼차원의 공간으로 확장한 것이었다.

그림의 본질이 사물의 형태를 복제하는 것이라면, 그림을 그리려는 자가 입체를 인식하는 것은 필수적이다. 모든 사물은 공간 속에 존재하고, 공간은 곧 입방(立方)을 뜻한다. 공간 속의 존재를 평면 위에 옮긴다면 결국 왜곡될 수밖에 없다. 실존하는 사물을 가장 비슷하게 묘사하려면 공간감을 평면 위에 표현하는 수밖에 없다.

아이의 인식 범위는 무한한 공간의 영역으로 확장되어 있었다. 홍도는 이 아이의 재능이 자신을 뛰어넘을지도 모른다는 생각에 문득 두려워졌다.

"내일 아침이면 화원회의가 열릴 것이다."

그 한마디로 홍도는 하고 싶은 이야기, 해야 할 말을 대신했다. 그것은 화원회의가 야릇한 춘화도를 그린 범인으로 윤복을 지목하고 징계에 부칠 것이라는 말의 완곡한 표현이었다.

"알고 있습니다."

당황한 쪽은 오히려 홍도였다.

"문제의 그림을 그린 자가 네가 맞다는 것이냐?"

홍도는 마음속으로 빌었다. 아니라고 말해라. 제발 네가 아니라고 말해라. 모든 증거들과 심증은 이미 이 아이를 지목하고 있으나, 홍도는 마음 깊은 곳에서 사실이 아니기를 빌었다.

"예."

홍도의 입에서 깊은 탄식이 터져 나왔다. 아니기를 기대했던 안타까움은 이내 배신감으로 바뀌었다.

"네 이놈! 너는 어찌 신성한 도화서의 생도로서 그런 야릇한 그림을 그렸느냐!"

홍도의 나무람은 아이가 아니라 아이를 옭아매고 있는 도화서의 잘난 양식과 규율을 향한 것이었다. 격한 호통에도 아이는 이런 일을 오래전부터 예견했던 것처럼 담담했다.

"도화서에서 내침을 당하고 싶어서였습니다."

이것은 무슨 소리인가. 도화서에서 쫓겨나기 위해 금지된 그림을 의도적으로 그렸단 말인가. 의도적으로 그려, 의도적으로 발각당하고, 의도적으로 화원회의에 회부되려 했단 말인가.

"네가 정녕 그림 한 장으로 화원회의와 생도청 교수와 온 생도들을 의도대로 속였느냐?"

"소인이 의도한 것은 도화서에서 내침을 당하는 것뿐이었습니다."

아이는 망설이지 않고 담담하게 말했다.

"어찌 도화서를 떠나려 하느냐? 팔도의 그림 재주 있는 자라면 화원이 되는 것이 필생의 꿈이다."

"도화서에서 배울 것이 없습니다."

"누대로 화원들의 가슴에서 손길로 이어진 견고한 양식을 배우지 않겠다? 정녕 의궤와 어진 도사의 광영을 누리고 싶지 않으냐?"

"치밀한 양식에 따라 본을 뜨듯 그리는 의궤를 그림이라 하기 어렵고, 터럭

한 올 다르지 않게 그리는 어진이 어찌 화원의 손길이 담긴 그림이겠습니까?"

"그럼 네가 그리고 싶은 그림은 무엇이냐?"

"형태가 아니라 혼을, 모양이 아니라 내면을, 양식이 아니라 마음으로 그리고 싶습니다."

"혼을 담은 그림은 극한에 이른 양식을 터득해야 그릴 수 있다. 네놈이 이제 몇 해를 배웠기로 그따위 건방진 소리를 하느냐!"

버럭 소리를 지른 건 어떻게든 녀석의 마음을 돌리고 싶어서였을 것이다.

"소인은 어차피 생도청의 골칫거리일 뿐입니다. 수업마다 성실하지 못하고, 과제를 대수롭지 않게 여기며, 생도들과 어울리지도 못하는 외톨이인 바에야 도화서를 떠남도 별일 아닐 것입니다."

아이의 눈이 젖어 들었다. 홍도는 그 눈을 오래오래 바라보고 싶었다. 그 눈을 바라보며 말하고 싶고, 그 눈을 바라보며 함께 그림을 그리고 싶었다. 그 눈망울에 고였던 눈물이 볼을 타고 툭 흘러내렸다.

"걱정 마라. 내가 지켜주마. 너의 재능이 도화서의 썩어빠진 양식에 물들지 않도록 지켜주마."

아이가 젖은 눈을 훔쳤다.

"이미 늦었습니다. 내일 아침이면 모든 것이 끝날 것입니다."

달빛이 구름을 벗어나며 마당 위에 하얀 빛을 뿌렸다.

화원청 팔작지붕은 푸른 하늘 위로 솟구쳐 날아갈 듯 웅장했다. 홍도는 자신도 모르게 주눅이 들었다. 화원장 강형석은 눈빛이 형형한 늙은이였다.

"단원은 도화서의 양식과 법도를 무너뜨린 자를 색출하였는가?"

홍도가 말석에 자리를 잡기도 전에 인사말과 서론조차 없이 떨어진 불호령이었다.

"화원회의의 결의에 따라 생도들을 대상으로 사흘 동안 탐문한 결과······."

홍도가 잠시 말을 멈추는 사이 화원들은 귀를 곧추세웠다.

문제의 그림은 도화서 화원들 모두를 깊은 우물 같은 열등감 속으로 빠뜨렸다. 자신들은 죽었다 깨어나도 그릴 수 없는 그림임을 모두가 알고 있었다. 화원들의 패배감과 열등감은 두려움으로 변했다. 자신들의 알량한 재주를 넘어서서 자신들을 비웃기 전에 그자를 찾아내어 제거해야 했다.

다행히 상황은 그들의 편이었다. 도화서의 양식은 천재가 아닌 자들을 지켜줄 전가의 보도였다. 아무리 뛰어난 그림일지라도 수백 년을 이어온 도화서의 화풍을 벗어난다면 그것은 사악하고 졸렬한 그림에 불과했다. 정결한 도화서 양식을 지키기 위해서라도 반드시 색출하여 그 손목을 부러뜨리든가 붓을 빼앗아야 했다.

"탐문 과정은 필요 없다. 그놈의 이름만 말하라!"

강형석이 날카로운 눈꼬리에 주름을 잡았다.

"문제의 그림을 그린 자는…… 궁중 화원 신한평의 아들……."

모든 눈이 화원장 옆에 앉아 있는 신한평에게 쏠렸다. 사 대에 걸쳐 도화서 화원을 지낸 화원 가문의 적손. 병오년에는 수석 화원으로 어진 도사를 치렀고, 평생 도화서에서 잔뼈가 굵은 최고의 화원. 사가(私家)의 화실에는 그의 도제가 되고 싶은 전국의 지망자들이 모여들어 숙식을 하며 대기한다. 뿐인가. 초상화를 부탁하는 명망가의 양반들이 줄을 서고 있다.

그는 이름난 화원들의 그림을 뛰어난 재능과 능란한 수완으로 거액에 중개하는 중개상이기도 했다. 조선 팔도에서 그만한 재능과 수완을 가진 화원이 어디 있던가. 그런 그의 아들이 몹쓸 춘화를 그렸다니…….

한평의 얼굴은 얼음처럼 새파랗게 굳어 있었다. 홍도의 입에서 다음 말이 이어졌다.

"신한평의 아들…… 신영복입니다."

다시 한번 찬물을 끼얹은 듯 침묵이 흘렀다.

"지난밤 신영복이 소인을 찾아와 모든 사실을 고백했습니다. 삼 년 전, 도화서에 입문했으나 부친의 기대에 못 미쳐 고민하던 중, 외유사생에서 생도들과 다른 그림으로 실력을 뽐내고자 양식을 깨뜨리는 우를 범했다는 것입니다."

"화원은 스스로의 정진과 뼈를 깎는 정련으로 완성되는 것이지 알량한 남들의 평가에 의한 것이 아닐진대 어찌 고약한 행실을 한 것인가?"

화원들은 두 눈을 꾹 감은 신한평의 눈치를 힐끔힐끔 살폈다. 한평의 마음은 거세게 들끓고 있었다.

생도청에서 볼썽사나운 그림이 나왔을 때부터 윤복이 아니기만을 빌었다. 하지만 그림을 본 순간 한평은 알아차렸다. 그 아이의 그림을 어찌 모를 수가 있을까. 최고 화원인 자신의 경지를 이미 뛰어넘은 아들의 그림을 말이다. 그는 그 그림이 불러올 엄청난 풍파를 생각하며 며칠 동안 잠을 이루지 못했다. 그러나 피하고 싶던 일은 어김없이 닥쳐왔다. 다만 위안이 있다면, 윤복이 아니라 영복이라는 것이었다. 우연이라면 행운이라 할 것이고, 누군가의 의도라면 머리를 조아려 천 번 절해도 모자람이 없을 터였다.

침묵을 깨고 수석 화원 김경언이 목소리를 높였다. 병오년 어진 도사의 수석 화원 자리를 두고 한평과 경합했던 자였다.

"될성부른 나무는 떡잎으로 안다고 했습니다. 그렇듯 천박한 자가 어찌 정결한 도화서의 법도를 지키겠습니까!"

날선 말이 끝나기도 전에 홍도의 목소리가 웅성거림을 가라앉혔다.

"그 행실은 괘씸하나 아직 배우는 생도입니다. 호기심이 빚어낸 한때의 실수이니 동정을 보일 것을 청합니다."

팽팽한 긴장감이 조용한 실내를 떠돌았다. 침묵을 깨고 화원장이 입을 열었다.

"아직 어린 자라 하나 그 방자함이 괘씸하고 그 음탕함이 지나치다. 수석 화원의 자제가 뭇 생도의 모범이 되기는커녕 만고의 조소를 받을 짓으로 다시 도화서의 법도를 허물까 두렵도다."

화원장의 한 마디 한 마디가 송곳처럼 신한평의 가슴으로 파고들었다. 신한평은 파래진 얼굴로 마루 위에 꿇어앉았다. 그리고 손을 땅에 짚고 고개를 조아렸다.

"용서하십시오, 화원장 어른! 소인이 덕이 모자라고 아는 것이 짧아 자식 건사를 바로 하지 못했나이다. 이제 저 아이를 내치시면 사 대에 걸친 화원 가계를 무너뜨린 소인의 죄, 저승에서라도 어찌 씻겠사옵니까!"

재능과 수완과 재물을 모두 가진 화원 중의 화원이 백주에 만인 앞에 무릎을 꿇고 머리를 조아렸다. 그것은 부정(父情) 때문이 아니라 가문의 영예를 지키려는 안간힘이었다.

화원장은 부채를 쥔 손등으로 턱수염을 쓰다듬었다.

"허물 있는 자를 도화서에 들이지 못할 것이므로 생도청에서 퇴출시킴이 마땅하다."

화원장의 말은 토막토막 무를 자르는 듯했다. 다시 홍도의 카랑카랑한 목소리가 실내를 울렸다.

"못된 행실이라 하나 자신의 입으로 잘못을 고백하고 벌을 달게 받겠다고 한 아이입니다. 생도가 아니라도 좋고 화원이 되지 못해도 좋으나 도화서에 남고 싶다 청했으니 부디 은사를 베풀어주십시오."

"허허……. 생도도 아니고 화원도 아닌 자가 도화서에서 머물 곳이 어디인가?"

화원장이 빈정대는 듯한 미소를 지었다. 홍도는 기다렸다는 듯 대답했다.

"단청실이 있지 않습니까."

"단청실? 궁궐 전각에 단청을 입히는 칠장이들이 모인 곳 말인가?"

"그렇습니다. 화사라 하기에도 무엇하지만 단청실 또한 도화서 소관임은 분명하니까요."

"다들 어떠한가? 그 정도면 불편부당한 처결이 될 것 같은가?"

화원장이 좌중을 둘러보았다. 자신은 이미 결정했으니 그대로 추인하라는 무언의 지시였다.

사람들이 고개를 끄덕였지만 꿇어 엎드린 신한평은 내내 일어날 줄을 몰랐다.

아침 햇살이 기숙동 방 안으로 길게 비쳐들었다. 영복은 이마에 송골송골 맺힌 땀을 소맷자락으로 훔치며 방문을 열었다. 해는 이미 저만치 높이 떠 있었다.

영복은 하얗게 부서지며 쏟아져 내리는 햇살을 손바닥으로 가리며 실눈을 떴다. 마당엔 화사하게 피어난 봄꽃들이 눈부셨다. 짐보따리의 매듭을 동여매자 기어이 눈물이 솟구쳤다.

화원이 되고 싶었다. 아버지처럼, 아버지의 아버지처럼 모든 화원들 위에 우뚝 선 대화원이 되고 싶었다. 아니, 진심을 말하자면 뛰어난 화원도, 특별한 화원도 원하지 않았다. 그냥 화원이 되고 싶었을 뿐이었다. 하지만 이제 생도청의 생도가 아닐 뿐더러 영원히 화원이 될 수 없게 되었다. 도화서 안에서도 가장 천한 자들이 모여 있다는 단청실. 사 대에 걸친 궁중 화원 집안의 장손이 목이 부러져라 처마 끝만 올려다보며 색을 입혀야 하는 단청장이가 되고 말았다.

원했던 일은 아니었다. 하지만 그것만으로도 다행이었다. 윤복의 재능은, 그 눈부신 예인의 혼은 알량한 자신의 모든 꿈을 바쳐도 모자랄 만큼 거룩했다. 윤복을 조선 최고의 화원으로 길러낼 수만 있다면 모든 서러움을 견딜 수 있었다. 그것은 아우의 재능을 지키는 일일 뿐 아니라 누대로 내려온 화원 가문의 영광을 지키는 일이기도 했다.

되었다. 윤복이가 무사하니 그걸로 된 거야. 후회할 일도 없고 후회해서도 안 돼.

스스로 되뇌어보지만 이루지 못한 꿈, 부러진 열망이 자꾸만 서러워 눈물이 북받쳤다. 김홍도 교수를 찾아간 것은 지난밤 해시(亥時)가 한참이나 넘은 시각이었다.

영복은 머리를 조아리며 고백했다. 도화서 양식을 어기고 차마 눈뜨고 볼 수 없는 발칙한 그림을 그린 몹쓸 자가 바로 자신임을. 미심쩍은 표정으로 자신을 바라보는 홍도에게 영복은 간청하듯 말했다. 혹 생도청을 벗어나려는 아우가 형의 죄를 뒤집어쓰고자 할지도 모르나, 그것은 철없는 아이의 잔재간일 뿐이라고……

홍도는 한참을 생각한 후에 결심한 듯 말했다.

"네가 네 죄를 스스로 고하였으니 마땅히 그 죄의 대가를 받을 것이다. 물러가라."

홍도의 방문이 닫힌 후에도 한참 동안 영복은 꿇어앉은 그 자리를 떠나지 않았다.

그래. 된 거야. 아우에게는 아무 일도 없을 거야.

영복은 지난밤의 일을 잊기 위해 머리를 털며 혼자 웃었다. 웃고 싶어서 웃은 것은 아니었다. 억지로라도 웃고 나면 조금쯤 상심이 가실지도 모른다고 생각했을 뿐이다.

갑작스럽게 기숙동의 낡은 나무문 경첩이 끼익하는 소리를 냈다. 흰 생도복을 입은 윤복이었다. 눈물에 젖은 붉은 얼굴로 윤복은 신을 신은 채 대청마루로 뛰어올랐다.

"왜 쓸데없이 나선 거야?"

윤복의 손을 다독이며 영복은 희미하게 웃었다. 윤복은 스르르 온몸에 힘이 빠지며 바닥에 털썩 주저앉았다. 영복은 아직도 물기가 남아 있는 동생의 눈가를 조심스럽게 닦아주었다.

"왜냐하면…… 네가 이곳에 남아야 하기 때문이야."

"그러면 형은?"

"나도 이곳에 남고 싶어. 어쩌면 너보다 더……. 하지만 우리 둘 중 하나만 남아야 하는 거라면…… 그건 바로 너야."

"난 이곳이 싫어. 그래서 떠나려 했던 거고……."

"머물기 싫다고 모두가 떠날 수 있는 건 아냐. 머물고 싶다고 모두가 머물수 있는 것이 아니듯이."

"왜! 왜 형이 나대신 단청장이가 되어야 해!"

"널 위해서도, 날 위해서도 아니야."

"가문을 위해서라고 말하려는 참이야?"

"아니. 나 같은 자는 상상할 수도 없는 너의 재능과 예인의 혼을 지키기 위해서지."

"그걸 왜 형이 해야 하는 거지?"

"너의 재능을 아는 유일한 사람이 나니까. 도화서 양식에 어긋난다고 모두들 널 말썽꾼 취급하지만, 넌 그런 자들이 감히 알아보지도 못할 재능을 지녔어. 너의 재능은 너 혼자만의 것이 아냐. 우리 가문의 것이고 모든 사람들의 것이기도 해. 그러니 너는 이곳에 남아야 해. 이곳에 남아서 그런 자들은 꿈도 꾸지 못할 높은 경지를 보여줘야 해."

영복은 동생의 눈을 보며 말했다. 늘 맑게 빛나는 눈, 끝 모르게 빠져들고 싶은 눈, 그 심연에 가라앉은 천재성을 엿볼 수 있는 유일한 창.

"가서 다 말하겠어! 내가 그린 거라고. 화원회의에 가서 말하겠어!"

"끝난 일이야. 화원회의의 결정은 번복되지 않아. 설사 잘못된 결정이라 하더라도……."

영복은 두 개의 보퉁이 옆에 따로 싸두었던 작은 보자기를 풀어 윤복의 앞으로 밀었다.

"네가 가져라. 내겐 더 이상 필요 없는 물건이니까……."

위원석(渭原石) 벼루와 청나라산 송연묵, 그리고 담비 털과 귀한 사향노루 털로 만든 대중소의 붓들, 정갈하게 손질된 화구들……. 더 이상 영복에게 는 필요 없는 것들.

신한평은 벽면에 일렁이는 자신의 그림자를 노려보았다. 곰방대에서 빨 아올린 독한 담배 연기가 갑갑한 가슴을 더욱 옥죄었다. 끄응, 신음하며 꼬 아 앉은 다리를 바꿨지만 머릿속은 여전히 혼란스러웠다. 촛불이 흔들릴 때 마다 벽에 비친 거대한 그림자가 일렁거렸다. 그 녀석은 어릴 때부터 그림자 놀이를 좋아했지. 윤복이 빛이었다면 영복은 그 그림자였다. 빛과 그림자는 상반된 경계를 이루며 늘 불안하게 흔들렸다.

한평은 울어야 할지 웃어야 할지 알 수 없었다. 영복을 생각하면 가슴 한 편이 내려앉고 숨이 막혔다. 화원 가계를 이어야 할 적손이 결국 생도청을 쫓겨났다. 그 아이에게 재능이 없었던가? 그런 것은 아니다. 겉으로 드러남 도, 눈에 띄는 점도 없었지만 어릴 때부터 손에 익은 도화서 양식의 착실한 계승자였다. 그 아이가 도화서에서 영영 내쳐졌다니……

하지만 그 불행이 윤복의 것이 아니라는 사실은 다행스러웠다. 윤복은 하늘이 내린 재능을 지녔다. 당대의 찬사를 받을 화원이 아니라, 시대를 뛰 어넘어 만인의 우러름을 받을 천재였다. 거기에 비하면 영복의 재주는 윤복 의 붓 씻기 도제에도 미치지 못했다. 물론 그것은 영복의 잘못이 아니었다.

신한평은 화원회의에서 윤복 대신 영복의 이름을 말하던 홍도의 얼굴을 떠올렸다. 그자는 삼키기에도, 뱉기에도 껄끄러운 존재였다. 그 시건방진 시 선을 느낄 때마다 눈살을 찌푸려야 했지만, 그 천재적인 재능 앞에서는 다 시 숨을 죽여야 했다. 병오년 어진 도사에서 수종 화사(隨從畵師) 홍도는 이미 수석 화원이었던 자신을 능가했다. 그리고 한평은 수종 화사였던 홍도에게 붓을 넘겼다. 그 덕에 공신 작위를 받던 날 밤, 한평은 기방에서 밤새 통음했다.

홍도의 천재성은 한평이 부러워할 대상조차 되지 못했다. 하지만 이제는 아니다. 그를 능가할 재능을 지닌 아들이 있기 때문이다. 한평은 윤복을 볼 때마다 자신도 모르게 미소를 짓곤 했다.

홍도의 입에서 영복의 이름이 나왔을 때, 한평은 속으로 눈물을 쏟았다. 영복에게는 그런 그림을 그릴 재능이 없음을 누구보다 자신이 잘 알고 있었다. 홍도 역시 그 사실을 모를 리 없었다. 짧은 획 하나로도, 작은 점 하나로도 그린 자의 성품과 체구까지 알아맞히는 귀신같은 자 아니던가.

그런 홍도의 입에서 나온 영복의 이름은 두 가지 사실을 말해주었다. 윤복이 계속 생도청에 남을 수 있다는 것, 그리고 김홍도가 윤복의 천재성을 알아차렸다는 것. 윤복에게 그자는 독이 될까, 아니면 약이 될까? 천재들의 세계를 잘은 모른다. 하지만 한 가지만은 분명하다. 윤복이 천재라면 언젠가는 그자와 맞서야 한다는 것. 그리고 그자를 반드시 넘어서야 한다는 것.

한평은 불 꺼진 곰방대에 다시 담뱃잎을 재워 넣었다. 엄지손가락이 누렇게 절어들 정도로 입에서 곰방대를 떼지 않고 살아온 지 스무 해. 늙은 나이는 아니지만 살날이 길지 않음을 깨닫고 있었다. 이태 전부터 짙어진 가래와 밤잠을 못 이룰 정도로 부쩍 심해진 기침 때문에 가슴 한쪽이 늘 답답했다. 한평은 불을 당긴 곰방대를 깊게 빨았다.

화원이 무엇인가. 그림을 그리는 자들? 왕의 얼굴을 그리고, 왕실의 모든 행사를 두 눈으로 지켜보는 자들? 수백 년에 걸친 숭고한 도화서 양식을 온몸으로 익히고 이어가는 장인들? 끝 간 데 없는 정념으로 궁극의 양식화를 그려내는 예인들?

그 모든 것이다.

하지만 한평은 담배 연기를 길게 내뿜으며 입을 삐죽거렸다.

흥, 모르는 말이지……

화원을 칭하는 가장 정확한 말은 '밀정'이었다. 예인이기도 하고 장인이기도 하지만, 그들은 누구보다 은밀하고 믿을 만한 밀정들이었다. 누가 그토록 가까이에서, 그토록 오래 왕의 얼굴을 또렷이 바라볼 수 있는가. 정승 판서보다 더욱 은밀하게 왕의 곁에 다가갈 수 있는 자가 누구인가. 누가 왕에게 그토록 큰 즐거움을 안겨줄 수 있을 것인가. 영의정? 좌의정? 우의정? 중전? 후궁들? 무수리들? 그들 누구도 화원이 하는 것처럼 왕에게 하지는 못한다. 아끼는 중신들은 왕의 시름을 더할 뿐이고, 아름다운 여인들도 순간의 즐거움만 안겨줄 뿐이다. 그것들을 어찌 화원이 진상하는 궁극의 즐거움에 비기겠는가.

극도로 세련된 양식미, 누대로 내려오면서 점점 고도화된 정제미, 왕의 위엄을 그대로 옮긴 도판들……. 왕은 그림들 앞에서 비로소 웃고, 안락하며, 위안을 얻는다. 그러니 화원보다 더 큰 영향을 왕에게 미칠 수 있는 자가 누구인가. 그처럼 가까이에서 왕을 친견하고 보좌할 자가 누구인가.

화원들은 본능적으로 임금의 마음을 움직이는 방법을 안다. 화원들은 붓질 한 번, 미세한 먹의 농담만으로도 왕의 기분을 바꿀 수 있다. 시름에 빠진 왕을 한 번의 붓질로 웃게 할 수도, 분기탱천한 왕의 분노를 몇 번의 붓질로 누그러뜨리는 법도 안다. 그런 화원이라면 정승 판서를 마당 개 부리듯 할 수 있다. 어쩌면 자신에게 그 모든 것들을 주는 왕조차도……

그러니 뛰어난 화원이라면 조정의 온갖 파당의 유혹이 뻗쳐오기 마련이었다. 때로는 돈으로, 때로는 권력으로 화원들은 매수당하고 고용되었다. 화원들은 가장 믿을 만한 청탁자였고 가장 뛰어난 수완가였다. 당파와 당파, 가문과 가문을 오가며 그들은 정보를 흘리고 옮겼으며, 때로는 정보를 만들어내기도 했다.

신한평 또한 뛰어난 밀정들 중 하나였다. 도화서의 화원인 이상 그렇게 하지 않고 살아갈 방법이란 없었다. 하지만 천재적인 재능을 지닌 아이를 더러운 음모와 술수가 판치는 도화서에 머무르게 해야 할까? 한평은 스스로에게 물었다. 답은 '그렇다'였다. 도화서를 떠난 화원이란 있을 수 없으며, 도화서 화원이 아닌 불멸의 예인이란 상상할 수 없었다. 만인에게 추앙받는 궁극의 예인은 그 모든 술수와 음모를 겪고 나서야 될 수 있었다.

아무리 재능이 뛰어나도 도화서를 떠나서는 아무것도 아니다. 미치광이 환쟁이거나 천방지축의 그림쟁이에 지나지 않을 뿐. 잘되어봐야 저잣거리에서 돈 많은 시전 상인 나부랭이들의 비위를 맞춰가며 됫술이나 얻어먹고 그 취한 몰골을 그려줄 수 있을 뿐.

그러나 윤복은 왕의 어진을 그릴 것이다. 내가 그랬고 내 아버지가 그랬듯. 그 아버지가 그랬고 또 그 아버지가 그랬듯. 그것은 한 인물이 아니라 권력을 그리는 일이니까. 비록 중인의 신분에 지나지 않지만, 자신의 존재를 천하에 드러내는 일이니까. 윤복은 그런 인물이 될 것이다. 왕을 그리는 자. 슬픈 왕을 기쁘게 하고 노한 왕을 달래는 자. 왕이 자신의 삶을 기대려는 자. 왕이 자신의 권력을 나누게 하는 자. 그리하여 스스로 권력이 되는 자.

한평은 입술에 힘을 주었다. 구릿빛 관자놀이에서 굵은 힘줄이 불끈거렸다.

정조

"사람은 죽고 산천은 변하나 그림은 천 년을 간다.
그러니 그림을 아는 그대라면 화원들의 죽음을 밝힐 수 있을 것이다."

홍도

얼굴이 없는 인물화, 인물을 그리지 않은 인물화……
누구를 그리려 한 그림일까? 얼굴 없는 초상화 속의 사내는 누구일까?

얼굴 없는
초상화

"나는 사도세자의 아들이다."

희미한 어둠 속에서 윤기 나는 목소리가 들려왔다. 등줄기가 찌릿해지며 목덜미에 소름이 돋았다. 어둠이 가득찬 방 안 저편에 한 남자가 반듯하게 앉아 있었다. 지난해에 즉위한 새 임금이었다.

젊은 임금에 대해 홍도는 많은 것을 알지 못했다. 다만 떠도는 이야기로 그의 삶이 순탄치 않았음을 짐작할 뿐이었다. 지금도 민가에 소문으로 떠도는 그 사건은 입에 담기조차 참혹했다.

뒤주 속에 갇혀 죽어가는 아버지를 살려달라고 나이 열한 살에 할아버지인 선대왕에게 애원을 해야 했던 소년. 반대파들의 끈질긴 모해와 위협 속에서 실낱같은 목숨을 부지하며 마침내 보위에 오른 왕.

나는 사도세자의 아들이다.

그 한마디는 선대왕 시대와의 단호한 결별 선언이었고, 새로운 세상이 열렸다는 의미 이상이었다. 궁중 모략으로 아버지를 잃고 자신 또한 끊임없는 위협 속에서 살아야 했던 한 청년의 선전포고였다. 그 말은 또한 수많은 조정 대신들과 삼사의 관리들, 권력을 둘러싼 당파 인물들에게 엄청난 파문을 던졌다. 하기야 오래전부터 저잣거리에는 음모와 계략이 횡행하는 조정에 곧 몰아닥칠 피바람에 관한 음험한 소문이 나돌고 있었다.

견평방(堅平坊) 도화서에서 창덕궁으로 향하는 지름길은 좁고 어두웠다. 내관의 초롱불만 좇아 불려 온 길이었다. 어둠과 침묵이 머릿속을 하얗게 부서냈다. 머리를 조아리고 엎드린 홍도는 바닥을 짚은 손가락을 힘주어 그러모았다. 무슨 연유로 이 밤에 한낱 천한 도화서 화원을 불러다 이리 참람케 하시는가.

일찍이 조정은 온갖 당파로 조각조각 기운 누더기처럼 혼란스러웠다. 입신과 영달을 꾀하는 화원들은 제각기 살길을 찾아 이 파당 저 파당을 기웃거렸다. 그러다 그들의 끄나풀이 되어 그 영수의 초상을 그리기도 하고, 그들을 위한 염탐꾼과 밀정 노릇을 하기도 했다. 하지만 홍도는 지금껏 어떤 파당에도 몸담은 적이 없었다. 그러니 주상의 속내를 더더욱 알 수 없는 일이었다.

"십 년 전 도화서에서 벌어졌던 참변을 그대처럼 잘 아는 자도 없을 테지?"

나직한 목소리가 조아린 머리 위로 날선 도끼처럼 날아들었다. 새롭게 왕좌에 오른 임금이 어찌 기억하기에도 참혹한 십 년 전의 일을 캐려 하는가. 이 젊은 임금이 홍도는 위태롭고 안쓰러웠다.

"아뢰옵기 송구하오나 소인은 그 일을 잊었나이다, 전하!"

주상은 자세를 고쳐 앉으며 말했다.

"나는 다만 억울한 죽음을 돌보려 할 뿐이다."

이 젊은 왕은 십 년 전의 핍박과 설움을 다시 캐내어 보상받으려는 것일까? 그는 보상받을 수 있을까? 보상받는다고 무엇이 달라질 것인가.

홍도는 어지러운 머릿속을 정리하며 간신히 입을 떼었다.

"전하! 물음을 거두어주소서. 벌써 십 년이 지난 일이옵니다."

홍도의 떨리는 목소리가 어둠 속을 떠돌았다. 주상의 반듯한 미간에 가는 주름이 잡혔다.

"백 년이 지나도 억울함은 억울함일 뿐이다. 십 년 전의 도화서 살인 사건을 다시 조사하라."

젊은 왕의 카랑카랑한 목소리가 뜨거운 물처럼 조아린 머리 위로 쏟아져 내렸다.

도화서 화원 피살 사건은 십 년 전 수석 화원 강수항과 그 수종 화원 서징이 당한 영문 모를 죽음이었다. 도화서 내에서도 변두리 방을 지키던 화원들이었기에 의금부에서조차 건성건성 손을 놓은 사건이었다.

당시 갓 스물의 도화서 화원이던 홍도는 의금부와는 별도로 도화서 차원의 내사를 맡아 진행한 적이 있었다.

"당시에도 목격자와 증거가 부족하여 미제로 묻어버렸던 사건입니다. 그런데 십 년이나 지난 지금 어찌 그 죽음의 연유를 명명백백 밝힐 수 있겠사옵니까?"

"사람은 죽고 산천은 변하나 그림은 천 년을 간다. 그러니 그림을 아는 그대라면 화원들의 죽음을 밝힐 수 있을 것이다."

홍도는 무슨 말을 하고자 했으나 끝내 할 말을 찾지 못하고 숙인 머리를 더 깊이 조아렸다.

이 젊은 왕이 그 일을 끄집어내는 데는 필시 연유가 있을 것이다. 하지만 군왕이 말하지 않는 연유를 군이 알려 하는 것 또한 죄가 될 것이다. 다만 주상이 원하는 바를 행할밖에…….

"어리석은 환쟁이오나 성심을 다하여 명을 받들겠나이다."

홍도의 목소리가 떨렸다. 주상은 비로소 길게 숨을 내쉬며 나직하게 말했다.

"은밀하여라."

홍도는 대답 대신 몸을 낮추어 깊이 절하고 물러났다.

견평방 샛길로 접어들자 길가 잡초에 서린 이슬이 옷자락을 적셨다. 홍도는 발걸음을 늦추었다.

발걸음 대신 머릿속이 바빠졌다. 이제는 돌이켜 떠올리려 해도 가물가물한 십 년 전 일이었다.

그것은 오랜 상처를 다시 후벼 파는 일이기도 했다. 겨우 잊어야 할 것을 잊고 포기해야 할 것을 포기한 지금, 그 시절의 아픔을 다시 헤집어 무엇을 어떻게 하겠다는 것인가.

홍도는 새벽녘 궐 안으로 자신을 불러 감당치 못할 명을 내린 주상이 원망스러웠다.

도화서에 다다르자 파루를 알리는 종루의 북소리가 들렸다. 홍도는 곧장 서화보관실로 향했다. 그곳에는 오래된 서화나 서책뿐 아니라 역대 화원들의 명부도 보관되어 있었다. 화원들의 그림과 개인 문집, 도화서 일지와 청나라에서 수입한 화첩들도 있었다. 그곳에서 가물가물한 기억 속에 묻힌 무언가를 찾을 수 있을지도 몰랐다.

지금 믿을 수 있는 단서는 기억보다는 기록이었다. 기억은 주관적이지만 기록은 객관적이고, 기억은 순간적이지만 기록은 영원하며, 기억은 혼동될 수 있지만 기록은 명확할 것이기 때문이었다.

찬 열쇠의 감촉을 느끼며 문을 열자 그윽한 묵향이 코를 찔렀다. 적막한 시간의 갈피 속에 얼마나 많은 이야기들이 두런거리고 있을 것이며 얼마나 많은 인물들의 웃음과 울음 들이 스며 있을까.

홍도는 손때 묻은 도화서 일지들이 차곡차곡 달별로 쌓여 있는 서가로 다가갔다. 흔들리는 등잔불을 쳐들고 오랫동안 손이 닿지 않은 도화서 일지를 찾아들자 풀썩 먼지가 일었다.

홍도는 소리 죽여 잔기침을 하며 등잔 아래에서 책갈피를 펼쳤다.

오월 열아흐레.

도화서 화원 김홍도가 수석 화원 강수항의 죽음을 보고하다.

묘시 전후에 도화서 수석 화원 강수항이 본가에서 사망했다는 의금부 전
갈이 있었다. 수종 화사 김홍도가 즉시 현장으로 달려갔다. 현장의 금부 관
원은 방 안에 반듯이 누운 시신의 사후경직으로 보아 사망 시각을 축시경
으로 짐작하고 노환에 무리한 작업으로 인한 자연사로 추정했다. 이와 관
련한 화원 서징의 의견 진술이 있었으나 신빙성 없으므로 기록하지 않는
다. 도화서에서는 고인의 장례를 성대히 치르고 존호를 수석 화원에서 대
화원으로 승격할 것을 결정했다.

본관은 진주. 초상화와 인물에 능했다. 슬하에 유언, 진언 형제가 있다. 사
가에 운림헌이라는 사화서를 운영하였다.

기록은 그것으로 끝이었다. 새롭게 드러난 사실은 없었다. 흘려 쓴 짧은
몇 줄의 글 속에 크고 깊었던 스승의 삶은 초라하게 규정되어 있었다. 홍도
는 다급한 마음으로 스무사흗날의 기록을 찾았다.

오월 스무사흘.

화원 서징이 괴한에게 피살되다.

도화서 화원 서징이 오늘 새벽 자신의 집으로 들이닥친 괴한의 칼에 맞아
숨졌다. 금부는 평소 서징의 괴팍한 성격과 광기 어린 태도로 미루어 원한
관계에 의한 살인을 의심하고 있다. 서징은 인물을 주로 그리고 의궤나 큰
그림에 참여한 적이 없어 도화서에 크게 기여한 바 없다. 평소 지기인 김홍
도 등이 장례를 주관했다.

사건은 그때보다 더욱 은밀하고 음험하게 감추어져 있는 것처럼 보였다.

시간은 사건을 희석시키고, 진실을 풍화시켰다. 그토록 많은 의문과 진실들이 간단한 몇 줄의 기록으로 가려져버렸다. 기록된 거짓이 기록되지 않은 진실을 지워버린다면, 이런 기록은 차라리 없는 편이 나았다.

그렇다 해도 지금의 홍도가 유일하게 기댈 수 있는 단서는 그토록 믿을 수 없는 기억뿐이었다. 하지만 무엇부터 어떻게 시작해야 할까? 유일한 사건의 기록은 없는 것만 못할진대, 대체 무엇으로 단서를 삼아 기억을 되살려야 할까? 홍도는 혼란스러운 옛 기억을 떠올리며 따가운 눈을 비벼댔다.

변고를 듣고 헐레벌떡 스승의 본가에 도착한 것은 어렴풋이 먼동이 터올 무렵이었다.

부드러운 미소를 머금은 스승은 깊은 잠에 빠진 듯 평온했다. 거기에서는 어떠한 의심스러운 점도 발견할 수 없었다. 복된 죽음이요, 평안한 최후라 할 만했다.

방 안은 가지런히 정돈되어 있었다. 반듯한 서안과 그 위의 서책 몇 권, 깨끗이 정리된 필통 안의 크고 작은 붓, 그리고 서안 뒤편의 팔 폭 병풍……. 과로로 죽은 사람의 방이라 하기에는 너무도 정갈했다.

"고인이 이 방에서 돌아가셨소?"

"아니오. 화실에서 돌아가셨으나 가족의 바람이 있어 이 방으로 모셨을 뿐이오."

억센 수염이 뻐친 금부 관원의 눈빛에 알 수 없는 적대감과 불안감이 어렸다. 그 눈빛은, 어떻게 고인이 이 방에서 죽지 않았음을 알았느냐는 의문을 담고 있었다.

답은 간단했다. 스승의 손목에 묻어 있는 검은 먹 얼룩이었다. 평생을 먹과 함께 살아온 깐깐한 스승이었다. 그는 아무리 피곤해도 손끝에 얼룩을 묻히거나 하지 않는 세심한 붓질의 소유자였다. 하물며 손목 위까지 먹물을 튀길 일은 없었을 것이다. 만일 그랬다 해도 화실을 떠나기 전에 깨끗이 손을 씻었을 것이다.

모든 화원은 양반이 되지 못한 신분의 벽을 환부처럼 안고 살아간다. 집 안에서만이라도 양반 사대부로 행사하고 싶은 화원이 내실까지 먹 얼룩을 지니고 들어오지는 않았을 것이다.

"그런데 어찌 방에서 돌아가신 양 기별을 한 것이오?"

"금부는 고인이 이 방에서 사망했다고 말한 적이 없소. 다만 자택에서 사 망했다고 했을 뿐이지."

관원이 고까운 표정으로 홍도를 노려보았다. 홍도는 평온한 미소가 감도 는 스승의 마지막 표정을 다시 살폈다.

죽음은 느닷없고 갑작스러웠지만, 이어진 일련의 일들은 마치 오래전부 터 준비해왔던 것처럼 질서 정연하게 진행되었다. 화원들은 정해져 있던 절 차인 것처럼 숙연한 표정으로 곡을 하고 슬퍼한 후 일상으로 돌아갔다. 도 화서 생도들은 새벽마다 벼룻물을 떠 날랐고, 화원의 화실에서는 먹물이 마르지 않았다.

홍도는 지금에서야 다시 생각하고 있다. 그 일은 치밀하게 계획된 그림에 의해 이루어진 것이 아닐까?

뒷목에 소름이 우수수 일어섰다.

그러면, 억울한 죽음의 내막을 좇아 미친개처럼 헤맸던 일도, 범인을 찾 지 못한 죄책감에 괴로워하던 시간도 모두가 누군가의 계획에 들어 있었을 까? 지금 이 어둠 속에서 괴로워하는 것 또한 그자의 계획에 미리 예정되어 있었을까?

한잠도 자지 못한 두 눈이 그제서야 따끔거렸다. 마음은 무거웠고 머리는 복잡했다. 어느새 희부연 여명이 밝아오고 있었다.

홍도는 옷자락을 젖히며 자리에서 일어났다. 누군가를 만나야 한다면 그 기억의 끝자락에 있는 사람을 만나야 하겠고, 어딘가를 가야 한다면 그 기억의 끝을 다시 이어갈 수 있는 곳으로 가야 했다.

오랫동안 눌려 있었던 오른쪽 발목이 찌릿하게 저려왔다.

거의 육 개월 치 그림 주문이 밀린 신한평의 화실은 분주했다. 화원들은 밤잠을 아껴 그림을 그리지만 주문은 더욱 밀려들었다. 양반들에게 인기 있는 산수와 사군자는 그리기가 무섭게 팔려나갔다.

신한평은 화실 안을 바쁘게 오가며 도제들을 다그쳤다. 윗사람을 대하고 아랫사람을 다루는 그의 수완은 보통이 아니었다. 화원이 아니라 거간꾼으로도 크게 성공한 사람이었다. 실제로 그는 굵직한 화상으로 이름이 나기도 했다. 귀한 그림을 찾는 고관대작들과 도성 안 부자들은 어김없이 그의 화실을 찾았다.

문 앞에서 얼쩡거리는 홍도를 화실 옆 별채로 이끈 신한평은 옥색의 찻물을 따랐다. 반갑지는 않지만 자신의 집을 찾는 손님에게 웃음을 보이지 않은 적이 없다. 세상일에 어두워 우중충한 신세이지만 이자의 뛰어난 재능을 누구보다 잘 알고 있다.

"그림을 팔아먹어야 할 물건으로 생각해야 하니 딱한 노릇일세. 이건 숫제 화원이 아니라 그림 장수가 되어버린 격이니……. 어쩔 땐 세상일에 무심한 자네가 부럽기만 하다네."

은근한 자기 자랑 같은 한평의 너스레는 수완이 없어 말직을 벗어나지 못하는 홍도를 은근히 비꼬는 듯했다. 한평은 말을 이었다.

"재능이 아무리 뛰어나면 무슨 소용이 있던가. 세상 사람들이 알아주어야 할 게 아닌가. 자네 재능에 나의 수완이 더해진다면 최고의 물건이 될 걸세."

요령 없고 낯가림 심해 재능을 썩히는 홍도에게 한평은 넌지시 구미 당길 만한 제안을 던졌다. 하지만 홍도는 속이 들여다보이는 그 속물근성에 역겨움이 치밀었다.

이자는 모든 사람을 대할 때 이런 식이다. 구매자가 아니면 판매자, 지금 이용할 자와 나중에 이용할 자……. 이자에게 이용 가치가 없는 인물이란 없을 것이다.

"분에 넘치는 제안이나 그림이 거래나 흥정의 대상은 아니지요."

이 순진하고 성질 격한 화원 녀석은 자신의 감정을 속이지 못한다. 하지만 두고 보아라. 언젠가 그림을 팔아달라고 무릎으로 기어들 날이 있을 테니…….

그렇게 눈으로 말하는 동안에도 한평의 얼굴은 여전히 웃고 있었다.

"난 또…… 최고의 화원을 내 사람으로 만들었나 싶었더니……."

한평은 홍도와는 다른 종류의 인간이었다. 그는 세상의 어떤 사람이라도 자신에게 필요한 쪽으로 이용할 수 있는 자였다. 필요하다면 저승사자와도 흥정을 할 것이고, 영달을 위해서라면 똥밭에라도 구를 것이며, 이익을 위해서라면 원수와도 손을 맞잡을 위인이었다.

"어른을 찾아뵌 것은 십 년 전의 변고에 대해 궁금한 점이 있어서입니다."

한평의 얼굴에 잠시 당황하는 기색이 스쳤으나 그는 곧 표정을 고쳤다.

"이제 와 하는 말이지만…… 그때 사건의 결말을 내지 못한 건 사건을 그대로 묻기를 원하던 도화서 원로 화원들의 보이지 않는 압력이 있었기 때문이었지."

한평은 뱀처럼 작은 눈을 반짝이며 다시 차를 따랐다. 시간은 기억을 지우고 진실을 묻어버렸지만 새로운 진실을 드러내기도 했다. 당시에는 목숨이 걸린 사실이었을지는 몰라도 지금에야 의미 없는 오래전의 일을 넋두리처럼 늘어놓을 수도 있지 않을까?

홍도는 생각하기 싫은 기억을 다시 떠올렸다.

원로 화원들은 사건을 뒤쫓는 자신에게 드러내놓고 적대감을 드러냈다.

늘 그런 자들이었다. 자리보전에 연연하고 한평생 자신의 영달에만 바쁜 자들. 젊은 시절 어진 작업에 한 번 참여했던 것으로 평생을 놀고먹는 자들. 그런 자들이니 도화서 안에서 살인이니, 칼부림이니 하는 말만 들어도 질겁을 했다. 대충 얼버무려 덮어둔 사건을 헤집어대는 홍도가 눈엣가시였을 것이다.

사건을 파헤치고 다니는 홍도를 나무라는 화원장 김계주의 목소리가 매일 도화서를 울렸다. 화원청으로 불려 다니던 어느 날, 홍도는 결국 해서는 안 될 말을 하고야 말았다.

"사건에는 밝혀지지 않은 조화가 있습니다. 두 사람의 죽음은 분명한 살인입니다."

사건의 진실을 밝히려는 의지라기보다는 절망적으로 내뱉은 자포자기의 푸념이었다. 그들은 홍도가 그렇게 도발적인 말을, 그렇게 무례한 방식으로 해주기를 원하고 있었는지도 모른다. 김계주는 보일 듯 말 듯한 미소를 지었다.

"자네의 부적절한 처신과 괴팍함을 일찍이 들었으나, 이제 음험한 살인을 운운하니 이 일을 정식으로 문제 삼겠네."

다음 날 원로 회의에서 홍도의 운명은 예정된 바대로 결정되었다. 회의는 화원 김홍도가 본직을 소홀히 하고 허황한 살인 의혹을 퍼뜨리는 등 괴팍한 행사를 그칠 줄 모르므로 의궤 작업을 비롯한 일체의 도사에서 물러나라고 지시했다.

"멍청한 늙은이들! 지네들끼리 잘해보라지!"

귀 끝까지 붉어진 홍도는 갖신을 벗어 패대기치며 훅훅 뜨거운 숨을 내뿜었다. 화원회의는 홍도에게 당장 방을 비우라는 명을 전했다. 홍도는 방으로 돌아와 보잘것없는 짐을 꾸렸다.

그렇게 생도청의 일 년은 이 년이 되고 또 삼 년이 되었다. 격정에 못 이긴 젊은 한 시절의 실수가 인생을 송두리째 바꿔놓으리라는 것을 그때는 미처 알지 못했다. 홍도는 냉정하게 스스로에게 되물었다.

그때 나는 내가 해야 할 일을 다 했던가? 나에게 닥친 현실을 피하지 않고 받아들였던가? 아니었다. 지금 생각하면 분명히 알 수 있다. 자신이 비겁했다는 사실을······.

홍도는 얼굴 표정을 길게 늘어뜨리며 무심함을 가장하여 다시 물었다.

"화원장 김계주 어른이 사건을 무마하려던 이유가 무엇이었습니까?"

한평이 대답 대신 지그시 눈을 감았다. 김계주. 당대 도화서의 수장으로 세도를 떨치는 최고의 화원이었다. 줄을 대어야 할 가치가 있는 자이고, 결국은 밟고 올라서야 할 자다. 모든 적들은 친구이며 모든 친구는 적이라는 생각으로 도화서 생활을 겪어온 것이 삼십 년. 한평은 홍도와 김계주 그 어느 쪽도 놓치고 싶지 않았다.

"도화서 화원이 두 명씩이나 죽어나갔으니 어떻게든 빨리 사건을 덮고 싶었겠지."

"김계주 어른은 모두가 알다시피 벽파 영수 조영증 대감의 후원을 받고 있었습니다."

한평은 한 마디 한 마디를 신중하게 머릿속으로 가다듬으며 들었다. 홍도의 물음에 답하면서도 벽파 영수 조영증에게 누가 되지 않으려는 아슬아슬한 줄타기였다.

"조영증 대감은 왜 서징의 죽음을 캐는 것을 막았을까요?"

한평은 홍도가 그 이야기를 물어올 것을 이미 알고 있었다. 영민하고 두뇌 회전이 빠르지만 그만큼 속내를 감추지 못하는 단순한 자였다. 그렇기 때문에 영달에는 도무지 젬병이겠지만······.

한평은 피식 웃음을 흘렸다.

"자네는 두 화원의 죽음 뒤에 조영증 대감이 있다고 의심하는가?"

"그렇다고 말씀드릴 수는 없지만, 그렇지 않다고 말씀드릴 수도 없습니다."

이런 고지식한 인사를 보았나…….

한평은 홍도를 딱하다는 눈길로 쳐다보며 말했다.

"그렇다면 말을 말게. 지금 와서 까뒤집는다고 일이 해결되지도 않을 뿐더러 평지풍파만 일으킬 뿐이야. 죽은 사람은 죽은 사람이고 산 사람은 살아야 하지 않겠나."

신한평이 윤기 나는 수염을 쓰다듬으며 두 눈을 지그시 감았다.

삼각산 아래 서징의 폐가를 찾은 것은 땅거미가 어둑어둑해질 무렵이었다. 초가지붕은 한쪽이 내려앉았고, 오래된 서까래는 군데군데 썩어 있었다. 담 밑에서 주먹만 한 쥐들이 떼를 지어 몰려다녔다.

아린 가슴 속에서 서징의 웃는 모습이 떠올랐다. 그림 재주로 치자면 천재 소리를 듣는 자신과 견줄 만하고, 인물로 따지면 신선과 겨룰 만한 준수한 사내였다. 수석 화원 강수항의 천거로 도화서 화원이 되었으나 서징은 출신이 막연했다. 경상도 상주 태생이라는 정도만 알려졌을 뿐 그의 가문과 이력은 모호했다. 다만 그림 실력이 워낙 출중하여 생도청을 거치지 않고 화원이 될 수 있었던 것이다.

도화서는 뿌리 없는 자들을 쉽게 받아들이지 않았으나 특별한 경우 그림 실력이 뛰어난 자를 뽑아 쓰기도 했다. 자신들의 내부에서 도저히 찾을 수 없는 실력을 지닌 자에게 화원이 되는 은전을 베풀고 그들의 기예와 헌신을 취했던 것이다.

서징 또한 그런 자였다. 그러니 서징은 자신의 출신이나 신분과 같은 개인사나 가족 등 사생활에 관해서도 일절 입을 열지 않았다. 도화서 안에서 비교적 가까운 사이라 할 홍도에게도 마찬가지였다.

하지만 홍도는 그 점을 섭섭하게 생각하지도 않았고 군이 알려고 하지도 않았다. 도화서의 화원에게는 별로 자랑스럽지 못한 개인사나 가족사 말고도 얼마든지 나누어야 할 이야기가 많았다. 새로운 그림에 대한 의견, 새로운 구도와 기법, 재료에 대한 논의를 하는 것만으로도 충분했다. 게다가 홍도의 성격 자체가 남의 속을 미주알고주알 알고 싶어 하지 않는 데다 무언가 말 못할 사정이 있는 듯한 서징의 상처를 건드리고 싶지도 않았다. 들리는 말로 서징은 어린 시절 부모를 잃고 떠돌며 이 절 저 절의 단청장이로 일하기도 하였고 저자의 환쟁이로 떠돌기도 했다고 한다.

사실 서징이 홍도보다 대여섯 살 연장이었으나 그는 나이 한두 살로 위아래를 나누는 일을 우습게 여겼다. 허물 좋은 신분과 나이의 위계 따위는 안중에도 없는 듯 거침없는 성정을 지녔기 때문이다. 그러니 출세와 벼슬에는 뜻이 없고, 그림 중의 상(上)품이라 치는 사군자와 산수는 마다한 채 인물화나 별나고 기괴한 그림에만 몰두했다. 대가의 기와집을 짓는 데 주춧돌의 위치와 기둥, 칸칸의 구조를 그려 미리 볼 수 있게 하는가 하면, 갈수기에 저수지의 물을 퍼 올리는 듣도 보도 못한 기계를 그려 목수들을 불러 만들기도 했다.

말 많은 사람들에 의하면 그의 화실은 무슨 대장간을 보는 듯하다고 했다. 용도와 정체를 알 수 없는 기괴한 기계장치와 수많은 도면으로 가득 차 있다는 것이었다. 언젠가 조심스럽게 묻는 홍도에게 서징은 사람 좋은 웃음을 머금고 말했다.

"점잖지 못하지만 쓸모는 있지. 고작 붓질 몇 번에 난초 촉 몇 대 찌끄려놓고 명품입네 하는 것보다야 새 기계를 만드는 도면이니 유용하지 않은가."

괴팍한 겉모습 속에 맑은 정신과 깊은 지식을 지닌 주인을 잃어버린 폐가는 을씨년스러웠다. 돌담은 무너지고 흙벽은 떨어져 나갔으며 문살은 부러져 있었다.

썩어가는 화실 문짝을 밀어젖히자 끼익 하는 기분 나쁜 소리가 났다. 어둠과 정적의 장막처럼 끈적이는 거미줄을 두 손으로 걷어냈다. 서징이 살아 있을 때 만들었던 의기(儀器)들이 썩고 삭은 채 여기저기 나뒹굴었다. 수레를 굴리는 것만으로 거리를 측정할 수 있다는 기리고거(記里鼓車), 손잡이만 앙상하게 남은 탈곡기……

먼지 사이에서 하얀 이를 드러내며 활짝 웃는 서징이 불쑥 나타날 것 같았다. 하지만 그것은 단지 바람일 뿐, 세월은 많은 것을 바꾸어놓았다. 그리고 바뀐 것은 쉽게 돌아오지 않았다. 남은 것이라곤 확실하지도, 정확하지도 않은 희미한 기억의 조각들뿐……

화실 밖으로 나서자 멀리 서쪽 하늘이 귤빛으로 노랗게 물들어가고 있었다. 멀리서 흰 저고리 차림의 여인이 옆구리에 광주리를 들고 다가왔다. 서징과 담 하나를 사이에 두고 살던 옆집 아낙이었다.

앞머리를 흘려 내린 채 오르막을 힘겹게 오르던 여인이 갑자기 앞을 막아서는 낯선 사내를 보고 흠칫 놀랐다.

"혹 십 년 전 저 집에 살았던 화원을 기억하는가?"

갑작스러운 질문에 긍정도 부정도 하지 못한 여인은 경계하는 눈으로 홍도를 바라보았다.

"저는 모릅니다요. 목구멍이 포도청인 데다 푸성귀로 하루 끼니를 때우기도 힘든 처지에 십 년 전 일이라니……"

여인이 말을 채 끝내기도 전에 홍도는 도포 자락에서 꺼낸 엽전 꾸러미를 여인의 광주리에 훌쩍 던져 넣었다. 철커덩 하는 쇳소리와 묵직한 무게감이 여인의 지친 마음을 순식간에 고동치게 했다.

"어떤 것이라도 괜찮네. 그 불상사가 일어나던 즈음의 기억이 있으면 말해보게."

여인은 눈길을 내리깔며 주춤 물러섰다.

"그날 아침…… 나물 광주리를 챙겨 집을 나서는데 포졸 한 무리가 들이닥치더군요. 무슨 변고가 난 것 같았습니다. 하기야 며칠 전부터 낯선 사람들이 화원의 집을 찾는 것이 이상하긴 했습니다만……."

홍도가 먹이를 문 짐승처럼 예민해졌다.

"낯선 사람들? 어떤 사람들 말인가?"

"글쎄요. 여종 행색의 여인도 있었던 것 같고……."

홍도의 머릿속에서 갑자기 수십 마리의 고삐 없는 말들이 사방으로 달리기 시작했다.

"그 사람들이 화원의 내실로 들던가?"

홍도가 그렇게 물은 데에는 이유가 있었다.

아내를 여의고 혼자 살아온 서징이었으니, 이 산골 벽지까지 찾아온 여인이라면 혹 그를 사모하던 여인은 아니었을까?

장가를 들었으나 역질로 아내를 잃고 혼자 산다는 말을 들은 적이 있다. 그 이상은 알고 싶지 않았지만 일을 당하고 보니 문득 그의 여자관계에 생각이 미친 것이다.

"내실이 아니라 화실로 들어갔습니다. 여인뿐만 아니라 다음 날에는 대갓집 막종처럼 보이는 젊은 사내와 어린 사내아이 또한 들렀습죠."

"여종과 젊은 막종과 사내아이라……."

그 세 사람을 찾을 수 있다면 서징의 죽음을 밝힐 단서를 찾을 수도 있을 것이었다. 답은 두 가지일 것이다. 그들이 서징을 죽였든가, 그것이 아니라면 그들이 서징의 죽음을 불러왔던가…….

하지만 어디에서 그들을 찾는단 말인가? 여종 행색의 여인, 대갓집 막종, 어린 사내아이……. 어떤 방식으로도 조합되지 않는 세 명의 방문자.

홍도는 답답해졌다.

"서징에게 핏줄이 있었던가?"

"예. 어린 딸이 하나 있었습니다."

"그 아이는 어찌 되었나?"

홍도의 물음에 여인은 금방 울상이 되어 눈가에서 눈물을 찍어냈다.

"으이그……. 말도 하기 전에 어미를 잃은 어린것이 다시 졸지에 그 변고를 당하니 어쩔 도리가 있습니까……."

"아, 그러니까 어떻게 되었는지를 묻고 있지 않나!"

홍도가 버럭 소리를 질렀다. 고함은 여인이 아니라 스스로에게 지르는 분노의 목소리였다. 비명에 간 동료의 혈육을 건사하지 못하고 낯선 여인에게 묻는 자신에 대한 자책이었다.

부끄럽고 죄스러웠다. 십 년 전…… 그때는 어렸고, 모든 일들은 삽시간에 번지는 불길처럼 갑작스러웠고 버거웠다. 하지만 사람이 이렇게 매정하고 무심하고 매몰찬 짐승이던가!

홍도는 어금니를 꾹꾹 씹으며 자책감을 억눌렀다.

"변고가 있던 날 아침, 화실에서 울고 있는 어린것을 냅다 안고 뛰쳐나왔습죠. 며칠 후 경상도 상주 땅에 산다던 화원 어른의 집안 형님이라는 분이 그길로 아이를 데려갔습니다요."

상주 땅이라면 왕복 보름 길, 찾아가서 몇 마디 물어볼 수야 있겠지만 철부지 어린아이가 무엇을 기억할 수 있을 것인가. 설사 기억한다 하더라도 그 아이에게 아픈 기억을 되새기게 한다는 것도 못할 짓이었다.

이 어둠의 어느 끝에서 시작해야 하나……. 홍도의 얼굴에 낭패감이 어렸다.

"혹 그 세 사람의 용모나 신체의 특징을 기억할 수 있나?"

"에구……. 십 년 전 잠시 스치듯 본 사람의 얼굴을 어떻게 기억하라 하십니까. 다만 기억에 남아 있는 건…… 그이들 모두 가을도 다 지난 계절에 무명옷 위에 거친 베옷을 입고 있었지요."

홍도의 두 눈이 반짝 빛났다.

다음으로 홍도가 찾아간 곳은 강수항의 집이었다. 마지막으로 스승의 집을 찾았을 때, 아직 상복을 벗지 않은 스승의 큰아들 강유언은 눈물이 마르지 않은 눈으로 홍도에게 말했었다.

"아버님은 이미 돌아가신 분이고 의금부에서도 자연사로 종결한 사건이오. 설사 공의 짐작대로 아버님이 누군가에 의해 피살되셨다 해도 증명할 길은 없소. 다만 남은 식솔들은 아버님의 명예와 가문의 이름에 누가 되지 않기를 바랄 뿐이오."

그렇겠지. 집안의 어른이 누군가에게 살해당한 것보다는 그림을 그리다 화실에서 조용히 숨진 편이 가문의 체면에 훨씬 유리할 테니까. 죽은 사람은 어차피 죽은 사람, 살아 있는 자들은 가문을 이어가야 할 것이다.

스승은 오래전 떠났으나 가문은 더욱 번성하여 별채를 세 칸이나 더 지었다. 한눈에 보기에도 웅장한 대가의 위용 앞에 스승의 존재가 무색해진 것 같아 홍도는 쓸쓸해졌다.

마당에는 예전보다 더 많은 종들이 바쁘게 오갔고, 새로 얹은 기와는 산뜻했다. 사랑채로 들자 회칠한 축대와 귀갑문(龜甲文)을 새긴 화려한 담장이 보였다. 대청마루에는 오래전 젊은 시절의 스승을 닮은 강유언이 우뚝 서 있었다.

"급작스러운 변을 당하여 걱정했으나 난관을 이기고 정진해 과거에 급제하셨다 들었습니다."

홍도가 눈을 내리깔며 말했다. 강수항의 죽음 이후 두 아들이 연이어 입신했다는 이야기를 들은 적이 있다. 화원은 중인의 신분으로 과거에 응시하지 못하나, 어진 화원 강수항의 공적을 높이 사 나라에서 그 후손들에게 은전을 내렸다는 것이다.

"선친의 업적을 높게 보신 조정 어른들의 도움이 컸습니다."

강유언이 홍도의 표정을 살피며 조심스럽게 말했다.

"그런데 어쩐 일로 갑작스럽게……."

"몇 가지 알고 싶은 점이 있어서……. 폐가 되진 않을 테니 걱정 마십시오. 종자들에게 몇 가지 문질하는 것으로 족합니다."

홍도가 말끝을 얼버무렸다. 강유언의 얼굴에 긴장한 기색이 드러났다.

"십 년 전의 일입니다. 가슴 찢어짐으로 말하자면야 자식인 저보다 더할 사람이 어디 있겠습니까. 말릴 마음은 없으나 새삼 아픈 상처를 건드리시지는 않았으면 합니다."

강유언이 입술에 힘을 주었다. 홍도는 허리를 숙여 절하고 사랑을 물러났다.

다음 날 아침 강유언의 집으로 갔을 때, 입궐한 그를 대신해 청지기가 홍도를 안내했다. 홍도는 그에게 십 년 전부터 일해온 집안의 종들을 만나고 싶다고 했다.

"대화원께서 돌아가신 직후 젊은 막종 하나와 계집종 하나가 눈이 맞아 야반도주를 했고, 늙은 행랑아범은 죽었습니다. 지금은 식모와 마당쇠 그리고 소인이 남았습니다."

"그렇다면 대화원께서 돌아가시던 해의 변고를 아시겠군요."

홍도의 말에 청지기가 경계의 눈빛을 보였다.

"미련한 자가 나이 먹어 머릿속이 점점 어두워져만 가니 바로 어제 일조차 깜빡깜빡합니다. 어찌 오래전의 가물가물한 일을 떠올리라 하십니까. 갑작스러운 변고에 혼비백산 장례를 준비하고 손님을 치른 기억밖에 없습니다."

홍도는 물에 불은 손을 앞치마에 닦고 있는 식모에게로 다가섰다. 하지만 그녀 또한 도움이 안 되기는 마찬가지였다. 초상을 치르는 동안 음식 준비에 바빠 아무것도 기억나지 않는다는 대답이었다. 구슬려도 보고 윽박질러도 보았으나 소용없었다. 그들은 말을 하지 않는 것인가, 아니면 말을 못하는 것인가?

가슴을 졸이고 있을 때 막종 하나가 시큼한 땀 냄새를 풍기며 중문을 들어섰다. 홍도는 똑같은 질문을 던졌다.

"십 년 전 대화원 어른께서 돌아가셨을 즈음의 일을 기억나는 대로 말해주게."

"소인이 아둔하여 금방 들은 것도 까먹을 지경이니 그때 일을 어찌 기억하겠습니까? 마당에 가득한 손님상을 나르느라 아무것도 볼 겨를조차 없었습니다요."

막종은 홍도의 눈을 피해 발끝에 시선을 고정시킨 채 중얼댔다. 기다렸다는 듯 따라온 청지기가 나섰다.

"도움을 드리려 했으나 큰 도움이 되지 못한 것 같아 송구스럽습니다."

"아니오. 나름대로 의미는 있었으니까……."

중치막 자락을 여미며 나서던 홍도가 다시 몸을 돌려 막종에게 물었다.

"고개를 들어 나를 보게. 나를 기억하겠는가? 스승님 생전에 간혹 드나든 적이 있었는데……."

막종은 홍도의 말이 끝나기도 전에 고개를 가로저었다.

"모릅니다요. 기억하지 못하겠습니다요."

흔들리는 사내의 눈을 똑바로 들여다보던 홍도는 빙긋 웃으며 커다란 솟을대문을 나섰다.

원하던 대답은 얻지 못했다. 하지만 헛된 일은 아니었다. 원하던 대답을 얻지 못한 것이 소득이니까. 그들은 무언가를 감추고 있거나 거짓말을 하고 있었다. 그 침묵과 거짓은 강유언의 지시 때문일 것이다.

집안의 종자들을 만나게 해달라고 강유언에게 미리 부탁한 것은 잘한 일이었다. 강유언이 종자들에게 미리 철저한 함구령이 내릴 수 있도록 여유를 준 것이니까.

마당쇠는 스승의 변고가 살인이라고 떠벌리며 집 안에서 설쳐대던 서징과 드잡이까지 했던 자였다. 그런데도 단지 술병을 날렸을 뿐이라고 대답했다. 강유언은 분명 무언가를 숨기려 하고 있었다. 더 이상 얻어낼 수 있는 것은 없을 것이다.

실마리는 어쩌면 엉뚱한 곳에서 풀릴지도 모른다.

대문을 나서며 홍도는 스승의 집을 다시 한번 힐끗 쳐다보았다.

화실이 있던 곳에는 화려한 사랑채가 들어섰다. 한때 젊고 부지런한 도제들이 땀 흘리던 화실은 흔적도 찾아볼 수 없게 되었다. 화원의 운명을 끔찍이도 싫어했던 강유언이 부친의 존재 자체를 지우려 한 것 같아 홍도는 씁쓸해졌다.

하지만 대문 계단을 내려서는 순간 머릿속이 확 밝아지는 듯했다. 모래밭에서 바늘을 찾아낸 기분이었다.

스승의 도제! 그것을 왜 진작 생각하지 못했을까. 화실을 떠난 도제들이야말로 오염되지 않은 순수한 증인이었다. 강유언도 그들의 입까지 틀어막을 수는 없을 것이다. 하지만 뿔뿔이 흩어진 자들을 어디에 가서 찾는단 말인가? 어떤 자는 모든 꿈을 접고 낙향했을 것이고, 또 어떤 자는 알량한 그림 재주로 장터를 떠돌거나 대갓집 사랑손님을 청하며 동가식서가숙하고 있을 것이다.

헛되고 부질없으며 무모하기까지 하지만, 무언가 해야 했다. 많은 도제들과 수종 화원들을 거느린 큰 규모의 사화서를 찾아야 할까?

하지만 깐깐하고 고지식했던 스승의 도제라면 실력이 아무리 좋아도 요령 없는 벽창호이기는 마찬가지일 것이다. 그런 벽창호가 몸을 의탁할 만한 화원은 누구인가?

머리가 생각하기도 전에 두 발이 먼저 움직였다. 홍도가 향한 곳은 김수명의 화실이었다. 김수명은 도제 넷을 데리고 초라한 화실을 꾸려나가는 수석 화원이었다. 등신이란 소리를 들을 만큼 고지식하고 물정에 어두운 치였다.

화실은 자신의 사랑채 옆에 돌담을 쌓고 지은 두 칸짜리 별채였다. 초라하리만치 소박한 화실 안에서 세 명의 도제들이 먹을 갈고 그림을 그리고 있었다. 햇살이 드는 창가에서 난을 치던 김수명은 조심스럽게 들어서는 홍도를 놀란 눈으로 바라보았다.

"단원이 아닌가. 이렇게 누추한 곳에는 갑자기 웬일인가?"

머릿수건을 벗자 약간 벗어진 이마가 반들거렸다. 먹으로 얼룩진 그의 손이 덥석 홍도를 잡아 다탁으로 이끌었다. 도제 하나가 먹물 묻은 손을 씻고 차를 내왔다.

"예. 실은…… 십 년 전까지 스승님의 화실에서 도제살이하던 자들을 수소문할까 하여……."

"대화원의 도제살이를 하던 자라…… 그렇다면 제대로 찾아왔네만."

말끝을 흐린 김수명이 화실 구석으로 갔다. 홍도의 머릿속이 촛불이 켜진 듯 환해졌다. 어두침침한 구석에 한 사내가 웅크리고 있었다. 김수명이 어깨를 툭툭 치자 사내는 놀란 눈으로 돌아보았다.

"혹 강수항 대화원의 화실에서 도제살이를 한 적이 있소?"

사내는 경계를 누그러뜨리지 않은 불안한 눈으로 홍도를 노려보았다. 강렬하고 섬뜩한 두려움을 담은 눈빛이었다.

"불행히도 말을 하지 못한다네. 시래기 줄기로 연명하던 저잣거리의 천애고아로, 춘화 파는 장돌뱅이에게 매일 회초리를 맞으며 야릇한 그림을 베꼈다네. 그림 재주를 눈여겨본 대화원께서 장돌뱅이에게 묵직한 돈 꾸러미를 던져주고 거두어 기르다시피 하셨다네."

겨우 찾은 한 줄기 희망이 깜깜한 어둠 속으로 꼬리를 감추고 있었다. 미친놈처럼 헤매 다니며 겨우 만난 증인이 말을 모르는 자라니……. 하지만 홍도는 마음을 가라앉히고 김수명에게 예정된 질문을 던졌다.

"대화원께서 돌아가신 후에 화실과 나머지 도제들은 어떻게 됐습니까?"

"중인 신분에 한이 맺힌 대화원의 아들은 벼슬할 수 있는 방법만을 강구했다네. 다행히 부친의 명성으로 뒤를 봐주는 양반들이 있어 과거를 보고 벼슬에 나갈 수 있었다지. 번듯한 양반 신분에다 벼슬까지 한 그자는 화원인 부친의 흔적을 철저히 없애고자 하였지. 화실은 흔적도 없이 헐어버리고 그 자리에 사랑채를 넓혀 지었다고 하네. 도제들은 하나둘 화실을 떠나고 저 친구만 덩그러니 남았지."

"하기야 화실 문을 닫았는데 도제가 머물 자리가 어디겠습니까."

"대화원의 아들은 저 친구를 사랑채 막종으로 쓰고 있었다네. 언젠가 강유언 그자가 저 친구의 손에 내가 오래 탐했던 대화원의 벼루 하나를 들려 보냈더군. 부친의 화구들이 눈앞에 얼쩡거리는 것조차 싫었을 테니 귀찮은 물건 처분하려는 셈으로 내게 떠넘긴 것이지. 대화원께서 재주를 아끼시던 자이니 마당 쓸고 심부름 다니는 막종 신세보다는 내가 돌보면 어떨까 하고 청을 넣었다네."

"강유언이 집안의 종을 넘겨달라는 청을 쉽게 들어주던가요?"

"듣지도 말하지도 못하는데다 그림 재주 말고는 뾰족하게 일을 잘하는 것도 아니니 군식구라도 하나 줄이자는 요량이었는지 흔쾌히 그러라고 하더군."

"그림 재주는 어떠합니까?"

"혼자 익힌 그림의 경지가 놀라울 정도라네. 육신의 결함이 아니었다면 큰 화원이 되었을 게야. 산수와 화조에도 능하나 인물화에 특히 능하다네."

"말하지 못한다면 의사소통은 어찌 합니까?"

"먹을 갈고 칠을 하는 등 화실 일은 눈빛만으로도 척척 해낸다네."

홍도는 마음이 급해졌다. 놀란 눈을 껌뻑이는 사내 앞에 두 손바닥을 펼쳤다. 십 년 전이라는 뜻을 보여주려는 것이었다. 하지만 사내는 홍도의 말을 알아듣지 못한 채 눈만 끔뻑거렸다.

"원래 말하지 못하는 데다 스승의 변고로 쉬 마음을 내보이려 하지 않는 다네."

모든 것은 다시 원점으로 돌아가고 말았다. 그렇다면 원점에서 다시 시작할밖에. 홍도는 어금니를 깨물었다. 막다른 골목에 당도하면 다시 돌아 나와 다른 길을 생각하는 편이 영리한 처사였다. 홍도는 그것을 십 년 언저리를 넘긴 지금에야 알 것 같았다.

젊은 피와 끓는 열정만으로 가득했던 시절에는 앞을 막아선 담벼락에 몸을 부딪히고 머리를 찧었다. 온몸이 만신창이가 되고 머리가 깨져 피를 흘리면서도 돌아 나갈 생각을 하지 못했다. 그때는 순진하게도 젊음의 마지막 한 방울까지 태우려고만 했었다. 뜨겁고, 거칠고, 뒤돌아보지 않고, 부딪히고, 반항하고, 깨뜨리면서 그는 살았다.

늙는다는 것은 죄를 짓는 것 같았다. 원로 화원들의 맥없는 눈빛, 구부정한 어깨, 달려본 지 오래된 가는 다리, 쭈그러든 얼굴과 깊게 패인 얼굴의 주름…… 그 모든 것들이 젊음을 잃어버린 자들에게 내려진 형벌만 같아서 홍도는 늙은 자들을 혐오하였다.

하지만 이제 조금은 알 것 같다. 늙는다는 것은 젊음을 잃어버리는 것이 아니라 젊음에 더해지는 축복임을.

홍도는 미련 없이 발걸음을 돌렸다. 어차피 처음부터 출발점이란 없었으니까. 단서가 발견되는 곳이 출발점이니까. 홍도는 깨질 것 같은 관자놀이를 지그시 눌렀다. 힘든 하루였다. 아무것도 얻지 못한 하루이기도 했다.

홍도는 미간에 깊은 주름을 잡고 가물거리는 등잔불을 훅 불어서 껐다. 어지러운 머릿속의 기억을 한 켜 한 켜 걷어내자 십 년 전의 기억이 새삼 떠올랐다.

오월 열아흐레.

의금부는 정오가 되기 전에 강수항의 죽음을 노환과 과로로 인한 자연사로 결론지었다. 원로회의는 뛰어난 수석 화원의 지위에 걸맞은 성대한 장례 절차를 결정했다. 그리고 남은 유족에 대한 예우는 최대한 정중하게 한다는 원칙이었다. 장례 절차는 차질 없이 진행되었다.

서징은 바쁘게 움직이는 모든 사람들이 공모하여 진실을 서둘러 덮어버리려는 것처럼 보여 마음이 편치 않았다. 웅성거리는 상가의 이곳저곳을 기웃거리며 서징은 단서가 될 만한 것을 찾았다.

하지만 시신은 이미 염을 마친 상태로 삼베로 싸여 있었고, 엉망진창이던 화실 안은 깨끗이 치워졌다. 종들과 어린 도제들은 음식을 나르기에 정신이 없었고, 내로라하는 문상객들이 줄을 이었다.

서징은 수많은 사람들 속에서 자신이 길을 잃었다고 느꼈다. 안개 같은 모호함, 죽음 같은 침묵, 스산한 음모의 그림자가 집 안 곳곳에서 스멀거렸다.

도대체 알 수 없었다. 명리에도, 관직에도 관심 없이 그림만 그려온 스승이 왜 한밤의 화실에서 죽어가야 했을까?

서징은 분주한 상갓집의 마루턱과 행랑채, 부엌과 외양간을 오가며 그날 일을 기억하는 누군가를 찾아 헤맸다.

초상이 치러지는 동안 시간이 어떻게 지나갔는지 서징은 알지 못했다. 다만 부친을 잃은 아들의 비탄과, 스승을 잃은 제자의 슬픔과, 큰 화원을 잃은 화원들의 절망 사이로 정신없이 돌아다녔을 뿐이다. 그리고 그 혼미한 시간만큼의 따가운 불면과, 숨길 데 없는 불안과, 자신을 향한 냉담한 눈길과, 등 뒤의 수군거림과, 낙엽처럼 바스라질 것 같은 피곤함을 기억할 뿐이었다.

구슬픈 곡소리와 망자의 혼을 달래는 상엿소리, 저승길을 안내하는 요령잡이소리가 요란한 가운데 솟을대문을 나서는 상여 행렬을 따르며 서징은 갑갑함을 참을 수 없었다. 원통한 죽음의 진실이 그대로 묻히도록 내버려둘 수는 없었다. 그러나 상여는 서징의 울분을 남겨둔 채 긴 골목을 벗어나고 있었다.

"자네는 아직도 말도 안 되는 혼자만의 의혹을 거두지 않았구먼."

멀어져가는 스승의 상여를 바라보며 젖은 눈가를 훔쳐내는 서징의 뒤에서 낯익은 목소리가 들렸다. 반쯤은 무모함을 탓하는 핀잔이었고, 반쯤은 무모한 친구를 감싸는 목소리였다. 고개를 돌리자 흰 삼베 망건과 베옷 차림의 홍도가 싱긋 웃고 있었다.

스승을 실은 상여는 이미 모습을 감추었다. 그러나 긴 요령잡이소리의 여운은 말간 하늘을 따라 귓전에 은은하게 머물렀다. 서징은 지난 며칠 동안의 피로와 혼란스러움으로 머리가 지끈거렸다.

"자넨 아직도 내가 말도 안 되는 헛소리를 지껄이고 있다고 생각하는가?"

서징은 누구의 동의도 얻지 못한 자신의 처지를 하소연했다. 홍도는 웃음기를 거두었다.

"증명할 수 있다면 헛소리가 아니겠지."

냉정한 그의 말은 철창문이 닫히듯 단호했다. 서징은 잠시 갈등했다. 얘기를 해야 할 것인가, 말아야 할 것인가.

서징은 곧 자신에게 선택권이 없음을 깨달았다. 진실을 밝히기 위해 도움을 청할 수 있는 사람은 그 친구가 유일했다. 그 친구를 끌어들이기 위해서는 알고 있는 것을 모두 이야기해야 했다. 서징은 도박을 하는 기분이 되었다. 결국 둘 중에서 하나를 골라야 하는 것이다. 말할 것인가, 말하지 않을 것인가. 서징은 결국 입을 여는 쪽을 택했다.

"이상하지 않나? 금부와 식솔들은 왜 스승께서 화실에서 돌아가신 사실을 쉬쉬하려는 것일까?"

서징은 억센 수염을 소리가 나도록 쓱쓱 손으로 문지르며 물었다.

"글쎄…… 가족들이야 고인께서 평화롭게 눈을 감으신 것으로 믿고 싶겠지. 모든 죽음은 그 생전의 명예와 이름에 값해야 하니까 말이야."

"그렇다면 금부는 왜 그 말을 그렇게 쉽게 믿어준 것일까?"

"뭐…… 괜히 일을 크게 만들 필요가 없다고 생각한 것이 아닐까?"

"검안이야. 만약 스승님이 화실에서 돌아가셨다면 의문사가 되므로 검안을 해야 해. 하지만 노인인데다 과로가 겹쳤으니 안방에서 돌아가셨다면 자연사라 해도 문제될 게 없지."

돌멩이를 툭 던지듯 홍도가 대꾸했다.

"검안을 피하고 싶은 것은 유족의 입장에서 당연한 일이야."

"스승님께서 돌아가신 날 화실을 살펴보았네. 화실 안은 엉망이었지. 구겨진 그림들과 안료 통이 이리저리 나뒹굴고 있었고, 붓들은 흩어져 있었으며, 벼루는 엎어져 있었지."

서징의 말은 별 뜻 없이 대화를 이어 가던 홍도의 뒷머리에 찬물을 들이붓는 것 같았다. 홍도는 바짝 긴장한 목소리로 대꾸했다.

"작업실에서 먼지 하나 보고 넘기지 못하는 정갈한 스승님의 성정에는 있을 수 없는 일이군. 세심한 스승님의 성정에 비춰보면 손목에 튄 먹 자국도 상상할 수 없어."

서징은 홍도의 거친 삼베옷 소맷자락을 쥐며 바짝 다가섰다. 누구도 믿어주지 않던 자신의 말을 내치지 않은 사람을 닷새 만에야 만나게 된 것이었다.

"범인은 화실에서 다급하게 무언가를 찾았던 것 같아."

"값나가는 물건도 없는 화실에서 무엇을 찾았다는 말인가?"

"너저분하게 어질러진 그림들은 사군자와 산수가 대부분이었네. 인물화는 한 점도 남아 있지 않았어. 범인은 스승님의 인물화를 탐낸 것 같네. 화실 안의 인물화란 인물화는 모조리 쓸어간 거야."

"하지만 그림의 가치로 보면 사군자, 산수, 인물, 영모, 화조, 식물의 순이 아닌가? 천하의 대화원을 죽이면서 어찌 별 가치도 없는 인물화를 노렸단 말인가?"

"나 역시 그 점이 풀리지 않는 의문이야. 그 의문을 풀면 사건의 비밀도 풀리겠지."

서징이 나지막한 목소리로 혼잣말을 했다. 홍도는 그런 서징을 딱한 눈으로 바라보았다.

"그만하게, 이 친구야. 의금부에서조차 대화원의 병이 위중하고 과로하여 사망하였다 했거늘!"

홍도의 말은 힐난에 가까웠다. 냉담한 홍도의 표정을 살피던 서징이 입술을 꾹 깨물었다.

"금부라는 권위는 있지도 않은 사실을 만들기도 하고, 있는 사실을 지우기도 하네. 누구도 그 결정에 이의를 달거나 의문을 가질 수 없어. 금부 관원들은 일의 뿌리를 캐기보다는 빨리 마무리 짓는 데 급급할 뿐이야."

"금부 관원들이 무엇이 두려워 사건을 은폐하려 들겠나. 스승님의 몸에 칼에 베인 자국이 있던가? 찔린 자국이 있던가? 그도 아니면 목 졸린 자국이 있던가? 작은 핏자국 하나 없지 않던가?"

서징이 할 말을 잃고 잠시 깨물었던 입술을 다시 열었다.

"핏자국보다 명확한 표식이 있었네. 자네도 분명 돌아가신 스승님 얼굴의 이상한 징후를 보았겠지?"

서징의 두 눈이 순간적으로 빛을 발했다. 홍도는 꿀꺽 침을 삼켰다. 서징이 무슨 말을 하려는지 알 수가 없었다.

"징후? 무슨 징후 말인가? 스승님의 표정은 한없이 맑고 평안하기만 하지 않았던가?"

홍도의 표정이 구겨졌다. 서징이 다급하게 말을 이었다.

"언뜻 보아서는 거의 알아챌 수 없었지만, 분명 스승님의 입술과 뺨에 녹색 기운이 어려 있었네."

"나 또한 스승님의 얼굴과 표정을 눈여겨보았지만 녹색 기운은커녕 아무 것도 보이지 않았어. 만약 보았다고 해도 그것이 스승님의 죽음과 무슨 상관인가?"

홍도가 냉담하게 대꾸했다.

"살인이야. 그것도 아주 교묘하고 감쪽같은 살인이지. 스승은 자연사한 것이 아니라 누군가에게 피살당했어."

홍도의 등줄기에 찌르르한 느낌과 함께 소름이 돋았다.

"말을 삼가게. 인품으로나 실력으로나 그런 참혹한 변을 당할 분이 아니시네."

그렇게 소리 높여 강변할 사람은 홍도뿐만이 아니었다. 도화서 안팎의 모든 사람들이 강수항을 신선이라 부를 정도로 존경하고 있었다.

"초록이 어떻게 얻어지는가?"

"그거야 낸들 알 것이 무엇인가? 색을 만들고 배합하는 일이야 단청실에서 할 일이지."

홍도의 말에는 이유가 있었다. 도화서에서 쓰는 색이라야 황색 계통의 월황(越黃)과 치자색 등 극히 제한된 몇몇 색깔뿐이었다. 나머지 색깔들은 엄격히 제한되었으며 화원들 또한 색을 가까이하는 것을 꺼려했다. 뛰어난 그림이란 먹과 여백으로 이루어질 뿐, 색을 칠하는 순간 그 단순함과 고졸함의 미는 사라지고 만다는 믿음 때문이었다.

그나마 간혹 쓰이는 색은 단청을 칠하는 단청실에서 만든 안료를 쓰는 것이 전부였다. 그러니 화원이라 해도 색이 만들어지는 경로와 원리에 대해서는 알 수 없는 것이 당연했다.

그런 홍도에게 느닷없이 초록이 어떻게 얻어지느냐고 묻는 서징의 물음은 당혹스럽기까지 했다. 냉담한 홍도의 표정을 살피며 서징이 조심스럽게 입을 열었다.

"초록은 월황에서 얻어지네. 황색을 내는 월황과 푸른빛을 내는 쪽을 섞어 만들지."

"그것이 어쨌다는 말인가?"

서징이 큰 숨을 들이쉬고 좌우를 살핀 다음 홍도 귓가에 소곤댔다.

"월남산 등황인 월황엔 치명적인 독이 있어. 월황의 독이 핏줄을 타고 번지면 핏줄이 터지면서 입술과 얼굴에 녹색 기운이 나타난단 말일세."

홍도는 그제서야 무언가가 잘못되어가고 있음을 깨달았다. 잘못된 곳으로 이끄는 알지 못할 힘이 있었다.

"그런 중요한 사실을 금부 관원들이 어찌 발견하지 못하고 스쳐 지났단 말인가?"

"그자들이 색을 내는 안료와 그 독성에 대해 무엇을 알겠나?"

"그런데도 어찌 자네는 관원들에게 그 이야기를 해주지 않았단 말인가?"

홍도의 목소리는 서징을 나무라는 투였다.

"관원들은 모두 그 일을 서둘러 덮으려는 심산이었어. 식솔들도 마찬가지였고……. 그러니 어쩌겠나? 혼자 힘으로라도 밝혀낼밖에……."

서징의 눈빛은 무언가 단서를 잡은 듯 확신에 차 있었다. 하지만 그 표정은 세상에서 가장 외로워 보였다. 그것이 홍도가 기억하는 서징의 마지막 모습이었다.

홍도는 어둠이 짙게 깔린 골목에서 우물가를 지켜보고 있었다. 어둠은 점점 벗어져 우물가의 전경이 뚜렷이 보였다.

골목 저쪽에서 푸른 치마에 흰색 저고리를 입은 여인이 물동이를 이고 나타났다. 스승의 집에서 만난 적이 있는 식모였다. 갑작스레 나타난 홍도에게 그녀는 함구로 일관했다. 하지만 이번에는 다를지도 모른다. 여인이 골목 앞으로 다가왔을 때 홍도는 한걸음 쓰윽 내딛었다.

"어이구머니나!"

여인이 갑자기 앞을 막고 선 사내에게 기겁을 하듯 바쁜 발걸음을 멈추었다.

"그렇게 갑자기 앞을 가로막으시다 물동이라도 엎으면 어찌합니까요?"

홍도는 느긋한 미소를 지었다. 갑자기 놀라게 한 다음 자신의 정체를 보여주고 다시 느긋하게 눙친 것은 여인의 머릿속을 혼란스럽게 만들기 위해서였다. 뒤죽박죽이 된 여인의 머릿속은 질문을 피하거나 말을 꾸밀 엄두조차 내지 못할 것이었다.

말의 고삐를 잡은 홍도는 다시 느긋한 말투로 물었다.

"지난번 자네가 빠뜨린 말이 있는 것 같더군. 자네는 기억 못할지 모르나 십 년 전 베옷을 입은 자네가 북악 밑 한 화원의 집을 드나드는 것을 본 사람이 있다네."

여인의 곧추세운 자세가 한순간 휘청했다. 찰랑찰랑하던 머리 위의 물동이에서 철퍼덕 물이 흘러내렸다. 여인은 얼굴과 목덜미를 타고 흐르는 물을 어쩔 줄 몰라 했다.

"누가 무엇을 기억한단 말입니까요? 저는 아는 게 아무것도 없습니다요."

물동이를 쥔 그녀의 두 손이 부들부들 떨렸다. 물에 젖은 얼굴이 보기 딱했으나 홍도는 약해지지 않았다.

"대화원이 황망 중에 돌아가시고 집안이 쑥대밭이 되었는데, 그 집안의 여종이 홀로 사는 젊은 화원의 집을 들락거렸다?"

여인의 물동이가 흙바닥에 툭 떨어져 박살이 났다. 중치막 자락으로 흙탕물이 튀었다. 얼이 빠진 여인은 한참 후에야 겨우 입을 열었다.

"이제 와 무엇을 숨기려 한들 무슨 소용이 있겠습니까……."

홍도는 찬 시선을 거두지 않았다.

"하지만 그 화원의 집을 찾은 것은 화원과의 사사로운 정 때문이 아니었습니다."

홍도는 여인에게 들키지 않게 긴 숨을 내쉬었다.

"사사로운 정 때문이 아니라면 어찌 베옷 차림으로 혼자 사는 남정네의 집을 드나들었는가?"

"그 무렵 부엌으로 절 찾아오신 화원께서, 대화원이 돌아가시던 새벽 무렵에 어디에 있었는지를 물으시더군요. 저야 밥이나 짓는 부엌데기니 꼭두새벽부터 우물물을 길었다고 말씀드렸습니다. 그분은 후원의 우물로 가려면 화실 별채를 지나야 하는데 근처에서 낯선 자를 보지 못했느냐고 물으시더군요."

"그래서?"

홍도는 마치 자신이 그 질문을 던진 양 바짝 여인에게 다가들었다.

"화원의 추궁 때문은 아니었지만 새벽 나절 얼핏 본 낯선 남자가 생각났습니다."

"남자? 낯선 남자라 했나?"

"물동이를 이고 화실 앞을 지나가는데 건장한 남자가 뜰을 가로질러 갔습니다. 화실 손님이겠거니 생각하면서도 뭔가 이상해 힐끗 돌아보려다 물동이를 엎을 뻔했지요."

홍도의 머리털이 쭈뼛 서는 것 같았다. 서징이 이 이야기를 듣고 물었을 그 질문을 다시 던졌다.

"그 얼굴을 기억할 수 있겠나?"

여인은 조금 흥분을 가라앉힌 듯 젖은 머리카락을 쓸어올리며 말했다.

"제가 본 것은 그 사내의 얼굴 아랫부분뿐이었습니다. 물동이를 이고 있자니 자연 눈길이 아래쪽으로 머물러 얼굴 전체를 볼 수 없었지요. 단지 입술이 얇고 하관이 가늘게 빠졌다는 것뿐입니다. 어깨에 두루마리 통을 걸친 것으로 보아 화원일 거라 짐작했지요."

"좋아, 좋아. 그럼 자네가 서징을 찾아간 까닭을 말해보게."

"화원께서 그 낯선 자에 관해 자신의 화실로 와서 말해달라고 하시더군요. 상중이라 바깥출입이 어렵다고 해도 돌아가신 대화원님을 위한 일이라는 바람에……."

"그래서 서징의 화실에서 무엇을 했던가?"

"화원께 그 낯선 사내의 인상을 말씀드렸을 뿐입니다. 화원께서는 제 말을 듣고 무언가를 쓱쓱 그리시더군요. 그리고는 제 앞에 내놓는데 제가 본 사내의 하관과는 달랐습니다. 얼핏 본 기억 속의 인상을 듣고 그리는 것이니 그거야말로 짚더미 속에서 바늘 찾기가 아닙니까. 그림을 보고 기억을 더듬어 잘못된 곳을 말씀드리면 화원께서는 고치시기를 반복하셨지요."

"그것이 전부인가?"

"예! 수십 번을 고쳐 얇은 입술과 입매와 턱을 그리는데…… 화원이라는 이름이 무색하지 않더군요. 직접 본 저도 그리지 못하는 입꼬리 부분과 턱의 갈라진 부분까지 똑같았으니까요."

여인은 새삼 신통한 듯 고개를 주억거렸다. 절대 드러내지 않을 것처럼 숨겼던 이야기를 털어놓았지만, 상중에 혼자 사는 젊은 화원의 집을 들락거렸다는 욕된 누명을 벗은 것이 다행스러운 듯했다.

"그런데 화원님께서는 어찌 십 년 전에 제가 그 화원의 집으로 간 사실을 아셨습니까?"

놀란 여인이 큰 눈을 껌뻑였다. 물론 처음부터 알았던 건 아니었다. 베옷을 입었다면 상주가 분명했겠으나 상주가 빈소를 떠날 수는 없었을 것이다. 상주가 아니라면 한 집안의 종이나 더부살이를 하는 자들이 분명했다. 그무렵 서징의 집에 출입할 베옷 입은 아녀자라면 대화원의 식솔밖에 누가 있을 것인가. 여종들 중 나이가 비슷한 찬모에게 미끼를 던지고 빠져나갈 수 없는 미늘을 달아 부지불식간에 몰아쳤을 뿐이다.

홍도는 중치막 자락을 걷으며 삐걱거리는 소리를 내는 낮은 나무 계단을 올랐다. 오래된 화구와 완성하지 못한 습작들을 보관하는 방 한구석의 작은 다락방이었다. 오래된 곰팡내 같은 아련한 냄새가 났다. 홍도는 층층이 쌓인 오래된 서화들과 구겨진 습작들 사이에서 두꺼운 재생지 상자를 들고 다락방을 내려섰다.

방 한가운데 앉은 홍도는 두근대는 심정으로 상자의 뚜껑을 열었다. 오래된 먹 냄새와 퀴퀴한 곰팡내가 강렬하게 피어 올랐다. 홍도는 둘둘 말린 두루마리 종이들을 하나하나 펼쳐 들었다. 대부분은 혼자 그리다가 포기한 습작이나 몇몇 군데가 마음에 안 들어 남들 앞에 내놓지 못한 그림들이었다.

홍도는 그림들을 밀쳐놓으며 약간 두꺼운 재질의 종이를 펼쳤다. 서징이 죽던 날, 피비린내가 코를 찌르는 그의 화실 바닥에 아무렇게나 떨어져 있던 그림이었다.

서징이 죽은 것은 스승의 죽음 후 닷새가 지나던 날이었다. 연 닷새 동안 이어진 스승의 장례로 홍도는 기진맥진해 있었다. 도화서로 돌아와 장례 절차 보고서를 올린 후 쓰러지듯 잠들었다. 다음 날 늦잠 속에서 혼곤한 홍도를 깨운 것이 바로 서징의 죽음을 알리는 전갈이었다.

'오늘 아침 도화서 수종 화사 서징이 삼각산 녘 자택에 난입한 자객의 칼을 맞아 사망함.'

잠결에 서징의 죽음을 전하는 전갈을 접한 홍도는 욕지거리를 내뱉었다. 하나의 죽음에 얽힌 진실도 밝히지 못한 채 또 하나의 죽음을 맞았다. 홍도는 낭패감에 몸을 떨며 서징의 집으로 달렸다.

화실 안은 늘 보던 그대로 서징의 기이한 기물들과 장치들로 어수선했다. 벽에는 붉은 핏자국이 튀어 있었고 흘러내린 피가 바닥을 적셨다. 범인은 급하게 화실을 뒤졌던 듯 화실 안을 난장판으로 어질러놓았다. 서징의 피가 고였던 바닥에도 구겨지고 찢어진 여러 장의 그림이 흩어져 있었다.

홍도는 바닥 여기저기에 아무렇게나 널려 있는 그림 한 장 한 장을 세심하게 살펴보았다. 역시 서징의 그림다웠다. 여러 기기의 설계도가 대부분이었고 산수화도 몇 점 보였다.

하지만 이상한 점이 있었다. 인물화에 능한 서징의 화실에 단 한 점의 인물화도 보이지 않는다는 것이었다. 유일한 인물화 한 장을 두루마리 통에 넣어왔으나 서징의 죽음이 흐지부지된 후 다락방 속에서 먼지를 뒤집어쓰고 있었던 것이다.

하지만 그 그림은 인물화라 하기엔 결정적인 흠이 있었다. 그것은 바로 그려진 인물의 얼굴 부분이 없다는 점이었다. 얼굴이 있어야 할 부분은 텅 비어 있고 목의 아랫부분만 그려져 있었다. 흰 장옷 차림으로 보아 남자였고, 등 뒤쪽으로 두루마리 통을 걸쳐 멘 것으로 보아 화원이나 그림에 관련된 자일 가능성이 높았다.

인물화는 얼굴을 먼저 그리고 어깨선과 몸통을 그리는 것이 순서다. 특별한 경우라 해도 몸통을 먼저 그리고 얼굴을 그리는 법은 없다. 인물의 대가 서징이 그런 실수를 할 리가 없다.

얼굴이 없는 인물화, 인물을 그리지 않은 인물화……. 그것은 누구를 그리려 한 그림일까?

홍도는 먼지를 뒤집어쓴 그림을 노려보며 그 텅 빈 얼굴을 상상했다. 세월이 흐른 것은 다행이었다. 그 시간 동안 분노는 가라앉고, 자책감은 무디어지고, 쓸데없는 기억은 사라졌다. 홍도는 그때보다 조금 떨어진 거리에서, 조금 더 객관적인 눈으로 사건을 바라볼 수 있게 되었다.

서징은 죽기 전 강수항의 집 여종을 만났다. 여종은 강수항이 죽던 날 새벽 화실 근처에서 본 낯선 남자의 기억을 서징에게 말했고, 서징은 그 말에 따라 그림을 그렸다. 머릿속에서 덜그럭거리는 소리가 들렸다. 여인의 말대로라면 서징은 강수항을 죽인 자 혹은 죽였을지 모르는 자의 인상착의를 그렸다는 말이 된다.

아무리 인물화에 있어 따를 자가 없는 화원이라 하나 어둠 속에서 스치듯 본 인상착의만 듣고 그림으로 그리는 것이 가능할까? 하지만 스승이 죽던 새벽 낯선 자가 화실 근처를 서성였다는 여인의 말대로라면 서징의 추측엔 충분히 근거가 있어 보였다.

서징을 죽인 자가 노린 것은 그 그림이었을 것이다. 그들은 강수항을 죽인 범인을 보호할 필요가 있었을 것이다. 홍도는 그제야 서징의 화실에 왜 인물화가 한 점도 없었는지를 알 것 같았다. 그들이 손에 넣으려던 것은 인물화이지 산수나 사군자, 기기의 설계도가 아니었던 것이다. 하지만 얼굴 없는 인물화의 경우, 어차피 얼굴이 없는 터이니 아무런 상관이 없을 것이라고 생각했을 것이다.

한 가지 의문이 떠올랐다. 차라리 범인의 얼굴을 본 강수항의 부엌데기 여종을 죽이는 편이 낫지 않았을까? 그런데 왜 하필 얼굴을 직접 보지도 못한 도화서 화원 서징을 택했을까? 홍도는 낡은 돋보기와, 말라붙은 먹물과, 두루마리 그림들과, 자신의 꾀죄죄한 중치막 자락을 번갈아 보며 스스로에게 물었다. 대답은 어렵지 않았다.

서징의 집을 찾은 사람이 그 여종만이 아니기 때문이었다. 옆집 아낙의 말로는 그 무렵 여종 말고도 젊은 막종과 어린 사내아이가 서징의 집을 찾았다고 했다. 미루어 짐작하면 그들 또한 그날 새벽에 무언가를 본 자들이었다. 하지만 그들은 범인의 얼굴 전체를 모르는 사람들이었던 것이다.

조각난 기억을 온전한 얼굴로 짜 맞출 수 있는 사람은 다른 사람이 아닌 서징이었다. 세 명을 죽일 일을 한 명으로 간단히 해결할 수 있었던 것이다. 그리고 화실의 모든 초상과 인물화를 없애버리면 증거는 완벽하게 사라질 것이었다.

분명치 않지만 서징이 죽은 이유가 어렴풋이 모습을 드러냈다. 그의 그림으로 정체가 탄로 날 것이 두려운 자들, 수석 화원을 죽인 자들이었다. 세 명의 목격자를 하나하나 죽이기보다는 그들의 진술을 엮어 하나의 그림으로 그려낼 유일한 화원을 처리한 것이라면?

그렇다면 서징이 그린 범인의 형상은 어디에 있는가? 결국 놈들의 손에 떨어져 간악한 범인의 얼굴이 영영 어둠 속으로 묻히고 말았단 말인가? 풀린 것보다 더욱 많은 의문이 홍도의 머릿속을 맴돌고 있었다. 홍도는 단 한 가지의 질문에 집중했다.

서징이 그린 얼굴 없는 초상화 속의 사내는 누구인가?

홍도는 긴 한숨을 쉬며 얼굴 없는 사내를 노려보았다.

윤복

"모든 것…… 존재하는 모든 것을 그리고 싶습니다. 하늘, 구름, 바람, 새, 물……

그리고 사람들……. 웃는 사람들과 찡그린 사람들, 싸우는 사람들과 사랑에 빠진 사람들…….

남자들과 어린아이들 그리고 여인들……."

홍도

"너는 혼을 담은 그림을 그리는 아이다. 양식을 거부하고, 규율을 무너뜨리며, 마음 가는 대로 그리지.

하지만 화원이 되지 못하면 그건 천재가 아닌 미치광이의 그림에 지나지 않아."

영복

"눈을 감아. 그러면 색이 보일 거야."

화원이
되다

오월의 바람 속에는 온갖 꽃향기가 실려 있었다. 물오른 버들가지의 냄새와 목멱산의 온갖 꽃들의 향기가 고루 섞여 코를 간질였다. 사내들은 열에 들뜨고, 여인들은 괜한 설렘으로 분주한 오월의 저녁이었다.

강효원은 떨떠름한 표정으로 앞에 놓인 술잔을 한입에 털어 넣었다.

"내 오늘 관례를 치른 아우들을 명실상부 어른으로 만들어주려 했거늘, 이 계집들의 상판으로야 어찌 생도장의 위엄이 서겠느냐! 다른 아이들을 들여라!"

강효원이 입가에 흐른 술 자국을 도포 자락으로 훔쳤다. 혼비백산한 어린 기생 여섯은 넓은 문이 비좁도록 쫓겨나갔다. 나이가 찬 생도들은 생도청 주관으로 관례를 치렀다. 선임 생도장은 해마다 관례식을 끝낸 생도들을 데리고 기방으로 가는 것이 정해진 절차였다.

강효원은 삼 대째 이어온 도화서 화원 집안의 외아들이었다. 일찍이 그림 장사로 큰돈을 번 아비의 기질을 제대로 이어받았다. 어린 시절부터 몸에 익은 도화서 양식에 탁월한 데다 생도들을 휘어잡는 능력 또한 따를 자 없는 우수 생도였다. 풍족한 집안 출신이니 돈 쓰는 배포도 보통이 아니었고, 호탕한 성정으로 열예닐곱부터 기방을 제집 드나들듯하는 한량이기도 했다.

"풍류를 모르고 어찌 화원이라 하겠느냐! 술로써 먹을 삼고 계집의 몸으로써 종이를 삼아야 제대로 된 그림이라 하지 않겠느냐. 이제 어른이 되었으니 계집애처럼 굴지 말고 배포도 좀 부리거라."

윤복은 강효원이 내미는 잔을 비웠다. 윗목에서 들려오는 가야금 소리가 방 안을 가득 채웠다. 가야금을 끌어안고 고개를 숙인 여인의 옆모습이 빨려들 듯 눈에 찼다.

"눈독 들일 것 없다. 도화서 생도장인 내게도 콧방귀를 뀌는 콧대 높은 년이다."

강효원이 빙긋 웃었다. 강효원의 옆에 앉았던 기생이 살짝 눈을 흘겼다.

"저 아이는 원래가 가야금 타는 금기입니다. 재주도, 족보도 없는 기생 년들과는 근본부터 다르지요."

"기생이면 다 기생이지, 가야금 타는 기생 년은 몸에 금박이라도 둘렀다더냐!"

점점 고조된 가야금 소리가 빠르기를 더해갔다. 윤복은 그 소리의 부르짖는 바를 알아들을 것 같았다. 그것은 소리 없는 외침, 가락을 타고 뿜어내는 분노였다. 여인은 다소곳한 자세를 흐트러뜨리지 않았지만, 그 손끝에서 통겨지는 가야금 소리는 매몰찼다.

"하늘이 낸 가야금 재주라고 장안의 세도가들 사이에 소문이 자자한 예인입니다. 큰 전주가 나서서 한몫 챙겨주면 평생 몸을 의탁할 수 있을 겝니다."

한없이 부러운 기색으로 술잔을 따르던 기생이 말했다.

강효원은 자신이 큰 전주가 되어 한몫을 챙겨주고 싶었다. 하지만 그것은 철부지의 앞뒤 가리지 못하는 정념일 뿐, 화원도 되지 못한 도화서 생도가 엄두도 낼 수 없는 일이었다. 입맛을 다시며 한 잔의 술을 털어 넣은 강효원이 다시 소리를 쳤다.

"계집을 내 것으로 만드는데 신분이 어디 있고 재물의 많고 적음이 무슨 소용이더냐! 네년들이 계집을 후리는 내 수완을 모르더냐!"

강효원은 이곳저곳의 기방을 드나들며 기생들을 희롱한 수컷다움을 뽐내 듯 말했다.

술이 몇 순배 돌고 술자리는 점점 달아올랐다. 어떤 녀석은 붉게 달아오 른 눈으로 옆자리의 기생을 희롱했고, 또 어떤 녀석은 치마 밑으로 손을 들이밀기도 했다. 어느새 여인의 가야금 곡조는 우조가 되어 있었다. 철철 흘러넘치는 설움의 곡조가 금방이라도 쓰러질 듯 휘청거리며 방 안을 떠돌 았다.

"구질구질한 곡조라면 걷어치워라! 오늘 같은 날에 어찌 청승이냐!"

취기가 오른 강효원이 벌떡 일어나 술잔을 날렸다. 술잔이 여인의 손끝에 맞고 가야금 줄이 툭 끊어졌다. 방 안은 삽시간에 조용해졌다. 잠시 허공에 머물던 여인의 손이 다시 가야금 줄 위로 사뿐히 내려앉아 농현했다. 끊어 졌던 우조의 가락이 다시 낭랑하게 흘렀다. 엉거주춤하던 녀석들이 다시 여 인들의 품속으로 얼굴을 묻고 치마 속으로 손을 넣었다. 질펀한 분위기는 그 대로 이어졌다. 윤복만이 비스듬히 앉은 채 그 장면들을 멋쩍게 바라보았다.

새의 깃털을 뽑아도 새는 날기를 멈추지 않네

줄이 끊어진다고 가락이 멈출 것인가

잠을 깬다고 꿈조차 사라질 것인가

윤복의 입에서 자신도 모르게 소리가 흘러나왔다. 강효원이 벌겋게 충혈 된 눈으로 윤복을 흘겼다.

"이놈아! 취했으면 기집이나 희롱할 일이지 되지 않은 시구를 중얼거리느냐! 그런다고 네가 양반이 될 수 있을 것 같으냐?"

시비조의 힐책이었지만 방 안의 누구도 강효원의 말을 귀담아듣지 않았다.

기생 하나가 눈짓을 했다. 술자리는 끝났다. 여인들은 비척대는 남자들을 부축했다. 방 밖에서 기다리던 막종들이 취한 생도들을 부축해 긴 마루를 건너갔다.

텅 빈 술 방에는 어질러진 술상이 널브러졌고, 왁자하던 취흥과 여인들의 웃음은 잦아들었다. 윤복은 천천히 자리에서 일어났다. 호방함을 가장하기 위해 막무가내로 술잔을 비우는 것은 그즈음 아이들의 본성이었다. 하지만 윤복은 범인의 본성을 따르지 않으려 했다. 그림 그리는 예인이 화폭 안에서 호방하면 되었지, 일상에서의 호방함이 무슨 상관인가. 윤복은 어질러진 술상을 돌아 밖으로 나왔다.

"밤이 늦었습니다. 생도청 기숙동은 문을 닫았을 것입니다."

등 뒤에서 속삭이는 듯한 목소리에 고개를 돌렸다.

풍성한 올림머리 아래로 잘 빗질된 머리카락이 정갈했다. 반듯한 이마와 곧은 콧마루가 단아해 보였다. 한편으로는 갸름한 듯하고, 한편으로는 윤택해 보이는 뺨이 유난히 하얗게 보였다. 조금 전 술손님 앞에서 가야금을 뜯던 악기(樂妓)의 모습은 찾아볼 수 없었다. 반듯하게 앉은 자세를 흐트러뜨리지 않은 여인의 무릎 위로 줄 끊어진 가야금이 보였다.

"끊어진 줄이오나 남은 줄로 한 가락을 타보고 싶습니다."

여인은 가야금을 세우고 일어나 긴 복도를 앞서 걸었다.

어둠이 내리는 순간 촛불이 켜지는 곳이 기방이다. 막종들은 해가 지면 중국산 색초로 불을 밝힌다. 불빛은 방마다 따뜻하게 타오르며 어둠과 함께 숨어들 정념의 인간들을 기다린다. 하지만 늦은 밤이면 방마다 켜둔 촛불은 꺼진다. 어둠은 죄도, 부끄러움도 감싸고 덮어버린다.

윤복은 불 꺼진 방문들을 지나 여인의 뒤를 따랐다. 여인은 한 막다른 방

앞에 멈추어 섰다. 발간 촛불이 얇은 창호지 밖으로 은은히 비쳐 나왔다.

"한 곡조 타 올리겠습니다."

여인은 다소곳이 가야금의 현을 퉁겼다. 가볍게 퉁기다가 흥겹게 이어지고, 다시 거칠게 뜯다가 풀어지듯 연결되는 곡조는 끝없었다. 윤복은 가야금의 현이 내는 하나하나의 음과 길이, 긴장의 정도와 농현의 깊이를 들으며 보이지 않는 종이에 끊임없는 붓질을 계속했다.

한 음 한 음은 모자람도 남음도 없었다. 하나하나의 음은 거기 있어야 할 곳에, 있어야 할 형태로 있었다. 어우러지고 부딪치며 듣는 사람의 마음을 격렬하게 휘젓다가 다시 고요하게 어루만졌다. 그림 또한 그러해야 했다. 하나하나의 붓 자국과 색깔, 여백까지도 서로 공명하고 어우러져 보는 이의 마음을 움직여야 했다. 틀에 박힌 양식을 베끼는 것으로 최고 화원을 꼽는 것은 기만일 뿐이다. 모든 화원들이 그것을 알았지만, 그것을 깨기를 두려워했다. 양식이 무너지면 그들의 명예와 위엄 또한 가뭇없이 사라지기 때문이었다. 그러니 그들은 알량한 손기술을 '양식'이라는 이름으로 신줏단지처럼 떠받들 뿐이었다.

여인은 희롱하듯 곡조를 늦추었다가 팽팽하게 당기고, 끊어질 듯 이었다가 거칠게 몰아쳤다. 그것은 남녀의 사랑처럼 격렬하고도 부드러웠으며, 뜨겁고도 친밀했다. 윤복은 가락을 따라 봄꽃이 흐드러진 풀빛 언덕과, 파도가 거칠게 달려드는 바위 해안과, 아궁이 불빛 따스한 마을의 누옥을 지났다.

얼마나 시간이 지났는지 모른다. 눈을 뜨자 여인의 이마에 구슬땀이 맺혀 있었다.

"그만. 되었다."

여인은 팽팽하게 농현하던 손가락에서 천천히 힘을 뺐다. 방 안을 가득 채웠던 가락은 속절없이 사라지고 적막이 들어찼다.

"자네 가락 속엔 말할 수 없는 무언가가 있어. 마치 가락에 마음을 실어

보내는 것 같은……. 나는 자네를 오늘 처음 만났지만 가락은 내게 많은 이야기를 해주었네."

여인은 비로소 모시수건을 꺼내 이마에 맺힌 땀을 찍듯이 닦아냈다.

"술상의 흥을 돋우는 가락일 뿐입니다. 하루하루 날품팔이하듯 취객들의 앞에서 금을 뜯는 알량한 가야금잡이일 뿐이지요."

윤복은 가슴에 뜨거운 것이 솟구쳐 올랐다. 어찌하여 예인은 이렇게 궁핍하여야 하고, 이렇게 모멸을 당하여야 하고, 이렇게 슬퍼야만 하는가. 그것이 예인 된 자들의 천형일까?

"기방을 출입하는 기생 년의 정절이란 허황할 뿐이지만…… 언젠가 거쳐야 할 일이라면 제 가락을 알아주시는 분이었으면 했습니다. 소리를 알아주는 사람은 가야금이 먼저 알아보는 법입니다. 제 스스로 울기를 원하니 저는 한 일이 없습니다."

좁은 청 밖으로 새어나오던 불빛들이 하나둘 꺼졌다. 술 취한 사내들의 거드름 소리와 여인들의 깔깔대는 웃음소리가 잦아들며 밤이 깊었음을 말해주었다.

여인의 고름 사이로 얼핏 단아한 매무새가 드러났다. 여인이 자주색 저고리의 옷고름을 끌렀다.

"어설픈 손재주로 가야금을 탔으니 이제 생도님의 농현을 기다립니다."

여인이 고개를 살짝 돌렸다. 윤복의 눈이 커졌다.

"나더러 가야금을 타라는 것이냐?"

"소리 내는 악기가 가야금뿐이겠습니까? 사내의 손에 울고 우는 최고의 악기는 여인의 몸이겠지요."

눈부시게 하얀 속살에 윤복은 주춤 물러앉았다.

"고름을 여미어라."

여인의 놀란 눈이 촉촉하게 젖어들었다. 지난날 완력으로 자신의 옷고름을 풀어내던 수많은 취한 손들을 기억한다. 때론 힘을 다해 고름을 싸잡고 버티고, 때론 억지로 잡아떼고 정신없이 방을 뛰쳐나왔다. 그런데 스스로 푸는 옷고름을 이 사내는 어찌 다시 여미라 하는가.

"기방을 드나드는 천한 여인의 몸이라 꺼리시는 것입니까?"

"하나의 줄이 끊어졌다고 가얏고가 음조를 잃더냐. 네 몸을 헛되이 여기지 말아라. 한 사내와의 하룻밤을 위한 몸이 아니라 수많은 자들의 영원한 찬탄을 받아야 할 몸이다."

긴 손가락이 정향의 뺨을 쓰다듬었다.

"이름이 무엇이냐?"

"정향입니다."

"언젠가 널 다시 찾았을 때…… 그때도 늦지 않을 것이다."

윤복은 방문을 열고 어둠이 짙게 깔린 긴 복도를 뚜벅뚜벅 걸어나갔다.

한 번도 귀하다 생각해본 적 없는 몸이었다. 몇 푼의 돈에 여기저기 팔려 다니며 돈 많은 양반의 손길이 닿았다가, 이런저런 남정네들에게 치인 서러운 몸이다. 그런데 그 몸을 귀하게 바라보는 남자, 그런 바보 같은 남자가 있다.

그때가 언제일까?

정향은 윤복의 하얀 옷자락에 어려 흔들리는 촛대의 불꽃을 안타깝게 바라보았다.

사방관을 쓴 장조한의 머리카락은 순백색으로 빛났다. 이태 전부터 불편해진 다리를 절며 그는 교당 문을 열었다. 비록 사그라진 노을처럼 어둑어둑한 세월이지만, 아이들을 볼 때마다 속에서 뜨거운 것이 꿈틀거렸다. 그 뜨거운 꿈틀거림에 끌려 생도청으로 온 지 이십 넌. 화원에게 궁극의 꿈은 원로 화원이 되는 것이지만 그렇고 그런 화원이었던 장조한은 원로 화원이 되지 못했다. 원로 화원이 되지 못한 화원들은 도화서를 떠나 호사 취미를 지닌 양반들의 화실이나 큰돈을 번 장사치들의 화실로 들어갔다. 돈을 벌고 융숭한 대접을 받기에는 도화서보다 그 편이 나았다.

중견 화원들은 그들의 후원으로 도화서보다 훨씬 큰 사화서에 수십 명의 도제를 두고 그림 장사에 나섰다. 돈 많은 신흥 양반이나 권세가의 주문에 맞추어 그림을 그리고 도제들의 작품을 내다팔았다. 도제들은 철저한 분업으로 매, 란, 국, 죽의 각 부분을 맡아 그림을 쏟아냈다.

반면 생도청 교수는 모든 화원들이 기피하는 자리였다. 큰 실책이나 과오를 저지른 자가 징벌 차원에서 쫓겨 오는 경우가 대부분이었다. 하지만 장조한은 달랐다. 모두가 피하고 싶어 안달인 그곳에 스스로 들어가 종신토록 남기를 자청했다. 사람들은 원로화원이 되지 못한 그가 충격으로 실성이라도 한 것처럼 수군거렸다.

이십 년 세월은 부질없이 흘러갔다. 장조한은 대님 솔기를 손으로 탁 치면서 주름진 눈매로 아이들을 훑어보았다. 저 아이들 중에서 원로 화원이 나올 것이고, 어진 화원과 차비대령화원이 나올 것이다.

하지만 이제 가르치는 일조차 힘에 부치는 나이가 되고 말았다. 일신의 영달을 버리고 생도청으로 온 것은, 이루지 못한 그림의 경지를 아이들을 통해서라도 이루려는 열망 때문이었다. 호사 취미에 젖은 양반 나부랭이들과 꼴같잖은 장사치들이 뿌려대는 돈을 모이처럼 받아 챙길 그림이 아니라 정념을 담은 그림을 원했기 때문이었다.

자신의 대에서는 이루지 못했지만 정신을 맑게 하는 그림, 심오한 유가의 도를 담아내는 그림을 그리는 화원을 길러낼 수만 있다면 생도청에서 평생을 썩어도 상관없었다.

하지만 요즘 들어 장조한은 점차 그런 기대를 접게 되었다. 팔도의 수재들이라 하지만, 세파에 절은 중견 화원들보다 더 치열하게 영달을 꿈꾸고 있었다. 장조한은 하얀 수염을 매만지며 입을 열었다.

"화원이라는 자가 온당하게 그려야 할 것이 무엇인고?"

아이들은 검은 눈동자를 조심스럽게 굴렸다. 허황된 선문답 같은 장조한의 수업이 시작된 것이다. 누구 하나 먼저 나서서 대답하는 자는 없었다. 그러다 카랑카랑한 목소리 하나가 조용한 침묵을 깼다.

"능히 나라의 권세와 왕실의 위엄을 그려야 할 것입니다. 그리고 육조의 관례, 의정부의 행사, 원행과 같은 주상 전하의 행차, 그밖에도 즉위식과 하례회 등 왕실의 행사들입니다."

강효원. 누가 보아도 차세대의 도화서를 이끌어갈 뛰어난 인재였다.

"그것이 전부인가?"

"아닙니다. 화원이 그릴 궁극의 대상은 어진입니다. 주상 전하의 용안 외에 또 무엇을 그리겠습니까?"

강효원의 눈빛이 이글이글 타올랐다. 그렇다. 어진은 단순한 왕의 초상이 아니었다. 그것은 나라의 권세였고, 왕실의 위엄이었고, 모든 살아 있는 것들 위에 존재하는 그 무엇이었다.

왕은 그려질 수 없는 존재였다. 분명 왕이 참석한 행사의 의궤에도 왕은 그려지지 않았다. 아무것도 없는 텅 빈 어좌로 지극한 영광을 대신할 뿐이었다. 용안은 신하들과, 장수들과, 궁녀들과 함께 하나의 화폭 안에 존재할 수 없는 신성한 것이었다. 용안을 그리는 행위는 어진을 도사할 때만 허락되었다. 그러므로 어진을 그리는 것은 최고의 권세를 그리는 것이었고, 감히 바라보지 못할 위엄을 그리는 일이었다. 거룩한 용안을 상상하자 강효원은 소름이 돋았다.

"그렇다. 어진은 화원에게 평생의 업이자 축복이지. 하지만 그것 말고 그릴 것이 또 없더냐?"

"육조 관청에서도 그 업무에 따라 매일 그려야 할 그림이 있습니다. 의금부에는 도성 지도가 필요하고, 병조에서는 병사들에게 가르칠 진법도가 필요합니다. 한성부에서는 굴곡과 유량, 유속을 조사한 청계천 그림으로 범람을 막을 수 있습니다."

또 다른 생도의 대답에 장조한은 다시 고개를 끄덕였다.

"그렇다. 왕실의 위엄은 나라의 근본을 세움이요, 육조 관가의 그림은 다스림을 용이하고자 함이다. 그러니 화원은 위로 군왕을 받들고 아래로 다스림이 미치지 않는 곳이 없도록 복무하는 자다."

그때 햇살이 드는 창가 쪽에서 한 생도가 나직이 말했다.

"그러면 화원은 그려야 하는 것만을 그려야 합니까? 그리고 싶은 것을 그릴 수는 없습니까?"

장조한은 소리 나는 쪽을 돌아보았다. 날렵한 얼굴이 눈에 들어왔다. 신윤복. 그다운 질문이었다.

"무엇을 그리고 싶으냐?"

윤복은 대답대신 고개를 숙였다. 팽팽한 긴장이 침묵 사이로 흘렀다.

"다시 말하지만 화원은 복무하는 자다. 위로 주상 전하와 아래로 백성들에게…… 그런데 화원될 자가 어떤 사사로운 것을 그리려 한단 말이냐?"

장조한은 신윤복이란 아이를 잘 알고 있었다. 일찍이 그 재능을 아꼈으나 도화서의 양식에 적응하지 못한 아이. 단지 도화서 양식에 적응하지 못한 것이 아니라 수백 년 도화서 양식을 통째로 무너뜨릴 위험한 아이였다. 그 눈빛에, 그 재능에 장조한은 문득문득 섬뜩했다.

윤복은 고개를 들어 장조한의 눈을 똑바로 보았다.

"모든 것…… 존재하는 모든 것을 그리고 싶습니다."

"모든 것……. 모든 것이라……."

장조한은 방금 들은 말을 맥없이 되풀이하는 것으로 깊은 낭패감을 드러냈다.

"하늘, 구름, 바람, 새, 물…… 그리고 사람들……. 웃는 사람들과 찡그린 사람들, 싸우는 사람들과 사랑에 빠진 사람들……. 남자들과 어린아이들 그리고 여인들……."

윤복은 꿈꾸는 듯 나른하게 말했다.

"여인들? 여인들을 그린다고 했느냐? 눈 뜨고 보지 못할 춘화로 생도청을 쫓겨난 네 형의 음탕한 성정을 너 또한 닮았더냐?"

버럭 소리를 지른 사람은 장조한이 아닌 선임생도장 강효원이었다. 정묘하고 치밀한 도화서 양식을 지키려는 그에게 윤복의 말은 들어 넘기지 못할 불경이었다.

"스승님은 보이는 대로 그리라 하셨습니다. 왕과 신하들과 장수들처럼 여인들 또한 눈에 보이는 존재입니다. 보이는 것을 보이는 대로 그림을 어찌 나무라십니까?"

토론은 논쟁이 되었다. 팽팽한 긴장은 윤복과 강효원의 사이로 옮겨가 있었다.

"생도청이 무엇 하는 곳이냐? 평생을 화원으로 살아갈 소양을 닦는 곳이다. 화원이 무엇 하는 자냐? 평생 나라의 녹을 먹으며, 위로 왕실의 위엄을 세우고 아래로 다스림이 골고루 미치게 하는 자이다. 보인다고 아무것이나 그려대는 잡놈을 어찌 화원이라 할 것인가?"

카랑카랑한 말투는 생도들 사이에서 강효원의 존재감을 더욱 크고 분명하게 해주었다.

"그만하거라."

장조한이 서안 위에 놓인 부채를 소리 나게 펼쳤다.

"오늘 수업은 이것으로 마치겠다. 끝내지 못한 토론은 제각각의 마음으로 결론을 맺도록."

장조한은 서안을 박차고 일어났다. 교당을 나서며 슬쩍 고개를 돌리자,

바람의 화원

윤복은 문틈으로 스며드는 햇살 속에서 꿈꾸는 듯한 표정을 짓고 있었다.

이미 자신의 힘으로 어떻게 할 수 있는 아이가 아니었다. 강효원이 종이 위에 먹 한 방울을 떨어뜨리면 그것은 오점에 불과하다. 하지만 그 아이가 떨어뜨린 먹물 자국은 곧 걸작이 될 것이다.

장조한은 아이의 재능에 놀라면서도 그 아이가 불러올 엄청난 일을 생각하면 두려워졌다. 아이는 부글부글 안으로 끓어 넘치는 쇳물 같았다. 그것이 밖으로 터져 나왔을 때 무슨 일이 벌어질 것인가?

작두 위에 올라선 무당은 자신의 운명을 안다. 언젠가는 그 작두날에 발바닥이 베일 것임을. 도둑을 지키는 개는 도둑의 손에 죽고, 나무를 타는 원숭이는 나무에서 떨어져 죽는다. 그 아이의 재능은 위태로울 뿐 아니라 치명적이었다.

장조한은 더 이상 생각하기를 멈추고 부채를 손바닥에 말아 쥐었다.

영복은 갖가지 안료로 얼룩진 작업용 가리개를 벗고 바짓단을 툭툭 털어냈다. 긴 나무 기둥을 얼기설기 엮어 만든 비계 위를 오전 내내 오가느라 다리가 후들거렸다. 처마의 서까래를 칠하느라 오른팔이 욱신거렸다. 뚫어져라 천장과 서까래의 경계를 살피느라 눈이 따끔거렸고, 내내 뒤로 젖혔던 고개가 뻑뻑했다.

겨우 점심을 먹을 시간이 되었으나 밥 생각조차 없었다. 영복은 바닥에 안료 통을 놓고 지친 몸을 축대에 널브러뜨렸다. 날아갈 듯 솟구친 전각의 처마 끝자락이 아름다운 곡선미를 그려냈다.

방금 칠해 물기가 가시지 않은 단청의 색깔들이 파란 하늘을 배경으로 눈부셨다. 하얀 구름은 솟구친 지붕 너머로 끊임없이 다가왔다가 사라졌다. 잠시 기분 좋은 현기증이 일었다.

영복은 생도청에 있을 윤복을 떠올렸다. 생도청을 떠나온 것도 아득하다.

서럽고 견디기 힘들었지만 단청실 생활도 생각하면 지나간 일, 갑갑한 생도청보다는 오히려 단청실이 몸과 마음에 맞는 듯했다.

단청실. 그곳은 꿈이 없는 자들이 모여드는 곳이었다. 같은 도화서 소속이라 하지만 단청실 사람들은 막일을 하는 자들과 같았다. 말투부터 거칠고 투박했으며, 성격이 억세고 싸움질도 잦았다. 일은 힘들고, 몸을 굴려야 하고, 때로는 위험하기까지 했다. 하지만 영복은 그곳에서 새로운 꿈을 꾸었고 활력을 얻었다.

겉으로 보기에는 더께더께 어지럽게 칠한 것 같지만, 단청의 문양과 색에는 엄청난 비밀이 숨어 있었다. 그것은 도화서의 그림 양식보다 훨씬 오래된, 어쩌면 수천 년의 양식이기도 했다. 영복은 수많은 그림본을 보면서 하나하나 문양의 의미와 색깔을 익혀나갔다.

처음 단청실로 왔을 때, 단청수들은 하나같이 빈정거리는 표정이었다. 도화서 생도청이라면 단청수들의 입장에서는 꿈도 꾸지 못할 곳이었다. 그런 자가 단청실로 왔으니 한편으론 고소했고, 또 한편으론 비위가 상한 것도 사실이었다. 괜스레 요령이라도 피울 심산이면 혼꾸멍내주겠다고 모두들 별렀다.

그러나 영복은 처음부터 생도청을 말끔히 잊었다. 단청수 중에서도 가장 천한 자가 되기를 마다하지 않았다. 온갖 잔심부름에 물 떠오기, 단청에 앞서 기둥과 서까래를 거친 마포(麻布)로 문질러 정리하기, 안료 개기, 가장 위험한 서까래 작업, 작업 후 도구 챙기기에 앞장섰다. 며칠을 버틸까 하는 눈으로 지켜보던 단청수들이 놀랄 정도였다. 그렇게 할 수 있었던 하나의 이유가 있었다. 영복은 윤복과 헤어지던 날의 약속을 기억하고 있었다. 검은 먹과 흰 종이의 경계를 벗어난 채색화. 도화서 화원들조차 함부로 쓰지 못하는 색을 써서 그림을 그리게 해주겠다는 것이었다.

"보이는 것을 그리는 것이 그림이라면, 어찌 먹으로 그린 검은 소나무를 푸른 소나무라 할 것인가. 검은 것을 푸르다 하고, 흰 것을 붉다 하니 그림을 그리는 자도, 그림을 즐긴다는 양반 호사가도 뻔한 거짓말들을 하고 있는 것이 아닌가."

윤복은 도화서 자료실의 수묵 한 점을 보면서 목소리를 높였다. 영복은 카랑카랑한 그 목소리를 누가 들을까 노심초사하며 입막음했다.

"산수나 사군자의 양식은 그리 간단치 않아. 지극히 뛰어난 예인은 절제할 줄 아는 자지. 가능하면 선을 줄이고 붓질을 줄여서 극도의 단순한 기법으로 대상의 핵심을 표현하는 거야. 단 세 번 붓을 대어서 난 한 폭을 치는 대가도 있다."

영복은 산수와 사군자의 양식과 기법에 대해 조곤조곤 말했다. 윤복은 피식 웃음을 흘렸다.

"모두 색을 쓰지 못하는 반쪽 그림쟁이들의 변명일 뿐이야. 제대로 된 색으로 대상을 표현할 수 없는 자들의 자기변명이지. 몇 번 붓질로 그려놓은 검은 자국을 난초라 하고, 대나무라 하고, 그것을 대단한 재주인 양 자화자찬하는 건 사기꾼이나 다를 바 없어."

영복은 다시 누가 들을까 좌우를 살피며 윤복의 옷자락을 잡아끌고 자료실을 나왔다.

"그림에 색을 쓰고 싶으냐?"

윤복은 말없이 고개를 끄덕였다. 영복은 난감했다.

도화서에 있는 한 색을 쓰는 건 금기였다. 화원들은 색을 쓸 생각을 하지도 않았고, 쓰고 싶다고 이 색깔 저 색깔을 쓸 수도 없었다. 엄격한 절차와 규율과 양식에 따라 지극히 제한적으로만 색을 쓸 수 있을 뿐이다.

물론 빈 용상으로 대신하지만, 가령 주상이 등장하는 화폭은 황색 계열을 전체 화폭에 써야 한다. 왕의 위엄과 세상의 중심을 뜻하는 색은 황색이기 때문이다. 마찬가지로 각각의 그림마다 허용된 색이 있었으며 그 외의 색은 일절 제한되었다. 그러자니 까다로운 색을 쓰는 일은 화원들조차 기피하기에 이르렀다.

화원들이 색을 쓰지 못하는 데에는 또 다른 이유도 있었다. 그것은 색을 내는 안료를 구하는 것이 보통 힘든 일이 아니기 때문이었다. 가령 쪽과 함께 푸른색을 내는 석청(石靑)은 중국에서도 멀리 서역 너머에서 들여왔다. 황색을 내는 등황(橙黃)은 안남에서 배를 타고 더 들어가는 섬나라의 나무에서 채취해야 했다. 구하기도 힘들지만, 부르는 게 값일 정도로 가격도 천정부지였다. 돈 많은 양반의 초상화나 어진을 그릴 때는 그나마 구하기 쉬운 황색 계통의 안료가 쓰일 따름이었다.

색에 대한 윤복의 욕망은 영복에게 짐이 되었다. 안료를 앞에 놓아도 어쩌지 못하는 다른 화원들과 윤복은 다르다. 윤복은 색들을 어떻게 다루어야 할지 알고 있다. 먹의 농담이 아니라, 색들의 밀고 당김과 어우러짐으로 드러내고자 하는 바를 드러낼 수 있는 아이였다.

"그래. 네가 원한다면 그렇게 해줄게. 색을 구해다 줄 거야."

확신할 수는 없었다. 하지만 영복은 그렇게 되기를 기도하듯 윤복에게 말했었다. 하지만 푸르고 붉은 안료로 온몸이 물든 지금, 어쩌면 그 약속을 지킬 수도 있을 것 같았다. 온갖 궂은 잡일을 마다하지 않은 덕에 생각보다 빨리 단청질을 배울 수도 있게 된 것이다.

단청질의 첫 공정은 단청을 칠할 바탕 재목을 고르는 일이다. 기둥이나 기둥머리 대들보, 서까래에 먼지나 곰팡이가 있으면 단청이 먹지도 않을뿐더러 표면이 조잡하고 먹은 색도 금방 일어났다. 아교나 부레풀을 바르고, 마르면 다시 바르기를 다섯 번씩 반복해야 했다. 그것을 개칠(改漆)이라 했다. 개칠은 단청실의 가장 어린 도제에게 맡겨지는 것이 대부분이었다.

개칠 위에는 청록색 흙을 엷게 발라 표면을 고르게 하는 청토 바르기를 했다. 청토를 바른 후에는 단청본을 표면에 대고 분주머니로 분가루를 발랐다. 무늬가 드러나면 한 단청수가 하나의 색을 나누어 칠했다.

고된 재목 고르기와 개칠, 청토 바르기와 분칠을 거치면 안료를 배합하고 조색(造色)하는 일을 배울 수 있었다. 그것이야말로 영복이 간절하게 원하던 일이었다. 어쩌면 화원이 되어 색 없는 그림을 그리는 것보다 눈부신 색을 만드는 지금이 행복한 건지도 모른다. 더구나 그 색이 윤복을 위해 쓰일 수만 있다면……

드러누운 영복은 빠르게 처마를 지나는 구름에 어지럼증을 느끼며 키들거렸다. 아우를 위해, 가문의 명망을 지키기 위해 이곳으로 온 것은 구실일 뿐이었다. 어쩌면 스스로 간절히 이곳에 오길 원했는지도 모른다.

손가락 끝으로 그리는 그림이 아닌 온몸으로 그리는 그림. 외줄타기 광대가 줄 위를 걷듯 위태로운 비계 위를 날듯 오가며 거대한 전각을 화선지 삼아 그려내는 그림. 다섯 가지 색깔 속에 온갖 세상의 조화를 담은 비밀스러운 그림. 단청이야말로 영복이 꿈꾸어온 바로 그 일인지도 몰랐다.

"여이! 밥들 먹었으면 다시 올라가세!"

단청수의 우렁찬 목소리가 전각 뜰을 가로질렀다. 영복은 환하게 웃으며 앞가리개를 질끈 동여맸다.

"예이! 여기 올라갑니다요!"

초록 단청수는 한 치도 흐트러짐 없는 보폭으로 사다리를 오르는 영복을 흐뭇하게 바라보았다.

어느새 영복은 까마득한 사다리 끝에서 가는 나무 비계 위를 날아갈 듯 걸어가고 있었다.

오월이라 하지만 계절은 이미 초여름이었다.

작은 꽃망울은 제 흥을 견디지 못하고 툭툭 터져 흐드러졌다. 환하게 핀 작약은 따뜻한 봄비에 후드득 흩어져 내렸다. 곳곳에서 제 무게를 이기지 못한 꽃잎들이 뚝뚝 떨어지고 새순들이 뿌득뿌득 소리를 내며 자랐다.

단오가 코앞이었다. 화원이 될 자를 가리는 취재 또한 단오제에 맞춰 있었다. 생도에서 화원이 됨은 못자리의 어린 모를 들판에 옮겨 심음을 뜻했다.

"취재 준비는 잘하고 있느냐?"

언제나처럼 시원한 미소를 머금은 홍도가 사방관을 벗어 들며 중문을 들어섰다.

"시험에 통과하는 요령으로 화원이 되고 싶지 않으니 무엇을 어떻게 준비해야 할지 알 수 없습니다."

"하지만 다른 생도들은 일 년 전부터 시험 요령을 익혀왔다. 너 또한 이름을 떨치는 화인이 되려면 도화서 화원이라는 감투를 쓰지 않으면 안 된다."

도화서 감투. 그것을 위해 아버지에게 등 떠밀려 생도청에 왔고, 영복은 자신의 죄를 뒤집어쓴 채 천한 단청장이가 되었다. 늘 어깨 뒤에 머물던 시선, 지치지도 피곤해하지도 않으며 자신을 바라보던 눈길⋯⋯. 영복의 눈길이 사라진 어깨 한 편이 다시 시려왔다.

"속된 춘화를 그린 것은 저인데 어찌 죄 없는 사람에게 죄를 뒤집어씌워 내치셨습니까?"

윤복이 적의 어린 눈빛으로 홍도를 바라보았다.

"너의 재능을 지켜주고 싶어서였다."

"그래서 장 교수님과 화원들에게 거짓말하고 온 도화서를 속였습니까?"

"너를 이곳에 머물게 할 수 있다면 거짓말이 아니라 그보다 더한 짓도 할 수 있었을 게다."

윤복의 눈에서 뚝 떨어진 눈물이 대청 바닥을 적셨다.

"도화서를 떠나면 그리고 싶은 대로 그릴 터인데, 어찌 양식에 찌든 화원이 되라 하십니까?"

"너는 혼을 담은 그림을 그리는 아이다. 양식을 거부하고, 규율을 무너뜨리며, 마음 가는 대로 그리지. 하지만 화원이 되지 못하면 그건 천재가 아닌 미치광이의 그림에 지나지 않아. 네가 가장 뛰어난 화원이 되었을 때만이 네 그림은 인정받을 것이다."

"도화서 화법은 인간의 영혼을 담지 못하는 죽은 기교입니다."

"기교와 양식은 그림의 주춧돌이다. 그것 없이는 미치광이의 그림밖에 안 돼. 양식을 알아야 양식을 넘어서고, 기교를 갖추어야 기교를 넘어설 수 있다. 하지만 너는 단 한 번도 양식과 기교에 진실하게 맞서지 않았어. 그건……."

윤복은 젖은 눈으로 붉게 상기된 홍도의 다음 말을 기다렸다.

"죄악이야."

큰 돌이 빠뜨려진 듯 윤복의 마음속이 울렁거렸다.

"하지만 저 하나 때문에 형님은 천한 단청장이가 되었습니다."

"네 형은 네 재능을 지키기 위해 모든 것을 버렸어. 그날 밤 나를 찾아와 자신이 그 그림을 그렸다던 영복이를 나는 말릴 수가 없었다. 우리는 그 순간 공모자가 되어버렸지. 아무도 알아보지 못하는 천재를 알아본 탓에 우리는 죄를 지어야 했던 거야. 어쩌면 우리의 죄로 인해서 이 시대는 어떠한 시대도 가질 수 없는 큰 예인을 갖게 되겠지만……."

윤복은 은은하게 풍겨오는 묵향에 아득해졌다.

아무렇지도 않은 자신의 재능이 무엇이기에 영복은 인생을 포기하면서까지 지키려 했던 것일까?

"저를 이곳에 남겨둔 이유가 단지 그것이 전부입니까?"

"그것 외에 무슨 이유가 있겠느냐."

윤복의 당돌한 질문에 홍도의 눈길이 흔들렸다.

홍도의 마음속 빛과 그림자가 만나는 곳에서 격한 갈등이 부딪쳤다. 그 갈등은 이 소년이 그린 야릇한 춘화를 처음 본 순간 이미 시작되었다.

그림을 보았을 때, 홍도는 죽은 혼이 벌떡 일어서는 것 같았다. 점과 선과 면이 적절하게 기능한 완벽한 구도, 아래로 늘어진 버들과 위로 솟구친 고목의 격렬한 부딪침, 화면 전체를 가득 채운 팽팽한 긴장감. 게다가 여인이 화면의 중앙에 배치된 것은 상상조차 하지 못할 파격이었다. 단순한 여인의 뒷모습은 어떤 정밀한 초상화보다 깊은 정한을 드러내고 있었다. 힘차게 뻗은 고목과 길게 이어진 담장은 화면 밖의 무한한 공간으로 세계를 확장하고 있었다.

홍도는 그가 누구든 모든 방법을 다해 곁에 잡아두겠다고 결심했다. 어쩌면 놈을 그 어떤 여인보다 사랑하게 될지도 모르고, 그 어떤 벗보다 가깝게 사귈지도 모르고, 그 어떤 적보다 격렬하게 싸우게 될지도 모른다. 하지만 그 운명을 피하고 싶지는 않았다.

"화원 시험은 획일화된 지 오래다. 해마다 모사 문제와 화제 문제를 내는데, 생도 대부분은 모사 문제를 택한다. 화제 문제는 시 풀이와 구도에 시간이 걸려 정작 그리는 시간이 턱없이 모자라기 때문이다. 그러니 너도 모사 문제를 택해 하는 것이 옳을 것이다."

"독자적인 그림을 그리는 창의적인 자보다, 서툴더라도 양식을 충실하게 익힌 자에게 유리하군요."

햇살이 바삭바삭 부서지는 뜰의 물오른 살구나무 가지에서 작은 새가 지저귀는 소리가 들렸다.

"무슨 일이 있어도 화원이 되어야 한다."

격한 목소리는 이곳 도화서에 남아 정정당당하게 자신과 겨룰 것을 완곡하게 청하고 있었다. 가르치는 스승과 배우는 제자가 아니라, 화원 대 화원으로. 그런 이유라면 윤복은 이곳에 남아도 좋겠다고 생각했다. 이곳에 남아 홍도와 겨루고 싶었다.

"저를 못 믿으십니까?"

윤복의 눈이 빛을 뿜었다. 신념이 가득 찬 눈. 한순간도 흔들리지 않는 당당한 눈. 한때는 자신도 그런 눈빛을 가졌었다. 하지만 오래전에 잃어버린 그 눈빛이 홍도는 부럽고 두려웠다.

"너의 재능을 믿는다. 다만 화원회의를 믿기 어려울 뿐……."

홍도는 천천히 책상 위의 종이 한 장을 내밀었다. 나란히 걷는 두 마리의 게가 힘차게 뻗은 갈댓잎을 물고 있는 그림이다. 세의 등딱지 윤곽과 집게발을 검은 먹의 농담을 통해 활달하게 표현하여 생기가 넘쳐흐르면서도 세밀한 부분까지 그려냈다. 갈댓잎은 윤곽선조차 없이 일필휘지로 쳐내고, 가운데에 가는 먹선으로 세밀한 심을 그려냈다. 소품이라 하지만, 흠잡을 데 없는 구도에 힘찬 기운과 섬세한 묘사가 조화를 이루고 있었다.

홍도는 겸연쩍은 표정을 애써 감추었다.

"이 그림은 '이갑전려(二甲傳蘆)'라 읽는다. 게딱지가 둘이니 이갑이요, 갈대를 전하니 전로다. 그러나 중국의 한자음으로 갈대 로(蘆)는 '려'로 읽으니 전려라 할 것이다. 갑이란 갑, 을, 병의 평가 기준 중에서 가장 뛰어남을 뜻하는 갑종을 뜻한다. 전려는 임금이 직접 내리는 상이니, 장원급제자나 큰 시험에 통과한 인재가 임금을 직접 알현하고 내리시는 상을 받는 영광을 뜻한다. 이갑전려는 '두 번의 과거에 급제하여 임금의 상을 받는다'는 뜻이니 예로부터 과거 보러 길 떠나는 선비들이 품던 그림이다."

홍도는 윤복 자신보다 몇 배나 더 자신이 화원이 되기를 간절히 원하는 듯했다.

"대과를 보러 떠나는 선비도 아니고, 고작 도화서 화원이 되려는 터에 어찌 이 그림을 품으라 하십니까?"

그 말은 완곡한 사양의 뜻으로 들렸다. 홍도는 거부된 자신의 호의를 겸연쩍게 되받아야 했다.

"그렇겠지. 하늘이 낸 재능을 지닌 너에게 이런 부적 쪼가리가 무슨 필요

김홍도, '해탐노화(蟹貪蘆花)', 종이에 담채, 23.1×27.5cm, 간송미술문화재단
힘찬 갈대와 두 마리의 게를 그린 그림으로 과거에 급제하기를 비는 부적의 용도로도 쓰였다.

가 있겠느냐? 하지만 이왕 그린 그림이니 화제 몇 자를 적어주지."

홍도는 그 자리에서 붓을 들어 갈댓잎이 힘차게 뻗어 나온 여백에다 휘갈겨 썼다.

바다 용왕이 있는 곳에서도 옆으로 걷는다네
海龍王處也橫行

일필휘지가 끝나기도 전에 강렬한 먹 냄새가 풍겼다.

"용왕의 앞에서도 자신의 걸음걸이를 고치지 않는 게처럼, 도화서 화원이 되더라도 그 양식과 규율에 사로잡히지 말고 네 혼을 지켜나가야 한다."

윤복은 진정으로 자신을 아끼는 한 사내의 마음을 느낄 수 있었다. 그 마음은 여리고, 깊고, 따뜻했다. 윤복은 그 여리고 깊은 따뜻함 속으로 한없이 가라앉고 싶었다.

멀리 마포나루 너머로 노을이 붉게 물들어갔다. 오래오래 두 사람은 말하지 않았다. 소리가 되지는 않았지만 많은 말들이 오가는 듯했다.

도화서 본청으로 들어서자 단오의 아침 햇살이 거울처럼 뜰에서 반짝였다. 원로 화원들이 대청 위에 줄지어 앉아 있고, 중견 화원들은 바쁘게 뜰을 오갔다.

윤복은 큰 숨을 들이쉬며 먼 하늘을 올려다보았다. 구름이 지나가는 길, 바람이 지나가는 방향, 푸르름이 시시각각으로 변해가는 모습, 도화서 본청의 날아갈 듯 솟구친 처마 끝 그리고 굵은 서까래에 칠해진 오색의 단청…… 오색의 단청. 느닷없이 영복의 얼굴이 떠올랐다.

화원 중의 화원이라 할 차비대령화원이 서안에 받쳐 든 두루마리 화제(畵題)를 펼쳤다.

모사 화제는 화원 김선도가 그린 선대왕 칠순 향연이었다. 삼정승과 육조 백관, 무반의 장수들을 포함해 등장인물만도 삼백 명은 족히 넘었다. 이틀 동안 모사하기엔 턱도 없는 대작. 생도들의 얼굴이 파랗게 질렸다. 하지만 윤복은 상관없다고 생각했다. 어차피 남의 그림을 보고 베끼는 것으로 화원이 되고 싶지는 않았다. 윤복은 그들의 방식이 아니라 자신의 방식으로 승리하고 싶었다.

차비대령화원은 떨리는 손으로 또 다른 두루마리 화제를 펼쳤다.

그넷줄 발 굴러 허공중에 솟구치니
劈去秋千一頓
바람 머금은 두 소매 흰 활등 같구나
飽風雙袖似彎弓
높이를 다투다 치마 타진 줄 모르더니
爭高不覺裙中綻
꽃신 코가 드러나 눈을 붉게 수놓네
併出鞋頭繡眼紅

생도들의 얼굴에 혹시나 하는 기대감 대신 어두운 실망감이 스쳤다. 어차 피 시구 하나로 새로운 그림을 그리는 것은 가당찮은 일, 어쩔 수 없이 모사 시험을 선택해야 했다. 밤샘을 하든 손목이 부러지든 붓질을 해야 했다. 하지만 윤복은 천천히 한 구절 한 구절을 씹듯이 음미했다.

취재의 심사는 결과물만으로 진행되는 것은 아니었다. 그림을 그리는 자세와 순서, 화구를 다루는 방법까지 철저하게 심사했다. 먹을 가는 방향과 자세, 먹을 벼루 위에서 둥글리는 각도와 횟수, 먹물의 농담과 붓의 사용 순서까지 정해져 있었다. 붓을 사용하는 순서가 틀리거나 먹의 농도가 일정치 못한 것 또한 감점의 대상이었다.

조심스럽게 먹이 벼루 위를 오가는 소리만 뜰 안에 가득했다. 감은 눈꺼풀 안에서 빨갛고, 파랗고, 노랗고, 하얀 빛의 입자들이 소용돌이치고 부딪치고 잠겨들며 온갖 문양의 무늬를 만들어냈다. 해가 머리 위로 솟아오를 즈음 윤복은 자리를 박차고 일어섰다.

"어디를 가려느냐? 시험을 포기하려는 것이냐?"

심사를 맡은 중견 화원의 굵직한 목소리가 발길을 붙들었다.

"내일 저녁 해가 떨어지기 전에 어김없이 그림을 제출하겠습니다."

"모사할 원작과 화구들을 두고 어딜 간다는 것이냐?"

"저는 누구의 그림도 모사하지 않을 것입니다. 저의 그림을 그릴 것입니다."

괘씸한 젊은 녀석의 뒷모습을 바라보며 화원은 눈살을 찌푸렸다.

아마도 생도청에서는 난리가 났을 것이다. 한시가 아까운 시험을 앞둔 생도가 사라져버렸으니…… 그것은 시험을 포기한 것이나 다름없었다.

윤복은 하루 종일 도성 안의 마을과 마을을, 산과 들을 헤맸다. 도성 밖 무논에는 하얀 해오라기 같은 농군들이 모를 심고 있었다. 땅에서는 싱그러운 풀과 꽃의 향기가 피어오르고, 하늘에는 달아오른 태양의 열기가 축복처럼 쏟아졌다. 모든 살아 있는 것들이 약동하는 생명의 계절. 봄은 잿빛의 세상에 온갖 색을 칠하는 장인이었다. 어떤 화원이 있어 이토록 아름다운 색으로 세상을 칠할 수 있을까.

윤복은 하루 종일 변해가는 황홀한 색의 제전을 넋을 잃고 바라보았다. 하루치의 피곤을 머금은 노을이 새문안 너머로 길게 드리워졌다. 수많은 붉은 빛들이 서로 뒤엉키고, 어우러지고, 싸우며 반발하고, 생성되고 소멸되고 있었다.

윤복은 중치막 끈을 조여 매며 견평방 길을 빠른 걸음으로 걸었다.

거리에는 어둠이 내렸다. 등을 내건 주막의 솥에서는 구수한 머릿고기가 끓었다. 퇴청한 하급 관리들은 갓을 젖히고 이마를 까뒤집은 채 얼큰하게 취했다. 보릿고개다. 굶어죽는 백성이 많다 하나 견평방은 별세계였다. 풍류를 아는 한량이라면 장사치, 노름꾼이 득실대는 난상전보다는 도화서가 있는 견평방 주막으로 몰려들었다. 부모를 잘 만나 묵직한 엽전 꾸러미를 찬 어린 양반 녀석들은 수염도 나지 않은 맨숭맨숭한 턱으로 초저녁부터 기생집을 기웃거렸다.

윤복은 무르익은 봄밤의 흥이 넘실거리는 골목을 지나쳤다. 마음은 달뜬 처녀처럼 설레었지만, 은근한 긴장으로 손바닥에는 땀이 고였다. 두 개의 골목을 지나자 계월옥이 보였다. 구석방으로 숨어든 윤복은 늙은 막종이 떠올린 뜨거운 대야에 지친 발을 담갔다.

방문이 열리고 가야금을 껴안은 여인이 방 안에 들어섰다. 물빛 치맛자락을 걷어 올린 여인이 현을 퉁겼다. 가락은 언제나처럼 맑고 정결했지만, 거칠고 세찬 격랑이 되어 가슴속을 흘렀다. 술상이 들어오고, 밤이 깊어가는 것을 윤복은 잊었다. 윤복은 말간 잔과 여인의 얼굴과 가늘게 떠는 가야금의 줄과 흔들리는 불빛을 번갈아 바라보았다. 우는 듯, 한 곡조가 끝나면 또 외줄을 타듯 한 곡조가 끝났다.

"오늘이 단오가 맞다면 화원 시험일이요. 도화서 뜰에서 그림을 그려야 할 분이 어쩐 기방 출입이십니까?"

여인이 가야금을 옆으로 밀어놓으며 참았던 물음을 던졌다. 며칠 전 계월옥에 들른 생도들의 술자리에서 들은 말이었다.

"걱정스러우냐?"

따지고 보면 걱정스러울 일도, 안타까울 일도 없다. 그저 몇 번 기방 출입을 한 뜨내기 손일 뿐……. 하지만 정향은 어쩔 수 없이 숨이 가빠졌다.

"시험이 한창인데 기생집 출입이니 이제 어떻게 하시렵니까?"

"내 앞에서 옷을 벗겠느냐?"

정향의 가슴속에 쌓인 돌무더기가 와르르 무너졌다. 밤은 깊었고 사위는 조용했다. 주정꾼들은 잠에 빠졌고, 가야금과 퉁소 소리는 잠들었다. 촛불이 흔들릴 때마다 일렁거리는 자신의 그림자에 정향은 깜짝 놀랐다. 비록 기방 구석의 악기 신세지만 늘 자존감을 잃지 않으려 했다. 남들에겐 아무 의미 없는 말라비틀어진 고집이라 해도 상관없었다. 기생 년의 팔자란 그럴듯한 부자 양반에게 머리 올림을 받고 한 살림 챙겨 받으면 그만이었다.

곳간에 재물을 켜켜이 쌓아두었다는 난전의 행수와 정승을 지낸 대갓집 자제, 그리고 예악하는 자들의 후원에 물불을 가리지 않는 유한(有閑) 양반들……. 그들 모두에게 정향은 부러뜨려야 할 가지였고 가져야 할 소중한 물건이었다.

그 사실을 모르는 것인지, 알면서도 모르는 척하는 것인지…… 행수 기생인 계월은 몸이 달았다. 다른 기생들은 부러워하면서도 의아해했다. 하지만 정향은 그런 구설이나 눈길조차 애써 모른 척했다.

언젠가는 돈과 재물에 팔려 한 남자의 노리개가 되는 날이 닥칠 것이다. 영원히 피할 수는 없겠지만 스스로 굴복하지는 말자. 나의 가얏고 소리를 알아주는 한 남자가 있다면……. 단 하루라도 좋으니 그런 남자의 여자가 되겠다.

가슴이 쿵쾅대는 소리를 들키지 않기 위해 정향은 숨을 죽이고 등잔의 심지를 낮추었다. 가물가물하던 불꽃이 사라지자 방 안은 어둠을 담은 거대한 그릇이 되었다.

치맛자락이 끌리는 소리에 윤복은 숨이 막혔다. 조금씩 조금씩 눈이 어둠에 익숙해졌다. 정향의 저고리 고름이 풀리는 소리가 마음의 매듭이 풀어지듯 툭하고 어둠 속으로 떨어졌다. 옷자락이 스적이는 소리, 살과 천이 미끄러지는 소리, 벗어낸 옷가지가 바닥에 닿는 소리……. 저고리가, 넓은 스란치마가, 하얀 속치마가, 매끄러운 비단 속곳이 하나하나 허물처럼 벗겨져 어둠 속에 잠겨들었다.

지금껏 간절히 기다리면서도 미루어왔던 시간이었다. 정향의 벗은 몸을 바라보고 싶다는 감출 길 없는 욕망과, 언젠가 그 몸을 귀하게 바라볼 수 있을 때까지 기다려야 한다는 냉정함이 마음속에서 항상 엉기며 싸웠다. 그렇고 그런 기방의 난봉꾼 남정네처럼 이 여인의 몸을 하룻저녁 노리개로 다루고 싶지는 않았다. 언젠가 그럴 수 있는 날이 온다면, 그 귀한 마음처럼 그 몸 또한 세상에서 가장 귀한 몸으로 만들고 싶었다.

여인의 흰 어깨에 달빛이 살얼음처럼 내려앉았다. 가는 허리로 이어지는 곡선이 빛과 어둠을 칼로 도려내듯 갈랐다. 그 선명한 경계는 아름다우면서도 불안했고, 부드러우면서도 차가웠다. 윤복은 어둠 속에서 그녀의 윤곽을 헤아리고 그녀의 존재를 실감했다.

"가까이 오라."

여인의 발걸음 소리가 고요한 밤에 눈 내리는 소리처럼 들렸다. 달빛이 구름을 벗어나자 여인의 몸은 선이 아닌 희미한 면으로 드러났다. 빛이 머무는 부분과 빛이 머물지 못하는 부분은 각각 밝음과 어둠으로 나뉘어 서로 기대고, 어울리고, 맞서면서 그녀란 존재를 뚜렷하게 해주었다.

존재는 곧 빛과 어둠의 조합이 아닌가. 빛이 있어 어둠은 자리를 얻고, 어둠이 있어 빛은 밝게 떠오른다. 어둠이 없다면 빛은 밝음을 드러내지 못하고, 빛이 없다면 어둠은 존재하지 못할 것이다. 그 빛과 어둠의 격렬한 맞섬과 어우러짐을 윤복은 한 여인의 매끄러운 몸을 통해 확인했다.

"가서 불을 켜라."

어둠 속으로 스미듯 들려오는 목소리에 정향은 화살을 맞은 듯했다.

탁! 부싯돌이 켜지고 황 조각에 불이 붙었다. 매캐한 유황 냄새와 함께 작은 씨앗 같은 불꽃이 어둠 속에서 새싹처럼 돋아났다. 심지를 돋우자 작은 불꽃은 여린 싹이 자라듯 붉은 빛깔을 더하며 커졌다.

윤복은 불빛 아래에서 윤기 나는 선을 찬찬히 살폈다. 목에서 어깨로 완만하게 이어지는 아름다운 곡선을⋯⋯. 이것이 여인의 몸인가. 아름다운 것이 사람의 영혼을 풍요롭게 한다면, 이 여인은 한 남자를 구원하고 세상을 구원할 수도 있을 터였다.

여인은 잠시 당혹스러운 표정을 떠올렸지만 곧 자신의 존재감을 당당히 드러냈다. 환한 빛 아래 웅변하듯 당당한 여인의 실존 앞에서 윤복은 작아지는 스스로를 느꼈다.

그것이 그녀 자신이었다. 화려하고 비싼 비단으로 감싸지 않은 몸, 값비싼 장신구로 치장하지 않은 몸, 거대한 세상과 맞서도 꿀리지 않는 당당한 몸⋯⋯ 그 몸을 고고한 척하는 자들은 더러운 몸뚱이라고 저주하고, 욕망에 눈이 먼 자들은 끊임없이 탐했다.

여인은 어떻게 하면 자신의 몸이 더욱 아름다워 보이는지를 알고 있었다. 단아한 어깨와 탐스러운 가슴이 보일 듯 말 듯 이어졌고, 약간 힘이 들어간 배는 팽팽하게 긴장했다. 한쪽 다리를 길게 뻗고 뒤쪽 무릎을 굽히자, 부드러운 곡선과 시원한 직선이 얽혔다. 그것은 온몸으로 연주하는 우아한 가락과 같았다. 귀로 듣는 가얏고의 가락이 아니라, 눈으로 보는 몸의 가락이었다. 탐스러운 곡선과 시원하게 뻗은 직선이, 강한 휘어짐과 부드러운 구부러짐이, 불빛 아래 하얗게 빛나는 가슴과 희미한 어둠 속에 묻힌 은밀한 부분이 어울렸다.

여인의 이마에 송골송골 땀방울이 맺혔다. 떨리는 손이 아름다운 선을 따라 미끄러졌다. 여인의 허리와 풍성한 둔부를 지날 때 그 손은 가늘게 떨었다. 윤복은 밤새 그 아름다움 위를 미끄러지며 쓰다듬고 어루만졌다.

얼마나 시간이 흘렀을까. 멀리서 닭이 홰를 치는 소리가 다가왔다. 윤복은 감았던 눈을 퍼뜩 떴다. 창백한 여인의 얼굴은 푸른 새벽빛을 머금어 생생했다. 조용한 발걸음을 방문 쪽으로 옮길 때 또렷한 여인의 목소리가 발길을 잡았다.

"평생 이 밤을 잊지 못할 것입니다."

여인의 말 한 마디 한 마디가 제 무게를 이기지 못하고 마른 땅 위로 떨어지는 꽃잎처럼 마음바닥에 투덕투덕 떨어져 쌓였다.

"나 또한 오늘 밤을 잊지 못할 것이다."

윤복은 성큼성큼 긴 복도를 걸었다. 술과 불면에 퀭한 눈을 한 젊은 한량들이 비틀어진 상투에 겉저고리 차림으로 엉거주춤 기생집 문을 빠져나갔다. 이른 새벽, 물지게를 진 물장수와 비지장수들이 바쁜 걸음으로 골목 안을 오가고 있었다. 윤복은 당당하게 계월옥을 나와 견평방으로 향했다.

도화서 본청 문을 들어섰을 때는 아침 해가 돋아 있었다. 중견 화원 하나가 편치 않은 얼굴로 초췌한 윤복을 지그시 내려다보았다.

"취재 과제를 팽개치고 하루 밤낮 동안 어디를 싸돌아다닌 것이냐?"

윤복은 대답하지 않고 자리에 앉았다. 다섯 명의 생도들이 한잠도 못 이룬 까칠한 눈을 비벼댔다.

윤복은 벼루 뚜껑을 열고 천천히 먹을 갈았다. 얼어붙은 강 위에 눈이 내리는 듯한 소리를 내며 먹이 벼루 위를 달렸다. 먹은 너무 진하지 않게 갈아야 했다. 중요한 것은 선이 아니라 색이니까.

먹 갈기를 끝낸 윤복은 서너 가지 안료를 섞었다. 그것은 금기 중의 금기였다. 화원 취재에서 색을 쓰는 생도는 이전에도 없었고 앞으로도 없을 것이었다. 화원 취재에서 허용되는 색은 단 한 가지, 세상의 중심인 왕의 권위와 위엄을 상징하는 황색뿐이었다. 지켜보던 화원이 수염 끝을 바르르 떨었다.

"저, 저런 무도한 놈이…… 색을 쓰려는 것인가!"

눈이 부실 듯 흰 빛을 쏘아내는 종이는 붓 끝을 기다렸다. 스치고, 거칠게 요동치고, 갈라져 누비고, 그 위를 달리고 미끄러지며 꾹꾹 눌러주기를 기다리고 있었다. 흰 종이를 바라보는 순간 세상의 모든 소음이 뚝 그쳤다. 윤복의 세상은 이제 그 네 변과 네 모서리 안에서만 존재했다. 먹물을 흠뻑 먹인 대붓은 처마 끝의 물방울이 떨어지듯 망설임 없이 종이 위에 가 닿았다. 하얀 종이는 화사한 연갈색을 먹었다.

해가 떠오르자 붓놀림은 점점 빨라지고 유연해졌다. 제비가 수면을 차고 날아오르듯 붓 끝이 스치는 곳에서 두 그루의 소나무가 우뚝 솟고 풀잎이 돋아났다. 흐르는 계곡물은 철철 소리를 내는 듯했다. 화원들은 윤복의 붓 끝에서 살아나는 풍경에 시선을 고정시켰다. 그네에 한 발을 올리고 막 땅을 박차고 오르려는 여인의 모습이 드러났다. 맞은편 계곡에는 앉고 선 네 여인이 튀어나올 듯 생생했다.

"허허…… 저런 해괴한 노릇이 있나! 화원 취재에 여인이… 그것도 대명천지에 알몸을 드러내다니……."

뻣뻣한 수염을 고르며 화원이 외쳤다.

그럴 만도 했다. 여인들은 윗저고리를 벗어젖히고도 부끄러워하거나 움츠리는 기색이 없었다. 벌린 입을 다물지 못하면서도 화원들은 윤복을 제지하지 못했다.

혀 차는 소리를 비웃듯 붓 끝이 화폭을 스칠 때마다 풍경은 세밀함을 더해갔다. 녹색이 감도는 배경 위에 오월의 하늘 같은 푸른색이, 물빛 같은 푸른색이, 바랜 듯 투명한 푸른색이 여인들의 치마 위에 입혀졌다.

윤복은 곧 푸른색 붓을 빨고 물기를 털어낸 후 노란색 안료를 먹였다. 그네를 타고 솟아오르려는 여인의 저고리가 샛노란 색으로 덧입혀지고, 치마는 타오르는 듯한 다홍빛이 되었다. 입술에 붉은 점을 살짝 찍는 순간 여인들의 표정이 살아나며 생생한 생동감을 불러일으켰다.

색의 축전은 거기서 끝나지 않았다. 윤복은 조심스럽게 계곡 가운데 선 여인의 팽팽한 가슴 끝에 붉은 점을 찍었다. 화원들이 헉하는 숨소리를 냈다. 농염한 여인들의 붉은 젖꼭지와 탐스러운 둔부를 본 화원들은 거친 숨소리로 말을 대신했다. 뉘엿뉘엿 해가 서쪽으로 넘어가고 있었다. 그제야 붓을 놓은 윤복은 물끄러미 그림을 살폈다. 구도와 묘사와 생동감과 색감과 화면 전체의 조화가 나쁘지 않았다. 물론 화원들에겐 눈 뜨고 못 볼 음탕하고 저속한 그림으로 낙인찍히겠지만.

그런데 무언가가 부족했다. 완벽한 구도, 완벽한 묘사, 완벽한 색감……. 무엇이 부족한 것일까? 윤복은 놓았던 붓을 다시 집어 들었다. 붓 끝에서 장난스럽게 웃고 있는 두 명의 어린 중이 나타났다. 어린 중들의 입술을 장난스럽게 붉은 안료로 칠한 후에야 윤복은 붓을 내려놓고 두 손을 탁탁 털었다.

모든 것은 끝났다. 남은 것은 화원들의 심사뿐. 이 그림이 그들의 눈에 들지 않을 것이 문제이긴 했지만.

홍도는 허겁지겁 도화서 본청 솟을대문을 들어섰다. 이른 아침잠을 깨운 막종은 원로 화원장의 호출이 떨어졌다고 고했다. 짚이는 가능성은 두 가지였다. 윤복의 그림이 눈에 띄게 뛰어났던가, 아니면 큰 사고가 터진 것이다. 홍도는 부지런히 발걸음을 옮기며 전자이기를 기도했다.

회의장에는 열두 명의 원로 화원들이 모두 모여 있었다. 화원장 양옆으로 여섯 생도들의 그림이 나란히 놓여 있었다. 불안한 눈으로 윤복의 그림을 찾는 홍도에게 칼날 같은 불호령이 날아들었다.

"도화서 교수라는 자가 일을 이 지경으로 만들어놓고 잠이 오는가!"

홍도는 구정물을 뒤집어쓴 것 같았다. 화원장은 한 그림을 덮었던 검은 비단천을 홱 젖혔다. 혀 차는 소리와 못마땅한 헛기침 소리와 신음 소리가 동시에 섞여 나왔다.

"황당하고 해괴하다! 이 천하고 음탕한 그림을 어찌 화원이 되겠다는 자의 것이라 할 것인가!"

홍도는 눈앞에 검은 휘장이 드리운 것처럼 막막했다. 화원장의 호통이 무서워서가 아니었다. 황당하고 해괴하다는 그 그림은, 자신의 경지를 훌쩍 넘어 다다를 수 없는 곳에 이르러 있었다. 홍도는 이태 전 도화서를 떠들썩하게 했던 속된 그림을 기억했다. 지금 화면을 뛰어나올 듯 생동감 넘치는 이 여인들은 그때보다 몇 단계를 더 올라서 있었다.

"도대체 생도청 교수들은 무엇을 가르쳤기에 저토록 음탕하고 저속한 그림이 시험장에서 버젓이 그려지는가!"

노인의 일갈에 홍도의 눈썹이 꿈틀거렸다. 홍도는 그림을 통해 윤복이 하는 말을 확실하게 들었다.

윤복은 자신이 할 수 있는 모든 것을 다했다. 자신이 배울 수 있는 것을 모두 다 배웠고, 자신이 지켜야 할 것은 남김없이 지켜냈다. 경험할 수 있는 것을 모두 경험하고, 받아들일 수 있는 것을 모두 받아들인 후 혼신을 다하여 그린 그림이다. 그 그림을 지켜주어야 할 사람은 오로지 자신뿐이었다. 그럴 힘은 없을지 모르지만, 그럴 용기는 있다고 홍도는 생각했다.

"저 그림의 어디가 어떻게 음탕한지 소인은 모르겠습니다."

원로 화원 하나가 분을 참을 수 없다는 듯 벌떡 일어나 손가락질을 했다.

"생도청 교수가 저 모양이니 생도가 저 꼴이지……."

화원이 겨우 분을 가라앉히며 털썩 앉자 이번에는 화원장이 가는 눈을 치켜떴다.

"평생을 그려도 다 못 그릴 숭엄한 것이 주상 전하의 권능과 왕실의 영광, 종묘와 조정의 복록이다. 그런데 하물며 저자의 여인네라니……."

잠시 숨을 고른 화원장이 말을 이었다.

신윤복, '단오풍정(端午風情)'
종이에 담채, 28.2×35.6cm, 간송미술문화재단
신윤복의 그림 중 가장 빼어난 수작 중 하나.
단오를 맞아 개울가에서 머리를 감고 몸을 씻는
여인들의 모습을 그렸다.

"게다가 알몸의 여인들은 음탕함의 끝을 보여준다. 여인의 몸이란 오로지 한 남자를 위한 것인데 대명천지에 속살을 내보이는 법도가 어디 있다더냐?"

"음탕한 대상이라도 화원의 정교한 붓 끝에서 정결하게 그려질 수 있다고 믿습니다."

홍도가 숨을 가다듬으며 간신히 말했다. 화원장의 추궁은 계속되었다.

"그뿐만이 아니다. 실오라기 하나 걸치지 않은 여인들이 누가 볼까 저어하기는커녕 보란 듯 당당하지 않으냐? 모름지기 남정네라도 옷을 벗은 맨살을 남에게 드러내기 꺼리는 법, 알몸의 여인들이 둔부와 유두를 아무렇지도 않게 드러내다니……."

홍도는 긴 한숨을 쉬었다. 화원장의 목소리는 더욱 높아졌다.

"이것은 저잣거리를 암암리에 떠도는 춘화도에도 미치지 못할 것이다. 이같은 그림을 그리는 자가 어찌 화원이 될 수 있겠느냐?"

기진맥진한 노인이 긴 숨을 내쉬며 말을 끊었다. 홍도는 조용히 일어나 그림이 있는 쪽으로 다가섰다. 마치 화원장에게 대거리라도 하려는 것 같았다.

"수백 년을 이어온 도화서 양식을 올곧게 익히고 계승할 자만 화원이 되어야 합니까?"

그것은 질문이 아니라 역설적 대답이었다. 대화가 아니라 비아냥거림이었다.

"저 그림은 도화서 양식을 모욕할뿐더러 더럽고 저속한 춘화일 뿐이다."

"화원장께서는 저 그림이 도화서 양식이 아니기 때문에 비난하시는 것입니까, 아니면 저속하고 더러운 그림이기 때문에 비난하시는 것입니까?"

"둘 다다."

노인이 얼음장처럼 차갑게 말했다.

"화원장께서는 여인을 그렸으므로 음탕하다 하셨습니다. 도화서 화원이 군왕의 권위를 그려야 한다면, 그 영광이 고루 미치는 백성 또한 그 영광의 발현일 것입니다. 백성 중에서도 천한 여인네까지 주상 전하의 은덕이 미치는 바에야 천한 여인을 그리는 것 또한 주상 전하의 은덕을 그리는 것입니다. 종묘와 왕실의 의궤와 어진을 그리는 자가 있으면, 저자와 민가와 기생집의 여인과 막종을 그리는 자도 있어야 합니다. 주상 전하의 은덕은 크고 넓어서 미치지 않는 곳이 없으니까요."

홍도는 금방이라도 튀어나올 듯 생동감 넘치는 그림에서 저릿한 전율을 느끼며 말을 이었다.

"화원장님께서는 또 그림 속의 여인들이 알몸이라 음탕하고 저속하다 하셨습니다. 하나 여인의 몸이란 어떤 눈으로 보느냐에 따라 저속하고 음탕하기도 하고, 아름답고 순수하기도 합니다. 그 몸을 보는 남정네가 저속하고 음탕한 마음을 품으면 여인의 몸처럼 음탕한 것이 없을 것이지만, 사랑하는 눈으로 보는 남정네에게는 그만한 아름다움도 없을 것입니다. 여인의 몸이 더럽지 아니하고 아름다울 수 있다면, 그것을 어둠 속에 숨길 것이 아니라 만천하에 드러낸들 어떻겠습니까?"

화원들은 헛기침과 혀 차는 소리와 엉덩이를 들썩이는 것으로 궁지를 모면하려 했다. 두 눈을 지그시 감고 있던 화원장이 날카로운 눈을 부릅떴다.

"저 목욕하는 계집들을 엿보는 중놈들을 보아라. 여인을 그리는 것으로 부족해서 남정네를 주변 소품으로 배치함으로써 음양의 이치를 뒤집지 않았느냐? 또한 승려란 욕망을 절제해야 할 자들이거늘 어찌 목욕하는 여인네들을 몰래 훔쳐본단 말이냐?"

"중들은 있어도 그만, 없어도 그만인 존재가 아니라 꼭 있어야 할 그림의 핵심입니다. 저 어린 중들의 두근거리고 설레는 표정이야말로 여인의 나신을 바라보는 남정네들의 그것이 아닙니까. 저들의 설렘과 두근거림, 끓어오르는 호기심은 그림을 보는 사람에게 그대로 이입됩니다. 말하자면 중들은 보이는 대상이 아니라 보는 사람을 그림 안으로 끌어들이는 역할을 하는 것입니다."

노인은 고개를 가로저었지만 항변을 하거나 반박을 할 여지는 없었다. 노인은 두 번 헛기침으로 목을 고른 후 다시 입을 열었다.

"더욱 치명적인 결격은, 이 그림이 극도로 사실적이란 점이다."

"있는 것을 있는 그대로 그리는 것은 도화서의 법도이기도 합니다. 그것이 어찌 결격이 되며 비난받아야 할 일입니까?"

"사실적인 그림은 저자의 천한 춘화도나 극도의 섬세한 묘사로 영혼까지 그려야 하는 초상화에서 쓰는 기법이다. 그런데 이 그림에서는 봉긋한 둔덕이나 솟구치는 소나무와 흐르는 계곡의 물길 등이 혹은 멀리 보이고 혹은 가까이 보여 입체적인 형상이다. 뿐만 아니라 극도로 자제해야 할 색을 이곳저곳에 남발하여 오히려 음탕한 색욕을 돋우고 보는 사람의 마음을 혼미하게 했다."

홍도는 무슨 말을 하려다가 입을 다물었다. 화원장의 얼굴이 붉게 달아올랐다.

"도화서는 원근을 표현하는 기법을 허용하지 않으며 난잡한 색을 극도로 경계한다. 모든 구도는 정연하게 배열되어야 하고, 묘사는 정갈해야 하며, 색은 절제되어야 하는데도 이 그림은 실제의 풍경을 닮게 그리기 위해 잡스러운 기법과 색을 남발했다."

"그림이 보이는 것을 옮긴 것이라면, 그 사실성을 문제 삼을 수는 없을 것입니다. 도화서 양식이란, 보이는 것을 관념 속에서 형상화하여 극도로 복잡한 기법과 순서로 재현해내는 것으로 대상의 관념을 나타낼 뿐입니다. 보이는 형상의 내면은 오히려 사실적인 그림이라야 더욱 정묘하게 그릴 수 있습니다. 화면을 보십시오. 이 여인들이 당장이라도 화면을 박차고 뛰어나올 것 같지 않습니까? 이런 그림을 그린 생도가 화원이 되지 못한다면 또 누가 화원이 되겠습니까?"

낭랑한 목소리 끝에 홍도는 슬쩍 장난기 섞인 농을 던지며 사람 좋은 웃음을 흘렸다.

"그런 모룻돌 같은 인사는 이미 있는 하나로 족해!"

듣고 있던 화원장이 빽 소리를 쳤다. 그 하나가 바로 자신을 지칭하는 것임을 홍도는 알았지만, 그는 히죽거리는 웃음을 멈추지 않았다.

어떻게든 이 녀석을 도화서에 잡아두어야 한다. 그래야 공정한 싸움을 할수 있을 테니까…… 썩어빠져 곰팡내가 등천할 듯한 낡은 양식이 아니라, 하늘이 내린 재능으로 자신의 꿈꾸는 바를 좇아 그리는 그림……. 그림으로 말을 하고 그림으로 울고 웃으며 그림 속의 인물들이 서로 싸우는 그런 경쟁을 해보고 싶다. 그럴 수 있는 자가 그린 그림이 지금 눈앞에 있다. 그런데 어떻게 그를 놓칠 수 있겠는가.

윤복을 합격시킬 것인가 말 것인가에 대해 도화서 안팎에서는 의견이 분분했다. 그 재능에는 입을 대는 사람이 없었지만, 그리는 기법과 내용은 용납될 수 없었다.

닷새에 걸친 난상토의에 마침표를 찍어준 것은 뜻밖에도 도화서 밖에서 날아든 한 통의 전갈이었다.

마지막까지 남은 합격 후보자 세 명의 명단과 그림은 예조판서에게 보고되고 주상에게 전달되었다. 예악을 아끼고 문풍을 진작시키려는 주상은 화원 취재의 최종 심사를 직접 관장했던 것이다. 행운이었을까. 주상이 내린 최종 합격 명단에는 신윤복의 이름이 끼어 있었다. 그리하여 윤복은 도화서 화원이 되었다.

도화서 안에서는 연일 혀 차는 소리와 끙끙대는 신음 소리, 그리고 못마땅한 헛기침 소리가 그치지 않았다. 하지만 그 어떤 것도 결과를 돌이킬 수는 없었다.

윤복은 눈살을 찌푸리며 영복의 구릿빛 얼굴을 올려다보았다. 시큼한 땀 냄새와 매캐한 안료의 냄새가 코를 자극했다.

"힘들진 않아?"

영복은 하얀 이를 드러내며 건강하게 웃었다. 도화서를 쫓거나 단청장이 가 되었지만 눈빛은 웃음을 잃지 않았다.

"힘들어. 하지만 힘겨운 도제 생활 이 년을 보냈으니 이제 단청실에서도 내게 일을 맡길 거야."

영복은 지난 시간 동안의 허드렛일들을 생각하며 쓴웃음을 지었다.

"무슨 일을 할 건데?"

"말했잖아. 색을 만드는 장인이 될 거라고……."

영복이 결심을 되새김질하듯 어금니를 물었다. 강직한 턱선 위에서 섬세한 근육이 움찔거렸다.

"단청실의 으뜸은 단청 초를 그리거나 단청 칠을 하는 장인인데, 하필이면 변변찮은 조색공이야?"

반은 투정이었고 반은 설득이었다. 하지만 영복은 계속 어금니 근육을 움찔거렸다.

"그래. 조색공은 단청실에서도 있으나 마나한 존재지. 하지만 난 달라. 난 세상의 모든 색을 만들어낼 거야. 오방색만이 아닌 세상의 모든 색들을 내 손으로 만들어낼 거야."

그 말은 윤복이 아니라 스스로에게 하는 다짐이었다. 윤복은 영복이 만들겠다는 색이 어떤 것들인지 알 것 같았다. 그것은 지금까지 세상에 없었던 새로운 색, 곧 윤복이 절실하게 원하는 색이기도 했다. 그 색들로 해서 윤복의 그림은 세상에 없던 새로운 그림이 될 것이다. 이전에도 없었고 이후에도 없을 새로운 그림.

윤복은 영복을 바라보았다. 모든 것을 품어줄 듯한 넓은 가슴과 넉넉한 웃음이 떠나지 않는 얼굴을. 마음 깊은 곳의 가책이 뿌듯함을 밀치고 솟아 올랐다.

"그럴 필요까지 없어. 지금까지 해준 것만으로도 난 충분하니까. 형은 형의 행복과 하고 싶은 일과 꿈을 미루어두고 날 보살폈어. 그건 옳지 못할 뿐 아니라 용서받을 수 없는 일이야. 나에게 나의 길이 있듯이 형에게도 형의 삶이 있어야 하니까."

나지막하게 시작된 목소리가 갈라졌다.

"널 위해서가 아니라 날 위해서야. 알아? 난 누구를 위해서도 희생하지 않아. 네게 꿈이 있다면 나에게도 꿈이 있어. 내가 살고 싶은 삶, 내가 이루고 싶은 꿈이 있다구."

"그게 뭔데?"

윤복이 날카로운 목소리로 소리치며 대들었다.

"지금껏 어떤 조색공도 만들지 못한 새로운 색을 만들고, 그 색으로 그림을 그리게 하는 것! 그것이 내 꿈이야."

윤복은 멍해졌다. 도화서 화원의 고민은 '무엇을' '어떻게' 그리느냐였다. 그러나 도화서를 떠난 영복은 '무엇으로' 그리느냐를 고민하고 있었다. 어떤 화원이 그러한 문제를 두고 깊은 고민을 해보았을까.

당당한 영복의 눈빛에서 윤복은 죄책감을 씻어낼 수 있었다.

"그래. 형이 그렇게만 해준다면…… 나는 세상 누구도 보지 못한 색들이 뒤섞이는 그림을 그릴 거야. 어떤 화원도 그리지 못한 그림을 말이야."

윤복은 물결치고 뒤섞이며 격동하는 색들을 떠올리며 말했다. 그것은 오랜 꿈이었다. 도화서 양식이 오랫동안 철저하게 금기시해온 채색의 기법……

도화서는 색이 온갖 죄와 탐욕을 불러일으키므로 극단의 절제를 통해서만 이상적인 그림을 그릴 수 있다고 가르쳤다. 하지만 색이 음탕함과 저속함과 마음 깊은 곳의 욕정을 발현시킨다면, 그것은 마음속에 숨어 있는 기쁨과 즐거움 또한 불러일으킬 수 있을 것이었다. 그림 속의 색이 보는 사람에게 음행을 저지르게 할 수 있다면, 역시 선한 마음을 불러일으킬 수도 있을 것이었다.

색이 사람의 마음을 움직인다는 것은 누가 말하지 않아도 자명한 사실이다. 빨간색은 강렬한 힘을 느끼게 하지만 한편 잔혹하다고 느껴진다. 노란색은 차분히 가라앉은 듯하지만 속으로 끓어오르는 분노를 느끼게 한다. 파란색은 맑고 산뜻하지만 무겁고 음침하기도 하다. 같은 색이지만 보는 이에 따라 갖가지 감정을 불러일으키는 것이다.

같은 색이라 해도 사람의 마음을 건드리는 방식은 셀 수 없이 많았다. 색은 홀로 존재하지 않고 뒤섞이고 얽히며 수없이 많은 표정을 드러냈다. 검은색이 흰색과 함께하면 가장 단순한 숭고함을 나타내지만, 붉은색과 맞서면 강렬함을 더할 뿐이다. 파란색은 노란색과 섞일 때와 빨간색과 섞일 때 전혀 다른 느낌을 불러일으킨다. 녹색은 파랑과 노랑이 섞여 만들어지지만, 파랑도 아니고 노랑도 아닌 새로운 색이다. 분홍은 빨강색과 비슷하지만 그 기능과 역할은 전혀 다르다. 검은색이 묽어져도 회색이 되지만, 흰색이 짙어져도 마찬가지로 회색이 된다. 하지만 회색은 검은색도 흰색도 아닌 회색일 뿐이다. 검은색과 흰색이 명료하고 단호함을 뜻한다면, 두 개의 명료함이 섞인 회색은 오히려 모호함을 불러일으키는 색이 된다.

색은 인간의 마음을 움직이고 혼을 흔드는 힘을 지닌 것이다. 그림으로 인간의 영혼을 맑게 씻고, 기쁨과 즐거움을 불러일으킨다면……. 만약 그것이 가능하다면, 그것이야말로 위대한 그림이 아닐까? 하지만 어떤 화원이 그 조화를 알 것이며, 어떤 단청장이에게 물어 그 배합의 묘를 알 것인가.

윤복의 색을 향한 욕망과 열정은 금기가 강할수록 가눌 길이 없었다. 수석 화원이 쓰다 남은 노란색 안료를 훔쳐내어 끄적이기도 하고, 노란 안료에다 남색을 섞어 녹색을 만들어 그리기도 했다.

바 람 의 화 원

하지만 마음은 끝 간 데 없고, 구할 수 있는 안료는 없었다. 누구에게 물어볼 수도 없었고, 가르쳐줄 화원 또한 없었다. 단지 색을 다룰 수 있는 유일한 곳은 머릿속뿐이었다. 머릿속에 수많은 색들을 칠하고 지우는 동안 채색에 대한 욕망은 더욱 강하게 끓어올랐다.

"눈을 감아. 그러면 색이 보일 거야."

영복이 꿈을 꾸듯 말하며 하늘로 고개를 치켜들고 눈을 감았다. 윤복은 영복을 따라 눈을 감았다. 발간 눈꺼풀 밑으로 오색의 아지랑이가 피어올랐다. 윤복은 머릿속으로 하나하나 색들을 떠올렸다.

빨강, 파랑, 노랑, 주황, 검정, 하양……. 수많은 색들이 소용돌이치고 뒤섞였다. 윤복은 그 황홀경 속으로 한없이 빨려 들어가고 있었다.

도화서 화원이 되었지만 탐탁찮은 눈길은 더욱 따가워졌다. 주상이 아무리 예약을 중히 여긴다 하나 어찌 도화서 화원 하나 뽑는 일에 감 놔라 배 놔라 할 것인가. 분명 세상모르고 날뛰는 김홍도가 속닥거렸을 거라고 화원들은 넘겨짚었다.

윤복의 천재적 재능은 화원들에게는 축복이 아니라 형벌이었다. 화원들은 자신들의 거대한 잿빛 성이 허물어지는 것을 보며 조급함에 사로잡혔다. 그들은 질투를 느끼면서도 두려웠고, 무시하면서도 굴복하고 말았다. 애써 태연함을 가장하고 질책하는 눈빛을 보였지만, 내면 깊은 곳에서 그들은 두려워하고 있었다. 자신들이 애써 밀어내려는 두 화원의 재능이 몰고 올 격한 소용돌이를. 어쩌면 그 바람은 수백 년 쌓아 올린 도화서의 양식을 송두리째 뒤집고 완전히 새로운 것으로 대체해버릴지도 몰랐다.

신윤복은 신줏단지처럼 받드는 도화서 양식이 아니고도 마음을 건드리는 그림이 있음을 입증했다. 이제 그 그림에 매료된 양반 사대부들과 거부 호사가들은 한 점이라도 얻으려 줄을 설 것이다. 도화서의 굳건한 전통과 치밀한 양식은 파지처럼 구겨져 길바닥에 나뒹굴 것이다. 도화서의 누구도 그런 상황을 원하지는 않았다. 그 무도한 자는 도려내야 할 종기, 격리시켜야 할 암종 같은 것이었다.

화원이 된 생도들은 하루가 바빴다. 지난 의궤를 정리하는 일, 변색된 지난 왕조의 의궤를 수정·가필하는 일, 왕실의 병풍들과 족자들 중 바래거나 변색된 그림들을 덧칠하는 일 등이었다. 하지만 윤복에는 아무런 일도 주어지지 않았다.

"어찌 수행 화원을 뽑아놓고도 일거리를 배당하지 않습니까?"

화원회의에서 내지른 홍도의 볼멘 목소리는 침묵과 강한 힐난에 맥없이 부딪혔다.

"신윤복의 화풍을 천하가 아는데, 존엄한 왕실 의궤와 기물을 음탕한 그림으로 도배하라는 것인가? 일월오봉도를 치우고 젖가슴을 드러낸 나체의 여인네가 떼로 모인 병풍을 세우란 말인가?"

제조 화원의 추궁에는 날카로운 가시가 박혀 있었다. 홍도는 목소리를 죽였다.

"하지만 어떻게라도 일을 시켜야 하지 않겠습니까?"

"글쎄……. 화원 각자의 장점을 살릴 과제를 맡겨야 할 터이니 어떤 일거리가 좋을지 고민해보지."

그러나 정작 윤복은 이미 알고 있었다. 자신의 화풍에 맞는 일거리를 이 도화서 안에서는 영영 찾을 수 없을 것임을.

윤복은 일 없이 넘치는 시간들을 화원청 뒤 서화보관실에서 보냈다. 그곳의 오래된 그림들은 도화서의 전통과 권위를 지탱해주는 가장 뚜렷한 유산이었다. 윤복은 듣지도 보지도 못했던 옛 화원의 그림들을 보는 것만으로도 화원이 되었다는 사실이 엄청난 행운임을 실감했다.

서화보관실은 높고 길게 이어진 낡은 서가들과 발걸음을 뗄 때마다 삐걱

거리는 마루로 이루어진 나무의 요새 같았다. 서가들은 좁고 긴 골목처럼 복잡하고 좁았다.

차분하게 가라앉은 공기는 틈새마다 온갖 냄새를 간직한 거대한 냄새의 저장고이기도 했다. 오래된 먹의 향기와 온갖 안료들이 뿜어내는 냄새, 부드러운 종이 냄새, 화원들의 땀 냄새, 잿빛 먼지 냄새가 거대한 덩어리가 되어 퍼졌다. 긴 회랑으로 이어진 통로들은 제각기 비밀을 간직하고 있는 듯했다. 서가의 칸마다 그림들은 포개어져 숨 쉬고 있었다. 오래된 그림들은 그들이 간직한 놀랍고도 믿을 수 없는 이야기들을 웅성웅성 풀어낼 것 같았다. 그림 속의 나무들은 바람에 가지를 흔들 것 같았고, 그림 속의 인물들은 웃음을 터뜨릴 듯했다.

세월은 그림 속 풍경에 믿을 수 없을 정도로 그윽한 깊이를 더해주었다. 시간이 그림을 얼마나 깊게 하는지, 시간이 그림을 얼마나 가치 있게 하는지……. 화원은 그림을 그릴 뿐이지만 시간은 그림을 완성시켰다. 그 오래된 시간의 방 속에서 윤복은 길을 잃지 않으려 정신을 가다듬으며 하루하루를 보냈다. 임진란의 연기 속에서 살아남은 그림들, 호란의 불길 속에서 건진 그림들, 지금은 이 세상 사람이 아닐 수많은 공신들과 왕족들의 초상들……. 그들은 수십 년, 수백 년의 시간을 건너와 오래된 이야기를 들려주었다.

하루는 이틀이 되고, 이틀은 사흘이 되었다. 시간 속에서 술이 익어가듯, 시간 속에서 윤복은 그림에 눈을 떴다. 세월의 더께와 양란(兩亂)의 그을음과 모진 추위와 더위에 시달리며 탈색되고 훼손된 그림들 속에서 옛 화원들의 목소리가 들려오는 듯했다.

작은 구석방의 먼지 앉은 서가에는 도화서가 처음 설치된 태종 대에서 세종 대 화원들의 그림이 쌓여 있었다. 먼지 앉은 두루마리를 펼칠 때마다 벼락같은 전율이 일었다. 단아하고 정밀하며 담백한 붓 자국, 자연스러운 빛의 기울기로 세련되게 표현한 음영, 넘치지도 모자라지도 않는 색의 조화로움…….

단순한 양식으로도 순간의 감흥을 포착했고, 까다롭지 않은 기법으로도 보는 사람을 압도하는 그림들이었다. 단순하지만 질리지 않고, 보아도 보아도 색다른 감흥을 불러일으켰다. 그것이 곧 초기 도화서 양식의 출발이었다. 누대의 화원들이 그림 자체를 등한시하고 그 형식과 기법만을 파고들어 죽은 그림으로 만들고 만 것이었다.

한쪽 벽을 가득 채운 서가에는 청나라와 명나라, 일본에서 들여온 그림들도 보관되어 있었다. 중국과 일본의 여염과 저자 풍경은 지금까지 알지 못하던 새로운 세상을 보여주었다. 보아도 보아도 다 보지 못한 세상이 그림 속에 있었다.

이 세상이 아닌 듯 모호한 공간 속에서 윤복은 문득 길을 잃은 것 같았다. 뿌연 공기가 들어찬 어둑한 통로에 긴 그림자를 지녔던 남자가 서성이는 듯했다. 윤복은 물 흐르듯 다감한 오래전의 목소리를 다시 떠올렸다.

"도화서에는 끝도 없이 긴 서가가 줄지어 선 방이 있단다. 그곳에는 수많은 그림들이 살고 있고, 그 그림들이 간직한 이야기들이 살고 있지."

윤복은 정신을 바짝 차리고 그 목소리에 귀를 기울였다.

"그곳엔 화원들의 숨결이 있고, 그들의 땀 냄새가 있고, 먼 안남의 더운 숲 속에서 건너온 물감들의 이야기가 있고, 그림 속 사람들은 두런두런 이야기를 나누지. 그것은 그림들의 마을이고, 그림에 숨결을 불어넣는 화원들의 혼이 모인 곳이며, 그림을 그리다 그림이 되어버린 화원들의 모임이기도 해. 너는 그런 비밀의 방에 가고 싶지 않니?"

"가고 싶어요."

작은 개울이 흐르듯 말소리는 재잘대며 이어졌다.

"그곳에 가려면 도화서 화원이 되어야 한다."

윤복은 그 남자를 바라보았다. 세상의 어떤 화원보다 뛰어난 최고의 화원을……

"도화서로 가겠어요. 가서 화원이 되겠어요."

윤복은 봄날의 햇살 같던 그 따뜻한 눈웃음을 아직도 선명하게 기억한다.

"그 방의 혼들이 네게 비밀을 말해줄 거야. 수많은 그림들이 감춘 비밀, 그리고 네가 알지 못하는 수많은 세상의 비밀들을 말이다."

그 목소리는 우물처럼 깊었고, 그 우물에 고인 물처럼 서늘했고, 그 우물 벽의 검푸른 이끼처럼 향기로운 냄새가 났다.

윤복은 그것이 거짓말이라고 생각하지 않았다. 이곳에서 윤복은 이름 모를 오래전 화원들이 그림 속에 남겨둔 신비한 필법과 채색의 기법들을 만나게 되었다. 비단과 무명에 그린 그림과 석회판 위에 그린 그림의 기법까지 알 수 있었다. 옛 화원들은 아무 말도 하지 않았지만 윤복은 그들의 말없음에서 배웠다. 그림 속에 담긴 그들의 혼이 시간을 거슬러 달려와 윤복에게 말해줄 뿐이었다.

저녁 햇살은 검붉은 노을이 되어 긴 그림자를 만들어냈다. 윤복은 노을 빛의 한가운데에서 다시 들려오는 목소리를 떠올렸다.

"비밀의 방에서 병(丙) 열 두 번째 서가의 첫 그림과 정(丁) 열 첫 번째 서가의 두 번째 그림을 찾아보렴. 네가 궁금해 할 어떤 비밀을 그 그림들이 알려줄 거야."

윤복은 두 눈을 감은 채 익숙해진 서가의 통로를 걸었다. 좁은 통로로 꺾어드니 두툼한 화첩들과 낱장 그림들이 차곡차곡 얹힌 병렬 서가였다. 탁자 위에 그림을 펼치고 기름 먹인 종이를 벗기자 반투명의 얇은 종이가 바삭바삭 기분 좋은 소리를 냈다. 윤복은 오래된 비밀을 엿보는 소년처럼 가슴이 뛰었다.

그러나 두 장의 그림은 보기 좋게 기대를 저버렸다. 두 점 모두 작은 서첩 정도의 볼품없는 크기에 필세는 조잡하고 군데군데 덧칠을 한 흔 적끼지 있었다. 한 점은 동쪽 바다의 일출을 그린 그림이었고, 또 한 점은 조악한 대나무 그림이었다.

누구도 알 수 없는 비밀을 말해줄 그림이라면 좀 더 오래된, 좀 더 이름난 화원의 그림이어야 했다. 이름난 공신의 초상이나 뛰어난 화원의 산수, 그것도 아니라면 혼의 필법을 보여주는 난초 그림 정도라도 되어야 했다. 그러나 앞에 있는 그림은 한눈에 보기에도 그런 그림이 아니었다.

윤복은 자신의 기억이 잘못되었을지도 모른다는 생각을 했다. 하지만 기억은 정확했다. 처음 들었던 그 순간부터 지금까지 머릿속에 새기듯 기억해온 말들이었다.

병 열, 두 번째……

비밀을 푸는 주문처럼 외워온 숫자들은 쓸모없는 조잡한 그림들을 보여줄 뿐이었다. 윤복은 실망스러운 눈빛으로 그림들을 머릿속에 새기고 통로를 빠져나왔다.

밖에는 벌써 어둠이 내리고 있었다.

정조

"예술은 머릿속에도, 서안 위에도, 도화서의 낡은 양식에도 있지 않다. 거리의 물 긷는 아낙의 미소에, 봇짐을 진 장사치의 어깨 위에 있다. 그러니 너희는 거리의 화원이 되어야 할 것이다."

윤복

"화원이 그리는 것은 대상이 아니라 자신의 감정이 아닐지요. 그림 속에 그려진 것은 화원이 본 것이 아니라 대상의 형태를 빌어 표현된 화원 자신의 꿈과 욕망과 희로애락일 것입니다."

그림으로
겨루다

먼지투성이 두루마리를 뒤지느라 덕지덕지 때가 낀 손을 씻고 화원장실로 들어서자 홍도가 있었다.

"지금 당장 입궐해야겠다."

화원장이 떨떠름한 표정으로 내뱉었다.

"주상 전하 등극하시매 동궁전에 두었던 두폭병풍을 침소로 옮겨야 한다. 왕실 그림을 옮기려면 도화서 화원이 참관해야 하니 두 사람이 그 일을 맡으라."

오랜만에 걸려든 일이란 것이 겨우 두폭병풍을 옮기는 일이라니……. 윤복은 쓴 입맛을 다셨다.

"그런 일이라면 소인 혼자 하는 것도 무리가 아닐 것입니다."

윤복은 옆자리에 앉은 홍도의 눈치를 보았다. 아무리 한직인 생도청 교수에 지나지 않으나 도화서 수석 화원까지 지낸 인재가 할 일은 아니었다. 스승의 위신을 보아서도 자신이 그 일을 맡아야 했다. 하지만 홍도의 반응은 뜻밖이었다.

"아니다. 그 병풍 그림은 오래전 주상 전하 세손 시절에 내가 그려 바쳤으니 내가 있어야 하리라."

동궁전의 그림은 손볼 곳도, 가필할 곳도 없을 정도로 잘 보관되어 있었다. 세손익위사(世孫翊衛司) 병사들이 홍도가 시키는 대로 기름종이로 싼 병풍을 다시 보자기에 싸고 조심스레 옮겼다.

편전 앞에 도착했을 때에는 어스름이 지고 있었다. 내관 네 명이 병풍 모서리를 조심스럽게 받쳐 들고 긴 복도를 앞섰다. 방문을 열자 너른 방이 펼쳐졌다. 방의 구조와 해가 뜨고 지는 방향을 가늠한 홍도가 병풍이 놓일 각도와 방향까지 정확하게 지시한 후 몇 걸음 뒤로 물러섰다.

한 폭에는 흐드러진 동백꽃이 타오르고, 다른 폭에는 제비 두 마리가 지저귀는 그림이었다. 세월이 지났지만 동백꽃은 금방이라도 뚝뚝 떨어져 내릴 듯했고, 제비는 화폭을 차고 날아오를 것 같았다.

"그림의 배치에는 태양의 방향이 가장 중요하다. 먹선은 햇빛을 받으면 바래어 그 선명함이 떨어지게 된다. 그러므로 가능하면 직사광을 피해야 하지."

홍도의 말은 그림이 단순히 종이 위에 먹을 칠하는 것만이 아님을 알게 해주었다. 그림을 그리는 것은 화원이지만, 그림을 완성시키는 것은 빛과 시간이었다. 홍도의 말은 물 흐르듯 이어졌다.

"병풍을 펼치는 각도 또한 중요하다. 너무 가파르면 그림에 여유가 없고, 너무 완만하면 긴장감이 사라진다. 그러니 병풍 그림은 어떻게 그리느냐 만큼이나 어떻게 배치하느냐도 중요하지."

그때 열린 방문으로 붉은 곤룡포 자락이 얼핏 비쳤다.

"역시 단원이로다. 이 그림이 동궁에 있을 때와는 또 다른 느낌을 주는구나."

나직하고 윤택한 목소리였다. 주상이 눈짓하자 내관들이 허리를 깊이 숙이고 뒷걸음질로 전을 물러났다. 주상은 성큼성큼 걸어 서안을 앞에 두고 자리를 잡았다.

"이 화원이 이번 화원 취재에서 '단오풍정'을 그렸다는 그 생도더냐?"

"그러하옵니다. 엄격한 도화서의 격식이 아닌 참신한 기법으로 새로운 화풍을 일으켰습니다."

홍도는 말라붙은 입술을 간신히 떼어 입을 열었다. 윤복은 이마에 맺힌 땀이 간질거렸다. 촛불의 불꽃이 일렁일 때마다 세 사람의 그림자가 함께 일렁거렸다.

"화원회의에서 그토록 완강히 반대한 것도 무리가 아니다. 하지만 천부의 재능을 가진 화원이 어찌 도화서 양식만 그리겠으며, 뛰어난 기법을 가진 예인이 어찌 케케묵은 의궤에만 몰두하겠느냐?"

"도화서 화원이 도화서를 위해 복무하지 않으면 무슨 일을 할 수 있겠습니까?"

윤복이 고개를 들고 말했다. 주상은 윤복의 빛나는 두 눈에 마음을 쏘인 것 같았다.

"내 너를 뽑아 쓴 연유는 그 누구를 위한 그림도 그리지 않게 하려 함이었다."

"화원 된 자더러 어찌 그리지 말라 하시옵니까?"

"그 어떤 자나 그 어떤 조직의 이득을 위해 그리는 그림은 이미 그림이 아닐진대…… 너는 더 큰 그림을 그려야 할 것이다."

"주상 전하의 영광과 왕실의 권위를 드높이는 것보다 더 큰 그림이 있습니까?"

홍도가 놀란 얼굴로 물었다.

"재능 있는 화원에게 궁궐은 좁고 옹색하기만 할 것이다. 이 궁궐을 벗어나야 하리라. 백성의 삶이 부딪치는 저자와, 일하는 자들의 들판과, 기방과, 주막과, 양반가의 사랑채와 후원과……."

"지극히 높으신 전하께옵서 어찌 천한 저자와 상민의 삶을 그리라 하시옵니까?"

주상은 그렇게 묻는 홍도의 얼굴을 바라보았다.

"짐은 그 모든 백성들의 삶을 눈으로 보고 싶다. 그들이 무엇을 아파하는지, 그들이 무엇 때문에 싸워야 하는지를 모르고 어찌 어진 군왕이라 하겠느냐. 하지만 군왕이란 자는 좁은 궁궐에 매인 몸, 궐 밖 출입 한 번에도 수많은 상소가 날아들고 벌침처럼 은밀한 위해가 도사리고 있지 않느냐."

홍도는 그제야 주상이 명하는 바를 알 것 같았다. 주상은 왕실의 행사나 왕의 일과가 아니라 백성의 삶을 그리라 하는 것이다. 그것은 도화서의 화원이 할 일은 아닐 것이다. 지금껏 천한 상민들의 그림을 그린 화원 또한 없다.

그러나 주상은 그림이 단지 왕의 권위를 드높이는 데에만 소용되는 것을 원치 않는 것이다. 그렇다고 단지 그림으로 그린 백성들의 삶을 보고 즐기려는 호사 취미도 아닐 것이다. 왕은 그림을 통해 세상을 파악하고, 판단하고, 바꾸려 하고 있는 것이다. 왕은 그림이 세상을 비추는 거울이 되기를 원하고, 세상을 가르치는 교범이 되기를 원하고, 세상의 잘못을 꾸짖는 고변장이 되기를 원하고, 더 좋은 세상을 만드는 설계도가 되기를 원하는 것이다.

그것이 사실이라면, 주상은 어쩌면 세상이 뒤집어질 큰일을 은밀하게 준비하고 있는 것인지도 모른다.

"글이 영묘하여 시정의 풍경과 여론을 전할 수 있다 하지만, 그것 또한 파당을 지어 상대를 죽이고 모함하는 흉기가 될 뿐이다. 전국에서 올라오는 수많은 상소 가운데 정녕 더 좋은 나라를 위한 것이 몇이나 되겠느냐? 대부분의 상소는 누군가를 모함하는 가장 효과적인 수단일 뿐이다. 그것은 상소가 아니라 무고한 사람을 해치는 흉기일 뿐이다."

홍도의 목덜미로부터 등줄기로 굵은 소름이 돋아났다.

"황공하옵니다."

왕이 흡족한 웃음을 머금은 채 두 화원을 번갈아 보았다.

"예술은 머릿속에도, 서안 위에도, 도화서의 낡은 양식에도 있지 않다. 거리의 물 긷는 아낙의 미소에, 봇짐을 진 장사치의 어깨 위에 있다. 그러니 너희는 거리의 화원이 되어야 할 것이다."

홍도는 생각보다 일찍 올 것이 왔다고 생각했다. 그것은 두렵고 피하고 싶은 것이기도 했지만, 한편으로는 설레며 기다리던 것이기도 했다. 자신이 만난 또 다른 천재, 어쩌면 이미 자신을 저만치 넘어서 있는지도 모를 천재와 대결하는 것이었다.

"분부대로 거행하겠나이다."

홍도는 그렇게 말하며 머리를 조아렸다.

"임금 중에 짐같이 호사스러운 임금이 없었다. 치세가 다하도록 단 한 명의 뛰어난 화원도 얻지 못한 왕이 많거늘, 하늘이 나를 불쌍히 여겨 천재를 둘이나 내 치세에 나도록 했다. 그들의 재능을 썩힌다면 곧 나의 허물이 될 것이라."

홍도는 조아리고 있던 머리를 기울여 윤복을 엿보았다. 한때 제자였던 소년은 이제 경쟁자가 되어 있었다. 어쩌면 자신이 질지도 모르는 경쟁이었다. 전설적인 한때의 명성과 주상의 은덕을 송두리째 넘겨주어야 할지도 몰랐다. 세상은 언제나 새로운 천재를 갈망하니까. 홍도는 온몸을 감고 흐르는 짜릿한 설렘과 팽팽한 긴장감 그리고 섬뜩한 두려움을 동시에 느꼈다.

시간은 사흘이 주어졌다.

"그처럼 쉬운 화제도 없으나 그처럼 종잡을 수 없는 화제 또한 없을 것입니다."

투정처럼 말하는 윤복을 곁눈으로 슬쩍 엿보며 홍도는 정신을 바짝 차렸다. 그는 더 이상 제자가 아니라 당당한 한 명의 화원이었다.

바 람 의 화 원

"하지만 어명이니 화제를 바꿀 수는 없겠지?"

윤복이 두 눈을 반짝이며 홍도를 정면으로 바라보았다.

"하나의 화제를 임의로 정해 같은 그림을 각자의 방식대로 그리는 것은 어떻습니까?"

홍도의 두 눈이 휘둥그레졌다. 이 어린 화원이 내놓은 대담한 제안은 동제각화(同題各畵)였다. 같은 제목 아래서 같은 조건을 따라 같은 시간에 화원 제각각의 눈으로 다른 그림을 그려내는 대결 방식.

문풍이 진작되었던 세종, 세조 시절에 설립된 지 얼마 되지 않던 초기 도화서 화원들이 역량을 기르기 위해 경쟁하던 방식이었지만, 도화서 양식이 정착되고 관습적 화풍이 지배하면서 흔적 없이 사라지고 저속한 경쟁심의 발로로 치부되고 말았다.

동제각화는 홍도 또한 말로만 듣던 낯선 그림 대결이었다. 하지만 동시에 거부하지 못할 강력한 도전이었다. 홍도는 태연함을 가장했지만 쿵쾅대는 가슴까지는 어쩌지 못하였다.

"같은 화제로 그린 두 점의 그림이야말로 각기 다른 거울에 비친 하나의 형상처럼 앞뒤와 안팎을 동시에 보여줄 수 있겠지."

"그렇습니다. 하나의 형상이라 하나 각기 다른 거울에 비쳐지면 전혀 다른 모습이 되겠지요."

주상은 은근한 장난기로 둘의 경쟁을 유도했지만 그들은 영리한 타협점을 찾았다. 한 사람이 다른 한 사람보다 앞서거나 뒤지는 것이 아니라, 서로가 범접할 수 없는 경지를 지키면서도 제각각 뛰어남을 그들은 보여주고 싶었다.

같은 시대에 함께 태어난 천재들의 운명이란 무엇일까. 같은 운명이지만 서로 싸워야 하고, 서로를 아끼지만 서로를 넘어야 하는 모순된 존재. 서로 격정적으로 경쟁하여 하나가 다른 하나를 밟고 올라서야 하는 것일까. 서로

가 각자의 영역에서 재능을 발휘할 수는 없는 것일까. 아니, 서로의 경쟁자가 되어 함께 더 높은 경지를 개척할 수는 없는 것일까.

그것이 가능한 일일까? 하나의 하늘 아래 두 명의 천재가 존재할 수 있다는 것이?

알 수는 없다. 하지만 홍도와 윤복은 그것이 가능하다는 것을 보여주고 싶었다.

"화제는 도성 안의 술집 풍경을 그리는 것으로 하자."

홍도의 말이 떨어지면서 그림의 대상이 결정되었다.

"그림의 주색은 연한 갈색을 쓰는 것으로 하시지요."

홍도는 그림의 주조색까지 정하자는 윤복의 말에서 문득 두려움을 느꼈다. 하지만 윤복이 눈치채지 못한 것을 다행으로 여겼다.

이제 남은 일은 가서 보고, 그리는 것밖에 없었다. 윤복과 홍도는 하루 종일 도성 안팎 주막의 객꾼들과 취한 남정네들과 늙은 주모의 모습을 지칠 때까지 살폈다. 날이 저물면 기방을 찾아 여인들과 한량들의 취중 행실을 관찰했다. 작은 세모필을 들고 손바닥만 한 화첩에 온갖 사람들의 표정과 몸동작을 그리고 주막의 모습을 꼼꼼히 기록했다.

마지막 날 아침, 윤복은 자신의 도화서 방문을 걸어 잠갔고 홍도는 하루 종일 교수실에 틀어박혔다. 그들은 세 끼 끼니는커녕 물 대접 한 그릇으로 배를 채우며 붓질을 계속했다.

다음 날 새벽, 홍도와 윤복은 각기 두루마리 통 하나씩을 어깨에 메고 입궐 채비를 했다. 편전으로 통하는 문을 들어서자 늙은 내관 하나가 두 사람을 알아보았다.

홍도는 얼핏 윤복의 얼굴 표정을 살폈다. 여느 때와 다름없는 반듯한 얼굴이었다. 긴장하고 있는 쪽은 오히려 자신이었다.

편전내관이 화원들이 대령하였음을 여쭈었다. 스르륵 문이 열리자 환한 방 안 저편에 곤룡포 차림의 주상이 보였다. 홍도와 윤복은 나란히 두 손을 모으고 엎드려 예를 올렸다.

"두루마리를 펼쳐라. 두 천재의 솜씨가 궁금하고, 이 땅에 사는 백성의 삶이 보고 싶다."

윤복이 먼저 말없이 두루마리 통의 뚜껑을 열고 그림을 꺼내어 펼쳤다. 순간 홍도는 자신도 모르게 침을 꿀꺽 삼켰다.

거센 물살처럼 밀려드는 붉고 푸르고 노란 색들이 눈앞으로 쏟아져 들어왔다. 주상은 그 화려하고 강렬한 색 앞에서 잠시 망연자실했다.

전체 화면의 주조를 이룬 색감은 윤복이 제안했던 연한 갈색이었다. 홍도가 제안한 화제를 충실히 구현한 여염의 주막 풍경이었다. 화면 앞쪽에는 으리으리한 대가의 기와지붕이 보이는 것으로 북촌 일대임을 알 것 같았다.

등장인물은 한 명의 여인과 여섯 명의 양반 남정네들이었다. 화면 가운데 초립을 쓰고 붉은 도포를 입은 별감의 모습이 눈에 들어왔다. 장안의 놀이판을 휩쓸고 다니는 별감이니 어찌 주막 그림에 빠질 수 있을 것인가.

별감 오른쪽으로 두 명의 양반이 서 있었다. 오른쪽에 보이는 중년의 퉁퉁한 자는 이미 얼굴이 벌겋게 달아오른 취한 모습이었다. 그 오른쪽으로 또 한 명의 양반과 더그레를 입은 의금부 나장이 보였다. 의금부라면 형조 산하의 권세를 지닌 자였다. 주모의 뒤쪽에는 소맷자락을 걷어 올린 젊은 중노미가 보였다.

화면 중앙에 지체 높아 보이는 세 명의 남자가 있고, 오른쪽 끝에는 권세 높은 의금부 나장까지 있었지만 보는 사람의 눈길을 끄는 인물은 단연 술을 푸는 주모였다.

주모의 푸른 치마와 푸른 소매 끝동은 침잠된 그녀의 속마음을 그대로 보여주었다. 아직 젊고 반듯한 얼굴이었지만, 처진 입꼬리는 극도의 피로에

신윤복, '주사거배(酒肆擧盃)', 종이에 담채, 28.2×35.6cm, 간송미술문화재단
조선 후기 주막에서 흔히 볼 수 있던 풍경으로 주막 부뚜막에 둘러서서 술을 마시는 관리들과 양반들을 그렸다

시달리고 있는 듯했다.

윤복의 그림을 천천히 살피던 주상이 고개를 끄덕이며 홍도에게 눈을 돌렸다.

홍도는 비로소 옆에 놓인 두루마리 통 뚜껑을 열고 그림을 펼쳤다. 쿵쾅대는 가슴이 터져버릴 것만 같았다.

역시 여염의 주막을 그린 화면의 전체적인 주조색은 연한 갈색이었다. 이로써 홍도 또한 윤복이 내건 조건을 갖추었다. 다만 윤복의 갈색이 호사스럽고 고급스러운 느낌을 주는 반면, 홍도의 갈색은 짙고 강건한 느낌을 주었다.

술판 위에 술독과 술잔 몇 개가 엎어져 있는 초가지붕 주막은 한눈에 보기에도 윤복의 그림에서보다 누추함이 느껴졌다. 얼기설기 엮은 싸리울에 해가 기울어가는 어스름 무렵으로 보였다. 하루 종일 저잣거리에서 물건을 팔던 사내와 청년이 저물 무렵 허기를 달래기 위해 주막에 들른 듯했다. 막걸리 독에서 국자로 술을 퍼 담는 주모의 웃는 얼굴에서는 지친 손에게 술 한 사발을 퍼주는 넉넉한 인심이 엿보였다. 그녀의 허리 편에는 자식으로 보이는 어린아이가 칭얼대고 있었다. 흡족하게 한 끼를 먹은 청년은 곰방대를 물고 배를 드러낸 채 셈을 하기 위해 주머니를 여는 참이었다. 그 옆에는 사람 좋아 보이는 남자가 국 사발을 기울이고 있었다. 마지막 남은 한 방울의 국물을 퍼먹으려는 게걸스러운 모습이 어김없이 그의 출신을 말해주었다. 말하자면 장사 일로 돈을 벌어 양반 흉내를 내려는 장사치였다.

여인과 청년과 아이가 화면 중간에 있었지만 보는 사람의 시선은 화면 오른쪽에 치우친 남자에게 집중되는 구조였다. 색은 극도로 자제되어 주모의 치마와 청년의 봇짐에만 연한 푸른색이 감돌 정도였다.

"같은 화제이나 극명하게 대조되는 그림이다. 쌍둥이처럼 닮았지만 하늘과 땅만큼이나 다르구나."

"같은 주막을 다르게 그린 것은, 주상께옵서 주막 풍경의 각기 다른 모습을 보시기 원하실 것 같았기 때문입니다."

주상의 얼굴에 만족스러운 미소가 떠올랐다.

"같은 주막을 그렸지만 두 점의 그림은 다른 이야기를 하고 있음이렷다. 단원의 그림에선 질박한 상민들의 삶이 그대로 보인다. 혜원의 그림은 양반들의 호사를 드러냈구나. 단원의 그림에서는 누추한 초가지붕과 단조로운 색이 눈에 띄는 반면, 혜원의 그림에서는 호화스러운 기와지붕과 화려한 색감이 돋보인다. 같은 술을 먹더라도 곤궁한 백성들의 삶과 호화로운 양반들의 삶이 대비된다 하겠다."

"결과가 그렇게 되었을 뿐 처음부터 의도한 것은 아닙니다."

홍도가 말했다.

"흥미롭구나. 누추한 주막의 궁핍한 자들은 모두 웃는 얼굴인데, 호사스러운 술자리의 양반들이 모두 찡그린 표정이 아니냐?"

주상이 윤복의 그림을 보며 말했다. 윤복은 조아린 고개를 더욱 깊이 숙였다.

"화원이 그리는 것은 대상이 아니라 자신의 감정이 아닐지요. 그림 속에 그려진 것은 화원이 본 것이 아니라 대상의 형태를 빌어 표현된 화원 자신의 꿈과 욕망과 희로애락일 것입니다."

"공의로워야 할 그림에 어찌 사사로운 화원의 개인적인 감정을 티끌만큼이라도 내보일 수 있단 말이냐?"

"다만 대상을 있는 그대로 모사하는 것은 잔재주에 불과합니다."

"그러나 지금까지의 화원들은 모사에 충실하지 않았느냐."

"아무리 똑같이 베껴도 그것은 화원의 머릿속에 인식된 대상일 뿐입니다. 지금껏 수많은 화원들이 모사한 도화서 양식 또한 화원들의 머릿속에 있는 허상을 양식과 기법을 통해 그린 것뿐입니다."

"그러면 이 양반들의 표정에 네 감정과 생각이 들어 있다는 것이냐?"

　　　　　　　　　　　　　　　　바 람 의 　화 원

김홍도, '주막', 종이에 담채, 27×22.7cm, 국립중앙박물관
어스름 무렵 주막에 들른 등짐장수와 봇짐장수의 표정을 서민적이고 푸근한 필치로 그렸다.

"그렇습니다. 스승의 그림 속 인물들의 웃음은 그린 자가 그들을 한없이 사랑스럽게 바라보기 때문입니다. 마찬가지로 양반들의 찡그린 얼굴은 그린 자가 그들을 편치 않게 보고 있기 때문입니다."

"그것은 무슨 연유 때문이냐?"

"담장 아래 활짝 핀 꽃을 보소서."

주상이 윤복의 그림으로 다시 시선을 가져갔다. 화면 앞 가장 눈에 띄는 곳에 연분홍 꽃송이들이 화려한 색으로 타오르고 있었다. 그제야 주상의 머릿속으로 무언가가 스쳤다.

"이 화려한 꽃잎으로 보아…… 이 그림은 오후 한나절을 그린 것이렷다?"

주상의 눈썹이 꿈틀거렸고 목소리가 노기를 띠었다. 윤복은 고개를 들어 주상을 바라보았다.

"그러하옵니다."

그것이 윤복이 그림을 통해 말하려 한 것이었다. 그림을 보는 사람들은 술파는 여인이나 양반들의 화려한 복색에 눈을 빼앗기겠지만, 윤복이 정작 말하고 싶은 것은 붉은 꽃송이에 담겨 있었다.

주상은 타오를 듯 붉게 피어오르는 꽃가지를 다시 보며 혼잣말처럼 중얼거렸다.

"호사스러운 옷차림의 별감과 나장이 대낮부터 돈 많은 한량들을 끼고 술놀음이라니……. 그것이 어찌 나라의 녹봉을 받는 자들이 할 짓인가!"

홍도와 윤복은 망극함을 어쩌지 못한 채 고개만 조아릴 뿐이었다.

홍도와 윤복이 편전을 다녀온 후 관가에 정풍의 회오리가 몰아쳤다. 사헌부를 비롯한 삼사의 사관들이 육조 예하의 관아로 들이닥쳤다. 돈 많은 양반들과 장사꾼들의 청탁과 향응으로 비틀거리던 관가에는 청천벽력이었다. 하지만 불만을 표시할 틈도 없었다. 관리들은 두 눈을 부릅뜨지 않으면 언제 정풍의 대상이 될지 알 수 없었다.

정풍의 바람은 도화서에도 예외가 없었다. 낮 동안 도화서를 비우고 자신의 화실에서 양반들의 주문 그림을 그리던 화원들은 된서리를 맞았다. 퇴청 시간 전에 사화서에서 작업 중이던 몇몇 화원이 곤장을 맞기도 했다. 하지만 누구도 그 회오리의 시발점이 어디인지는 알지 못했다.

정풍의 회오리는 계월옥 또한 비켜 가지 않았다. 낮부터 술놀음을 하던 관원들과 화원들의 발길이 뚝 끊어졌다. 평소 같으면 점심 반주로 시작되던 술판도 흔적 없이 사라졌다. 가야금과 퉁소 소리가 끊어진 방마다 정적이 감돌았다.

"아니 무슨, 정풍인지 뭔지 손님 다 끊기고 문 닫게 생겼네!"

계월옥 행수 계월은 한숨을 푹푹 내쉬었다. 하지만 오후의 햇살이 비쳐 드는 툇마루에 가야금을 놓고 앉은 정향은 오랜만의 여유가 반갑기만 했다. 매일같이 밀려드는 손님들 때문에 오랫동안 갈지 못한 가야금 줄을 갈기 위해서였다.

돌괘를 올리자 팽팽하게 조인 줄은 언제라도 소리를 낼 준비를 했다. 정향은 오른손 검지로 스치듯 줄을 퉁겼다. 단아하고 매끄러운 소리가 오후의 적막 속으로 스며들었다. 농현을 하자 소리는 길게 흔들리며 가슴속으로 번졌다.

들리는 가락에 하나의 얼굴이 일렁이며 떠올랐다. 칼로 도려낸 듯 반듯하고 선명한 얼굴. 무슨 말을 하려 하면 가뭇없이 사라지는 얼굴. 곁에 있을 땐 애써 눈길을 피했지만 떠나가면 내내 떠올리던 그 얼굴……. 그런 남자를 본 적이 없다. 여리고 부드럽고 섬세하지만 결코 약하지 않은 남자. 거드름을 피우지 않아도 모두가 그 존재감을 온몸으로 받아들일 수밖에 없는 남자. 결코 큰 목소리로 이야기하지 않지만 어떤 불호령보다도 강하게 상대방을 굴복시키는 남자.

확실히 그는 다른 남자들과는 달랐다. 아름답다고 해야 할 섬세한 얼굴이지만, 어떤 크고 억센 남자들보다 강한 눈빛을 가진 남자. 그의 마음은 세심하면서도 차디찼다. 그의 손끝은 얼음 같았지만 정향은 불꽃같은 그 가슴에 끌렸다. 언제부턴가 정향은 자신도 모르게 그 남자를 기다리게 되었다.

남자란 족속들의 치근덕거림에도 익숙해질 만큼 익숙해졌다. 막무가내 치맛단 밑으로 손을 넣는 자, 술 냄새를 풍기며 턱수염을 비비려는 자, 자신의 가락을 듣기보다는 얼굴을 힐끗힐끗 훔쳐보기에 급급한 자…… 엽전 뭉치를 들이미는 한량도 있었고, 소실로 들여앉히겠다는 반가의 자제도 있었다.

그자들에게 정향은 소유해야 할 그 무엇일 뿐이었다. 그 하나의 목적을 위해 내로라하는 양반 자제들이나 부유한 상인들이 돈뭉치를 싸들고 계월옥을 찾아 들었다.

정향 또한 잘 알고 있었다. 그 구차하고 능욕스러운 유혹을 언제까지나 물리칠 수는 없다는 것을…… 원하지 않지만 일이 어떻게 흘러갈 것이라는 것쯤은 알고 있었다. 이미 예정되어 있는 일이라면 굳이 피하고 싶지는 않았다. 그것이 운명이라면 받아들일 준비 또한 되어 있었다. 하지만 그 굳은 마음조차 윤복을 생각하면 자꾸 허물어졌다. 어깨에 힘이 쭉 빠져나가 손목을 가야금 줄 위에 털썩 놓았다.

우르르.

마음의 벽이 무너지듯 가야금이 그렁그렁 울었다.

"벌, 나비 날아드는 꽃처럼 고운 몸이라도 세월에는 삭고 무너지는 법…… 하지만 가야금은 세월을 더할수록 소리가 농익으니 예인은 악기를 제 몸처럼 돌봐야 하거늘 어찌 헛된 소리를 내느냐!"

날카로운 목소리에 정향은 흠칫 놀라 가야금을 바닥에 놓고 일어섰다.

"송구하옵니다. 마음이 정처 없어 잠시…… 넋을 놓았나 봅니다."

"네 몸과 마음을 잘 챙겨라. 그것은 이미 네 것이 아님을 모르느냐?"

계월은 치켜뜬 눈으로 정향의 머리끝부터 발끝까지를 천천히 훑어보았다.

큰머리를 얹지 않은 머릿결이 햇살을 받아 반짝였다. 갸름한 눈썹은 단아한 느낌을 주었다. 쌍꺼풀 없는 긴 눈은 자신의 미래를 당당히 바라보는 듯했다. 곧은 콧마루와 선명한 입술은 운명을 피하지 않고 떠안겠다는 단단한 고집을 보여주고 있었다.

그 아이를 집에 들인 삼 년 전부터 계월은 한 번도 그 얼굴을 편하게 대하지 않았다. 수많은 계집들을 길러내며 그들의 운명을 한 손으로 쥐락펴락했지만 이처럼 쉽지 않은 아이는 처음이었다.

아이의 아비는 오래전부터 계월옥에 들르곤 하던 사당패의 꼭두였다. 한때는 잘나가는 패거리로 팔도를 돌며 큰돈을 벌기도 했다. 한번 놀음을 나서면 일 년이 지나야 돌아오곤 했는데, 그때마다 어김없이 패거리들을 이끌고 계월옥에서 닷새 동안을 퍼마시고 놀았다. 양반들을 비롯한 큰 객주의 행수들은 사당패 나부랭이가 물을 흐린다 하여 분탕질을 쳤지만 계월은 그들을 한마디로 물리쳤다.

"계월옥의 주인은 나 목계월이옵니다. 돈에 양반 상놈이 없고, 여색을 탐하는 데 또한 양반 상놈이 없습니다. 사당패 또한 저의 손님이니 그만들 하시고 흥을 즐기십시오."

불평하던 자들은 계월의 술 한 잔에 모든 것을 잊고 다시 여흥에 빠져들었다. 그런 계월을 누님이라 부르며 따르던 사당패들의 발길이 뚝 끊어진 것이 오 년 전이었다.

일 년인가 지나 계월옥 대문 앞에서 구걸을 하는 거지 하나가 풍문을 전했다. 버금꼭두가 벌어둔 돈을 들고 사라지자 오갈 데 없는 패거리들은 팔도로 흩어졌다고 했다. 병든 꼭두는 도성 밖 움막에서 죽을 날만 기다리고 있다는 것이었다.

물어물어 그 집을 찾았을 때 풀뿌리를 달이고 있던 아이가 정향이었다. 잘나가던 시절 탕진한 터라 남은 재산은 없고, 정향의 아래로 사내아이 넷이 옹기종기 주린 배를 움켜쥐고 있을 뿐이었다. 계월은 늙은 사내가 웅크리고 있는 불기 없는 아랫목으로 금 열 냥을 던졌다.

"옛정이 있어 외면치 못하는 것이니 받아두오."

쿨럭쿨럭 기침을 뱉는 사내는 장안 최고 기방의 행수가 금덩이를 던지는 이유를 알고 있었다. 모든 것을 탕진한 자신에게 단 하나의 물건이 남아 있다는 것을……

평생 계집장사로 오늘의 계월옥을 이룬 그녀였다. 어떤 계집이 물건이 될 것이며, 싸게 사서 비싸게 되팔 수 있을지 훤했다. 계월옥의 머리 올림은 대번에 신출내기 풋기생들의 팔자를 바꿀 수 있었다. 골 빈 양반 자제들은 넘치는 춘정을 억누르지 못하고 하룻밤을 치를 금침과 계집에게 바칠 색동 치마저고리 그리고 묵직한 돈 꾸러미를 싸들고 달려들었다.

기생이 머리를 올리는 날이면 사내는 큰 잔치를 열고 그 술값을 모두 내는 것이 관례였다. 연회가 끝나면 기생과 사내는 정갈하게 준비된 방으로 함께 들었다. 방 안은 봄에는 작약, 가을에는 국화로 장식되었다. 가끔은 기생어미가 따라 들어와 농염한 우스개로 사내의 춘정을 돋우기도 했다.

하지만 계월옥의 머리 올림은 하룻밤 정을 파는 하찮은 계집장사가 아니었다. 계월은 귀한 물건을 거래하는 상인처럼 신중했고, 그 거래에 누구보다 능수능란했다. 계월에게 세상의 모든 계집들은 사거나 팔지 않으면 쓸데가 없는 물건이었다. 마른 장작처럼 병에 시달리는 아비나 목구멍이 포도청인 어린 식솔들을 살릴 수 있다면 괜찮은 적선이 아닌가. 그길로 금덩이를 버리듯 던져두고 어린 정향의 손을 잡고 계월옥으로 돌아온 것이 삼 년 전이었다.

역시 계월의 눈은 정확했다. 막종이 들고 온 줄 끊어진 가야금으로도 정

신윤복, '삼추가연(三秋佳緣)', 종이에 담채 28.2×35.6cm, 간송미술문화재단
어린 기생의 '머리를 얹어주는' 초야권을 사고파는 장면.
뚜쟁이라 할 수 있는 늙은 할미가 기생과 초야권을 사는 사내의 중간에서 중개를 하고 있다.

향은 정확한 음을 냈다. 농현은 벌써 능란했고, 줄을 퉁기는 탄력은 물오른 계집처럼 탱탱했다. 어떤 사내든 춘정을 느끼지 않을 수 없는 가락이었다. 그 작은 계집아이가 큰 물건이 될 것임은 한눈에 알 수 있었다. 꽤 괜찮은 거래였다.

아이의 농현은 점점 무르익었고, 가락의 탄력도 점점 탄탄해졌다. 젊은 한량 녀석들이건 늙은 수염붙이들이건 눈을 대지 않는 자가 없었다. 하지만 계월은 서두르지 않았다. 모두가 군침을 흘리는 물건일수록 쉽게 흥정하면 안 되는 법, 모든 계집은 스스로 자신의 값어치를 창출한다는 것은 오랜 장사 끝에 얻은 깨달음이었다. 이 아이 또한 마찬가지였다. 기생이 되었다는 절망감이나 향락에 젖은 자포자기의 심정으로 푼돈을 내미는 사내들의 품으로 달려드는 아이들과는 달랐다. 사내들이 돈 꾸러미와 유혹의 말로 다가들수록 그녀는 점점 견고한 성이 되어갔다. 잘하고 있는 일이지. 계월은 돈 꾸러미를 들이미는 사내들의 애원은 듣는 척 마는 척하며 속으로 쾌재를 부르곤 했다. 돈 꾸러미는 점점 묵직해졌고, 거래의 조건도 점점 커졌다.

정향에게서 알 수 없는 낌새를 챈 것은 모든 일이 짜 맞춰진 듯 흘러가던 어느 날이었다. 언제부터인가 넋을 놓고 있는 정향을 발견한 계월은 뒷골이 섬뜩했다. 지금껏 잘 가꾸어온 물건이 하루아침에 산산조각이 나버릴 수도 있었다.

"어떤 놈이냐? 네 마음에 바람구멍을 낸 놈이 누구냔 말이다."

계월의 성마른 목소리에 날이 서 있었다.

"예? 바람구멍이라니 당치 않습니다. 단지 행랑채의 봄꽃을 보니 마음이 싱숭생숭하여……."

소스라치게 놀란 정향이 부산을 떨며 고쳐 앉았다.

"그 눈을 안다. 봄꽃 몇 송이에 싱숭생숭한 눈빛이 아니다. 그 안에 분명 남자가 있다."

정향이 눈길을 피했지만 계월은 자신의 말을 수긍하는 몸짓으로 받아들였다.

"누구인지 알고 싶지 않다. 어떤 남자를 마음에 담아도 상관없다. 다만 다시 한번 눈 밖으로 그 남자를 들여다보게 하지 마라. 난 내 물건이 손상되는 것을 원하지 않으니까. 너는 내가 나의 돈을 투자한 나의 물건이고……세상 누구도 내 물건을 손상시킬 수는 없다. 비록 너 자신이라 해도 말이다."

능글거리는 웃음소리는 정향의 처지를 가장 명확하고 확실하게 설명해주었다.

"그렇겠지요. 저를 사기 위해 아비에게 금전을 던지셨고, 지난 삼 년 동안 수많은 남자들에게 이 몸을 내보여 값을 올려왔으니까요."

정향은 겨우겨우 혀를 움직여 소리를 냈다. 계월은 흡족한 미소를 지었다.

"슬프지만 그것이 현실이다."

"행수님 말씀에 틀린 점이 없음을 잘 알고 있습니다."

"그래. 그 당당함이 네가 비싼 물건임을 말해주는 증거지. 받아들이고 싶지 않지만 그것이 진실이라면 피하지 않는 용기 말이다."

정향은 대답하지 않았다. 받아들이지 못할 만큼 슬프고 힘든 현실은 없다. 그런 건 복에 겨운 계집들의 투정일 뿐.

"난 널 최고의 물건으로 만들 거야. 이전에도 없고 이후에도 없을 최고의 몸값을 내는 사내에게 너를 넘겨줄 거야. 알겠니?"

정향은 빙그레 웃는 계월을 쏘는 듯한 눈으로 쳐다보았다.

"그것이 제가 원하는 거예요. 전 최고의 여인이 되겠어요."

가야금 줄에 걸친 하얀 손가락이 현을 스치자 맑은 소리가 물방울처럼 튀어 올랐다. 길고 하얀 손가락이 현 위를 나비처럼 날아다녔다. 깊은 농현은 흔들리는 마음처럼 울렁이며 오후의 적막 속으로 번져나갔다.

교수실 안은 향기로운 유연묵 냄새가 코를 찔렀다. 홍도는 침침한 촛불 아래에서 편전의 일을 생각했다.

사흘의 시간이 어떻게 지나갔는지 알 수 없었다. 병풍을 옮기러 입궐했던 일, 저자의 풍경을 그려 오라는 주상의 명을 받았던 일, 사흘 동안 도성 안팎의 주막을 헤매고 다닌 일, 어떻게 그렸는지도 모르게 그림 한 점을 그린 일 그리고 다시 주상의 앞으로 불려간 일……

홍도의 삶은 윤복의 주막 그림을 보기 전과 후로 나뉘었다. 상상조차 하지 못했던 그림을 보는 순간 홍도는 벼락을 맞은 듯한 전율을 느꼈다. 안정된 듯하지만 과감한 구도, 여인을 화면의 중심에 배치한 대담성, 뛰쳐나올 듯한 인물들의 표정과 몸짓, 눈을 황홀하게 하는 아름다운 색감……. 그림 속의 무엇 하나 홍도의 마음을 들쑤시지 않는 것이 없었다. 그 그림을 그린 자는 이미 자신의 가르침을 필요로 하는 제자가 아니었다. 누구도 그 사실을 알 수 없었고 믿으려 하지도 않겠지만 스스로 알 수 있었다. 자신이 가르친 제자는 이미 자신의 경지를 넘어서고 있었다. 인정하고 싶지 않았지만 사실이었다.

하늘이 낸 화원이라는 칭송을 받던 홍도였다. 자신을 가르친 대화원 강세황을 앞질러 화명을 천하에 떨친 대천재. 스물을 갓 넘어 어진 도사에 참여했던 화원 중의 화원이었다. 하지만 편벽한 생도청 구석에 처박혀 세월을 죽이는 동안 하늘이 또 다른 천재를 낸 것인가.

홍도는 오래전 스승이 했던 말을 떠올렸다.

"하늘은 한 시대에 두 천재를 내지 않는다. 그러니 이 시대는 너의 것이 될 것이다."

자신을 앞서서 저만치 달리고 있는 제자를 놓아주기 위한 노스승의 찬사였다. 그 말을 홍도는 철석같이 믿었다. 그런데 지금 자신이 가르친 제자 앞에서 그는 한없이 작아지고 있는 것이었다.

사실 홍도는 백성들의 삶을 있는 그대로 그려냈다는 사실을 내심 뿌듯해했다. 지금까지의 도화서 양식을 생각한다면 꿈도 꾸지 못할 파격이었다. 그림에 인물을 배치하고 그 표정에 감정을 담는 것은 상스럽고 잡된 환쟁이들이나 할 짓이 아니던가. 명색이 한때 조선 최고의 화원이 그런 천한 그림을 그렸다는 것이 알려지는 것만으로도 큰 화를 불러일으킬 만한 일이었다.

하지만 홍도는 이 대결 아닌 대결에서 완전히 압도당했다는 모멸감을 벗어버릴 수 없었다. 단지 주상의 명에 충실한 그림을 그렸을 뿐이라고 스스로 위안해도 마음속 패배감은 지워지지 않았다. 소재의 선택에서부터 윤복은 홍도를 넘어서고 있었다.

홍도는 어떻게 하면 상민들과 농군들과 장사꾼들의 곤궁함을 그릴 수 있을까 하는 생각뿐이었다. 양반들의 삶은 잘 모를뿐더러 관심 또한 없었다. 하지만 윤복은 홍도와는 반대로 양반들의 삶을 그렸다. 윤복은 홍도가 중인들과 저자의 상민들을 그릴 것을 이미 알고 있었던 것이었다. 그래서 홍도로서는 접근조차 힘들고, 그럴 수 있다고 해도 그리지 않을 양반들의 일상을 그려낸 것이었다.

더 큰 패배감은 윤복의 그림이 단지 그림에만 머문 것이 아니라 현실적 기능을 수행했다는 사실이었다. 윤복의 그림을 본 주상은 대낮에 술타령을 하는 관가 이속들을 단속하는 조치를 취했다. 한 점의 그림이 세상을 바꾸고 있었다. 지금까지의 그림이란 어떤 것이었던가. 주상의 영광과 왕실의 권위에 복무하든가, 고매한 유교의 가르침을 구현하든가, 아니면 양반 호사가들의 기호에 아부하는 것이 전부가 아니었던가. 하지만 윤복의 그림은 달랐다. 그 그림은 구성과 색감과 묘사 등 기법에 있어 완벽한 그림이었거니와 그 내용으로 세상을 바로잡은 것이다. 그 그림은 수백 장의 상소문보다 효과적이었으며, 수많은 간관들의 목숨 내놓은 간언보다 정확한 뜻을 전했다. 도화서의 그 누가 그런 그림을 그릴 수 있을 것인가. 아니, 누가 그런 그림을 꿈이나 꿀 수 있을 것인가.

홍도는 윤복의 그림 한 부분 한 부분을 꼼꼼히 다시 떠올렸다. 쇠락해가는 한 천재는 섬광처럼 눈앞에 솟아난 또 다른 천재의 존재 앞에서 눈이 머는 듯했다. 불같은 질투의 감정이 서슬 퍼런 빛을 발했다.

홍도는 윤복의 재능을 부러워하면서도 연모하는 스스로에게 참담한 패배감을 느꼈다. 그는 자신이 지금껏 누리던 모든 것을 송두리째 빼앗아 가버릴 수도 있었다. 한 시절에 두 천재를 내지 않는 것이 정녕 하늘의 뜻이라면, 자신은 이미 천재가 아닐지도 몰랐다. 둘 중 누군가가 천재여야 한다면, 홍도는 자신이기를 간절히 원했다. 하지만 그럴 가능성은 희박했다. 한편으로는 자신이 정말 축복받은 천재일지도 모른다는 생각도 들었다. 살아 있는 동안 자극하고 매질하고 패배감을 안겨줄지도 모를 또 다른 천재를 만나게 되었으니……

홍도는 시대의 천재가 되기보다는 차라리 한 천재의 스승이 되어도 좋겠다고 생각했다. 천재가 그냥 만들어지는 것이 아니라 겨루고 싸우고 쟁취하면서 완성되는 존재라면, 윤복이 진정한 천재로 성장하는 데 디딤돌이 되어도 상관없겠다고 생각했다. 하늘이 내린 재능을 지닌 한 천재를 극한까지 이끌어 그 천재성을 꽃피우게 하는 것, 그것이 스승의 할 일이라면. 하지만 여전히 마음속 깊은 곳에서는 천재의 스승보다는 스스로 천재가 되고 싶은 욕망을 어찌할 수 없었다.

영복은 두근거리는 심정으로 칼을 쥔 손아귀에 힘을 주었다. 서늘한 칼끝의 느낌이 손바닥에 닿자 더럭 겁이 났다. 영복은 반짝이는 칼날 위에 어린 수십 가지의 색을 면밀히 살폈다.

작은 단도의 날 하나에 수많은 색이 서려 있었다. 칼날 끝에서는 빛을 머금은 흰색이 눈부시게 반짝였다. 그 위로 검푸른 빛깔과 서늘한 파란색이 켜켜이 뒤섞였다. 날 위에서 부서진 빛은 붉고 푸르고 노란 입자가 되어 퍼졌다. 날이 끝난 곳에는 부드러운 흰빛이 어리고, 칼등에는 검은빛이 돌았다.

영복은 채색에 대한 윤복의 열망을 하나부터 열까지 알 것 같았다. 또한 그 열망은 자신의 것이기도 했다.

"여인의 얼굴에 어린 홍조를 표현할 붉은색이란 어떤 것일까?"

윤복이 툭 던진 한마디는 영복이 며칠간을 싸안고 뒹굴어야 할 화두가 되었다. 면벽하는 선승처럼, 영복은 윤복의 물음을 되새김질하며 며칠을 보냈다.

붉은색이라면 전혀 방법이 없는 것은 아니다. 단청실에서는 고래로부터 붉은색을 내는 데 천초와 밀타승(密陀僧)을 썼다. 붉은 꽃이 피는 꼭두서니의 뿌리를 달인 물을 끓여 만드는 천초는 타오를 듯 진한 붉은빛을 띠었다. 밀타승은 서역에서 수입해 온 안료로, 뜨거운 불에 납덩이를 녹여 식힌 것이라 했다. 급랭하여 어두운 기운을 띠는 것을 은밀타라 하고, 서냉하여 황색이 감도는 것을 금밀타라 했다.

하지만 그것은 윤복이 원하는 색이 아니었다. 단 한 점의 오점도 없이 완벽하게 붉은색은 오방색의 현현한 발현을 목적으로 하는 단청 칠에나 어울렸다. 윤복은 좀 더 오묘하고 깊고 그윽한 붉은색을 원했다. 윤복이 원하는 붉은색이란 앳된 여인의 볼에 어린 홍조였다. 그것은 이제 막 세상에 자신을 드러내는 어린 여인의 순결, 설렘, 수줍음, 두려움을 모두 담은 색이어야 했다. 피어나는 꽃 같은 여인의 소담스러운 미소에 어리는 건강미를 드러낼 수 있어야 했다.

지난 사흘 동안, 영복은 조색실을 기웃거리며 훔쳐낸 밀타승을 물에 개어 희석시키기도 하고 담황색의 안료를 섞어보기도 했다. 하지만 그것은 원하는 색이 아니었다. 윤복이 원하는 색은 전혀 새로운 것이어야 했다. 기존의 안료로는 도저히 낼 수 없는 새로운 색, 그 대상의 겉으로 드러나는 색감뿐 아니라 그 내면까지 엿보일 수 있는 색. 천초와 밀타승이라면 수백 년을 써 온 색이다. 수백 년 동안 눈에 익은 색으로 어떻게 세상의 눈을 번쩍 뜨이게 할 새로운 그림을 그린단 말인가.

영복은 새로운 붉은색을 스스로 찾고자 하였다. 붉은 꽃잎을 삶아보기도 하고 붉은 황토를 갈아보기도 하였다. 하지만 꽃잎은 뭉그러지면서 검은 갈색으로 변했고, 황토는 탁하게 변할 뿐이었다. 가장 원초적이고 단순한 방법으로 돌아갈 수밖에 없었다. 얼굴의 홍조란 실핏줄에 도는 피의 색이니 사람의 피로써만이 능히 그 색을 낼 수 있는 것이 아닐까? 더 이상 망설일 것이 없었다. 영복은 아직 초벌 칠이 끝나지 않은 거대한 기둥에 기대어 허리춤의 작업용 단도를 빼들었다.

생살을 베어서 흘린 선혈이 아름다운 여인의 붉은 홍조가 될 수만 있다면 열 번이라도, 백 번이라도 좋아.

영복은 손바닥에 갖다 댄 칼자루에 힘을 주고 스윽 그었다. 섬뜩한 이물감을 느끼기도 전에 발간 선혈이 배어나기 시작했다.

이 색이다. 순수한 피가 머금은 순수한 붉은색······.

영복은 뚝뚝 흘러내리는 핏방울을 서둘러 작은 안료 병에 받았다. 그때 등짝을 후려치는 듯한 고함 소리가 날아들었다.

"고얀 놈! 나라의 녹봉을 먹는 주제에 자해를 하다니 네 죄를 어찌하려는 것이냐!"

영복은 피가 흐르는 손을 눌러 쥐며 뒤를 돌아보았다. 회백의 머리카락이 어지럽게 휘날리는 노인이 서 있었다. 한때 뛰어난 조색공이었으나 늙고 병들어 눈이 어두워진 후 조색 일에서 손을 뗀 뒷방 늙은이였다. 단청수사가 있는 날이면 단청수들을 감독한다는 구실로 하릴없이 작업장 근처를 어슬렁거렸다. 젊은 단청수들은 이래라저래라 말만 많은 늙은이를 탐탁지 않게 생각했으나 평생을 단청실에서 보냈으니 함부로 대할 수도 없었다. 그러자니 단청수들은 자연 늙은이의 눈을 슬슬 피해 다니기 일쑤였다.

미주알고주알 말 많은 늙은이에게 손바닥을 칼로 긋다 들켰으니 낭패가 아닐 수 없었다. 하지만 영복은 짐짓 아무렇지도 않은 척 툭툭 털며 웃어 보였다.

"아무것도 아닙니다. 칼 장난을 하다가 조금 베었을 뿐입니다."

"그러면 그 안료 병에 받은 것은 무엇이냐?"

잔주름이 자글자글한 눈이 영복을 쏘아보았다. 영복의 얼굴에 당황스러운 빛이 얼핏 스쳐가는 것을 노인은 놓치지 않았다.

"이틀 전 조색실을 기웃거리다가 밀타승에 손을 댄 것이 네놈이렷다. 표시 나지 않을 만큼 적은 양이었지만 네놈의 짓임을 안다. 긁어낸 밀타승에 남아 있는 칼자국은 지금 네 손바닥을 벤 그 칼날과 다름없겠지? 요 몇 달 조색실에서 조금씩 덜어낸 색색의 안료 흔적도 그 칼에 고스란히 묻어 있으렷다!"

노인의 질타에 영복은 사색이 되어 머리를 조아렸다.

"천한 놈이 죽을죄를 지었습니다……."

"네놈이 가지기를 원하는 색은 선혈처럼 생생한 붉은색이 아니냐?"

영복은 더 이상 숨을 곳이 없음을 깨달았다. 노인은 이미 속마음을 들여다본 것처럼 영복이 원하는 색을 정확하게 알고 있었다.

"그렇습니다."

"네가 색이 무엇인지나 알고 덤비는 것이냐?"

"모르오나 간절히 알기를 소원합니다."

"단청장이에겐 빨강, 파랑, 노랑, 검정, 하양의 오방색이면 충분하거늘 또 무슨 색이 필요하냐?"

"다섯 가지 색깔로 능히 최고의 단청장이가 될 수 있을지 모르나, 그림을 그리자면 세상의 온갖 색을 낼 수 있어야 할 것입니다."

"말을 삼가라. 천한 목숨이 위태롭다."

노인은 목구멍 깊숙한 곳에서 돋운 가래침을 뱉은 후 카랑카랑한 목소리로 말을 이었다.

"색은 곧 독이다. 색을 잘못 쓰면 제명에 뒈지지 못해. 색은 그것을 다루는 자의 몸을 망치고 영혼을 헐벗게 하지. 수많은 조색공들이 동록과 월황의 독에 취해 죽어갔다. 채색화를 꿈꾸던 화원들은 도화서를 쫓겨나거나 음탕함의 죄를 뒤집어쓰고 붓을 놓아야 했다. 그런데도 너는 색을 알고 싶으냐?"

"그렇습니다. 색을 만들고 싶습니다. 세상에 없었던 색, 새로운 색을 말입니다."

"오방색의 깊은 뜻을 모르느냐? 오방색은 그 다섯 가지 색으로 동서남북 중의 온갖 방향과 화수금토목 오행의 이치를 나타낸다. 빨강, 노랑, 파랑, 검정, 하양으로 세상의 모든 이치를 펼치는데 또 무슨 색이 필요하냐?"

"세상 모든 존재가 색의 덩어리 아닙니까. 나무를 본다고 할 때 우리는 나무에 어린 짙고 옅은 푸른빛을 보는 것이며, 지붕을 본다고 할 때 기와에 서린 검은빛의 덩어리들을 보는 것입니다. 세상에 색 아닌 것이 어디 있으며 색 없이 존재하는 것이 무엇이 있겠습니까. 사람은 머리카락과 눈동자의 빛깔과 살의 색을 얻은 후에야 비로소 존재할 수 있습니다. 산은 산의 색을, 강은 강의 색을 발현하는 것으로 자신의 존재를 드러내는 것이 아닙니까. 그런데도 도화서 화원들은 그림에서 색을 지워버렸습니다. 색을 잃어버린 그림을 어찌 온전한 그림이라 할 수 있겠습니까. 먹과 여백으로만 이루어진 형상이 어찌 그 대상을 온전히 드러낼 수 있겠습니까……."

"일체의 색을 배제하고 흑과 백으로만 그리는 단순 고졸한 수묵의 깊은 경지를 네가 모르느냐? 단 두 가지 색으로 세상의 모든 형상을 형용하니 그 어찌 현묘하지 아니하냐. 산과 강과 호수와 안개와 구름과 인간……. 흑은 그림이요, 백은 그리지 않음이니 수묵에 현현하는 여백의 아름다움은 그리지 않음으로써 그리는 행위가 아니더냐."

"여백의 역할은 소인 또한 알고 있습니다."

영복은 도화서에서 수학했다는 알량한 사실을 이 노인에게 드러내고 싶지 않았다. 한때 도화서 생도였으나 지금은 아무것도 아닌 천한 단청장이 도제일 뿐. 한때의 자신을 드러내 보인다고 지금의 자신이 달라지는 것도 아닐 것이며 알량한 자존심을 위안받을 수도 없다. 대신 영복은 막 열이 오른 격렬한 노인과의 토론을 즐기려는 듯 빠르게 말을 이어갔다.

"여백은 화면에 여유와 편안함을 주며, 아무것도 표현하지 않음으로써 자세하게 묘사한 것보다 더 많은 것을 암시하여 보는 사람 스스로 상상하게 합니다. 침묵이 웅변보다 더 많은 말을 하는 것과 마찬가지입니다. 여백을 통해 화면은 운치를 지니고 그림은 여운을 가지게 됩니다. 그러니 여백은 다 그리고 남은 나머지가 아니라 스스로의 역할을 수행하는 의도적인 공간이지요."

영복을 바라보는 노인의 눈빛이 생기를 띠었다.

"여백은 무위를 기치로 하는 노장의 가르침이나 참선을 통해 깨닫는 불가의 무념무상과도 두루 통한다. 그리지 않음으로써 그리고, 깨닫지 않음으로써 깨닫는 것이지. 정념을 억누르고 중용의 도를 구현하는 선비들의 구도적 지향 또한 마찬가지다. 덕지덕지 울긋불긋한 색으로 도배한 그림이 어찌 단순 고졸한 경지를 따를 수 있겠느냐."

영복은 노인에게 금지된 색을 말하려 하는 자신을 말리고 싶었지만, 한번 터진 입은 다물어지지 않았다.

"도화서 양식은 색을 사용한다 하나 온 화면에 황색을 칠하는 것이 전부입니다. 누른색이 세상의 중앙을 뜻한다 하나 세상이 어찌 황금색일 수만 있습니까. 주상 전하의 권능이 아무리 세상에 차고 넘친다 하나 어찌 온 세상을 황금빛으로만 뒤덮을 수 있겠습니까. 정녕 주상 전하의 권능이 제대로 빛을 발한다면 나무는 푸르고, 태양은 붉고, 새들은 제각각의 색을 발현해야 하지 않겠습니까!"

"말을 삼가라, 이놈! 교활한 세 치 혀로 주상 전하의 권세를 더럽히려는 것이냐!"

청천벽력 같은 목소리가 찬물처럼 쏟아지고 나서야 영복은 입을 다물었다.

"용서하십시오. 이 몸은 단지 세상의 모든 색이 온전한 제 모습으로 발현되는 새로운 그림을 그리게 하고 싶을 뿐입니다."

"그리게 하고 싶다? 누구에게?"

"이 몸은 재주가 없어 하찮은 단청장이가 되었으나 제 아우는 하늘이 낸 화원입니다. 그 아이는 세상이 놀랄 만한 그림을 그릴 것입니다."

영복이 눈물어린 눈으로 노인을 바라보았다. 노인의 눈빛이 잠시 흔들렸다.

"네가 화원 신한평의 아들이냐?"

"집안의 이름에 누가 되는 천한 놈이라 말씀드리기 외람되나, 그렇습니다."

노인이 고개를 끄덕였다. 몰라서 묻는 것이 아니라 아는 사실을 확인하는 것이었다.

"색이 너의 목숨을 위협하고, 네 아우의 재능을 망치게 하고, 네 집안의 명예를 더럽힌다 해도 색을 알고 싶으냐?"

노인이 다짐을 받듯 물었다.

"맹독이라 해도 잘만 쓰면 약이 될 것이니, 색으로 해서 이 몸은 꿈을 이루고 아우는 새로운 그림을 그릴 것입니다."

노인은 힘주어 말하는 영복을 보며 곰방대에 담배를 재워 넣었다.

윤복은 서둘러 발걸음을 옮겼다. 견평방에서 계월옥까지는 그다지 멀지 않은 길이었다.

실눈썹 같은 초승달의 희미한 빛에 의지한 밤길이라 발걸음은 더뎠다. 싸늘한 초겨울 바람이 싸하게 귓전을 훑고 지나갔다. 광통교를 건널 무렵 문득 개 짖는 소리가 들려왔다. 광통교 저편에서 사람들이 두런거리는 소리가 들렸다. 두 명의 사내와 기생 하나, 어린 막종 하나가 여린 달빛 아래 어렴풋이 보였다. 사내들 중 하나는 붉은 도포 자락을 늘어뜨린 것으로 보아 기생 오라비 노릇을 하는 별감이었다. 사내는 노란 패랭이 아래로 귀를 내놓은 푸른 남바위를 덮어쓰고 있다.

갓을 쓴 사내는 그럴듯한 풍채에 체통이 엿보이는 양반이었다. 도포 자락 안의 갖가지 장신구와 담배쌈지로 보아 돈깨나 있는 대갓집 양반이었다. 한 손으로 갓을 잡은 채 소리 낮춰 이야기하는 양반은 무언가 사정을 하고 있는 듯 보였다. 소매 안에 바람을 막는 검은 토시가 얼핏 비쳤다.

양반의 옆에는 백짓장처럼 하얀 얼굴을 한 기생이 보였다. 초록 저고리에 남색 치마를 주홍빛 무명천으로 질끈 묶은 여인은 긴 담뱃대를 물고 있었다.

신윤복, '야금모행(夜禁冒行)', 종이에 담채, 28.2×35.6cm, 간송미술문화재단
늦은 겨울 밤 기생이 동침을 원하는 양반을 따라 어디론가 가는 모습.
붉은 옷을 입은 별감이 양반과 기생의 성매매를 중개하고 있다.

기생들과 기방의 사내들이 뿜어대는 담배 연기가 도성 안에 가득 차는 것이 이즈음의 세태였다. 무명옷 차림의 어린 막종은 길이 지체되는 것이 마뜩잖은지 자꾸만 사내를 힐끗힐끗 째려보고 있었다.

광통교와 보신각 사이는 장사로 큰돈을 번 중인들이 모여 사는 중촌이었다. 돈 가는 곳에 가장 먼저 따라가는 것이 기생집이고 수많은 기방들이 사리 잡은 곳이니 흔히 볼 수 있는 풍경이었다.

통행금지 시간도 훨씬 지난 도성 안에서 양반 사내와 기생 그리고 대전별감의 은밀한 거래가 이루어지고 있었다. 거나한 술자리를 파한 양반은 반반한 기생 년을 데리고 기방을 나선 참이었고, 기생오라비 별감은 묵직한 돈뭉치를 받아 챙긴 후 은밀한 눈빛을 보내고 있었다.

머릿속에 하나의 얼굴이 또렷이 떠올랐다. 갸름한 듯 풍성하던 얼굴선과 창백한 듯 윤택하던 뺨……. 늦은 밤이면 화선지와 먹을 앞에 두고 그 얼굴을 떠올리지만 점 하나 찍지 못하고 밤을 새기 일쑤였다. 그렇다고 무작정 여인을 찾아갈 수는 없었다. 여인을 다시 본다 해도 그 얼굴을 마음속에 새길 수 있을 것 같지 않았다.

화원은 보이는 것을 그리는 자라고 배웠지만 윤복은 그 말을 믿지 않았다. 보이는 것은 단지 볼 수 있을 뿐이다. 화원이 그리는 것은 보이는 것이 아니라 마음에 담은 것이라야 했다. 마음에 담지 못한 대상이라면 그 겉모습을 베끼는 데 불과할 것이다.

윤복은 그 여인을 그리려면 먼저 그 여인을 마음에 담아야 한다고 생각했다. 수많은 불면의 밤은 그 얼굴을 담을 마음의 자리를 마련하는 시간이었는지도 모른다.

계월옥 앞에 당도했을 때는 등줄기에 살짝 땀에 젖어 있었다. 솟을대문을 지나자 윤복의 낯을 기억하는 기생 하나가 반색을 했다.

"아이고머니나! 도화서에서 제일가는 미남자 님이 오셨네."

여인은 엉덩이를 씰룩거리며 긴 복도의 막다른 방으로 윤복을 안내했다. 잠시 후, 적막이 가득한 방문이 스르륵 열리고 긴 가야금을 부둥켜안은 여인이 방 안으로 들어섰다.

"통행이 금지된 야밤에 어인 일이십니까?"

그렇게 묻는 여인은 윤복이 이 밤에 이곳까지 달려온 이유를 누구보다 잘 알고 있었다.

"자네가 보고 싶어서……."

그 말은 정향의 솜털 하나하나까지를 사시나무처럼 떨리게 했다. 눈앞에서 수많은 깃발들이 펄럭이는 것 같았다. 발그레한 뺨의 색조가 마음까지 번져 까닭 모르게 설레었다. 그것이 색이 지닌 힘이었다. 붉은색이 없다면 여인의 설레는 마음을 무엇으로 표현할 것인가.

언제부턴가 윤복은 밤마다 흰 종이를 앞에 놓고 머릿속의 여인과 씨름하였다. 차가운가 하면 한없이 뜨겁고, 세상모르는 듯 순수한가 하면 세상 모든 사내들의 콧대를 꺾을 당찬 여인. 하지만 붓을 들면 그녀의 모습은 덧기운 조각보의 천 조각처럼 조각조각 흩어지고 말았다. 화원 취재에서의 '단오 풍정'은 그녀를 그린 것이었다. 그녀의 얼굴을 관찰하여 여인들의 얼굴을 그렸고, 그녀의 벗은 몸을 보아 멱 감는 여인들의 젖가슴을 그릴 수 있었다. 무엇보다 그네를 타고 막 날아오를 듯한 여인은 바로 정향의 얼굴과 몸의 태를 묘사한 것이었다.

하지만 지금 그리려는 그림은 풍정이나 여러 여인이 등장하는 그림과는 달랐다. 아무 배경도 없이, 아무 장치도 없이 한 여인의 형상만으로 그 혼을 담아내야 하는 그림이었다. 빈 종이를 앞에 두고 붓을 들면 막다른 골목의 끝에 다다른 느낌이었다. 며칠 동안의 궁리 끝에 윤복은 통금을 무릅쓰고 여인을 찾아 나선 것이다.

"어찌 그리 유심히 보십니까? 그런 소중한 눈빛으로 보실 만큼 소중한 몸이 아닙니다."

"널 그리고 싶어서다."

윤복이 높낮이 없이 말했다. 여인의 가슴속에서 오래오래 익은, 너무 오래 매달려 있어 자신의 무게마저 견디지 못한 열매 하나가 툭 떨어지는 소리가 들렸다. 정향은 알고 있었다. 여인을 그리는 것이 화인들에게 금기 중의 금기라는 것을.

여인의 그림은 곧 욕정 넘치는 사내들에게는 춘화에 불과했다. 초상화라면 근엄한 선비나 고관대작에게나 어울리는 것, 어떤 화원도 여인의 초상을 그리지 않았다. 정경부인도, 왕비도 자신의 초상화를 가져본 적이 없었다. 하물며 기방을 떠돌며 가락을 파는 천한 기생의 그림이라니…… 그것은 화폭을 더럽힐 뿐 아니라 그림을 그린 자에게도 감당치 못할 화가 되어 미칠 것이었다.

"너에게 미칠 화가 두려운 것이냐?"

정향의 속을 들여다본 듯 윤복이 물었다. 정향은 흔들리지 않는 눈빛으로 윤복을 똑바로 보았다.

"두렵지 않습니다."

윤복은 몽환처럼 떠오르는 여인의 얼굴 구석구석을 욕망의 대상이 아니라 묘사의 대상으로 보기 위해 마음을 다잡았다. 갸름한 듯 풍요로운 얼굴선과 화색이 도는 뺨, 그 아래로 앙다문 붉은 입술과 긴 목선…… 여인의 얼굴은 수많은 점과 선과 면으로 구분되어 가로세로 길이의 비율과 각도와 옅고 짙은 색의 조화로 이루어진 대상이었다.

"되었다. 그러면 나는 지금껏 세상에 없었던 아름다운 여인도를 그릴 수 있겠다."

윤복은 그렇게 말하며 정향을 바라보는 시선을 떼지 않았다.

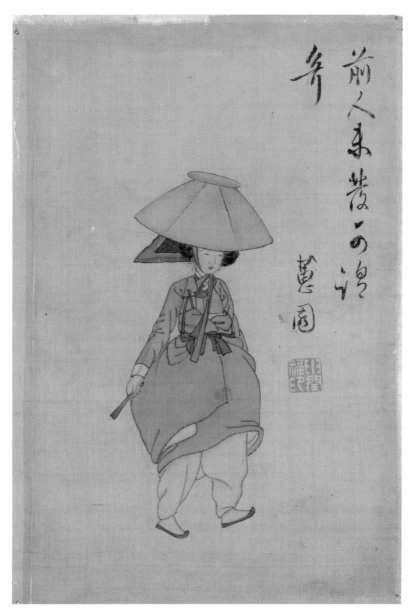

신윤복, '전모를 쓴 여인', 비단에 담채, 19.1×28.2cm, 국립중앙박물관
배경도 없는 단순한 화폭 위에 가늘고 또렷한 선묘로 그려낸 아름다운 여인의 모습.
조심스럽고 세심한 묘사를 통해 숨 막히는 듯한 긴장감을 불러일으킨다.

홍도는 햇살 속으로 아련하게 풀어져가는 담배 연기를 바라보았다. 그 모습은 파란 안료가 물에 풀리는 듯 몽롱했다.

"도화서에 도는 소문을 들었느냐? 하루가 멀다 하고 계월옥을 드나든다는 화원의 소문 말이다."

홍도가 긴 눈을 부릅뜨며 윤복을 추궁하듯 바라보았다.

"뜬소문은 아닐 것입니다."

"그럼 네가 매일 밤 통금 시간에 계월옥을 찾는다는 그 화원이란 말이더냐?"

"사내가 술과 계집을 찾는 것이 어찌 허물이 되겠습니까. 할 짓 없는 화원들이 남의 일에 방정을 떠는 것입니다."

"정녕 술과 계집을 탐하여 한밤에 기방으로 숨어드는 것이냐?"

윤복의 눈빛이 잠시 흔들렸다.

"기방에 술과 여인 외에 무엇이 있겠습니까?"

"화원의 녹봉이 빤한 처지에 매일 밤 기방 출입이라니 그런 소문이 도는 것이 아닌가!"

"그 소문이 음해임을 정녕 모르십니까?"

홍도는 허전한 눈빛으로 윤복을 바라보았다. 그를 지켜야 한다는 생각과 그의 도전을 더 이상 허락할 수 없다는 생각이 머릿속에서 격렬하게 싸우고 있었다.

"알고 있다. 하지만 도화서의 독사 같은 자들은 이 일을 빌미삼아 독니를 들이대려 하고 있어. 저들은 네가 화원이 된 사실 자체를 인정하려 들지 않아. 그런 처지에 네 행실이 그자들에게 빌미라도 준다면 저들이 무슨 모해를 할지 알겠느냐."

"저는 저들을 화원이라 생각했으나 간교한 모사꾼들에 불과했군요."

윤복의 코웃음을 홍도는 걱정스러운 눈빛으로 바라보았다. 그 당당함과

바 람 의 화 원

정념이 한없이 부러웠다. 한때는 자신의 것이었던 자신만만함은 이제 젊은 자의 것이 되고 말았다. 홍도는 알고 있다. 그 당당함과 거침없음 때문에 이 젊은 화원은 고초를 겪게 될 것임을……. 도화서는 그런 곳이다. 모든 것이 정연하고 가라앉은 듯 보이지만, 그 정적의 내부에서는 불같은 질투와, 서로에 대한 증오와, 위를 향한 격렬한 자리싸움이 도가니 속의 쇳물처럼 펄펄 끓고 있다. 그들은 결코 이 어린 천재를 자신들의 울타리 안에 두려 하지 않을 것이다.

"기방을 드나드는 이유는 역시 그림 때문이겠지?"

윤복은 홍도의 눈빛을 피하지 않았다.

"하지만 그림을 위해 기방을 찾았다 해도 독사 같은 자들은 코웃음을 칠 거야."

홍도는 그 말로 행실을 조심하라는 말을 대신했다. 그를 잃고 싶지 않아서였다. 재능 있는 어린 화원이 머무르기에 도화서는 위험한 곳이었다. 사방에서 곱지 않은 시선들이 날아들었다. 탐욕에 절은 인간들 틈에서 재능 있는 자의 삶이 얼마나 힘겨운지 홍도는 알고 있다. 천재라는 이름은 곧 외로움이란 말과 같은 뜻이었다. 그들에게 윤복은 존재 자체가 위협이고 두려움이었다.

언제 누구와 영혼이 담긴 그림에 대해 이야기할 수 있었던가. 언제 누군가와 같은 형상과 풍정을 보고 치열한 그림으로 대결해본 적이 있었던가. 윤복은 그림에 대해, 색에 대해, 구도에 대해 이야기할 수 있는 유일한 상대였다. 양식이 아니라 혼을 그린 그림, 기법이 아니라 마음으로 그린 그림, 누구에게 보이기 위해서가 아니라 스스로를 표현하는 그림을 두 사람은 얼마나 갈망했던가. 어느덧 윤복은 홍도의 영혼을 떠받치는 바지랑대였다.

윤복이 도화서를 떠나게 된다면 견딜 수 없을 것만 같았다. 천재를 지키지 못했다는 죄책감뿐 아니라 자기 자신을 외롭게 만든 데 대한 자책이 자신을 괴롭힐 것이었다. 하지만 표독스럽고 교활한 독사들 틈에 그를 잡아두는 것 또한 가책을 느끼기는 마찬가지였다.

홍도는 자신의 내부에서 커져가는 낯선 감정의 덩어리를 느꼈다. 윤복의 재능이 아니라, 윤복의 그림이 아니라, 바로 윤복이라는 인간에게 빠져들고 있다는 사실이었다. 언제부터일까? 얼마만큼일까? 대답할 수 없지만 자신도 모를 낯선 감정에 빠져들고 있다는 사실만은 분명했다. 살아오면서 단 한 번도 느껴보지 못한 한 인간에 대한 끌림이었다. 하지만 홍도는 낯설고 서툰 감정이 솟아오를 때마다 몸서리를 쳤다.

나는 그라는 인간이 아니라 그의 재능을 사랑할 뿐⋯⋯.

하지만 수십 번, 수백 번 되뇌어도 윤복의 얼굴은 마음속에서 지워지지 않았다.

홍도는 떨리는 손으로 서안 위에 놓인 두루마리의 끈을 풀어냈다.

"주상 전하께옵서 내리신 새로운 화제다."

윤복의 가슴속에서 뜨거운 무엇이 끓어올랐다. 그것은 어쩔 수 없이 들끓는 천재의 본능이었다.

홍도의 손끝에서 천천히 두루마리가 펼쳐졌다.

井邊

하얀 종이 위의 두 글자는 주상이 건네는 은밀한 수수께끼였다. '우물가'라는 뜻의 두 자 화제로 두 사람은 어떤 그림을 그려 올 것인가. 천재들은 어떻게 바라보고, 어떻게 생각하고, 어떻게 그려낼 것인가.

젊은 주상은 그 생각을 하며 홀로 즐거워했을 것이다. 그 화제는 두 사람에게 주상이 걸어오는 대결이었다. 이제 대결은 서로를 향한 두 화원의 것만이 아니었다. 주상 또한 두 천재와 더불어 겨루기를 원하는 또 한 사람의 천재였다.

"조건은 지난번과 같다. 사흘 동안 우물가 그림으로 백성들의 삶을 주상 전하께 아뢰는 것이다."

마른 가지 부러지듯 홍도가 말했다. 이런 저런 행장기나 관찰록, 상소문이라면 시시콜콜 백성들의 삶을 글로써 아뢸 수 있을 것이다. 하지만 이것은 단 한 장의 그림으로 몇 백 자나 되는 두루마리 상소보다 많은 이야기를 아뢰는 일이다.

하지만 홍도는 알고 있다. 아무리 어려운 문제라도 반드시 답이 있다는 것을.

"주막이 아닌 우물가에서 말이지요?"

홍도는 윤복의 가슴속에 타오르는 경쟁심의 불길을 보았다. 그 뜨거움은 홍도에게 옮겨붙어 그의 가슴도 뜨겁게 했다. 그리고 그 불길은 편전에 홀로 앉은 주상에게도 옮겨붙을 것이다.

두 번째 대결은 시작되었다.

다음 날 새벽, 홍도와 윤복은 어둠이 깔린 중촌의 골목 모퉁이에서 안개 속을 바라보고 있었다. 희미한 안개 너머로 정갈한 돌담이 이어지고, 그 한쪽에 우물가가 있었다. 어둠 속으로 하얀 안개의 입자가 스며들어 비현실적인 분위기를 자아내고 있었다.

북촌이 공신들과 육조의 벼슬아치 등 수백 년 전 이래 고관대작들이 모여 사는 곳이고 남산 아래의 남촌이 무관들과 당하관들의 마을이라면, 바뀐 세상의 등에 올라타 재물과 권력을 얻은 신흥 부자들이 건설한 자기들만의 새로운 마을이 바로 중촌이었다.

그들의 재물과 권세를 따라 수많은 사람들이 이곳으로 옮겨와 중촌의 규모와 활력은 이제 북촌을 뛰어넘고 있었다. 하루가 다르게 호화 저택이 들어서고, 연못을 갖춘 후원과 회벽으로 장식한 담장이 유행했다. 중국에 유학하고 돌아온 자들의 새로운 복식과 행동 양식, 귀중한 중국식 도자기와 장식장이 매매되었다.

집집마다 우물을 팠지만 대가의 여종들은 대개 집 밖 골목의 우물에서 물을 길었다. 그것은 하루 종일 부엌일에 시달리는 여종들과 부엌데기들이 유일하게 집 밖 출입을 할 수 있는 시간이었다. 우물가는 갑갑한 집안의 담장을 벗어난 여인들의 사랑방이었다. 그곳에서 여인들은 커가는 아이들 이야기며, 무지렁이 남편의 흠이나 깨가 쏟아지는 신혼 즈음의 즐거움을 이야기했다.

우물가에는 한 여종이 물을 긷고 있었다. 또 다른 한 여인이 물동이를 내려놓으며 여종의 엉덩이를 손바닥으로 툭 쳤다. 아이가 기겁을 하며 주위를 돌아보았다.

"이년! 방뎅이를 보니 이제 시집을 가야겠구나!"

여인이 의미 있는 눈빛을 던지며 물동이를 채우기 시작했다. 소곤거리고, 키득거리고, 손으로 입을 가린 이야기들은 계속 이어졌다. 채운 물동이를 우물 턱에 얹어놓자 한 여인이 다른 여인의 똬리 위에 물동이를 얹어주었다. 여인은 눈인사를 남기고 총총걸음을 옮겼다. 그것이 두 사람이 본 것들이었다. 그것은 각자의 방식대로 그들의 화폭 위에 옮겨질 것이었다.

주상의 얼굴에는 호기심이 가득했다. 홍도와 윤복은 각기 메고 온 두루마리 통의 뚜껑을 열었다. 주상은 몸을 서안 앞으로 굽혀 두 사람이 펼칠 그림 속의 우물가 풍경을 상상했다.

"이번에도 지난번처럼 도성 안의 우물가를 두루 돌아다닌 것이냐?"

"아닙니다. 광통교 인근의 우물을 지키고 앉아 오가는 사람들을 이틀 동안 관찰했습니다."

주상은 터지는 웃음으로 기대를 배반당한 짜릿함을 마음껏 즐겼다.

"기대는 배반당할수록 즐거운 것이지. 하하하!"

이런 왕이 언제 있었던가. 천한 도화서 화원들의 붓 끝을 통해 백성들의 삶을 구석구석 살피는 왕이. 자신의 생각을 뒤집은 천한 자들을 웃음으로 격려하는 군주가. 그는 천재들을 다스리는 법을 알고 있는 사람이었다. 어쩌면 홍도와 윤복이 다다르지 못할 경지에 있는 또 다른 천재일지도 모른다.

"이틀 동안 우물을 찾는 여인들을 그리다, 천한 장난기로 남정네 하나를 넣어 그렸사옵니다."

그것은 무예를 단련하는 자들이 주로 하는 대련의 방식이었다. 일정한 약속에 따라 공격과 수비를 반복하는 약속 대련의 바탕 위에 아무런 제한 없이 겨루는 자유 대련을 더하는 대결 방식이었다. 주상은 더욱 호기심이 동한 표정을 지었다.

"남정네라? 양반인가, 상민인가? 늙은 자인가, 젊은 자인가?"

"그것은 오로지 그리는 자의 붓 끝에 맡기기로 하였사옵니다."

홍도의 말에 주상은 안달이 난 듯 서둘러 말했다.

"두루마리를 펼쳐라!"

홍도가 두루마리를 펼치자 윤복의 두 눈이 번쩍 빛을 발했다.

배경 없는 말간 종이 위에 세 명의 여인과 한 사내가 보였다. 배경 색은 지난번 갈색보다 훨씬 옅어져서 투명하면서도 아늑한 느낌을 주었다.

놀랄 만큼 단순명료한 구도였다. 화면 왼쪽으로 배치한 우물가에 선 두 여인은 옷차림부터 자신의 그림과 다름이 없었다. 나이 든 여인은 흰 저고리에 회색 치마를 치마끈으로 질끈 동여매고 있었고, 젊은 듯 보이는 여인은 녹색 저고리에 푸른 치마 차림이었다. 우물둔덕 위에는 커다란 오지 물독과 나무 물통이 올려져 있었다.

윤복의 눈을 번쩍 뜨이게 한 것은, 저고리 고름을 활짝 풀어헤쳐 털이 더

김홍도, '우물가', 종이에 담채, 27×22.7cm, 국립중앙박물관
우물가에서 물을 청하는 사내와 아낙네들의 순간적인 감정을 해학적으로 표현한 수작.
가슴을 풀어헤쳐 털을 자랑하는 사내는 그중 제일 젊고 예쁜 아낙네에게 물을 청하고
젊은 아낙네도 싫지 않은 듯 두레박을 건네고 사내의 얼굴에는 웃음이 가득하다.

부룩한 탄탄한 가슴을 내보이며 두레박 가득 담긴 물을 벌컥벌컥 들이켜는 사내였다. 벗어젖힌 갓을 쥔 왼손을 허리춤에 짚고 두레박 자루를 쥔 모습은 거침없는 사내의 성정을 말해주었다.

"물 한 그릇을 청하는 남정네에게 버들잎을 띄워 건넸다던 옛날의 우물가 여인이 생각나는구나."

윤복은 사내에게 건넨 두레박줄을 잡은 푸른 치마의 젊은 여자를 눈여겨보았다. 여자는 사내의 맨몸을 바로 보기 민망한 듯 다소곳이 고개를 돌려 눈길을 피했다. 하지만 윤복에겐 그 모습이 사내의 목젖을 타고 벌컥거리며 물 넘어가는 소리에 조심스럽게 귀를 기울이고 있는 것처럼 보였다.

어쩌면 홍도는 그런 효과를 계산한 것인지도 모른다. 화폭 가운데를 꽉 채운 존재감으로 중심을 잡고 있는 사내와, 그 사내를 외면하면서도 어쩔 수 없는 호기심에 귀를 세운 여인. 두 사람 사이에 흐르는 팽팽한 긴장감이 화면의 중심을 꽉 채우고 있었다.

"뒤쪽에 보이는 여인은 누구인가?"

주상이 호기심 가득한 눈으로 물었다. 그림의 오른쪽에는 두 남녀에게 관심도 없다는 듯 힘겨운 표정으로 물동이를 인 흰 민짜 저고리를 입은 여인이 보였다. 기골이 굵고 튼실한 것으로 보아 어느 부잣집 막일을 하는 부엌 종인 듯했다. 우물가에서 일어나는 젊은 남녀의 희롱에 관심을 보이기에는 너무도 고달픈 삶의 무게가 엿보였다.

"우물가에서 남녀가 희롱하는 것이 자연스러운 풍정이라면, 그런 일에 상관할 기력도 없이 하루하루 살아가는 여인 또한 전하의 백성이 아니옵니까."

주상이 고개를 끄덕이며 윤복에게 시선을 돌렸다. 가는 손가락 끝에서 끈이 풀어지고 두루마리가 펼쳐졌다.

홍도는 뒷골이 찌릿하였다. 똑같은 우물가에서 똑같은 사람들을 관찰했지만, 윤복의 그림은 완전히 다른 분위기를 자아내고 있었다. 절반을 넘는 화면을 차지한 것은 인물이 아니라 풍경이었다. 우물 뒤쪽의 암벽과 바위벽 사이사이에 낀 이끼, 절벽 위의 고목등걸과 무성하게 웃자란 나무숲…….

"이것은 화성(畵聖)이라 일컫는 정선의 실경산수화법이 아닌가…….'

주상이 혼잣말처럼 중얼거렸다.

"실경산수는 인물이 극단적으로 배제되는 산수화라 할 것입니다. 그러나 이 그림은 실경산수의 기법이 인물과 절묘하게 어우러지고 있사옵니다. 자연과 인간의 가장 조화로운 모습이라 하겠지요."

홍도의 부연에 주상이 고개를 끄덕였다. 하지만 정작 윤복과 그림을 번갈아 보던 홍도는 혼란스러웠다. 이 젊은 천재는 사람의 삶을 그리는 데 자연을 끌어들였다. 그것도 정선이란 화단의 거인이 구사했던 실경산수 기법을 사용하여……. 거기에 비하면 배경을 배제하고 인물만을 그린 자신의 그림은 얼마나 초라한가! 홍도는 마른 입술을 깨물며 다시 화면을 압도하는 풍경을 살폈다.

붉은 봄꽃이 가지마다 흐드러진 봄밤. 붉은 기운이 흐드러지게 번진 하늘 위에는 하얀 보름달이 떠 있었다. 달 아래에는 어느 대가의 일각대문 처마 자락이 보였고, 길게 돌담이 이어져 있었다. 지붕 없는 둥근 우물은 자신의 것과 모양새가 다르지 않았다. 우물둔덕 위에는 오지독 하나와 나무 물통 하나가 놓여 있었다. 녹색 저고리에 푸른 치마를 입은 여인은 두레박줄을 잡고 있었고, 흰 민짜 저고리에 똬리를 얹은 나이 든 여인은 머뭇거리며 여인에게 말을 전했다. 인물의 생김새와 복색은 홍도의 그림과 흡사했다. 그리고 사방관을 쓴 것으로 보아 지체 높은 양반인 듯한 남자가 돌담 너머에 몸을 숨긴 채 두 여인을 초조한 눈으로 바라보고 있었다.

"말인즉슨, 지체 높은 양반이 밤중에 담 너머로 우물가의 젊은 아낙을 희롱하고 있다는 뜻이렷다."

주상이 중얼거리며 오래오래 두 그림을 번갈아보았다. 긴밀한 두 여인 사

신윤복, '정변야화(井邊夜話)', 종이에 담채, 28.2×35.6cm, 간송미술문화재단
어스름 봄밤에 우물가에서 일어난 일을 그린 것으로 물을 길러 온 두 여인이 춘흥이 오른 듯
보름달 아래서 무언가 이야기를 나누고 돌담 뒤에서 음흉한 양반이 두 여인을 몰래 훔쳐보고 있다.

이의 시선과 담 뒤의 남정네 사이로 흐르는 흰 달빛만큼이나 알 수 없는 긴 긴장감이 감도는 그림이었다.

"천하의 명인들이로다. 이틀 동안 같은 풍정을 보고 이렇듯 다른 그림을 내놓다니……. 단원의 그림은 따뜻한 햇살이 퍼지는 환한 대낮이며 혜원의 그림은 보름달이 교교한 한밤이로다. 단원은 일체의 배경을 삭제하여 인물들에 주목한 반면, 혜원은 흐드러진 꽃가지와 아스라한 암벽, 창백한 달빛으로 등장인물들의 마음속을 표현했다. 혜원은 화려한 색감과 섬세한 묘사를 위주로 했으나, 단원은 질박한 색감과 과감한 구도를 썼다. 너희는 해와 달처럼 한 하늘에 떠 있는 두 빛이니, 해는 해대로 밝고 따스하며 달은 달대로 교교하고 아름다운 것과 같다."

홍도와 윤복은 머리를 조아렸다.

계월옥 문 앞은 취한 남정네들의 고함 소리와 술 냄새와 욕지기가 떠날 날이 없었다. 해가 저물기도 전에 찾아든 남정네들은 기생 하나를 두고 싸움을 벌이기 일쑤였다. 고래고래 욕지거리를 쏟아내다가 주먹이 오가는 경우도 허다했다.

벌겋게 취한 사내들은 웃통을 까 제친 채 주먹을 날리고, 상투가 일그러지고 갓모자가 부서지도록 진흙 바닥을 굴렀다. 눈두덩이 시퍼렇게 멍들고 코뼈가 휘기도 했다. 별감들은 붉은 도포 자락을 휘날리며 여기저기 싸움을 말리느라 정신이 없었다.

하지만 계월옥 중문 뒤쪽은 대가의 안채처럼 조용했다. 그곳은 정경부인 빼고는 도성 안에서 가장 많은 패물을 지녔다는 계월의 살림집이었다. 저녁 어스름이 안뜰에 한가득 내려앉아 있었다.

정향은 다소곳이 계월에게 절을 올리고 고개를 들었다. 쌍꺼풀 자국이 진한 계월의 눈이 정향을 바라보았다. 그 눈은 때가 다가오고 있음을 말해주

신윤복, '유곽쟁웅(遊廓爭雄)', 종이에 담채, 28.2×35.6cm, 간송미술문화재단
기방 앞에서 대판 벌어진 싸움 모습이다.
장죽을 문 기생은 구경을 하고 붉은 옷을 입은 별감(大殿別監)이 싸움을 말리고 있다.

었다. 멀리서 한 사내의 거친 고함 소리가 들렸다.

"사내놈들이 또 암탉 본 수탉처럼 벼슬을 세웠나 보군."

계월은 눈살을 찌푸리며 혀를 찼다. 정향은 대답하지 않았다. 늘 익숙한 일이기도 했지만 그런 일에는 무심한 아이였다.

"사내란 그런 것들이야. 계집 하나를 차지하려고 저렇게 허세를 부리는 게 아니지. 저들은 계집 때문이 아니라 자기 자신을 위해서 싸우는 거란다.

한 푼어치 가치조차 없는 자존심, 명예…… 그런 것들 때문이지. 여자를 빼앗긴다는 건 남자로서 명예를 빼앗기는 것과 같다고 생각하지. 그렇게 멍청하고 생각 없는 것들이 사내들이다."

계월이 말을 끝내며 핏 하고 웃었다.

"사내들이 그렇게 어리석으니까 계집장사가 돈을 벌겠지요?"

방자하다고 생각했지만 나무라고 싶지 않았다. 그 말이 사실이었으니까. 지금껏 적지 않은 돈을 모을 수 있었던 것도 모두 어리석은 사내들 덕분이 아닌가…….

"되바라진 년."

계월이 큰 눈으로 정향을 흘기며 빙긋 웃었다. 오늘이야말로 오랜만에 제대로 된 거래를 성사시킬 수 있을 것 같았다. 삼 년 동안 정성을 기울여 만들어온 귀한 물건이 드디어 임자를 만나게 되는 것이다.

"나는 약속을 지켰다. 널 장안에서 가장 값진 물건으로 만들어 가장 큰 돈을 지르는 사내에게 넘기겠다고 했지?"

정향은 계월에게 감사하고 싶었다. 어차피 누군가에게 팔려가야 할 몸이라면 가장 비싼 값에 팔리는 최고의 물건이 되고 싶었다.

"행수 어른의 은덕을 잊지 않고 있습니다."

고개를 숙인 정향을 내려다보며 계월은 입을 열었다.

"별채에 손님이 드셨으니 따르거라."

계월은 말을 마치기가 무섭게 훌쩍 일어나 대청으로 나섰다. 별채는 계월이 청한 특별한 손이 아니면 아무나 드나드는 곳이 아니었다. 은밀하고 깊은 그곳에서 계월의 큰 거래들이 이루어지곤 했다. 오늘의 거래는 그중에서도 가장 큰 거래였다.

"어떤 분이십니까?"

한 걸음 떨어져 뒤따르던 정향이 조심스럽게 물었다. 그것은 자신의 마음에 차지 않는 상대라면 더 이상 따르지 않겠다는 결의이기도 했다.

"대행수 김조년 어른을 모른다 하지 않겠지? 맨주먹으로 시작해 시전 점포의 절반을 먹어치운 대상인이 아니더냐."

정향의 몸이 꼿꼿해졌다.

"도성 안에서 그 이름을 모르는 자가 있을까요? 코흘리개 아이도 커서 김조년처럼 큰돈을 버는 상인이 되겠다고 입을 모으니까요."

김조년은 가난한 집안에서 나 시전 판의 지게꾼으로 시작하여 타고난 수완으로 부를 거머쥔 자였다. 작은 점포들을 하나둘 사 모으고 상인들을 규합하여 엄청난 규모의 도가를 형성하고 그 아래로 상인들을 거느렸다. 난전 상인들 중 그의 그림자를 비켜 나는 자가 없었고, 육의전 상인들조차 그와 거래를 트지 않을 수 없었다.

행수가 된 후에는 큰돈을 들여 삼대째 벼슬이 끊어진 몰락한 양반가의 양자로 들어가 그 집 족보를 통째로 사버렸다. 양반이라는 신분의 날개를 단 그는 더욱 거침없었다. 아전들과 호형호제하며 궁과 관아의 물품을 납품하더니 결국 육조와 의정부에까지 선을 대었다.

"벽파든 시파든 굵직한 파당의 영수들 중에 그의 돈을 쓰지 않는 자가 없다. 벼슬이 없다 뿐이지 삼정승이 부럽지 않은 권세가 아니냐. 오히려 정승들을 마음대로 부릴 정도의 위세라 해야 하겠지? 그 정도면 천하의 네 콧대에도 모자람이 없지 않겠느냐?"

"그런 대단한 어른이 어찌 저 같은 계집을 찾으셨답니까?"

"이 별채를 드나든 지 어언 십 년이 넘으신 분이다. 지나는 길목에 네 가야금 소리를 귀담아 들으신 모양이다. 비록 시전 출신이나 예악을 즐기고 풍류를 아끼는 건 정승 판서도 따르지 못할 경지다. 온갖 악기를 수집하고 비싼 청나라 그림을 사들인다 들었다. 집 안에서 화원들을 먹이고 재우며 그림을 그리게 한다니 네 가야금 소리에 반한 것도 이상한 일은 아니지."

별채로 통하는 중문을 넘어서자 어둠이 짙어졌다. 발간 불빛을 머금은 방문 너머 반듯이 앉은 그림자가 어른거렸다. 정향은 큰 숨을 들이쉬었다.

"내가 할 일은 여기까지다. 지금부터 네가 어떻게 하느냐에 따라 네 몸값이 달라질 거야."

정향은 그 말을 듣는 둥 마는 둥 붉은 비단신을 벗고 대청마루를 올랐다.

"매정한 년…… 얼음장을 끼고 살아도 네년보다는 나을 거다."

계월이 방문을 들어서는 정향의 등 뒤에서 중얼거렸다. 하지만 그 얼굴에는 여전히 웃음기가 가시지 않았다.

두 번째 그림 대결이 있은 후부터 주상은 시와 때의 구분 없이 열흘에 한 점씩 임의의 화제로 그림을 그려 올리도록 했다. 주상의 명은 더 이상 은밀한 호출이나 두루마리가 아니라 화원장을 통해 정식으로 하달되었다. 덕분에 홍도와 윤복은 잡인의 출입이 철저히 통제되는 특별화실에서 작업하는 은사를 누리게 되었다. 하지만 그 덕에 비난이 집중되는 과녁이 되어야 했다. 화원들은 고까움과 적의를 노골적으로 드러냈다.

그림에 대한 주상의 탐닉은 시강 교재 대신 두 사람의 그림을 육조 관원들과 함께 독화(讀畵)하겠다는 하교로 이어졌다. 삼정승이 나아가 엎드려 부당함을 아뢰었다.

"도화서는 예로부터 중인으로 한정하여 취재하였으니 그 하는 일이 속되고 천한 까닭입니다. 선비의 그림은 단아한 사군자와 웅혼한 산수를 그리는 문인화로 도화서의 그림과 차별되옵니다. 비록 도화서가 궁 안의 크고 작은 도사를 담당하나 정사에 개입한 적은 없습니다. 하물며 김홍도는 생도청으로 내쳐진 자이고 신윤복이란 자는 음탕한 그림으로 화원의 자격마저 위태로운 자인데 어찌 그들의 그림을 시강원에 들이려 하시옵니까!"

으르렁거리는 좌의정의 소리에 주상이 눈살을 찌푸렸다.

"왕이 되어 백성의 삶을 구석구석 살피기 어려움은 그 처소가 좁은 궁궐 안에 한정되어 있기 때문이다. 야밤의 밀행을 통해 궁 밖으로 나간다 한들 백성들은 잠자리에 있으니 어찌 그들의 삶을 살필 것인가. 백성의 고초와 그 삶의 구석을 모르고 어찌 군왕이라 할 수 있겠는가."

"백성의 삶이란 육조의 벼슬아치들과 삼사의 간언으로 파악할 수 있을 것이옵니다. 특별한 일에는 전국의 유생이 올리는 상소문 또한 있사옵니다.

"수백 자의 글로 설할 수 없는 풍경을 단 한 장의 그림이 말해줄 수 있음을 어찌 모르는가."

"하오나 그자들의 그림은 저자의 상것들조차 피해야 할 속된 그림으로 주상 전하의 성스러운 심기를 해칠 것이옵니다."

"저자의 보부상들과 농사짓는 농군들과 술 파는 아녀자들이 모두 나의 백성이다. 나의 백성들을 내가 돌보지 않고 누구에게 맡기라 하느냐!"

조정 안팎에서 쑥덕이는 소리들이 연이어 터져 나왔다. 왕이 상스럽고 음탕한 그림에 빠졌다느니, 춘화도와 같은 저속한 그림들이 왕의 총기를 흐린다는 소리들이 궁궐 여기저기서 흘러 다녔다. 홍도와 윤복은 그런 쑥덕임에는 관심도 없었고, 알고 싶지도 않았다. 다만 주상이 명한 그림을 위해 매일 도성 안팎을 헤매 다녀야 했다. 홍도는 아이를 업은 보부상 부부를 이틀 동안 따라다녔고, 윤복은 계월옥에 머물며 하루 종일 기생들을 관찰했다. 정향이 떠나버린 그곳에서 윤복은 정향의 흔적을 찾아내기 위해 몸부림쳤다. 홍도는 대장간과 타작마당을 돌았다. 윤복은 무당들과 아녀자들과 중들과 싸움판을 헤맸다.

도화서로 돌아온 둘은 마지막 하루 내내 화실에 머물렀다. 아침부터 저녁까지 햇살이 기울기를 달리하며 비쳐 드는 화실 안에서 각자의 그림에 빠져들었다. 홍도의 간결하면서도 거침없는 필치는 비루한 현실에 쪼들리면서도 웃음을 잃지 않는 백성들의 건강한 삶을 담아냈다.

김홍도, '행상(行商)', 종이에 담채, 27×22.7cm, 국립중앙박물관
조선 후기에 상업이 발달하고 물류가 늘어나자 봇짐장수와 등짐장수인 보부상이 대거 출현하였다.
그림은 이들의 힘겹고 고달픈 생활을 묘사했다.

시전 대상 김조년이 천하절색을 취했다는 소문은 화류계를 흔들었다. 기생들은 만나기만 하면 정향의 이름을 입에 담았고, 사내들은 계월이 얼마를 챙겼을까를 넘겨짚었다.

소문과 수군거림 사이에서 윤복은 뜨거운 물을 뒤집어쓴 것 같았다. 언젠가 이런 일이 올 거라고 생각하지 않은 것은 아니었다. 하지만 좋지 않은 일이란 아무리 준비해도 갑작스러웠다.

윤복은 그녀의 몸이 아닌 자태를 탐했고, 그녀의 얼굴보다는 그 영혼에 깊이 빠졌다. 그녀는 여자이기보다는 인간이었고, 정욕의 대상이기보다는 그려야 할 대상이었다. 그녀가 윤복에게 불러일으킨 것은 불타는 욕정이 아니라 그리고자 하는 강렬한 욕망이었다. 그녀는 윤복의 붓 끝에서 살아났고 그림 속에서 영혼을 얻었다.

하지만 가진 것 없는 신출내기 화원이 탐할 여자는 애초에 아니었다. 그녀는 다른 남자의 여자가 되었다. 사실이 아니기를 바랐던 일은 명확한 사실이 되고 말았다. 슬퍼해야 할까, 절망해야 할까. 양쪽 모두였다. 할 수 있는 일이라고는 그 모든 것이 꿈이기를 바라는 것뿐. 윤복은 슬픔과 절망 때문에 오래 붓을 잡지는 못할 것 같다고 생각했다. 하릴없이 멍하니 빈 하늘을 바라보는 날이 늘었다.

계월옥 행랑할아범이 정향의 전갈을 들고 도화서를 찾아온 것은 윤복이 처음 소문을 접한 뒤로 사흘 후였다.

"아씨께서 오늘 밤 뵙고자 청하십니다. 내일이면 김조년 어른의 별당으로 들어가셔야 하기에⋯⋯."

서쪽 하늘에 붉게 노을이 짙어왔다. 윤복은 의관을 갖추어 입고 도화서를 나섰다. 행랑할아범은 윤복을 계월옥 별채로 안내했다.

어떻게 계월옥까지 온 것일까. 무슨 생각을 하면서 온 것일까.

아무것도 생각나지 않았다. 단지 노을이, 노을이 유난히 붉어 서러웠다는 것밖에는…….

스산한 가야금 가락이 눈앞을 어른거리게 했다. 가야금 소리는 윤복의 마음을 퉁기고, 가슴을 쥐어뜯었다.

윤복은 눈 속에 새긴 듯 선명한 그녀의 모습을 바라보았다. 언제나처럼 외로 돌린 고개, 가지런한 머리카락과 빛나는 이마, 초승달을 오린 듯 단아한 눈썹, 단단한 콧마루와 반듯한 입술 그리고 물처럼 흘러내리는 하얀 목선, 때론 힘차게 때론 여리게 현을 퉁기고 흐느적거리며 농현하는 길고 흰 손가락…….

그 모든 것들을 윤복은 세심하게 머릿속에 새겼다. 날카로운 끌로 가슴을 깎아내듯 아프게 그 자태를 새겼다. 가야금의 흔들리는 가락이 흐느껴 우는 소리처럼 들렸다. 그것은 정향이 윤복에게 건네는 마지막 인사였다. 한 사람을 사랑했으나 그를 떠나야 하는 여인의 서글프고도 스산한 작별 인사. 가지고자 하였으나 가지지 못한 사람에게 뒷모습을 보여야 하는 여인의 눈물겨운 인사.

"아름답구나. 내가 본 어떤 날보다 더욱…….”

신선한 초여름 바람이 들창문으로 쏟아져 들어왔다. 밤이 깊어가고 있다는 것을 윤복도, 정향도 알 수 없었다. 술 취한 사내들의 고함 소리가 잦아들었다.

"그 가야금 소리는 이제 나의 것이 아니라 다른 사람의 것이 되겠지…….”

윤복의 서글픈 눈빛은 여인을 나무라는 듯하였지만 실은 자신을 책망하고 있었다.

"아닙니다. 이 가야금 소리는 언제나 오직 한 사람의 것입니다.”

"그 한 사람은 김조년이란 자를 말하는 것이겠지. 그 자는 수천 냥으로 네 가야금 소리를 샀으니까…….”

"기예를 팔았을 뿐 혼까지 팔지는 않았습니다. 저의 혼은 이미 오래전에 한 사람이 가져갔으니까요."

정향은 자신을 바라보는 서글픈 눈빛을 피하지 않았다. 시선과 시선이, 뜨거움과 뜨거움이 희미한 어둠 속에서 얽혔다.

"제 마음이 가닿는 분에게 저를 맡기고 싶습니다."

툭, 잘 익은 과일이 떨어지듯 초록 저고리의 고름이 풀어졌다. 빛을 머금은 아름다운 선이 어둠 속에서 하얗게 빛났다. 떨리는 손끝이 깃털처럼 스친 자리에 오소소 소름이 돋아났다. 따뜻한 서글픔이, 서글픈 사랑이, 미련과 원망이 품에서 품으로, 눈에서 눈으로 건네졌다. 열두 현 위를 흐르고 미끄러지는 손처럼 윤복의 손끝이 여인의 몸을 떠돌았다. 윤복의 손끝이 정향에 닿을 때마다 세상 어떤 악기보다 아름다운 소리가 났다.

여인의 몸은 붓 끝을 기다리는 화선지처럼 반듯했다. 어떤 뛰어난 화원이 있어 이 아름다운 몸에 흔적을 남길 수 있을까. 윤복은 자신만의 방식으로 이 아름다움 위에 잊히지 않을 흔적을 남기고 싶었다.

붓 보자기를 펼쳐 가장 작은 붓 하나를 꺼내든 윤복이 반듯이 누운 여인을 내려다보았다.

"네 몸에 나의 영혼을 새겨둘 거야. 내 혼을 다해 한 폭의 그림을 남겨둘 거야."

여인은 붉은 입술 사이로 가지런한 이를 보이며 웃었다.

"어떤 사내도 그 흔적을 지우지 못할 것입니다."

물결 같은 붓 끝이 여인의 평평한 배 위에 닿았다. 가장 고귀한 화폭 위에서 붓 끝은 격랑처럼 소용돌이치고 여리게 잦아들었다.

푸른 새벽빛이 문살 너머로 스며들었다. 먼 데서 막종이 마당을 비질하는 소리가 두 사람의 마음을 쓸어내렸다.

주상은 기대 어린 표정으로 두 화원을 바라보았다. 화제를 정하지 않고 내키는 기법을 강구하여 백성들의 삶 이모저모를 자유롭게 그리라 했던 그림이었다. 명을 받은 두 화원은 각자 서로 다른 장소를 찾아 서로 다른 사람들을 관찰했다. 두 화원의 그림을 곧바로 비교하기는 힘들겠지만 구석구석 백성들의 삶이 보일 것이었다.

홍도와 윤복은 각각 들고 온 두루마리 통의 뚜껑을 열었다. 매번 과장에 들어서는 선비처럼 가슴이 두근거렸지만 서로의 그림을 볼 수 있음이 다행스러웠다.

주상은 두 천재 화원의 그림을 나란히 보는 감흥을 마음껏 즐기기나 하려는 듯 잔뜩 기대 어린 눈빛을 반짝였다.

"펼쳐 보여라."

홍도와 윤복이 동시에 그림을 펼쳤다.

종이가 스적이는 소리에 홍도는 가슴이 베이는 것 같았다. 종이를 펼치자 확 끼쳐오는 묵향에 윤복은 숨이 멎는 듯했다. 서로는 서로가 펼친 그림 속에 펼쳐질 숨 막히는 풍경을 상상하며 소름을 키웠다. 애타는 호기심은 주상 또한 다르지 않았다.

홍도의 그림은 넓은 마당에서 일꾼들이 타작을 하고 있는 모습이었다. 마당 한가득 강한 가을의 햇살이 끓어넘칠 듯 노랗게 빛났다.

화면 가운데에는 네 명의 농군들이 열심히 나락 단을 들고 알곡을 터는 것이 보였다. 앞쪽에는 나이 든 자가 흩어진 알곡을 쓸어 모으고 있었고, 뒤쪽에는 지게 가득 나락단을 지고 오는 사내가 보였다.

모두가 즐거운 듯 입가에 한가득 미소를 머금고 있는 모습이었다. 단 한 명, 그림의 오른쪽에 보이는 양반만이 얼굴에 수심이 가득한 표정이었다. 일꾼들을 감시하려는 듯 양반은 낟가리에다 돗자리를 깔고 팔을 괸 채 담뱃대를 물고 있었다. 옆에 술병이 있는 것으로 보아 대낮부터 술에 취해 있는

김홍도, '타작', 종이에 담채, 27×22.7cm, 국립중앙박물관
농부들이 볏단을 내리쳐 알곡을 털어내는 타작 풍경. 흥겹게 노동에 빠져든 농부들과
술병을 옆에 두고 농부들을 감시하는 듯한 양반의 표정이 묘한 대조를 이룬다.

신윤복, '청루소일(靑樓消日)', 종이에 담채, 28.2×35.6cm, 간송미술문화재단
방 안에 여유로운 양반이 앉아 있고 마루에는 생황을 든 여인이 있으며 전모를 쓴 기생이
마당을 들어서고 있는 적막한 오후 한때의 기방 풍경을 그렸다.

것이 분명했다.

"어찌 고된 타작 일을 하는 일꾼들은 모두 입가 가득 미소를 머금고 있는데 유독 낟가리에 기대어 음풍농월하는 양반의 표정이 저렇듯 어두운 것이냐?"

그림 구석구석을 유심히 보던 주상이 고개를 갸웃거리며 물었다. 홍도가 대답했다.

"그것이 소인이 본 바이옵니다. 열심히 일하고 땀 흘리는 자들의 즐거움을 나태한 자가 알 수 있겠사옵니까. 천한 일을 하나 귀한 양반이라는 자들의 삶이 부럽지 않은 것은 바로 그 까닭입니다."

주상이 고개를 끄덕였다.

"그렇다. 조선은 대대로 일하는 자를 업신여기고, 사대부라 하여 몸 움직이기를 게을리하였지. 하지만 이제 알겠다. 삶의 기쁨이란 정직한 노동의 대가로 오는 것임을 말이다."

말을 맺은 주상은 윤복의 그림으로 눈길을 돌렸다.

화사한 갈색의 기운이 도는 화폭 위에 세 명의 남녀가 보였다. 살집 좋은 사내 하나가 방 안에 앉아 있는 것이 보였다. 탕건을 쓴 것으로 보아 그곳에 익숙한 자였다. 마루에는 생황을 든 여자가 보였다. 그 둘이 동시에 중문을 들어서는 전모 쓴 여인을 바라보는 것이 전부였다. 여인의 뒤에는 키 작은 사내아이가 시중드는 모양으로 따르고 있었다.

그림을 본 홍도는 얼굴이 후끈 달아올랐다. 윤복의 그림답지 않은 간결하고 소박한 구도에 단순한 배경……. 하지만 인물을 보면 여지없이 윤복의 그림임을 알 수 있었다. 어느새 윤복은 홍도의 뛰어난 점을 자신의 그림에 차용하고 있었다.

홍도는 자랑스러우면서도 부끄러웠다. 윤복이 자신을 따르고 있음이 자랑스러웠고, 윤복의 그림을 따르지 못한 자신이 부끄러웠다. 이제 홍도는 더 이상 윤복의 스승이 아니었고, 윤복 또한 홍도의 제자가 아니었다. 서로가 서로를 말없이 가르치고 배우는 스승이자 제자였다.

"이 정경의 뜻을 알 수 없구나. 기방의 한때임이 확실한 것 같으나……."

윤복이 긴 숨을 들이마시고 입을 열었다.

"이들은 지금 큰 거래를 하는 중이옵니다. 계집을 사고파는 것이지요. 돈 많은 양반이 기방에서 제일가는 기녀를 첩실로 들이려는 것이옵니다."

"그만하게. 어찌 상스러운 그림으로 전하의 심기를 어지럽히려 하는가."

듣고 있던 홍도가 나무라듯 넌지시 말했다.

"기방이 상스러운 곳이라면 어찌 양반들이 찾겠사옵니까. 천한 기생들 또한 전하의 백성이오니 그들의 사정 또한 헤아리심이 옳을까 하여……."

윤복이 말끝을 맺지 못하고 머리를 조아렸다.

"말인즉슨 틀리지 아니하니 허물 삼지 말고 다음 그림을 펼쳐라."

주상의 말에 홍도가 다음 그림을 펼쳤다.

다섯 명의 대장장이들이 저마다의 일에 바쁜 대장간 풍경이었다.

"이곳이 무엇 하는 곳이냐?"

"견평방에서 육조 거리 쪽으로 통하는 길가에 있는 대장간입니다. 쇠를 달구어 농기구와 일용품과 무기를 만듭니다."

화면 전체는 불기운으로 붉게 달아올라 있었다. 다섯 명의 남자들은 뜨거운 불기운 속에서 저마다의 작업에 열중하고 있었다. 숙련된 두 대장장이가 모루 위의 쇳덩이를 번갈아 망치로 쳤다. 한 사내의 망치가 쇳덩이를 치고 있었고, 다른 쪽 사내의 망치는 등 뒤에 있어 시간차를 두고 정교하게 망치질을 하고 있음을 알 수 있었다.

왼쪽에 쭈그리고 앉은 노인이 집게로 잡은 쇳덩이를 모루 위에 대고 있었다. 그 손길에서 오래 숙련된 대장장이의 솜씨가 엿보였다. 앞쪽에는 도제인 듯한 댕기머리 소년이 갓 만들어낸 낫을 숫돌에 갈아 날을 세우고 있었다.

김홍도, '대장간', 종이에 담채, 27×22.7cm, 국립중앙박물관
아무 배경없이 대장간에서 일하는 사람들의 모습을 생동감 있게 그렸다.
활기찬 대장간의 모습과 쇠 두드리는 망치 소리가 들리는 듯하다.

화덕 뒤쪽에는 또 한 명의 도제 소년이 세심한 표정으로 바쁘게 풀무질을 하고 있었다.

"다섯 사내가 있는데 정면을 보고 있는 사람은 하나도 없고 모두 다른 곳을 바라보고 있구나."

"그림을 보는 사람에게는 다른 곳이지만, 그들에게는 그곳이 정면이기 때문이옵니다."

"그렇구나. 그들의 눈이 자신들이 하고 있는 일에 흠뻑 빠져 있음을 알겠다. 망치질하는 자들은 모루 위에, 낫을 가는 자는 숫돌 위에, 풀무질을 하는 아이는 화덕의 불꽃에 눈길을 주고 있느니……."

"그림을 그린다고 한가롭게 정면을 응시하고 있을 겨를이 없었거니와 그럴 필요도 없었사옵니다."

"이들을 보고서야 비로소 노동이 이토록 아름다움을 알겠다. 천한 자들이나 하는 천한 일이라 하지만, 이 힘에 넘치는 모습과 자신의 일에 몰두한 모습을 보아라. 그토록 고달픈 농사일이나 대장일을 이토록 힘에 넘치고 아름답게 표현함은 곧 화원의 재능이 아니겠는가."

주상은 대장간 그림을 주워 눈앞에 다시 펼쳐 들며 말을 이었다.

"아름다운 것을 아름답게 그리고, 천한 것을 천하게 그리는 것은 화원이라면 누구나 할 수 있는 일이다. 하지만 홍도는 천한 것을 아름답게, 고달픈 것을 즐겁게 그렸다. 이 그림을 보니 나 또한 윗도리를 벗고 당장이라도 망치질을 하고 싶구나."

그런데 주상이 홍도의 그림을 내려놓으며 고개를 갸웃했다. 홍도가 걱정스러운 표정이 되었다.

"천한 놈의 그림이 성심을 거슬렀사옵니까?"

"아니다. 그림은 훌륭했다. 다만 궁금한 것은, 단원의 그림에는 늘 일하는 사내들이 등장하는데 혜원의 그림에는 언제나 무언가 비밀을 감춘 듯한 여인들이 등장한다는 점이다."

그것은 사실이었다. 홍도는 언제나 기와를 이고, 타작을 하고, 망치질을 하는 남정네들을 그렸다. 하지만 윤복의 그림 속에는 수줍어하고, 갈망하며, 비밀을 감춘 듯한 여인들이 있었다. 그 이유가 궁금한 것은 홍도 역시 마찬가지였다.

주상은 기대에 찬 표정으로 윤복이 펼칠 두루마리를 바라보았다. 윤복은 고개를 숙인 채 두루마리를 펼쳤다. 주상의 얼굴에 놀라움의 빛이 스쳤다. 그림 속에서 뿜어 나오는 강렬한 붉은색이 어지러울 지경이었다. 그림은 어느 마을에서 벌어진 굿판을 그린 것이었다.

전체적으로 붉은 배경을 깔아 대장간의 열기와 뜨거운 불기운을 표현했던 홍도와는 달리, 윤복의 붉은색은 마치 타오르는 듯했다. 붉은색뿐만이 아니었다. 전체적으로 오후의 햇살이 내리쬐는 마당에서 펼쳐진 굿판의 분위기는 무당의 붉은 철릭과 구경꾼의 노란 저고리, 파란 장옷 그리고 장구의 붉은 몸통 등에 칠해진 강렬한 색감을 드러냈다. 화면 왼쪽에는 싱싱한 나뭇잎이 화면에 시원스러운 변화를 주고 있었다.

그림 가운데에 쌀이 담긴 소반 앞에서 한 여인이 두 손을 간절히 비비고 있었다. 무당 뒤의 굿청에는 보자기를 덮은 소반과 붉은 보자기로 싼 광주리가 보였다. 화면 중앙에는 춤추는 무녀 한 명이 홍철릭 차림으로 춤을 추고, 옆에서 큰 갓을 쓴 박수무당 두 명이 각각 피리를 불고 장구를 치고 있었다.

"이 그림은 화원이 직접 본 것인가, 그렇지 않으면 상상하여 그린 것인가?"

주상의 목소리가 약간의 노기를 띠었다. 윤복은 고개를 들어 주상의 눈을 바라보았다.

"화원은 본 것으로 그릴 뿐이옵니다. 보지 않은 것을 그리는 것은 문인들이지요."

"그러면 아직도 도성 안에서 이런 푸닥거리가 횡행하고 있다는 것이냐?"

신윤복, '무녀신무(巫女神舞)', 종이에 담채, 28.2×35.6cm, 간송미술문화재단
조선 말기에 유행했던 민간의 굿하는 장면을 그렸다. 붉은 옷을 입은 무녀와 여인들이
마당에 옹기종기 앉아 있고 담 너머에서 한 사내가 여인들을 훔쳐보고 있다.

윤복은 말하지 않았다. 이미 그림이 말했기 때문이었다. 수상은 알았다는 듯 말을 이었다.

"경국대전 형전 금제에 '도성 안에 무격으로 거주하는 자는 논죄한다'고 함은 곧 무당이 도성 안에 살 수 없다는 말이 아니냐! 그런데 어찌 허황된 귀신 놀음으로 백성을 미혹시키는 무당들이 활개 치는가! 도성 안에 무당으로 이름 가진 자를 모두 쫓아내어 오부 안에는 발을 들이지 못하게 할 것이다!"

주상의 음성이 방 안을 쩌렁쩌렁 울렸다.

조색실 영감의 가르침은 영복에게 새로운 빛의 세상을 열어주었다. 빛깔과 밝기에 따라 수십 수백 가지의 색이 존재하듯 색을 만드는 방법도 수십 수백 가지였다.

영복은 매일 아침 방바닥에 펼친 하얀 천을 오래오래 바라보았다. 흰색은 어머니의 품처럼 포근했다. 색이 아니면서도 모든 색을 품는 색……. 자신은 아무것도 가지지 않았지만 그 위에 세상의 모든 현란한 색을 받아들이는 색이었다. 영복은 화원이 되고자 했으나 생도청에서 쫓겨난 자신이 그 색과 닮았다고 생각했다. 화원이 되지 못했으나 또 다른 천재 화원을 위해 색을 만들 수 있다면, 그리고 그 색을 화폭 위에 펼쳐낼 수 있게 한다면 어떤 화원이 이룬 성취도 부럽지 않을 것이었다.

여명이 밝아올 무렵부터 흰 천을 바라보고 있으면 시간에 따라 색은 조금씩 변해갔다. 푸른 새벽빛을 머금었다가, 붉은 먼동을 품었다가, 다시 하얗게 바래어갔다. 눈이 부실 듯 하얀 천은 영복의 눈을 가장 순수한 상태로 헹궈주었다.

해가 떠오르면 영복은 흰 가리개를 두르고 조색실로 향했다. 그리고 하루가 어떻게 지나가는지 모르고 조색 실험에 몰두했다. 맨 처음으로 익힌 제법은 모든 그림에 두루 소용되는 으뜸 색이라 할 황색이었다.

일반적으로 널리 쓰이는 황색은 황토를 이용해 얻었다. 그러나 좀 더 섬세한 색감을 얻기 위한 고급 안료는 노란색을 띤 돌인 석황을 가열하고 빻은 가루를 물에 가라앉혀 얻었다. 귤황색의 웅황(雄黃)과 황금석의 바깥층을 갈아서 태우면 토황(土黃)을 뽑을 수 있었다.

식물에서 얻는 황색으로는 더운 안남 지역의 해등나무 껍질에 상처를 내어 흘러내리는 수액을 모아 굳힌 등황과 좀을 막아주는 황목을 달인 황벽, 치자나무에서 뽑은 치자가 있었다. 의궤를 비롯한 많은 회화 작업에 필요한 적색은 수은 광맥에서 뽑아낸 섬광성 색소인 주사(朱沙), 붉은 산호를 갈아 만든 산호분에서 얻을 수 있었다.

식물에서 뽑아낸 붉은 안료 성분도 있었다. 붉은 홍화 꽃잎을 물에 발효시켜 황색 색소를 헹궈낸 후 잿물에 담가 붉은 색소를 녹여내어 얻는 홍화 즙이 그것이다. 홍화즙을 짜서 농축시키면 연지색이 되었다. 꼭두서니 뿌리를 짜서 달인 천초 또한 붉은 빛깔을 내는데 제격이었다.

멀리 안남 지역의 더운 숲에 사는 벌레의 똥에서 뽑아낸 자류와 서역 지방에 사는 연지벌레의 암컷을 말려 붉은색을 뽑아낸 양홍(洋紅)은 극소량만이 수입되어 평생 구경조차 할 수 없는 희귀한 안료들이었다.

갈색은 천연 황토를 불에 볶아 얻었는데 오징어 먹물집의 먹물을 말려 가루로 만들어 잿물에 끓여 가라앉힌 후 낮은 온도에서 말려도 얻을 수 있었다. 또한 칠팔월에 덜 익은 감을 따서 즙을 내고 병에 넣어 이 년 정도 숙성시키면 천연의 갈색 안료가 되었다.

녹색은 중국 윈난 성 등지의 구리 광산 근처에서 구리 성분을 머금은 석록(石綠)이라는 돌을 빻아 얻었다. 구리 광산의 동록을 식초에 담가 하룻밤 불렸다가 겨에 묻고 약한 불로 그을려 표면을 긁어내 녹색을 얻을 수 있었다. 아름다운 비취색을 띠는 공작석(孔雀石)의 조각이나 모래알 같은 사록(沙綠)도 훌륭한 재료였다.

청색은 적동광(赤銅鑛)에서 발견되는 석록보다 더 깊고 짙은 석청을 살아 사기그릇에 넣고 물을 부으면서 저었다가 떠오르는 불순물을 건져내고 썼다.

식물성으로 만드는 청색은 남(藍)이 있었다. 칠팔월경 쪽의 줄기를 베어 큰 항아리에 담아 이틀이 지난 후 가지와 잎을 건지고 조갯가루나 석회를 넣고 젓다가 거품이 생기면 가라앉힌 후 앙금을 광목에 걸러 햇빛에 말려 얻었다.

노인은 영복에게 거의 매일 조색의 비전들을 알려주었다. 영복은 노인이 말해준 조색법들을 하나하나 실험했다. 재료를 구하는 데만도 엄청난 시간이 들었다. 하지만 영복은 새로운 색을 만들겠다는 열망을 꺾지 않았다. 독성이 강한 등황이나 석록의 원석을 만지느라 손끝이 터져나가도 영복은 절구질을 멈추지 않았다.

"언젠가 네게 새로운 색을 보여주겠어. 세상의 누구도 보지 못한 아름다운 색을 말이야."

영복은 혼잣말처럼 중얼거리며 절구질을 계속했다. 윤복에게 하는 말이었지만, 스스로에 대한 다짐이기도 했다.

김조년

"갖고 싶다, 갖고 싶다. 얼마를 들여서라도 저 여인의 귀한 가락을 가지고 싶다.
내 앞에서만 가야금을 타고, 나의 앞에서만 웃고, 나를 위해서만 존재하는 여인으로 만들고 싶다."

윤복

"안개와 서리가 사람에게는 하찮을지 모르나 그림에는 생명이라 할 만큼 중요합니다.
종이가 물을 너무 많이 먹으면 퍼짐이 심하고, 물을 딜 먹으면 발색이 되지 않기 때문입니다."

홍도

"널 내 곁에 잡아두는 건 나를 위한 일이지만, 널 이곳에서 떠나보내는 것이 진정 널 위한 일이겠지."

왕을
그리다

입추가 지나자 조정은 어진 도사를 두고 들썩였다. 통상 십 년마다 있는 어진 도사 중에서도 첫 어진은 주상의 가장 젊은 시절인데다 이후 어진들의 모본이 되는 어진 중의 어진이었다.

도화서에서는 오래전부터 어진 도사의 수석 화원 자리를 두고 암투와 모함이 횡행해왔다. 어진 화원 명단에 이름을 올리는 것만으로도 삼대를 이어갈 광영이니 화원들은 필사적이었다. 뇌물을 실은 달구지가 원로 화원들의 대문 앞에 줄을 섰고, 서로를 모함하는 투서가 쉴 없이 날아다녔다. 물망에 오르던 화원이 어디서 날아왔는지도 모를 투서에 목이 달아나고, 원로 화원들의 배에는 살이 올랐다.

도화서에서 올린 어진 화원들의 명단을 받든 예조판서가 편전으로 들어섰다. 두루마리를 펼쳐본 주상이 눈살을 찌푸렸다.

"도화서에 이리 재능 있는 화원이 없던가?"

당황한 예조판서가 수염을 떨며 얼굴을 들지 못했다.

"여기 뽑힌 자들은 도화서 안팎에 명망이 높고 실력이 뛰어나 화원회의의 선발을 거쳤사옵니다."

"돈 많고 인맥 좋고 아부에 능한 자들의 손을 빌어 나를 그리게 하고 싶지는 않다."

예조판서는 더 이상 할 말이 없었다. 그 자신이 챙긴 뇌물이 들통나지 않기를 바랄밖에.

"내가 아는 화원이 있다."

"속된 그림을 그리는 자들 말이옵니까?"

"속된 그림을 그릴지 모르지만 그 재주는 하늘이 낸 자들이다. 어진을 그릴 화원은 김홍도와 신윤복밖에 없다."

주상의 하교는 청천벽력이었다. 먼저 의정부가 발칵 뒤집어졌고, 다음으로 예조가 뒤집어졌으며 이윽고 도화서가 뒤집어졌다. 하지만 주상의 뜻은 뒤집어지지 않았다.

어명을 전하기 위해 홍도와 윤복을 부른 화원장은 내내 고까운 눈길을 보내며 입맛을 쩝쩝 다셨다. 어쩌다 살쾡이 같은 자들에게 평생 있을까 말까 한 화원의 영광을 넘겨주게 되었던가……. 분통이 터졌지만 어명을 거스를 수는 없었다.

"화원 김홍도와 신윤복은 주상 전하 즉위년 어진 화원으로 선발되었으니 입궐 준비하라!"

카랑카랑한 화원장의 목소리는 간단하게 용건만을 전했다.

"도화서 안에만 서른 명의 화원이 있는데 어찌 하찮은 생도청 교수와 갓 입시한 말단 화원에게 큰일을 맡기십니까?"

"어명이니 토를 달지 말고 따르기만 하라!"

어명이란 말에 홍도는 벌떡 일어나 삼배를 올렸다.

윤복은 두려웠다. 사방에서 굶주린 이리 떼처럼 자신을 노려보는 눈들이 있다. 이 일을 빌미 삼아 어떤 일이 벌어질지 알 수 없는 노릇이었다.

윤복이 어진 도사에 참여하게 되었다는 사실은 도화서를 발칵 뒤집었다.

모두가 놀랐고, 모두가 불평을 터뜨렸고, 모두가 부러워했다.

신한평은 지지직 소리를 내며 타오르는 촛불을 노려보며 이제 윤복이 불꽃이 되었다고 생각했다. 불편하지만 모두가 받아들이지 않을 수 없는 존재. 인정하고 싶지 않지만 굴복해야만 할 존재.

"어진 화원! 어진 화원! 하하하!"

신한평은 독경을 하듯 경건하게 네 음절을 소리 내어 말했다. 꿈이 이루어지는 것인가.

대를 이어 어진 도사에 참여하는 화원의 가문……. 이전에도 없었고 이후에도 없을 광영.

아들은 집안의 유일한 희망이었으며 버리지 못할 보물이었다. 도화서의 기율을 받아들이지 못하고 배회할 때, 되잖은 속화로 도화서를 쫓겨날 뻔했을 때도 한평은 아들에 대한 믿음을 잃지 않았다. 언젠가는 그 아이가 스스로 빛날 것이라는 믿음이었다.

"너로 인해 나는 꿈을 이루게 되었다. 이제 우리 집안은 대를 이어가는 최고의 화원 가문이 된 거야. 꺼지지 않는 불꽃처럼, 마르지 않는 샘물처럼 명성은 대를 잇고 세월을 건너 이어질 거야."

한평은 어린아이처럼 웃었다. 꿀 항아리의 꿀을 퍼먹다가 단맛을 잃어버린 아이처럼, 그 기쁨을 즐길 감각조차 마비될 때까지 그는 기뻐하고 또 기뻐했다.

한평은 천성적으로 즐기고 기뻐하는 인간이 아니었다. 그는 노리고, 획득하고, 욕망하는 자였다. 작은 것을 얻으면 더욱 큰 것을 욕망했고, 큰 것을 얻으면 가진 것을 지키기 위해 안달했다. 그는 끊임없는 상승의 욕망에 굶주린 짐승 같았다.

욕망하는 것을 얻기 위해서라면 그는 무엇이든 할 수 있었다. 짓밟고, 빼앗고, 훔치는 것은 물론, 무릎 꿇고, 음모하고, 배신했다. 보다 높은 곳으로 올라서는 것, 보다 많은 것을 획득하는 것. 그것이 유일한 존재 의미였다.

"어진 도사는 너와 나에게 엄청난 기회가 될 거다."

한평은 등 뒤에 숨긴 것을 슬그머니 내미는 소년처럼 겸연쩍어했지만 곧 정색했다.

"이번 어진 도사를 통해 우리는 엄청난 후원자를 얻게 될 테니까…… 나와 너와 영복이와 우리 집 안의 개돼지들까지, 그분의 크나큰 덕을 입을 수 있을 게다."

윤복은 가슴 위에 커다란 돌덩이가 얹힌 것처럼 답답했다. 아버지의 뜻을 따라 기뻐해야 하는 것일까. 기뻐할 수 없다면 기뻐하는 척이라도 해야 하는 것일까. 한평이 가는 눈을 바르르 떨쳤다.

"화원의 일생이란 세파를 어떻게 타느냐에 달려 있는 것이다. 그림 솜씨도, 어진 도사도 중요하지만 세상의 흐름을 좇아 입신하고 이름을 떨치는 것도 그 못지않아. 아무리 그림 천재라 해도 외골수에 건방진 자들은 가난과 핍박을 면치 못한다. 김홍도란 자를 보아라."

"사람마다 사는 방도가 있을 것입니다."

"그래. 하기야 그런 자의 인생살이까지 걱정할 일은 아니지."

신한평이 늘어뜨렸던 입꼬리의 못마땅한 표정을 감추었다.

영복은 품속에서 작은 병 세 개를 꺼냈다.

"색을 내는 안료들이야. 도화서에는 그림에 색을 쓰는 것을 엄격하게 제한하지만, 어진을 그리는 데는 필요할 거야. 잘 간수해두어라."

영복이 내미는 세 개의 병에는 각각 짙은 남색과 붉은색 그리고 금색을 내는 금분이 들어 있었다. 윤복의 얼굴이 금방 화사하게 밝아졌다.

도화서의 화원들도 그림에 색을 쓰려면 엄격한 절차를 밟아야 했다. 적어도 수석 화원 정도는 되어야 색을 쓸 수 있었고, 왕실의 큰 행사나 어진을 그릴 때라야 채색이 허락될 정도였다. 안료의 값이 비싸 구하기가 힘들고 귀했던 탓도 있지만, 색이 인성을 어지럽히고 음탕하게 한다는 전통적인 유교적 관념에서 비롯된 도화서 양식 때문이었다. 도화서에서 쓰이는 모든 안료는 안료실에서 철저히 통제되어 불출되었다.

"이렇게 귀한 안료를 어디서 구한 거야?"

"내가 조금씩 만들어두었던 거야. 네게 필요할 것 같아서……."

영복의 말은 정확했다. 언제나 같은 방식으로 베끼기를 계속하는 칙칙한 무채색의 그림에 넌더리를 내면서 윤복은 화려한 색과 날아갈 듯 자유로운 화풍을 꿈꾸었다.

그런 윤복의 속마음을 영복은 오래전부터 알고 있었다. 생도청을 쫓겨나야 했던 처지의 영복이 단청실로 가기를 자원했던 까닭도 거기에 있었다. 단청실이 곧 색을 공부할 수 있는 곳이었기 때문이다. 빨강, 파랑, 노랑, 검정, 초록…… 화려한 오방색과 그 색들을 섞고 어우러지게 하여 생겨나는, 눈이 어지러울 정도의 다채로운 색들을 보며 영복은 행복했다.

생도청에서는, 채색이란 부족한 운필이나 기교의 모자람을 현란한 갖가지 색으로 때우려는 눈속임 같은 것이라고 가르치고 배웠다. 그러니 생도청에는 색을 공부하려는 자도 없었고, 색을 가르칠 자도 없었다. 자연히 색을 만들고 칠하는 일은 천한 일로 치부되어 단청장이들에게 맡겨졌던 것이다. 그것이 수백 년 동안 도화서 내에서 단청장이들이 업신여김을 받고 천시되는 이유였다.

단청장이의 일은 막일과 다름없었다. 모두가 가기를 꺼리는 고되고 천한 자리. 도화서의 백정 취급을 받는 단청장이……. 그들도 그리는 일을 하는 데는 화원들과 다를 바 없었다. 하지만 그들은 귀한 담비 털 붓 대신 거친 돼지 털 붓을 들었다. 또한 하얀 화선지가 아니라 전각의 벽면과 처마 밑에 그렸다. '그린다'기보다는 '칠한다'는 표현이 오히려 맞겠지만.

그들은 하루 종일 사다리나 얼기설기 엮은 나무틀 위를 아슬아슬하게 오가며 고개를 젖혀 처마를 올려다보며 칠하고 또 칠했다. 칠해진 단청은 비에 씻기고 바람에 쓸려 곧 바래졌고, 그들은 지난해에 칠했던 그 처마 밑으로 다시 모여들곤 했다. 높은 나무틀 위에서 칠에 몰두하다 발을 헛디뎌 바닥으로 떨어져 반신불수가 되는 자도 있었고 더러는 죽어가기도 했다. 그것이 단청장이들의 삶이었다.

하지만 영복은 두렵지 않았다. 아우를 최고의 화원으로 만들 수만 있다면…… 도화서의 최고 화원이 아니라 세상을 놀라게 하고 주상의 입에까지 오르내리는 최고의 예인으로 만들 수만 있다면 아무래도 좋았다.

"내 걱정은 마. 남들은 업신여기는 단청장이지만 나는 그곳에서 색을 만드는 법을 배울 거야. 언젠가 네가 세상에 없는 색을 필요로 할 때 나에게 오렴. 내가 그 색을 만들어줄 테니까……"

밝게 웃으며 말하는 영복을 보며 윤복은 웃어야 할지 울어야 할지 알지 못했다.

입궐한 홍도와 윤복은 매일 아침 목욕재계를 하고 궐내의 문서고로 향했다. 역대 왕의 어진은 특별한 명 없이는 다가갈 수조차 없는 깊은 금역에 있었다. 두 화원은 세 번 절한 후 무릎을 꿇고 역대 왕들의 어진을 알현했다. 아침 일찍부터 늦은 저녁까지 꿇은 무릎이 시리고 조아린 고개가 시큰거릴 정도였다.

대부분의 어진은 지극히 양식화되어 있었다. 제일 원칙은 '있는 그대로' 그리는 것이었고, 두 번째는 그 혼을, 마지막으로는 그 영광을 그리는 것이었다. 일반적으로 어진 도사에는 네 명 혹은 그 이상의 화원이 참여했다. 수석 화원 두 명이 그림을 그리면, 수종 화원 두세 명이 그 시중을 들었다. 하지만 수종 화원만 열 명이 넘는 경우도 빈번했다. 돈과 뇌물로 어진 화사 명단에 이름 석 자를 올려 가문의 명예를 삼으려는 화원들의 수작 때문이었다. 먹을 가는 자, 벼룻물을 떠오는 자까지 수종 화원에 이름을 올리는 지경이었다. 하지만 홍도는 단 한 명의 수종 화사도 뽑지 않았다. 조정 대신의 이름을 깃발처럼 달고 줄을 대려는 자들이 찾아왔으나 요지부동이었다.

화사는 주상의 일과나 업무가 시급하지 않은 날을 고르고, 일관(日官)이 일진을 살펴 길일을 뽑았다. 삼배를 올린 후 도사일을 받으면, 왕의 얼굴을 떠올리며 참선을 하듯 마음을 가다듬었다. 하루 종일 먹을 갈고, 붓의 털을 고르며, 종이의 질감을 손끝으로 느꼈다.

오후의 햇살이 비쳐드는 조용한 화실에서 홍도는 향기로운 향낭을 만지작거렸다. 왕의 전갈이 전해진 것은 그때였다. 황급히 관복을 차려입고 편전으로 나서자 왕은 홀로 있었다.

"내 직접 어진 화원을 거명한 것은 너희 둘의 재능을 겨루는 시합에 함께하고 싶은 까닭이다."

"주상 전하의 권위와 영광을 그리는 어진 도사를 어찌 천한 것들의 놀음판에 비기시옵니까."

"어진 화사들이 왕의 모습을 정교하게 그린다지만 그것은 영혼이 담기지 않은 껍데기일 뿐……. 얼마나 똑같이 그리느냐로 잘되고 못됨을 가리니 답답한 노릇이다. 대저 그림에는 화원의 꿈과 욕망이 서려야 하거늘 도화서의 어떤 화원이 그 일을 해낼 수 있겠느냐. 뛰어난 화원의 손끝에서 이루어질 지극한 경지의 작품 속에 스스로 뛰어드는 것이 어찌 즐겁지 않겠느냐. 그러니 이번 도사는 너희 두 화원과 나, 이렇게 세 사람의 겨루기가 될 것이다."

두 화원의 재능을 지켜보고 다양한 화제를 내려 겨루게 하던 주상은 이제 더 이상 관찰자가 아니었다. 한 폭의 비단 위에서 두 화원과 한 왕은 팽팽하게 대립하고 어울려 극한의 작품을 만들어낼 것이었다. 그리는 자와 그려지는 자, 바라보는 자와 바라보게 하는 자. 그것은 단지 그리는 자들의 대결보다 더욱 팽팽하고 기막힌 긴장을 자아낼 것이었다. 가장 뛰어난 화원조차 손을 떨어 붓을 잡지 못한다는 어진 도사. 그 엄중한 자리를 팽팽한 대결의 자리로 만든 것만으로도 주상은 여느 예인의 경지를 넘어서고 있었다.

대전을 나왔을 때는 어느덧 열기를 잃은 해가 서쪽으로 기울어가고 있었다.

김조년은 정향의 반듯한 이마에서 눈길을 떼지 않고 곰방대를 빨았다. 아득한 황홀경이 몰려왔다.

평생은 오로지 욕망과 분투로 쌓아 올린 거대한 돌탑 같은 것이었다. 가난한 집안에서 태어나 저잣거리를 헤매며 눈칫밥을 얻어먹던 어린 시절…… 김조년의 유일한 자산은 막 도래하는 새로운 시대였다.

농사 기술이 비약적으로 발달해 소출이 늘었다. 그렇게 늘어난 소출은 저잣거리로 쏟아져 나오고, 일 없던 사람들이 저자로 모여들었다. 약삭빠른 자들은 돈을 모으고, 모인 돈이 더 많은 소출을 만들었다. 헐벗던 중인들은 아이들에게 글을 가르치고, 서출들이 등과하고, 돈을 모은 자들은 양반 벼슬을 사들였다. 글공부를 한 중인들이 늘고, 역관과 의원이 늘어났으며, 저자는 점점 커져갔다.

누구든 기회를 노리고 기회를 잡을 수 있는 시대였다. 사내가 계집이 되는 것만 빼면 무엇이든 될 수 있는 시대였다. 상놈이 양반이 되고, 아랫것이 윗사람이 되고, 종놈이 자기 땅을 가질 수 있는 세상이었다.

김조년은 그 기회를 놓치지 않았다. 저자의 법칙은 단 하나였다. 강한 자가 살아남는다…… '강한 자'란 곧 돈을 가진 자였다. 저자에서는 돈이면 안 되는 일이 없었다. 어린 김조년은 돈의 위력을 누구보다 잘 알았다. 돈, 살아남는 유일한 방법, 자신이 겪은 가난과 서러움을 되갚을 수 있는 유일한 방법은 돈을 버는 것뿐이었다. 돈을 벌겠다는 결심을 하고 맨 처음 한 일은 자신의 작은 몸에 맞는 지게 하나를 만드는 것이었다.

지게를 지고 저잣거리로 돌아온 김조년은 새벽부터 늦은 밤까지 상인들의 짐을 져다 날랐다. 한 푼 두 푼 모은 돈으로 대장간에서 작은 손수레를 만들자 일은 몇 배로 늘어났다. 일이 몇 배나 늘어났다는 것은 돈을 몇 배로 더 번다는 말이었다.

다시 소 한 마리를 사고 소달구지를 맞추었다. 소는 달구지를 끌기도 했지만, 어느 정도 크면 반촌으로 내다 팔 수 있었다. 달구지가 한 대 두 대 늘어나고 소는 곧 말로 바뀌었다. 저자의 일 없는 놈팡이들을 데려다 달구지를 몰게 하고 짐꾼을 모았다.

그러는 동안 김조년은 어느덧 스물을 바라보는 나이가 되었다. 머리 고기를 훔쳐 먹다 발길질을 당해야 했던 국밥집을 사들이고, 유기그릇을 훔치다 들켜 곤장을 맞아야 했던 유기전을 사들였다. "얼마나 많은 점포들을 사들일 거냐"고 누군가 물으면 "난전과 시전, 육의전을 모두 손아귀에 넣고 말겠다"며 주먹을 흔들었다. 그것은 거짓말이 아니었다. 시전의 크고 작은 점포들을 삼킨 그는 이제 누구도 함부로 못할 권력이 되었다.

김조년이 다음으로 한 일은 신분을 세탁하는 일이었다. 그는 쌀과 비단을 그득 실은 소달구지 세 대를 앞세우고 도성 안의 궁벽한 초가집을 찾았다. 다 쓰러져가는 초가집 안에서 기침을 쿨럭이는 노인이 문을 열었다. 이 대째 벼슬이 끊어진 몰락한 양반이었다. 기력이 쇠한 노인을 붙잡고 양자 되기를 청해 그 집 족보를 통째로 사버렸다. 이제 그의 인생을 구차하게 만들었던 신분의 흔적은 어디에서도 찾을 수 없었다.

그는 마흔 명의 목수를 사서 중촌 관인방(寬仁坊)에 아흔아홉 간의 대가를 지었다. 터다지기와 주춧돌 세우기, 지붕이기…… 망치 소리와 톱질 소리가 삼 년 동안 끊이지 않았다는 대저택이었다. 관인방은 어느덧 김조년의 성채가 되어버린 듯했다. 시전 상인들은 양반이 된 그를 명실상부한 대행수로 옹립했다. 시전을 장악한 그는 더욱 거침없었다. 관가의 물건을 대는 육의전을 잠식하고 관가의 아전들을 구워삶기 시작했다.

모든 것은 돈이 해결해주었다. 열 냥을 바라는 자가 있으면 스무 냥을 내밀었고, 백 냥을 탐하는 자가 있으면 삼백 냥을 던져주었다. 막힌 곳이 있으면 돈으로 뚫었고, 센 놈이 있으면 돈으로 쓰러뜨렸다. 사소한 편의와 호의를 베푸는 아전들에게 배포 크게 돈을 퍼준 데에는 다른 이유가 있었다. 그는 돈이 하지 못하는 일이 없음을 아는 만큼, 돈을 헛되게 쓰지도 않았다.

작은 일 하나를 풀기 위해 푼 돈은 더 큰 고기를 모으는 밑밥이었다. 그가 상대하는 관원들은 각조의 하급 관리에서 점점 위쪽으로 옮겨갔다. 나중에는 참판들과 조정의 당상관까지 그의 도가를 드나들었다. 아무리 벼슬이 높고 덕망이 널리 알려진 자도 돈 앞에서는 여지없이 아군이 되었다. 다만 지체 높은 자들은 조금 세련된 방식을 원한다는 것 정도가 다를 뿐이었다. 풍류를 즐긴다는 이유를 대는 양반 사대부들이 원하는 것은 무거운 쇳덩이가 아니었다.

김조년은 도성 안팎의 이름난 장인들의 수공예 귀중품들과 이름난 그림들을 아낌없이 닥치는 대로 사 모으기 시작했다. 한 점 한 점 사 모은 그림들은 유력한 조정의 중신들과 권세를 가진 자들을 움직였다. 장안의 모든 돈은 김조년의 곳간으로 흘러들었고, 이름난 화원의 그림은 김조년의 화실로 흘러든다는 말이 공공연히 떠돌았다.

아늑한 담배 연기가 감도는 방 안에서 정향이 가야금의 현을 퉁겼다. 김조년은 다시 한번 은근한 눈으로 가야금 현 위를 미끄러지는 하얀 손가락을 바라보았다. 정향은 귀한 물건만 모으는 김조년이 거둔 것들 중에 가장 귀한 물건이었다. 매일 고관대작들과의 술자리와 기방 출입에도 김조년은 여색을 탐하지 않았다. 쉰을 바라보는 나이에도 절륜한 욕망이었지만 얼음 같은 남자였다.

하지만 정향의 가야금 소리는 팽팽하던 마음속의 현을 퉁겼다. 김조년에게 그녀는 여인이 아니라 예인이었다. 바로 그 순간 강렬한 소유욕이 불타오르기 시작했다.

갖고 싶다. 갖고 싶다. 가야금을 타는 여인의 귀한 재능을. 오로지 먹고 취한 자들의 색욕 앞에서, 예악이 무엇인지도 모르는 천한 술주정뱅이들에게서 구해내고 싶다. 얼마를 들여서라도 저 여인의 가락을 가지고 싶다. 내 앞에서만 가야금을 타고, 나의 앞에서만 웃고, 나를 위해서만 존재하는 여인으로 만들고 싶다.

그것은 단순히 젊은 한 여인의 육체를 탐하려는 욕망이 아니었다. 그런 여인 몇이라면 당장이라도 어렵지 않게 소실로 들어앉힐 수 있었다. 그러나 정향은 그런 여인이 아니다. 예인 중의 예인, 명인 중의 명인. 그 천부적 재능을 자신의 것으로 만들고 싶은 맹렬한 욕망이었다.

김조년의 감식안은 거듭되는 그림 거래를 통해 한눈에 뛰어난 화원의 걸작을 분별해내는 예리함을 갖추고 있었다. 한번 발을 들인 예악의 세계에 그는 거침없이 빠져들었다. 어린 시절 글을 배우지 못했지만, 타고난 지력으로 스물이 넘어 글공부를 시작하고 글씨를 습득했다. 도화서 화원을 지낸 이름난 자들을 독선생으로 데려다 사군자를 배우고, 도성 안에 이름난 서화 거래상들을 불러 걸작을 감식하는 눈을 키웠던 것이다.

언젠가부터 그는 그림을 사 모으는 대신 스스로 걸작을 만들고 싶다는 욕망에 불타올랐다. 그래서 도화서 화원을 지낸 자를 집 안으로 들여 돈을 주어 그림을 그리게 했다. 그러자 그의 화실에는 팔도의 이름난 화원들이 찾아들었고, 화실에서는 도화서에 버금가는 걸작들을 쏟아냈다. 하지만 하늘이 준 재능을 지닌 예인들을 향한 그의 소유욕은 끝 간 데가 없었다.

그즈음 김조년의 마음을 설레게 하는 소식은 단연 궁궐 안에서 벌어지는 어진 도사에 관한 것이었다. 도화서에서 천거하여 올린 자들을 모두 물리친 주상이 이번 도사에 친히 점찍은 자들은 천하의 말썽꾼 김홍도와 신출내기 신윤복이었다.

김조년은 두 사람 모두를 잘 알고 있다. 김홍도는 어린 시절부터 그의 눈에 든 자였다. 구차한 도화서를 떠나 자신의 화실에 의탁하라고 몇 번이나 권했지만, 그 천둥벌거숭이 같은 녀석은 오히려 큰소리를 치며 술잔을 팽개쳤다. 신윤복은 도화서 화원 신한평의 아들이라 했다. 신한평이라면 자신이 뒤를 봐준 덕으로 중견 화원이 된 자였다. 재능도 좋지만, 출세와 명예를 향한 타고난 욕망이 강해 차비대령화원을 꿈꾸는 자였으니 자신의 영향력을 벗어날 수 없는 자였다.

"신윤복…… 신윤복이라……. 그자의 재능이 아비를 넘어섰으니 하늘이 내린 것이 아닌가……."

곰방대를 문 입으로 중얼거리는 소리에 문득 탕! 소리를 내며 끊어진 가야금 줄이 튀어 올랐다. 가까스로 정신을 수습한 정향이 끊어진 가야금 줄을 정리하느라 부산했다. 김조년의 두 눈이 매의 눈처럼 날카롭게 번득였다.

"신윤복이란 자를 아느냐?"

날카로운 목소리는 대답을 강요하고 있었다. 정향은 간신히 마음을 다잡았다.

"예. 도화서 생도 시절, 면을 익힌 적이 있사옵니다."

김조년의 눈썹이 꿈틀거렸다.

"뛰어난 재주는 세상을 사는 데 장애가 될 뿐이지만 돈은 뛰어난 재주를 살 수 있지."

김조년이 쐐기를 박듯 말했다. 정향이 가야금을 밀치며 한쪽 다리를 세워 앉았다.

"돈으로 살 수 있는 것은 초라한 재주일 뿐 혼을 살 수는 없겠지요."

김조년이 당돌한 정향의 눈을 사랑스럽게 바라보고는 너털웃음을 터뜨렸다.

"네가 예인은 예인이구나. 알량한 재주와 예인의 혼을 구별해 생각하다니…… 하하하."

푸근한 웃음소리가 한낮의 별당에 나지막이 퍼져나갔다.

어진 도사가 진행되는 닷새 동안 일체의 잡인은 출입이 통제되었다. 홍도가 조심스럽게 세모필에 먹물을 먹이는 동안 주상은 얼굴 가득 미소를 머금었다. 지켜보던 대전내관의 입이 쩍 벌어졌다.

"무에 그리 놀랄 일인가?"

왕이란, 웃음을 감추고 화를 마음 깊이 숨겨야 하는 자리였다. 군왕은 보통 사람과 달라 일희일비할 수 없었고 감정을 자연스럽게 내보일 수도 없었다. 그러기에 어떤 어진에도 웃고 있는 용안은 없었다. 특히나 사방에서 불온한 자들이 설치고 다니는 지금 같은 시절에는 더욱 있을 수 없는 일이었다. 주상은 시작부터 싸움을 걸고 있었다.

웃고 있는 왕을 그릴 것인가. 그렇지 않으면 웃는 왕을 웃지 않는 얼굴로 바꿔 그려야 할 것인가.

홍도는 붓을 내리고 물러섰다.

"화원은 어찌 붓을 내리는가?"

"용안의 초를 뜨는 일은 소인보다 혜원이 탁월한 듯하옵니다."

홍도는 수석 화원의 역할을 버리는 것으로 싸움을 피할 묘수를 찾았다. 수석 화원이 용안을, 수종 화원이 의복과 신체를 그리는 관례를 깨어버린 것이다.

바 람 의 화 원

윤복은 얼떨결에 홍도가 내미는 붓을 받아 들었다. 제자인 자신에게 용안을 맡긴 스승의 뜻을 받드는 것이 아름다운 공모에 가담할 수 있는 길이었다.

모든 관례와 모든 허식과 모든 양식을 버린 그림. 한 인간이 또 다른 인간을 그리는 순수한 행위……. 거기에는 천한 화원도 지엄한 왕도, 스승도 제자도 없었다. 붓은 그리는 자의 마음이 가는 대로 움직이고, 그려지는 자는 본연의 모습을 드러낼 뿐이었다.

과감하면서도 섬세한 붓 끝이 스쳐가는 화선지 위에 희미하게 주상의 표정이 드러났다.

홍도가 붓을 양보한 것은, 자신이 주상의 웃음을 억지로라도 웃지 않는 표정으로 바꾸어 그릴 수밖에 없는 입장이기 때문이었다. 하지만 윤복은 달랐다. 그의 영혼은 전통에 속박되지 않았고, 그의 손끝은 양식에 얽매이지 않았다. 그의 혼은 거칠 것 없었고, 막힘이 없었고, 두려워하지도 않았다. 웃는 왕의 얼굴을 그릴 수 있는 화원이 세상에 몇이나 될까. 그런 화원이 있다면 오로지 윤복일 것이라고 홍도는 생각했다.

주상 또한 그 사실을 이미 알고 있었다. 용상에 앉아 웃음을 지었을 때 이미 주상은 윤복이 자신을 그리라고 말하고 있었던 것이다. 그리고 윤복이 스승의 붓을 받아들었을 때, 세 사람의 은밀하고도 아름다운 공모는 완성되었다.

노을이 질 무렵, 윤복은 이마에 맺힌 땀을 훔쳐내며 붓을 씻었다. 첫날의 도사는 끝났다. 그림 위에는 검은 천이 덮이고 내금위군의 호위를 받아 화실로 옮겨졌다.

다음 날은 어깨 아래의 의복을 그리는 날이었다. 홍도는 서둘지도 긴장하지도 않은 채 붓을 들었다. 하루 전 윤복이 초를 한 용안의 윤곽이 희미하게 드러나 있었다. 그림은 홍도의 붓 끝을 떨리게 했지만, 동시에 의욕을 자극하기에 충분했다. 부드럽게 흐르는 곤룡포의 옷자락과, 큰 곡선을 그리며 접히는 주름들이 붓 끝에서 과감하고 거침없이 살아났다. 떨리는 붓 끝에 힘을 주며 가는 선 하나하나에 홍도는 성심을 다했다.

해가 서쪽으로 움직일 때마다 주름의 섬세한 그림자 또한 변화해갔다. 홍도는 찰나의 영상을 놓치지 않기 위해 두 눈에 힘을 주고 광선의 변화를 살폈다. 어느덧 도사가 끝났을 때 홍도는 기진맥진해 있었다.

다음 날, 채색 도사가 이어졌다. 화원은 이른 새벽 도사장으로 나와 안료를 준비해야 했다.

시월 중순 늦가을의 싸늘한 공기가 소맷자락을 파고들었다. 간밤에 무서리가 희끗희끗하게 궁궐 구석구석에 내려앉아 있었다. 먼동은 이미 동쪽 하늘을 붉게 물들였다. 내관들과 상궁들, 예조판서가 대령하자 베 폭을 찢듯 중문이 열렸다. 미소 띤 주상은 붉은 곤룡포 자락을 휘날리며 용상 위로 가앉았다.

"아침 해가 뜬 참이니 바로 도사에 들어가라!"

하지만 윤복은 보기 좋게 존명을 거부했다.

"황공하오나 하교를 이행할 수 없사옵니다."

홍도의 등줄기에 굵은 소름이 돋아났다.

"도사에 성심을 다해야 할 화원이 어찌 하교를 이행할 수 없다 하는가! 너의 죄가 불충을 넘어 역도의 무도함과 다를 바 없으니 당장 끌어내어 거열(車裂)을 해도 시원치 않으리라!"

예조판서가 자리를 박차고 일어났다. 내금위장이 위병 둘을 앞세워 윤복에게 달려들었다.

"금군은 멈추라!"

윤복의 팔을 낚아채던 위병이 황급하게 허리를 숙였다.

"대전의 으뜸이 왕이고 조정의 으뜸이 영의정이라면, 도사장의 으뜸은 화원이다. 비록 중인의 신분이나 화원의 뜻을 따라야 할 것이다. 화원이 채색하지 못함에는 이유가 있을 것이니 어서 말하라."

윤복이 허리를 수그린 채 몇 걸음 나아가 엎드렸다.

"채색을 할 수 없다 함은 하늘의 조화에 따른 것이옵니다."

"어진 도사는 나라의 대사다. 예조와 일관들이 택한 길일에 어찌 하늘의 조화를 들먹이느냐!"

흥분한 예조판서의 목소리가 떨렸다.

"천시는 적절할지 모르나 채색에는 맞지 않습니다. 오늘 새벽 궐엔 온통 하얀 서리가 내렸고, 삼각산 아래에는 짙은 안개가 끼어 있었습니다."

"하찮은 안개와 서리를 구실 삼아 숭엄한 도사를 미루겠다는 것이냐?"

판서가 다시 말끝에 힘을 주어 힐난했다.

"안개와 서리가 사람에게는 하찮을지 모르나 그림에는 거의 전부라 할 만큼 중요합니다. 그림이란 종이 위에 먹이나 안료를 바르는 것인데, 먹이든 안료든 물이 생명입니다. 화선지에 물이 얼마나 제대로 배느냐에 따라 먹물과 안료가 얼마나 자연스럽게 퍼지고 배어드는지가 결정되옵니다. 종이가 물을 너무 많이 먹으면 먹이나 안료의 퍼짐이 심해지고, 물을 덜 먹으면 발색이 되지 않기 때문입니다."

"하지만 이전의 어떤 화원도 일기를 탓하며 도사를 회피한 적이 없다. 너는 무엇을 근거로 그런 허무맹랑한 소리를 하는 것이냐!"

듣고 있던 화원장이 흰 수염을 휘날리며 소리쳤다.

"궁내 서화보관실의 어진을 면밀히 살펴본즉, 오래된 것이고 최근의 것이고를 떠나 어진마다 안색에 조금씩 차이가 있었습니다. 처음엔 역대 전하들의 용안을 그린 화원들의 기법 탓이라 생각하였으나 그것이 아님을 알게 되었습니다. 안료의 재질이나 농담이 엄격한 도화서 양식에 따라 정해져 있기 때문이었습니다. 그토록 엄격한 기준에 맞춰 쓴 색이 왜 각각 다른 색으로 발현되었겠습니까?"

"그것은 세월의 흐름에 따라 안료의 성질에 변성이 일어나기 때문이다."

화원장이 상황을 봉합하기 위해 나름의 진단을 내놓았다. 윤복은 고개를 끄덕인 후 말을 이었다.

"같은 재질의 안료가 세월에 따라 변성이 일어났다면, 시대에 따라 변성의 일관성이 있어야 할 것입니다. 세월이 지날수록 발색되는 성질을 지닌 안료라면 오래된 것일수록 진해야 하고, 세월이 지날수록 바래는 안료라면 최근의 어진일수록 진한 색을 띠어야 할 것입니다. 그러나 제가 관찰한 바로는 역대의 어진에서 그런 일관됨을 찾아볼 수 없었습니다. 안료 이외에 발색에 관여하는 요인이 있다는 뜻이지요. 거듭 말씀드리지만, 채색화의 성패는 물, 즉 습기와 관련이 있습니다."

"그것을 네가 무슨 수로 증명할 것이냐?"

수염 끝을 부르르 떨며 되묻는 화원장의 눈빛이 심하게 흔들렸다.

"도화서 화원들의 행적과 도사를 기록한 일지의 도사 당일 날씨 기록과 역대 선대왕 어진들을 대조한 결과 의문을 풀 수 있었습니다. 도사 기간에 비가 온 기록이 있는 어진은 안색이 불투명하고 어두웠습니다. 반대로 맑은 날 그려진 어진은 투명한 색감을 그대로 유지했습니다. 오래된 것과 최근 것을 떠나 일관된 현상이었습니다. 그것은 습윤한 공기 중의 습기가 종이에 흘러들어 안료의 스며듦을 방해하여 전체적으로 어두운 빛을 띠게 된 것으로 사료되옵니다."

반대할 수도, 뒤집을 수도 없이 모두부처럼 반듯한 논리였다. 지켜보던 주상이 어렵게 입을 열었다.

"새벽 서리와 안개가 잠시 내렸던 것뿐인데 별일 있겠느냐?"

"서리와 안개는 눈에 보이는 장대비보다 오히려 해롭사옵니다. 종이를 적시지 않으면서도 속속들이 스며들어 발색을 방해하기 때문입니다."

윤복은 기름종이로 싼 주먹만 한 무언가를 펼쳐놓았다.

"오늘 새벽 도사장과 궁궐 곳곳을 돌며 채집한 흙이옵니다. 해가 떠서 서리가 마르고 안개가 걷혔다 하나 흙이 품고 있는 물기는 그대로임을 알 수 있사옵니다."

기름종이를 풀어헤치자 물기에 젖은 검은 흙이 그대로 보였다.

"눈에 보이지 않는다 하나, 이 정도의 물기가 종이에 배어들었다면 이미 조직이 허물어졌을 것이며 발색 또한 여의치 않을 것이옵니다."

"천기를 살펴 잡은 길일을 어찌 마음대로 옮길 수 있다 하는가!"

예조판서가 다시 소리쳤다. 주상이 용상에서 벌떡 일어났다.

"판서는 어진을 망치려 하는가? 예조의 택일이 어찌 발색을 염려하는 화원의 안목을 앞서겠는가!"

판서가 허리를 숙이며 고개를 조아렸다. 주상의 붉은 곤룡포 자락이 조아린 눈앞을 스쳐 지났다. 그 뒤로 내관들과 상궁들, 그리고 대신들과 관원들의 옷자락이 차례로 멀어져갔다.

홍도와 윤복은 오래오래 머리를 조아린 채 그 자리에 엎드려 있었다.

사흘 후에야 말간 늦가을 날씨가 돌아왔다.

먼동이 트기 전부터 윤복은 아교를 녹이느라 정신이 없었다. 직접 반촌을 헤매며 구한, 어린 소의 연골에서 뽑은 질 좋은 아교였다. 아교가 녹는 누릿한 냄새가 상쾌한 아침 공기와 어울려 독특한 달콤함으로 다가왔다. 아교 녹이는 작업이 끝난 후 윤복은 커다란 나무 상자를 끌어당겼다. 걸쇠를 풀고 뚜껑을 열자 한 번도 보지 못한 화려한 색의 향연에 눈이 멀 것만 같았다. 상자 안에 나란히 놓인 색색 빛깔의 크고 작은 안료 병들이 붓을 기다리고 있었다.

"이 안료들은 단순한 오방색이 아닌 듯한데 어디서 났느냐?"

"영복 형님을 기억하십니까?"

홍도는 그제야 윤복의 그림이 지닌 신비롭고 깊이 있는 투명한 색의 비밀을 알 것 같았다. 윤복의 그림을 빛나게 하는 신비로운 색채 뒤에는 색을 좇아 젊음을 바친 또 한 명의 장인이 있었던 것이다. 영복의 색은 밝고 투명하며 맑고 화사했다. 음탕한가 하면 순결하고, 화사한가 하면 이유 모를 애조를 담고 있는 듯도 했다. 이제 윤복은 그 신비로운 색으로 어진을 칠할 것이다.

일찌감치 편전에서 조아리고 있는데 문득 중문이 열리는 소리가 들리며 주상이 모습을 드러내었다. 그 뒤를 내시들과 상궁들, 예조판서를 위시한 대신들, 내금위군들이 뒤따랐다.

용상에 앉은 주상이 고개를 끄덕였다. 앞가리개를 윤복의 가슴팍에 채워주는 홍도의 가슴은 윤복의 그것보다 더욱 세게 뛰었다. 아침 해가 떠올랐다. 주상은 조용한 미소를 지으며 오른손을 들었다. 도사가 시작될 것이었다.

그날 동쪽에서 떠오른 해가 서쪽으로 질 때까지 붓은 쉴 틈이 없었다. 이마에서 배어나온 땀이 머릿수건을 흠뻑 적셨고 가리개가 온갖 색의 안료로 물들었다.

해가 지고 왕이 떠나자 사람들도 왕을 따라 떠나고, 달이 중천에 떠오른 후에야 윤복은 탈진한 몸을 추스르며 숙소로 향했다.

안료 상자를 받아든 홍도는 맥 빠진 윤복의 한쪽 팔을 어깨에 걸치고 인적이 끊어진 궁궐을 걸었다.

"달이 높이 떴구나, 윤복아……."

윤복아, 라고 말하는 홍도의 가슴께가 찌르르했다. 어린 생도로 그를 만난 후 지금껏 이렇게 다정스러운 말투로 이름을 불러본 적이 언제 있었던가.

"예. 달빛이 참으로 서늘합니다."

유일한 경쟁자는 동시에 유일한 동료이기도 했다. 세상에 마음을 털어놓을 수 있는 단 한 사람. 천재의 외로움을 이해하는 천재. 양식이 아닌 예술을, 기법이 아닌 정신을 함께 논할 벗. 그리고 단 한 번도 느껴보지 못했던 낯선 감정. 윤복의 붓 끝에서 살아나는 화려한 색감들을 볼 때마다 홍도는 이유 모를 욕망에 얼굴이 화끈거렸다. 윤복이 말했다.

"내일 채색 도사에서 이 안료를 써주십시오. 도화서 안료보다 색이 다양해 농담을 깊이 있게 표현할 수 있거니와 발색이 좋아 맑고 투명한 색을 낼 수 있습니다. 영복 형님 또한 스승님께서 안료를 사용해주시기를 원할 것입니다."

윤복이 간절한 눈빛으로 홍도를 바라보았다. 그 서늘한 눈빛에 홍도의 눈은 지져진 듯 뜨거웠다.

"마음은 고맙게 받겠다. 하지만 나의 깜냥을 스스로 알고 있으니, 나는 그토록 세밀한 색의 농담과 배합을 능히 할 수가 없다. 색을 쓰는 것 또한 훈련으로만 가능하니, 나는 너무도 오래 도화서의 오방색에 익숙하여 다른 색이 있어도 어떻게 써야할지…… 눈뜬장님이 되어버린 탓이다……."

그것은 색에 관한 한 자신의 경지를 훌쩍 넘어선 어린 제자에게 자신의 무능과 재능의 한계를 완곡하게 고백하는 목소리였다.

"오랜 도화서 생활로 색감이 무디어졌다 하나 천부의 재능이 어디 가겠습니까."

홍도는 윤복의 말이 끝나기도 전에 고개를 가로저었다.

"아니다. 네가 용안을 그렸으니 의복이야 오방색만으로도 충분할 것이다. 중한 도사이니 새로운 재료로 자칫 일을 그르치는 것보다는 익숙한 도화서 양식을 택하는 것이 나을 것이다."

윤복은 더 이상 말하지 않았다. 다만 지친 몸을 홍도 쪽으로 기댔다.

어진 도사는 정확히 칠 일 만에 끝났다. 도화서로 돌아간 두 사람을 맞는 눈빛들은 싸늘했다. 중견 화원들은 평생을 기다려온 어진 도사를 낚아채 간 둘을 독기 품은 눈으로 쏘아보았다. 그들의 눈에 띄지 않는 것이 가장 좋은 운신의 방책이었다. 열흘 후에 어진 품평이 있을 거라는 통보를 홍도는 생도청 교수실에서, 윤복은 서화보관실 회랑에서 들었다.

품평이 있던 날, 홍도와 윤복은 몸에 익지 않은 무겁고 거추장스러운 관복 차림으로 입궐했다. 어색한 걸음으로 편전의 미닫이문을 들어서자 주상과 함께 삼정승을 위시한 육조판서들, 삼사의 수장들, 성균관 대제학, 도화서 원로 화원들이 들뜬 표정으로 앉아 있었다. 두 사람은 세 번 배한 후 말석에 자리를 잡았다.

내관들이 서안 앞의 두루마리를 조심스럽게 펼쳤다. 편전은 정적에 휩싸였다. 어떤 자는 눈길을 피하고, 또 어떤 자는 고개를 조아렸다. 화원장이 울먹이는 듯한 목소리로 침묵을 깼다.

"전하! 죽을죄를 지었사옵니다! 천하고 어리석은 화원들을 단속하지 못한 죄를 벌하여주소서!"

대신들이 이구동성으로 "통촉하여 주시옵소서"를 연발했다. 편전 바닥에 머리를 댄 홍도는 아름다운 날들이 지나갔음을 뼈저리게 깨달았다. 천한 화원이 그나마 행복할 수 있는 시간은 붓을 들고 종이 앞에 선 한때일 뿐, 붓을 내리고 그림으로 심판받아야 하는 지금은 이빨을 드러낸 이리 떼에 둘러싸인 노루 새끼처럼 가련한 신세였다. 이제 이자들은 마음껏 그림을 씹어대고, 화원을 물어뜯고, 주상에게 조소 어린 눈빛을 날릴 것이었다.

"이 어진의 어느 구석이 그토록 참람하기에 온 조정 대신들이 그토록 참혹해하는가?"

바 람 의 화 원

주상의 반듯한 목소리는 홍도와 윤복을 위한 변명이 아니었다. 음모에 가담했던 스스로의 자존을 지키기 위해서였다. 주름투성이의 눈꺼풀을 떨며 좌의정이 입을 열었다.

　"저자의 상민을 그려도 그 표정에 가벼움과 속됨을 드러내지 않는 법인데, 어진에 민망한 웃음을 그렸으니 어찌 불경하다 아니하겠사옵니까! 군왕은 하늘이니 바위처럼 무겁고 산처럼 변함없어야 하며, 만대에 남을 어진 또한 숭엄한 군왕의 영광을 그려야 하나 이 그림은 차마 눈뜨고 볼 수 없을 만큼 속되고 속되니 참람하기 이를 데 없사옵니다!"

　여기저기서 탄식 소리가 들렸다. 그 자리의 모든 사람들이 이번 어진 도사를 없던 일로 만들기를 간절히 원하고 있었다.

　그러나 새로운 왕의 새로운 생각은 새로운 화풍으로 드러나고 있었다. 주상이 친히 계획하고 집행한 새로운 흐름의 물꼬가 터진 것이었다. 비록 천한 화원들을 동원했지만, 주상은 자신의 생각을 모두 드러냈다. 그것은 혁명이었다. 기존의 화풍을 버리고, 기존의 기법을 버리고 새로운 방식으로 새로운 대상을 그린 새로운 그림. 수백 년간 이어온 전통을 하루아침에 뒤바꾸려는 음모였다. 그 변화의 물결로 가장 크게 상처 입을 세력이 도화서 안에 있었다. 흙빛이 된 낯으로 화원장이 부언했다.

　"도화서가 생긴 이래 수백 년을 엄격한 법도와 기법으로 어진 도사에 몰두하였으나 오늘에 이르러 이러한 낭패가 생겼으니 소인의 죄, 죽어도 씻을 수 없사옵니다!"

　화원장의 목소리가 회초리처럼 두 화원의 조아린 머리 위로 날아들었다.

　"경들의 말이 일리 있으나, 이번 어진 도사는 짐의 의지로 이루어졌으니 화원들을 나무라지 말라."

　대신들의 얼굴이 굳어졌다. 천한 화원 놈들을 거열로 다스리고 속된 화법의 어진을 소각하여 모든 일을 없었던 것으로 되돌리려던 계획은 주상에게 가로막혔다. 주상은 온몸으로 화원들 앞을 막아서고 있었다.

"어진 화원들에게 웃은 사람은 짐이다. 화원들이 웃으라 청한 것이 아니니 짐 스스로가 웃은 것이다. 화원이야 보이는 대로 그릴 뿐이니 어찌 웃는 얼굴을 웃지 않는 얼굴로 바꿀 수 있다더냐."

"하오나 다른 사람도 아닌 만인지상의 지위에 있는 주상 전하께옵서 웃고 계신 어진이라니…… 참람할 따름이옵니다!"

예조판서의 목소리는 거의 울먹이고 있었다. 주상은 그를 달래듯 천천히 입을 열었다.

"인간의 심성이 다르지 않을 터, 짐이 행복하지 못하고서야 어떻게 남을 행복하게 하겠는가. 하물며 행복하지 않은 왕이 어찌 백성들을 행복하게 하겠는가 말이다. 스스로 행복함으로써 백성을 행복하게 하는 왕이 있어도 즐거운 일이 아닌가."

화원장이 목소리를 떨며 다시 아뢰었다. 어차피 도화서의 양식은 무너졌고 천방지축 같은 화원 놈들이 득세한 마당이었다. 목숨을 던져서라도 무너지는 기둥을 떠받치리라는 결연한 목소리였다.

"이 어진은 수백 년 도화서 양식을 무시하였사옵니다. 태종대왕께옵서 도화서를 세운 이래 누대의 양식을 피라미 같은 자들이 흙발로 짓뭉갰으니 이제 도화서는 존폐를 걱정하게 되었사옵니다!"

"기존의 어진과 이번 어진의 다른 점이 무엇인가?"

주상이 도발하듯 물었다.

"색이옵니다. 도화서 양식은 오방색 외의 색을 엄격히 제한하여 화면이 난삽함과 어지러움에 빠지는 것을 경계하였사옵니다. 하온데 이자들은 금지된 중간색을 쓰는 것으로도 모자라 속된 색을 만들어 어진을 어지럽혔사옵니다."

"새로운 색이라 하나 이전 것들보다 더욱 또렷하고, 얼굴에 서린 음영의 깊이 또한 잘 살아난 것으로 보인다. 그런데 어찌하여 금지된 색을 썼다는 것만으로 비난할 것인가."

"새로운 색으로 어진을 어지럽게 한 점은 지금 이 자리에서 확인할 수 있는 일이옵니다."

화원장은 주상의 허락을 얻지도 않은 채 일어나 허리를 숙이고 성큼성큼 앞으로 나아갔다. 늙은 자의 머릿속은 못된 두 화원의 비행을 온몸으로 고발하겠다는 열망으로 가득했다. 두 명의 내시들이 양쪽을 받쳐 든 어진 앞으로 다가선 화원장은 내시들의 어깨를 움켜잡고 앞으로 몇 걸음 나오게 했다. 노인답지 않은 완강한 완력이었다.

길게 비쳐든 햇살이 어진에 쏟아졌다. 밝게 웃는 용안은 햇살 속에서 살아 나올 듯 생생했다. 눈가에는 가는 주름이 자연스럽게 자리 잡았고, 온화한 미소가 비쳤다. 정밀하게 묘사된 반듯한 기존의 어진과는 완전히 다른 새로운 화풍이었다.

"대대로 어진의 용안이 정면을 향한 좌우대칭 구도인 것은 어느 한쪽에 치우치지 않는 군왕의 넓고 고른 덕을 칭송함이옵니다. 하온데 이 그림은 오른쪽으로 각이 뒤틀린 비대칭 구도이옵니다. 대칭이 깨어진 구도에서 용안은 이상적인 완벽함을 잃고 일그러졌으니 어찌 불경이라 하지 않겠사옵니까."

"그것은 짐이 용상 한쪽 팔걸이에 의지하여 비스듬한 자세를 취한 탓이니 화원을 나무라지 말라."

주상이 또다시 나서 화원장을 제지했다.

"도사 내내 한 자세를 취할 수 없음은 역대 왕 전하들 또한 마찬가지이옵니다. 그런 일을 예상하여 도사 보름 전부터 화원들을 궁으로 들여 주상 전하의 용모와 행동을 관찰하게 하는 것이옵니다. 비록 주상 전하께옵서 자세를 흩뜨리셔도 정위치를 더듬어 그리도록 하기 위함이옵니다."

주상은 반박하지 못했다. 힘을 얻은 화원장은 더욱 소리를 높였다.

"간교한 화원들은 또한 어지러운 원근의 기법을 적용했사옵니다. 보시옵소서. 우뚝 솟은 코와 턱선, 수염의 윤곽은 그림 밖으로 튀어나올 것처럼 생경하옵니다. 오방색으로는 표현할 수 없는 난삽한 색들로 각 부분의 밝기와 어둡기를 세밀히 조정하여 용안에 그림자를 만들었기 때문이옵니다."

주상은 속으로 미소를 지었다. 이로써 팽팽했던 어진 화원들과의 시합은 화원들의 승리로 돌려야 할 것인가. 주상이 틀어진 구도와 웃는 표정으로 도전하였다면, 화원들은 새로운 색과 음영을 활용한 표현 기법으로 응수했다. 세 사람이 공모한 그림이 결국 조정과 도화서를 뒤집어놓고 있는 중이었다.

"구도와 음영과 색을 쓴 원근의 기법을 어찌 불경하다고만 할 것인가. 오히려 새로운 화풍을 위한 화원들의 정념이 아니던가?"

"또 하나의 결격이 있사오니 어진의 코 옆에 그려진 점이옵니다. 천하에 티 없고 고결하신 용안에 티끌이라니 그 불경을 무슨 벌로 다스려야 할지 알 도리가 없사옵니다."

대신들은 고개를 들고 어진을 꼼꼼히 살폈다. 과연 웃는 주상의 코 옆에 작은 점 하나가 선명하게 보였다. 대신들이 한두 마디씩 거들며 편전 안은 삽시간에 술렁거렸다.

"숭엄한 어진을 천한 화풍으로 어지럽힌 간교한 화원들을 끌어내 주살하소서!"

홍도는 대신들의 성토 속에서 이마에 땀이 흐름을 느꼈다. 이런 일을 미리 예상했어야 했다. 단 한 점의 그림 때문에 목숨을 잃을 수도 있다는 것을……. 완전히 새롭고 전적으로 다른 어진이 자신을 죽음으로 내몰 수도 있다는 것을……. 복잡한 머리를 바닥에 찧고 있을 때 옷자락 스적이는 소리가 났다. 자리에서 일어난 윤복이 성큼성큼 앞으로 나아가고 있었다. 저 아이가 또 무슨 짓을 저지르려 하는가.

어진 앞에서 걸음을 멈춘 윤복은 편전 안 모든 사람들의 눈길을 어진 속에 묶어 봉인시키려는 듯 오래오래 용안의 구석구석을 살폈다. 주상을 똑바로 보는 눈빛은 죽음을 각오한 것이었다. 누구도 무례를 탓할 엄두를 내지 못할 결연함이었다.

"네놈은 수백 년의 양식을 버리고 속된 기법으로 주상 전하의 영광과 덕은커녕 필부와 다름없이 그리는 불경을 범하였다. 웃음으로 용안의 위엄을 해친 죄, 비틀린 구도로 전하의 덕을 가린 죄, 난삽한 색과 음영의 기법으로 어진을 어지럽힌 죄, 하찮은 점으로 용안에 흠결을 남긴 죄……. 이로써 어진은 더럽혀졌고 주상 전하의 은덕과 권위는 땅에 떨어졌으니 살아남기를 바라지 못할 것이다!"

예조판서가 자세를 곧추세우며 정색을 했다.

"그러면 이렇듯 참람하고 속된 그림 속의 인물은 누구이옵니까? 덕이 훼손되고, 영광이 가려지고, 고결함이 더럽혀진 군왕을 어찌 왕이라 하겠으며 그런 그림을 어찌 어진이라 하겠사옵니까? 소인은 이 그림이 어진이 아니며 그림 속의 인물 또한 주상 전하가 아님을 알겠사옵니다."

말을 마치기도 전에 윤복은 그림을 낚아채 두 손으로 찢었다. 가는 비단 폭이 찢어지는 소리가 편전 안을 칼날로 가르는 듯했다. 말릴 틈도 없이 순식간에 일어난 일에 대신들은 입을 멍하니 벌릴 뿐이었다. 한참 후에야 황망한 정신을 수습한 예조판서가 삿대질을 했다.

"저…… 저런! 천한 놈이 감히 어진을 찢다니, 네 몸이 천 갈래 만 갈래로 찢어지고 싶은 것이냐!"

예조판서는 수염 끝을 바들바들 떨며 격앙된 목소리를 내질렀다.

"이것은 어진이 아니라 속되고 난삽한 그림일 뿐이니 어찌 고결한 정사를 논하는 편전에 한시라도 있을 수 있사옵니까. 어리석은 화원의 손끝에서 생겨난 그림이오니 화원의 손으로 없앴을 뿐이옵니다."

대신들은 할 말을 잃었다. 윤복이 찢은 것은 어진이 아니라 참람하고 저속한 그림일 뿐이었다. 용안을 찢은 것이 아니라 주상의 덕을 더럽히는 속된 그림을 없앴을 뿐이었다.

"그만하면 되었다. 이제 상스러운 그림은 없어졌고, 덕을 잃은 짐의 얼굴은 사라졌다. 그러니 더 이상 화원들을 질책하지 말 것이다."

"하오나 전하! 저 불경한 자들은……."

목소리를 높이는 화원장을 무시하며 주상은 말을 이었다.

"수백 년 이어온 도화서 양식 못지않게 젊은 장인들이 새로운 화풍을 진작하는 것도 도화서 양식의 거름이 될 것이다. 지금은 속되고 난하다 하나 새로움을 외면하고서야 어찌 옛것을 지키겠는가."

주상의 뜻은 분명히 전해졌다. 한바탕의 긴장을 가까스로 수습하였지만, 주상은 안타까움을 참을 길이 없었다. 두 명의 천재 화원과 더불어 그렸던 위대한 걸작이 눈앞에서 훼손되는 것을 지켜보아야 했기 때문이다. 하지만 홍도와 윤복을 건져내는 대가라면 열 번이라도 아깝지 않을 터였다.

무도한 화원 놈의 패악은 도화서를 발칵 뒤집어놓았다. 화원회의는 윤복을 당장 도화서에서 쫓아내야 한다고 결의했다. 화원들의 날선 비난은 저주에 가까웠다. 넓은 도화서 안에서 윤복은 혼자였다. 세상은 강퍅하니 그 뾰족함을 두고 보지 않을 것이었다.

윤복은 도화서 뒤뜰의 서화보관실로 숨어들었다. 어두컴컴한 그곳에 들어앉으면 세상의 모든 비난과 질책은 가뭇없이 사라졌다. 오래된 화첩과 그림에서 나는 종이 냄새, 먹 냄새에 취해 들여다보는 것만이 유일한 낙이었다.

한 두루마리를 펼치니 오래 낯익은 그림이 눈앞에 펼쳐졌다. 두루마리 끝

바 람 의 　화 원

에 묶인 비단 조각에는 익숙한 이름이 적혀 있었다.

도화서 수석 화원 신한평.

신한평. 윤복은 가만히 입 속으로 아버지의 이름을 되뇌었다. 아버지의 의궤는 대를 이어 이곳에 남을 것이다. '신한평'이라는 푸른색 비단 이름표를 매단 채 수백 년이 지난 후에도 그 이름을 증거할 것이었다. 하지만 윤복은 알 수 없었다. 수백 년이 지난 후 자신이 어떤 이름으로 남게 될지……. 주상의 덕을 가리고 위엄을 실추시킨 역도의 이름으로 기록될지, 그렇지 않으면 역사의 뒤껼 한구석에도 이름을 올리지 못한 채 흔적 없이 사라지고 말게 될지…….

윤복은 알고 있다. 자신의 재능이 아버지에게는 축복인 동시에 재앙이라는 것을. 그 뛰어난 재능으로 하여 가문은 영원히 이름을 얻겠지만. 그 재능으로 인해 아들은 철저히 파멸할 것임을……. 아버지는 그것을 알지 못했다. 자유로운 영혼에 깃든 천재적인 재능이 무지한 세상의 몰이해와 편견에 부딪혔을 때 얼마나 큰 재앙이 되는지…….

아버지는 욕망하지만, 욕망은 재앙이 되어 돌아올 것이다. 윤복은 아버지가 자신을 얼마나 아끼고 사랑하며 심지어 숭모하는지를 알고 있었다. 신한평에게 윤복은 빛이요, 존재의 이유요, 생명 그 자체였다. 하지만 이제 그 무모한 열망은 막바지로 치닫고 있었다.

홍도와 주상과 윤복의 뜨거움은 섞이고 얽히어 더욱 강렬하게 타오르는 불덩어리가 되었다. 다른 이가 끼어들 한 치의 틈도 내주지 않으려는 세 천재의 뒤섞임은 어진 도사의 번복이라는 거대한 재앙의 덩어리가 되고 말았다. 이리 떼처럼 집요하고 음흉한 화원들은 절대 이 일을 그냥 넘기지 않을 것이다. 약점을 알아냈으니 할퀴고 물어뜯고 씹기를 멈추지 않을 것이다.

끼이익. 오래된 문짝이 찢어지는 소리를 내며 열렸다. 빛을 등지고 한 남자가 다가왔다.

"세월 편하군. 자넬 도화서에서 쫓아내자는 의안으로 화원회의가 이어지고 있는데 말이야."

위태로운 제자를 보는 스승의 눈은 질책과 안도 사이에서 흔들렸다.

"초조해하지 마십시오. 요행이란 없을 테니 그들은 반드시 저를 쫓아낼 것입니다."

홍도가 기가 막힌다는 듯 헛웃음을 픽 웃었다.

"태평한 건가, 생각이 없는 것인가?"

"지나간 일에 미련을 두지 않는 것입니다."

"너처럼 재능 있는 자가 떠난다면 이 나라 도화서는 더 이상 존재할 이유가 없을 거다."

"저와 같은 재능을 지닌 자가 머무르기에 편협하고 좁을 뿐입니다."

홍도는 당당하게 재능을 드러내 보이는 윤복이 건방지다고 생각되지 않았다. 재능 있는 자만이 자신의 재능에 당당할 수 있다. 타협하고 조율하지 않는 정신, 외로움을 두려워하지 않는 고결한 자존심, 스스로의 재능을 자각하고 뿜어내는 노련함…… 하지만 그 때문에 윤복은 언제나 위태로워야 했다. 그에 비하면, 하늘이 준 재능을 가지고도 세상과 타협하고, 타인의 눈에 자신을 맞추고, 위계에 굴복한 자신의 처지가 홍도는 새삼 부끄러웠다.

젊었던 한때에는 건방을 떨었지만, 도화서 양식을 받아들인 비겁함은 무거운 원죄처럼 그의 뒤를 따라다녔다. 그 덕에 조선 최고의 화원이라는 명성을 얻긴 했지만……. 반면에 오로지 그림으로만 재능을 검증받으려는 윤복의 태도는, 세상 사람들의 칭송으로 자존을 확인하는 자신에게는 늘 오르지 못할 고고함이었다.

"그래. 도화서 화원 놈들이 마당을 어슬렁거리며 모이를 주워 먹는 마당 닭이라면, 넌 고드름이 어는 절벽의 바위에 둥지를 짓는 솔개야."

세상 사람들은 스승의 재능이 제자의 위에 있다고 생각할 것이다. 하지만 홍도는 안다. 윤복의 재능은 자신이 어찌하지 못할 경지에 있음을······.

어줍잖게 도화서 양식을 절충해버려 망가진 천재가 자신이라면, 윤복은 어떤 양식도, 위계도 건드리지 못할 까마득한 곳에 정신의 둥지를 틀고 있었다.

"하지만 앞마당에서 더욱 날랜 솔개도 있는 법이겠지요."

윤복은 오히려 자신이 가지지 못한 홍도의 재능을 간절히 부러워했다. 자신의 세계를 잃지 않으면서도 양식을 받아들이는 온유함, 거부하고 싶지만 한쪽 문을 열어주는 관대함, 졸렬하기 짝이 없는 자들의 재능을 받아들이지 않고서도 배척하지는 않는 균형감, 조직을 경멸하면서도 그 결정을 존중하는 현명함, 부러지지 않고 휘어지는 유연함······. 홍도는 자신이 가지지 못한 것을 윤복에게서 열렬히 탐했으며, 윤복은 자신에게 없는 것을 홍도에게서 강렬하게 욕망했다.

홍도는 어쩌면 자신이 윤복을 사랑하고 있는지도 모른다고 생각했다. 이렇게 가슴이 터질 것처럼 뛰고, 얼굴이 달아오르고, 뜨겁게 열망하는 것이 사랑이 아니라면 사랑은 세상에 존재하지 않을 것이다.

윤복의 깊은 눈이 홍도를 끌어당겼다. 바람이 가지를 흔들듯 홍도의 숨결이 윤복의 이마를 스쳤다. 돌팔매가 수면을 흔드는 것처럼 마음속에 수만 개의 물결이 일렁거렸다. 가지 끝에서 농익은 과일 한 알이 떨어지듯, 윤복은 홍도의 가슴 위로 툭 떨어졌다. 오랫동안 열매를 기다리던 땅은 그 무게를 아프게 느꼈다.

"널 내 곁에 잡아두는 건 나를 위한 일이지만, 널 이곳에서 떠나보내는 것이 진정 널 위한 일이란 걸 알겠다."

윤복을 쓸어안고 조용히 말하며 홍도는 비로소 그 사실을 깨달았다.

열흘 동안 도화서 화원회의 명의의 상소를 필두로, 중견 화원 여섯 명 명의의 상소가 줄을 이어 올라갔다. 삼사는 말할 것도 없고 성균관의 상소 또한 빗발쳤다.

"천한 화원 하나를 잡으려고 온 나라가 일어섰군."

도화서에서 유일하게 상소에 서명하지 않은 홍도는 그렇게 씨부렁거렸다.

열흘이 지난 아침, 주상은 편전회의에서 예조판서에게 "화원회의의 뜻대로 하라"는 짧은 명을 내렸다.

도화서를 떠나는 일은 예상외로 쉬웠다. 작은 나무 궤짝 하나에 붓과 벼루와 먹 그리고 쓰다 남은 안료 통을 챙기는 것으로 끝이었다.

푸른 새벽빛이 검은 어둠 속으로 조금씩 스며들 무렵이었다. 문밖에서 들려오는 가벼운 발자국 소리에 윤복은 문을 젖혔다. 싸늘한 새벽의 한기가 쏟아져 들어오는데 어둠 속에서 대전내관의 흰 도포 자락이 보였다. 윤복은 버선발로 축대 아래로 내려서며 허리를 숙였다.

"관복을 챙겨 입궐 채비하게. 나는 여기서 기다릴 테니……."

유령처럼 흰 옷자락을 날리며 새벽길 속으로 앞장서는 내관을 따라 윤복은 궐문을 들어섰다. 아직 새벽 기운조차 밝지 않은 미명에 주상은 편전에 홀로 앉아 있었다. 이미 당도해 엎드린 홍도의 뒷모습이 보였다.

"짐이 만인의 위에 있다 하나 하늘이 내린 화원 하나 지키지 못하니 헛말인 줄을 알겠다."

주상이 힘없는 목소리로 말했다. 윤복은 깊이 머리를 조아려 예를 표한 후 입을 열었다.

"천한 재주를 천재라 치켜세워주셨으니, 이제 도화서를 떠남이 그 재주를 지키는 길이 아닐까 하옵니다."

나지막한 말을 듣는 순간 주상은 비로소 깨달았다. 대소 중신들이 뻔히 지켜보는 편전 한가운데에서 어진을 찢는 어리석은 짓을 할 천재는 없다는 것을. 그것은 편협하고 옹벽한 도화서를 탈출하려는 윤복의 계획된 행동이었던 것이다. 그리고 그 계획은 정확히 들어맞았다.

"깊은 밤에 천한 자를 찾으시니 그 뜻을 헤아리기 어렵사옵니다."

윤복이 자신을 찾은 주상의 뜻을 공손하게 여쭈었다. 단지 도화서에서 쫓겨남을 위로하기 위해 이 밤에 은밀히 내관을 보내지는 않았을 것이다.

"어진을 너처럼 아는 자도 없을 테지?"

정색을 한 주상의 서슬 퍼런 목소리가 칼날처럼 위태롭게 날아들었다. 윤복은 목덜미에 서늘한 기운이 스치는 것을 느꼈다.

"어진 도사를 그르친 죄로 목이 달아나는 화원을 불러 앉히시고 어찌 어진을 논하라 하시옵니까……."

"가까이 오라. 은밀한 일인즉……."

윤복이 무릎걸음으로 다가가자 주상은 천천히 다짐하듯 말했다.

"사라진 병진년의 어진을 찾고 싶다."

윤복이 목소리를 가다듬고 또렷한 음성으로 대답했다.

"선대왕 치세에 모두 열 번의 어진 도사를 치렀으나 병진년에는 도사가 없었사옵니다."

"제대로 알고 있구나. 어진 도사가 없었던 해이니 사라진 어진은 선대왕 전하의 것이 아니다."

"군왕의 초상을 어진이라 할 때, 임금이 아닌 그 누구의 어진이 어찌 있을 수 있사옵니까?"

윤복의 물음에 주상은 잠시 뜸을 들였다가 결심한 듯 말했다.

"장헌세자의 어진이다."

주상의 말이 채찍처럼 등짝을 후려쳤다. 왕이 되지 못했지만 왕이었고, 뒤주에 갇혀 죽은 왕의 아들이자 왕의 아버지. 천천히 쉼호흡을 한 윤복은 조심스럽게 입을 열었다.

"장헌세자의 어진이 있다는 말을 들은 바 없고, 화사의 도화서 일지에서도 기록을 보지 못했사옵니다. 어찌 그려지지 않은 그림을 찾아내라 하시옵니까?"

"기록된 것만이 진실은 아닐 것이다. 분명 어진 도사는 이루어졌느니라."

"주상 전하께옵서는 그 어진을 직접 보셨사옵니까?"

윤복이 도발하듯 물었다. 주상은 슬픔을 담은 두 눈을 지그시 감으며 고개를 좌우로 흔들었다.

"짐 또한 그 어진을 본 적은 없다. 하지만 어진은 분명히 완성되었고 어딘가에 존재하고 있다."

"병진년이라면 십 년 전이온데, 세자 저하께서 승하하신 것이 십사 년 전이옵니다. 세자 저하께옵서 환생하신 것이 아니라면 어찌 도사를 도모할 수 있겠사옵니까?"

윤복의 말에는 일리가 있었다.

어진 도사란 살아 있는 군주의 초상을 그리는 일이다. 그 묘사가 정묘하면서도 그 모습 속에 혼을 불어넣어야 하는 도사 중의 도사였다. 그래서 정사에 바쁜 군왕들도 닷새씩이나 시간을 내어야 했다. 그런데 이미 뒤주 속에서 죽은 세자가 어떻게 어진에 모습을 드러낼 수 있단 말인가. 귀신이 아니라면 말이다.

"보통의 화원은 상상하지 못할 일이나, 뛰어난 화원이 있어 생전의 부친을 떠올려 그렸다."

뒷덜미가 서늘해진 윤복이 믿을 수 없다는 듯 볼멘소리를 냈다.

"두 눈을 뜨고 앉아 있는 사람을 그리는 일도 보통 일이 아닐진대, 기억마저 희미한 죽은 이를 그린다는 것이 어찌 가능한 일이라 하시옵니까. 그런 자가 있다면 화원이 아니라 귀신일 것이옵니다."

바 람 의   화 원

"그렇지. 화원이라기보다는 화신이었지."

주상이 고개를 끄덕이며 오래전의 한 화원을 떠올렸다. 옆에서 듣던 홍도의 이마에 불끈 굵은 힘줄이 섰다. 번개 같은 생각이 머릿속에서 순식간에 회오리를 일으켰다.

"그해 여름 도화서 화원 두 명이 잇따라 피살되었사옵니다. 혹 그들의 죽음이 그 어진 도사와 연관이 있사옵니까?"

주상은 그제야 고개를 끄덕였다. 홍도는 묘한 배신감에 사로잡혔다. 십 년 전 신출내기 화원으로 대화원의 피살을 조사하였으나 곳곳에서 난관에 봉착하던 이유를 어렴풋이 알 것 같았다.

"그런데 어찌 그 일을 누구도 발설하지 않았던 것이옵니까?"

"그 일은 은밀하게 추진되었다. 부왕의 노여움으로 왕의 사리에 오르지 못한 채 뒤주 속에서 죽어간 왕자의 어진을 누가 용납할 것이더냐."

"그 일을 누가 주관했으며 어떤 경위로 진행되었사옵니까?"

"화원 강수항이 장헌세자의 어진을 그린 것은 어렸던 시절 짐의 철없는 보챔 때문이었다. 짐의 나이 열한 살 때 부친의 최후를 직접 눈으로 보았다. 늘 돌아가신 아버지를 그렸으나 이 깊은 궁궐 안에 보이지 않는 위태로움이 너무 많아 마음껏 펑펑 울지도 못하였다. 아버지를 죽음으로 몰아간 자들은 그 아들이자 세손이었던 짐의 지위와 목숨까지 노리고 있었던 것이다. 그때 짐을 지켜준 몇 안 되는 사람 중 한 사람이 강수항 화원이었다. 그는 도화서 화원이었으나 뜻이 깊고 학문에 출중했던 문사이기도 했다. 박제가와 이덕무를 위시해 북학의 뜻을 품었던 젊은 선비들이 몹시 따르기도 했지. 젊은 개혁가들은 중신들의 방해를 피해 세자를 접견할 수 있는 강수항을 통해 젊은 뜻을 부친께 전했다. 하지만 저들의 간교한 획책으로 조정 안에서 소외되었던 부친은 죽음으로 내몰리고 말았지. 선대왕은 짐을 사랑하셨으나, 짐은 그분의 눈빛 하나에도 오줌을 지리던 아이였다. 그런 짐을 화원은 곱게 품어 다독여주셨지. 비밀스레 어진을 조를 때까지만 해도 짐은 아직 열여덟의 철없는 아이였다."

잠시 갈라지는 말을 멈춘 주상의 두 눈이 붉어졌다. 홍도와 윤복은 그 낯을 바로 보기 황송하여 고개를 떨구었다. 주상의 떨리는 목소리가 나직하게 이어졌다.

"어느 날부터인가 아버지의 얼굴을 떠올리려 해도 떠올릴 수가 없었다. 아버지라는 흐릿한 형체는 있으나 그 용모를 떠올릴 수가 없었다. 그분의 눈빛이 어떠하였는지, 그분의 입매가 어떠하였는지, 그분의 턱 선이 얼마나 강건하였는지…… 사무치는 그리움에 짐은 울면서 화원에게 애원했다. '화원은 아버지를 오래 보았으니 아버지를 기억할 것이 아니오. 지금도 부친의 용모를 떠올릴 수 없는데, 세월이 점점 지나면 나는 영원히 아버지를 잃어버리고 말 것이오. 부디 내 아버지의 어진 한 점 그려주기를 간청하오.' 화원은 며칠을 망설이며 짐을 달랬다. 서슬 퍼렇게 선대왕이 보위에 계시니 사도세자라는 이름만 꺼내어도 파직을 당하고 봉변을 당할 것은 불을 보듯 뻔한 일이었다. 하지만 짐은 짐의 목을 겨누는 칼날조차 알아차리지 못할 만큼 철없는 아이였다. 아니면 억울하게 돌아가신 아버지에 대한 그리움이 사무쳐 다른 것은 생각할 겨를조차 없었던 것인지도 모르지. 닷새 동안 조용히 짐을 달래던 화원은 짐에게 '다시는 아버지라는 말을 입에 올리지 않는다'는 약조를 받고 한 점의 어진을 그리기로 했던 것이다."

"화원은 어떤 방식으로 어진 도사를 진행했사옵니까?"

홍도는 어느덧 왕의 화원이 아니라 십 년 전의 미제 사건을 파헤치는 조사관이 되어 있었다.

"짐은 알지 못한다. 다만 이십 일 후, 모든 도사가 끝났으며 부친의 어진이 완성되었다는 화원의 말을 들었다. 하지만, 끝내 그 완성된 어진을 보지 못했다. 다음 날 아침, 화원은 시신으로 발견되었고 어진은 감쪽같이 사라졌기 때문이다."

"그런데 어찌 대화원의 죽음을 밝히려는 소인에게 한마디 언급도 하지 않으신 것입니까?"

홍도가 따지듯 물었다. 주상이 참담한 표정으로 입을 열었다.

"철없던 시절에 대한 자책 때문이었다. 대화원은 짐에게나 그대에게나 아버지 같은 화원이었으며 스승이었지. 그런 분을 돌아가시게 했다는 가책은 누구에게도 드러낼 수 없었다. 또 하나의 이유는 사방에서 짐을 노리는 자들 때문이었다. 임금이 된 후에도 궁궐로 자객이 침입하는 상황에서 짐은 누구도 믿을 수 없었다. 심지어 홍도 그대까지 벽파와 줄이 닿아 있지 않을까 의심한 적이 있을 정도였지. 설사 그렇지 않다 해도 짐을 돕던 사람들은 그들의 손에 하나하나 죽어갔고 위해를 당했다. 그러니 이 일을 알고 깊이 개입하면 너에게 닥칠 위해 또한 두려웠다."

홍도는 그제야 왜 자신이 사건의 핵심으로 나아가지 못하고 겉돌기만 했는지를 알 것 같았다. 그때 강수항의 어진이 발각되었다면 조정에는 피바람이 불었을 것이고 여러 명이 목숨을 부지하지 못했을 것이다. 그중에서도 가장 위태한 사람은 바로 세손, 즉 지금의 주상이었을 것이다.

"하지만 대화원을 죽인 자를 미치도록 찾고 싶었다. 그자를 찾으면 부친의 어진을 찾을 수 있을 것이기 때문이었다. 그러니 이제 홍도에게 명한다. 죄 없는 화원을 원통하게 죽인 자들을 밝혀다오. 그리고 윤복에게 명한다. 뛰어난 화원이 남긴 마지막 유작을 찾아다오. 그것이 억울하게 돌아가신 아버님의 유일한 흔적이다."

주상의 목소리가 떨리고 있었다. 윤복은 그 눈을 보며 생각했다. 열한 살에 정적들의 혀끝에 부친을 잃어야 했던 주상의 슬픔을, 그 뒤로도 자신을 노리는 감시와 위협 속에서 부친의 이름조차 입에 올리지 못하고 살아온 이십여 년을……

"이제는 아버지의 얼굴을 떠올리려 해도 기억을 할 수 없구나."

어린 세손에게서 부친을 앗아간 자들은 지금도 조정 곳곳에 똬리를 틀고 날카로운 눈으로 주상을 노리고 있다. 그들은 아직도 사도세자의 죽음을 한낱 패륜을 일삼던 광인의 죽음으로 치부하고 있다. 그들은 강고한 권력에의 욕망으로 파당을 지어 주상의 허점을 노리고 있다. 왕이 되었으나 아직도 간교한 파당의 공세 속에서 위태로운 주상이었다.

윤복은 주상의 눈동자를 마주 보았다. 그 눈은 넓고 넓은 세상을 자신의 것으로 가졌다지만, 그는 존재할지도 그렇지 않을지도 모르는, 어쩌면 그려지지 않았을지도 모르는 그림 한 점을 가지지 못해 슬퍼하고 있었다.

이 넓은 궁궐 속에서 주상은 자기를 진정으로 이해하고 감싸줄 사람 하나 없이 홀로 고적했다. 사방에는 자신을 거꾸러뜨리려는 모반의 기운이 떠나지 않고, 갓 즉위한 왕위는 위태롭기 짝이 없었다. 윤복은 공허한 주상의 눈빛이 자신과 닮아 있다고 생각했다. 무소불위의 권력에도 구중궁궐에 고립된 주상의 처지가 천하의 재능을 누구에게도 인정받지 못하고 도화서 안팎의 질시와 비난을 견뎌야 하는 자신과 다를 것이 무엇인가.

"분부대로 거행하겠사옵니다."

윤복은 수백 년 동안 수백 수천의 중신들이 했던 그 말을 또박또박 반복했다. 수많은 중신들이 부국강병을 위한, 백성의 안위를 위한 정념을 가슴속에 새기며 통절하게 읊었고, 또 다른 수많은 중신들은 패악한 왕의 눈에 들기 위해, 더 높은 벼슬과 더 화려한 자리를 위해 아부하느라 떨리는 목소리로 읊었던 말이었다.

하지만 윤복은 지금 이 순간, 자신과 같은 아픔을 드러낸 한없이 위태로운 한 사내를 향한 위안으로 그 말을 던졌다. 그 말대로 될 수 있을지는 알 수 없었다. 하지만 윤복은 할 수 있는 모든 일을 하고 싶었다.

홍도

"천하의 재능을 쓸데가 없어 이렇게 속된 그림을 그리느냐.
뇌물과 향응이 오가고 오입질이 횡행하는 더러운 풍경을 말이다."

윤복

"이 장면은 일부러 찾으려 해도 찾을 수 없는 기막힌 그림 소재입니다.
어떤 양반이 그림쟁이의 앞에서 기생 년의 치마를 들추고 삶을 까겠으며, 어떤
양반이 은밀한 향연이 벌어지는 자신의 후원을 그림쟁이에게 내보이겠습니까."

사화서

아버지의 화실은 꿈을 그리는 공장이었다. 문을 열면 진한 먹과 안료의 그윽한 냄새가 떠돌았다. 수십 명의 도제들은 넓은 화실을 바쁘게 오가며 안료를 섞고, 아교를 끓이고, 먹을 갈았다. 적막 속에서 먹이 벼루 바닥을 미는 소리, 종이 갈피들이 내는 소리, 붓이 종이를 빠르게 스치는 소리만 들려오는 듯했다. 앞가리개를 하고 소맷자락을 걷어붙인 아버지는 그 모든 것들의 가운데에 우뚝 서 있었다. 그는 거대한 생명체처럼 살아 있는 화실을 움직이는 조정자였으며, 모든 사람들과 그림들을 모자람과 남음 없이 지배하는 보이지 않는 손이었다.

하지만 사 년 만에 돌아온 아버지의 화실은 낯설었다. 화실 안을 바쁘게 오가던 도제들은 모두 떠나고 없었다. 오래 사람의 손이 닿지 않은 작업대에는 먼지가 쌓이고 벼루에는 먹물이 마른 지 오래였다. 아들 둘이 도화서 생도가 되자 구름 떼처럼 몰려들었던 도제들은, 그들이 도화서를 쫓겨난다는 소문에 짐을 쌌다. 세상인심이란 그런 것이었다.

쓸쓸한 화실은 곧 폐허처럼 조락한 아버지의 모습이었다. 모든 꿈이 산산조각 나버린 지금, 이 쓸쓸한 화실에서 아버지는 무엇을 할 수 있을까?

"이제 이 화실도 영화를 다한 것 같구나. 사 대째 화원 가문의 영화도 빛이 바래고……."

귀밑머리가 희끗희끗한 신한평은 쓸쓸하게 읊조리며 털썩 나무 의자에 주저앉았다. 사십대 초반, 늙은 나이는 아니었지만 얼굴은 초췌해졌고 기력은 떨어졌다. 한때 넓은 화실을 호령하던 기세는 사그라들고, 도화서를 좌지우지하던 권세도 가을볕처럼 가뭇없게 되었다. 이제 사 대를 이어온 대화원의 가계는, 저속한 그림으로 도화서를 쫓겨나 몰락한 화원의 가계로 사람들의 입에 오르내리게 될 것이다.

"나는 네가 뛰어난 화원이 되기를 바랐다. 하지만 너는 처음부터 내가 탐내기에는 너무나 큰 재능을 지녔던 것인지 모르겠구나. 이렇듯 초라한 꼴로 너를 맞아야 하다니……. 도제들은 떠나가고, 나는 이 어지러움을 수습할 기력조차 없구나."

먼지가 쌓인 채 어지럽게 나동그라져 있는 안료 그릇들을 둘러보며 한평이 길게 한숨을 쉬었다.

"말끔히 치우고 다시 도제들을 모으면 옛날로 돌아갈 수 있을 거예요."

활짝 웃는 윤복의 눈물 어린 두 눈을 노인은 침침한 눈으로 바라보았다.

"틀렸다, 얘야. 지난날은 다시 돌아오지 않아."

하지만 윤복은 가혹하기만 한 현실을 받아들이고 싶지 않았다.

"말도 안 돼요. 눈을 닦고 찾아봐도 재능이라고는 없는 자들의 화실은 도제들로 차고 넘치는데 이 공방은 왜 이렇게 쓸쓸해야 하는지……."

"너도 나이가 들면 알게 될 게다. 현실은 차갑고 가혹하고 거짓말 같지. 하지만 발버둥을 쳐도 결국은 받아들일 수밖에 없어. 그것이 현실이야. 우리가 발붙이고 있는 이 세상 말이야."

거친 수염이 빽빽하게 자라난 입가를 쓱쓱 문지르며 망설이던 한평이 어렵게 말을 이었다.

"김조년 어른을 만났다."

윤복의 얼굴이 백지장처럼 싸늘하게 식었다. 김조년이란 이름을 듣는 순간 정향의 얼굴이 떠올랐다. 그 이름과 함께 떠오르는 그 얼굴이 윤복에겐 참을 수 없는 모욕이었다.

"장사꾼이니 거래를 청했겠군요."

"그 어른의 세도를 너도 모르지 않겠지. 왕실의 웃어른들부터 육조의 판서들까지 교분이 두터운 분이다. 우리 같은 화원 나부랭이들이야 그 어른에겐 하루살이 같은 존재지. 그 어른이 마음만 먹으면 우리는 정오품 벼슬아치가 될 수도 있고 하루아침에 저잣거리를 떠도는 환쟁이로 나앉을 수도 있어."

노인은 굳어버린 안료 병 쪽으로 윤복의 시선을 피했다. 한때 가문을 위해 그는 어린 아들을 도화서로 보내야 했다. 이번에는 돈을 위해 같은 일을 해야 하는 것이다. 한평은 어금니를 질끈 깨물었다.

"그래. 늙은 욕망을 위해 아들을 팔아먹는 더러운 거래라 해도 좋다. 하지만 이 폐허 같은 화실을 이대로 둘 수는 없지 않니? 더구나 이 재앙은 네 스스로 자초한 것이기도 하니까."

마지막 말은 하지 않는 편이 어쩌면 나았으리라고 한평은 곧 후회했다. 윤복은 아버지가 무슨 말을 하는지 알 것 같았다. 위악적인 독설이 노인의 진심이 아니라는 것을……. 사랑하는 아들 앞에서 그는 악하기보다는 여린 남자였고, 계산적이기보다는 순진한 아버지일 뿐이었다.

"알겠습니다. 김조년 어른의 화실로 들어가겠어요."

윤복이 짧게 말했다. 자신 때문에 인생의 모든 것을 날려버린 이 노인에게 마지막으로 남은 것은 자신이었다. 어쩌면 이 노인은 인생을 건 마지막 도박을 하고 있는 것인지도 모른다.

"그래…… 윤복아. 그 양반은 예악을 알고 화인의 재능을 알아보는 분이

시다. 고루한 도화서보다야 백배 나을 거야. 암, 그렇구말구. 그 양반이 손을 써주면 땅에 떨어진 내 위신도 곧 회복될 거야. 적지 않은 자금을 지원해주기로 했으니 화실도 금방 살아날 게다. 게다가 그 양반은 천하의 인재를 얻으니 모두에게 좋은 것이 아니냐."

초췌한 노인이 다급한 표정으로 달래듯 말을 쏟아냈다.

"만약 제가 그 집으로 들어가지 않으면 어떻게 됩니까?"

"우리에겐 선택권이 없어. 하고 하지 않고는 우리에게 달린 문제가 아니다. 그분이 하라면 우리는 해야 하는 거야."

흔들리는 촛불이 한평의 이마를 붉게 물들였다. 윤복은 생각했다. 아버지에겐 선택권이 없는 것이 아니라고. 다만 선택하지 않았을 뿐이라고.

윤복은 희뿌연 먼지 속에 가라앉은 아버지의 화실을 둘러보았다. 적막과 먼지가 가득한 이곳에 다시 젊은 도제들의 숨소리와 땀 냄새가 들어찬다면……. 다시 먹과 안료의 냄새가 향기롭게 풍길 수 있다면……. 다시 아버지가 소매를 걷어붙이고 카랑카랑한 목소리로 도제들을 다그칠 수 있다면…….

그것은 아버지가 원하는 것만은 아닐 것이다. 어린 시절 자신이 꾸었던 꿈이기도 했으니까.

홍도는 교수실이 떠나갈 듯 큰소리로 화를 내었다.

"되지 않은 소리 집어치워라! 김조년의 화실이라니……. 고작 그 시궁창으로 들어가려고 객기를 부리며 도화서를 떠났더냐!"

홍도는 분이 덜 풀린 듯 씩씩거리며 먹을 갈기 위해 떠놓은 물을 벌컥벌컥 들이켰다.

"이미 결정된 일입니다. 하고 싶은 일을 하지 못할 때도 있는 것처럼, 하고 싶지 않은 일을 해야 할 때도 있겠지요."

윤복의 목소리는 스산했다.

"도대체 김조년이 어떤 자인지 알고나 하는 말이냐?"

"자세한 근본은 모르나 예악을 사랑하여 후한 값에 그림을 사들이고 재능 있는 화인들을 후원한다 들었습니다."

"예악을 어떻게 한다고? 그자는 돈으로 화인을 끌어들여 그 혼을 썩어 문드러지게 만드는 자다. 그자의 돈 놀음에 몸과 영혼을 망친 화인이 어디 한둘이더냐?"

홍도가 수염 끝을 부르르 떨었다. 홍도는 오래전 자신에게 던져졌던 김조년의 제안을 떠올렸다. 엄청난 재물과 평생 뒤를 봐주겠다는 그 제안을 홍도는 한마디로 거절했다.

"그 더러운 소굴로 들어가려는 것은 너의 의지가 아닐 게다. 평생 부귀와 명예만을 탐하던 네 아비가 네게 무슨 짓을 한 것이냐!"

홍분에 못 이겨 내뱉은 홍도의 말에는 가시가 돋쳐 있었다.

"아버님은 나쁜 사람이 아닙니다."

"나쁘지 않다면 어리석겠지. 네 몹쓸 아버지가 등을 떠밀지 않는데 네가 그 냄새나는 곳으로 들어갈 이유가 무엇이냐?"

"김조년의 화실에는 조선의 모든 진귀하고 뛰어난 그림이 다 모여 있다고 합니다."

"단지 진귀한 그림을 눈동냥하기 위해서란 말이냐?"

"어쩌면 그곳에 주상 전하께서 찾는 그림이 있을지도 모릅니다."

하긴 그럴지도 모른다. 김조년의 그림 취미는 도성 안에서 소문이 난 터, 전국 방방곡곡의 그림들이 모두 김조년의 집으로 흘러들었다. 그는 화인들의 가장 큰 후원자였고 화상들의 가장 귀한 고객이었다. 조선 팔도의 값나간다 하는 그림들을 무섭게 빨아들이는 수집가의 화실이라면 사라진 그림이 없으란 법도 없다.

"만약 그 그림이 존재한다면 말입니다."

그려졌는지 그렇지 않은지, 아직 존재하는지 그렇지 않은지도 모를 그림. 그림을 그린 화원은 죽고, 발각되는 날에는 피바람이 불고, 왕가의 위계가 뒤집어지는 저주를 받은 그림. 김조년과 같은 그림 사냥꾼에게 그처럼 매력적인 물건은 없을 것이다.

"강수항 어른이 없는 것을 있다고 말하는 것을 듣지 못했고, 아닌 것을 맞다고 하는 것을 보지 못했다. 헛말을 하실 분이 아니니 그림은 분명 그려졌을 것이다."

"하지만 그림이 그려졌다는 증거는 어디에도 없습니다. 주상 전하조차 직접 보시 못하셨다니……."

"보이지 않는다고 존재하지 않는 것은 아닐 것이다. 그 그림이 불러올 풍파를 아신 대화원께서는 죽는 순간까지 그 비밀을 안고 가신 것이다. 그 덕에 저들도 그 그림을 찾지 못한 것이겠지."

"저들이 그림을 찾지 못했음을 어찌 알 수 있습니까?"

"저들이 그림을 찾았다면 굳이 대화원을 죽일 이유가 있었겠느냐. 그림만 손에 넣으면 사도세자의 추종자로 몰아 그 일파와 세손까지 함께 엮어 제거할 수 있었을 텐데 말이다. 대화원이 돌아가신 후에라도 그림이 발각되었다면 조정에 피바람이 불었을 게고 세손은 즉위하지 못했을 것이다."

"주상 전하께서는 왜 지금에 와서 그 그림을 찾으려 하실까요?"

"사도세자의 이름만 나와도 삭탈관직을 당하는 선대왕 치세였으니, 친정을 이루신 지금에야 그림의 저주가 풀린 셈이 아니겠느냐?"

"하지만 십 년 전 그림을 단서 하나 없이 찾는 일이 쉽지 않을 터인데……."

윤복이 턱을 매만지며 난감한 표정을 지었다. 홍도의 눈이 반짝 빛났다.

"단서가 전혀 없지는 않을 것이다. 인물화에 대해서라면 누구도 따르지 못할 경지에 오른 대화원께서, 발각되는 날에는 목숨이 달아나는 위험한 그림을 아무나 볼 수 있도록 드러내놓고 그리지는 않았을 거야. 아마도 대화원은 보통 사람들은 상상조차 하지 못할 방법으로 그림을 감추었을 게다."

꿈을 꾸듯 가늘게 눈을 뜬 홍도의 혼잣말은 비현실적으로 들렸다.

"나도 모르지만 수수께끼가 있을 거야. 그것을 풀면 대화원을 해친 간교한 자들 또한 찾아내어 벌할 수 있을지도 모른다. 이 문제를 풀 만한 자는 너뿐이다. 주상 전하께서는 그림의 내력과 기법에 대한 뛰어난 이해와 열린 태도를 지닌 너의 재능을 몇 차례의 그림 대결로 발견하신 것이야."

"그럼 이제 어떻게 해야 하는 것입니까?"

"나와 너는 각기 다른 문제를 받았고, 각각의 문제를 풀기 위한 다른 지식을 가지고 있어. 나는 십 년 전 살인 현장을 직접 보았고 사건에 대한 정보 또한 가지고 있지. 대신 너는 역대의 어진과 그 기록들과 그림에 대한 직관적인 이해력을 지녔다. 살인 사건과 사라진 그림은 각각 독립적으로 존재하지만 동시에 서로 밀접하게 연관되어 있어."

"어진 도사……."

윤복이 무언가 생각난 듯 중얼거렸다.

"그렇다. 두 명의 화원이 각기 다른 부분을 그려 마침내 하나의 큰 그림을 완성해내는 어진 도사의 방식처럼…… 우리 둘이 가진 정보와 지식을 결합해야 두 개의 문제를 동시에 풀 수 있을 것이다."

홍도는 그렇게 말하며 윤복을 바라보았다. 하지만 무엇부터? 윤복이 그렇게 되묻는다면 대답할 말은 마땅치 않았다.

김조년의 화실은 도화서보다 훨씬 잘 꾸며져 있었다. 진귀한 청나라산 벼루와 희귀한 서역산 안료, 최고급 아교가 선반 위에 정리되어 있었다.

"채색에 뛰어난 화인이니 최고의 안료가 필요하겠지? 답답한 도화서 양식과 우중충한 색의 올무를 벗어버리고 이제 마음껏 재능을 뽐내어보게."

김조년이 가지런한 이를 드러내며 시원하게 웃었다.

"어찌하여 저에게 이런 호사를 내리시는 것입니까?"

"나는 권세를 모르지만 돈에 대해서는 알아. 권세로 할 수 없는 일을 돈으로는 할 수 있지. 권세는 예인에게 올무가 될 뿐이지만 돈은 예인을 키울 수 있네."

"소인이 무엇을 하기를 바라십니까?"

"이 나라 최고의 화인을 얻고 싶네. 돈은 얼마가 들어도 상관없어."

윤복의 가슴이 두근거렸다. 이 나라 최고의 화인. 수많은 화인들이 기라성처럼 버티고 있는 조선의 화단이다. 안견과 강세황을 비롯한 수많은 문인화가들의 이름도 빛나기는 마찬가지다. 그런데 도화서에서 쫓겨난 피라미 화원에게 이 나라 최고의 화인이 되라 하는 이자의 속마음은 무엇일까.

"돈으로 재능을 살 수 있다고 생각하십니까?"

"돈으로 재능을 살 수는 없지만 재능을 최대한 키워줄 수는 있겠지."

자신에 대한 굳건한 믿음에서 나오는 당당함이었다.

김조년이 일찍이 벽파에 줄을 대어 조정의 연줄을 만들고 출세를 거듭한 자임을 들어 알고 있다. 벽파의 일원이니 부친인 신한평과도 교분이 없다 하지 못할 것이다.

조정은 이쪽 아니면 저쪽, 검은 것이 아니면 흰 것을 선택하기를 강요했다. 이것도 아니고 저것도 아닌 것은 양쪽 모두로부터 공격당했다. 그러한 줄세우기는 도화서라고 예외가 아니었다. 대부분의 화원들은 벽파에 줄을 섰고, 덕분에 안정적인 신분과 영예를 보장받았다.

늙은 여우 같은 이자는 누구를 어떤 방식으로 찌르면 자신의 제안을 거부하지 못할 것이라는 점을 정확하게 알고 있었다. 피폐해진 화실을 지키는, 거래가 끊어진 화상에게 가장 절실한 것은 돈이었다. 윤복은 그런 아버지의 청을 거절할 수가 없었다.

또 다른 이유는 정향 때문이었다. 이제는 김조년의 여인이 되어버렸지만, 그의 집 뒤뜰 어느 구석에서 그녀를 우연히라도 만날 수 있게 되기를 윤복은 소망했다.

마지막 이유는 주상의 청 때문이었다. 김조년의 화실에서 주상이 찾는 그림의 티끌만 한 단서라도 찾아내고 싶었다.

그런데 눈앞에 마주한 김조년은 생각과는 딴판이었다. 수단과 방법을 가리지 않고 악착스럽게 돈을 모으고, 그 돈으로 조선 팔도의 그림들을 탐욕스럽게 사 모으고, 기예가 뛰어난 예인들을 돈으로 사서 자신의 소유로 묶어두는 자가 아니었다. 그는 재물과 돈의 흐름을 읽는 본능적인 감각을 지녔으며, 그림을 알아보는 예리한 감식안과 그 물건에 합당한 가격을 지불할 줄 아는 배포도 함께 지닌 자였다. 또한 아름다운 것을 사랑하고, 뛰어난 예인을 인정하여 곁에 두고 싶어 하는 자였다. 세련된 옷차림, 태도 그리고 상대를 끌어들이는 능란한 말투는 마력적이었다. 윤복은 어쩔 수 없이 김조년에게 끌려드는 자신이 당혹스러웠다.

"먼저 내 소장품을 관리해주었으면 하네. 시대별, 화인별, 지역별, 가치별로 분류하고, 훼손된 것을 복원하고 정리하는 일 말이야."

김조년의 말이 떨어지기가 무섭게 윤복은 자신도 모르게 고개를 끄덕였다.

"그리고 오늘부터 자네는 나의 수행 화인이 될 거야."

"수행 화인이라고 하셨습니까?"

"자네가 인물과 세간의 풍속을 그리는 데 능하다는 것을 알고 있네. 그러니 나와 함께 움직이며 나의 일상을 그리도록 하게."

썩 내키는 일은 아니었다. 하지만 그의 화실로 들어온 이상 그의 명을 거부할 수는 없었다. 김조년은 내친 김에 말을 이었다.

"다음 달 초닷새에 후원에서 몇몇 지인들이 어울리는 향연이 있네. 첫 번째 도사는 그 모임으로 하도록 하지."

그렇게 말한 김조년이 흐뭇하게 반백의 수염을 손등으로 가다듬었다.

김조년이 수집한 서화와 골동품은 선정각(選整閣)이라 불리는 별채에 따로 보관되었다. 건장한 젊은 자들이 밤낮으로 지켰고 입구에서는 청지기 한 명이 내부를 관리하고 있었다. 별채는 귀중한 서화들과 도자기들, 중국산 가구들과 진귀한 서역산 장식품들로 터져나갈 지경이었다.

윤복은 도화서 서화보관실의 목록분류법에 따라 시대별, 인명별, 주제별로 서화를 분류하고 목록서를 작성했다. 보면 볼수록 넋이 나갈 것 같은 걸작들 앞에서 윤복은 탄성을 질렀다. 이름을 알 수 없는 고려 불화들과 초기 도화서의 고졸한 걸작들, 수많은 문인화들이 윤복의 눈을 질리게 했다. 왜란과 호란을 겪으며 소실된 것으로 알려져 있던 몇몇 왕들의 어진도 비밀리에 보관되어 있었다. 궁궐 안에 있어야 할 어진까지 사들인 김조년의 금력과 권력이 새삼 소름끼쳤다.

김조년이 언질했던 도사 전날, 윤복은 향연이 있을 후원으로 향했다. 넓은 정원과 잘 꾸며진 연못이 있는 정원이었다. 모두부처럼 반듯한 돌로 석축을 쌓은 연못에는 짙푸른 연잎이 자라 있었다. 기슭에는 작은 배가 있었고, 그 곁에서 머릿수건을 동여맨 아이가 삿대를 손질하고 있었다. 담장 아래 정원에는 싱싱한 소나무들이 군락을 이루었고 결 고운 잔디가 오후의 햇살에 반짝였다.

석축 옆에 깔린 골 가는 돗자리 세 벌은 손님이 세 명임을 말해주었다. 김조년은 이 연못가의 연회로 모종의 세도가를 구워삶을 것이었다. 그리고 그 연회는 한순간의 취흥으로 사라지는 것이 아니라 뛰어난 예인의 그림으로 영원히 남을 것이었다.

윤복은 이 정갈하고 화려한 연못에서, 어쩌면 김조년의 사람이 된 두 번째 목적을 이룰 수 있을 것이라고 생각했다. 화인을 동원할 만큼 큰 향연이라면 또 다른 예인 또한 동원될 것이었다. 향연에 가락이 필요하다면 그 일을 해낼 사람은 정향이었다. 어쩌면 이곳에서 정향을 만날지도 모른다.

윤복은 빨리 해가 저물기를 간절히 원했다. 그리고 새날이 오기를. 시간이 가기를 기다리는 것처럼 어리석은 일은 없을 것이다. 기다린다고 빨리 가지 않으며, 기다리지 않아도 오는 것이 시간이니까.

그 밤 내내 윤복은 어디선가 들려오는 가야금 소리에 잠을 이루지 못했다.

먹물이 종이에 스미듯 푸른 새벽빛이 어둠 속으로 번졌다. 화구를 챙겨든 윤복은 삿대잡이 아이에게 배를 연못 반대편으로 저으라고 일렀다. 연못 가운데를 막 지나자 윤복은 손을 들어 배를 멈추었다. 연못 모서리를 중심으로 잡고 석축 양쪽에서 벌어지는 향연을 그리기에 가장 적절한 시각(視角)이었다.

최고급 중국산 금포 차림의 양반 둘이 후원으로 들어선 것은 점심나절이 지나서였다. 점잖은 수염을 기른 나이 든 양반은 붉은 도포 띠로 보아 정삼품 이상의 당상관이었다. 뒤를 따르는 젊은 자는 짧은 수염을 유행하는 모양으로 잘 손질하고 있었다. 고급스러운 황색 도포에 자주색 띠를 두른 김조년은 최고급 말총갓을 비스듬히 쓰고 호박 갓끈을 길게 드리워 호사스러운 취미를 강조했다. 비록 돈으로 산 양반이지만 자신의 권위를 한껏 과시하려는 모습이었다.

한 순배 술이 돌자 곧 취흥이 일었다. 김조년의 눈짓에 파란 치맛자락이 중문을 들어서는 것이 보였다. 바람에 살랑 나부끼는 치맛자락 사이로 하얀 버선코가 눈부셨다. 그 하얀 버선 속에 숨은 하얀 발을 윤복은 안다.

정향.

윤복은 소리 낼 수 없는 이름을 마음속으로 불러보았다. 푸른 치마와 주황색 저고리를 입은 정향의 뒤로 흰 저고리 차림의 의녀와 푸른 저고리를 입은 기녀가 따라 들어왔다.

김조년은 초대한 자들이 선호하는 기녀의 성향까지 알아 준비하는 치밀함을 보였다. 나이 든 당상관은 관가에서 인기 있는 혜민서 의녀들을 선호했다. 혜민서 의녀는 사사로운 기방의 기녀들보다 도도하고 절도가 있어 나이 든 고위급들이 선호했다. 한편 젊은 자들은 좀 더 난잡하고 자유롭게 희롱할 기녀를 선호했다.

당상관은 아까부터 호수 가운데에서 자신들을 물끄러미 바라보는 젊은 사내를 꺼림칙한 눈으로 바라보았다.

"이번에 저희 집으로 들어온 화인입니다. 대감마님께서 허락해주신 이 영광스러운 자리를 그림으로 남기라 하였사옵니다."

"흔들리는 배 위에서 그림을 그리다니 대단한 자로군."

술판이 무르익는 동안 가야금 소리가 후원을 떠돌았다. 호수를 건너온 정향의 가야금 소리가 뱃전을 흔들었다. 가락은 떨리는 정향의 손끝에서 울렁거리는 윤복의 가슴으로 흘러들었다. 남자들의 상스러운 야담과 여인들의 교태 섞인 웃음소리 속에서도 정향의 가야금 소리는 꼿꼿했다.

취기가 오르자 술상은 치워졌다. 당상관의 앞에 화로가 놓였고, 긴 곰방대에 불이 붙여졌다. 젊은 자는 제 흥을 참지 못하고 등 뒤에서 기녀를 얼싸안았다. 여인은 앙탈을 부리며 눈치를 보지만 당상관과 김조년은 못 본 척 외면할 뿐이었다. 모두가 공모자가 되고 있었다.

정향의 두 눈은 오래전부터 다른 곳을 보고 있었다. 그 눈길이 가닿은 곳은 호수 가운데에서 자신을 바라보고 있는 한 남자의 두 눈이었다. 여리게 울리던 가야금의 곡조는 점점 고조되었다. 때로 물 흐르듯 잔잔하고 때로 폭포처럼 거센 가야금 소리에 윤복은 흔들렸다.

당장이라도 붓을 팽개치고 그 앞으로 달려가고 싶은 여인의 두 눈을 윤복은 가슴 아프게 바라보았다. 하지만 그 자리의 누구도 그 안타까운 시선을 눈치채지 못했다.

윤복의 화실은 홍도에게는 새장 같은 도화서를 벗어나는 피난처였다. 무시로 자신의 집을 드나드는 홍도를 먼발치에서 바라보며 김조년은 느긋한 웃음을 지었다. 한때 곁에 두고자 하였지만 결코 손에 넣을 수 없었던 천재 화원이 제 발로 찾아든 것이다. 매를 잡으려면 참새를 먼저 잡아둬야 하는 것인가. 어쨌거나 한 시절의 천재 화원들이 들락거리는 것만으로도 조선 최고의 예술 애호가라는 이름은 부끄럽지 않았다.

"화인으로선 최고의 호사로군. 도화서가 무색할 최고급 화구들이 아닌가."

선반 위에 가지런히 놓인 안료 병과 최고급 화구들을 홍도는 부러운 듯 바라보았다.

"무엇으로 그리느냐보다 무엇을 그리느냐가 중요하겠지요. 사흘 전 후원의 연회를 그렸습니다."

그림을 가렸던 비단 천을 벗기자 홍도의 표정이 굳어졌다.

"염려했던 대로군. 김조년 이 작자가 종국에는 널 자기의 더러운 뒷구멍이나 핧는 골목 개로 만들고 말았어. 결국 이렇게 될 줄 몰랐더냐? 천하의 재능을 쓸데가 없어 이렇게 속된 그림을 그리느냐?"

주먹을 쥐고 부르르 떠는 홍도의 관자놀이에서 굵은 힘줄이 불끈거렸다.

"이 연회 장면은 일부러 찾으려 해도 찾을 수 없는 기막힌 소재입니다."

"뇌물과 향응이 오가고 오입질이 횡행하는 더러운 풍경이 말이냐?"

"그래서 더욱 귀한 장면이지요. 어떤 양반이 화인의 앞에서 기생 년의 치마를 들추고 싶을 까겠으며, 어떤 양반이 은밀한 향연이 벌어지는 자신의 후원을 화인에게 내보이겠습니까."

홍도는 다시 그림을 찬찬히 살폈다. 그림은 많은 것을 이야기하고 있는 듯했다. 마치 말을 걸어오는 듯한 그림 속의 인물들을 살피는 홍도의 눈썹이 움찔거렸다.

"이 그림의 주인은 저 가야금 치는 금기로군."

신윤복, '청금상련(聽琴賞蓮)', 종이에 담채, 28.2×35.6cm, 간송미술문화재단
어느 후원에서 세 명의 사대부가 기생들을 불러 놀고 있는 모습을 노골적으로 그렸다.
기생을 희롱하는 젊은 남자와 기생의 악기 소리에 귀를 기울인 다양한 양반의 모습을 풍자적으로 그렸다.

윤복이 무언가를 들킨 듯 흠칫 놀랐다. 홍도는 눈길을 돌리며 말을 이었다.

"저 금기만이 그림 그리는 화인을 정면으로 바라보고 있으니 말이다."

그렇게 말하는 홍도의 가슴은 서늘했다. 그 기녀가 윤복의 마음속에 자리하고 있음을 알기 때문이었다. 기녀의 시선은 가야금의 현이 아니라 정면을 향하고 있었다. 윤복은 그림 속에서 유일하게 그녀의 눈길만 자신을 향하게 했다. 둘은 아무도 모르게 서로 마주 보며 말할 수 없는 수많은 말들을 눈으로 나누고 있었다.

홍도는 스스로 비참해지는 것을 느꼈다. 천하의 화원이 어찌 한낱 가야금 치는 기녀를 질투하는가. 마음속으로 도리질을 치며 홍도는 말을 이어갔다.

"속된 장사치의 소굴로 들어간 네 재능이 무뎌질까 조바심쳤던 것이 부끄럽군. 저속함 속에서도 그 재능은 빛나고, 더러운 장면을 그렸으나 그림은 더욱 뛰어나니 말이다."

윤복의 기량과 파격은 하루가 멀다 하고 달라졌다. 인물들의 표정은 생생해졌고 구도는 새로워졌으며 색은 화려해졌다. 윤복은 어느새 저만치 앞서가고 있었다. 그리고 점점 멀어지고 있었다. 스승으로서의 뿌듯함과 화인으로서의 열등감 사이에서 홍도는 갈등했다.

"선정각에서 무언가 발견한 것이 있나?"

강렬한 햇살이 화실 가득 비쳐 들고 있었다.

"한 달이 넘도록 서화들을 훑었으나 별 실마리를 찾지 못했습니다. 하지만 단서가 전혀 없지는 않겠지요."

이 열망으로 가득 찬, 성마르고 참을성 없는 젊은 천재를 홍도는 알고 있다. 한때의 자신이 그랬으므로.

"어디서부터 시작해야 할지 생각해보았느냐?"

"처음부터 시작해야겠지요. 십 년 전 스승님께서 보았던 것과 들었던 모든 것으로부터……."

"그때의 일을 모두 다시 기억하라 하는 것이냐?"

"기억은 왜곡되기도 하지만, 지금으로선 기억을 통해 진실에 접근해갈 수밖에 없습니다. 마치 벽에 비친 그림자를 그림으로써 그 실체를 알 수 있는 것처럼 말입니다."

"그림자와 실체……. 생도청에 있을 때 너는 그림자놀이를 즐겼지."

그때…… 계절은 초여름이었고, 햇살이 가위로 오린 것처럼 교당 안으로 비쳐 들고 있었다. 모든 생도들이 수묵 실습에 빠져 있을 때, 아이는 저 혼자 창가로 스며드는 햇살에 손가락과 붓, 연적을 이리저리 움직여 그림자를 만들었다. 홍도는 기억을 되새기며 질문을 던졌다.

"넌 어째서 그림을 그리라는 화선지에 쓸데없는 그림자만 비추었더냐?"

"저는 손으로 그린 단 한 장의 그림이 아니라 마음으로 그리는 수십 장의 그림을 그렸습니다."

"화선지 위에 그림자를 비추는 것으로 어찌 그림을 그렸다 하느냐?"

"종이 위에 그린 그림은 사물의 실체가 아니라 화인의 눈을 통해 비치는 상을 그리는 것일 뿐이니 그 또한 그림자가 아닙니까?"

"화인은 보이는 것을 그리는 사람이다. 상이 아니라 그 실체를 말이다."

"실체를 그릴 수 있는 화인은 없습니다. 단지 눈으로 보고, 마음에 비친 상을 종이에 옮길 뿐이지요. 화인의 눈을 통과하는 순간, 실체는 그리고자 하는 화인의 욕망에 투영된 그림자가 될 뿐입니다. 그러니 화인이 아무리 있는 그대로를 그리려 해도 그것은 이미 실체가 아닙니다."

"그러면 고도로 정교하여 털 한 오라기도 다름이 없는 인물화는 어떻게 된 일이냐?"

"화인의 손으로 그려진 그림은 실체의 그림자일 뿐이니 아무리 정확한 초상도 껍데기일 뿐입니다."

"그러면 화인은 영원히 실체를 그릴 수 없다는 것이냐?"

"다만 그 실체의 그림자를 그릴 수 있으니, 그림자를 보아서 실체를 짐작할 뿐입니다."

"해괴하다. 실재하는 대상을 어찌 그릴 수 없다 하는가?"

"화인이 그리는 것은 실재하는 대상이 아니라 인식된 대상일 뿐입니다."

"그러면 존재하는 모든 것이 허상이란 말인가?"

"존재하는 대상은 실상이지만, 우리가 눈으로 인식하는 대상은 그림자일 뿐입니다. 빛을 받은 물체가 종이 위에 그림자로 비치듯, 실체가 우리의 경험과 생각을 통해 투사되기 때문입니다."

"그렇다면 화인은 어떻게 실체를 그림 속에 발현시킬 수 있느냐?"

"뛰어난 화인은 그림자를 통해 실체의 혼이 엿보이게 합니다. 인간의 눈은 너무도 불완전하여 보고도 못 보는 것이 많고, 보지 않은 것도 본 것으로 착각합니다. 그러므로 뛰어난 화인은 불완전한 눈으로 보이지 않는 실체의 정수를 담아내는 것입니다."

"그림자를 보아서 그 실체의 혼을 엿본다……."

그렇게 되새기며 홍도는 품속에서 부스럭거리며 무언가를 꺼냈다. 질긴 종이봉투를 꺼내 탁자 위에 놓은 홍도는 그 자리에 엎드려 절하고 허리를 굽혔다. 윤복은 그 안에 무엇이 들었는지 알 것 같았다.

"주상 전하께옵서 내리신 화제다."

홍도가 떨리는 손으로 접힌 종이를 탁자 위에 펼쳐놓았다.

봄물 불어난 개울가 빨래터에서 여인을 바라보네
가만히 숨을 죽여도 가슴속은 한없이 두근거리네

홍도가 짧은 시를 소리 내어 읽었다. 아무렇지도 않은 평온한 표정이었으나 두 마음은 수많은 생각으로 어지러웠다.

도성 안의 개울가에서 홍도는 별말이 없었다. 윤복은 박자를 맞춰 방망이질을 하는 두 여인에게서 눈을 떼지 않았다. 같은 풍정을 보고 있으나 두 사람의 머릿속에는 다른 구도와 인물과 색감이 떠돌았다. 하지만 두 점의 그림은 결국 같은 긴장과 설렘을 표현할 것이었다.

닷새 후, 작업의 결실을 두루마리 통에 챙긴 두 화인은 나란히 편전 앞에 대령했다. 홍도는 자꾸만 윤복의 어깨에 걸친 두루마리 통을 힐끗힐끗 바라보았다. 안으로 들라는 대령상궁의 말에 홍도는 관복 매무새를 고쳤다. 양쪽에서 문이 열리고 저편에 주상의 상기된 얼굴이 보였다. 두 사람은 나란히 두루마리를 얹은 상을 받쳐 들고 편전을 들어섰다.

"한 나라의 왕으로 백성들의 상열지사를 엿보려 함이 지속하다 할지 모르나 그 또한 알고 싶었다. 백성의 풍속과 심성을 아는 것이 다스림의 근본이려니."

주상은 기대가 가득한 표정으로 둘을 바라보며 눈짓했다. 홍도가 먼저 두루마리 통을 열고 그림을 펼쳤다.

푸릇한 산기슭에 따뜻한 햇살이 흘러 무르익는 봄이었다. 불어난 개울물이 철철 흐르고, 너럭바위에서 치마를 걷어붙인 두 여인이 힘차게 방망이질을 하고 있었다. 옆에는 나이 든 여인이 헹군 빨래를 짜고 있었고, 뒤쪽 너럭바위 위에는 또 다른 여인이 머리를 손질하고 있었다.

화면 오른쪽 바위로 시선을 옮기던 주상의 두 눈이 반짝 빛났다. 하얀 옷가지가 널린 바위 뒤에 납작 몸을 엎드린 남자. 갓과 푸른 기가 도는 도포를 잘 차려입은 남자가 부채로 얼굴을 가린 채 귀한 신분에 어울리지 않는 우스꽝스러운 자세로 빨래하는 여인들을 훔쳐보고 있었다.

김홍도, '빨래터', 종이에 담채, 28.0×23.9cm, 국립중앙박물관
대각선으로 화면을 나누어 여인들이 빨래하는 장면과 여인들을 훔쳐보는 양반을 배치하였다.
빨래하는 아낙네들을 훔쳐보는 양반을 등장시켜 은근한 춘의를 짜릿하게 표현했다.

"하하하. 이자는 정말이지 숨이 막힐 듯하군. 남녀칠세부동석이라는 규범이 엄연하나 여인에게 끌리는 남정네의 정념은 어찌지 못할 테니 말이다."

주상이 큰 웃음을 터뜨렸다. 갓과 도포 차림으로 점잖은 체하지만 여인의 걷어붙인 허벅살을 훔쳐보려고 애태우는 사내의 속마음이 그대로 드러나 있었다. 그 거침없는 폭로와 드러냄에 주상은 통쾌함을 감출 수 없었다.

"조정의 양반들이 보았다가는 단원을 가만두지 않을 것 같구나."

"하오나 누구도 빨래터의 여인네들을 한두 번 훔쳐보지 않았다면 거짓이겠지요."

"그렇지. 그렇지 않다 하는 자가 있다면 필시 사내가 아닐 것이니 말이다. 하하하."

주상이 다시 큰 너털웃음을 터뜨렸다. 모든 고민과 근심을 털어버린 듯 즐거운 웃음소리였다. 그 웃음이야말로 당파의 다툼과 반대파의 위협에 지친 왕에게 두 화인이 준 진정한 웃음이었다. 조정과 왕실의 누구도 왕에게 그렇듯 호탕하고 건강한 웃음을 주지는 못했다. 윤복은 자신의 그림이 또 한 번 왕을 웃게 만들 수 있기를 바라며 그림을 펼쳤다.

전체적인 색감은 홍도의 것과 크게 다르지 않았다. 햇살이 내리쬐는 풀밭과 바위틈의 이끼가 푸릇푸릇했다. 물길은 홍도의 그림만큼 수량은 많지 않았지만 방향과 주변 정경은 비슷했다. 개울 가운데에서 허벅지를 드러낸 채 방망이질을 하는 여인이 한 명뿐인 것은 구도를 단순화하기 위함이었다. 개울가 풀밭 위에서는 여인이 머리를 땋아내리고 있었다.

그림의 핵심인 남자는 홍도의 그림과 반대로 왼쪽에 배치되었다. 오른손에 활을, 왼손에 긴 화살을 든 건장한 남자는 고개를 돌려 머리를 매만지는 여인을 바라보고 있었다. 손목반을 차고 있는 것으로 보아 근처에서 사냥을 하던 참인 것 같았다.

"이자의 눈길이 꽂힌 곳은 머리를 매만지는 여인의 저고리 아랫단으로 드러난 젖가슴이 아니냐. 그러니 어찌 숨이 막히지 않을 수 있겠느냐."

주상이 풀밭에 앉은 여인의 저고리 아래로 드러난 여인의 붉은 유두를 보며 말했다.

"사냥하던 사내는 우연처럼 여인들이 빨래를 하는 개울로 다가온 듯합니다. 머리로는 그러면 안 된다고 하지만 젊은 춘정을 어쩔 수 없어 두 발이 개울가로 향했던 것이겠지요. 어떤 일이 있어도 신비의 도리를 지켜야 하기에 이를 악물고 앞만 바라보며 여인들의 곁을 지났지만, 결국 다 지나왔다고 생각한 순간 자신도 모르게 고개를 돌리고 말았지요."

홍도가 감탄한 목소리로 말했다.

더 잘 그린 그림을 가리는 것은 더 이상 의미가 없었다. 주상은 찬찬히 앞에 놓인 두 점의 그림을 번갈아 살폈다.

"같은 풍정을 그렸으나 두 그림의 화풍은 확실히 다르다. 윤복은 물가의 돌 하나, 바위의 이끼 하나, 풀밭의 풀잎 하나까지 정밀하게 묘사했지만, 홍도는 주변의 배경을 의도적으로 생략하여 인물을 부각시켰다. 세심하고 정확한 윤복과 대담하고 거침없는 홍도의 성정들을 그대로 보여주는 것 같구나."

주상이 흡족한 미소를 지었다. 두 명의 뛰어난 화인이 아니었다면 동네 밖 개울가에서 허벅지를 드러내놓고 방망이질하는 여인을 어디에서 볼 것이며, 그 여인을 훔쳐보기 위해 양반의 체통마저 던져버리는 사내의 뜨거운 속마음을 어찌 엿볼 수 있을 것인가!

그러나 주상은 그림의 풍정을 즐기며 만족하는 감상자에 머무르지 않았다. 주상은 뛰어난 관찰자였으며 탁월한 비평가였다.

"이상한 점은 윤복의 그림에 보이는…… 이전에 없던 변화다."

둘은 동시에 두 눈을 크게 뜨며 바짝 긴장했다.

"어떤…… 변화이옵니까?"

홍도가 주상과 윤복의 눈치를 동시에 살피며 조심스럽게 물었다.

바람의 화원

신윤복, '계변가화(溪邊佳話)', 종이에 담채, 28.2×35.6cm, 간송미술문화재단
개울가에서 빨래하는 여인들의 모습과 그 옆을 지나는 젊은 사내의 아슬아슬한 감정을 표현했다.

"색을 극도로 자제하여 쓴 것 같다. 윤복은 색을 절제하는 홍도와 달리 늘 화려한 색감과 다양한 색의 조화를 화풍으로 삼지 않았더냐. 그러나 이 그림은 그 묘사와 구도로 볼 때 윤복의 것이라 할 만하나 색으로만 본다면 홍도의 것과 별 차이가 없다."

홍도의 이마맡에서 가는 힘줄이 불끈거렸다. 윤복은 얼핏 홍도의 눈치를 살피며 입을 열었다.

"소인이 이전부터 강렬한 색을 즐겨 썼으나 이번에는 스승의 화풍을 좇아 색을 배제하였습니다. 아무리 화려한 색으로도 간결하면서도 강렬한 스승의 필치를 따라잡을 수 없음을 절감했기 때문이옵니다."

난감한 표정이 된 홍도가 머리를 조아렸다.

"전하의 심미안이 놀라울 따름이옵니다. 진작에 알아차리지 못하였으나 이제 보니 과연 그러함을 알겠사옵니다. 구태여 색이 없이도 여전히 뛰어난 그림이라……."

홍도가 말끝을 얼버무렸다. 가만히 고개를 숙인 윤복은 홍도의 말끝이 떨리고 있음을 알아차렸다.

한평의 화실에는 다시 활기가 돌았다. 김조년의 지원으로 한평은 그림 몇 점을 비싼 값에 팔아치웠고, 얼마간의 돈으로 새로운 화구와 비싼 안료도 들였다. 그림이 몇 점씩이나 한꺼번에 김조년에게 팔려나갔다는 소문이 돌자 도제들이 하나둘 다시 찾아들었다. 곧 여기저기서 초상화 주문도 밀려들었다. 신한평이 아직 죽지 않았다는 말들도 곳곳에서 흘러나왔다.

느닷없이 찾아온 홍도를 화실 옆 별당으로 이끌며 한평은 이 불청객의 속마음을 헤아리느라 머릿속이 복잡했다. 이 작자와 자신은 물과 기름처럼 어울리지 못하는 처지였다. 이자는 자신의 속물근성을 경멸하고, 자신은 이자의 안하무인을 비난했다. 둘은 근본적으로 같은 세계의 사람이 아니었다.

"요즘 자네는 차비대령화원보다 더 자주 주상 전하를 배알한다지?"

자리에 앉자마자 한평이 쿡 찌르듯 물었다. 요즘 부쩍 주상의 부름을 자주 받는 홍도가 내심 부럽기도 하고 샘이 나기도 했다. 감출 수 없는 권력에의 욕망은 언제나 한평을 조바심 나게 했다.

"나도 한때는 자네 부럽지 않은 시절이 있었어. 선대왕 전하 시절 세 번씩이나 어진 도사를 치르고 수석 화원을 지내기도 했지. 하지만 세월은 속일 수가 없는 거야. 이젠 뒷방 늙은이 신세가 되었으니 젊은 화원 놈들은 내 세도가 다된 것을 알고 고개도 까딱하지 않지. 그것이 세상인심이야."

홍도는 이 뜨거운 욕망을 지닌 세속적인 인물의 내면을 지그시 들여다보았다. 화원 가문의 삼 대째로 태어난 그는 화원의 자존으로 평생을 살아온 자였다. 누구보다 완벽하게 도화서 양식을 문신처럼 머릿속에 새긴 화원이었다. 더 높은 자리로 나아가기 위해서라면 손아래 화원에게라도 구걸하듯 청을 넣었고, 도화서의 비천한 청지기에게조차 허리를 숙여 절하기를 마다하지 않았다.

돈으로 권세를 살 수 있음을 모르지 않았던 그는 일찍이 집 안에다 사화서를 차리고 고관들의 주문 도사를 치러냈다. 돈은 다시 권세를 사는 데 쓰였다. 세도가의 집을 찾아 무상으로 초상 도사를 치르는가 하면 원로 화원들의 문지방을 끊임없이 드나들었다.

홍도는 불같은 권력에의 욕망으로 이글거리는 한평의 두 눈을 차분하게 바라보며 말했다.

"오늘 화원님을 찾은 것은 몇 가지 상의를 드리고 싶어서입니다."

느닷없이 들이닥친 무도한 자가 탐탁지 않았으나 한평은 끝까지 들어보기로 했다. 세상의 그 어떤 자도 전혀 필요없는 자는 없으니까.

"도화서 안에서도 나를 개 닭 보듯 하던 자네가 내게 묻고 싶은 것이 무엇인가?"

홍도를 외면하며 한평은 곰방대에 담배를 채웠다.

"윤복에 관한 일이니 화원께도 전혀 관련 없는 일은 아닐 것입니다."

윤복의 일이라면 관련이 있는 정도가 아니라 바로 자신의 일이었다. 비록 도화서에서 쫓겨났지만 한평은 단 한 번도 윤복의 재능을 믿어 의심치 않았다. 자신을 도화서의 뒷방 늙은이로 전락시키고 가문의 명예에 찬물을 끼얹었지만, 결국 그 아이로 인해 자신은 다시 이름을 되찾을 것이고 가문은 대대손손 이름을 얻을 것이다.

"윤복이 생도 시절 그림자놀이에 빠지는 것을 자주 보았습니다. 화원이 되기에는 못된 버릇이라 생각하여 고치려 하였으나 오랜 습관을 버리지 못함이 딱할 뿐입니다."

고깝던 마음이 봄눈 녹듯 사라졌다. 한평은 그제야 홍도와 자신이 끊으려야 끊을 수 없는 매개로 이어져 있음을 실감했다. 자신의 아들은 이자의 제자이기도 했다. 제자의 흠을 안타까워하는 마음이 아비의 그것과 어찌 다를 것인가…….

"나 또한 속깨나 태웠다네. 그림자는 실체를 마음대로 변형시키고 왜곡하기 때문이지. 각도에 따라 길어 보이기도 하고 짧아 보이기도 하며 모양이 변하니 어찌 반듯한 실체에 다가갈 수 있겠는가. 하물며 그런 장난질에 몰두하다가 엄격한 양식과 세밀한 관찰로 보이는 것을 엄정하게 묘사해야 할 도화서 양식을 어찌 구현할 것인가. 내 진작 그 어긋난 버릇을 막지 못해 아이의 성정이 비뚤어진 것 같아 후회막급이라네."

한평이 불을 당긴 곰방대를 빨았다. 구수한 담배 냄새가 방 안에 가득 들어찼다.

"그 버릇이 언제부터였습니까?"

홍도가 한평의 눈을 바로 보며 물었다. 한평이 다시 곰방대를 빨았다.

"아주 어린 시절부터가 아니었나 싶네. 나 또한 기억이 가물가물하니까……. 내가 그런 것을 가르친 적이 없는데 녀석이 어디서 그런 저속하고 못된 버릇을 들였는지……."

햇빛이 비쳐들자 곰방대의 파란 연기가 선명하게 피어올랐다. 홍도의 두 눈이 빛났다. 가는 낚싯줄 끝에 무언가가 걸려들었다.

"윤복이는 부친께 그 놀이를 배웠다 하더이다."

눈을 내리깔고 곰방대 끝에서 피어오르는 연기를 바라보고 있던 한평이 흠칫 눈을 치켜떴다.

"윤복이가? 정녕 그놈이 내가 그런 몹쓸 놀음을 가르쳤다고 하던가?"

한평이 파래진 입술을 달싹였다. 홍도는 느긋한 목소리로 찬찬히 말을 이었다.

"윤복은 그림자놀이를 몹쓸 놀이로 생각하는 것 같지 않았습니다. 그림 자놀이는 바라보는 각도에 따라 사물의 형태가 어떻게 달라지는지를 파악하는 좋은 훈련이라는 것이지요. 거리에 따른 크기의 변화, 빛의 각도에 따른 형태의 변화……. 그렇듯 놀이를 통해 사물을 관찰하는 훈련은 뛰어난 화원을 부친으로 두지 않으면 아무나 받을 수 없는 것이겠지요."

한평은 작은 두 눈을 깜빡여 홍도의 안색을 살피며 입을 열었다.

"그 녀석 입이 가볍군……."

혼잣말처럼 중얼거리던 한평이 고개를 끄덕이며 말을 이었다.

"자네 말대로 그림자놀이만 한 훈련이 없지만 엄격한 도화서 양식에 벗어나는 바가 아닌가. 그런 몹쓸 짓을 가르쳤다 하면 도화서 수석 화원인 내 체면이 무엇이 되겠는가. 그래서 내가 가르쳤단 말을 절대 하지 말라 당부했었지."

홍도는 곧추세운 자세를 바꾸지 않았다. 한평의 흔들리는 눈빛은 두 가지를 말하고 있다. 윤복에게 그림자놀이를 가르친 적이 없다는 말이 거짓이거나, 윤복에게 자신이 그림자놀이를 가르쳤다는 말이 거짓일 가능성. 둘 중

하나는 분명 거짓말이었다. 홍도는 어느 쪽도 단정 짓지 않고 다시 물었다.

"저는 윤복이가 어른께 그림자놀이를 배웠다고 말한 적이 없습니다."

왠지 초조해하던 한평은 벌컥 화를 냈다.

"무슨 소린가? 자네 입으로 윤복이가 내게 그림자놀이를 배웠다고 말했다 하지 않았는가!"

"윤복이는 부친이라 말했을 뿐이지요."

한평의 얼굴이 흙빛으로 변했다. 그는 낭패감을 들키지 않기 위해 애써 태연한 표정을 지었다.

"부친이라 한 말이 나를 가리키는 것이 아니라면, 그 아이에게 다른 애비라도 있단 말인가?"

태연한 어조였지만 목소리는 떨리고 있었다. 홍도는 그런 한평을 움직임 없는 눈길로 바라보았다.

"그럴 리가요. 윤복이 누구 아들이란 건 팔도가 아는 일이지요. 다만 충실한 도화서 양식의 계승자이신 어른의 아드님이 수백 년 양식을 정면으로 거부하는 이유가 궁금할 뿐입니다."

그제야 한평의 굳었던 얼굴이 스르르 풀어졌다.

"이 사람! 장난질 그만하게. 난 또……"

한평이 가볍게 어깨를 툭 쳤지만, 홍도는 말없이 한평을 뚫어지게 바라보고 있었다. 그 눈은 진실을 말하라고 강요하고 있었다.

"혹시 자네…… 무슨 말도 되지 않는 생각을 하고 있는 건 아닌가?"

쏘는 듯한 눈빛에 한평은 눈동자가 데이는 듯 뜨거웠다.

"그 말도 되지 않는 생각이 어떤 것인지 어른께서도 아시는 듯합니다만."

한평의 얼굴이 붉으락푸르락 변했다가 마침내 잿빛으로 가라앉았다. 한참 후에야 홍도는 말을 이었다.

"저는 그 아이처럼 그림자놀이를 좋아하던 한 화원을 알고 있습니다. 그

화원은 늘 입버릇처럼 말하곤 했지요. 그리는 것은 보이는 것의 그림자일 뿐이라고……. 그리고 이런 말도 했었지요. 그림은 그리움이며, 그리움은 그림이 된다고……. 언젠가 윤복이도 같은 말을 한 적이 있습니다. 그때는 몰랐지만 뒤늦게 생각해보니 놀라운 우연이었습니다. 그 화원은 저의 벗이었고 어른의 후배이기도 했었지요."

한평이 어금니를 물었다. 살집 늘어진 볼이 벌겋게 달아올랐다. 홍도가 천천히 말을 이었다.

"그리고…… 윤복이의……."

한평의 얼굴이 백짓장처럼 창백해졌다. 그는 이미 욕망에 불타는 한 남자가 아니었다. 뜨거운 욕망의 불꽃은 사그라들었고 열망의 불씨는 꺼졌다. 식어버린 화로처럼 그의 가슴속에는 회한과 가책의 잿더미가 풀썩거렸다.

"무, 무슨 말도 되지 않는 소리를 하는 겐가!"

"상주 사는 서징의 형이 아이를 데려갔다는 이웃 아낙의 말을 듣고 소식이 궁금하여 알아본바…… 서징에겐 형이 없었습니다. 저는 그제서야 윤복이 하는 말과 행동이 그 친구를 빼다 박은 듯 닮아 있다는 사실을 깨달았지요. 어른께서 몹쓸 짓으로 여기시는 그림자놀이 또한 서징이 즐기던 버릇이었지요."

신한평이 긴 한숨을 내쉬며 고개를 떨구었다. 한동안의 긴 침묵을 깨고 한평이 어렵게 말을 꺼냈다.

"십 년 전 일이네. 나 자신조차 속였다고 생각했던 일인데…… 천륜의 끈을 어찌 속일 것이라고 생각했던가……. 그래, 내가 어리석은 자였네. 하지만 어리석었을지는 모르지만 나쁜 자라고는 생각지 말아주게. 나는 그저 가문의 영달에 눈먼 자였을 뿐……."

홍도는 고개를 떨구고 탄식하는 한평을 딱한 눈으로 바라보다 버럭 소리를 질렀다.

"가문의 영달이 무엇이기에 재능 있는 화원을 죽이고 그 아이를 자신의 것으로 만들었습니까!"

한평의 두 눈이 놀라움으로 커졌다.

"아니야! 난 서징을 죽이지 않았어! 내 비록 아이의 재주가 탐이 나기는 했으나 아비를 죽이면서까지 내 아이로 만들 정도로 파렴치한은 아니라네. 서징의 장사를 치르고 보니 그 아이가 걱정이 되더군. 이전에 아비의 손에 이끌려 우리 화실에 들른 아이를 본 적이 있네. 그때 서징은 입에 풀칠하기도 힘들었던 때였지. 하루하루 쌀이 떨어지는 줄도 모르고 되지 않은 기기를 만든답시고 화실에 처박혀 있기 일쑤였네. 내 그 재주를 아깝게 여겨 몇몇 고관들의 초상 도사를 추천했지만 뭐가 밸이 맞지 않았는지 뛰쳐나오기 일쑤였어. 결국 배를 곯을 지경이 되어서야 아이 손을 잡고 나에게 와서 다시 일을 부탁하기에 몇몇 대가에서 들어온 일 중에 적당한 것을 나누어주었다네. 그때 본 아이가 영특하기도 하거니와 그림에 타고난 재주를 보였다네. 나와 제 아비가 이야기를 나누는 잠깐 동안 쓱쓱 그림 한 점을 그렸는데…… 그 아이의 재주와 영특함에 나는 넋이 나갈 지경이었네. 도화서 화원들과 화실의 어떤 도제에게서도 발견할 수 없었던 대담한 붓질과 섬세한 표현하며…… 도저히 여섯 살 먹은 아이의 그림이라고는 상상도 할 수 없었지. 나는 그때 서징이 죽도록 부러웠네. 당시 나는 모든 것을 가진 수석 화원이었지만 정작 도화서의 몽상가 서징이 가진 것을 가지지 못했으니까……."

"영복이가 있지 않습니까?"

"그래, 영복이가 있었지. 하지만 그 아이가 벼락이라면 영복이는 등잔불에 지나지 않았어."

홍도는 목구멍을 막고 있는 착잡함의 덩어리를 애써 삼켰다. 신한평이 말을 이어나갔다.

"서징이 죽은 후 사람을 시켜 아이의 안부를 확인해보았네. 옆집에 살던 과수댁이 잠시 데리고 있다더군. 늙은 과수댁이 제 입에 풀칠하기도 버거울 터인데 그 아이를 언제까지 맡아 기르겠나. 결국 거리로 내몰려 저자의 비렁 뱅이가 되거나 사당패 꽁무니를 쫓아다니지 않겠는가. 그 아이를 거둘 사람은 나밖에 없었어. 종일 고민했었네. 그 아이를 데려다 서징의 아이로 키울 것인가…… 아니면, 아니면……"

말투에서 음울한 회한의 냄새가 풍겨왔다. 그것은 오래된 곰팡이의 냄새 같기도 했고, 깊은 우물 속에서 풍겨 나오는 서늘한 물비린내 같기도 했다.

"그 아이의 빛나는 재능은 화원의 가계 중에서도 우뚝 선 것이었어. 나는 죽은 서징에게 용서를 구하며 약속했네. 내 모든 것을 다해서 그 아이를 가장 뛰어난 화원으로 키우겠다고 말이네. 그리고 사람을 보내어 아이를 데려왔지. 과부에게는 상주에 있는 서징의 형이라고 말하고 섭섭지 않을 정도의 재물을 건네주며 입막음을 시켰지. 내 집안의 식솔들에게도…… 제 어미가 죽은 후 외가댁에서 키우다 데려왔다고만 말했네. 요즘 아이들이야 대여섯 살 때까지 외가에서 자라는 것이 예사이니 크게 의심할 일은 아니었지."

한평은 모든 것을 털어놓은 것이 오히려 홀가분하다는 듯 묻지도 않은 세세한 부분까지 자세히 말했다.

"윤복이도 그러저러한 사정들을 알고 있습니까?"

"그 아이 여섯 살 때이니 분별이 있을 때였지. 하지만 어차피 할 일이면 철저히 하는 게 좋지 않겠나…… 아이에게도, 서징은 원래 외가로 친척뻘 되는 분이니 그동안 잘 보살펴주신 것에 감사하고 평생 은덕을 잊지 말라고 다짐을 받았네."

"용의주도하시군요."

"나는 그 아이를 친자식보다 더 사랑했네. 나 자신을 완전히 속이면서까지 그 아이를 나의 아들로 받아들였고 할 수 있는 모든 것을 다했지. 죽은 서징이 살아 돌아와도 고맙다는 말을 들을 수 있도록……. 나는 그 아이를 기르고, 그 아이가 자라는 것을 바라보는 것이 행복했어. 그 아이의 손에 붓을 들려주고, 그 아이가 그림을 그리고, 그 아이가 그린 그림을 바라보는 것이 유일한 낙이었지."

"그 아이도 어른처럼 행복했을까요?"

한평은 대답하지 못했다.

영복은 힘주어 움켜쥔 절구공이를 둥글게 움직였다. 아침나절부터 계속한 절구질 때문에 오른쪽 어깨가 뻐근했다. 부서지고 갈린 돌덩이는 고운 가루로 변했다.

가늘게 뜬 눈으로 입자의 크기를 확인한 영복은 절구를 기울여 돌가루들을 가는 체에 붓고 흔들었다. 발간 황토색 입자가 연기처럼 떨어져 내렸다. 영복의 얼굴에 환한 미소가 떠올랐다. 그토록 바라던 갈색을 얻는 데 한 걸음 더 다가선 것이다.

지난 닷새 동안 도성 밖의 온 산을 헤맨 영복은 주먹만 한 자석 하나를 손에 넣었다. 자석은 붉은 기운을 띠는 갈색 안료인 대자(大紫)를 얻는 돌이다. 대자는 화원들이 가장 많이 쓰는 색이었다. 황색은 왕을 뜻하는 으뜸 색이어서 도화서 그림에는 빠질 수 없었고, 사화서 그림에도 곧잘 바탕색을 연한 갈색으로 칠해 품격을 더했다.

황색은 어디에나 널려 있어 구하기 쉬운 황토에서 얻는 것이 보통이었다. 황토를 퍼다 잘 고르고, 갈고 씻어서 수비하고 건조하면 갈색 안료를 얻을 수 있었다. 무쇠솥에 황토를 넣고 불을 때면 수분이 날아가 짙은 적토를 얻을 수 있고, 적토를 다시 가열하면 갈토가 되었다. 연한 갈색을 내는 데는 갈토를 쓰고, 진한 갈색을 내는 데는 적토를 썼다.

하지만 영복은 황토를 가공해서 얻어낸 색깔에 만족할 수 없었다. 황토에서 얻어진 갈색은 적토라 해도 붉은 기운보다는 연한 갈색에 가까웠고 그윽한 깊이감도 없었다.

영복은 새로운 갈색을 원했다. 지금까지 누구도 써보지 못한 갈색의 극단이라 할 만한 색. 더 진하면서도 투명하고, 투명하면서도 따뜻하며, 따뜻하면서도 선명한 갈색. 붉은색과 갈색의 가운데에 존재하는 수수께끼 같은 색깔을 찾아내고 싶었다.

그리고 그 신비롭고 새로운 색깔을 윤복에게 주고 싶었다. 자신이 만든, 세상에 단 하나밖에 없는 색으로 윤복의 그림을 빛내주고 싶었다. 그 아이라면 그 색을 좀 더 깊고 윤택하고 견고하게 화폭 위에 발현해낼 수 있을 것이다.

영복은 도성 안팎의 질 좋은 황토를 모두 퍼다 무쇠솥에 태웠다. 하지만 황토에서 얻을 수 있는 색에는 한계가 있었다. 정녕 새로운 색은 찾을 수 없는 것일까? 영복은 삼각산과 목멱산을 구석구석 훑고, 가마솥 앞에서 비지땀을 흘리며 절망했다.

실의에 빠진 영복은 도화서 앞길을 따라 견평방을 걸었다. 말과 소가 끄는 달구지들이 삐걱거리며 거리를 지나갔다. 포목과 쌀가마니를 가득 진 시전 지게꾼들이 바쁘게 오갔다.

육조 거리에 거의 도착할 무렵이었다. 길가 대장간에서 요란한 쇠망치 소리가 들려왔다. 큰 망치와 작은 망치가 모루 위의 쇠붙이를 두드리는 소리가 말발굽 소리처럼 정연했다. 하지만 영복의 머릿속은 오로지 새로운 갈색에 대한 생각으로 가득했다.

무언가에 놀란 듯 영복은 문득 걸음을 멈추었다. 대장간 앞의 흙빛이 다른 길의 흙빛과는 판이하게 달랐던 것이다. 영복은 자신도 모르게 그 자리에 쭈그리고 앉아 붉은 기운이 도는 흙을 집어 살피고 입으로 가져가 맛을 보았다. 흙에서는 시고 아린 맛이 났다.

"단청장이가 여기서 무얼 하는가? 배를 곯은 것도 아닐 텐데 흙을 퍼먹는 건 또 무슨 일인가?"

연장을 구하느라 가끔 드나들며 안면을 익혀둔 대장장이가 망치질을 멈추고 바깥을 내다보았다. 영복은 한 줌의 흙을 움켜쥐고 불쑥 대장간 안으로 들어섰다. 조금 전 흙에서 나던 시큼하고 아린 냄새가 물씬 풍겨왔다.

"영감님. 이 붉은 흙을 어디서 퍼다 까셨습니까?"

대장장이는 시큰둥한 표정이었다.

"풀무질과 망치질에도 정신이 없는데 대장간 앞에 흙을 퍼다 깔 시간이 어디 있겠나."

"어디서 퍼다 깐 흙이 아니라면 어째서 대장간 앞의 흙에 저렇게 붉은 기가 도는 것입니까?"

"그거야 쇳물 때문이지. 달군 쇠를 식힌 담금물을 대장간 밖으로 내다 부으니 쇳물을 먹은 흙이 붉게 변한 것 아닌가."

영복은 뒤통수를 얻어맞은 듯했다. 어쩌면 그토록 간절히 원하던 새로운 갈색을 얻을 해답을 찾을 수 있을지도 몰랐다.

"쇳물을 먹으면 모든 흙이 붉어집니까?"

"당연하지. 이 대장간 바닥을 보게. 붉다 못해 아주 붉은 기에 절었지 않은가."

노인의 말대로 대장간 바닥의 흙은 붉게 물들어 있었다.

"쇠는 검거나 푸르거나 은빛으로 빛나는 것인데 어찌 붉은 기를 나게 합니까?"

"낫이나 칼이나 병장기는 검거나 푸르거나 은빛으로 빛나지. 하지만 쇠가 습한 공기에 닿으면 녹이 슬지 않던가. 세월이 지날수록 녹은 점점 붉은색을 띠게 되지."

영복의 머릿속에 하나의 생각이 떠올랐다. 녹이 붉은빛을 띤다면, 녹을 갈아 색을 만들면 될 게 아닌가. 하지만 그 생각이 사라지기도 전에 또 다른 생각이 떠올랐다. 멀쩡한 쇠에 그토록 진한 녹을 끼게 만들려면 늙어 죽을 때까지 변변한 색을 얻기가 힘들 것이다. 하지만 수천 년 땅속에 묻힌 철광석을 캐내는 광산이라면?

"영감님. 혹 이 대장간에서 쓰는 쇠를 어디서 얻는지요?"

"이집 저집의 낡은 쇠붙이를 녹여 쓰지. 하지만 농번기에는 그것으로 모자라 함경도 무산의 철광산에서 원철광을 떼 오기도 한다네."

"함경도 무산……."

영복은 어금니를 힘주어 깨물며 중얼거렸다.

사가로 달려가 말 한 필을 내온 영복은 열흘을 꼬박 달려 함경도 무산의 철광산에 도착했다. 하지만 광산은 외부의 잡인을 철저히 통제했다. 철광석을 캐는 인부들이 아니면 광산 안으로 들어갈 수조차 없었다.

영복은 열흘 동안 그곳에 머물며 인부들에게 술을 산 다음에야 겨우 주먹만 한 철광석 덩어리 하나를 얻을 수 있었다. 하지만 철광석은 쇠가 함유되어 갈기도 어려웠거니와 붉은색 또한 제대로 내지 못했다. 철광석 그 자체보다는, 철광석의 성질을 띠면서도 철을 함유하지 않은 돌을 구해야 했다. 그것이 곧 자석이었다.

영복은 다시 열흘 동안 광산 주변을 헤맨 다음에야 주먹만 한 자석 두어 개를 구할 수 있었다. 도성 밖의 산에서 얻은 것과는 비교도 할 수 없는 질 좋은 자석이었다.

단청실로 돌아온 영복은 그날부터 자석을 갈았다. 돌들은 종류에 따라 조금씩 색깔이 달랐다. 짙은 붉은색을 띠는가 하면, 단단하고 밀도가 높은 것은 붉은빛을 내면서도 거울처럼 광택이 났다. 아마도 오랫동안 광산의 철에 노출되어 철 성분을 함유하지 않고도 철의 색을 띠게 된 듯했다.

마침내 영복은 자석 중에서도 안정되고 깊은 황색을 내는 돌을 구별하는 법을 알아냈다. 조직이 단단하고 표면이 견고하며 밀도가 치밀한 것이라야 했다. 색은 윤택하고 선명해야 했으며, 쇳가루가 섞여 검은빛을 띠거나 짙은 것은 적당하지 않았다. 쇳조각이 섞였거나 너무 무른 것은 제 색깔을 내지 못했다.

영복은 체에서 내린 붉은 입자들을 대나무처럼 생긴 긴 관에 조심스럽게 부어넣었다. 수비의 과정이었다. 불순한 성분을 걸러내고 순수한 색의 성분들만을 골라내는 길고 단조로운 작업이었다.

'얼마나 투명한 자색을 얻을 수 있는가' 하는 것은 곧 '돌 속의 쇠 성분을 얼마나 뽑아낼 수 있는가' 하는 것과 같은 말이었다. 자석 중에서도 가장 순수한 자색을 뽑아내는 것은 오로지 수비(水飛)의 능력에 달려 있었다.

몇 번씩 체에 걸러 내린 고운 자석 가루를 아교풀에 담그고 따뜻한 물을 부어 반나절을 둔 다음 붉게 우러난 물을 버리고 숯불에 말렸다. 그것을 다시 갈아서 아교풀에 담가 같은 방법을 되풀이했다. 위에 뜨는 부분과 아래쪽에 남은 찌꺼기를 버리기를 서너 번 반복하면 가장 안정된 입자로 이루어진 붉은색을 얻을 수 있다.

다만 자석을 수비하는 데는 한 가지 과정이 더 필요했다. 마른 가루에 자석을 들이대 쇠 성분을 남김없이 뽑아내는 것이었다. 쇠 성분이 남아 있으면 색이 거무칙칙해지거나 불투명해지기 때문이었다.

마지막으로 아교풀에 담근 자석 가루를 보며 영복은 눈가가 젖어들었다. 맨 위쪽은 어렴풋한 갈색이었고, 아래쪽은 짙은 붉은색 철주(鐵朱)가 생성되었다. 가운데에 있는 투명하고 아련한 붉은 기를 머금은 갈색이 영복이 그토록 얻기를 원했던 대자였다.

붉은색처럼 보이지만 붉은색이 아니요, 황색처럼 보이지만 황색도 아닌 색. 누구도 본 적이 없고 누구도 만들지 못했던 새로운 색이었다.

조그만 안료 통을 가득 채우지도 못할 적은 양이었지만 벅찬 무엇이 치밀어 올랐다. 그것은 영복이 혼신을 다해 만들어낸 최초의 색이었다. 그 색은 이 시대 최고의 화인인 윤복의 붓 끝을 통해 화폭 위에 칠해질 것이다. 그리고 윤복의 그림 속에서 그토록 오래 힘겨웠던 자신의 눈물겨운 분투를 이야기해줄 것이다. 이전 세상에는 없던 전혀 새로운 존재로 자신만의 색깔을 외칠 것이다.

햇살이 가득한 김조년의 후원에서 호조판서 김윤명을 위한 대규모 향연이 있었다. 호조에서 소요될 양식과 비단, 종이의 납품과 관련된 일이었다. 김조년은 삼 년 전부터 그 일에 공을 들여왔다.

오랫동안 관가 납품은 육의전이 아니면 엄두도 낼 수 없는 일이었다. 하지만 김조년은 육의전의 지물전과 면포전 행수들을 포섭했다. 그리고 그들을 통해 자신의 물건을 관에 납품하기로 했다. 이 모든 일은 호조에서 눈감아주지 않으면 불가능한 일이었다.

향연이 있던 날, 집 안은 아침부터 분주했다. 종들은 돗자리와 기물들을 들고 후원을 바쁘게 오갔다. 윤복은 그 모든 일들의 주관자였다. 돗자리의 위치와 사람들의 방향, 그리고 화폭을 구성하는 요소의 배치에 세세하게 신경을 썼다.

도사장은 첫 번째 도사장의 반대편 산기슭으로 이어진 정원이었다. 김윤명을 정면으로, 그 옆에 김조년을 옆으로 앉게 하고 가운데에 기생 둘을 배치했다. 연못의 배 위에서 보면 김윤명의 뒤로 아담한 산세와 붉은 꽃들이 자연스러운 배경이 되었다. 앞쪽에는 세 명의 악공 자리를 깔고 오른쪽에는 젊은 청지기 둘을 선 채로 대기하게 했다.

완벽한 구도였다. 김조년과 김윤명이 마주 앉는 것보다는 훨씬 자연스럽고 친근한 분위기를 돋울 수 있으면서도 김윤명을 주빈으로 예우할 수 있었

신윤복, '상춘야흥(賞春野興)', 종이에 담채, 28.2×35.6cm, 간송미술문화재단
진달래꽃이 피어나기 시작한 어느 봄날, 양반가의 후원에서 벌어진 연회의 흥취를 그렸다.
음악에 흠뻑 취한 주빈의 표정이 이날의 연회가 아주 성공적이었음을 말해준다.

다. 아래쪽에는 연못의 석축을 살짝 그려 그곳이 김조년의 집 후원임을 명확히 할 참이었다.

도사는 점심나절에 시작되어 저녁이 가까워서야 끝이 났다. 김윤명은 술과 고기, 여인 등 향연의 여흥을 즐기기보다는 연못에 띄운 배 위의 윤복의 눈치를 보기에 바빴다. 웃고 떠들고 먹고 마시면서도 김윤명의 신경은 끊임없이 윤복의 붓 끝에 가 있었다. 자주색 도포 띠를 맨 위풍당당한 당상관도 화인의 붓 끝에서는 아무것도 아니었다.

김조년은 긴장한 김윤명에게서 어렵지 않게 자신이 원하는 약조를 얻어낼 수 있었다. 그 대답이 나올 때까지 윤복은 도사를 끌었다. 마침내 대답이 나오자 윤복은 종이를 접고 붓을 씻었고, 사공 아이는 배를 연못 반대편으로 저었다.

그 후 나흘 동안 채색과 세밀한 묘사가 이어졌다. 인물의 표정과 옷자락의 세세한 선 작업을 끝내고 마침내 붓을 놓은 윤복은 눈을 가늘게 뜨고 그림을 살폈다.

도사는 열흘에 한 번 꼴로 이어졌다. 그것은 김조년이 접대해야 할 대상이 점점 더 늘었다는 뜻이었고 김조년의 일이 점점 커가고 있다는 뜻이기도 했다. 장안의 고관들에게 윤복은 새로운 명사가 되었다. 세도깨나 부린다는 자들은 모이기만 하면 김조년의 집에 든 젊은 화인의 이름을 입에 올렸다.

도화서에서 쫓겨난 화원의 그림은 이전에 보지 못한 새로운 양식을 갖추고 있었다. 형식에 치우친 산수나 사군자를 귀한 그림으로 사고팔던 애호가들은 혁명적인 새 화풍에 두 눈이 번쩍 뜨였다.

화려하면서도 안정된 색감, 단아하고 확실한 선과 형태, 화폭 가득한 인물들의 희로애락……. 이전의 누구도 그렇게 그리지 않았고 누구도 그런 그림을 보지 못했다.

이제 조선의 그림은 신윤복 이전과 이후로 나뉠 것이었다. 이전까지 인간의 희로애락을 그리는 것은 상스러운 일이었다. 그것은 절제된 수묵과 대상을 빗댄 풍경으로 그려졌다. 안개에 덮인 산과 멀리 보이는 새벽 강의 낚싯배는 삶의 무상함을, 굳센 바위는 강인한 의지를, 바위 사이의 이끼는 오랜 욕망을 의미했다. 험준한 산세는 인간의 희로애락을 대신했다.

대나무와 난초가 사군자 중에서 더욱 각광받는 것도 그런 까닭이었다. 난초는 굳건한 선비의 운치와 덕을 뜻했고, 대나무는 변치 않는 선비의 의지를 웅변했다. 모든 사대부의 안방에는 사군자 한두 점이 걸렸고, 산수화 병풍이 선비의 위세를 떠받쳤다.

그러나 윤복의 그림에는 즐거워하고 수줍어하고 성내고 싸움박질하며 가슴 설레어 하는 인간의 모습이 담겨 있었다. 그것은 혁명이자 기존의 화풍에 대한 도전이었다. 그 전위성을 도화서는 완강하게 거부했다. 윤복의 그림이 제값을 받기 시작한 것은 오히려 도화서에서 내쳐진 후였다. 양반 사대부들이 배척하던 새로운 화풍과 사실적인 묘사를 시전의 신흥 부자들이 옹호하고 나선 것이었다. 그들을 달갑지 않게 여기던 양반들 또한 언제부턴가 그들의 기호를 무시할 수만은 없게 되었다. 그들이 선호하는 그림이 새로운 흐름이 되고, 그들이 아끼는 화인이 새로운 화풍을 주도했기 때문이었다.

윤복과 김조년은 신흥 부자와 예인이 결합하여 새 바람을 일으킨 가장 좋은 본보기였다. 그 상황을 김조년은 은근히 즐겼다. 멋지게 성공한 도박과 뛰어난 화인을 거둔 감식안에 스스로 뿌듯해했다. 윤복의 재능에 자신의 위세와 돈이 더해지면 새로운 그림의 물결을 만들 수도 있을 것이라는 그의 예측은 생각보다 빨리 들어맞았다.

그들은 절묘한 조합으로 서로의 필요를 충족시키고 있었다. 김조년의 적극적인 후원은 윤복에게 그림에 대한 열정을 다시 불러일으켰다. 양식이나 기법에 얽매이지 않은 새롭고 혁신적인 필치와 색으로 그린 즉물적인 그림. 그것은 김조년의 위세를 통해 귀한 작품으로 통용되었다. 음탕하다 하여 찢겨나갈 속화가 양반 사대부들이 갖고 싶어 안달하는 그림이 되었다. 김조년은 그 그림을 통해 원하는 것을 얻을 수 있었다.

윤복은 이제 김조년의 사업을 지탱하는 커다란 지렛대가 되었다. 단순히 먹고 마시는 향응이 아니라 자신들이 새로운 화풍의 살아 있는 주인공이 된다는 사실은 세도가들에게 큰 호기심을 불러일으켰다. 향연에 초대된 자들은 모두 한 폭의 그림을 선물로 받았으며, 그 그림은 곧 자신의 위세를 입증했다. 윤복의 그림에 등장한다는 것은 이제 위세로나 명예로나 선택된 자들의 일원으로 합류한다는 뜻이었다.

이제 몸이 단 쪽은 오히려 세도가들이었다. 그들은 은근히 김조년에게 향연을 청하기도 했고 윤복의 그림을 살 수 없느냐는 청을 하기도 했다. 그러나 김조년은 신중했다. 그럴수록 윤복과 자신의 몸값이 점점 올라갈 것임을 잘 알고 있었기 때문이었다.

김조년과 윤복의 도사는 점점 대담해졌다. 더 새로운 배경과, 더 새로운 빛과, 더 새로운 인물들이 화폭 위에 담겼다. 새로운 장소, 새로운 인물, 새로운 풍정. 윤복에게 그것은 새로운 화두였다.

겨울이 지나가던 어느 날 윤복은 화실을 찾은 김조년에게 말했다.

"어른의 집에 든 지 두 해째이니 그림의 품격 또한 달라져야 할 것입니다. 후원은 외지고 아늑하여 연회에 그만한 곳이 없으나 매번 같은 배경을 그려야 하니 그 그림이 그 그림 같을 뿐입니다."

김조년은 윤복이 칠하다 만 후원의 향연 그림을 물끄러미 바라보며 고개를 끄덕였다. 새로움에 대한 기대와 호기심은 김조년 또한 마찬가지였다. 모든 물건의 가치는 새롭고 독특하고 귀한 것일수록 높이 매겨지기 마련이다. 장사꾼으로 평생을 살아온 김조년이 그 이치를 모를 리 없었다. 김조년 또한 윤복의 그 갑갑증을 잘 알고 있었다. 그 갑갑증은 김조년 자신의 것이기도 했다.

"방법이 있겠는가? 새로운 구도와 새로운 색, 새로운 배경……"

"유산(遊山)을 나가심은 어떨지요?"

김조년의 눈썹이 꿈틀했다.

"산천을 찾아 마음을 열고 즐기는 향연의 흥취를 한낱 고적한 후원의 놀이판이 어찌 따르겠습니까."

"풍경 좋은 산천을 즐기는 흥취라! 하하. 어디가 좋을지 물색하라. 돈과 비용은 걱정 말고……"

김조년은 이미 장안의 호사 취미를 가진 자들의 새로운 풍속을 이끌어가고 있었다. 그가 입는 도포와 수입 비단은 며칠 후면 동이 났고, 그의 곰방대를 만든 공방에는 몇 달 치 주문이 몰려들었다.

윤복의 경지도 호사 취미를 지닌 양반 세도가들 사이에서 파다해졌다. 이제 좁은 후원 구석에 숨겨두었던 보석을 널리 자랑할 시점이 되었다고 김조년은 판단했다.

윤복은 열흘 동안 도성 안팎을 돌며 연회에 적당한 장소들을 물색했다. 도성 안팎의 곳곳에는 이미 무르익어가는 춘흥을 즐기는 유한 양반들의 행렬이 줄을 이었다.

윤복은 화실로 돌아오자마자 발품을 팔며 보아둔 정경들을 그리기 시작했다. 연회장을 찾기 위한 답사였지만 유산의 정취들은 강렬한 인상으로 남아 있었다. 그것이야말로 그리고 싶은 그림이었다. 누구의 필요에 의해서도 아니고 누구의 지시에 의해서도 아니라 자신의 머릿속에 떠오르는 정경을 그리는 것. 거기에 등장하는 인물은 누구라도 상관없었다.

윤복은 며칠 동안 화실에 틀어박혀 머릿속의 장면들을 그렸다. 쌀쌀하던 꽃샘바람이 잦아들며 진달래가 꽃망울을 터뜨리기 시작하는 춘삼월 초순, 삼청동 뒤편의 정경 좋은 산기슭이었다. 소격서 동쪽의 삼청동은 솔숲 사이로 샘물이 흐르고 높은 산과 깊은 골짜기가 이어져 있었다.

윤복의 첫 번째 유산 도사는 그곳에서 돌아오는 일행의 정경을 그린 것이었다.

고인 물웅덩이 언저리를 따라 두 명의 기생을 태운 말과 사람의 행렬이 이어졌다. 바위산 벼랑 끝에는 붉은 진달래와 철쭉이 흐드러진 완연한 봄 풍경이었다.

오른쪽에는 나이 든 양반이 채찍을 들고 있고, 기생 둘을 태운 말 뒤로 젊은 선비가 담뱃대를 기생에게 건네주고 있었다. 앞선 말에 앉은 여인의 머리에 꽂은 붉은 진달래 가지 또한 봄날의 흥취를 풍겼다. 맨 뒤에는 억센 인상의 사내가 뒤따랐다. 화면 앞에는 어린 말구종이 끄는 말 위에 장옷을 입은 여인이 보이고 젊은 양반이 그 뒤를 따랐다.

마무리 손질을 끝낸 윤복이 붓을 씻고 있을 때 화실 문이 열렸다. 푸른 기운이 도는 도포 차림의 김조년이 성큼 다가섰다. 윤복은 물기를 뺀 붓을 건조대에 걸고 허리를 숙였다.

"연회장을 보러 다닌 줄 알았더니 대단한 그림을 그려냈군. 이 그림 속에는 이전의 자네 그림과는 다른 특별한 기운이 숨어 빛나고 있는 것 같아."

그것은 오랫동안 뛰어난 그림들을 보고 뛰어난 화인들을 대하며 얻은 직관이었다. 그림 속에 숨은 화인의 속마음을 읽어내는 것은 애호가에게는 또 다른 즐거움이었다.

"그저 여기저기 흔한 유산 행차 정경일 뿐입니다."

윤복의 목소리는 당황한 듯 흔들리고 있었다. 그 말을 듣는 둥 마는 둥 김조년은 말했다.

"지금까지 자네 그림은 누군가에게 보이거나 선물하기 위한 나의 요구로 그려졌지. 하지만 이 그림은 자네의 느낌을 그린 자네의 그림이야. 나의 그림이 아니라 자네의 그림이니 그림 속에는 나의 마음이 아닌 자네 마음이 들어 있겠지?"

"그림 속에 마음이 들어 있다니요?"

"이 그림은 겉으로야 평화롭기 짝이 없으나 그림을 그린 자의 마음 깊은 곳에는 격렬한 감정이 서로 뒤엉켜 있어."

그림을 골똘히 살피던 노회한 늙은이는 숨겨진 화인의 속마음 한 자락을 그렇게 읽었다.

"위쪽 말들은 멈추어 있고 아래쪽 말은 어디론가 바쁘게 가고 있군. 말들의 다리 위치와 아래쪽 말을 탄 여인의 장옷과 뒤따르는 젊은 선비의 옷자락이 날리고 있음을 보면 알 수 있지. 웅덩이를 경계로 위아래가 명징한 대조를 보이고 있군."

"화면 구도의 대비를 위해 평온함과 격한 움직임을 교차시켰을 뿐입니다."

"그래. 정(靜)과 동(動)의 대비로 화면은 한층 변화를 얻게 되었지. 하지만 그림은 그린 자의 마음이 비치는 거울과 같아. 요사이 자네 마음속에는 밝음과 어두움, 따뜻함과 차가움, 사랑과 미움, 존경과 원망과 같은 대극적인 감정이 격렬히 충돌하고 있는 모양일세."

극단적 감정의 충돌은 이즈음 그림에서만 일어나는 것은 아니었다. 윤복의 길지 않은 인생 자체가 갈등과 대결, 그리고 격렬한 내적 충돌의 연속이었으니까. 늘 사랑하면서도 미워해야 했던 아버지, 따르고 싶었지만 맞서야 했던 홍도, 사랑했으나 가질 수 없었던 정향, 자신의 여인을 가로챘지만 그 아래에서 그림을 그려야 하는 김조년⋯⋯. 끊임없는 갈등과 충돌은 때로 윤복을 신경질적으로 만들기도 했고, 명확한 마음의 고통은 그를 안하무인으로 만들기도 했다.

"그렇게 본다면 그럴 수도 있겠군요."

윤복은 애써 부인하지 않았다. 부인한다 해도 늙은이의 날카로운 안목을 피할 수는 없을 것이었다.

신윤복, '연소답청(年少踏靑)', 종이에 담채, 28.2×35.6cm, 간송미술문화재단
'연소답청'이란 젊은 선비들이 푸른 새싹을 밟는다는 뜻으로 조선 후기 유한 양반들의 놀이 문화인 들놀이를 말한다.
젊고 늙은 양반들이 종과 기생을 앞세워 풍취 좋은 산천을 찾아 즐기고 돌아오는 모습을 섬세한 필치로 그렸다.

"자네가 갈등을 해결하는 방법은 전복이지. 기존의 모든 것을 뒤집는 것 말이야. 그런 성향이 도화서 양식을 거부하도록 한 것이겠고……."

"무슨 근거로 하시는 말씀인지 알기 어렵습니다."

"위쪽 행렬을 보면 그 사실을 명백히 알 수 있지. 천한 기생 년들이 말 등에 올라타 있고 창옷을 걷어붙인 양반들은 터덜거리며 걷고 있어. 그뿐인가. 행렬 앞쪽 사내는 붉은 배자와 복색으로 보아 양반임이 분명한데도 말구종의 벙거지를 쓰고 있어. 그리고 이자의 갓은 맨 뒤에 죽을상을 하고 따라오는 말구종이 들고 있군."

"그것이 어른의 말씀과 무슨 상관이 있습니까?"

"말하자면, 이 양반은 술에 취해 양반의 권위고 뭐고 다 팽개치고 젊은 기생의 말고삐를 잡은 말구종이 되어버린 것이지. 말 탄 기생들의 뒤를 따르는 젊은 선비 녀석은 아예 담뱃불을 붙여서 기생에게 대령하고 있잖나. 하하하! 양반이 천한 기생 년의 말구종이 되고 담배 시중을 들다니 이게 가당키나 한 일인가 말일세. 하하하!"

그림이 마음을 비추는 거울이라는 말은 사실이었다. 누구에게도 구애받지 않고 자유롭게 그린 그림은 마음을 보이는 증거가 되었고, 김조년은 그 점을 꿰뚫어보았다. 일이 이 정도라면 서둘러 봉합하는 수밖에 없었다.

"보잘 것 없는 그림에서 소인이 상상조차 못한 점들을 보셨습니다."

김조년은 고개를 숙인 윤복의 반듯한 이마를 내려다보았다.

"이 그림에서 볼 수 있는 것이 그것만은 아니지. 아주 내밀한 화원의 마음속……."

무언가 말하려던 김조년은 입을 닫았다. 윤복은 궁금했다. 하지만 그 말을 듣지 않는 것이 다행일지도 몰랐다.

"이 그림은 선정각에 보관하는 것이 좋겠네. 지체 높은 양반이 말구종을 자처하고 젊은 선비가 기생 년의 담배 시중을 드는 그림이라면, 장안에 난리가 나고 화인을 잡아들이라는 의금부의 체포령이 도성 안에 좍 깔릴지도 모르는 일일 테니 말일세."

"송구합니다. 시키시지 않은 짓으로 심려를 끼쳐드린 것 같군요."

"아니야. 나 또한 갓과 도포를 벗어던지고 벙거지를 둘러쓴 채 편하게 살고 싶은 마음이 굴뚝같으니까……. 옛날에는 양반이란 게 그렇게도 좋아 보여 세상 모든 것을 주고서라도 가지고 싶더니, 막상 가지고 보니 허울뿐이 더라고……."

김조년의 쓸쓸한 웃음소리가 나직하게 화실 안을 떠돌았다.

"게다가 난 독살스러운 의금부 놈들에게 자네를 잃고 싶지 않아. 아직은 말이야."

김조년의 말과 웃음은 새로운 명령이었다. 그것은 지금까지처럼 누구에게 보이기 위한 그림이 아닌 자기 자신의 그림을 그리라는 뜻이었다. 깊은 마음을 담고, 격렬한 갈등을 담고, 뜨거운 갈망을 담은 자신만의 그림을…….

어둠이 짙어왔다. 김조년은 촛불에 일렁이는 자신의 검은 그림자를 노려보았다. 흔들리는 그림자는 촛불일 뿐 자신이 아니었다. 어둠 속에 바위처럼 굳게 앉은 것이 자신의 실체였다. 하찮은 바람에 흔들리지 않는, 피하지 않고 두려움 없이 다가가 부딪치는, 전력을 다하여 부딪치고도 부서지지 않는 존재. 무모함은 그의 삶을 지탱해준 바지랑대 같은 것이었다. 무모함이 없었다면 세상에 이룰 것은 아무것도 없었다. 시전 바닥을 헤매던 비렁뱅이가 거부가 될 수 있었던 것도 무모함의 덕이었다.

가지고 싶은 것은 가져야 했고, 이기고 싶은 자는 이겨야 했다. 가질 수 없는 것을 가지고자 했고, 이길 수 없는 자를 이기고자 했던 욕망은 이루어졌다.

하지만 굳건한 것은 몸뿐, 촛불에 흔들리는 그림자는 격랑 치는 마음을 그대로 드러내고 있었다. 그는 그 흔들림의 이유를 안다. 천하를 발밑에 둔 시전 최고 상인의 마음을 흔드는 바람이 어디서 왔는지.

그는 긴 곰방대를 앞으로 내밀었다. 정향은 잘 마른 담뱃잎을 차곡차곡 재워 넣은 곰방대에 불을 붙였다. 파르스름한 연기 자국이 적막한 어둠 속을 떠다녔다. 흔들리는 어둠 속에서 하얗게 빛나는 얼굴. 돈과 명예와 재물과 그림과 도자기와 온갖 귀중한 수입품과 노비까지……. 원하는 것을 모두 가지고도 간절히 가지고 싶었던 사람.

"화인이 그린 유산 행차 그림 말이다."

정향의 미간이 보일 듯 말 듯 움찔거렸다.

"손댈 곳 없이 뛰어나더구나. 완벽한 구도와 완벽한 묘사와 완벽한 정취를 담았어."

안도하는 정향이 크게 내쉬는 숨소리를 들으며 김조년은 곰방대를 빨았다.

"여운을 즐기시도록 한 가락 타 올릴까요?"

"되었다. 가지고 싶은 것을 가지지 못한 사내의 마음을 금이라 달랠 수 있겠느냐."

김조년이 다시 담배 연기를 길게 빨아들였다.

"세상의 모든 것을 가진 어른께서 또 무엇을 가지려 하십니까?"

"여인이다."

김조년은 휘둥그레진 정향의 두 눈을 안타깝게 바라보았다.

세상의 어떤 사내가 여인을 마다할까. 남들은 쑥덕거렸지만 그의 안중에 여인은 없었다. 서른 살이 다 넘어 든 장가는 통째로 산 양반 족보의 권위를 더욱 공고히 하기 위한 방편일 뿐이었다. 기울어가는 양반 가문의 여식을 골라 혼인을 하고 그 집안을 일으킨다면 완벽한 신분 세탁이 될 수 있었다. 그의 놀라운 수완 덕분에 처갓집은 승승장구했다. 장인은 벼슬이 종오품에 오르고 처남들 또한 과거를 통해 벼슬길에 나설 수 있게 되었다. 돈으로 산 양반의 지위는 한층 튼튼해졌다. 그가 탐했던 것은 아내가 아니라 아내의 집안과 양반이라는 배경이었던 것이다.

"하루가 멀다 하고 연회와 향연이 열리고 도성의 모든 기생들이 어른을 모시고자 하는데 어찌 여인을 탐하십니까?"

"나무라는 듯 들리는구나."

잠시 말을 멈추었던 김조년이 말을 이었다.

"그래. 나란 인간이 여인을 옆에 두고도 못 본 척하는 목석은 아니지. 내 여인이 되려는 수많은 계집들이 곁을 맴돌았고 난 마다하지 않았다. 그 덕에 장안 기생집의 큰손님이 되었지. 하지만 내가 탐한 것은 여인들의 마음이 아니라 그들의 몸뿐이었다. 젊고 탄력 있는 여인들을 매만질 때마다 나는 내가 가진 힘과 위세를 스스로 확인했지. 여인을 품에 안는 그 순간에도 모든 관심과 열정은 재물과 권력에 쏠려 있었으니……"

김조년이 정향의 오물거리는 입을 바라보며 말을 이었다.

"그러던 내가 처음으로 진정 가지고 싶었던 여인이 누구였는지 아느냐?"

"모르옵니다."

"바로 너였다."

"천한 기생 년일 뿐입니다. 어른을 속 끓이게 할 아무것도 가지지 못했습니다."

"내가 가지고 싶었던 것은 너의 몸이 아니라 너의 마음이었다. 너의 마음뿐만 아니라 너의 영혼이었지."

정향은 붉은빛을 머금은 김조년의 번들거리는 눈을 바라보았다.

"저를 거두어주신 것은 감사하나 저는 어른의 수많은 수집품 중 하나일 뿐이지요. 가장 뛰어나고 가장 귀한 것은 언제나 어른의 욕망에 불을 지피니까요. 어른께서는 스스로 언제나 최고여야 했고 최고만을 탐하시지요. 그래서 저를 얻는 데 최고의 대가를 지불하는 것을 주저하지 않으셨지요. 그러니 어른께서 가지고 싶었던 것은 저의 혼이 아니라 저의 기예일 뿐이었겠지요."

정향은 자신이 최고임을 말하기를 주저하지 않았다. 그 도도한 태도가 다시 김조년의 가슴에 불을 지폈다. 뛰어난 예인들은 자신의 기예에 대한 자부심 또한 남다르지 않던가. 건방지다 할 정도의 도도함은 그녀가 최고의 예인임을 말해주는 또 다른 증거이기도 했다.

"나는 너의 기예가 아니라 너의 혼을 사랑했다. 하지만 내가 얻은 건 네 마음이 아니라 너의 몸과 기예뿐……. 하지만 그것만이라도 괜찮다. 너의 전부는 아니지만 일부라도 가졌으니까……."

누구도 그렇게 애절한 그의 목소리를 들어본 적은 없었다. 세상의 모든 사람들을 발아래 굴복시킨 그였지만, 한 여인 앞에서 갈등하는 유약한 남자에 불과했다.

"그림에서 무언가 언짢은 것을 보셨습니까?"

"아니다, 그림은 훌륭했다."

김조년은 화실에서 보았던 그림을 다시 떠올렸다. 그림에 비춰진 화인의 마음……. 정과 동의 격렬한 부딪침, 양반과 상놈, 남자와 여자의 전복……. 그것 말고도 있었다. 차마 말할 수 없었던 그림 속의 그 장면을 떠올리며 김조년은 어금니를 깨물었다.

그것은 두 번째 말을 타고 가는 기생과 그 뒤를 따르는 젊은 양반이었다. 담배 시중을 드는 젊은이와 행복하게 그를 바라보는 여인이 누구인지 김조년은 똑똑히 알 수 있었다.

다음 도사는 윤복이 생각하지 못한 곳에서 생각하지 못한 방식으로 이루어졌다.

"오후에 마포에서 잠실에 이르는 선유(船遊) 향연이 있을 것이니 도사를 준비하게."

아침나절 화실에 들른 김조년은 퀭한 윤복을 살피며 말했다.

"산이 아니고 강입니까?"

생각지 못한 허점을 찔린 듯 윤복은 갑작스러운 느낌이었다.

"산유는 흔해 빠진 놀음이 되어버렸지. 이놈 저놈 기생 몇을 옆구리에 끼고 산과 들로 나서니 도성 안의 온갖 산들이 계집들의 웃음소리와 사내놈들의 음탕한 눈길에 어지러울 뿐이야."

윤복은 가만히 고개를 끄덕였다.

"그렇습니다. 괜찮은 장소는 이미 젊고 늙은 유한 양반들이 차고앉아 걸판진 놀이판을 벌이고 있었습니다. 술에 취해 소리를 지르는 자, 계집을 희롱하는 자……. 가야금 소리가 계곡에 퍼지고 여기저기 싸움판이 벌어지기도 합니다."

"유희를 아는 자가 할 노릇이 아니지. 한강에 배를 띄우면 번잡함을 피할 수 있을 것이야."

"배 위의 향연을 그림으로 그리라 하시는 것입니까?"

"두 척의 배를 띄우라 했네. 향연이 벌어질 배와 그 배를 따르며 도사를 진행할 작은 배 말이야. 후원 연못의 배 위에서 했던 도사와 다르지 않을 걸세. 흐르는 물결이라 출렁임이 좀 더할 테지만."

김조년은 훌쩍 도포 자락을 걷어붙이며 화실을 나섰다. 윤복은 서둘러 화구를 챙겼다.

말을 몰아 마포에 당도했을 때는 점심나절이 거의 다되어서였다. 나루에는 큰 띠배 한 척과 작은 나룻배 한 척이 기다리고 있었다. 곧 계월옥 기생 셋이 당도했다. 청지기는 나루의 이곳저곳을 뛰어다니며 물때와 배를 점검

하기에 바빴다.

곧 한껏 기대에 부푼 두 명의 젊은 양반이 거드름을 피우며 말에서 내렸다. 잘 차려입은 옷차림에 자줏빛 도포 띠로 보아 젊은 나이에 당상관에 오른 벼슬아치들이었다. 사내들은 허리를 숙인 김조년에게 손을 내밀며 반가운 척을 했다. 아쉬운 처지로야 김조년이지만, 그들 또한 지금이 아니면 언제 한강에 배 띄우고 기생을 희롱하는 호사를 누릴 것인가. 이미 그들은 노회한 장사꾼이 던진 미끼를 단단히 물고 있었다.

김조년은 아들뻘의 젊은 자들에게 공손히 허리를 숙이며 배 위로 청했다. 두 사내가 훌쩍 뛰어오르자 물 위의 배가 기우뚱했다. 뒤를 이어 세 명의 기생과 젓대를 든 어린 소년이 배 위에 올랐다. 술병과 안주거리가 오르고 사공이 나루에 묶은 줄을 풀었다.

"그럼 출발하겠습니다요."

손바닥에 침을 퉤퉤 뱉은 사공이 천천히 삿대를 밀었다.

윤복은 흔들리는 작은 나룻배 위에 앉아 놀잇배의 정경을 먼 세상의 일인 양 바라보았다. 기생들은 바쁘게 술상을 차렸다. 술이 한 순배 돌자 김조년은 느긋한 표정으로 사내들을 구슬렸다. 기실은 구슬리고 말 것조차 없는 조무래기들이었다. 권문세가의 자손으로 태어나 적당히 과거에 붙어 가문의 뒷받침으로 고속 출세한 전형적인 관료들이었다. 그들의 관심사란 결국 자리를 이용해 재물을 축적하고 영달을 노리는 것이 전부였다. 알량한 뱃놀이 향응에 몸이 달아오른 애송이들일 뿐이었다.

생황 소리와 어린 소년의 젓대 가락이 흥취를 북돋았다. 김조년은 연신 사내들을 두둔하고 칭송하며 분위기를 띄웠다. 취흥이 무르익자 사내들은 기생들과 짝을 이루어 우스개를 주고받았다.

뱃전의 흔들림에 윤복은 문득 어지럼증이 일었다. 어느덧 배는 압구정 정자로 이어지는 작은 나루에 닿았다. 정자에는 미리 준비한 술상이 기다리고 있을 것이었다.

사내들은 배가 닿자마자 부지런히 정자 위로 뛰어올랐다. 김조년과 기생들과 젓대 부는 아이까지 그 뒤를 따랐다. 두 명의 사공은 나루에 배를 묶고 투전 노름에 빠져들었다.

윤복은 뱃전에 드러누워 하늘을 올려다보았다. 그리고 머릿속에서 하나의 그림을 떠올렸다. 푸른 강물 위를 한가롭게 떠가는 놀잇배 한 척, 눈부신 차일 아래에 앉거나 선 사람들, 여인의 아름다움에 몸이 달아오른 사내와 무심한 듯 강물에 손을 담근 여인, 그 여인을 지그시 바라보는 사내, 생황을 부는 여인과 젓대를 부는 소년 그리고 무심하게 먼 곳을 바라보는 늙은이…….

윤복은 그 장면을 잊어버리지 않기 위해 벌떡 일어나 세모필을 잡았다. 생황 소리와 피리 소리가 바위산 위의 정자에서 울려나왔다. 간간히 젊은 사내들과 계집들의 웃음소리가 멀리서 들려왔다.

그림이 완성된 것은 사흘이 지난 후였다. 김조년은 내내 도사가 끝나기를 초조한 마음으로 기다렸다.

이제 윤복의 그림은 명에 따라 그려지지 않았다. 그 천재는 몸을 의탁한 주인의 뜻을 거스르지 않으면서도 마음 깊이 부글거리는 감정과 열망을 그림 속에 담아냈다.

윤복의 마음속에 들끓고 있는 감정이 정향의 마음속에 들끓고 있는 것과 다르지 않음을 김조년은 알았다. 누구도 말하지 않았고 누구도 드러내지 않았지만, 젊은 아이들의 들끓는 열망은 느낌으로 알 수 있는 법이었다.

모든 사내가 탐내는 최고의 금기와 어진 화사였던 천재 화인을 집 안으로 들였지만 그것들은 껍데기일 뿐이었다. 더부살이를 하는 주제에도 윤복은 당당했고, 안절부절못하는 쪽은 오히려 주인인 김조년이었다. 윤복을 생각하면 늘 초조하고, 불안하고, 의심해야 했다. 그 재주를 아끼지만 정향의 가슴속에 놈이 있음을 아는 이상 질투와 증오가 끓어올랐다. 하지만 하늘이 내린 재주와 도도한 천재성을 대할 때면 분노는 눈 녹듯 사라졌다. 김조년은 뜨거움과 차가움, 사랑과 질투, 애정과 배신감 사이에서 괴로워했다. 모든 것을 다 가진 것 같지만 그 어느 것 하나 온전히 가지지 못한 미욱한 늙은이가 자신이었다.

갑작스러운 선유 도사는 윤복의 속마음을 확인하기 위한 것이었다. 열흘 동안 선유 도사를 준비하던 윤복은 전혀 다른 장소와 구도의 갑작스러운 그림에 속마음을 그대로 드러낼 터였다. 사흘 동안의 채색과 마무리를 초조하게 기다린 이유 또한 한시라도 빨리 그림을, 아니 그림 속에 숨은 윤복의 생각을 보고 싶었기 때문이었다. 김조년은 아침 해가 떠오르기도 전에 별채의 화실 문을 열어젖혔다.

언제나처럼 화실은 고요한 정적에 싸여 있었고 윤복은 혼자였다. 몇 차례나 도제를 들일 것을 권했지만 윤복은 결벽스럽게도 작은 붓질 하나, 사소한 마무리까지 남에게 넘기지 않았다. 아주 작은 부분에도 남의 손을 허락지 않는 것은 천재의 강박적인 자존심이기도 했다.

창을 넘어 들어온 햇살이 머문 탁자 위에 그림이 놓여 있었다. 김조년은 빠져들 듯 그림 앞으로 다가섰다. 환한 햇살 속에서 화려한 색은 더욱 돋보였고 침침하던 눈앞은 확 밝아졌다.

출렁이는 강물 위에 커다란 놀잇배 한 척이 미끄러지듯 지나가고 있었다. 뒤편 기슭에는 험한 바위산과 거친 골짜기가 보였다.

"배가 빠르게 움직이는 것은 사공의 힘찬 삿대질로 알 수 있군. 배는 빠르지만 배 위의 모든 사람들이 놀라우리만치 평화로우니 노련한 사공이야."

김조년이 그림을 읽어나가는 동안 윤복은 두 손을 가지런히 모은 채 허리를 숙이고 있었다.

뱃머리에 걸터앉은 여인의 생황 가락이 화폭 위를 흐르는 듯했다. 젊은 사내 중 하나가 곰방대를 권하며 여인을 끌어안고 희롱하는 눈빛을 보냈다. 또 한 명의 사내는 취기가 오른 듯 뱃전에 팔을 괴고 앉아 강물에 손을 담근 여인을 지긋하게 바라보고 있었다. 배 한가운데에 선 소년은 신난 듯 피리를 불고, 사공은 힘차게 삿대를 밀었다. 푸른색 끝단을 드리운 하얀 차일 아래에 우두커니 선 노인은 뱃전의 일에는 무심한 듯 홀로 먼 강물을 바라보고 있었다.

"일적만풍청부득(一笛晚風廳不得), 백구비하랑화전(白鷗飛下浪花前)……. 젓대 소리 늦바람에 들리지 아니하고, 꽃을 찾는 물새만 물결 위로 낮게 날아드네……"

화제를 읽어 내리는 김조년의 이마맡에서 푸른 힘줄이 불끈거렸다.

"젓대 소리와 늦바람, 백구와 꽃이라……. 기막힌 은유로군."

그림의 풍정을 시로 적어 정취를 더하는 화제로 화인은 속마음을 내보였다. 젓대 소리는 젊은 여인의 가락을 뜻하겠고, 늦바람이란 말 그대로 여인을 속박하는 늦바람 난 늙은이겠지. 물결 속의 꽃은 곧 여인이며, 백구란 그림 속에 그려지지 않으면서도 이 향연에 참여한 유일한 자…… 그림 그리는 화인이 아닌가. 화원은 뱃머리의 생황 부는 악기를 정향으로 상정하고 그린 것이 분명했다. 김조년은 어금니를 지그시 물었다.

"그림과 화제 모두 훌륭하나 두 가지 의문이 있네. 차일 아래의 늙은이는 분명 이 김조년이겠지?"

"그럴 수도, 그렇지 않을 수도 있습니다. 이 그림은 사흘 전의 선유 향연을 그렸지만, 이 정경은 그날의 흥취와 풍정을 제 임의로 구상하여 그린 것입니다. 그러므로 이 그림은 그날의 정경이기도 하지만 그렇지 않을 수도 있습니다."

"아무래도 좋네. 단지 내가 궁금한 것은…… 젊은 사내들은 기생들과 희롱하는데 늙은이는 어째 짝을 멀리 뱃머리에 두고 홀로 스산한가? 이 그림

신윤복, '주유청강(舟遊淸江)', 종이에 담채, 28.2×35.6cm, 간송미술문화재단
산 대신 강으로 나간 소풍이라고 할 수 있겠다. 수염이 긴 늙은 선비는 점잖게 뒷짐을 지고 있는 데 비해,
젊은 선비는 기생의 마음을 끌기 위해 뭔가 속삭이고 있다.

에서 사내와 여인의 거리는 몸의 거리가 아니라 마음의 거리를 뜻하는 것이 아닌가?"

긴 곰방대 끝에서 파란 연기가 모락모락 솟아올랐다.

"그렇지 않습니다. 단지 여인은 뱃머리에서 흥을 돋우고, 나이 든 향연의 주인은 풍경을 바라보는 평화로운 모습일 뿐입니다."

"그렇다면 이 흰 도포 띠의 의미는 무엇인가? 그날 나는 분명 자주색 도포 띠를 매었거늘…… 상중이 아니면 매지 않는 흰 도포 띠를 그린 이유가 무엇인가? 내 집안의 누가 죽기라도 했단 말인가?"

김조년이 늙은 양반의 도포 띠를 가리키며 추궁하듯 물었다. 윤복의 눈에 언뜻 불안한 흔들림이 지나갔다.

"흰색은 상을 뜻하기도 하나 노인의 고고한 성정을 뜻하기도 합니다."

김조년은 끄응 하며 한숨을 내쉬었다. 윤복의 설명은 반박하기가 쉽지 않았다. 하지만 이 젊은 화인은 가장 은밀한 목소리로 싸움을 걸어오고 있었다. 한없이 평화로운 그림 곳곳에 숨겨둔 분노와 원망을 소리 없이 드러내고 있었다.

가능하면 이 싸움을 피하고 싶다…….

"어떻든 얼뜨기 같은 공조의 두 풋내기들에겐 어울리지 않는 그림이야. 그자들은 자기가 얼마나 뛰어난 그림 속의 주인공이 되었는지도 모르고 있겠지……."

김조년이 힘없이 웃었다. 윤복은 그들에 대한 비난이 자신을 향한 것임을 알고 있었다. 흰색의 또 다른 뜻이 차가운 냉담임을, 이 도화의 명인이며 그림 읽는 데 따라올 자가 없는 수집가가 모를 리 없을 테니까.

홍도

"빛이 있어 그림자가 있으나 빛은 실체를 왜곡시킬 뿐이다.
형상에 따라 왜곡되는 실체를 어찌 실체라 하겠느냐."

윤복

"왜곡된 형상 또한 실체의 한 변형입니다. 실체가 없다면 왜곡 또한 일어나지 않겠지요.
그러므로 왜곡된 형상을 좇으면 실체를 구할 수 있을 것입니다."

비밀의
그림

윤복은 탁자 가운데에 한지를 바른 문틀을 세우고 촛불을 뒤쪽으로 옮겼다. 먹물을 칠한 몇 장의 재생 한지를 말아 깔대기 모양으로 촛불 앞에 대자 방 안은 곧 어둑해지고 문틀에 불빛이 모였다.

"문틀은 무엇이며 촛불은 어찌 어둡게 하는 것이냐?"

윤복은 기대에 찬 얼굴로 촛불 앞에 두 손을 펼쳐보였다. 열 개의 손가락이 춤을 추듯 문틀에 비쳤다.

두 개의 엄지손가락을 교차시켜 네 손가락을 흔들자 창공을 날아오르는 독수리가 되었고, 집게손가락과 새끼손가락을 곧추세우고 엄지와 중지를 붙였다 떼자 개의 형상이 되었다. 옥수수 수염 뭉치를 손가락 끝에 감아 풀어헤친 머리카락을 표현했고, 산비둘기의 깃털로 날아가는 새의 꽁지깃을 그렸다. 날아가는 새와 웃는 남자, 웅크린 고양이와 수줍게 돌아서는 여인, 달리는 다람쥐가 차례차례 문틀에 비쳤다.

현묘하고 거침없는 그림자의 조화에 입이 벌어졌다. 세부적인 묘사는 없었지만 살아 있는 듯 뚜렷하고 생생한 형태였다. 홍도는 호기심 어린 표정으로 변화무쌍한 그림자놀이에 빠져들었다.

"신통하구나. 붓이 아닌 그림자로 그린 그림이라 하겠다."

윤복은 다시 삐쭉삐쭉한 나뭇가지를 든 손가락을 움직여 위풍당당한 수사슴을 그려냈다. 문틀에서 손이 멀어지자 엄청나게 커진 사슴의 형상에 홍도는 흠칫 놀랐다.

"그만하거라. 네 재주의 신통함을 능히 알겠다."

윤복이 훅 촛불을 불어 껐다. 어둠 속에서 윤복의 목소리가 나직하게 들려왔다.

"놀라지 마십시오. 그림자는 그림자일 뿐입니다."

홍도의 가슴속에서 따뜻한 무언가가 차올랐다. 이 어둠 속에서 들려오는 목소리를 홍도는 알고 있다. 한때 자신의 제자였으나 지금은 재능을 겨루는 경쟁자……. 홍도는 차라리 이 아이가 자신의 아무것도 아니었으면 했다.

복잡한 마음속으로 맑은 물결 같은 목소리가 흘러들었다.

"빛이 사라지면 그림자는 흔적도 없이 사라지고 말지요."

"하지만 그 실체는 어둠 속에 여전히 존재하겠지."

홍도는 생각했다. 무엇이 그림자이고 무엇이 실체인가?

부싯돌을 부딪치는 소리와 함께 푸른 불꽃이 어둠 속에서 튀었다. 침침하던 방 안이 환하게 밝아졌다. 하얗, 갸름한 하나의 얼굴이 불꽃에 일렁거렸다. 늘 어둠 속에서 그리던 얼굴……. 그 하얀 얼굴에는 송골송골 땀방울이 맺혀 있었다.

"빛이 있어 그림자가 있으나, 빛은 실체를 왜곡시킬 뿐이다. 형상에 따라 왜곡되는 실체를 어찌 실체라 하겠느냐?"

"왜곡된 형상 또한 실체의 한 변형입니다. 실체가 없다면 왜곡 또한 일어나지 않겠지요. 그러므로 왜곡된 형상을 쫓으면 실체를 구할 수 있을 것입니다."

그 두 개념이야말로 진실과 거짓, 아름다움과 추함, 선과 악의 본질이었다. 모든 사람이 머릿속에 추구하는 절대선, 지극한 아름다움, 완벽한 진실이 실체라 한다면, 빛은 곧 그 절대적인 것들을 바라보는 인간의 시각을 의미했다. 즉, 현실의 틀에 의해 그림자도 나타날 것이었다. 어떤 틀과 시각을 통해 보느냐에 따라 같은 진실이 전혀 다른 수십 수백의 형상으로 나타날 것이었다.

그러므로 종이 위에 나타나는 형상은 왜곡되고 변형되었다 해도 실체의 어떤 요소를 정확히 반영하고 있음에 틀림없다. 그 극히 작은 진실의 조각을 통해 절대적인 것들에 다가서야 하는 것이 화인의 운명인 것이다.

"실체라고 하는 것이 결국 진실을 뜻하는 것이라면, 진실도 언젠가는 빛 앞에 모습을 드러내겠지?"

윤복의 검은 눈이 빛을 발하는 것을 홍도는 유심히 보았다. 그 검은 눈을 언제부턴가 모르게 자꾸만 생각하게 되었다. 지우려 해도 다시 떠오르는 검은 눈동자와 숱 많은 속눈썹이 생각날 때마다 홍도는 고개를 가로저었다.

"그렇지 아니하냐고 물었다."

홍도가 갑자기 추궁하는 태도로 윤복을 노려보았다. 윤복의 눈빛이 순간 불안하게 흔들렸다.

"무엇 말씀이십니까?"

"진실 말이다. 거짓을 비추는 종이 막을 걷어낸 빛 앞의 진실 말이다."

윤복은 홍도의 추궁하는 듯한 두 눈을 바로 보지 못했다.

"제가 뭔가 스승님을 속이고 있다고 생각하시는지요?"

홍도는 잠시 고민했다.

"나를 속였다고는 생각하지 않는다. 다만 나에게 말하지 않은 것이 있을 테지?"

맥이 뛸 때마다 팔딱팔딱 움직이는 윤복의 하얀 목덜미를 바라보며 홍도는 말을 이었다.

"네 아버님의 화실에 다녀왔다. 화실에 활기가 도는 것 같더구나. 도제들도 늘었고……."

윤복은 대꾸하지 않았으나 두 눈을 크게 뜨는 것으로 많은 것들을 물었다.

"네 부친께서 너와 나 사이의 막을 치워주셨지. 그 덕에 내 두 눈으로 너라는 실체를 마주할 수 있었다."

"저의 실체가 무엇입니까?"

"네가 나에게 말하지 않은 것들……. 네가 신한평 어른의 소생이 아니며 영달을 좇는 그 욕망의 희생자라는 것 말이다."

얼음처럼 차가운 목소리였지만 윤복은 놀라지 않았다.

"제가 화원 신한평 어른의 소생이 아님은 사실이나 그의 욕망에 희생되었다는 말은 사실이 아닙니다. 저 또한 그분의 야심과 그 가문의 명성을 이용했으니까요."

윤복의 말은, 예리한 관찰과 신한평을 추궁해 얻은 심증을 완벽하게 배신하고 있었다. 비극적으로 아비를 잃은 아이가 자신을 거둔 노회한 화원과 거래를 했다는 말을 믿을 수가 없었다.

"네 친아비가 죽은 연유는 아느냐?"

"친아버지가 돌아가셨을 때 저는 세상의 물정을 알기엔 어린 나이였지만 제 아버지가 어떤 사람이며 왜 돌아가셨는지는 알고 있습니다."

"신한평 어른이 너를 데리고 가던 날을 기억하느냐?"

"친아버지가 돌아가신 후 저는 이웃의 과수댁 아주머니에게 맡겨져 있었지요. 사흘이 지나던 날 아버님께서 찾아오셨습니다. 두 사람은 오래 방 안에서 이야기를 나누었지요. 한참 후에야 아주머니께서 나오시더니 저의 친아버지께서 오셨다고 했습니다. 도화서의 수석 화원이며 임금님의 어진을 그린 뛰어난 화원이라고도 하셨지요. 그때까지 저를 키워주신 아버지가 외가 쪽 아저씨뻘 되시는 분이며, 이제 그분이 돌아가셨으니 친아버지와 함께 살게 될 것이라고 하셨습니다."

"그 말을 그대로 믿었느냐?"

"믿고 싶지 않았으나 믿기로 했습니다. 그것이 그분뿐만 아니라 저에게도 살길이 될 테니까요. 그분은 저의 그림 재주를 통해 가문의 이름을 떨치려 하셨고, 저는 그 가문의 명성을 제 것으로 할 수 있었기 때문이지요. 목구멍에 풀칠하는 것조차 어려운 과수댁의 눈칫밥을 먹기보다는 대화원의 가계에 들고 싶었습니다."

"네가 그렇게 영달을 좇는 놈이었더냐?"

"영달이 아니라 진실을 캐고 싶었을 뿐입니다. 어떤 자가 아비를 죽였는지, 어떤 이유로 아비가 죽어갔는지 밝히고 싶었습니다."

"아비의 죽음을 밝히기 위해 신한평의 아들이 되었다?"

"아버지가 돌아가신 것은 어떤 그림을 그리던 것이 이유가 되었음이니 어린 마음에도 그림을 모르고서는 결코 그 범인을 밝힐 수도, 그 죽음의 연유를 캘 수도 없을 거라 생각했습니다."

홍도의 뒷목이 쏘인 듯 뜨끔했다.

"아비가 죽기 전 어떤 그림을 그렸는지 알고 있느냐?"

"어떤 사내의 형상을 그렸다는 것을 알 뿐 누구를 그렸는지, 왜 그렸는지는 알지 못합니다."

윤복이 그것을 모르는 것은 당연했다. 하지만 홍도는 알고 있다. 그 그림은 강수항을 죽인 자의 인상도였다.

"아버지가 죽기 전 평소와 다른 행동을 한 기억이 있느냐?"

"아버님은 수십 점의 눈, 코, 귀, 입, 턱을 그려두고 그것을 조각조각 짜 맞추셨습니다. 눈, 코, 입이 바뀔 때마다 전혀 다른 사람이 되는 것이 신기하여 그림 조각들을 맞추며 놀았던 기억이 있습니다."

힘겹게 좇아온 진실이 밝혀지려 하고 있었다. 분명 서징은 강수항을 죽인 범인의 인상도를 그리던 일로 죽음을 피하지 못했다. 서징을 죽인 자는 강

바 람 의 화 원

수항을 죽인 자와 다르지 않을 것이었다.

　두 죽음은 빛과 그림자의 경계처럼 서로 맞닿아 있었다. 하나의 사건이 풀리면 다른 하나의 진실도 드러날 것이었다.

　"또…… 다른 기억은 없느냐? 생각나는 것이 있으면 말해보거라."

　홍도는 오랜 제자이자 경쟁자가 같은 죽음을 밝히기 위해 그토록 오래 다른 길을 걸어왔음이 새삼 기막혔다.

　"특별한 기억은 없습니다. 다만 그 그림을 그리시기 전에 도성의 지전에서 새 종이를 사왔다는 것밖에는……."

　"지전이라 했느냐?"

　"예. 난전 뒷골목에 종이를 만드는 공장이 있었습니다. 아버님은 종이를 사실 때면 늘 서를 데리고 가셔서 난전 골목의 돼지국밥 한 사발을 사 먹이셨지요. 그런데 그 무렵에는 유독 자주 지전을 찾으셨습니다."

　"그 지전이 어디에 있는지 기억할 수 있겠느냐?"

　"육조 거리 쪽으로 가다 보면 뒷골목에 있습니다."

　실낱같은 단서라도 있다면 찾아나서야 했다. 비록 오랜 시간이 흘렀으나 이 아이의 기억이 정확하다면 그곳에서 무언가를 발견할 것이라고 홍도는 확신했다.

　홍도는 육조 거리 뒷골목을 부지런히 걸었다. 아침에 내린 비로 진창이 된 골목 안은 사람들로 북적였다. 비단과 쌀섬을 진 지게꾼들이 끙끙거리며 무거운 발걸음을 옮겼고, 양반 갓을 쓴 상인들은 도포 자락에 흙탕물을 튀기지 않기 위해 마른 땅을 골라 밟았다. 유기전 앞에는 장옷을 쓴 여인들이 반짝이는 그릇들을 탐욕스러운 눈빛으로 바라보았다. 소달구지가 지나갈 때마다 요령잡이소리가 쩌렁쩌렁 좁은 길을 울렸다.

　늘 붐비고 늘 번성하는 이 거리에 오면 시대가 변하고 있음이 실감났다.

사대부들과 선비들이 가득했던 육조 거리에는 어느새 난전 장사꾼들이 들어찼다. 고졸한 문음과 정갈한 선비의 시대는 가고 풍요로운 재화와 화려한 상인의 시대가 왔다. 새 학문의 세례를 받은 선비들은 더 이상 옛것에 얽매이지 않았다. 물밀듯이 쏟아지는 새로운 학문을 온몸으로 받아들인 그들은 반상에 얽매이지 않았고, 규범에 갇혀 있지 않았다. 유한 양반들 사이에는 종류를 가리지 않는 수집벽이 유행했고 예악과 취향에 몰두하는 경향이 들불처럼 번졌다. 장인들의 붓과 벼루뿐만 아니라 골동품과 표구와 차(茶)까지 미친 듯한 수집벽의 대상이 되었다. 도를 좇던 자들은 현실을 쫓았고, 옛글에 탐닉하던 자들은 지금의 말과 글로 쓰고 말했다. 온몸에 먹을 튀기는 일로 평생을 보내야 하는 천한 환쟁이 나부랭이가 화인으로 입신할 수 있음 또한 시대의 은총이었다. 홍도는 그 복잡하고 붐비는 거리의 활기를 즐기기라도 하듯 천천히 걸었다.

윤복이 말한 종이 공장은 지전이 모여 있는 육의전 뒷골목에 있었다. 종이 공장은 홍도로서도 첫걸음이었다. 질퍽한 골목길을 돌아서자 낡은 종이 공장의 문이 보였다.

마당을 들어서자 껍질을 벗긴 닥나무가 낟가리처럼 쌓여 있었다. 마당 한가운데 아궁이의 닥솥에서는 한창 찌고 있는 닥의 향기로운 냄새와 김이 피어오르고 있었다. 불길이 거세게 타오르는 아궁이로 다가갈 때 등 뒤에서 걸쭉한 목소리가 들려왔다.

"누군지 모르지만 잿물에 몸을 상하고 싶지 않거든 저리 물러나시오."

턱수염이 무성한 중늙은이가 솥을 열었다. 하얀 김이 솟아오르며 달콤한 냄새가 달려들었다.

"도화서 화원 김홍도라 하오. 종이를 만드는 복잡다단함이 궁금하여 공장을 살펴보는 것뿐이오. 종이가 어떻게 만들어지는지를 모르는 자가 어떻게 종이의 성질을 알아 제대로 된 그림을 그릴 수 있겠소."

사내가 머릿수건을 벗으며 김이 솟아오르는 솥 안을 저었다.

"짚과 콩대를 태운 재를 더운 물로 걸러 가라앉힌 잿물에 닥나무 껍질을 삶는 거라오."

"빨래할 때 쓰는 잿물에다가 그저 닥을 삶으면 종이가 된단 말이오?"

사내는 홍도를 아래위로 훑어보며 코웃음을 쳤다.

"그렇게 쉽게 종이를 만들 것 같으면 우리 같은 종이장이들이 왜 있겠소? 종이 한 평을 만들려면 그 평수만큼을 땀으로 적셔야 하는 걸……."

"그러면 삶아낸 닥은 어떻게 하는 것이오?"

"수세(水洗)와 표백(漂白) 과정을 거쳐 방망이로 두드려 곤죽을 만들어야 하지."

홍도의 행색에서 중인임을 알아챈 사내는 슬쩍 말꼬리를 잘라먹으며 허름한 공장 문짝을 밀어젖혔다. 후끈하고 축축한 공기에 섞인 닥풀의 시큼한 냄새가 끼쳤다. 공장 한가운데에 큼지막한 소나무 지통이 보였다.

"곤죽을 지통에 풀고 발을 좌우로 흔들어 닥풀을 떠올리는 종이뜨기를 하지. 발 위에 얽힌 닥에서 물을 빼고 팽팽하게 말린 후 다듬이로 울퉁불퉁한 표면을 다듬으면 종이가 완성되는 거요."

홍도는 땀 냄새와 닥풀 냄새로 퀴퀴한 실내를 두리번거렸다. 사내는 홍도를 공장 한쪽 햇볕이 잘 드는 구석에 있는 탁자로 안내했다. 홍도는 그의 눈동자 깊은 곳을 바라보며 말했다.

"십 년 전부터 이 공장에 있던 사람을 만나고 싶소."

"나는 김윤설이라 하오. 십 년 전부터 이 공장에 있었던 것은 맞소. 닥 찌기 도제로 시작하여 콧구멍만 한 이 공장을 열어 종이만을 생각하고 종이만 만들었소."

무언가 하나라도 건져내야 한다는 조급증이 홍도의 말을 더듬게 했다.

"혹…… 십 년 전…… 이 공장을 드나들던…… 서징이라는 도화서 화원을 기억할 수 있겠소?"

김윤설은 미간에 잔주름을 잡으며 눈살을 찌푸렸다. 홍도의 초조한 마음은 그의 머리를 열고 뛰어들어 오랜 기억을 후벼내고 싶었다.

"북악산 아재 말씀이로군."

서징의 집이 북악 기슭에 있었으니 이 사내가 기억하는 북악산 아재란 곧 서징을 뜻하는 듯했다.

"북악산 아재…… 그렇지! 그 북악산 아재가 이곳에서 무슨 일을 했소?"

"뛰어난 화원이자 의기에 능통한 설계자였소. 공장에 자주 들러 곤죽을 만들거나 종이뜨기를 직접 했다오. 종이를 눌러 물을 빼는 압착기를 설계해 설치해주기도 했소. 바로 저것이오."

김윤설이 공장 한가운데에 있는 기기를 가리켰다. 평평한 널빤지 위에 젖은 종이를 쌓고 그 위를 또 다른 널빤지로 덮었는데, 나선형의 홈이 팬 기둥과 거기에 이어진 나무 자루가 보였다. 두 명의 젊은 도제가 나무 자루를 잡고 돌리자 누름판이 천천히 내려가며 종이에서 물이 빠져나갔다.

"북악산 아재가 개발한 것이오. 무거운 돌을 얹어 물을 빼던 공장들도 모두 저 나사식 압착기로 바꾸었소."

홍도는 어두침침하고 퀴퀴한 냄새가 나는 공장 한 모퉁이에서 옛 친구를 만난 듯했다. 비록 제명을 다하지 못했지만, 친구가 남긴 의기가 한 공장의 생산방식을 바꾸고 조선의 제지 방식을 바꾼 것이다. 서징이 살았을 때 입버릇처럼 하던 말이 생각났다.

"종이는 스스로 아무것도 품지 않으나 무릇 그림이 그려지는 바탕이니, 화원의 뜻한 바에 따라 먹을 머금고 뱉어서 온갖 현묘한 형상을 이루어낸다. 그런데 어찌 화원이라는 자가 종이를 모르고 그림을 그린다 하겠는가."

화원들은 그런 서징을 뒤에서 비웃었다.

"종이야 아무것도 없는 빈 공간일 뿐이니, 그것을 채우는 것은 오로지 화원의 자질과 솜씨다. 종이가 어찌 화원의 마음을 알아먹을 머금고 뱉을 것인가. 또한 종이는 천한 공인들이 만드는 것인데 도화서 화원이 어찌 마굿간 같은 공장을 드나든단 말인가."

하지만 서징은 비웃음을 뒤로하고 종이 공장을 찾곤 했다. 그리고 당대 최고의 종이 장인 김윤설에게서 종이 만드는 법과 종이의 성질을 배우고, 비법을 가르쳐준 보답으로 새 의기를 만들어주었던 것이다.

"도화서와 왕실에 납품하는 최고의 종이를 만드는 장인이라 들었소. 팔도에서 으뜸가는 종이의 명인이라면 비전의 공법과 기술이 있을 것인데……."

홍도가 말끝을 흐렸다. 장인에게 비법을 청하는 것이 외람됨을 알기 때문이다. 하지만 장인은 별것 아니라는 듯 내뱉었다.

"내세울 비법이라 할 것은 없소. 다만 초지를 할 때 종이의 결을 반대로 두 겹 세 겹 거듭하는 복초지 기술만은 이 공장만의 비전이라 하겠지만……."

"복초지라 했소이까?"

"전후좌우로 초지를 마음대로 하는 것이 기술이라면 기술이겠지. 제비가 물을 차듯 종이를 뜨면 아주 얇은 종이를 만들 수 있소. 조선에서 가장 얇은 종이이지만 어느 곳 하나 조직이 성기거나 구멍이 나는 법이 없다오."

"그렇게 얇게 종이를 뜬다면 같은 두께의 종이를 만들어도 다른 장인들보다 두세 번 더 뜰 수 있겠소이다?"

"초지는 보통 두 번이 기본이오. 왼쪽으로 한 번, 오른쪽으로 한 번 뜨면 결이 반대가 되어 종이가 탄성을 지니며 울지 않고 조직 또한 치밀해진다오. 두 번 이상 뜨면 종이가 너무 두꺼워지거나 너무 억세서 오히려 먹이 제대로 먹지 않소. 하지만 아주 얇게 세 번, 네 번까지 결을 바꾸며 종이를 뜨면 같은 두께라도 견고함과 조직의 치밀함 그리고 먹의 발색이 뛰어난 최고의 종이가 되는 거라오."

홍도는 서징과 장인 사이에 있었던 사연이 알고 싶어졌다. 어쩌면 그 사연이 서징이 죽은 사연을 밝히는 작은 실마리가 될지 모를 일이었다.

결국 서징이 이곳을 찾은 이유는 종이 장인에게 어떤 특별한 기술을 배우기 위한 것이 분명했다.

"서징이 죽기 전 이곳을 드나들며 무엇을 했소?"

"글쎄…… 이곳을 자주 찾기는 하였으되 특별히 기억나는 점은 없으나……."

붉은 놀이 지고 있었다. 교수방의 열어젖힌 문으로 긴 햇살이 비쳐들었다. 홍도는 탁자 모서리에 두 손을 짚고 펼쳐놓은 그림 속으로 빠져들었다. 지난 십 년 동안 그 그림 속에 담긴 상징과 의미를 생각했다. 서징이라면 아무 의미 없는 그림을 수수께끼처럼 던져놓고 죽지는 않았을 것이다.

이 그림은 완성되지 못한 것인가? 아니면 이 자체로 완성된 그림인가? 완성된 그림이라면 얼굴 없는 초상화는 무엇을 뜻하는가?

서징의 무덤에라도 따라가서 물어보고 싶었다. 하지만 죽은 사람은 말할 수 없다. 수수께끼를 밝혀내고 억울한 죽음을 캐는 것은 살아 있는 자의 몫이다.

실로 오랜만에 탁자 위에 펼쳤지만 그림은 여전히 아무것도 말해주지 않았다. 홍도는 꼬인 실타래 같은 머릿속을 털며 손가락으로 탁자를 두드렸다.

"해괴한 그림이라 하기에는 무언가 사연이 있는 듯합니다."

윤복이 탁자 위의 얼굴 없는 초상화를 내려다보며 말했다.

"네 부친의 화실에서 건져낸 유일한 단서다. 하긴, 단서가 아니라 의문만 더해주는 수수께끼지."

한참동안 그림의 구석구석을 살피던 윤복이 혼잣말을 되뇌었다.

"얼굴 없는 초상화…… 얼굴 없는 초상화……."

"초상화라면 얼굴이 있어야 할 것이고, 의복과 몸만 그린다면 그것은 초상화가 아닐 것이다. 그런데도 어찌 네 아비는 얼굴 없는 미완성의 그림을 남겼단 말이냐?"

윤복은 홍도의 말을 듣는 둥 마는 둥 의복의 선을 살피고 중치막의 고름
과 주름까지 찬찬히 살핀 후 말했다.

"이 그림은 미완성품이 아닙니다. 이자가 입고 있는 중치막의 고름과 옷
깃, 그리고 세밀한 주름을 보십시오. 손댈 곳이 없을 정도로 세부적인 묘사
까지 해놓지 않았습니까……."

"하지만 얼굴이 그려지지 않은 초상화를 어찌 완성작이라 하느냐?"

"얼굴은 그릴 필요가 없었거나 이미 그렸는지도 모릅니다."

"인물화는 얼굴을 그리기 위한 것인데 어찌 얼굴을 그릴 필요가 없다 하
느냐?"

홍도는 조급하게 윤복을 몰아세웠다.

"아버님께서 목격자들을 통해 대화원을 죽인 자의 인상을 들으셨으니 얼
굴을 그릴 필요는 분명했겠지요. 얼굴보다 의복을 먼저 그렸다면 이렇게까
지 세밀하게 그리지는 않았을 것입니다. 그렇다면 남은 가능성은 얼굴을 먼
저 그렸을 가능성입니다."

"얼굴을 먼저 그렸다면 그 얼굴은 어디에 있다는 말이냐?"

"아버지의 화실 곳곳에는 수많은 초상화와 인물화들이 붙어 있었습니다.
그런데 돌아가신 후 화실에는 유독 얼굴 없는 한 장의 인상도만 남아 있었
습니다. 나머지 인상도는 모두 놈들이 쓸어갔다는 이야기지요. 놈들이 노린
것은 사람의 얼굴이었지 의복이 아니었으니까요."

"그럼 서징이 일부러 얼굴을 그리지 않았다는 것이냐?"

"그리지 않은 것이 아니라 놈들의 눈에 띄지 않는 곳에다 숨기셨을 것입
니다."

"십 년 전 일이다. 그때 못 찾은 얼굴을 지금에 와서 어디서 찾는단 말이냐?"

윤복은 아버지의 힘찬 붓질의 기세가 느껴지는 그림 속 옷자락을 가만히
쓰다듬었다. 그림 속 인물의 보이지 않는 얼굴을 상상하던 윤복의 입술이

약간 벌어졌다. 무언가 생각났을 때 버릇처럼 나타나는 윤복의 표정이었다. 윤복은 매만지던 그림을 들어 올려 검붉게 사위어가는 노을빛에 비추어보기도 하고, 뒷면을 살펴보기도 하였다.

"어쩌면…… 어쩌면 이자의 얼굴을 찾을 수도 있을 것 같습니다."

윤복이 들고 있던 인상도를 둘둘 말아 두루마리 통에 넣고 어깨에 걸쳤다. 홍도는 영문을 모른 채 윤복의 뒤를 허둥대며 좇았다.

해는 떨어졌지만 육조 거리 뒷골목은 여전히 붐볐다. 주막 술상에서는 젊은 술꾼들이 목청을 드높였다. 지게꾼들과 짐꾼들의 요령잡이소리가 골목 안에 요란했다.

홍도는 불끈 쥔 주먹으로 종이 공장의 문짝을 조급하게 탕탕 두드렸다. 그 기세에 경첩에서 삐걱 소리가 나며 문이 열렸다. 압착기를 씻던 김윤설이 홍도를 힐끗 바라보았다.

"발길이 잦으시군. 이 늦은 시간에 어쩐 일이오?"

홍도가 한걸음 비켜서자 윤복이 허리를 숙여 예를 표했다. 땀 냄새를 풍기는 장인이라 하나 천민이나 노비가 아니니 중인으로서의 예를 차린 것이다. 윤복은 어깨에 메고 있던 두루마리 통을 열어 그림을 펼쳤다.

"이 해괴한 그림은 무엇이오?"

"그림이 아니라 이 종이를 봐주십시오."

김윤설은 윤복이 내민 종이를 두 손으로 만져보았다. 윤복은 김윤설의 얼굴에 얼핏 떠오르는 놀라움과 흥분을 놓치지 않으며 말을 이었다.

"이 종이가 이 공장에서 만들어진 것이 분명합니까?"

골똘히 종이를 들여다보고 매만지던 김윤설이 말했다.

"종이의 결과 닥의 조직으로 보아 우리 공장 것이 맞는 듯하오만……."

"겹쳐 뜬 종이는 여러 층의 공기층을 품고 있어 발묵이 좋고 은은한 필세를 드러내기에 좋은 고급 종이이지요. 하지만 이 종이는 두껍고 표면이 거칠어 정상적인 방법으로 겹쳐 뜨기한 것으로 볼 수 없습니다."

윤복은 문제의 종이와 김윤설 그리고 홍도를 번갈아보며 단호하게 말을 맺었다.

"그 말은…… 이 종이가 무언가 남들이 모르는 특별한 제법으로 만들어졌다는 뜻인가?"

홍도가 조심스럽게 물었다.

"그렇습니다. 이 종이는 그림을 그리는 종이가 아니라 그림을 가리는 종이 같습니다. 그림을 그린 종이 위에 다시 초지를 하여 이미 그린 그림을 덮어버리는 것입니다. 노을빛에 종이를 비추니 희미한 얼룩이 보였습니다. 두께로 미루어보아 최소한 세 번 이상의 초지를 반복한 것이 아닐까 합니다."

그제서야 홍도는 윤복이 왜 부랴부랴 얼굴 없는 인상도를 들고 이곳으로 달려왔는지 알 것 같았다.

범인의 인상도를 그릴 무렵 서징은 자신에게 다가오던 위험을 본능적으로 알아차렸을 것이다. 그들이 노리는 것이 무엇인지를 안 서징은 그 얼굴을 숨길 방법을 찾았을 것이다. 그리고 평소 알던 종이 공장에서 감쪽같이 인상도를 숨길 제지법을 배워 그림을 그린 후 표면을 덮어버린 것이 아닐까…….

김윤설이 말도 되지 않는다는 듯 빙긋 웃었다.

"한번 건조한 종이 위에 다시 초지를 한다는 것은 머릿속에서나 가능한 일……. 게다가 그림이 그려져 있다면 더욱 힘들지. 물속에서 먹이 퍼져버리니까."

"생각할 수 없다고 불가능한 것은 아니지요."

윤복은 끈질겼다.

"말도 안 되는 소리요."

"말이 되는지 안 되는지는 확인해봐야겠지요."

누가 말릴 틈조차 없이 윤복은 들고 있던 그림을 초지 통에 푹 담갔다. 순간 홍도는 온몸의 피가 식는 것 같았다.

"무, 무슨 짓이냐! 유일한 단서를 물속에 담가버리다니, 네가 정신이 있는 놈이냐!"

심하게 말을 더듬으며 물이 철철 흘러내리는 종이를 급히 건져 든 홍도의 얼굴은 붉으락푸르락했다.

윤복은 홍도의 손에서 다시 그림을 받아 탁자 위에 펼쳤다.

"묵향을 맡아본바 기름기가 많아 물에 들어가도 풀어지지 않는 유연묵이었습니다. 그러니 그림 위에 다시 초지를 한다 해도 먹이 번질 우려는 없을 것입니다."

"하지만 그림을 종이로 덮어버리면 어떻게 다시 볼 수 있다는 말이냐?"

"두 겹, 세 겹의 종이를 얇게 박리할 수만 있다면 이 속에 숨은 그림을 볼 수 있을 겁니다. 그것이 살인자의 얼굴이든 또 다른 무언가를 그린 그림이든……."

무언가를 깨달은 듯 홍도가 김윤설을 돌아보며 물었다.

"겹쳐 뜨기를 한 종이를 박리할 방도가 있소? 애초에 겹쳐 뜨기를 한 종이는 아니지만 여러 번 초지한 종이가 틀림없다면 박리할 방법도 있지 않겠소?"

잠시 생각하던 김윤설이 입을 열었다.

"초지 통 안에서 곤죽이 된 종이의 점도를 조절하기 위해 섞는 종이풀이 있소. 점도를 높이려면 여뀌의 뿌리를 달인 즙을 섞는데, 자칫 점도가 너무 높아지면 초지가 제대로 되지 않소. 그럴 때 갖풀 삶은 물을 부으면 여뀌 풀의 점도를 낮추어 끈적이는 성질이 풀어진다오."

"바로 그겁니다! 이 종이를 물에 불리고 갖풀 곤 물을 부으면 여뀌 풀의 점도가 낮아져 서너 겹의 종이가 한 장 한 장 박리될 수도 있을 것입니다."

윤복이 탁상 위의 그림을 다시 초지 통에 담갔다. 종이는 물속에서 부드럽게 너울거렸다. 김윤설은 공장 한쪽 선반 위의 항아리 속에 든 액체와 물을 대접에 잘 섞은 후 넓적한 나무통에 부어 고루 저었다.

윤복은 초지통에 떠 있던 그림을 김윤설이 섞은 용제 안에 펼쳤다. 세 사람은 누가 먼저랄 것도 없이 통 속의 종이를 뚫어져라 바라보았다. 얼마나 시간이 흘렀을까……. 그림 왼쪽 모서리의 중치막 고름 부분이 너덜너덜하게 풀어지기 시작했다. 김윤설은 건져낸 그림을 초지 발 위에 조심스럽게 얹고 누름판의 자루를 돌렸다.

끼이익. 금속이 부딪치는 소리가 나며 얇은 종이는 머금었던 물을 뱉어냈다. 김윤설은 초지 발을 탁자 위로 옮겼다.

"여뀌 풀의 점성이 떨어져 종이가 여러 겹으로 박리되었소."

김윤설이 조심스럽게 맨 위 장을 들쳐 올렸다. 중치막을 입은 사내의 몸통이 벗겨져 나간 하얀 종이 위에는 날렵한 선이 그려져 있었다.

"우물가의 여인이 말했던 그자의 턱이다!"

목덜미가 찌릿해진 홍도가 반사적으로 소리쳤다. 김윤설이 두 번째 종잇장을 조심스럽게 들어냈다. 뭉툭한 코끝과 짧은 인중, 그리고 두터운 입술이 드러났다.

"이제 눈만 있으면 놈의 상판대기를 확인할 수 있을 겁니다."

윤복은 분노에 이글거리는 눈으로 흉악한 사내를 노려보았다. 마침내 세 번째 종잇장이 완전히 벗겨졌을 때 홍도와 윤복은 탄식처럼 짧은 한숨을 내쉬고 말았다. 그곳에는 놈의 이마 위쪽에서 아래쪽으로 길게 난 깊은 흉터 자국만이 흉측하게 그려져 있었다. 칼을 맞은 자국인 것으로 보아 놈은 전문적인 칼잡이거나 양반가의 뒷일을 처리해주는 왈자로 보였다.

"눈이 없다. 놈의 눈은 어디로 갔는가?"

홍도가 목소리를 높였다. 김윤설이 침착하게 설명했다.

"이것이 끝이오. 화원은 중치막 그림, 턱 선과 입, 코의 그림 그리고 이마의 흉터 그림을 그려 세 번의 초지를 거듭했소."

윤복은 애원하는 듯한 눈빛으로 김윤설을 바라보며 물었다.

"다른 종이 한 겹이 더 없습니까? 혹 너무 얇아 두 장이 한꺼번에 벗겨졌는지 모르지 않습니까!"

"아니오. 종이는 모두 넉 장이 맞소."

"낭패로다! 범인의 눈은 어디에 있단 말인가? 용모파기에는 눈이 핵심인데 서징은 처음부터 범인의 눈을 그리지 않은 것일까?"

홍도가 푸념을 늘어놓았다. 윤복은 오랜 기억의 덤불 속을 헤매며 무언가를 기억해내기 위해 눈살을 찌푸렸다. 흥분을 가라앉힌 홍도가 윤복에게 다가들며 물었다.

"서징이 죽기 전 화실로 낯선 자가 드나들었다고 들었다. 기억나는 것이 있느냐?"

잠시 동안의 침묵을 깨고 윤복이 입을 열었다.

"아버지가 돌아가시기 전 화실로 찾아온 자는 모두 네 명이었습니다. 첫날 찾아온 젊은 청년, 둘째 날 찾아온 어린 소년, 그리고 셋째 날 찾아온 아낙네……."

홍도가 무언가 아귀가 맞아 들어간다는 듯 눈빛을 반짝였다.

"이 그림은 범인의 모습을 본 각각의 사람들로부터 들은 부분들을 따로 그린 것이야. 셋째 날 찾아온 대화원의 찬모가 우물가에서 맞닥뜨린 놈의 턱 선을 본 것이 첫 번째 숨은 그림이지. 그리고 그 전날 찾아온 아이가 본 범인의 코와 입이 두 번째, 또 그 전날 찾아온 자가 본 이마의 상처를 맨 아래쪽에 그린 거야. 그렇다면 마지막 날 찾아온 자가 본 범인의 눈이 사라진 거야. 그자를 기억하느냐?"

홍도가 윤복을 돌아보며 다급하게 물었다.

"그 무렵 여러 사람들이 연이어 찾아와 헷갈리지만 그자는 분명 기억할 수 있습니다."

"특별한 점이라도 있었더냐?"

홍도가 마른 입술을 손바닥으로 문지르며 물었다. 윤복이 한 박자를 늦추어 짧게 말했다.

"그자는…… 말을 못하는 벙어리였습니다."

아무 연관 없이 홍도의 머릿속을 떠돌던 생각의 조각들이 제자리를 찾아 완벽한 그림을 그려내고 있었다.

서징은 닷새 동안 스승의 집을 헤매며 네 명의 목격자들을 만났을 것이다. 그리고 물었을 것이다. 그들이 본 것과 보지 못한 것에 대하여. 그리고 느낀 것과 느끼지 못한 것, 생각한 것과 생각하지 못한 것, 들은 것과 듣지 못한 것에 대하여.

네 명의 목격자는 모두 한 사내를 보았다지만 누구도 그 얼굴을 정확히 보지는 못했다. 어떤 자는 턱, 어떤 자는 이마의 상처, 어떤 자는 코에 대해서만 말했다. 그중 하나는 숫제 말하지 못하는 벙어리였다.

끊어진 실마리, 부서진 단서, 파편처럼 흩어지고 안개 속처럼 희미한 진실. 그것이 수석 화원의 상여가 나가는 아침까지 상갓집의 구석구석을 뒤지며 서징이 찾아낸 것들이었다.

하지만 그것은 서징이 원하는 것이 아니었다. 그에게는 좀 더 명확하고 돌이킬 수 없는 확실한 증거가 필요했다. 잠에서 덜 깬 오줌 마려운 어린 도제 녀석의 비몽사몽이나, 겁 많은 찬모의 진술을 의금부는 믿지 않으려 들 것이다. 그들이 본 범인의 모습은 모두가 착각이거나 꾸며낸 것으로 치부되기에 딱 알맞았을 것이다…….

결국 서징은 짜깁기를 하기로 했던 것이다! 그들이 본 것이 정확하다면, 그 조각조각을 이어붙이면 될 터였다. 네 사람이 본 얼굴이니 네 사람의 진술을 합하면 한 사람의 얼굴이 될 것이었다.

하지만 그것이 가능한 일일까? 눈앞의 사람을 그리는 초상화의 초를 뜨는 데만도 열흘이 족히 걸리는데, 잠시 스치듯 본 얼굴의 한 부분 한 부분을 듣기만 하고 그린다는 것이……. 아무리 인물화의 달인이라 하나 그것은 뜬구름 잡는 소리에 지나지 않을 것이다.

홍도는 힘겹고 외로웠을 서징의 마지막 나날들을 생각하며 자책에 빠졌다. 하얀 이를 드러내며 웃던 벗의 얼굴이 자꾸 떠올랐다. 그러자 농담을 하듯 자신을 달래는 목소리가 귓가에 들려오는 것만 같았다.

"이 사람아! 사대부들이 어디 매란국죽을 보아서 그리던가. 서안 머리에 앉아 쓱쓱 그어놓은 붓질을 절세의 명품이라 호들갑을 떨면서 사람의 얼굴은 어찌 보지 않고 못 그린다 하는가!"

그 말은 틀리지 않았다. 평생 사군자를 치며 보낸 사대부들은 난초를 보지 않아도 고결한 난의 품성을 그려낼 수 있다. 평생을 인물화에 천착한 서징이라면 보지 않고도 인물을 그릴 수 있을 것이다.

홍도는 오랜 친구가 한 장의 그림 속에 숨겨둔 넉 장의 그림을 바라보며 힘없이 탁자를 짚었다. 그 힘든 시간을 혼자 버틴 그의 두려움과 외로움을 생각하자 가슴이 저려왔다. 밤이 깊어갈수록 바람은 스산해졌다. 교수실 바닥은 얼음장처럼 온기를 잃어갔다.

대부분의 도화서 화원들은 그림을 팔고 권신의 초상을 그린 대가로 큰 부를 축적했다. 하지만 홍도는 변변한 집 한 칸 없이 기방을 오가며 젊은 날을 보냈다. 여인 하나를 들일 변변한 안방은 없었지만 천하의 여인들이 흠모하며 따랐다. 장가들라는 말에는 세상 모든 여인을 두고 한 여인만을 취하는 것이 바보짓이라 농하며 넘겼다. 자식을 두지 않음을 나무라는 지인들에게는 자기를 사랑하기에도 바쁜데 어찌 자식을 낳아 기를까 보냐며 웃었다.

그것은 사실이었다. 홍도는 자신을 사랑하기에도 바빴다. 그림을 그리고, 그릴 대상을 찾고, 거기에 담을 무언가를 구상하느라 길지 않은 하루가 다갔다. 잠자리에 누워서도 그림을 생각했고 기방에서도 그림 생각뿐이었다. 살아 있다는 것은 곧 그린다는 것이었고, 그린다는 것은 곧 살아 있다는 유일한 증거였다. 그런 그였기에 그다지 넓지 않은 생도청 교수실도 지내기에 상관없었다. 단지 먹의 향기가 가시지 않는 곳, 종이의 스적이는 소리에 잠깰 수 있는 곳이라면 행복했다.

연한 연꽃을 그려둔 옅은 창호지를 통해 희뿌연 달빛이 스며들었다. 창호지 너머에서 낯익은 그림자가 떠오르는 것 같았다.

"윤복이냐?"

지나는 바람 소리가 귓전을 스쳤다. 헛것을 본 것인가……. 홍도는 이른 나이에 벌써 희미해져가는 두 눈을 비비며 방문을 밀어젖혔다. 달빛 비친 앞마당의 석류 가지가 창호지에 어려 있었다.

역시 헛것을 본 것인가? 하지만 그것은 헛것이 아니었다. 한 알의 붉은 석류가 작고도 하얀, 반듯한 얼굴로 비친 것은 마음속에 그 얼굴이 있기 때문이었다.

홍도가 아는 한 생도는, 그림은 보이는 대로 그려지며 사물은 생각하는 대로 보인다고 말했다. 그러므로 그림은 그린 사람의 뜻과 심성과 인생이 비친 그림자라고도 했다. 그 화원을 홍도는 질투하며 사랑했고, 선망하며 동정했고, 동경하며 낯설어 했다. 그 두 얼굴 사이에서 홍도는 흔들렸다.

그 아이를 마음에 담은 것이 언제였던가? 어쩌면 생도청의 첫 수업에서 그 아이를 처음 만난 그때부터가 아니었을까…….

홍도는 윤복의 눈빛을 생각했다. 젖은 눈. 한없이 먼 듯하면서도 빠져들고 싶은 비밀을 숨긴 아늑한 눈. 홍도는 그 어둠의 끝까지 들어가고 싶었다.

홍도는 자신의 내부에서 들끓는 감정이 무엇인지 알 수 없었다. 아끼는 제자라기엔 너무나 뜨거웠고, 그 재능에 대한 사랑이라기엔 너무도 격렬했다.

혼자 잠드는 밤이면 문득 자신도 모르게 윤복의 얼굴이 떠올랐다. 그럴 때마다 화들짝 깨어나 땀을 흘렸다. 부끄럽고 해괴하고 낯 뜨겁고 불쾌했다.

신한평의 고백은 홍도를 더욱 혼란스럽게 만들었다. 세상은 윤복을 신한평의 아이로 알지만 사실은 서징의 아이였다. 진실을 직시하는 것은 정의로울지 모르지만 늘 옳은 것은 아니었다. 진실이란 때론 잔인하고, 몰인정하며 비극적이기도 했다. 한 아비의 가슴을 할퀴고, 한 아이의 삶을 비틀고, 한 가문을 파멸시킬 참담한 것일 수도 있었다. 그런데도 진실을 좇아 끝 간 데 없는 숨바꼭질을 계속해야 하는 것일까?

진실은 묻혔지만 사람들은 살아가고, 화인들은 그림을 그리고, 여인들은 물을 긷고, 왕은 정사를 돌보고, 간신배들은 여전히 모략을 꾸미고, 장사꾼들은 돈을 벌어들인다. 지금 와서 오래전의 진실을 캐낸다고 새삼스럽게 무엇이 달라질 것인가. 오히려 오래오래 세월 속에 켜켜이 묻어둔 상처를 터뜨리기나 하는 것은 아닐까.

한 꺼풀을 벗기면 또 한 꺼풀의 단단한 막으로 싸인 듯한 그 아이는 비밀투성이였다. 그 아이의 검은 눈동자 깊은 곳에 감추어진 비밀을 홍도는 미친 듯이 알고 싶었다.

늦은 밤이었지만 김수명의 화실에는 불이 꺼지지 않았다. 홍도는 거침없이 화실 문을 열어젖혔다. 윤복은 앞선 홍도의 거친 숨소리를 들으며 어둑한 실내를 주의 깊게 살폈다.

한참을 두리번거린 후에야 구석진 곳에서 웅크린 등짝이 눈에 들어왔다. 벙어리 화원은 다른 도제들이 모두 화실을 떠난 늦은 밤까지 그림에 몰두하고 있었다.

문득 뒤를 돌아보는 사내의 검은 눈동자가 불빛에 번득였다. 홍도는 등 뒤에 메고 있던 두루마리 통을 열고 한 장의 종이를 꺼내 펼쳤다.

"고개를 들게!"

사내는 고개를 들었다. 홍도는 사내가 자신의 말을 어떻게 알아들었는지 궁금했다. 하지만 그런 건 어떻든 상관없었다. 천천히 그림을 살피던 사내는 휘청거렸다.

그림 속에는 교활하고도 날카로운 턱 선을 지닌 한 사내의 얼굴이 있었다. 이마에는 길게 난 칼자국이 있었고, 뭉툭한 코끝과 짧은 인중이 성마른 성격을 말해주었다. 그것은 얇게 박리한 넉 장의 그림을 윤복이 한 장의 종이 위에 옮겨 그린 인상도였고, 강수항의 벙어리 도제가 십여 년 전 어느 날 새벽에 느닷없이 맞닥뜨린 자의 얼굴이기도 했다.

"이 그림 속 사내를 모른다 하지 않겠지?"

사내는 홍도의 말에 아무런 반응을 보이지 않았다. 윤복이 그림 속 사내의 두 눈이 있어야 할 빈자리를 손가락으로 가리켰다.

홍도는 탁자 위의 붓을 집어 내밀었다. 충혈된 눈으로 인상도를 바라보며 사내는 그 새벽의 악몽 같던 교활한 눈을 떠올렸다.

이른 새벽 후원의 샘가에서 벼룻물을 받고 있을 즈음이었다. 한 사내가 화실 문을 열고 후닥닥 후원 담장을 따라 바삐 걸었다. 어린 도제는 벌떡 일어나 크게 소리를 질렀다. 속으로 잦아들 뿐 말이 되어 전해지지 않는 소리였다. 순간, 푸른 여명 속에서 놈이 힐끗 돌아보았다.

소년은 그 눈빛을 분명하게 마음속에 새겼다. 날카로운 눈꼬리는 길게 치켜 올라갔고, 긴 눈썹은 흐리게 이어졌다. 이마에는 긴 칼자국이 있었고, 홀쭉한 뺨은 새벽빛에 깊게 그림자가 져 있었다. 놈이 차가운 미소를 보이자 누런 이가 번득였다.

소년은 그 섬뜩한 미소에 오줌을 지리며 두 눈을 감고 말았다. 뜨뜻한 액체가 가랑이 사이로 흐르는 것을 느끼며 소년은 그 두 눈을 머릿속에 새겼다. 집 안에서 사람들이 웅성거리는 기척이 났고, 놈의 빠른 발은 담장 위를 스쳤다.

떨리는 붓 끝이 인상도 위를 오갔다. 붓 끝이 스칠 때마다 희미한 음영과 뚜렷한 눈매가 드러났다. 벙어리 화원의 머릿속에서 두려움과 분노의 세월 속에 묻혔던 간악한 눈빛이 살아났다. 화원은 자신을 베지 않고 살려준 놈에게 감사했다. 살아남지 못했다면 그 간악한 눈빛은 영영 어둠 속에 묻히고 말았을 것이다.

한참 후에야 화원은 손에서 붓을 놓고 이마의 땀을 소맷자락으로 닦아냈다. 홍도는 아직 먹물이 마르지 않은 그림을 내려다보았다.

윤복은 십 년의 어둠 속에 숨어 있다가 비로소 모습을 드러낸 아비의 원수를 차가운 눈길로 쏘아보았다. 놈에 대한 분노와 그동안의 세월에 대한 억울함이 눈물이 되어 치솟았다. 윤복은 가누기 힘든 몸을 홍도의 어깨 위로 무너지듯 기댔다. 조용한 울음과 조용한 분노와 조용한 회한이 밤과 함께 깊어갔다.

십여 년이란 세월은 진실을 감추기에 충분했다. 그림 속 사내의 얼굴에도 세월의 더께가 내려앉았을 것이다. 얼굴엔 주름이 지고, 살결은 거칠어지고, 수염은 하얗게 세었을지도 모른다. 이리저리 얼기설기 엮은 인상도 한 장으로 종적 모를 자를 찾는다는 것이 가능하기나 한 일일까……. 더구나 그자를 찾는다 해도 누군가의 하수인일 뿐…….

홍도는 다시 강수항의 죽음으로 돌아갔다. 스승은 왜 죽어야 했는가? 그 의문에 대한 몇 가지 어렴풋한 징후를 서징은 홍도에게 알려주었다. 죽은 스승의 화실에서 발견한 의문점들이었다.

첫째, 화실 안이 엉망진창이 되어 있었다는 점. 작업실 안에 작은 먼지 하나도 허락하지 않던 스승답지 않은 일이었다. 서징은 누군가가 애타게 무언가를 찾은 증거라고 했다.

둘째, 화실에 남아 있는 그림들이 사군자와 산수, 그리고 파적거리 습작들이 대부분이라는 점. 비싼 산수와 사군자를 내버려두고 그들이 훔쳐간 것은 인물화들이었다.

마지막으로 스승의 입술과 얼굴에 도는 초록빛이 월황의 독으로 독살되었을 가능성을 말해주고 있었다.

이 세 가지 단서를 종합하면, 스승은 그 무렵 어떤 인물에 대한 그림을 그리고 있었고, 그 그림을 노리는 누군가에 의해 독살당했다는 결론에 이르렀다. 지금까지의 결론으로 본다면, 그 그림의 주인공은 장헌세자였다. 하지만 그 그림이 어디에 있는지는 아직도 알 수 없는 일이었다.

"다, 다시 한번 생각해보게. 대화원께서 돌아가시기 전 평소와 다른 점이 없었던가? 혹 특별한 그림을 그렸다든가, 아니면 도사 전후로 눈에 띄는 행동을 하셨다든가……."

조급증을 견디지 못한 홍도는 사내가 자신의 말을 알아듣지 못한다는 사실조차 잊은 채 더듬는 말투로 다그쳤다. 윤복은 온갖 손짓과 발짓을 섞어 느리고 똑똑하게 홍도가 했던 말을 되풀이하여 사내에게 전했다.

화원은 조심스럽게 윤복의 입술과 손짓과 발짓을 바라보았다. 알아듣기엔 터무니없는 손짓과 발짓이었지만 두 화인이 말하는 바를 알 것 같았다. 오랜 도제 생활은 듣지 않고도 알아차리는 눈치와 상대의 뜻을 눈빛으로 읽는 요령을 길러주었다.

사내는 홍도의 조바심을 무시하듯 어둠이 들어찬 창가로 눈길을 돌리며 오래전의 일을 생각했다. 깊은 우물 같은 눈빛 속에서 진실의 조각이 반짝이는 듯했다.

문득 자리에서 일어나 돌아선 화원은 크게 네 번 절을 올렸다. 뜻밖의 행동에 윤복과 홍도는 멀뚱멀뚱 서로의 눈만 쳐다보았다. 화원이 돌아선 쪽은 북쪽.

"그, 그러니까…… 그즈음에 스승님께서 북향재배를 하셨다는 말인가?"

조급해진 홍도가 다시 말을 더듬었다. 화원은 벼루에 먹을 가는 시늉을 하고, 빈 종이를 탁자 위에 조심스럽게 펼친 다음 손을 앞으로 모으고 네 번 허리를 굽혔다.

"먹을 갈아놓은 화원이 도사에 들어가기 전 절을 올리는 것은 어진을 도사할 때뿐입니다. 대궐 아닌 사화서에서의 어진 도사라면……."

직감적으로 화원의 손짓과 몸짓을 읽어낸 윤복은 혼자 중얼거렸다.

"장헌세자……."

홍도는 등줄기에 얼음물을 맞은 듯 서늘했다. 윤복은 냉담한 눈빛으로 다시 화원에게 물었다.

"혹 그 무렵 화원께서 어떤 그림을 그리셨는지 기억하오?"

화원이 오른손으로 자신의 얼굴 윤곽을 따라 둥근 원을 그렸다. 그리고 손가락 열 개를 눈앞에서 거듭 펼쳐 보였다.

"돌아가시기 전, 평소보다 훨씬 많은 인물화를 그렸다는 뜻인 듯합니다."

"혹 그때 그린 사람들 중 기억나는 사람이 있소? 이름을 모르면 사는 집이나 벼슬이라도……."

화원은 탁자 위의 종이에다 무언가를 그렸다. 날아갈 듯한 처마와 용마루를 지닌 대가집이었다.

"그러니까…… 그의 집을 알고 있다는 말인 듯합니다."

젊은 화원은 스승이 죽기 얼마 전의 일을 뚜렷이 기억하고 있었다. 스승이 어깨에 메어준 두루마리 통을 지니고 광통교 부근 어떤 고관의 집에 전한 적이 있었던 것이다. 두루마리 통 속에는 스승이 애써 완성한 인물화 한 점이 고이 보관되어 있었다.

"혹 그 집을 기억한다면 이 종이에 약도를 그려주시오."

화원이 알아듣든 말든 그렇게 중얼거리며 윤복은 붓을 집어들었다. 그리고 종이 위에 경복궁과 창덕궁, 그리고 육조 거리와 광통교, 청계천의 위치를 대충 표시한 도성의 지형을 그린 후 화원에게 붓을 넘겼다.

바람의 화원

붓을 받아든 화원은 청계천에서 광통교에 이르는 큰길가의 한 지점에 붓
끝으로 동그란 표시를 했다. 붓 끝에서 문제의 집의 위치가 정확하게 드러
났다.

"중추사 우부제학 김명륜 대감의 집이 아닌가……."

"아시는 분입니까?"

"알다마다. 아직 나이 쉰에도 못 미쳤으나 학문이 높고 예악을 사랑하여
늘 문장과 그림을 가까이 하는 분이다."

"사람의 내면은 늙어서야 겉으로 드러나니, 이순이 되어 초상화를 그리
는 것이 보통입니다. 그런데 부제학의 나이 아직도 쉰도 못 된 터이니 당시
연령이 삼십대 중반으로 초상을 그리기에는 너무 젊었을 터인데……."

"화원의 말이 거짓이 아닐 것이나 이치에 맞지 않으니 답답할 뿐이다."

윤복의 말에 홍도가 긴 한숨을 내쉬었다.

홍도는 날아갈 듯한 솟을대문의 처마 끝을 바라보았다. 성긴 수염의 행랑
아범이 고까운 눈으로 중치막 차림의 중인을 아래위로 훑어보았다. 그놈의
반상이 무엇이란 말인가. 도대체 무엇이기에 옷자락 하나를 두고 사람을 보
는 눈길이 달라지는가.

홍도는 속으로 탄식하면서도 웃는 낯으로 김명륜 대감을 뵈러 왔다고 정
중하게 말했다. 권문세가의 자손으로 어려서부터 예술적 감식안을 기른 탁
월한 예술 애호가가 천재 화원의 방문을 마다할 리 없었다.

김명륜은 중국산 고급 비단으로 지은 도포 차림에 긴 장죽을 물고 있었
다. 방 안에는 전대미문의 대화원 강세황의 필치로 보이는 호랑이 그림이 걸
려 있었다.

"천하의 명화원이 내 집에 어쩐 일인가?"

김명륜이 장죽에 담배를 채워 넣으며 물었다. 윤기가 있고 친밀감이 깃든

목소리였다.

"송구하오나 대화원 강수항의 일로 여쭈어볼 것이 있어 왔사옵니다."

의외라는 표정을 지으며 곰곰이 생각하던 김명륜이 입을 열었다.

"천하의 화원이 내 집까지 왔는데 그냥 돌려보낼 수야 없지. 그러면 나 또한 청이 있네."

홍도는 허를 찔린 느낌으로 김명륜의 다음 말을 기다렸다.

"자네의 그림 한 점을 가지고 싶네. 자네가 사사로이 그림을 내돌리지 않음을 알지만 귀한 것일수록 더욱 갖고 싶어지지. 그림 한 점을 내준다면 자네 질문에 아는 대로 말해줌세."

홍도는 잠시 갈등했다. 수백 냥을 제시하며 초상을 부탁하는 거상이나 좌의정의 초상화 주문도 거절했다. 자신의 집에 화려한 화실을 짓고 들여앉히려는 파격적 제안을 하는 부자들도 있었다. 하지만 대답은 고개를 가로젓는 것이었다.

청렴결백 따위를 좇아 돈과 권력 앞에 뻣뻣하게 맞섰던 것은 아니었다. 적어도 자신의 그림은 자신의 것이라 생각했기 때문이었다. 벼슬자리와 차비대령화원의 영달을 탐하지 않은 것은 아니었으나 재주를 팔기는 싫었다. 그것은 혼을 파는 일이었다. 그것을 아는 유한 선비들이니 홍도의 그림에는 천정부지의 값이 매겨졌다. 아니, 값을 매길 수 없을 정도였다.

하지만 혼을 팔아 진실의 한 조각만이라도 볼 수 있다면…… 그 편을 택하고 싶었다.

"보잘 것 없는 그림을 원하신다면 한 점을 내드리겠습니다. 대신 대감께서도 알고 있는 모든 바를 말씀해주셔야 합니다."

"여부가 있나. 내 십 년을 넘게 자네 그림 한 점 갖기를 소원하였는데 오늘 그 소원을 이루었네."

이제는 홍도가 십 년의 소원을 이룰 차례였다. 십 년 동안 풀지 못한 수수께끼, 십 년 동안 감추어온 가책의 그림자, 십 년 동안 찾아 헤맨 진실의 조각……

"대화원이 돌아가시기 전 대감의 초상을 그렸다 들었습니다."

"비록 실패한 초상이지만 대화원의 그림이니 후대에 가면 큰 가치가 생길 게야."

"혹 그 그림을 볼 수 있을지요?"

김명륜은 사방관을 고쳐 쓰며 자리에서 일어났다. 햇살에 그의 비단 도 포 자락이 반짝였다.

방을 나선 김명륜은 사랑채 뒤편의 별채로 건너갔다. 왕래가 편하도록 사 랑채와 긴 마루로 연결된 건물이었다.

문을 열자 은은한 먹 향기와 표구용 풀 냄새가 났다. 눈어림만으로도 수 십 섬이 족히 되는 그림들이 슬비하게 걸려 있었다. 장안의 미술 애호가들 이 그림을 모은다는 소리를 들었으나 그 호사가 이 정도일 줄을 홍도는 미 처 몰랐다.

"허허…… 돈깨나 썼다네. 하지만 이 방의 그림을 몽땅 주고서라도 자네 의 그림 한 점을 얻을 수 있다면 그렇게 해야 하겠지."

김명륜은 여유로운 웃음을 웃으며 옆방으로 이어진 문을 열었다. 첫 번째 방과 비슷한 양의 그림들이 걸려 있었다. 김명륜은 자신이 모은 명품들을 자랑할 날이나 잡은 듯 다음 방문을 열었다. 지방 사화서나 저자 장인들의 민화들이었지만 세련된 필치와 기법은 궁중 화원을 뺨칠 정도였다. 가운데 서가에서 몇 장의 그림을 들춘 김명륜은 그중 하나를 탁자 위에 놓았다.

"자네가 찾는 그림일세. 대화원의 작품이지만 실패작이라 맨 뒷방에 보관 해오고 있다네."

둥근 이마와 반달 모양의 눈매, 턱 아래쪽으로 난 수염, 붙임성 있는 인상 그리고 약간은 탐욕스러운 느낌을 주는 분위기까지 김명륜의 모든 것을 표현 한 그림이었다. 하지만 거기에는 무언가 어긋나 있는 듯한 불편함이 느껴졌다.

"실패작이라 함은 어인 말씀인지요?"

"저 코를 보게. 저걸 어찌 나의 코라 하겠나?"

무언지 모를 어긋남은 바로 그 코 때문이었다. 자신의 얼굴이니 김명륜은 정확하게 결점을 찾아낸 것이었다.

"대화원이 내 낮은 코를 그림을 통해서나마 높여 호남으로 만들어준 것은 고맙다 할 만하나 그림으로는 실패작이 되어버렸어. 우리 같은 그림 수집가들은 알지. 그림이 그 자체로도 아름다워야 하지만 대상을 얼마나 정묘하게 묘사했는지가 더욱 중요하니까……. 특히 초상화라 하면 실제 인물과 터럭 하나라도 다르면 실패라 할 정도로 정묘한 묘사를 최고로 치는데, 이거야 원……."

김명륜이 아까운 듯 그림을 자꾸만 흘겨보며 혀를 끌끌 찼다. 코만 아니었으면 가장 앞쪽 방에 걸렸을 그림이 뒷방 서가에서 잠자고 있음이 새삼 마음에 편치 않았던 것이다.

"대화원께 그 이야기를 해보셨습니까?"

"물론이네. 직접 화실로 찾아가 어찌 이렇게 코를 높고 길게 그렸느냐고 따졌지. 화원은 몇 번이나 고개를 숙이며 미안하다고만 말하더군. 나이 들다 보니 집중이 흐려졌다고 말일세."

"그림 값은 어떻게 되었습니까?"

"그림 값 같은 건 애초에 없었네. 대화원이 우리 도화계 계원들에게 초상한 점씩을 그려주겠다고 자청한 것이니 말일세."

도화계(圖畵契)는 권문들과 고관대작들, 거부를 이룬 상인들이 모인 그림 애호 친목계였다. 시를 짓는 시계나, 시조를 읊는 가계, 악과 부를 지어 겨루는 문계 등과 함께 유한 양반들의 호사 취미였다. 화원을 청해 그림 그리는 것을 보기도 하고, 하나의 그림을 사서 돌려가며 보관하기도 하고, 좋은 그림이 있으면 천 리를 멀다 않고 달려가는 모임이었다.

김홍도, '그림 감상', 종이에 담채, 28.1×23cm, 국립중앙박물관
그림 감상과 수집에 탐닉하는 유한 양반들이나 도화서를 비롯한 화실의 화원들이
한 점의 그림을 돌려보며 담론을 즐기는 모습이다.

김명륜의 도화계에는 재력과 권력이 남다른 대가와 거부들이 모여 있었
다. 계원의 자격이 대를 이어 계승되기 때문에 김명륜 또한 젊은 시절부터
계원이 되었던 것이다.

"어느 땐가 계모임에 대화원을 청해 인물화에 대한 이야기를 들었지. 모임

이 끝날 무렵 대화원이 의외로 계원 모두의 초상을 그려주겠다더군. 어진화사를 몇 번씩 치른 대가이니 언감생심 그의 초상을 얻는다면 천 냥이 아까울 것인가, 만 냥이 아까울 것인가."

김명륜이 아직도 그때의 감격을 잊지 못한 듯 목소리를 드높였다.

"그래서 대화원이 다른 계원들의 초상도 그렸습니까?"

"그렇지. 계원들의 집으로 일일이 찾아와서 초상화의 초를 뜨고 돌아갔다네."

변을 당하기 전 대화원이 많은 초상을 그렸다는 벙어리 화원의 진술은 사실이었다. 대화원은 장안 최고의 미술 애호가들에게 초상화를 그려줌으로써 그들이 더욱 미술에 관심을 두고 더 많은 그림을 사들여 화인들을 육성할 수 있도록 한 모양이었다.

하지만 그렇게 말하는 김명륜의 표정은 왠지 꺼림직해 보였다. 홍도는 호기심 어린 얼굴로 김명륜을 바라보며 물었다.

"천하의 대화원이 대가 없이 여러 점의 초상을 그려주었는데 어찌 그렇듯 탐탁찮은 기색이신지요?"

김명륜이 못마땅한 투로 헛기침을 하며 대답했다.

"싼 게 비지떡이란 말이 있지 않은가. 공짜 그림이 역시 허점이 있기 마련이더라고."

"잘못 그린 초상이 더 있었단 말입니까?"

"모든 계원들이 볼멘소리를 하더란 말일세. 어떤 자는 눈이 크네, 어떤 자는 입술이 더 얇아 자기 같지 않네, 어떤 자는 턱에 살이 없어 날카로워 보이네……. 천하의 대화원도 이제는 늙었네 어쩌네 말들이 많았지."

"계원이 몇이나 되었습니까?"

"그때나 지금이나 다섯이지. 더 이상은 받아들이지도 않거니와 들어올 만한 감식안과 재력을 지닌 자도 드물지."

김명륜은 자신이 지닌 고도의 감식안과 미술 애호의 고상한 취미 그리고 그 모든 활동을 뒷받침할 수 있는 재력과 권력을 뽐내듯 흐뭇한 미소를 지었다.

그 탐욕스러운 표정은 홍도의 마음을 혼란스럽게 했다. 재력과 권력을 앞세워 무차별 그림 사냥에 나서는 재력가들의 탐욕이 한편으로는 천박하게 느껴졌지만, 그런 탐욕 덕택에 화인들은 입신할 수 있었고 재력을 쌓을 수 있었다. 그들은 들쥐를 쫓는 승냥이처럼 욕심을 부려댔지만 화인들에게는 없어서는 안 될 고마운 존재들이기도 했다.

단서는 부서진 오지그릇처럼 조각조각 널려 있었다. 생의 화두를 잡고 씨름하는 선승처럼 윤복은 미심쩍음과 맞섰다.

"두 가지 의문이 있습니다. 대화원이 느닷없이 도화계 계원들의 조상화를 그려주겠다고 제안한 점과 천하의 강수항 화원이 김명륜 대감의 초상화를 잘못 그린 점입니다. 대화원이 초상을 그린 도화계 계원들을 빠짐없이 만나봐야 할 듯합니다."

윤복은 골똘한 표정으로 입술을 뜯었다.

김명륜을 구슬린 것만도 보통 일이 아니었지만, 그들은 네 명의 까다로운 자들을 다시 만나야 했다. 광통교에서 피맛골로, 다시 육조 거리에서 북촌으로…… 계원 누구도 오래전의 찜찜한 기억을 묻는 그림쟁이들을 환영하지는 않았다. 다만 그 명성을 익히 알던 터라 그림 한 점이라도 얻어볼까 하는 욕심으로 마지못해 사랑방으로 들였다. 한 집에서는 홍도가, 또 한 집에서는 윤복이 그림을 그려줄 것을 약속하고서야 문제의 그림들을 겨우 수거할 수 있었다.

모든 계원들의 집을 도는 데 이틀이 걸렸다. 팍팍한 다리를 두드리며 홍도는 화실 옆 내실에 벌러덩 드러누웠다.

"계원들이 입을 모아 불평을 늘어놓았습니다. 천하의 대화원이 어찌 한 사람도 아닌 모든 사람의 초상에 실수를 했을까요?"

윤복은 손톱을 물어뜯으며 골똘히 생각에 빠졌다.

"모를 일이지만 뒤집어 생각해볼 수도 있지 않겠느냐. 가령 그것이 대화원의 실수가 아니었다면……."

흐려진 말꼬리를 윤복이 이어갔다.

"대화원께서는 실수를 가장하여 의도적으로 어떤 계책을 그림 속에 숨겨놓으셨는지도 모르겠습니다. 말하자면…… 다섯 초상화 중 잘못 그려진 부분만 따로 떼어 새롭게 배치한다면……."

윤복의 자신 없는 말투가 홍도의 머리를 채찍처럼 후려쳤다.

"바로 그것이 우리가 찾는 그림일지도 모른다!"

홍도는 벌떡 일어나 이틀 동안 모은 두루마리 통 안의 초상화들을 탁자 위에 펼쳤다. 윤복은 익숙한 솜씨로 안료를 개고 먹을 갈았다.

윤복의 붓 끝이 부지런히 움직였다. 홍도는 젊은 제자의 모사 솜씨를 잘 알고 있었다. 생도청 시절 거꾸로 뒤집어 놓은 산수도를 바로 놓아도 몰라볼 정도로 복제해내던 솜씨였다.

촛농이 흘러내려 탁자 위에 덕지덕지 쌓이고 윤복의 붓 끝은 쉴 새 없이 움직였다. 탁자 맞은편에 앉은 홍도의 눈꺼풀이 조용히 내려앉았다. 잠시 후 탁자 위에 엎어진 홍도는 가늘게 코를 골았다. 윤복은 그 소리를 듣는 둥 마는 둥 부지런히 붓 끝을 움직였다.

얼마나 시간이 지났을까.

창밖으로 푸른 새벽빛이 다가왔다. 벌떡 잠에서 깬 홍도는 겸연쩍은 표정으로 얼굴을 비벼댔다. 탁자 위에는 밤새 그린 한 장의 그림이 놓여 있었다.

"각기 다른 초상화에 숨어 있던 문제의 인물입니다. 김명륜의 코, 강우언의 입술, 연창택의 눈, 강규도의 이마, 김선도의 턱 선……. 당사자 모두가 불만을 터뜨렸던 대화원의 실수들이지요."

홍도는 윤복의 붓 끝에서 살아난 듯한 남자를 지긋이 내려다보았다. 다섯 사람의 초상화 속에서 실수라는 이름으로 더부살이하던 한 남자였다. 반듯한 이마와 곧게 뻗은 코, 영명함이 엿보이는 긴 눈매, 얇은 듯하지만 다부진 입술과 단단한 인중, 그리고 약간 가는 듯한 턱 선…….

"영락없이 주상 전하의 용안을 닮지 않았습니까?"

"하지만 눈빛에서 풍기는 풍모와 골상에서 엿보이는 기풍이 주상 전하와는 차이가 있다."

"그러면……"

"장헌세자 저하시다."

홍도가 그렇게 말하며 그 자리에서 무너져 내리듯 무릎을 꿇고 네 번 절을 올렸다.

십 년의 세월 끝에 장헌세자는 온전한 모습을 드러냈다. 위태로운 세월, 존재만으로도 극형을 피할 수 없던 시절을 다른 얼굴 속에 숨어 보내다 결국 천재 화원들의 손으로 다시 빛을 보게 된 것이다.

윤복은 하루에 세 번씩 북향재배를 하고 목숨을 건 도사를 치르다 비명에 세상을 떠난 대화원과, 꿈에서도 잊지 못할 부친의 얼굴을 되살려내려던 주상의 슬픔을 깊이 느꼈다. 비명에 간 아비를 그리는 마음은 주상의 것만이 아니었다. 그것은 윤복 자신의 것이기도 했다.

홍도가 위로하듯 말했다.

"어린 세손의 청을 물리치지 못한 대화원께서는 고심을 거듭하셨을 것이다. 벽파의 위세가 등등하고 세손의 안위조차 위태로운 선대왕 전하의 치세에 장헌세자의 초상이 발각되는 날에는 대화원은 물론 세손까지 위험해질 것은 당연했겠지. 마침내 대화원께서는 장헌세자의 어진을 다섯 명의 초상 속에 숨겨 그리시고 세손께서 즉위하신 후에 다시 그 조각들을 옮겨 그려볼 수 있게 하신 것이야."

윤복은 서둘러 초상화들을 말아 두루마리 통 안에 넣었다. 그리고 자신이 밤새 그린 초상을 따로 말아 별도의 두루마리 통에 넣었다. 그리고 그들은 새벽이슬이 내린 중촌의 골목길을 바삐 걸었다.

홍도와 윤복이 달려간 곳은 대전내관 김홍선의 초라한 사가였다. 한밤중에 누옥을 찾은 두 화원을 놀란 얼굴로 맞은 늙은 내관은 발 빠른 가인을 궐로 보내 송구하다는 기별을 전하게 하고 난 후에야 초롱불을 켜들고 앞장섰다.

침전 문밖에 당도하자 희미한 불빛이 흘러나왔다.

"화원들이 대령하였사옵니다."

스르르 문이 열리니 어둠 저편의 주상은 홀로 고적하였다. 홍도와 윤복은 주상의 얼굴을 바로 보기 황공하여 고개를 떨군 채 안으로 들었다.

"이 깊은 밤 짐을 찾은 까닭은 한 가지밖에 없으렷다."

주상의 목소리가 가늘게 떨리고 있다는 것을 윤복은 알아차릴 수 있었다.

"전하께서 명하신 대로 장헌세자 저하의 어진을 찾았사옵니다."

홍도가 머리를 조아리며 말했다. 윤복은 두 손으로 받쳐 든 두루마리 통을 열어 한 점의 그림을 꺼내 펼쳤다. 주상이 촛불을 들고 자리에서 일어나 두 사람에게로 다가왔다.

촛대를 옆에 세우자 말간 불빛 아래 한 남자의 슬픈 초상이 떠올랐다. 주상의 두 눈이 붉게 물들었다. 홍도와 윤복은 허리를 굽힌 채 뒷걸음질로 어진에서 물러났다.

주상은 바닥에 펼쳐진 얼굴을 오래오래 바라보았다. 굵은 눈물이 침전 바닥을 적셨다. 한참 후에야 주상은 두어 걸음을 물러서 허리를 숙이고 깊이 절했다. 한 번, 두 번, 세 번, 네 번 절을 마친 주상은 그 자리에 엎드려 일어날 줄을 몰랐다.

그토록 오래 그리워했던 아버지의 얼굴 앞에서 주상은 통곡하고 싶었으나 소리죽여 껙껙 울기만 했다. 그 품정이 황공하여 윤복과 홍도는 바닥에 이마를 찧으며 속으로 함께 울었다.

한참 후에야 주상은 서안 앞으로 다가앉았다.

"어디서, 어떻게 찾았느냐?"

"대화원이 살해당하기 전 다섯 명의 인물화에 각각 장헌세자 저하의 용안을 나누어 숨겨 그렸사옵니다. 그 다섯 점의 흩어진 그림을 모아 혜원의 손으로 짜 맞추었더니 세자 저하의 어진이 드러났사옵니다."

"너희들이 아니었다면 아바마마께서는 영원히 낯선 자들의 얼굴에 갇혀 있었을 것이다. 이제야 저승에 가서도 아바마마를 뵈올 낯이 생겼다."

주상이 감격한 듯 떨리는 목소리로 말했다. 홍도가 기다렸다는 듯 또 다른 그림 한 장을 주상의 앞에 펼쳤다.

"이것은 누구의 얼굴이냐?"

"대화원을 죽이고, 그 억울한 죽음을 캐던 도화서 화원 서징을 죽인 간악한 자이옵니다. 하오나 십 년의 세월이 흘러 그 용모가 바뀌었을 것인즉 행방을 찾기가 쉽지 않을 듯합니다."

주상이 이를 부드득 갈았다.

"내 의금부에 친히 명하여 팔도를 뒤져서라도 찾아낼 것이다."

"황공하오나 아직도 불경한 자들의 두 눈이 서슬 퍼렇게 살아 있사옵니다. 의금부에서 행방을 쫓는다는 사실을 알면 그들이 먼저 손을 써서 쥐도 새도 모르게 깊이 숨기거나 해치워버릴지도 모를 일입니다. 의금부의 발 빠른 사령 몇을 은밀히 풀어 찾도록 명해주시옵소서."

두 화원이 마지막 순간에 남긴 두 점의 그림은 십여 년의 세월을 건너 주상에게는 위안이 되었고, 윤복과 홍도에게는 진실의 조각을 보여주려 하고 있었다.

윤복

"색이 난잡하다는 것이 곧 색이 사람의 마음을 움직인다는 증거입니다.
색이 사람의 마음을 기쁘게 하고 슬프게 하고 애통하게 하고 스산하게 하지 않는다면,
평상심과 중용의 도를 하늘같이 떠받드는 선비들이 그토록 극렬하게
색의 사용을 금할 이유가 없겠지요."

홍도

"너의 그림에는 늘 여인들이 등장했고, 여인들은 웃고 울며 슬퍼하고 즐거워했다.
우물가에서 빨래터에서 기방에서 여인들은 거침없이 자신의 존재를 드러내고 삶을 즐겼지.
지금껏 어떤 화인도 그렇게 아름다운 여인을 그리지는 못했다."

달빛의
연인

홍도는 중치막 자락을 걷어붙이며 문을 벌컥 열었다. 화실은 텅 비어 있었다. 화실은 윤복의 성정만큼이나 정갈하고 깨끗했다. 벼루에는 먹이 갈려 있었고 붓은 크기대로 정돈되어 있었다. 햇빛이 들지 않는 선반에는 안료 병들이 가지런히 놓였고, 흰 화선지와 거무튀튀한 재생지, 그림을 보관할 때 습기와 좀을 막는 데 쓰이는 방습지가 서가 위에 차곡차곡 쌓여 있었다. 모든 것이 있어야 할 자리에 있었다. 홍도는 부산하고 어지러운 자신의 화실을 떠올리며 쓴웃음을 지었다.

문득 오른쪽을 돌아보던 홍도의 핏발 선 눈길이 서가의 그림에 꽂혔다. 바라보면 바라볼수록 가슴이 아려오는 그림이었다. 가련한 젊은 연인의 안타까운 별리를 그린 이 그림의 뜻을 어떻게 받아들여야 할지 홍도는 알 수 없었다.

화폭 오른쪽에 한 남자와 한 여인이 있었다. 넓은 갓과 도포 차림에 연두색 비단신을 신은 남자는 양반이라 하나 어설픈 종자 하나 거느리지 않았다. 한 손으로 초롱을 든 것으로 보아 먼 길을 혼자 떠날 참이었다. 그 발끝이 오른쪽으로 향해 있어 금방이라도 화면 밖으로 사라질 것만 같았다. 눈이 아릴 정도로 강렬한 자주색 끝동 저고리에 연한 하늘빛 쓰개치마를 이마까지 덮어쓴 여인은 떠나는 남자를 차마 잡지 못한 채 두 눈을 내려뜨고 슬픔을 억누르고 있었다.

강렬한 슬픔과 이별의 정한과는 반대로, 화폭 왼쪽은 적막 속에서 위용을 드러내고 있었다. 거대한 기와집은 반듯한 벽돌을 쌓아올리고 회칠을 한 화려한 담장이었다. 화면 절반을 차지하는 대가는 강건하면서도 거역할 수 없는 위압감을 풍겼다.

한없이 연약해 보이는 두 연인과 위압적인 분위기의 담장을 화면 중간의 초승달이 이어주고 있었다. 초승달 아래에는 어스레한 숲 그림자가 두 사람을 위협하는 듯한 스산함을 자아냈다.

홍도는 마치 그림 속 사내가 된 듯 가슴 한쪽이 뻐근해졌다. 한없이 단순한 구도와 배경이 격한 감정의 파문을 일으켰다. 보통 사람이라면 제풀에 서러움을 참지 못할 정도였다. 마음 여린 아녀자라면 두 연인의 안타까운 이별에 눈물을 흘릴지도 모를 일이었다.

홍도는 자신도 모르게 서가 위의 그림을 들어 탁자 위에 펼쳤다.

그 그림은 확실히 지금까지의 그림과는 달랐다. 화면 한구석에 있는 서로를 안타깝게 바라보는 연인들, 금방 떠나갈 듯 화면 밖을 향한 남자의 발길, 두 사람을 억누르듯 위압적인 반대편 기와집, 두 사람을 위협하는 듯 음모의 냄새를 풍기는 수수께끼 같은 숲, 숨 막힐 것 같은 긴장과 대립을 감싸 안은 하얀 달빛……. 슬프면서도 아름답고, 아름다우면서도 슬픈 그림이었다.

홍도의 눈길은 꺾어진 돌담이 기와집 담장과 이어진 그림 가운데 부분에 머물렀다. 담 아래쪽은 분명 기와집과 이어져 있으나 위쪽으로 갈수록 이음매 부분은 기와집과 단절되어 뚜렷한 경계를 보였다. 화면 중앙의 숲 또한 벽의 안쪽인지 바깥쪽인지 모를 비현실적인 공간이었다.

신윤복, '월하정인(月下情人)'
종이에 담채, 28.2×35.6cm, 간송미술문화재단
달빛 아래에서 두 남녀가 안타까운 정을
나누는 장면을 숨 막힐 듯 섬세한 필치로 묘사했다.
안타까운 두 사람의 가슴이 두근거리는 소리까지
들리는 듯하다.

오류라고 하면 분명한 오류였다. 하지만 의도적인 오류라면 그것을 오류라 할 수 있을까……. 홍도는 자신의 독화를 저만치 앞서가는 윤복의 재능에 어쩔 수 없는 질투를 느끼면서 그를 따라잡지 못하는 스스로를 책망했다.

이제 윤복은 느낌을 그리고, 보는 이로 하여금 그 느낌을 수십 배로 증폭시키게 하는 힘을 지닌 그림을 그리고 있었다. 홍도는 자신이 힘 있고 정묘한 필치에서는 뛰어나지만 사람의 마음까지 담아내는 데는 윤복을 따르지 못함을 뼈저리게 느꼈다.

하지만 가슴이 답답한 이유는 그림 곳곳에 숨겨진 듯한 비밀스러움 때문이었다. 그 그림의 비밀이 곧 윤복이 지닌 비밀의 한 조각일 것이다. 이 그림 속에는 어떤 비밀이 숨어 있는 것일까?

덤불 그늘의 바로 아래에 적힌 석 줄의 화제를 홍도는 소리내어 읽었다.

달빛 어둑한 삼경

月沈沈夜三更

두 사람 마음은

兩人心事

두 사람만 알겠지

兩人知

삼경이라면 자시(子時) 어름이다. 인경이 울리면 파루까지는 모든 통행이 금지된다. 관원들과 이속들만 간간이 오가는 인적 없는 한밤. 갖신을 신은 양반집 여인과 막종 하나 달지 않은 젊은이의 숨 막히는 밀회. 두 사람의 사정이 어떤 것이기에 이토록 절박하고 가슴이 터질 듯한가.

"언제 오셨습니까?"

등 뒤의 목소리는 그림을 훔쳐보는 홍도를 꾸짖는 듯했다.

"눈에 띄기에 얼핏 본 것이 나도 모르게 그림 속으로 빠져들고 말았군."

홍도의 가슴이 쿵쿵 뛰었다. 그림을 훔쳐보다 들킨 겸연쩍음보다 그림의 수수께끼들을 묻고 싶은 호기심 때문이었다.

"이 그림은 정말 오묘하구나. 보는 순간 가슴이 답답하고 터질 듯 아슬아슬하니 말이야. 너는 그림에 있어 하나의 경지를 넘어선 것 같구나. 그림으로 사람의 마음을 움직이는 조화를 터득했으니……"

"하찮은 남녀의 상열지사를 그린 춘화도나 다름 없습니다."

홍도는 그 말을 부인하듯 크게 고개를 가로저었다.

"한없이 단순한 구도 안에 수많은 비밀이 숨어 있는 것 같구나. 마치 너처럼 말이야."

홍도가 윤복의 깊은 두 눈을 찌를 듯 바라보았다. 윤복은 조심스럽게 홍도의 눈빛을 피했다.

"이 기와집은 아래쪽이 담과 연결되었는데 어찌 위쪽으로 갈수록 동떨어진 듯 보이느냐?"

"기와집이 아니라 어떤 사람을 그렇게 표현한 것입니다."

"쓰러져가는 초가집이 아니라 대가의 기와집이라면 위세가 당당하고 자존심도 엄청난 자로군."

"그렇습니다. 그 뿌리가 담벼락과 이어져 있고 위쪽으로 가면서 떨어지는 것은 그 둘을 사랑하면서도 미워하고, 아끼면서도 감시하는 이중성을 말하고자 함입니다."

"검푸른 숲은 그자의 음험하고 복잡한 심경을 드러내는 장치로군."

홍도의 말에 윤복이 고개를 숙였다.

"너는 오른쪽의 두 사람에 대해 무한한 애정을 품고 있는 듯 보이는구나."

"그렇습니다."

"그런데 어찌 안타까운 밀회를 위압적이고 음험한 자와 함께 배치하여 숨 막히게 만들었느냐?"

"위엄 있는 자가 있어 두 사람의 안타까움이 돋보일 것이라 생각했습니다."

"그렇다면 담벼락이 화면 가운데서 꺾인 것은 무슨 까닭인가?"

"그들의 안타까운 정을 위엄 있는 자의 시선으로부터 벗어나게 해주고 싶었습니다."

"하지만 비스듬한 담의 각도로 보면 두 사람은 기와집으로 형상화된 자의 눈을 완전히 피할 수 없을 텐데……."

홍도가 그림에서 눈을 떼어 담벼락이 꺾인 각도를 세심하게 살폈다.

"그 비밀은 종이에 있습니다."

"종이에 무슨 요술이라도 걸어놓았다는 말인가?"

윤복은 탁자 위의 종이를 세로로 길게 접었다.

"그림에다 무슨 짓을 하는가!"

홍도의 두 손이 황급히 그림을 든 윤복의 손목을 잡았다. 섬세하고 하얀 그 손을 홍도는 놓기 싫었다. 짧은 순간, 푸른 연기처럼 잠시 허공에서 얽혔던 강렬한 눈빛이 이내 풀어졌다.

윤복은 반쯤 접은 그림을 탁자 위에 세웠다. 꺾어진 담을 기준으로 선명하게 접힌 자국이 생기자 밋밋하던 화면은 순식간에 입체감을 얻었다. 반듯한 선은 화면의 중앙을 분할하며 오른쪽과 왼쪽의 정경을 더욱 극명하게 대립시켰다. 긴장은 더해졌고 안타까움은 더욱 숨 막힐 듯했다.

"병풍을 만든다면 이 그림은 한 폭이 아니라 두 폭이 될 것입니다."

그림은 양쪽에서 보이는 두 폭으로 나뉘었다. 실로 마술 같은 변화였다. 기와집이 있는 왼쪽 폭과 연인들이 있는 오른쪽 폭은 각각 완벽한 그림이 되었다. 홍도는 생도청 시절 윤복이 풀었던 수수께끼를 생각했다. 그림을 화폭 바깥으로, 나아가 평면이 아닌 공간으로 확장시키는 능력이었다.

"놀랍군. 비스듬하던 담벼락이 직각으로 꺾이고, 화폭 왼쪽과 오른쪽이 완벽하게 분리되었어. 두 폭의 그림이 절묘한 각도로 공간 속에서 만나 그 극렬한 긴장과 대립이 보는 사람의 마음을 조이는 것 같구나. 하지만 두 사람의 밀회 장면은 기와집과 분리되어 보는 사람을 안도하게 하는구나. 병풍의 각도를 어떻게 놓느냐에 따라 보는 사람의 감정을 마음대로 바꿀 수 있는 신비한 그림이다."

"이 그림이 사람의 마음을 움직인다면…… 그것은 색 때문이겠지요."

"색이 이토록 시리게 사람의 마음을 움직인단 말이냐?"

"색이 난잡하다는 것이 곧 색이 사람의 마음을 움직인다는 증거입니다. 색이 사람의 마음을 기쁘게 하고 슬프게 하고 애통하게 하고 스산하게 하지 않는다면, 평상심과 중용의 도를 하늘같이 떠받드는 선비들이 그토록 극렬하게 색의 사용을 금할 이유가 없겠지요."

"색이란 그저 사물이 발현하는 고유한 빛깔일 뿐인데 그것이 사람의 마음을 흔든다는 것인가? 그렇다면 이 그림의 색조가 사람의 마음을 스산하게 한다는 것이냐?"

"그렇습니다. 어떤 색이든 스스로 지닌 성질이 있습니다. 저는 색이 가진 고유의 심상을 끌어내어 그림에 썼을 뿐입니다. 이 그림에서 스산함과 슬픔이 느껴진다면 그림에 쓴 색의 배합이 맞아떨어졌다는 말이겠지요."

홍도가 그림의 천재라면 윤복은 그림의 귀신이라 할 만했다. 그는 선과 형태로 공간을 내달리며, 색으로 보는 이를 유혹하여 그 감정을 마음대로 움직이고 있었다.

"놀라운 그림이야. 이 그림을 그린 자는 분명 귀신일 것이다."

생도청으로 돌아온 후에도 그림은 홍도의 머릿속을 떠나지 않았다. 노을에 물들어가는 앞마당을 홍도는 홀로 바라보았다. 시간의 흐름은 색의 변화로 시작되고 끝났다. 작은 석류 알 하나도 아침과 한낮과 석양 무렵의 빛깔이 달랐다. 색은 흐르는 시간에 따라 아주 천천히, 세밀하게 변화했다.

노을 속에서 홍도는 윤복의 그림을 떠올렸다. 시린 달빛, 정갈한 돌담, 애잔하게 눈을 깐 여인과 아쉬운 듯 돌아보는 남자, 그들을 짓누르는 대가의 기와집, 그들 모두를 내려다보는 달빛 그리고 음험한 숲……. 강렬한 인상은 홍도의 머릿속에 각인처럼 새겨져 있었다. 그림의 강렬함을 더해주는 화제의 시구 또한 떠나지 않고 입속을 맴돌았다.

'달빛 어둑한 삼경…… 두 사람 마음은 두 사람만 알겠지…….'

언젠가 어디선가 들어본 듯 낯익은 시구였다. 홍도는 문득 자리에서 일어나 서가로 다가섰다. 무언가에 쫓기듯 바쁘게 책을 뒤지던 홍도가 한 권의 책을 급하게 펼쳤다. 임진란 전부터 민가에 떠도는 노래와 가사를 모은, 풍류객의 서가에 빠지지 않는다는 《화류가곡집》이란 시조집이었다.

서둘러 책갈피를 넘기던 눈길이 책 속의 한 구절에 머물렀다. 홍도는 내내 책에서 눈을 떼지 못하고 책갈피 속으로 빨려 들어갔다.

화실 문을 열어젖히는 홍도를 윤복은 물끄러미 바라보았다. 빠져들듯 책갈피를 뒤적인 홍도의 눈에는 핏발이 서 있었다.

"늦은 시간에 어쩐 일이십니까?"

그러나 홍도의 얼굴은 가벼운 홍분으로 화색이 돌고 있었다. 서가의 책들을 뒤져 얻어낸 실마리를 펼쳐놓고 싶은 욕망 때문이었다. 서너 권의 책을 번갈아 훑은 끝에 홍도는 그림 속 수수께끼의 열쇠를 발견했다.

"네가 끝내 말해주지 않았던 그림의 수수께끼를 내가 얘기할까 한다."

"어떤 수수께끼를 말씀하시는 것인지……."

홍도는 능글맞은 웃음을 지으며 그림을 내려다보았다. 어둠이 내렸지만 그림은 강렬함을 잃지 않았다. 보면 볼수록 더욱 강하게 마음을 끌어당기는 그림이었다.

"화제는 그림의 정경을 글로써 설명하는 것이니 그린 자의 마음의 요체라 할 것이다. 아까는 네 그림의 뛰어남에 빠져 화제에 대해 생각할 여유마저 없었지."

"화제가 어떻다는 말씀입니까?"

"화제에 네가 숨긴 속마음이 드러나 있더구나."

흔들리는 윤복의 눈빛을 못 본 척 홍도는 섬세하고 반듯하게 적어온 글자들을 읽어 내려갔다.

창밖에 비 내리는 삼경
窓外三更細雨時
두 사람 마음은 두 사람만 알겠지
兩人心事兩人知

"너의 화제와 놀랍도록 비슷하지만 한두 자의 시어가 다르다는 것을 알 수 있지. '창밖에 비 내리는 삼경'이 '달빛 어둑한 삼경'으로 바뀌었지만 '두 사람 마음은 두 사람만 알겠지'라는 구절은 같아. 하지만 그것이 전부가 아니지. 그림에는 없지만 그 뒤에 생략된 두 구절이 더 있으니 말이다."

홍도는 윤복의 얼굴에 스치는 당혹감을 살피며 나직하게 읊조렸다.

보내는 정 아쉽기만 한데 하늘은 밝아오네
歡情未洽天將曉
다시금 옷자락 붙잡고 뒷날의 기약을 묻네
更把羅衫向後期

"결국 이 화제는 네 개의 구절로 이루어진 이 칠언절구가 아닌가?"

윤복은 당혹감 속에서도 시구를 찾아낸 홍도의 지력이 놀라울 뿐이었다.

"잘 보셨습니다. 선조 때의 문신 김명원의 시입니다. 학문이 깊어 이름난 문장가인데다 활쏘기와 말타기, 병법에도 두루 능해 임진란 때 팔도도원수로 큰 공을 세운 무장이었지요."

홍도 또한 그 이름을 잘 알고 있었다. 말년에 벼슬이 좌의정까지 이른 만고의 명신이었다. 하지만 홍도가 주목한 사실은 그것뿐만이 아니었다.

"네가 말하지 않은 또 하나의 이야기가 있으렸다?"

"정인을 떠나보내는 슬픔을 읊은 시구가 워낙 애달퍼 그것을 풀어 쓴 시조도 항간에 널리 불리고 있지요."

윤복은 다소곳이 눈을 내리깔고 나직나직 시조 한 수를 읊었다.

창외삼경세우시에 양인심사양인지
신정이 미흡한데 하늘이 장차 밝아온다
다시곰 나삼을 부여잡고 훗기약을 묻더라

처음 듣는 시조 가락이었지만 홍도는 첫 장이 김명원의 시구절과 다름없음을 알아차렸다. 이어지는 중장과 종장 또한 김명원의 한시를 언문으로 풀어 쓴 것이었다.

"지금 저자와 기방에서 한창 유행하며 불리는 시조입니다."

"애틋한 정을 풀 시간이 아쉽지만, 새벽은 밝아오고 남자는 떠나야 하고……. 여인은 남자의 옷자락을 붙들고 돌아올 날을 묻는 절절한 이별이라……. 하지만 그 시구엔 또 다른 이야기가 숨어 있지 않느냐?"

홍도는 불붙이지 않은 담뱃대에서 향기를 삼키고 말을 이었다.

"그 시를 지은 김명원이 젊었을 때의 일이 기록에 전해온다. 젊은 시절 김명원은 한 기생을 사랑했다지. 그 기생이 권문세가의 첩이 되어 떠나자 김명원은 애틋한 정을 가누지 못하고 여인을 만나기 위해 그 집 담을 넘었다. 하지만 집안 종자들에게 들켜 주인 앞에 끌려가 무릎을 꿇는 신세가 되고 말았지. 소식을 들은 김명원의 형 김경원이 그 주인에게 엎드려, 자신의 아우는 앞으로 나라의 큰 인물이 될 터인데 하찮은 계집의 일로 몸을 상하게 할 수는 없다고 간곡히 부탁을 하였다. 주인이 그 말을 듣고 곧장 대신 술을 대접하여 돌려보냈다는 이야기…… 너도 알고 있겠지?"

윤복은 대답하지 않았다.

"그 사연을 안다면 이 그림 속의 젊은 선비가 누구인지, 이 여인이 누구인지, 또 기와집으로 형상화한 인물이 누구인지는 자명할 것이다. 그건 너와 정향이라는 기생과 김조년이 아니더냐?"

윤복을 바라보는 홍도의 표정이 찬바람이 지나간 듯 스산하게 바뀌었다. 애타게 그림의 상징을 찾았지만 열지 말아야 할 상자의 뚜껑을 열어버린 듯 두려운 기분이 드는 것은 왜일까.

"그 계집아이 때문에 네가 이 집으로 들어온 것이더냐?"

윤복은 대답하지 않았다. 홍도의 눈꼬리가 가벼운 경련을 일으켰다. 스스로에게조차 들키기 싫은 마음 깊은 곳에서 감정의 덩어리가 끓어올랐다. 사랑이라고 말하고 싶지는 않았다. 다만 그렇게 아끼고 아끼고 또 아꼈던 윤복이 김조년의 집으로 들어온 것이 하찮은 계집 하나 때문이라는 사실만은 견디기 힘들었다. 홍도는 어금니를 질끈 깨물었다.

"네가 말하지 않은 또 하나의 이야기를 듣고 싶다. 그림이 아니라 너 자신에 대해서……."

얼음처럼 차가워진 윤복을 바라보며 홍도는 말을 이었다.

"세상을 속이고 사람들을 속이고 너 자신까지 속일지라도 네 존재의 진실을 바꿀 수는 없을 것이다."

"이미 제가 누구의 핏줄인지 아시는 터에 더 이상 어떤 진실을 말하라 하시는지 알 수 없습니다."

"네가 지금까지 말하지 못하면서 언제나 말하고 싶었던 진실, 네가 지금껏 멍에처럼 짊어지고 오면서 내내 벗어버리고 싶었던 짐을 이제 내려놓아라."

"무엇이 진실이며 무엇이 짐인지 모르겠습니다."

홍도는 검고 깊은 눈동자 속의 비밀을 이제는 드러내고 싶었다. 진실을 드러내는 것이 고통스러울지라도, 거짓을 받아들인 채 안온한 것보다 나을 것이었다.

"얼마나 많은 세월을 내가 죄지으며 살아야 하겠느냐. 너를 마음에 담은 그날부터 나의 삶은 죄 많은 삶이었다. 너를 생각할 때마다 나는 죄인이었고, 너를 바라볼 때마다 나는 짐승 같은 놈이 되어야 했다. 왜 나의 꿈속에까지 찾아온 것이냐? 왜 나의 머릿속에서 떠나가지 않은 것이냐?"

모멸감과 따뜻한 안도감이, 자책과 뜨거운 애정이 두 마음을 어지럽혔다. 수많은 시간을 건너 눈빛과 눈빛은 공중에서 얽혔다가 풀어지고 다시 얽혔지만 서로의 눈동자에 온전히 전해지지는 못했다.

"제가 살아남은 것은 지금처럼 살아가기 위해서였습니다. 신한평 어른의 아들로……."

냉담한 목소리가 딱딱한 기계음처럼 홍도의 마음 바닥에 상처를 주었다. 하지만 그 냉담은 마음속의 진실이 아니었다. 홍도는 어금니를 깨물었다. 지난 십 년 동안 윤복을 감싸고 있던 거짓의 껍데기를 벗겨야 했다. 지금이 아니면 영원히 기회는 오지 않을지도 모른다.

홍도는 억센 손길로 윤복의 중치막 고름을 잡아당겼다. 고름이 힘없이 풀어졌다. 지금껏 윤복을 옥죄던 거짓의 장막에 조그만 틈이 생기고 있었다. 홍도의 손길은 더욱 거칠어졌다. 허물이 벗어지듯 연한 하늘빛 중치막이 발치에 툭 떨어졌다. 푸른 비단 바지저고리가 드러나자 윤복은 몸을 움츠렸다.

문득 홍도의 거친 손길이 얼어붙은 듯 멈추었다. 단단한 광목천이 탐스럽고 정결했을 하얀 가슴 위에 단단히 동여매어져 있었다. 홍도는 무자비하게 억눌린 그 슬픈 가슴을 바로 볼 수 없어 고개를 떨구었다.

"왜 이렇게까지 해야 했느냐?"

"서징의 딸도, 신한평 어른의 딸도 아닌 신한평 어른의 아들이어야 했습니다. 아녀자가 도화서 화원이 된다는 것은 상상할 수도 없거니와 아녀자가 그림을 그리는 것도 상상할 수 없으니까요. 붓을 들려면 여자가 아니라 남자여야 했습니다."

"그렇게까지 도화서를 들어가야 할 이유가 무엇이었더냐?"

"도화서 화원이 되어 아비의 죽음을 밝히고 싶었습니다. 그래서 신한평 어른과 거래를 했지요. 우리 두 사람이 입을 다물면 모두가 행복해질 수 있었습니다. 신한평 어른은 가문의 명성을 이어갈 아들을 얻고, 저는 그림을 배워 도화서 화원이 될 수 있었으니까요."

"도화서 화원이 되는 것이 아비의 죽음을 밝히는 것과 무슨 상관이 있느냐?"

"아버님은 한 점의 그림 때문에 돌아가셨습니다. 그림 때문에 사람을 죽인 자들이라면 분명 그림을 아는 자들일 것이고, 그들과 대적하려면 저도 그림을 알아야 하겠기에……."

하지만 그 어떤 이유로도 아름다운 가슴을 단단한 천으로 동여매는 것만은 용서될 수 없었다. 윤복의 가슴을 동여맨 천이 그 삶을 옭죈 잔인한 운명만 같아 홍도는 화가 치밀었다. 가슴을 동여매고 남자의 의복을 입지 않으면 화원이 되지도 못하고 붓조차 잡을 수 없는 잔인한 세상이 원망스러웠다. 그녀가 하늘빛 저고리에 푸른 치마를 입고도 한 폭의 아름다운 그림을 그릴 수는 없었을까……

윤복은 스스로 가슴을 옥죄어 자신의 운명을 억누르는 폭압에 저항했다. 그리고 한 명의 화인으로 다시 태어났다. 거짓된 삶을 살아온 그녀를 비난해야 할까? 홍도는 그것이 거짓이라고 생각하지 않았다. 그것은 다만 진실을 감춘 것일 뿐이었다.

진실은 참담했지만 홍도는 안도했다. 이제 한 사람을 사랑하는 것이 죄가 되던 고통의 시간은 지나갔다. 남자가 남자를 마음에 품는, 생각만 해도 용서받지 못할 올무를 벗어난 것만으로도 족했다. 이제 누구의 눈치도 보지 않고 한 여인을 사랑할 수 있다. 그 사랑이 받아들여지든 거부되든 그것은 중요하지 않았다. 중요한 것은 오로지 한 여인을 온 마음을 다해 사랑할 수 있다는 사실뿐.

그것은 빛나는 모순이었다. 남자의 의복으로 가린 여인의 몸. 이 여인은 화원이 되기 위해 여인이 되기를 거부했다. 태어나면서부터 여인이었으나 동시에 화원이기를 원했기에……. 그 몸을 생각하면 눈이 아렸고, 그 영혼을 생각하면 한없이 슬퍼졌고, 그 존재를 둘러싼 세상을 생각하면 분노가 치밀었다.

윤복의 지난 십 년은 하루하루가 처절한 싸움이었다. 몸을 버림으로써 영혼을 지키는 싸움. 그녀는 자신의 존재를 걸고 세상과 싸웠다.

홍도는 슬프지만 범접할 수 없는 자의식을 지닌 아름다운 여인을 바라보았다. 반듯한 이마, 두 마리의 갈매기처럼 경쾌한 눈썹과 먹물처럼 검고 깊은 눈동자. 그 어둠은 슬프고도 따뜻했으며 아름답고도 가슴 아팠다. 그 아래로 반듯한 콧마루와 부드러운 음영을 그려내는 반쯤 벌린 입술, 여리지만 단단한 턱이 도려낸 듯 아름다운 선을 이루며 하얀 목선으로 이어졌다. 이제 홍도는 그 여인의 숨은 모습을 그대로 볼 수 있었다. 남자의 의복으로도, 갓으로도 가릴 수 없는 순수한 영혼의 모습을……

"언제부터였습니까? 제가 여자라는 사실을 언제 아셨습니까?"

홍도는 알 수 없었다. 언제부터 윤복을 마음에 품었던 것인지. 그런 것이다. 진실은 모호하고 안개처럼 어렴풋하기만 하다.

"정확히 말하면 지금이라 할 것이다. 하지만 이 순간도 나는 그 사실을 믿을 수가 없구나."

세상은 속임수로 가득하고, 인간은 거짓에 더 익숙하다. 거짓은 받아들이기 쉽고, 진실을 정면으로 마주하기란 불편하다. 홍도 또한 눈앞의 진실을 좀처럼 받아들이기 힘들었다.

"어쩌면 처음 널 보았을 때부터가 아닐까 몰라……. 너를 마음에 둔 것도, 네 감춰진 모습을 알아차렸던 것도. 그래…… 널 처음 본 순간부터 난 너라는 존재를 내 마음속에 품었을 거다. 하지만 그때는 그 감정이 무엇인지 나 자신도 몰랐다. 어쩌면 재능 있는 제자에 대한 사랑이었을 것이고, 자꾸만 엇나가는 제자에 대한 연민이었을 것이고, 뛰어난 천재에 대한 동경이었겠지."

홍도가 눈살을 찌푸렸다. 그렇게 오래 등짐처럼 짊어졌던 죄의식은 좀처럼 떨치기 힘들었다.

"저로 인해 치르신 고통에 대해 사죄드립니다."

"너는 나의 고통이 아니라 오히려 행복이었다. 네가 남자든 여자든 그것은 상관없었어. 나는 한 여인을 사랑한 것이 아니라 한 인간을 사랑했을 뿐이니까……. 고통은 어찌할 수 없는 남녀의 분별과 천륜이라는 굴레 때문이었지. 하지만 너를 마음에 품는 대가라면 고통마저 받아들일 수 있었다."

홍도의 눈꺼풀이 가늘게 경련을 일으켰다.

"어떻게 아셨습니까?"

"네가 말하지 않았느냐. 그림은 실체를 나타내는 그림자라고. 그림이 무언가의 그림자라면 실체는 곧 화인의 마음이겠지. 그림을 보아 그 그린 자의 진면목을 알지 못하면서 어찌 그림을 본다 하겠느냐."

"저의 그림으로 제가 여인임을 아셨다는 말입니까?"

"도화서를 떠들썩하게 했던 문제의 그림에서 나는 두 가지 의문을 가졌다. 첫째는, 당시 문제가 되었던 것처럼 여인을 그린 점이었다. 여인은 남자를 돋보이게 하는 배경일 뿐 주인공으로 화면을 채우는 것은 있을 수 없는 일이지. 둘째, 그 그림은 단순히 여인을 그린 것이 아니라 여인의 정념을 그린 것이었다. 사내들은 도저히 알 수 없는 내밀한 욕망과 정념 같은 여인들만의 감정 말이다. 사내들이란 원래 떠나는 족속들이지. 잠시 머물다 홀쩍 떠나는 남정네들이, 떠난 남자를 기다리는 여인의 간절함을 어찌 알며 또 그처럼 완벽하게 그려내겠느냐."

윤복은 쌍꺼풀 없는 두 눈을 내리깔고 귀를 기울였다.

"너의 그림에는 늘 여인들이 등장했고, 여인들은 웃고 울며 슬퍼하고 즐거워했다. 우물가에서 빨래터에서 기방에서 여인들은 거침없이 자신의 존재를 드러내고 삶을 즐겼지. 현란하고 아름다운 색조와 빛은 그녀들의 존재를 더욱 아름답게 부각시켰다. 당장이라도 화면을 박차고 뛰어나올 것처럼 활기차고 거침없었지. 지금껏 어떤 화원도 그렇게 아름다운 여인을 그리지는 못했다. 남자들의 그림 속에서 여인들은 남자의 노리개가 아니면 남자를 돋보이게 하는 소도구일 뿐이었다. 그들은 하나같이 눈길을 끌 만큼 매혹적이고 예뻤지만, 그것은 여인의 참모습이라기보다는 화병이나 난초 같은 화면의 장식물일 뿐이었지."

홍도는 윤복의 숱 많은 속눈썹을 바라보았다. 윤복이 항의하듯 말했다.

"그러나 그림은 그림일 뿐입니다. 다른 결정적인 증거가 없었다면 이렇게 갑작스레 절 다그칠 수 없었겠지요."

"네 부친을 만났다고 하지 않았느냐. 심증은 명백한 사실이 되었지."

"아버님께서 제가 사내가 아니라는 사실을 털어놓으셨습니까?"

그럴 리가 없다는 듯 미심쩍은 표정으로 윤복이 물었다.

"그럴 사람이 아님을 알지 않느냐. 무덤에 가는 순간까지도 그 사실을 털어놓지 않을 위인이다."

"그러면 어떻게……."

"어린 널 잠시 맡았던 옆집 과부를 만난 적이 있다. 흘리듯 말했지만 나는 그 여인이 '화원의 딸'이라고 말했다는 것을 뒤늦게 기억해냈지. 그리고 종이 공장의 늙은 공장장에게도 서징의 아이가 아들이었는지 딸이었는지를 확인했다. 그렇다면 문제는 간단해진다. 네가 서징의 아들이라면 죽은 서징에게 아들과 딸이 하나씩 있었거나, 아니면 딸이 아들로 둔갑을 한 것일밖에……. 물론 있을 수 없는 일이지. 하지만 신한평 어른이라면 가능하지. 영달을 위해서라면 남자를 여자로 바꾸고, 여자를 남자로 바꿀 수도 있는 인물이니까 말이다."

들창으로 비쳐든 하얀 달빛이 희미한 빛의 부유물을 뿌렸다. 홍도는 달빛에 비친 윤복의 창백한 뺨 위로 반짝이는 것을 보았다.

"내가 너에게 알고 싶은 것이 더 있다."

윤복의 젖은 속눈썹이 반짝였다. 가슴이 뛰는 소리를 들키지 않기 위해 홍도는 숨을 죽였다.

"그 기방의 여자아이가 네 가슴에 있는 것이냐?"

아니라고 말해라. 아니라고 말해라. 홍도는 초조하게 마음속으로 되뇌었다.

"물음의 뜻을 헤아릴 수 없습니다."

"네가 김조년의 화실로 들어온 것 또한 따지고 보면 그 아이를 위해서였다. 김조년은 네가 그 아이를 가슴에 품고 있음을 알고, 그 아이를 후실로 들이는 것을 미끼로 삼아 너를 끌어들였어. 네가 그린 '월하정인' 또한 그 아이와 너와 김조년의 관계를 뜻하는 것이 아니었더냐."

갈라진 목소리는 곧 질투와 정념과 원망이 뭉쳐진 감정의 덩어리였다.

윤복이 남자가 아니라는 사실을 확인하는 것으로 홍도는 오랜 죄의식을 벗었다. 하지만 그것은 지난 세월 자신이 겪었던 고통이 고스란히 윤복에게 떠넘겨짐을 의미했다. 사내가 사내를 마음에 품는 죄는, 이제 여인이 여인을 마음에 품는 죄가 될 것이었다. 그 짐을 덜어줄 수도, 대신 져줄 수도 없음을 홍도는 알았다. 차라리 지금까지처럼 그 고통을 자신이 떠맡는 편이 나을 것이다.

"제 가슴에 있는 것은 한 사람일 뿐 남자도 여자도 아닙니다. 스승님께서 그러하셨던 것처럼……."

홍도는 그 말뜻을 알아들을 수 없었다. 하지만 더 이상 묻지 않았다.

한 남자의 시선과 한 여인의 시선이 달빛이 부서지는 어둠 속에서 만났다. 시선과 시선은 얽혀들고, 미끄러지고, 스며들고, 새겨졌다. 윤복은 먹물을 기다리는 종이처럼 희고 깨끗했다. 홍도는 먹물을 머금은 붓처럼 거침없었다.

달빛은 창백하게 바래갔고, 새벽이 영영 오지 않을 것처럼 밤은 깊어갔다.

윤복

"그림으로 글씨를 삼아 뜻을 전하는 방법…….
그런 방법이 있다면 모든 그림은 다른 방식으로 읽히겠군요.
보통 사람의 눈으로는 상상할 수도 없는 뜻이 숨어 있겠지요."

홍도

"우린 다른 방법을 찾아야 해. 놈이 모르는 사이에 놈을 일격에 쓰러뜨릴 그런 방법."

김조년

이 싸움에서 누구의 도움도 받지 못할 것이다.
오로지 나의 감식안과 나의 예술적 조예로 이겨야 한다.
그렇다면 방법은 한 가지뿐. 걸어온 싸움이니 이기는 수밖에.

그림의
얼굴

화실 밖에서 바람이 불었다. 수많은 생각의 조각들이 우르르 낙엽처럼 바람에 휩쓸렸다. 갈피를 잡지 못하는 마음은 바람이 불 때마다 흔들렸다. 윤복은 아까부터 붓질에 몰두한 홍도의 옆얼굴을 물끄러미 보았다. 반듯한 얼굴선은 마치 백토로 빚은 듯한 느낌을 주었다. 단단한 어깨는 마치 오래 담금질을 거듭한 쇠처럼 믿음직스러웠다. 언젠가, 누구에겐가 기대야 하는 순간이 온다면 바로 저 어깨에 기대고 싶다고 생각했다. 하지만 아직은 아니다.

　"무슨 그림인데 그처럼 골몰하십니까?"

　윤복은 서안 위에 펼쳐진 그림을 내려다보았다. 대충의 구도만 잡은 미완성작이었다. 화폭 오른쪽에 금방 날아오를 듯한 호랑나비 한 마리가 보일 뿐이었다.

　"화면 한가운데에는 새끼 고양이를 그릴 것이고, 왼쪽에는 패랭이꽃 다섯 송이를 그릴 것이다."

　"패랭이꽃잎은 붉은색이요, 그 잎은 당연히 녹색을 써야 하겠지요. 바닥에 돋아나는 봄풀들 또한 연한 녹색을 쓰실 것이고요. 그러면 새끼고양이는 붉은 털의 고양이가 어떨까요?"

홍도의 눈에 언뜻 동요의 그림자가 떠올랐다. 하지만 곧 표정을 고치며 붓을 들었다.

"붉은 안료를 찾아주겠느냐?"

윤복은 예상치 못한 상황에 당혹스러웠다. 단 한 번도 화구 수발을 다른 사람의 손에 맡기지 않았던 홍도였다. 그런 그가 자신에게 안료를 찾아달라고 부탁하고 있었다.

윤복은 붉은 안료를 세모필 끝에 묻혀 건넸다. 홍도는 그림 속으로 빠져들었다. 윤복은 다시 패랭이꽃과 고양이를 그릴 붉은색의 농도를 조절해 건넸다. 그리고 기꺼이 수종 화원이 되어 봄풀을 그릴 녹색 안료를 섞고 개었다.

윤복의 눈은 불공을 드리는 것처럼 경건한 홍도의 붓 끝을 오래오래 좇았다. 마침내 금방이라도 화면을 박차고 튀쳐나올 듯 생생한 새끼 고양이 한 마리가 보였다.

붉은 패랭이꽃 다섯 송이와 연한 새싹들을 그린 후에야 홍도는 붓을 내리고 이마의 땀을 닦아냈다. 마르지 않은 안료가 그윽한 향기를 뿜었다.

붉은 기운이 도는 황색을 띤 화면은 나른한 봄날의 흥취를 보여주었다. 화면 가운데에는 붉은 털의 새끼 고양이 한 마리가 뒤를 돌아보고 있었다. 고양이의 장난스러운 시선이 가닿은 곳에는 큰 호랑나비 한 마리가 화면 밖으로 날아오를 듯 생동감 있는 날갯짓을 했다.

반대쪽에는 고운 패랭이꽃 다섯 송이가 활짝 피었고, 흩어진 돌멩이 사이에서 막 잡풀들이 돋아나고 있었다.

크지 않은 그림이었지만 심혈을 기울인 것이 느껴졌다. 특히 한 올 한 올 세밀한 고양이 털과 호랑나비 날개의 무늬, 패랭이꽃잎들은 실물을 옮겨놓은 듯했다.

"네가 색을 보아주지 않았다면 형편없는 그림이 되었겠지."

홍도는 겸연쩍은 미소를 보였다.

김홍도, '황묘농접(黃猫弄蝶)', 종이에 담채, 30.1×46.1cm, 간송미술문화재단
'노란 고양이가 나비를 놀리다'라는 뜻의 그림.
따사로운 햇빛 아래 주홍빛 털의 고양이와 막 날아오르는 검은 제비나비를 화사한 필치로 생동감 있게 그렸다.

"그런데 이 그림은 어딘가 앞뒤 사리에 맞지 않는 듯합니다. 패랭이꽃은 호랑나비가 죽고 난 가을에나 피는 꽃인데 어찌 같은 그림 속에 있습니까?"

"김명륜 대감과 했던 약조를 지켜야겠기에 한 점 그렸다. 마침 그 댁 노모 께서 고희를 맞으셨고 그 부친 또한 정정하시니 그에 걸맞은 그림이어야 하 겠기에……."

홍도가 말끝을 흐렸다. 한 푼도 받지 않았지만 누군가의 청에 따라 그린 그림이 멋쩍어서였다.

"김명륜 어른의 노모가 고희를 맞은 것과 이 그림이 어떤 상관이 있습니 까? 혹 어린 고양이와 봄 나비가 회춘을 의미하는 것인지요?"

호기심 어린 윤복의 눈빛이 그림 속의 고양이를 닮았다고 홍도는 생각했 다. 귀엽고 순진한 그 눈빛에 모든 것을 빼앗기고 싶었다.

"그림을 그림으로만 본다면 그럴 수도 있지만, 그림을 글씨로 읽는다면 다 르게 읽힐 것이다."

"그림을 글씨로 읽는다는 것이 무슨 뜻입니까?"

"고양이는 일흔 살을 뜻하는데, 고양이 묘(猫) 자가 일흔 살 노인을 뜻하 는 모(耄) 자와 중국 말로 음이 같기 때문이다. 마찬가지로 나비는 여든 살 의 노인을 뜻하는데, 나비 접(蝶) 자가 여든 살 노인을 뜻하는 질(耋) 자와 발 음이 비슷하기 때문이다. 그러니 이 그림은 묘접도라 읽기보다는 모질도로 읽는 것이 옳다."

"패랭이꽃에도 의미가 숨어 있습니까?"

"패랭이꽃은 가을에 피는 국화의 한 종류다. 국화의 국(菊) 자는 거할 거(居) 자와 소리가 비슷하니 은거(隱居)를 의미하지. 그렇게 읽으면 은거형모(隱居 亨耄), 즉 유유자적하게 은거하며 고희를 맞는다는 뜻이 되겠지."

"바위는 어떻게 읽습니까?"

"바위는 돌이되 오래된 돌은 수석(壽石)이니 석으로 읽기보다는 수(壽)로 읽는다. 바위 위에 대나무를 그린 그림을 죽석도라 하는데, 원래 대나무는 바위 위에서 자라지 않으므로 잘못된 그림이다. 그러나 그 그림을 읽으면 대죽의 발음이 축(祝)과 같고 바위는 수(壽)로 읽으니 축수도로 읽는 것이다."

물 흐르는 듯한 홍도의 설명은 윤복을 알지 못하던 낯선 독화의 세계로 이끌었다.

"화원 취재를 앞둔 제게 그려주신 두 마리의 게 그림 또한 '이갑전려'로 읽힌다 하셨지요. 사리에 맞지 않는 그림 속에 논리적인 의미가 숨어 있었군요."

"두 마리의 오리가 버드나무 아래에서 헤엄치는 그림이 있다. 세간에서는 두 마리의 오리가 부부지간의 금슬을 뜻한다 하지만, 오리 압(鴨) 자는 파자하면 갑(甲) 자로 읽으므로 두 마리의 오리는 이갑, 즉 게 그림과 마찬가지로 두 번에 걸친 장원급제를 뜻한다. 버들 류(柳) 자는 머물 류(留) 자와 같으니 장원급제의 행운이 계속 머무르기를 원하는 뜻이 된다."

"그와 같은 상징이 모든 그림에 적용되는 것입니까?"

"모든 그림은 아니지만 대부분이라고는 말할 수 있겠지. 주머니 속에 수많은 알이 든 석류는 다자(多子)로 읽고, 주렁주렁 열매가 열린 포도는 자손(子孫)이며, 덩굴은 한자로 만대(蔓帶)이니 포도 덩굴은 자손만대로 읽는다. 거기다 닭을 함께 그리면 꼬끼오 우는 소리가 공명(空鳴)이므로 공명(功名)이 영원하라는 뜻에서 공명만대로 읽는다."

"무심코 보아 넘겼던 그림에 수없이 많은 상징과 보이지 않는 의미들이 숨어 있었군요."

"읽는 소리가 비슷한 것으로 상징을 삼는 예도 있다. 향나무 백(栢)은 일백 백(百)으로, 사슴 록(鹿)은 복록을 뜻하는 록(祿)으로 읽으니 향나무와 사슴을 그리면 백록을 누린다는 뜻이 된다. 사슴 백 마리를 그린 그림도 마찬가지다. 갈대 노(蘆)와 기러기 안(雁)을 함께 그리면 노안도(老安圖)가 되어 병 없이 편안하게 늙는 것을 기원하는 그림이 된다."

"패랭이처럼 꽃이 상징하는 바도 있겠지요?"

"모란은 화중지왕(花中之王)이라 불리는 꽃 중의 꽃이니 부귀라 읽는다. 목련은 옥란화(玉蘭花)라 부르니 옥으로 읽고, 거기에 해당화(海棠花)의 당자가 함께 어우러지면 부귀옥당(富貴玉堂), 즉 부귀가 귀한 댁에 들기를 바란다는 뜻이 된다. 마찬가지로 모란과 장닭을 함께 그리면 부귀공명(富貴功名)이라 읽히지. 모란이 화병에 꽂힌 그림은 병(瓶)이 중국 말의 평안할 평(平)과 같이 읽히므로 부귀평안(富貴平安)이라 읽는다."

"하지만 가장 먼저 핀 목련이 진 다음에 모란이 피고, 해당화는 여름이 다 되어서야 피는데 어찌 한 그림 속에 함께 있습니까?"

"그림을 사리로만 따지면 독화의 상징을 잘못 해석하게 된다. 두 마리의 학이나 오리를 그린 그림으로 부부 간에 좋은 금슬을 떠올리는 경우가 그러하다. 하지만 부부 금슬은 바다새우로 표현하는 것이 맞다. 등이 굽은 바다새우를 바다의 늙은이〔海老〕라 하거니와 등이 굽어 늙을 때까지 부부가 함께 한다는 뜻이기도 하고, 말 그대로 부부가 평생 해로(偕老)하라는 뜻이기도 한 것이다."

"그림을 글씨처럼 써서 읽어 하나의 상징으로 삼는다……."

윤복이 혼자 중얼거렸다.

"옛 중국 고사에서 유래한 상징도 있다. 위지 왕숙전에 동우의 고사가 그것이다. 학식 높은 동우에게 한 선비가 찾아와 배움을 청하자 그는 '책을 백 번 읽으면 뜻이 저절로 나타난다〔讀書百遍意自見〕'며 거절했다. 이에 선비가 백 번씩 책 읽을 시간이 없다고 말하자, 동우는 학문하는 데는 밤과 겨울과 비 오는 날의 세 가지 여가가 있으면 충분하다며 선비를 꾸짖어 돌려보냈다. 이 고사에서 유래한 삼여(三餘)를 뜻하는 그림으로 세 마리의 물고기를 그리는 것이다."

"고기 어(魚) 자와 남을 여(餘) 자가 중국식 발음으로 비슷하게 읽히기 때문이겠군요."

감탄한 듯한 표정으로 윤복이 말했다. 명민한 제자의 얼굴을 살피며 홍도는 말을 이었다.

"논어 계씨편의 군자가 생각해야 할 아홉 가지 일, 즉 구사(九思)를 그림으로 표현한 것이 아홉 마리의 해오라기를 그린 구사도(九思圖)다. 해오라기는 백로(白鷺)라 하기도 하지만 사(鷥)라고 부르기도 하니 아홉 마리의 해오라기가 아홉 가지 생각을 뜻하는 것이지."

"그렇다면 그림으로 문장을 써서 뜻을 전할 수도 있습니까?"

"그렇다. 소동파는 왕유의 그림을 보고 '왕유의 시에 그림이 있고 왕유의 그림에 시가 있다[詩中有畵 畵中有詩]'라고 했으니 단순히 그림을 보기보다는 읽는 눈을 키워야 하는 것이다."

"그림으로 글씨를 삼아 뜻을 전하는 방법……. 그런 방법이 있다면 모든 그림은 다른 방식으로 읽히겠군요. 보통 사람의 눈으로는 상상할 수 없는 뜻이 숨어 있을 수도 있겠지요?"

"네가 늘 말했던 것처럼 그림자로 그 실체를 유추한다는 것과 상통하겠지."

홍도는 윤복의 내려뜬 속눈썹을 바라보았다. 숱 많고 아름다운 속눈썹이었다. 이토록 가까이에서 자세하게 오래 윤복의 눈을 바라볼 수 있음이 홍도는 뿌듯했다. 언제나 들킬까 염려하며 조심스럽게 곁눈으로 훔쳐보던 윤복의 두 눈이었다.

윤복은 무언가를 골똘히 생각하며 입을 열었다.

"지금 저와 가주셔야 할 곳이 있습니다."

말을 마치기도 전에 윤복은 중치막 자락을 펄럭이며 화실 문을 벗어났다. 홍도는 영문을 모른 채 바쁜 걸음으로 윤복의 뒤를 따랐다.

화원청 뒤뜰을 지나 중문을 들어서면 서화보관실이 보였다. 한때 그곳은 윤복에게 도화서 안의 유일한 안식처였다. 그윽한 먹과 안료의 향기 속에서, 부드러운 종이의 질감 속에서, 오래된 세월의 먼지 속에서 윤복은 안도했다.

"화원들이 평생토록 거들떠보지 않는 도화서 구석의 낡고 음습한 곳집엘 웬일이냐?"

"누구에게나 고향이 있지요. 영혼에도 고향이 있다면 이곳은 한 화원으로 제가 태어난 고향이라 할 것입니다. 누구나 고향을 생각하면 추억이 있듯 제게는 이곳을 알기 전부터 잊을 수 없는 추억이 있습니다."

"알기도 전에 얽힌 추억이라니 모순된다."

윤복은 묵직한 나무문을 밀어젖혔다. 오래 가라앉았던 향기가 달려들었다. 윤복은 천천히 낯익은 좁은 통로를 따라 걸었다.

"아버님은 말씀하셨지요. 도화서의 서화보관실에는 수많은 그림들이 살아 있고, 옛 화원들이 수많은 이야기를 들려줄 것이라고 말입니다. 아버님은 또 그곳에 가면 제가 궁금해하는 비밀을 찾을 수 있을 거라고도 하셨습니다."

홍도는 윤복이 말하는 아버지가 신한평이 아니라 죽은 서징임을 알아차렸다.

"그래, 이곳에서 무언가를 보았느냐?"

"수많은 화원들이 그린 수많은 그림들을 보았습니다. 과연 그것들은 생도청에서 보고 듣지 못한 그림의 뛰어난 기법과 높은 경지를 말해주었습니다."

"뛰어난 그림 한 점이 뛰어난 스승 백보다 나은 법이니까……."

"그런데 아버님께서 특별히 일러주신 그림 두 점을 보았지만 그 뜻을 알 길이 없었습니다."

홍도의 길고 가는 눈이 빛을 발했다.

"네 부친이 언제 일러주었더냐?"

"돌아가시기 직전이었습니다. 벼룻물을 받쳐 들고 화실로 갔을 때 아버지는 불운을 예감하신 듯 조용히 말씀하셨지요. 여인 된 몸으로 화원이 되기는 어려울 터이나 그림에 천착하면 언젠가 도화서 문턱을 넘을 수 있을 것이라고요. 만약 도화서로 갈 수 있다면 서화보관실을 찾으라 하셨습니다. 그곳에 있는 서가들 중 병 열 두 번째 서가의 첫 번째 그림과 정 열 첫 서가의 두 번째 그림을 보라 하셨지요. 그러면 그림들이 비밀을 말해줄 거라고요."

홍도는 온몸의 터럭이 한꺼번에 곤두서는 것 같았다. 생각보다 발걸음이 먼저 그곳으로 움직였다. 홍도는 반투명의 기름종이로 싼 두 점의 그림을 꺼내어 탁자 위에 펼쳤다. 그림의 구석구석을 살필 때마다 짙은 눈썹이 꿈틀거렸다.

오른쪽 그림은 붉은 해가 떠오르는 바닷가의 절벽 풍광이었다. 화면전체에 온통 붉은 아침 햇살이 비쳤고, 절벽 한가운데에는 껍질이 거친 소나무 한 그루가 비틀리며 자라고 있었다. 소나무 가지 위에는 까치 한 마리가 날아올랐다.

또 한 점의 그림은 서투르다 할 만큼 거친 붓질로 급하게 친 대나무 그림이었다. 빽빽하게 간 짙은 먹으로 거침없이 죽죽 그은 줄기들과 댓잎들이 서슬 퍼런 기세를 보여주고 있었다.

그림들을 바라보는 홍도의 머릿속은 거대한 말 떼가 지나가는 듯 혼란스러웠다.

"병 열 두 번째 서가는 인조대왕 치세의 화원 김만우의 그림이고, 정 열 첫 서가는 효종대왕 시절 화원 최연헌의 자리다. 하지만 서가의 열과 그림의 위치는 중요하지 않은 듯하다. 오히려 그곳에 있던 이 그림 자체에 의미가 있다고 보는 것이 옳겠지."

"그것은 어찌하여 그렇습니까?"

"서화보관실의 서가에 자리가 정해지면 좀처럼 바뀌는 법이 없기 때문이다. 게다가 네 아버지는 그 서가의 그림을 보라 하지 않았더냐. 천상 화원이었던 네 부친이라면 서가의 위치보다는 그림 속의 의미를 중히 여겼을 게다."

"그렇다면 이 그림 속에는 어떤 뜻이 숨어 있습니까?"

"붉은 해와 바다와 절벽, 소나무와 까치 한 마리……."

윤복은 호기심 어린 눈빛으로 홍도의 다음 말을 기다렸다.

"절벽이 있는 바다는 동쪽 바다일 게다. 서쪽 바다는 갯벌 해안이 대부분이니까……. 소나무는 일반적으로 정월을 뜻한다. 이월이 매화, 삼월이 벚꽃, 구월이 국화인 것과 같지. 소나무는 백수(百壽)를 뜻하는 잣나무〔柏樹〕와 닮아 장수를 뜻하기도 하고 굳은 절개를 뜻하기도 하지만 여기서는 정월로 보는 것이 맞다."

"어찌하여 그렇습니까?"

"새해를 맞아 서로 선물하는 그림 중에 소나무와 불로초를 함께 그린 그림을 신년여의도(新年如意圖)라 한다. 소나무를 신년(新年)으로 읽고 불로초를 뜻대로 이루어진다는 여의(如意)로 읽으니 새해를 맞아 뜻한 대로 이루어지라는 기원이다."

"민가에선 신년이 되면 복조리와 함께 저자의 환쟁이들이 까치와 호랑이, 소나무를 함께 그린 그림을 주고받는 풍속이 성황입니다. 그 소나무와 까치가 이 그림과 연관이 있습니까?"

"저자의 그림쟁이들과 민가에서는 그 기원을 알지도 못하고 풍습을 삼고 있으나, 호랑이를 그린 것은 잘못된 것이다."

"호랑이가 아니면 무엇을 그려야 합니까?"

"호랑이가 아닌 표범이라면 그림은 신년보희(新年報喜)라 읽을 수 있지. 소나무를 신년으로, 표범을 뜻하는 표(豹)를 고할 보(報)와 같은 중국식 음으로, 까치는 기쁨〔喜〕으로 읽기 때문이다."

홍도는 말을 멈추고 서가로 다가가 다시 그림 한 폭을 빼어 바닥에 펼쳤다.

두 쌍이라 해야 할까, 네 마리라 해야 할까……. 한 무리의 까치 떼가 막

봉우리가 맺힌 매화 가지에 앉아 한쪽을 바라보는 그림이었다. 그중 한 마리는 무언가를 반기기라도 하듯 양 날개를 활짝 펼쳐 날아올랐다. 모르긴 해도 그것은 동쪽 하늘에서 밝아오는 해가 아니었을까.

생동감 넘치는 까치의 움직임에 빠져든 윤복에게 홍도는 말을 이었다.

"까치는 새해가 되면 유독 사람들의 입에 오르내리는 새가 아니더냐. 새해를 맞아 기쁜 소식이 오기를 바란다는 덕담으로선 안성맞춤이지."

"절벽 아래의 희고 거센 물결도 뜻이 있겠지요?"

"한 마리의 학이 파도치는 바닷가에 서 있는 그림을 일품당조도(一品當潮圖)라 한다. 학은 새 중에서 제일이니 일품(一品)으로, 물결을 뜻하는 조(潮)는 아침 조(朝)와 같이 읽는데 여기서 아침 조는 당조(唐朝), 명조(明朝) 등과 같이 조정을 뜻한다. 그러니 일품 학이 물결을 당한다 하여 일품당조로 읽고, 그 벼슬이 조정의 일품까지 오르기를 기원한다는 뜻이 되는 것이다. 그러니 파도치는 바다는 곧 밀물과 썰물 같은 조수를 뜻하는 조(潮)로 읽을 수 있을 것이다."

윤복의 두 눈이 반짝이다 흔들리기를 반복했다. 알 듯하면서도 혼란스러운 독화법을 그대로 받아들여야 할지 아니면 번지르르한 궤변으로 들어 넘겨야 할지 알 수 없었다.

"그러면 이 조악하기 그지없는 대나무 그림은 무엇을 뜻합니까?"

"죽(竹)으로 읽는 대나무는 발음이 비슷한 축(祝)으로 읽힌다. 대나무와 바위를 그린 죽석도를 축수도라 읽는 것처럼 말이다. 또한 대나무는 겨울에도 푸르름을 잃지 않는 절개를 뜻하기도 한다."

"그러니 이 대나무 그림을 무슨 글자로 읽어야 한단 말입니까?"

윤복의 다급한 질문에 홍도는 머릿속으로 생각을 정리한 듯 잠시 후 말을 이었다.

"이 대나무는 그냥 죽(竹)으로 읽는 것이 옳겠다."

김홍도, '춘작보희(春鵲報喜)', 종이에 담채, 26.7×31.6cm, 삼성미술관 리움
단원 특유의 수목에 밑이 굵고 굴절된 매화나무의 분홍꽃과 윗부분의 잔가지에 앉은 까치를 절묘하게 배치한 화조도.
모든 까치가 한 방향을 보고 있어 동적인 느낌을 주고 윗부분은 여백 처리를 하여 공간감을 확장했다.

"축(祝)이나 절개를 뜻하는 절(節)이 아니구요?"

"수많은 문인화가들이 사군자, 그중에서도 대나무를 치는 데 절정에 이른 기량을 지녔다. 뛰어나기로 따지면 이 서화보관실 안에도 수백 점의 대나무 그림을 찾을 수 있을 것이다. 그런데도 네 아버지가 이렇듯 거칠고 조악한 대나무를 고른 의미는, 그 조악함만큼이나 단순하게 생각하라는 뜻일 것이다. 그러니 상징을 버리고 소리나는 대로 읽는 투박한 독화가 적당할 것이다."

"그렇게 단순하고 투박하게 생각한다면 죽(竹)은 무엇을 뜻합니까?"

"소리 그대로 죽, 그러니까 죽음을 뜻할 수도 있을 것이다."

윤복은 어안이 벙벙했다. 겨우 대나무 죽 자를 소리 나는 대로 읽기 위해 그렇게 많은 독화법과 상징을 늘어놓았던가.

"그러면 첫 번째 그림은 어떤 상징을 담고 있습니까?"

"그림 전체에서 읽을 수 있는 글자는 아침 조(朝) 자다. 동쪽 바다에 떠오르는 해와 붉은 아침 기운을 보면 알 수 있지. 거기다 절벽 아래의 물결[潮] 또한 아침 조와 상통한다."

"그러면 절벽 위의 소나무는 어떻게 읽습니까?"

윤복은 온몸에 살포시 끼치는 소름을 느끼며 다시 물었다.

"신년(新年)이라 읽어야 할 것이다."

"소나무 위의 까치는 어떻게 읽습니까?"

"기쁠 희(喜)로 읽어야겠지. 하지만 이 그림에서 까치는 굳이 읽을 필요가 없을 것이다. 까치는 이 그림이 단순한 아침이 아니라 새해 아침이라는 것을 강조하기 위한 장치일 뿐이야. 절벽 아래의 물결이 아침 조(朝) 자임을 강조하는 것과 같은 기능을 하지."

"신년조(新年朝)?"

"신년에서 신을 빼면 어떻게 되겠느냐?"

"년조? 녀조? 조년?"

입 밖으로 흘러나오는 자신의 목소리를 듣던 윤복의 얼굴이 백짓장처럼 하얘졌다.

"김조년?"

윤복이 날카롭게 목소리를 높였다. 홍도는 조용히 손가락을 입으로 가져갔다.

"두 점의 그림을 합해 읽으면…… 조년지살(朝年之殺) 혹은 의조년사(依朝年死). 조년의 죽임, 조년에 의한 죽음……."

거기까지 말한 홍도는 굳게 입을 다물었다. 서정이 감춘 비밀은 십 년의 세월을 건너 빛 앞에 모습을 드러내었다.

윤복은 잔인하고 받아들이기 힘든 진실 앞에 울음을 터뜨리고 말았다.

"네 부친은 마지막 순간에 임박하여 자신을 죽일 자의 정체를 네게 분명히 말해준 것이다."

"아버지께서 어떻게 이 그림이 여기에 있는 줄을 아셨으며, 제가 이 상징을 풀 것이라는 것을 어떻게 아셨습니까?"

"낡아빠진 도화서 양식이 아니라 싱싱하게 약동하던 초기 도화서 양식을 좇았던 네 아비는 이곳 서화보관실을 제집처럼 드나들었지. 웬만한 그림은 어디에 있는지 눈을 감고도 알 경지였다. 두 그림 모두 화원의 작품치고는 조악하니 눈에 띄었을 것이다. 물론 이 그림을 그린 화원들은 그런 살벌하고 엄청난 상징을 생각지는 않았겠지. 단지 신년을 맞아 인사치레 풍속으로 생각 없이 쓱쓱 그렸을 거야. 하지만 네 아비는 자신을 죽인 김조년의 이름을 이 그림 속에 절묘한 상징으로 숨겨둔 모양이다."

"그러면 아버님은 왜 그때 김조년의 이름을 직접 말씀하시지 않고 이렇게 오랜 시간이 지난 후에, 이렇게 어렵사리 알아차리도록 한 것일까요?"

"널 위해서였을 것이다. 만약 네 아버지가 그때 김조년의 이름을 말했다면 너는 그 이름을 섣불리 발설하거나 원수를 갚는답시고 무모한 짓을 했겠지? 하지만 네 아버지는 김조년이 그렇게 호락호락한 자가 아님을 알고 있었다. 함부로 덤비거나 고변하기에는 그의 위세가 너무 컸다. 그러니 네 아버지는 어린 네가 그를 대적할 만큼 성장하기를 기다리신 걸 거다. 서화보관실을 드나들고 그림의 상징을 유추할 수 있다면 비록 도화서 화원이 되지는 못했을지언정 그에 버금가는 조력자의 도움을 받고 있다는 뜻이고, 독화의 경지 또한 상당한 수준이 되었다는 말이겠지. 그런 경지가 된 후에야 김조년과 겨룰 수 있으리라 생각했을 것이다."

윤복은 눈물이 마르지 않은 눈으로 애원하듯 물었다.

"도대체 김조년이…… 김조년이 왜 아버님을 죽였단 말입니까?"

"그것은 나도 모른다. 지금부터 알아나가야겠지……."

홍도가 쓴 입맛을 다시며 미간에 주름을 지었다. 윤복은 젖은 눈동자를 반짝이며 말했다. 증오와 분노가 들끓어 떨리는 목소리였다.

"당장 의금부로 달려가 사건을 처음부터 다시 조사하도록 청원해야 할 것입니다."

홍도는 차가운 눈빛으로 윤복을 바라보았다. 조급하고 성마른 홍도지만 결정적인 순간에는 얼음처럼 냉정했다. 홍도는 더듬지 않고 또박또박 말했다.

"안 된다. 놈은 호락호락한 인물이 아니야. 야심이 하늘에 닿았고 수완은 귀신을 뺨친다. 괜히 의금부의 힘을 빌리려 했다가는 고양이에게 어물전을 맡기는 꼴이 되고 말거다. 의금부 장령을 비롯해 형조의 고위 관리들, 판서들과 정승들까지 놈의 손에 놀아나고 있는 판이다."

"놈이 돈과 위세를 이용하여 미꾸라지처럼 빠져나갈 거라는 말씀입니까?"

"그냥 빠져나가기만 하면 다행이라고 해야겠지. 놈은 도로 우리의 명줄을 노릴 것이다. 마음만 먹으면 중인 나부랭이인 환쟁이들에게 올가미를 씌우는 것쯤은 식은 죽 먹기일 것이다."

"사람을 죽이고도 십 년 동안을 아무 일 없이 떵떵거리며 살아가는 일이

바 람 의 화 원

대명천지에 어떻게 일어날 수 있습니까!"

"김조년이라면 가능하다. 그러니 우린 다른 방법을 찾아야 해."

"어떤 방법 말입니까?"

"놈이 모르는 사이에 놈을 일격으로 쓰러뜨릴 그런 방법."

홍도는 그렇게 말하기 전부터 그 방법을 생각하기 위해 머리를 쥐어짜고 있었다. 하지만 어디에서 그런 방법을 찾을 것인가. 상대는 조선의 으뜸가는 부와 권세를 지닌 거상이다. 홍도는 자신이 한심스러워 긴 한숨을 내쉬었다. 는개처럼 축축하고 답답한 정적을 깨고 윤복이 말했다.

"그림을 많이 보고 즐기는 자라면 다양한 독화에 능하겠지요? 그림으로 시작된 악연이니 그림으로 풀어야 할 것입니다."

홍도는 윤복의 반짝이는 눈빛이 뜻하는 바를 읽을 수 있었다. 상념의 어둠을 벼락처럼 가르고 드러나는 순간적인 번득임. 머릿속 깊은 곳에 감추어져 있던 날카로운 발상의 번득임에 홍도는 가슴이 베인 듯 섬뜩했다.

등 뒤에서 화실 문이 드르륵 열렸다. 윤복은 흠칫 놀라며 펼친 그림을 가리고 돌아서서 까칠한 눈을 비볐다. 언제나처럼 넉넉한 미소를 머금은 김조년이 다가섰다.

"춘화도를 몰래 보다 들킨 아이놈처럼 놀라는 것이 자네답지 않군."

김조년이 윤복을 아래위로 훑어보며 말했다. 윤복은 그림을 가리고 선 채 허리를 숙였다.

"스스로 그리고자 하는 풍정이 있어 끄적여본 습작입니다."

김조년의 눈빛이 날카롭게 빛났다. 녹슨 못을 맛본 것처럼 아리고 찝찔한 입맛이었다.

"조선 최고의 화인이 그리고 싶은 그림이라……. 그것이 무엇이관대 꽁꽁 여며두려 하는고?"

김조년이 한 걸음 앞으로 다가섰다. 얼굴 바로 앞에서 숨소리가 들릴 정도로 가까운 거리였다. 윤복은 하는 수 없이 옆으로 비켜섰다. 윤복의 등에 가렸던 그림이 드러났다.

기와를 얹은 벽돌 담장이 이어진 고급 주택가였다. 화면 앞쪽에도 높은 벽돌담과 기와지붕, 번듯한 별채 사이로 잣나무 관상수들이 잘 가꾸어져 있었다. 담장 위의 보름달 빛이 하얗게 쏟아지는 골목 모퉁이에서 한 사내가 여인의 허리춤을 감아 안고 얼굴을 맞대고 있었다. 서로의 숨결이 느껴질 만큼 가까운 거리였다. 모퉁이 뒤쪽에는 녹색 장옷을 어깨에 걸친 여인이 서 있었다.

"저속한 듯 담박하고, 농염한 듯 정갈하다. 어떤 춘화로써 이처럼 숨 막히는 장면을 담아내겠는가……."

윤복은 공손히 두 손을 모은 채 김조년의 눈치를 살폈다.

"요 며칠 네가 밤늦도록 집 안팎을 얼씬거리는 이유를 알겠다. 사내와 계집 사이에 일어나는 은밀한 수작을 무슨 수로 대낮에 알 수 있을 것인가."

자신의 눈으로 보지 않으면 그리지 않는 윤복의 습성을 김조년은 알고 있었다. 관찰하고 거듭 살핀 후에야 그리는 작업방식이었다. 이 그림을 그리기 위해 윤복은 밤마다 은밀히 골목길을 숨어 다니며 어둠 속에서 벌어지는 일들을 관찰했을 것이다.

"소인이 밤마다 외출하는 것을 어찌 아셨습니까?"

윤복이 놀란 듯 두 눈을 크게 떴다. 김조년은 은근한 웃음을 흘렸다.

"걱정마라. 널 미행하거나 염탐한 것은 아니니까. 바짓단에 묻은 흙 자국과 마르지 않은 이슬 자국을 보았을 뿐이다."

놀라운 눈썰미와 비상한 머리는 섬뜩할 정도였다. 하지만 김조년은 무심한 얼굴로 달빛이 하얗게 흐르는 골목 안의 숨 막히는 풍경 속으로 빠져들었다.

신윤복, '월야밀회(月夜密會)', 종이에 담채, 28.2×35.6cm, 간송미술문화재단
인적이 끊어진 골목길, 보름달이 비치는 담 그늘 아래에서 한 남자가 여인을 위압적으로 감싸 안고 있다.
담 모퉁이에 비켜서서 조마조마하게 이들을 지켜보는 여인은 그림 속의 긴장을 고조시킨다.
대담한 묘사와 색감이 탁월한 관능미를 보여준다.

"이 담장과 기와지붕은 눈에 익은 장소군."

"별채 뒤쪽 누각에 올라 담장 너머로 골목길 안을 내려다보았습니다."

"그래. 이 그림의 백미가 그거로군. 앞쪽 담장이 없었다면 밋밋한 그림이 되고 말았을 테니까. 앞쪽 담장은 화면을 풍성하게 할 뿐 아니라 보는 사람을 그림 속으로 끌어들이고 있어. 마치 그림을 보는 나 자신이 담장 이쪽에서 은밀하게 세 사람의 팽팽한 긴장을 훔쳐보는 느낌이 드니까 말이네."

윤복은 자신의 철저한 구상과 의도를 바로 알아차린 김조년의 감식안이 감탄스러울 뿐이었다.

"군복 두루마기 위에 소매 없는 전복이라…… . 왼손에 철장을 들었으니 포도군관이로군."

"그렇습니다. 인경이 울리고 난 통금 시간에 마음껏 돌아다니는 데다 기방의 기부 노릇을 일삼는 오입쟁이들이니 한밤의 상열지사엔 딱 어울리지요."

"염색하지 않은 흰 저고리와 거친 짚신으로 보아 여인은 넉넉지 못한 처지로군."

"그렇습니다. 포도군관은 위세와 재물로 여인을 윽박지르는지도 모르지요. 완력에 이끌려 사내의 품에 안기면서도 오른쪽 어깨를 뒤로 빼고 있으니까요."

"남색 끝동과 자주 고름을 단 반회장저고리가 말하고 있는 바도 분명하겠군."

"그렇습니다. 남색 끝동은 남편이 있음을, 자주 고름은 자식이 있음을 나타내지요."

"그렇다면 이 그림이 말하고자 하는 바가 있을 터인데……."

김조년이 혼잣말처럼 얼버무렸다. 윤복은 고개를 숙이고 생각을 가다듬었다.

"이틀 전 한밤에 우연히 담장 너머로 본 장면일 뿐입니다. 사내가 누구이며 여인들이 어떤 신분인지 알 수 없고, 그들이 어떤 사연으로 이 골목길에서 조우하였는지도 알지 못합니다. 다만 달빛 아래 세 사람의 모습이 너무나 강렬하고 사연이 있는 듯하여 홀린 듯 그렸을 뿐입니다."

"하지만 누구라도 이들의 사연이 궁금할 터인데……."

"누군들 사연 없는 자가 있겠습니까. 각자의 방식대로 미루어 짐작할 뿐이지요."

"그렇지. 걸작이란 보는 사람에게 더 많은 생각과 호기심의 여지를 남겨두어야 하는 법. 그림을 그린 자는 화인이지만, 화인의 손을 떠나면 그림은 보는 자의 것이니까……. 보는 자로 하여금 그림 속에 빠져들고 그 장면 속으로 뛰어들게 할 수 있는 그림이 걸작이겠지. 그렇다 해도 이들의 사연은 궁금하기 싹이 없군."

김조년은 집요하다 싶을 정도로 그림의 사연을 캐물었다.

"어른의 생각에는 어떠하신지요?"

윤복이 난감한 처지를 빠져나가듯 되물었다. 잠시 호기심어린 표정을 짓던 김조년이 입을 열었다.

"포교에게 바짝 끌어안긴 것으로 보아 여인 또한 포교와 보통 정분이 아님을 알 수 있네. 담 뒤에 숨은 여인은 포교의 아내인 듯하네. 남편이 외간 여자를 만나는 현장을 담 뒤에서 적발하고 있는 것이겠지. 그다음 일어날 일이 걱정이구만……."

김조년이 슬쩍 슬쩍 윤복의 눈치를 살폈다.

"소인의 생각은 조금 다릅니다."

김조년의 눈이 휘둥그레졌다. 윤복이 말을 이었다.

"우선 여인을 안은 포교를 보십시오. 오른손은 여인의 허리를 강한 완력으로 끌어안고 있고, 왼손에는 위세를 상징하는 철장을 들고 있습니다. 얼굴은 위협하는 듯 눈을 내리뜨고 있습니다. 여인은 포교에게 안기면서도 한편으로는 어깨를 빼고 손아귀를 벗어나려는 몸짓입니다. 그러니 포교와 여인이 보통 정분이 아니라는 말씀은 포교의 눈으로 그림을 본 때문이 아닌가 생각됩니다."

"그러면 담 아래의 여인은 도대체 누구인가? 포교의 아내가 아니란 말이던가?"

"여인의 두 발을 보십시오. 활짝 벌려서 담에 붙여 들킬까 초조해하는 모습입니다. 누구인지 모르지만 여인 또한 포교의 위세를 두려워하고 그 품에 안긴 여인을 동정의 눈빛으로 보고 있습니다."

김조년은 나직하지만 설득력 있는 윤복의 설명을 곱씹기나 하듯 다시 그림을 찬찬히 살폈다.

"또 다른 그림이 완성되면 보여주게. 흥미로운 걸작을 기대할 테니……."

화실을 나선 김조년은 어금니를 물며 별채 뜰을 바라보았다. 주먹을 쥐고 허벅지를 다지듯 두드리자 눈앞에 다시 그림이 아른거렸다. 막무가내의 험한 얼굴로 여인의 허리를 옥죄는 포교, 포교의 품에서 벗어나려는 여인의 몸짓, 여인을 동정 어린 눈길로 엿보는 또 다른 여인…….

여느 밤의 골목에서나 있을 법한 장면이었다. 늘 그런 법이다. 낮 동안 억눌리고 발현되지 못한 욕망들이 피어나는 시간은 밤이다. 여인을 탐하는 사내의 정욕과 감추어진 여인의 정념이 타오르는 시간. 가야금 가락이 흐르는 기방에서, 정적에 쌓인 어두운 골목길 구석에서 사내와 여인들은 마음을 나눈다.

하지만 그렇듯 흔하고도 자연스러운 밤의 정경을 그린 화인은 지금껏 없었다. 화원이 그려야 할 것은 숭고한 이상과 선비의 기개와 장엄한 산수일 뿐, 욕되고 저속한 여염의 군상들이 살아가는 모습을 담는 것은 화선지를 더럽히는 속화뿐이었다.

하지만 윤복은 그 속된 장면을 아름다운 걸작의 경지로 승화시켰다. 우악스러운 포교의 표정은 긴장을 더욱 팽팽하게 했고, 들킬 듯 말 듯한 조마조마함은 생생히 전해졌다. 하얗게 쏟아지는 달빛은 그 모든 인물들의 대립과 갈등, 정념을 깨끗하게 씻어 내렸다.

그렇게 절절한 인간들의 표정, 그렇게 팽팽한 인물들 사이의 대립을 그는 본 적이 없었다. 하지만 그 뛰어남이 더할수록 가슴 깊은 곳에서 끓어오르는 분노는 더욱 강렬해졌다. 김조년은 그림을 통해 윤복이 하는 말을 분명히 들었다.

그림 속의 세 사람이 각각 누구를 의미하는지는 자명했다. 완력과 위세로 여인을 강압적으로 끌어안은 자, 비록 사내의 품안에 끌려들었으나 그 품을 벗어나고 싶어 하는 여인, 그리고 사내에게는 경멸을, 여인에게는 동정을 보내는 또 한 여인.

윤복은 기가 막힌 방법으로 자신의 주인을 비난하고 항의하는 그림을 그린 것이다. 그것은 선유 도사에 이은 분명한 도전이었다.

사흘 후, 김조년은 다시 한번 어금니를 부드득 갈아야 했다. 헛헛한 마음을 쓸어줄 가얏고 소리를 찾아 별당에 들었을 때였다. 곡조를 끝낸 정향의 양 볼이 발갛게 달아오른 것을 김조년은 놓치지 않았다.

"무슨 즐거운 일이라도 있는 것이냐? 오랜만에 네 얼굴이 봄꽃처럼 붉어졌구나."

정향은 무안한 듯 손으로 입가를 가리며 눈길을 외면했다. 그리고는 무릎 위의 가얏고를 바닥에 내려놓고 책가로 다가가 그림 한 점을 꺼내어 펼쳤다.

"화실 사람이 그린 그림입니다. 몸종 섬섬이 년이 가져와 키득거리는 것을 빼앗았지요. 낯 뜨겁고 민망한 그림이지만 무언가 뜻하는 바가 있는 듯하여……."

김조년은 윤복을 향한 적의가 가시지 않으나 궁금증을 이기지 못하고 펼쳐진 그림을 보았다.

화사한 봄햇살이 가득한 양반가의 뒷마당이었다. 그림 앞쪽에 바둑이와 누렁이가 민망한 몸짓으로 짝짓기를 하고 있었다. 김조년의 얼굴이 후끈 달아올랐다.

기와를 얹은 반듯한 벽돌담으로 보아 부유한 양반의 저택이었다. 반듯한 담을 경계로 마당 안쪽에는 햇살이 들어찼고, 담 바깥은 무성한 가지에 붉은 봄꽃이 다투어 피고 있었다.

마당 한가운데 말라비틀어진 노송 그루터기 위에 젊은 여인이 계집종과 나란히 앉아 있었다. 하얀 소복 차림으로 보아 상중임을 한눈에 알 수 있었다.

짝짓기를 하는 개들 옆에는 두 마리의 참새가 서로 희롱하며 날아올랐다. 담장 밖에서 뻗어온 가지 끝에도 두 마리의 참새가 서로 마주 보고 앉아 있었다.

"무르익은 봄날의 과부입니다. 그림 곳곳에 야릇한 춘의가 가득하지요. 나무는 꽃을 피우고 짐승들은 짝짓기에 나서는 만물이 생동하는 봄입니다."

"하지만 수절 과부는 개구멍을 통해 들어온 개들과 참새들의 짝짓기를 바라보고 있구나."

"앞뒤 좌우로 사방이 꽉꽉 막힌 담장은 답답하기만 하니 차라리 참새처럼 날아가든가, 아니면 개구멍으로라도 나가 봄을 만끽하고 싶은 답답한 마음이겠지요."

정향이 터져 나오는 웃음을 손바닥으로 가렸다. 그녀의 말을 들은 척 만척하며 그림 속으로 빠져든 김조년의 눈가 주름이 움찔거렸다.

"이 그림의 열쇠는 흘레붙는 개도, 희롱하는 참새도 아니요, 소복을 입은 여인이구나. 여인의 입은 보일 듯 말 듯한 미소를 짓고 있다. 거기다 여인의 옆에 나란히 앉은 몸종의 오른손을 보아라."

"여인의 허벅지를 꼬집고 있습니다. 주인아씨의 부정한 생각을 나무라고

신윤복, '이부탐춘(嫠婦貪春)', 종이에 담채, 28.2×35.6cm, 간송미술문화재단
이부는 과부를 뜻하니 소복을 입은 여인이 마당에서 짝짓기를 하는 개와 참새를 보고
웃음을 머금자 몸종이 나무라듯 그 허벅지를 꼬집는 장면이다.
해학적이면서도 여필종부를 강요하는 남존여비 사상에 대한 날카로운 풍자를 읽을 수 있다.

허튼 웃음을 억지로라도 멈추게 하려는 듯 보입니다."

김조년은 고개를 끄덕였다.

"여인의 부정함은 거기에 그치지 않는다. 두 다리는 양쪽 옆으로 한껏 벌린 농염한 자세가 아니냐. 게다가 여인이 올라앉은 나뭇등걸의 모습도 영락없이 음탕한 무언가를 은유한 듯하다. 이쯤 되면 그림 속의 여인이 부정한 것이 아니라 그림을 그린 자가 부정함을 알겠다."

김조년은 끄응 소리를 내며 돌아앉았다. 이전이라면 춘의가 가득한 윤복의 그림을 기꺼이 즐겼을 것이다. 화폭 안에 수많은 상징을 심어 양반가의 수절 풍속을 풍자하는 그림을 보고 통쾌한 웃음을 지었을지도 모른다.

하지만 지금은 아니다. 불경스러운 젊은 환쟁이의 도발이 점점 도를 더해 가고 있었다. 놈은 이 그림이 정향을 통해 자신에게 전해질 것을 손바닥 꿰듯 알고 있었다. 그림의 숨은 뜻을 알아차릴 것 또한 누구보다 잘 알고 있었다.

농염한 웃음을 머금고 소나무 등걸 위에 올라탄 여인은 정향을 은유한 것이었다. 그렇다면 정향의 소복은 곧 자신의 죽음을 의미했다. 머지않아 자신이 죽을 것이고, 정향은 그 죽음을 슬퍼하기는커녕 웃으며 즐길 것이라는 뜻이었다.

김조년은 관자놀이가 찌릿했다. 격한 분노와 함께 증오의 감정이 솟구쳤다. 하지만 동시에 자신이 가진 아름다운 것들에 대한 자존감이 밀려왔다. 기실 정향과 윤복은 극에 달한 김조년의 예술적 감식안을 확인시켜주는 살아 있는 증거였다.

도성 안에서 최고의 기예를 지닌 가야금 명인과 조선 팔도를 통틀어 백년에 한 명이나 나올까 말까 한 화인. 지극히 귀하고 값비싼 예술품들을 자신의 것으로 만들던 김조년은 마침내 그 모든 것을 더해도 따를 수 없는 최고의 예인들을 자신의 수하에 넣었던 것이다.

하지만 끝 간 데 없는 욕심이 패착이었을까…… 가장 원하고 아꼈기에

바 람 의 화 원

자신의 것으로 만들었던 자들이 오히려 자신을 위협하고 있는 것이다. 한편으로 윤복과 정향은 장사를 위한 칼날이기도 했지만, 이제 그 칼날이 자신을 향해 번득이고 있었다.

그 칼날은 예리하고 전광석화와 같을 것이다. 예술에 관한 한, 기예에 관한 한 김조년은 그들의 상대가 되지 못함을 알고 있다. 식자인 척하는 양반들은 예인들을 기예나 익힌 천출로 알고 있지만, 예인들의 감각이 얼마나 날카롭고, 그들의 지력이 얼마나 뛰어난지를 김조년은 알고 있다.

김조년은 그림에 대한 자신의 식견을 오히려 원망하였다. 차라리 그림을 몰랐다면……. 그랬다면 윤복이 그림 속에 심은 뜻을 알아볼 수도 없었을 것이고 이처럼 괴로워할 필요도 없을 것이다. 하지만 한 폭의 그림에 화인의 마음이 담기고 한 번의 붓질에도 그린 자의 성정이 그려진다는 것을 알기에 그림을 통해 항의하는 윤복의 부르짖음을 들을 수밖에 없었다.

김조년은 이 싸움을 피할 수 없음을 직감했다. 그리고 그 싸움에서 누구의 도움도 받지 못할 것임도 잘 알고 있었다. 오로지 자신의 감식안과 자신의 예술적 조예로 맞서야 한다는 것을. 그렇다면 방법은 한 가지뿐이다. 걸어온 싸움이라면 이기는 수밖에.

지금껏 지는 싸움은 해본 적이 없었다. 하지만 이 젊은 천재의 거침없는 도전에는 알 수 없는 불안을 느꼈다.

김조년은 한 여인을 둘러싼 윤복과 자신의 기구한 운명에 고개를 내저었다. 동시에 어금니를 깨물며, 뛰어나지만 철없는 젊은 화인을 철저히 굴복시킬 전략을 구상했다.

피할 수 없는 싸움이라면 상대가 쳐들어오기 전에 먼저 공격하는 수밖에 없음을 김조년은 오랜 경험을 통해 잘 알고 있었다.

김조년

"이기지 않으면 모든 것을 잃는다. 칼을 들고 피를 튀기는 것도 아니고
땀 냄새로 얼룩진 몸으로 힘을 겨루는 것도 아니다. 힘의 대결도 기예의 대결도
지력의 대결도 따르지 못할 궁극적인 혼과 혼의 싸움이 아니더냐."

윤복

"인간은 늘 닿을 수 없는 곳으로 뛰어오르려 하고, 건널 수 없는 강에 몸을 던지려 하고,
가질 수 없는 것을 꿈꾸기 마련이지요. 하지만 그곳에 손이 닿고, 그 강을 건너고, 그것을 가진다면
가슴속에 들끓던 불덩이는 곧 재가 되고 말겠지요?"

홍도

"그저 아름다운 그림이라면 그리는 화인이 많고, 그저 뛰어난 그림을 그리는 화인은
별처럼 많을 것이다. 그러나 하늘이 조선을 아껴 후대의 후대에 어떤 천재 화인을 내어도
이 같은 걸작을 그릴 수는 없을 것이다."

마지막
그림 대결

윤복은 두 눈을 크게 뜨고 고개를 들었다. 김조년은 반백의 수염을 점잖게 쓰다듬으며 조금 전에 한 말을 되풀이했다.

"내 말을 제대로 듣지 못했는가? 도사대결이라고 했네. 동제각화."

"두 화인이 같은 화제를 그려 우열을 가리는 것 말씀입니까?"

호사 취미를 지닌 고관과 거부 들이 자신이 거느린 화인을 내세우는 그림 대결은 드문 일이 아니었다.

천지가 새로 눈을 뜨듯 새로운 문풍이 흘러들었고 세상은 변했다. 공자 왈 맹자 왈을 읊던 선비들도 격물과 실용에 눈을 떴다. 연경을 다녀온 선비들의 기행문 필사본이 지식인들의 필독서가 되었다. 선비들은 공맹의 도리보다 연꽃과 문방구와 새와 화초를 수집하고 기르는 데 힘을 쏟았다. 새로운 농사의 기법으로 쌀농사는 해마다 풍년을 이루었고, 고구마와 감자 같은 구황작물이 들어와 민초들은 허기를 면했다.

넘치는 물산과 작물은 저자로 쏟아지고 거래가 봇물처럼 늘어나 거부들이 생겨났다. 그야말로 풍요와 격정의 시대였다. 반상의 구별은 점점 흐려지고, 장사에 나서는 양반과 양반 족보를 사는 장사치도 늘어났다.

밀물 같은 흐름은 화인들 또한 비켜가지 않았다. 예악과 도화에 탐닉하는 양반들은 틈틈이 그림을 사 모으고, 이름난 화인에게 그림을 주문하고, 뛰어난 화인을 아예 집 안에 들였다. 희귀한 월남 새와 원숭이를 기르듯 그들은 화인을 후원했다. 거느린 화인의 실력은 곧 인격이 되고 지위가 되었다. 뛰어난 화인을 거느린 자는 비록 벼슬이 낮고 품계가 초라하고 가진 것이 없어도 높은 예술적 감식안과 안목을 인정받았다.

도화에 대한 경쟁심이 극에 달하자 양반들은 '도사대결'이라는 새로운 양식을 만들었다. 두 명의 양반이 각자 거느린 사화서의 화인을 대동하면, 도화계는 화제를 제시했다. 그렇게 화인들이 그려낸 동제각화는 계원들에 의해 엄격하게 평가되었다.

그것은 누 화인의 재주를 겨루는 것이기도 했지만, 그들을 거느린 누 양반의 안목을 겨루는 대결이기도 했다. 대결에서 진 양반은 자존심에 엄청난 타격을 입고 계를 떠나는가 하면, 관직을 버리고 낙향하는 경우도 종종 있었다. 그림에 대한 식견이 없는 자들은 하찮은 환쟁이들의 그림 대결이 무슨 대수냐고 비난했지만, 고도의 심미안과 감식안을 자부하는 그들에겐 모든 것을 잃는 것이나 다름없었다.

화인들 또한 마찬가지였다. 이름난 도화계의 그림 대결에서 이기는 것만으로 화인의 위상은 한없이 올라갔다. 하지만 대결에서 지는 화인은 문하에서 쫓겨나거나 저자의 그림쟁이로 나앉기도 했다. 그러니 화인들에게 그림 대결은 영달의 기회이기도 했고 평생 쌓은 명성을 하루아침에 잃어버릴 수도 있는 무서운 시련이기도 했다. 이렇듯 도사대결은 온 장안의 유한 양반들의 이목을 집중시키는 큰 마당이었다.

하지만 김조년은 달랐다. 조선 팔도에서 최고의 심미안과 감식안을 지닌 그였지만, 단 한 번도 도사대결에 윤복을 대동한 적이 없었다. 그런 김조년이 갑작스럽게 도사대결을 명한 것이었다.

"어떤가? 내키지 않는가? 자신의 모든 존재를 걸고 대결에 나서고 싶지 않은가?"

김조년의 장죽 끝에서 파르스름한 연기가 허공으로 풀어졌다.

"그런 것은 아닙니다만 갑작스러운 일이라……."

"그림 대 그림. 이 얼마나 가슴 떨리는 말인가. 이기지 않으면 모든 것을 잃는다. 생각해보면 사내의 생이란 그 자체가 순간순간 수많은 대결의 연속이 아닌가. 겨루고 이기고 또 겨루고, 싸우고 이기고 또 싸우고……. 도사대결은 수많은 싸움 중에서도 가장 지극한 대결의 정점이네. 칼을 들고 피를 튀기는 것도 아니고, 땀 냄새로 얼룩진 몸으로 힘을 겨루는 것도 아니고. 한 평도 안 되는 나무판 위에서 머릿속의 잔꾀로 말을 놓는 쌍륙을 어찌 그 궁극의 대결과 견줄 것인가! 한 자루의 붓으로 텅 빈 종이 위를 자신의 혼으로 채워나가는 것이 얼마나 아름다운가! 힘의 대결도, 기예의 대결도, 지력의 대결도 따르지 못할 궁극적인 혼과 혼의 싸움이 아니던가!"

김조년이 주름진 눈을 가늘게 떴다.

"붓을 든 자로서 최고의 그림을 그리고 싶은 욕망은 늘 한결같습니다. 칼을 든 자가 상대를 베어야 하듯 화인이라면 누구보다 뛰어난 그림을 그리고 싶겠지요. 기예와 재주의 우열을 가리는 싸움에 두려움은 없습니다. 더구나 어른의 후은으로 연명하고 어른의 후광으로 얻은 명예를 어른을 위해 쓰는 것 또한 아깝지 않습니다. 다만 이렇듯 갑작스러운 대결이라는 것이 의아할 뿐입니다."

윤복의 말은 공손했지만 날카로운 가시가 박혀 있었다. 김조년은 희미한 미소로 자신에게 날아드는 가시를 조심스럽게 발라냈다.

"그동안 수많은 도사대결의 제안이 들어왔었네. 도전이라면 도전이고, 청이라면 청이었겠지. 나는 단 한 번도 그것을 허락하지 않았네. 왜?"

외마디의 비명처럼 날카로운 물음이었다. 그 물음은 윤복을 향한 듯했지만 사실은 자신을 향한 것이었다. 길게 담배 연기를 내뿜는 소리로 침묵을 메운 김조년이 스스로에게 대답했다.

"자네는 내 것이니까. 다른 누구와도 공유할 수 없는 나만의 화인이니까. 나만을 위해 그림을 그리고, 나만을 위해 그림을 구상하고, 나만을 위해 먹을 갈아야 하는 나만의 예인이니까!"

격앙된 목소리는 윤복에 대한 무한한 신뢰와 애정을 보여주고 있었다. 김조년은 다시 말을 이었다.

"귀한 것일수록 깊이 감추어두고 혼자 즐기고 싶은 법일세. 천하의 화인을 누군가와 겨루게 한다는 것 자체가 자존심 상했지. 천한 것들이 누구와 재주를 겨루자는 것이냐! 자네와 나는 도사대결에서 이긴다 하여 더 얻을 것이 없거니와 만에 하나 일이 잘못되면 평생을 일군 것들이 한순간에 무너지는 셈이네. 제 화인의 재주를 뽐내려는 호사 양반들의 호기심이나 채워주려고 자네가 그림을 그리는 것은 아닐 거야."

"그런데 어찌하여 갑작스러운 도사대결을 명하시는 것입니까?"

"이번 도사대결이 바로 궁극의 대결이 될 것이기 때문이네. 단 한 차례의 대결로 모든 대결을 피할 수 있는 대결, 단 한 번의 승리로 누구도 토를 달지 못할 그런 대결 말이네. 만약에 자네가 누군가와 싸워야 한다면 그런 대결이 되어야 한다고 나는 생각해왔네. 위대한 승부는 언제나 최고의 맞수들의 싸움에서 나왔지. 천하를 눈앞에 둔 항우와 유방의 대결, 적벽에서 공명과 조조의 대결처럼 말이다. 재주를 겨룰 마땅한 상대를 찾는 것이 아름다운 승부를 위한 조건임을 모르지 않을 것이네."

김조년의 갈고리처럼 굽은 두 눈이 번득 빛났다. 윤복은 섬뜩한 두려움으로 그 눈빛을 피했다.

"대결할 화인이 정해졌군요."

윤복이 조심스럽게 말했다. 김조년은 그런 윤복의 조심성을 비웃기나 하듯 긴 칼을 찌르듯 공격적인 어투로 말했다.

"단원 김홍도!"

둔탁한 무엇이 뒤통수를 후려치고 지나갔다. 김조년은 멍한 윤복의 표정을 즐기듯 바라보았다.

"언젠가, 자네가 누군가와 겨루어야 한다면 그 상대는 김홍도여야 한다고 나는 생각해왔네. 그 한 번의 대결로 세상은 최고의 화인을 명명백백하게 가려낼 것일세. 자신이 없는가? 아니면 두려운가?"

머릿속에서 수천 마리의 벌떼가 날아다니는 듯 웅웅거렸다. 홍도의 신선 같은 웃음이 떠올랐다. 한때 왕이 내린 화제로 저자와 주막과 우물터와 빨래터를 함께 돌며 펼친 대결은 얼마나 행복했던가. 두 그림은 서로 모자란 곳을 채우고, 보지 못한 곳을 보여주었다. 서로의 그림에서 영감을 얻고, 서로의 화폭에서 기쁨을 얻던 즐거운 놀이는 이제 천박한 자들을 위한 싸움판이 되고 말았다.

게다가 그 상대가 홍도라면……

윤복의 온몸에 소름이 돋았다. 누가 이기든 한쪽은 치명상을 입고야 말 것이다. 운명을 건 치명적 대결을 장난처럼 벌인 늙은 자의 얼굴에 윤복은 침을 뱉어주고 싶었다.

"하오나 어른께서 아시듯 그분은 생도 시절 저의 스승입니다. 대결이라니 외람됩니다."

김조년이 그럴 줄 알았다는 듯 미소를 지었다.

"말은 그러하나, 내가 알기로 자네들은 이전에도 몇 차례의 동제각화 대결을 치르지 않았던가."

윤복의 눈이 번쩍 떠졌다. 주상의 주관으로 벌어졌던 홍도와의 대결을 이 자가 어찌 알고 있단 말인가. 깊은 궁 안의 은밀한 일조차 샅샅이 들여다보는 이 교활한 자의 눈과 귀가 닿지 않는 곳은 어디인가……

"그때 자네의 주인은 주상이었으나, 도화서에서 내쳐진 자네를 거둔 것은 이 김조년일세. 그때 주상의 명을 따랐다면 지금은 나의 명을 따라야 할 것이야."

카랑카랑한 말 속에 날카로운 사금파리가 숨어 있었다. 윤복의 주인이 자신이라는 말은 곧 도화서 화원인 홍도의 주인이 주상이라는 말과 같았다. 그렇다면 김조년은 윤복과 홍도를 통해 주상과의 간접적인 대결을 꿈꾸고 있는 것일까?

윤복은 입술을 물어뜯었다.

"아니 될 말입니다. 스승을 대적하고 주상을 대적하는 일을 어찌 따르라 하십니까!"

갈라지는 목소리를 가만히 듣던 김조년이 나직하게 말했다.

"큰 싸움에는 그에 걸맞은 큰 상이 필요한 것이겠지. 하늘이 내린 재능을 쉽게 보여줄 수야 없을 테고……."

잠시 끊겼던 말소리가 다시 이어졌다.

"자네가 대결에 나서서 지지만 않는다면 거부하지 못할 상을 걸겠네."

"그것이 무엇이든 이번 대결만은……"

말꼬리를 자른 김조년이 짧은 몇 마디를 던지듯 내뱉었다.

"정향이를 내주겠네."

윤복은 자신의 귀를 의심했다. 김조년은 멍한 윤복의 얼굴 앞으로 몸을 기울이며 또박또박 다시 말했다.

"정향이를 이 집에서 나가게 해주겠다는 말일세. 자네가 김홍도에게 지지만 않는다면……"

김조년이 정향을 얼마나 아끼는지를 잘 알고 있다. 그에게 정향은 애첩이자 뛰어난 금기였으며 쓸모 많은 예인이었다.

"사내로서 한 여인을 포기할 수는 있겠지만, 예악을 존숭하는 자로서 예인을 보내는 것은 쉽지 않은 일입니다. 어른이시라면 더더욱 그러하겠지요."

"나는 교활하지만 믿을 수 없는 자는 아닐세. 탐욕스럽지만 거짓말을 하지는 않네. 내 입에서 나온 말을 내가 씹어 넘기는 일이 없음은 자네 또한 알고 있을 터."

그의 말은 사실이었다. 지금의 그를 만든 것은 쇠 같은 몸뚱이와 한번 한 말을 도로 주워담지 않는 신용이었다. 윤복의 가슴속에서 뜨거움과 차가움이 맹렬하게 뒤섞였다. 이것이냐, 저것이냐. 선택은 윤복에게 맡겨져 있었다. 윤복은 괴로웠다. 선택할 수 있기 때문에 괴로웠다. 김조년은 그 점을 노린 것인지도 모른다. 스스로 선택할 수 있는 고통을 주는 것으로 복수하고 있는 것인지도……

"선택하는 것만이 선택은 아니네. 선택하지 않는 것 또한 하나의 선택이겠지."

선문답 같은 말이 선택을 강요하고 있었다. 하지만 윤복의 굳은 입술은 떨어지지 않았다.

"좋아. 자네가 선택하지 못한다면 선택되는 수밖에……"

김조년이 자신의 선문답을 해설하듯 짧게 말했다.

"김홍도가 선택하게 하겠네."

윤복은 차라리 안도했다. 스승이라면 이 교활한 인간의 제안을 물리칠 수 있을 것이다. 윤복은 일단 홍도를 믿기로 했다. 그것 말고는 할 수 있는 일이 없었다.

"그분은 이 대결을 승낙하지 않으실 것입니다."

"그것은 당사자만이 아는 일이겠지."

어둠 속 먼 곳에서 달그림자가 어른거리고 있었다. 윤복은 그 그림자가 자신의 일렁거리는 마음인 것만 같아 얼른 시선을 돌렸다.

"그런 대결은 받아들일 수 없습니다."

홍도의 눈꼬리가 가늘게 떨렸다. 그 떨림은 경멸과 분노를 동시에 드러냈다. 김조년은 자신을 향한 적대적인 눈빛을 즐기기나 하듯 여유롭게 웃었다. 그것이 이야기의 끝이 아니라 시작이기 때문이었다.

"그렇게 대답할 줄 알았네. 궁중 화원이 사사로운 도화계의 도전장을 덥석 받아들일 거라고는 생각하지 않았네."

"이야기가 끝났으면 돌아가시지요."

냉담한 말은 얼음 조각 같았다. 김조년은 가는 눈꼬리로 홍도를 살폈다.

"도화서에 도전장을 던지는 것이 아니라 조선 최고의 화인을 가리자는 제안이네."

"최고의 화인이란 없습니다. 그림을 그리는 사람이란 서마다의 혼을 저마다의 방식으로 그려 최고의 경지를 향해 나아갈 뿐이지요. 어찌 오뉴월 장마당의 닭싸움처럼 화인의 우열을 가리려 하십니까……."

공손한 말투에는 상대를 나무라는 단단한 의기가 서려 있었다. 김조년은 예상했다는 듯 여유로운 웃음을 잃지 않았다.

"조선 최고의 화인이 굳이 한 명이어야 한다고는 하지 않았네. 이 도사대결로 조선은 최고의 화인을 둘이나 지닐 수 있게 될 걸세. 자네들은 각자의 방식으로 각자의 기예를 펼치면 그뿐일 터……."

"하지만 승부 없는 대결을 원하시지는 않을 텐데요?"

"물론 승부는 가려질 것이네. 하지만 그것은 할 짓 없는 호사가들의 입방정일 뿐."

"그 입방정이 구설이 되어 담을 넘고 거리를 흘러 다니며 퍼질 것입니다."

홍도의 대답은 여전히 마디가 부러지듯 딱딱했다. 이 외골수의 옹고집을 꺾으려면 조금 다른 방도가 필요할 것 같았다. 김조년은 긴 장죽에 담배를 재워 넣은 후 빈정거리는 표정으로 물었다.

"두려운 것인가? 도화서 수석 화원 김홍도가, 자신이 가르쳤던 제자에게, 그것도 도화서를 쫓겨난 풋내기 화원에게 꽁무니를 뺄 것인가?"

자존심 강하고 다혈질적인 홍도의 얼굴이 붉게 달아올랐다. 예상은 적중했다. 김조년은 자신의 속을 감추지 못하는 홍도의 순진함을 비웃으며 약을 올리듯 말을 이었다.

"그럴 만도 할 것이네. 나의 화인은 낡은 도화서 양식으로는 감당조차 할 수 없는 천재이니까. 그는 도화서 밖에서 더 이름을 얻었고, 그의 그림은 나의 화실에서 세련미를 더해갔지. 곰팡내 나는 양식에 젖은 도화서 화원들이 두려워할 정도로 말일세."

"언사를 가리시오!"

홍도의 음성이 노기를 띠었다. 바로 김조년이 노리고 있던 바였다. 조급하고 성마른 화원 녀석이 비로소 미끼를 문 것이다.

"화를 낼 일은 아닐세. 내 말이 틀리다면 그것을 증명하면 될 테니까……."

홍도는 부글거리는 분노와 흥분을 애써 억눌렀다. 당장이라도 대결에 나서서 교활한 자의 코를 납작하게 해주고 싶었다. 하지만 상대는 윤복이었다. 그 아이와 함께 그림을 그려야 한다면 그것은 축복일 것이다. 주상의 명으로 함께 그림을 그리던 그때처럼.

하지만 이번은 다르다. 저속하고 음흉한 자들은 두 그림에 마음대로 점수를 매기고 난도질을 해댈 것이다. 그들이 선택한 그림은 걸작이 될 것이고, 그렇지 못한 그림은 휴지 조각처럼 버려질 것이다. 상처 받지 않으면 상처를 줄 수밖에 없는 대결……. 그 치명적인 대결의 상대가 윤복이라는 사실이 홍도는 두려웠다.

"말 같지 않은 말을 구태여 그르다고 증명하고 싶지는 않소. 당신처럼 예술을 권세의 장식으로나 여기는 자들에게 어울리는 일일 뿐……."

"증명하지 못한 진실은 거짓을 이기지 못하지."

"저자에 떠도는 소문과 한가로운 호사가들의 구설에 신경 쓰고 싶지 않소. 그러니 돌아가시오!"

버럭 내지르는 고함 소리에 김조년은 잠시 생각했다. 이 성마른 자가 좀처럼 미끼를 물지 않는 이유를. 그것은 대결의 상대가 윤복이라는 점 때문이었다.

그렇다면 그 점을 이용하는 수밖에 없었다. 홍도를 끌어들일 마지막 수였다. 그리고 그 수가 먹혀들 것임을 김조년은 확신했다.

"자네가 굳이 대결을 피하겠다면 말리지는 않겠네. 그러면 나 또한 우리 도화계에 은밀하게 나도는 소문을 잠재울 방도가 없겠네."

"소문이라니 무슨 소문 말입니까?"

"우리 계원들은…… 여인네들만을 즐겨 그리는 것과 그 묘사와 필법의 섬세함을 들어 나의 화인이 사내가 아니라고 쑥덕이고 있지."

김조년은 무심한 표정으로 내뱉었다. 그 말은 치명적인 흉기가 되어 홍도를 후려쳤다. 홍도는 잠시 정신이 아득해졌다. 언젠가는 모든 사실이 드러날 것이라고 생각했지만 이런 방식이 될 줄은 꿈에도 생각하지 못했다.

"무……슨 말도 안 되는 소리요? 그 아이는 이름난 화원인 신한평의 아들이오!"

태연함을 가장하려 안간힘을 썼으나 목소리는 떨리고 혀는 굳었다. 당혹한 그 모습을 김조년은 즐기듯 바라보았다.

"그것은 모두가 아는 사실이지. 하지만 모든 사실이 곧 진실은 아닐세. 그러니 계원들 또한 농 삼아 내 화인의 바지춤을 내려 사타구니라도 확인해보자고 덤빈다네. 어떤 자는 내가 화인에게 흑심이라도 품은 양 의심의 눈길을 보내기도 한다네. 지금까진 농으로 받아넘겼지만 언제까지 그럴 수야 없겠지."

김조년은 노련한 낚시꾼처럼 홍도를 꼼짝 못하게 만들었다. 홍도는 어쩔 수 없이 그의 낚싯줄이 끄는 대로 따라가고 있었다.

"이 대결이 그 구설과 무슨 상관이 있다는 것입니까?"

"의심의 눈초리와 구설을 쓸어버릴 수 있네. 이 도사대결이 성사된다면 십 년에 한 번 나올까 말까 한 유흥거리를 제공하는 것이니 그자들 또한 입이 쏙 들어갈 것일세."

홍도는 이 교활하고 수완 좋은 자가 이미 모든 사실을 알고 있음을 직감했다. 이 노련한 화술의 달인은 모든 상황을 자신이 주도하는 것이 아니라 어쩔 수 없이 떠밀리고 있는 상황으로 그럴듯하게 포장하고 있었다. 끓어오르는 적개심으로 홍도는 어금니를 부드득 갈았다.

김조년은 그 분노가 더 이상 도망갈 곳이 없다는 체념의 표시임을 알아차렸다. 솜씨 좋은 낚시꾼에게 걸려 뱃전으로 올라온 고기는 한바탕 세찬 푸덕임으로 자신의 마지막 운명을 받아들이는 법이니까. 그것은 사냥꾼의 손에서 벗어나겠다는 의지가 아니라 더 이상 도망갈 곳이 없는 절망감일 뿐이다.

"도사대결을 받아들인다면 모든 구설을 책임지고 덮어주겠다 약속하시겠습니까?"

홍도의 말에 윤기가 사라졌다. 김조년은 홍도의 눈을 똑바로 쳐다보며 고개를 가로저었다. 거래는 지금부터가 시작이었다.

"단지 대결을 받아들이는 것만으로는 안 되지."

"그럼 제가 어떻게 해야 합니까?"

"나의 화인에게 지면 안 되네. 그러면 자네가 원하는 것을 주지."

한마디 한마디가 채찍처럼 날아들었다. 김조년은 윤복에게는 정향을, 홍도에게는 윤복을 미끼로 던졌다. 서로를 생각해서 최선을 다하지 않는다거나 승부를 피할 담합의 여지는 없었다. 이제 두 화인이 할 일은 단 한 가지밖에 없었다. 자신의 존재 그 자체를 걸고 그리는 일이었다.

"대결을 받아들이겠습니다."

홍도의 말투는 견고한 돌무더기가 우르르 무너지는 것 같았다. 대결은 성사되었다. 이 대결이 그토록 진귀하고 흥미로운 것이라면, 김조년은 모두가 인정할 수밖에 없는 최고의 수완가였다.

홍도는 생각했다. 김조년은 수완가일 뿐 아니라 최고의 승부사라고. 승부사를 싸움터로 끌어들이려면 승부를 미끼로 던지는 것이 가장 효과적이다. 홍도는 천천히 말했다.

"원한 것은 아니었지만 저를 대결장으로 끌어내셨으니 어른께서도 대결을 피할 수 없을 것입니다."

"그것이 무슨 소린가? 나와 승부를 겨루겠다는 것인가? 어떤 방식으로?"

"만약 계원들이 저희 둘의 승부를 가리지 못한다면 어떻게 하시겠습니까?"

홍도가 입술을 씰룩거리며 빙긋 웃었다. 순간 김조년의 눈빛에 불안한 흔들림이 지나갔다. 하지만 평생을 승부로 점철해온 수완 좋은 사나이는 불안한 기색을 감추고 껄껄 웃었다.

"그러면 자네 두 사람 모두에게 내가 약속한 상을 내리도록 하지.

어떤 대결이든 승부 없는 대결은 없을 것이다. 승부가 없는 대결은 대결이 아닐 테니까. 만면에 미소를 지으며 자리를 털고 일어서던 김조년이 덧붙였다.

"그런데 자네는 내가 어떻게 신윤복이 사내가 아님을 알았느냐고 왜 묻지 않는가?"

듣고 보니 그러했다. 윤복의 비밀을 알고 있는 사람은 신한평과 홍도 자신뿐이었다. 하지만 신한평은 스스로를 속일 만큼 철두철미했다. 그렇다면 어디서 비밀이 새어 나간 것일까.

"내가 아무리 교활하고 수완 좋은 자라 하지만 어떻게 그 비밀을 캐낼 수 있었겠나. 그것을 가능하게 한 것은 나의 감식안이었지."

"그림을 보고서 그 사실을 알았단 말입니까? 어떤 그림의 어디에……."

"윤복이 그린 '월야밀회'라는 그림이 있었네. 나를 꾸짖고, 항변하고, 부끄럽게 할 목적으로 그린 그림이었지만 과도하게 격분한 탓인지 한 가지 실수를 했더군."

"실수라니……."

"평소 같으면 담 뒤에서 지켜보는 여인을 남정네로 그려야 했지. 별감의 품에 안긴 여인의 남편이나 정인이라야 더욱 긴장감이 넘치고 인물들의 격정이 보는 사람에게 더 잘 전해질 테니까 말일세. 하지만 신윤복은 여인을 그리고 말았네. 깊이 숨겨뒀던 여인으로서의 자의식이 발로한 것이야. 그 후로 그의 옷태와 생김을 눈여겨보았지. 타고난 생김이 어디로 가겠는가."

김조년은 조선 제일의 감식안을 스스로 증명했다. 비록 그림을 그리지 못하지만 그림을 읽고 그림 속에 숨은 뜻을 찾는 데는 달인의 경지에 이르렀음을 보여준 것이다. 그건 곧 자신이 이번 도사대결의 진행이나 평가자로서 부족함이 없음을 내보이는 것이기도 했다.

"좋은 그림을 기대하겠네."

김조년은 어이없게도 행운을 빌어주는 말을 남기고 훌쩍 교수실의 방문을 나섰다. 서늘한 바람이 방문 안으로 밀려 들어왔다. 그제야 퍼뜩 정신을 차린 홍도는 모든 일이 꿈결처럼 느꼈다.

한 사내가 왔다가 돌아갔을 뿐이다. 하지만 그 사내가 돌아간 후 세상은 완전히 달라졌다. 그 벼락같은 변화를 홍도는 받아들이지도, 거부하지도 못하고 있었다.

홍도가 대결을 받아들였다는 말에 윤복은 자신의 귀를 의심했다. 자신이 아는 홍도는 어쭙잖은 공명심을 좇거나 값싼 영달을 꾀할 사람이 아니었다. 그렇다면 그는 김조년의 제안을 받아들인 것이 아니라 피하지 못한 것

바 람 의 화 원

이었다.

  날이 새자마자 생도청으로 달려간 윤복은 교수실로 뛰어들었다. 방문을
벌컥 열고 헉헉 숨을 몰아쉬는 윤복을 홍도는 안쓰러운 눈빛으로 바라보
았다.

  "도대체 왜 그러셨습니까? 저속한 자들의 호사 취미에 노리개로 나서야
할 까닭이 없지 않습니까!"

  "싸움닭이 저 죽을 줄 모르고 투계장에 나서는 것도, 칼 한 자루를 바투
쥐고 전쟁터로 나서는 병졸도 제 원해서 그러는 것은 아닐 것이다. 세상엔
피하고 싶지만 피할 수 없는 일도 많다."

  "그래서 저속한 자들의 명에 따라 저와 재주를 겨루시렵니까?"

  "기예와 재능에는 우열이 있는 법, 그것을 가리는 것은 예인에게 피할 수
없는 운명이다. 최고의 아름다움이란 오직 하나일 수밖에 없으니까."

  "조선의 최고가 되고 싶으십니까?"

  "예인으로 그 시대의 최고가 되고 후세까지 길이 이름을 남기는 것을 원
치 않는 자가 있겠느냐?"

  "만일…… 만일 제가 이긴다면 어떻게 하실 것입니까?"

  "그렇더라도 나는 조선 최고의 화인을 길러낸 스승이 될 수는 있겠지."

  이유를 말하지는 않았지만 스승은 이미 대결을 기정사실로 받아들이고
있었다. 마른 입술을 씹던 윤복이 결심한 듯 입을 열었다.

  "이 대결은 불가능합니다."

  칼로 두부를 자르듯 단호한 말투였다.

  "왜?"

  외마디의 되물음이 서슬 퍼런 칼날처럼 윤복의 가슴에 꽂혔다. 서로를 아
끼기에 서로를 지키려는 대화였지만, 투박한 말투는 흉기가 되어 서로의 마

음을 다치게 하고 있었다.

"이것은 공정한 대결이 아니기 때문입니다."

"화인과 화인이 겨루는 것을 어찌 공정한 대결이 아니라 하느냐? 나는 붓을 들고 그릴 테니 너는 칼을 들고 그리라 하더냐?"

나직한 목소리였지만 나무라는 투였다.

"화인이 생명처럼 소중히 여겨야 할 신체는 눈입니다. 그림은 곧 본 것을 그리는 것이니 눈이 없으면 아무것도 그릴 수 없을 것입니다."

홍도의 길고 가는 눈매에 보일 듯 말 듯 경련이 일었다.

"내가 앞 못 보는 소경이 아닌데 어찌 이 대결이 공정하지 못하다 하느냐?"

"다만 앞을 보는 데 아무런 흠이 없기로서니 그 눈을 완전하다 할 수는 없을 것입니다."

"그것은 또 무슨 소리냐? 앞이 보이면 되었지 또 무엇이 필요하냐?"

홍도가 언성을 높였다. 윤복은 잠시 갈등하다 결심한 듯 대답했다.

"스승님의 눈은 색을 볼 수 없는 눈입니다."

홍도의 가슴이 단풍잎처럼 버석거렸다. 윤복은 멍한 홍도에게 확인을 하듯 말을 이었다.

"스승님의 눈은 물체의 윤곽과 음영을 뚜렷이 보지만 그 색채를 분별할 수 없는 색맹이 아닙니까?"

홍도가 들고 있던 찻종이 힘없이 떨어져 탁자 위에 뒹굴었다.

지금껏 누구도 알아차리지 못한 혼자만의 비밀이었다. 철들기 전부터 붓을 잡고 스승 강세황의 문하에서 두각을 나타낼 때까지만 해도 홍도는 세상이 자신에게 마련된 잔치 마당인 줄로만 알았다.

불운의 그림자를 맨 처음 알게 된 것은 강세황의 도제로 안료를 취급할 무렵이었다. 초록과 빨강이 화폭에서 섞였을 때 문득 색에 혼란이 일어났다. 두 눈을 비비고 물에 씻어내면서 그림을 뚫어지게 바라보았지만 녹색과 빨강의 빛깔은 끝내 구별해낼 수가 없었다.

색을 구별하지 못하는 화원이 어찌 화원일 수 있는가? 빨강과 초록을 혼돈하는 화원이 무슨 수로 그림을 그릴 것인가? 홍도는 느닷없이 다가온 불운에 저항하며 괴로워했다.

하지만 하늘은 불운과 동시에 한 가닥의 출구를 열어주었다. 그때까지만 해도 채색화는 극히 특별한 경우에만 그려졌다. 그림이라 하면 곧 수묵을 의미할 정도였다.

어떻게 보면 색을 보지 못한다는 사실도 화원으로서 치명적인 장애는 아니었다. 먹의 농담과 점도를 이용해 찍고 삐치고 번지게 만드는 기법만으로도 최고의 그림을 그릴 수 있었던 것이다. 색을 쓰는 것은 오히려 저속한 그림으로 치부되기도 했다.

그 모순적인 기회를 살린 홍도의 명성은 곧 팔도에 알려지고 왕실에까지 알려져 도화서의 화원이 될 수 있었다. 극도로 양식화된 도화서 기법은 색의 사용을 제한했지만, 대부분의 채색 작업이 왕의 권위를 의미하는 황색과 오방색으로 국한된 것은 두 번째 기회였다. 뒤섞인 적색과 녹색을 세밀하게 구별해야 할 만한 작업은 드물었다. 홍도는 오히려 도화서의 주색인 황색 계열의 색에 더욱 집중해 그 농담과 질감의 근소한 차이까지도 표현할 수 있었다. 누구도 홍도의 약점을 알아차리지 못했고, 오히려 홍도의 눈이 좋아 좋은 그림을 그릴 수 있다며 부러워했다. 그 정도면 색을 보지 못하는 불운은 오히려 축복이었다.

그런데 지금에 와서 이 아이가 그 비밀을 어떻게 알아차린 것일까? 홍도는 잠시 고민했다. 아니라고 말할까? 네가 잘못 안 것이라고 말할까? 하지만 홍도는 그러지 않기로 했다.

어차피 이 아이는 유리 속처럼 상대의 마음을 들여다보는 눈을 지녔다. 속이겠다고 해서 속일 수 있는 아이가 아니었다. 홍도는 떨어진 찻종을 다시 정연하게 탁자 위에 놓고 찻물을 따랐다.

"어떻게 알았느냐?"

"조선 최고의 화원이 색에 관해서라면 이해할 수 없을 정도로 단조로웠습니다. 동제각화에서도 늘 갈색만을 쓰셨지요. 짙은 갈색, 옅은 갈색, 중간조의 갈색, 밝게 떠오르는 갈색, 무겁게 가라앉는 갈색……. 하나의 갈색으로 시와 때, 인물과 분위기에 맞는 수많은 색조를 찾아 쓰셨습니다. 가히 달인의 경지였지요. 어느 순간 그것이 황색 이외의 다른 세상을 보지 못하기 때문이 아닐까 생각했습니다. 어진 도사 때 스승님은 영복 형님의 색을 써달라는 저의 청을 거절하셨지요. 평생에 남을 최고의 도사에서 최고의 안료를 마다하신 것입니다. 저는 한 가지 실험을 했지요. 주상 전하가 내리신 빨래터 화제에서 일부러 색을 쓰지 않았습니다. 스승님께서는 역시 알아차리지 못하시더군요, 결국 주상 전하께옵서 제 그림의 변화를 지적하신 후에야 눈치를 채시더군요. 또 황묘농접도를 그리실 때 저는 새끼 고양이를 붉은 불고양이로 그려달라고 청했습니다. 스승님께서 직접 안료를 개신다면 붉은색을 제대로 볼 수 있는 것이고, 그렇지 않다면 저의 예측이 맞는 것이었겠지요. 결과는 제가 아니기를 기도했던 쪽이었습니다. 스승님께서는 직접 안료를 개는 대신 저에게 안료 수종을 청하셨으니까요."

점점 높아지던 윤복의 목소리가 갈라지는 동안 홍도는 규칙적으로 차를 홀짝거렸다. 표정으로 보면 흥분한 쪽은 윤복이었고 홍도는 오히려 위로하는 쪽이었다.

"네가 본 것이 그르지 않다. 그러므로 네가 알고 있는 것이 옳다."

홍도가 바위처럼 무겁게 말했다.

"이 대결은 각자의 방식으로 색과 형태를 펼쳐 자유롭게 혼을 드러내고 그것을 함께 향유하던 편전에서의 동제각화와는 전혀 다릅니다. 이즈막 여항의 취향은 속되고 속되기가 말할 나위 없습니다. 사가에서는 양식보다 실험을, 절제보다는 표현을, 전통보다는 파격을 요구하고 즐깁니다. 도화계 원들은 스승님이 고심하신 섬세한 황색 일변도의 그림보다는 저의 난삽하지만 화려한 색에 경도되고 말 것입니다. 그런데 어찌 저와 겨루겠다 하십니까?"

"결과가 나오기 전까지 대결이란 아무도 모르는 일이 아니냐. 그림은 색으로만 그리는 것이 아니니 선과 면과 그로써 이루어지는 형태와 먹의 농담과 필법과 기세와 운율과 그 안에 담은 뜻이 모두 합하여 이루어진다. 그러니 내가 비록 색을 보지 못한다 하나 염려하지 않는다."

"그렇다고 해도 불공정한 대결임에는 변함이 없습니다."

"그렇지 않다. 어쩌면 색을 보지 못하는 결점이 있기에 이것은 공정한 시합일 것이다."

"어째서 그렇습니까?"

"내가 색을 보지 못하는 것과 마찬가지로 너는 사내들의 마음을 모른다. 하지만 심사를 맡을 도화계의 계원들은 모두 사내들이 아니냐?"

돌이키기엔 너무 많이 와버렸다는 사실을 윤복은 깨달았다. 이제 남은 것은 대결뿐이다. 겨루어 이기는 것뿐이었다.

"누군가가 이겨야 한다면 누군가는 반드시 질 수밖에 없겠지요?"

윤복이 처연한 목소리로 말했다.

"그렇겠지."

대결에서 지는 쪽은 모든 것을 잃게 될 것이다. 명성도, 그림도, 재물도 그리고 존재의 이유도……

무서리처럼 차고 서늘한 냉기가 두 사람을 휩쌌다. 홍도는 서늘한 가슴을 덥히려는 듯 자꾸만 뜨거운 찻종을 기울였다.

조선 최고의 화사들이 벌이는 그림 대결은 팔도의 그림 애호가들에게 가슴 졸이는 큰 승부였다. 김조년의 승부사적 기질도 뜨겁게 끓어올랐다. 그는 한성부는 물론 팔도의 도방 행수들을 불러올렸다. 행세깨나 하는 팔도 거부들과 권문 양반들 중에서 큰 전주(錢主)들을 엄밀히 골라내라는 것이 그의 첫 번째 지시였다.

각 행수들은 그들에게 은밀하게 접근하여 한성에서 벌어질 엄청난 도사 대결의 정보를 흘렸다. 팔도에 이름을 날린 김홍도와 신윤복이 벌이는 꿈의 대결이었다. 백 년에 한 번 있을까 말까 한 최고 화인들의 승부는 그들의 혼을 빼놓기에 충분했다.

도방들은 몸이 달아오른 그들의 욕망에 불을 질렀다. 그들은 그림 그리는 천재들을 먼발치에서라도 보고 싶어 했고 그들의 그림을 곁눈질로라도 훔쳐보기를 원했다. 직접 대결을 참관하지는 못할지라도 그 대결이 벌어지는 언저리에라도 있기를 원했다.

김조년의 노림수는 거기에 있었다. 두 화인의 대결은 그들 간의 대결로만 그치지는 않을 것이었다. 그것은 최고의 거래꾼인 김조년 자신에게도 모든 것을 건 거대한 승부였다. 도방 행수들이 동원한 애호가들은 묵직한 돈 꾸러미를 흔쾌히 내밀며 잔치판으로 모여들었다. 조선 최고의 두 화인이 모든 것을 거는 대결을 참관하는 것만으로도 명색이 그림 애호가들에게는 평생의 자랑거리였다.

하지만 김조년은 뛰어난 거래꾼이기에 앞서 최고의 승부사이기도 했다. 김조년은 자신의 방식대로 또 다른 승부를 기획했다. 최고의 대결에 걸맞는 최고의 내기가 그것이었다.

무언가를 걸지 않는 대결은 뿔 없는 무소처럼 무력하고, 쓸개 없는 곰처럼 무용한 것이었다. 저잣거리의 닭싸움에도 장꾼들이 소리를 지르고 열광하는 것은 두 마리의 닭 중 하나에 자신의 행운을 걸었기 때문이다. 하물며 조선 최고 화인들의 동제각화 대결이라면 그만한 무언가를 걸어야 하는 것은 당연한 일이었다.

사람의 심성을 읽고 그것을 자신에게 유리하게 이용하는 데 탁월한 김조년의 생각은 맞아떨어졌다. 대결을 참관하는 팔도의 애호가들은 그가 던진 미끼를 덥석 받아 물었다.

그들은 경쟁적으로 두 화원에 돈을 걸었다. 현금과 논밭 문서는 물론이고 감추어둔 패물과 애써 수집한 그림을 거는 자들도 있었다. 그들이 건 돈과 재물의 목록을 정리하고 명부를 만드는 데만 꼬박 사흘이 걸렸다.

하지만 실제로 걸린 돈은 장부의 액수를 훨씬 넘어섰다. 공식적으로 초대받지 못한 애호가들 또한 제각각 패를 지어 판돈을 걸고 내기를 진행하기 시작했다. 대결은 이제 조선땅 전체를 도사대결의 열풍으로 뜨겁게 달구고 있었다. 저잣거리에서 민화 쪼가리를 그려 파는 그림쟁이들과 난초깨나 친다 하는 백면서생들도 단원과 혜원이라는 이름을 들먹이며 앞다투어 돈을 걸었다.

김홍도냐, 신윤복이냐? 단원이냐, 혜원이냐?

애호가들의 사랑방마다 논쟁이 벌어졌고, 저자의 그림쟁이들도 덩달아 열변을 뿜었다. 논쟁과 열변의 끝에는 언제나 돈뭉치가 오갔고 격정적인 욕망이 들끓었다. 김조년은 그 모든 것들을 가능하게 만든 자신의 수완을 스스로 대견스럽게 여겼다.

마침내 팔도에서 모여든 재물들의 목록을 받아들었을 때, 김조년은 그것이 자신의 예측조차 뛰어넘는 엄청난 도박임을 알아차렸다. 나라를 사고팔 수 있다면 그 돈으로 이 나라를 살 수도 있지 않을까 할 만큼 엄청난 재물이었다.

김조년은 명부의 갈피를 하나하나 들추며 운명을 건 자들의 저울이 어느 쪽으로 기울고 있는지를 가늠했다. 하지만 저울추는 어느 한쪽으로도 기울지 않았다. 초대받은 서른 명의 참관인들과 여섯 명의 계원들 중 열여덟이 홍도에게, 또 다른 열여덟이 윤복에게 운명을 걸었다. 내기에 걸린 재물 또한 화인들의 승부만큼이나 팽팽했다. 어림잡아 수만 냥의 돈과 이만여 마지기 상당의 전답 문서들이었다. 이제는 김조년이 걸 차례였다. 명부를 덮은 김조년은 거무튀튀한 입술을 꾹 물었다. 명부를 대령했던 행수가 조심스럽게 입을 열었다.

"어른께서는 어느 쪽에 거실 생각이십니까?"

김조년은 설핏 웃었다.

"나의 사람에게 내 운명을 걸어야겠지?"

"얼마나……."

행수가 말끝을 흐렸다. 김조년이 거는 재산 또한 공평하게 명부의 마지막 장에 등재될 것이었다.

"현금 오만 냥에 전 일만 마지기, 답 일만 마지기."

떡 벌어진 입을 한참동안 다물지 못하던 행수가 겨우 기어드는 목소리로 말했다.

"그것은 김홍도에게 걸린 전체 액수와 맞먹는 엄청난 재물입니다. 스무 명 가까운 사람들이 건 재산을 어른 혼자 거시는 것은 무리한 일이 아니올지……."

"나는 이 대결을 주관한 자이니 구경 삼아 모여든 어중이떠중이들과는 다르다. 대결에 나서는 화인들이 자신의 모든 것을 걸었으니 나 또한 나의 운명을 걸어야겠지."

"하지만 우리 화인이 이길 거라는 보장이 없습니다."

"보장이 있다면 그것을 어찌 승부라 하겠느냐? 유일한 보장이 있다면 그것은 나 자신이지. 나는 지는 싸움은 하지 않으니까 말이다."

"어른께서 그 돈을 거시면 우리 쪽이 이기더라도 절반밖에 취할 수가 없습니다. 홍도에게 걸린 돈은 이쪽의 절반밖에 되지 않으니까요."

"그러니 판을 키워야 하지 않겠느냐. 지금 당장 도방들에게 기별하여 홍도에게 돈을 걸었던 자들의 판돈을 두 배로 올리라 하라. 그렇게 되면 공평해지지 않겠느냐?"

"하지만 그들이 무리하게 판돈을 올리려 할지……."

"판돈을 올리지 못할 자라면 참관을 허락하지 않겠다 하라. 그 돈을 걸고 참관하겠다는 자들이 팔도에 줄을 섰을 테니까……."

중치막 자락을 뒤로 젖히며 고개를 숙인 행수가 조심스러운 목소리로 다시 고했다.

"다만 한 가지 미진한 점은 도화계원 박안식 대감의 일이온데……."

김조년이 눈살을 찌푸렸다. 박안식은 창립 시절부터 도화계를 이끌어온 터줏대감이었다. 외가 쪽으로 왕실의 핏줄과 닿고 선대왕 시절 이후 삼 대째 정승을 배출한 명문가의 자제였다. 박안식 자신도 한성판윤과 호조판서를 지낸 덕망 있는 고관 출신이었다.

"박안식 대감이 어쨌기에?"

"모든 참관인들과 여섯 명의 계원들이 재물을 걸었으나 박안식 대감만은 내기에 참여하지 않겠다 하십니다. 재물을 걸지 않더라도 대결을 주관한 도화계원의 자격으로 참관할 수 있다며……."

김조년은 어금니를 부드득 갈았다. 깐깐하고 따지기 좋아하는 샌님 같은 양반이 일을 틀어버리려고 작정을 한 것이겠지. 그런 자를 다루는 법을 김조년은 알고 있다.

"알았다. 내가 직접 찾아가 뵙겠다고 여쭈어라."

행수가 허리를 굽혀 절하고 방문을 나섰다. 김조년은 새로 말려 향기가 싱싱한 햇담배를 장죽에 재워 넣었다. 눈앞으로 다가온 대결 날이 더욱 기다려졌다.

대결은 도화계 계주인 연평부원군 서하원의 별당에서 벌어졌다. 서하원은 선대왕의 아래 항렬로 조카뻘이 되니 그 세도를 가볍게 보지 못할 것이었다. 후덕하고 인품이 어질어 적을 두지 않았고, 권력에 뜻이 없어 화도와 예악을 즐기는 풍류객이었다.

부원군을 위시해 시전의 거부 김조년, 성균관 대사성 강인덕, 동지사로 청나라에 오래 머물렀던 윤인원, 팔도의 그림을 중개하는 도화 중개상 김시년, 예조판서를 지낸 도화 애호가 이문직 그리고 박안식 등이 계원이었다. 이른 아침부터 계원들은 아껴둔 청나라산 비단 도포 자락을 펄럭이며 모여들었다.

홍도와 윤복은 날이 새기 전 부원군이 내준 말을 타고 별당에 당도하였다. 날이 새자 대청에는 여섯 명의 계원들과 도화서 수석 화원 윤명원, 김인문이 나란히 자리 잡았다. 홍도와 윤복은 마당 아래에 나란히 섰다.

"도화서 중견 화원 김홍도와 사화서 화원 신윤복의 동제각화다!"

연평부원군 서하원의 흥분된 목소리가 팽팽한 긴장을 깼다. 서하원은 극도로 절제된 언어로 화제와 도사 조건들을 하나하나 설명했다.

"모든 계원의 만장일치로 정해진 화제는 '쟁투'다. 조선 최고 화인을 가리는 대결이니 화제 또한 쟁투로 정함이 마땅하다."

홍도의 등줄기에 전율이 흘렀다. 윤복은 쿵쾅거리는 자신의 심장소리에 가슴이 터질 것 같았다. 서하원은 근엄한 목소리로 말을 이었다.

"어설픈 조건은 뛰어난 기예를 제한하는 올무가 될 뿐이다. 그러니 두 사람은 각자의 방식과 기예로 화제를 이행하라. 도사는 모레 정오까지 마감하되 심사의 결과는 모든 계원이 그림을 살피고 난 미시에 하겠다!"

마당 한가득 눈부신 아침 햇살이 부서지고 있었다. 계원들은 막 투계장에 들어서서 아직 사태를 파악하지 못하고 갈팡질팡하는 싸움닭을 보듯 두 화인을 바라보았다. 그들은 두 마리의 닭이 어떻게 서로를 탐색하고 공격할지를 상상하며 호기심 가득한 표정을 지었다. 윤복은 잠시 아득한 현기증을 느꼈다.

"먼저 나가거라."

홍도는 어리고 연약한 윤복을 이런 참을 수 없는 자리에 남겨둔 채 그곳을 떠나고 싶지 않았다. 나직한 속삭임을 듣기 위해 대청 위의 사람들은 고개를 길게 빼고 호기심 어린 눈초리를 번득였다.

"빨리 이 모멸스러운 곳을 나가지 못하겠느냐?"

윤복은 그 말에 저항할 수 없었다. 홍도는 고개를 깊이 숙인 채 윤복의 발걸음 소리를 들었다. 마당을 가로지르는 윤복의 긴 그림자가 보였다. 홍도는 고개를 들지 않고 입을 열었다.

"잘 그려야 한다. 부디…… 잘 그려야 한다."

홍도는 차마 하지 못한 뒷말을 마음속으로 외쳤다.

'하지만…… 하지만 말이다. 나를 이기지는 말아다오.'

발길을 옮기던 윤복이 고개를 돌렸다. 넓은 마당 한가운데에 선 홍도는 너무도 외로워 보였다. 한때 스승이었으나 이제는 모든 것을 걸고 싸워야 할 경쟁자. 그 사내의 젖은 눈을 보는 윤복의 눈동자가 함께 젖었다. 쏟아지는 아침 햇살에 눈이 부셔서일 거라고 윤복은 생각했다.

서로를 바라보는 젖은 눈길이 햇살 부서지는 마당 한가운데서 얽혔다. 얽히고 미끄러지고 겹쳐지지만 두 눈길은 매듭이 되어 하나로 묶이지 못했다.

홍도의 눈빛이 말하고 있었다.

'가거라! 가서 마음껏 보고, 마음껏 그려라.'

윤복은 눈빛으로 대답했다.

'잘 그리십시오. 부디…….'

윤복은 성큼성큼 마당을 가로질러 별채의 문턱을 넘었다. 긴 그림자가 홍도의 발치에서 멀어져갔다. 홍도는 아린 눈으로 옥빛 중치막 자락이 사라져 간 문턱을 오래오래 바라보았다.

이틀 후 정오가 되자 도사는 정확히 끝났다. 이틀 동안 밤잠조차 이루지 못하고 아침부터 모여든 계원들은 침이 마르게 그들의 화풍과 기법에 대해 떠들어대며 두 화인을 기다렸다.

두 화인이 텅 빈 마당으로 들어선 것은 바로 그때였다. 두루마리 통을 어깨에 걸친 홍도와 윤복이 어디서 무엇을 했는지는 아무도 알 수 없었다. 다만 그 몰골만으로도 그림을 향한 분투와 혼신의 노력을 알고도 남음이 있었다.

물빛 중치막 자락은 흙 자국과 먼지에 쓸려 검게 때가 탔고, 중갓은 구겨져 있었다. 옷깃에도 검은 땟국이 보였고, 소맷부리에는 검은 먹과 온갖 색깔의 안료가 튄 자국이 선명했다.

두 개의 두루마리 통을 받아든 김조년이 대청 가운데의 부원군 앞에 그것들을 내려놓았다. 계원들은 침을 삼키며 두루마리 뚜껑을 여는 부원군의 손끝을 주시했다. 홍도와 윤복은 축대를 내려서서 햇살이 쏟아지는 마당 한 가운데에 섰다.

부원군이 그림을 대청마루 위에 펼쳤다. 목을 길게 빼고 그림을 바라보던 계원들의 눈이 휘둥그레지며 탄성을 터뜨렸다. 부원군은 그들의 탄성에 아랑곳하지 않고 또 다른 두루마리 그림을 펼쳤다. 다시 한번 비명 같은 탄성이 터져 나왔다.

"화인들은 내실에서 몸을 씻고 쉬라. 계원들과 심사관들이 그림을 검토한 후 다시 부르겠다."

늙은 별당지기가 두 사람을 몰아내듯 각기 다른 내실로 안내했다. 종자들이 날라 온 따뜻한 물로 피로와 흙먼지에 찌든 몸을 씻은 그들에게 이틀 치의 피로가 한꺼번에 몰려들었다. 그들은 아무것도 생각하고 싶지 않았고, 아무 생각도 나지 않았다.

얼마나 시간이 흐른 것일까. 별당지기의 조심스러운 목소리에 홍도는 곤한 잠에서 깨어났다.

"미시입니다. 심사가 끝난 듯합니다."

내실을 나서자 오후의 햇살에 잠시 현기증이 일었다. 홍도는 비틀거리는 걸음을 곧추세우고 마당으로 향했다. 그곳에는 이미 당도한 윤복이 다소곳이 서 있었다.

"과연 조선 최고의 화인들이다. 두 점의 그림 모두 화제에 충실하였고 우열을 가릴 수 없이 뛰어났다. 갑론을박으로도 승부를 가릴 수가 없으니 화인에게 물어 그 경지를 짐작하고자 한다."

부원군의 목소리는 떨리고 있었다. 팔도의 빼어난 그림을 두루 완상하고 값의 고하를 막론하고 사들인 그림의 탐식가라 하나, 같은 화제를 두고 그린 두 점의 걸작을 동시에 보기는 처음이었다. 부원군뿐만이 아니었다. 그 자리의 누구도 이처럼 떨리는 순간은 평생에 다시없을 것이었다. 그 시간은 두 화인뿐 아니라 그 자리에 모인 모든 사람들의 평생에서 가장 오랫동안 기억되어야 마땅할 것이었다.

"두 화원은 오르라!"

김조년이 댓돌로 내려서며 말했다. 홍도와 윤복은 허리를 숙인 채 대청 위로 올라섰다. 별당지기가 나무로 짠 그림 걸개를 대청 한쪽에 세우고 두 개의 그림을 걸었다.

홍도는 눈을 감았고 윤복은 고개를 떨구었다. 몽롱한 꿈결 같은 의식을 뚫고 김조년의 목소리가 들렸다.

"화인들은 고개를 들고 그림을 보라!"

홍도는 눈을 떴고 윤복은 고개를 들었다. 누가 먼저라 할 것도 없이 그 두 사람의 입에서도 탄성이 터져 나왔다.

윤복은 눈앞에 펼쳐진 홍도의 그림에 넋을 빼앗겼다. 그것은 치열한 겨루기의 벼락같이 짧은 한순간을 단칼로 자른 듯 펼쳐 보이고 있었다. 서책 한 권만 한 작은 그림이었지만, 그 속에는 책 한 권에도 담을 수 없는 힘과 긴장이 약동하고 있었다. 마치 그렇게 작은 화면 안에 그렇게 많은 것들을 담을 수 있다는 사실을 마음먹고 보여주려는 것 같았다. 윤복은 떨리는 눈동자에 그 그림을 담았다.

두 명의 씨름꾼이 팽팽하게 힘을 겨루고 구경꾼들이 둘러앉은 저자의 씨름판이었다. 서로 엉긴 두 씨름꾼의 거친 숨소리가 들리는 듯했고, 승부를 지켜보는 구경꾼들의 긴장이 그대로 전해졌다. 그림 속에 빠진 계원들의 정적을 깨고 윤인원이 감상을 읊었다.

"저는 먼저 이 그림의 구도가 예사롭지 않음을 말씀드리고 싶습니다. 전체적으로 동심원을 이루며 화면 주변으로 둥글게 구경꾼들을 배치하고 중간은 여백으로 남겨둔 후 한가운데에 씨름꾼을 놓았습니다. 이로써 가운데로 향하는 시선을 강렬하게 사로잡으면서도 정연한 동심원의 안정감을 느끼게 합니다. 오른쪽에 나란히 벗어놓은 발막신과 짚신은 동심원 구도를 완성하는 백미라 하겠지요."

윤인원의 감탄이 끝나기도 전에 이번에는 듣고 있던 김시년이 나섰다.

"하지만 이 그림의 역동성은 안정감을 흩트리는 변격에 있습니다. 화면 오른쪽에 구경꾼들을 그리지 않고 비워놓은 것은 무언가 빠진 듯하지만 작은 화면의 긴장과 역동성을 화면 밖으로까지 확장시키고 있습니다. 또 하나의 변격은 가운데에 서 있는 엿장수의 위치와 시선입니다. 다른 구경꾼들의 시선이 모두 두 명의 씨름꾼에 집중되어 있지만, 이 소년은 엉뚱하게도 화면 바깥을 보고 있지요. 이 역시 가운데로만 향하는 보는 이의 시선을 바깥으로 유도하여 화면을 무한대로 확장시키고 있습니다."

"안정감과 변격이 팽팽하게 싸우고 있으니 역시 쟁투라는 화제에 걸맞다. 가장 작은 종이 위에서 터질 듯 꽉 찬 힘과 약동성과 긴장을 화면 밖으로 터뜨려 확장시켰다."

부원군이 고개를 끄덕이며 중얼거렸다. 옆에 앉아 있던 이문직이 말을 이

김홍도, '씨름', 종이에 담채, 26.9×22.2cm, 국립중앙박물관
조선 후기 서민들의 풍속을 그린 김홍도의 풍속화 중 백미.
저잣거리에서 벌어진 씨름판의 풍경을 놀랄 만한 생동감으로 묘사했다.

었다.

"저는 화원의 시점(視點)에 대해 말씀드리겠습니다. 이 그림 속에는 서로 다른 두 개의 시점이 절묘하게 공존하고 있습니다. 그림을 그린 화원의 시각과 씨름을 구경하는 구경꾼들의 시각이지요. 구경꾼들은 위에서 아래로 내려다본 시각으로 그려진 반면, 씨름꾼은 아래에서 위로 올려다본 각도로 그렸습니다. 먼저 화원은 앞쪽에서 바라보는 시각으로 씨름판의 전경을 그렸습니다. 그러나 그 같은 시각으로는 승부의 힘과 활기를 표현할 수 없었겠지요. 화원은 구경꾼의 입장이 되어 씨름꾼들을 올려다보았습니다. 앉아 있는 구경꾼의 눈에 씨름꾼은 엄청나게 커 보였을 것입니다. 구경꾼들보다 조금 크게 그려진 씨름꾼은 시선을 집중시키면서 훨씬 힘찬 느낌을 줍니다."

"우리가 저 씨름판의 구경꾼들과 하나가 되어 날것 그대로의 승부를 보고 있다는 말이군."

이문직의 설명을 듣던 김시년이 주억거렸다. 곧 장죽을 입에서 뗀 윤인원이 다시 나섰다.

"구경꾼들의 구도와 수도 예사롭지 않습니다. 눈에 띄는 점은 화면 위쪽 구경꾼의 수가 아래쪽 구경꾼의 수보다 압도적으로 많은 것이지요. 그림 위쪽에는 열세 명의 구경꾼이 있고 아래쪽에는 여섯 명이 전부니까요. 그 이유는 한정된 좁은 공간 안에 씨름판의 모든 구경꾼들을 그려 넣을 수 없었기 때문입니다. 모르긴 해도 이 씨름판에 모여든 구경꾼이 아이 어른 할 것 없이 쉰 명은 족히 넘었을 테니까요. 화원은 그들 중 일부를 주변부에 배치하는 대신 각양각색의 얼굴 모습과 표정으로 다양한 느낌을 주어 왁자한 장터 씨름판의 분위기를 살려냈습니다."

바로 옆에서 고개를 끄덕이던 김시년이 다시 말을 받았다.

"구경꾼은 모두 열아홉인데 그들의 표정이나 몸짓이 모두 각양각색입니다. 웃는 사람, 찡그린 사람, 무표정한 사람, 놀라는 사람이 섞여 있고 한 손을 땅에 짚은 사람, 몸을 웅크린 사람, 뒤로 젖힌 사람 등 자세도 제각각이지요. 나이와 신분 또한 다양하기는 마찬가지입니다. 얼른 보아도 어린아이에서 늙은이까지 모인 것을 알 수 있지요. 오른쪽 위에 놓인 말뚝벙거지는 말구종을, 갓은 양반을 나타내지요. 머리를 땋아 내린 총각들도 보입니다. 왼쪽에 나란히 앉은 상투머리의 두 젊은이는 다부진 몸매와 차림새로 보아 다음 시합을 치를 씨름꾼들이겠지요. 중간중간 구경꾼들이 들고 있는 부채와 갓, 말뚝벙거지 등은 사람들로만 묘사된 주변부의 정경에 훌륭한 소도구로 기능하고 있습니다. 이렇게 작은 화면 속에 이렇게 많은 사람을 이렇게 다양한 모습으로 그려 넣다니 놀라울 뿐입니다."

모두가 한마디씩 감탄을 감추지 못했다. 하지만 지금까지의 감상평은 말 그대로 감상평일 뿐이었다. 뛰어난 그림을 보며 감탄하는 것은 누구나 할 수 있는 일이었다. 김조년은 싱긋 웃었다. 천재를 칭송하는 너절한 감상평이나 듣자고 희대의 동제각화를 주선했던 것은 아니다. 이 천재들은 자신의 그림 속에 이런 평범한 자들이 상상할 수도 없는 비밀과 수수께끼를 숨겨놓았을 것이다. 그 숨겨진 의미와 상징들을 유추하고 찾아내는 것이야말로 이 대결이 지닌 특별한 의미라고 김조년은 확신했다. 그리고 지금이 그 일을 할 때였다.

"저는 감상평보다는 질문을 던지고 싶습니다."

탄식과 탄성이 넘쳐나던 대결장에 한순간 긴장감이 돌았다. 김조년은 태연하게 말을 이었다.

"이 그림은 호각지세인 두 씨름꾼의 경합으로 쟁투라는 화제에 충실했습니다. 그러나 대결에는 승부가 있어야 할 것입니다. 이기고 짐이 없는 대결은 쟁투가 아닐 테니까요. 그러면 제가 묻겠습니다. 이 두 씨름꾼 중 어느 편이 이기고 어느 편이 질 것입니까?"

김조년의 질문은 날카롭고도 거침없었다. 그랬다. 모두들 구도와 동선, 시각, 묘사 등 그림의 기법에 감탄하느라 그림의 본질인 주제를 놓치고 있었던 것이다. 단 한마디의 예리한 질문으로 김조년은 천재적인 감식안을 증명해 내고 있었다.

명색이 그림에 일가견이 있는 자들이 모였다는 팔도 최고의 도화계였다. 도사대결은 두 화원 간에만 벌어지는 것이 아니었다. 대결을 주관하고 완상하는 도화계원들 사이에서도 눈에 보이지 않는 치열한 경쟁이 벌어지고 있었다.

김조년의 질문은 감식안에 대한 계원들의 자존심에 불을 질렀다. 팽팽한 자존심의 경쟁이 시작되었다. 뚫어지게 두 씨름꾼을 바라보던 이문직이 성긴 콧수염을 꼬며 입을 열었다.

"그림을 자세히 보면 한눈에도 화면을 등진 사람이 이긴 시합입니다. 들배지기로 상대방을 번쩍 들었으니 한쪽 발이 땅에서 떨어진 상대방은 눈살을 안쓰럽게 찌푸려 안간힘을 쓰고 있지 않습니까. 게다가 상대를 잡은 오른팔도 놓쳐 중심을 잡을 길이 없어졌으니 승부는 이미 난 것이나 다름없지요."

의견을 같이하는 계원들이 고개를 끄덕였다. 하지만 뒷줄에 앉아 있던 강희문은 생각이 다르다는 듯 도포 자락을 치며 말했다.

"제가 보기에는 오히려 허공에 들린 사람이 이긴 것으로 보입니다. 언뜻 보기에는 중심을 잃은 것 같지만 오히려 안정된 무게중심을 잡고 있지요. 반면 등진 사람은 두 발을 땅에 붙이고 있지만 몸의 중심이 뒤로 쏠려 있습니다. 입술에 힘을 주고 아래턱을 쳐들어 안간힘을 써서 상대를 들어 올렸지만 정작 자신은 중심을 잃고 만 것이지요. 그 틈을 놓치지 않은 상대가 샅바를 감은 오른팔에 힘을 주니 왼다리가 꺾어지며 뒤로 나동그라질 판이 되고 말았습니다."

설명이 이어지자 "옳거니!"라는 추임새가 터져 나왔다. 씨름의 승부를 두고 계원들 간의 팽팽한 의견 대립이 이어졌다.

그 팽팽한 긴장감은 씨름판의 긴장감보다 오히려 더한 듯했다. 두 씨름꾼의 자세와 무게중심, 표정만 보아서는 어느 쪽이 이기고 질 것을 알 수 없을 정도로 팽팽한 대결이었다.

승부가 갈리기 직전의 아슬아슬한 장면을 순간적으로 포착한 놀라운 그림이었다. 그것이 이 그림이 보여주는 숨이 막힐 듯 팽팽한 긴장감의 근원이었다.

"놀음은 이만하면 되었다. 그러니 화원은 이제 말하라. 이 씨름판에서 이긴 자는 누구이며 진 자는 누구이냐?"

부원군이 목구멍 깊은 곳에서 헛기침을 뱉었다. 고개를 드는 홍도의 입가에 설핏 미소가 묻어났다. 부원군은 자신을 비웃는 듯 당돌한 홍도의 표정에 발끈한 표정이었다. 그 마음을 들여다본 홍도는 공손히 예를 갖추어 말했다.

"곰곰히 생각하소서. 답은 그림 안에 숨어 있습니다."

계원들의 두 눈이 휘둥그레졌다. 듣고 있던 이문직이 못마땅한 듯 눈살을 찌푸렸다.

"네놈이 어느 안전이라고 말놀음을 하느냐? 부원군께서 고하라 하신즉 고할 것이지 어찌 무례한 말대꾸를 하느냐?"

버럭 지른 소리가 대청마루를 울렸다. 홍도는 고개를 숙였다. 듣고 있던 부원군이 나섰다.

"화원의 말버릇이 무례하나 잘못이 없다. 화원은 우리가 낸 화제를 완벽하게 표현하면서도 도리어 문제를 낸 우리들에게 또 다른 문제를 던진 것이야."

장안 최고의 그림 애호가이자 그림 평의 대가를 자부하는 계원들이었다. 이틀 동안의 논쟁을 통해 정한, 최고의 화인들에게 걸맞은 난해하고도 고차원적인 화제였다.

쟁투.

웬만한 화인들이라면 무엇을 그려야 할지를 생각하는 데만도 며칠이 걸릴 것이었다. 그러나 홍도는 두 씨름꾼이 겨루기의 극한을 드러내는 한순간을 벼락처럼 잡아내었다. 뿐만 아니라 승부의 결과를 모호하게 하여 화제를 낸 자들에게 되묻고 있었다.

"이제 우리들이 대답할 차례지."

부원군의 높낮이 없는 말에 계원들은 입을 다물었다. 이제 대결은 홍도와 윤복의 대결이 아니었다. 그림을 그리게 한 자들과 그림을 그린 자의 대결이었다. 문제를 내어 화원을 몰아붙이던 계원들이 오히려 홍도의 교묘한 몰이에 몰리는 형국이 되고 말았다.

그림을 바라보면 바라볼수록 두 씨름꾼의 승부는 더욱 모호해졌다. 얼핏 생각하면 얼굴을 보인 쪽이 이길 것 같았지만, 달리 생각하면 화면을 등진 자의 승리였다. 계원들은 초조하게 입맛을 쩝쩝 다시고 하릴없이 턱수염을 쓰다듬었다.

침묵과 정적이 대청마루 위를 감돌았다. 적막 속의 치열한 겨루기가 계속되고 있었다. 그때 정적을 깨는 목소리가 들렸다.

"싸움에서 이길 쪽은 그림을 등진 자입니다."

계원들은 소리를 낸 사람을 바라보았다. 부원군이 놀란 얼굴을 수습하지 못하고 물었다.

"어찌 그러한가?"

김조년은 계원들의 눈길을 의식하며 말을 이었다.

"해답은 오른쪽 아래에 앉은 두 명의 구경꾼들에 있습니다."

계원들은 누가 먼저랄 것 없이 화면 아래쪽의 두 구경꾼들에게 눈길을 꽂았다. 김조년의 차분한 말소리가 계속 이어졌다.

"두 사람의 표정을 잘 살펴보십시오. 마치 무언가에 크게 놀란 듯 입을 벌리고 있지 않습니까. 게다가 머리를 뒤로 젖히고 한 팔을 땅에 짚으며 몸을 뒤로 빼고 있습니다. 그것은 화면을 등진 씨름꾼이 들배지기로 들어올린 상대를 오른쪽으로 메다꽂을 것이기 때문입니다. 자신들을 향해 나동그라질 씨름꾼을 피하기 위해 깜짝 놀라 몸을 뒤로 피한 것이 아니겠습니까?"

열은 미소를 짓는 김조년의 눈길이 홍도를 향해 있었다. 마치 그림을 등진 씨름꾼이 상대를 메다꽂는 것만큼이나 통쾌하다는 표정이었다.

"그러한가? 화원이 말하라."

부원군의 말에 홍도는 입을 열었다.

"제대로 보셨습니다. 천한 소인이 얕은꾀로 그림 속에 승부의 비밀을 숨겼으나 높으신 감식안에 곧 들키고 말았습니다."

계원들은 그제서야 그림을 보며 다시 감탄했다. 김조년은 자신감을 보여주려는 듯 익숙한 솜씨로 쌈지를 끌러 담배를 장죽에 채워 넣었다.

이제 계원들의 눈길은 윤복의 그림으로 향했다. 홍도의 눈길은 아까부터 윤복의 그림에 빠져 있었다.

그림은 양반가의 별당 마당에서 벌어진 검무 풍경이었다. 화면 가운데서 양손에 칼을 쥔 두 기생이 옷깃과 치맛자락을 날리며 겨루고 있었다. 쌍검대무였다.

상석에는 겨루기를 주선한 양반이 한 기생에게서 눈을 떼지 못하고 있었고, 그 옆으로 두 명의 늙고 젊은 양반과 두 명의 기생이 앉아 있었다. 오른쪽에는 떠꺼머리 상노 하나가 서 있었다. 그림 아래쪽에는 북, 장고, 나발 등 갖가지 악기를 연주하는 악공들이 나란히 앉아 있었다. 악공들의 음악 소리와 두 여인의 칼이 바람을 가르는 소리가 들려오는 듯했다.

"홍도의 그림이 동심원 구조로 이루어진 반면 이 그림은 삼단 구도로군요. 화면을 가로로 삼등분하고 위에 일곱 명, 아래에 일곱 명을 배치한 후 가운데에 두 검녀를 배치한 것은 절묘한 분할이라 할 만합니다. 동심원 구

신윤복, '쌍검대무(雙劍對舞)'
종이에 담채, 28.2×35.6cm, 간송미술문화재단
국보 제135호. 넓은 마당 한가운데서
쌍검을 들고 춤을 추는 두 검녀의 아슬아슬한 대결을
정방형 구도와 인물들의 회전운동으로 그려
정중동의 운동감을 세련되게 표현했다.

도보다는 산만하나 가운데에 두 검녀를 배치하여 보는 사람의 시선을 집중시켜 구도의 단점을 효과적으로 보완하고 있습니다."

윤인원의 말에 듣고 있던 계원들이 모두 고개를 끄덕였다. 다음으로 김시년이 나섰다.

"주제를 해석하는 방식 또한 탁월합니다. 검무란 원래 기녀들이 추는 춤이라 대결로 보기에는 무리가 있으나, 이 그림에서 표현된 검무는 한낱 춤이 아니라 칼싸움보다 훨씬 더 팽팽한 긴장감을 자아내고 있습니다. 아녀자들의 춤에서 치열한 쟁투의 본질을 뽑아낸 것은 화제 해석의 탁월함과 표현력의 극한을 보여주고 있다 하겠습니다."

김시년의 말에 계원들은 또다시 고개를 끄덕였다. 그들은 하나같이 눈의 성찬이라 할 두 화원의 빼어난 그림을 동시에 볼 수 있는 행복에 겨운 표정들이었다. 부원군이 고개를 끄덕이며 입을 열었다

"도화서의 엄격한 양식이 품을 수 없는 경지로다. 모든 양반을 그림의 변두리로 밀쳐내고 한가운데를 차지한 것이 천한 여인들이라니……. 게다가 주변으로 밀려난 양반들은 하나같이 움직임조차 없이 왜소하고 볼품없는데다 여인들만 홀로 당당하게 약동하니……."

거기까지 말하자 계원들은 하나같이 입맛을 다셨다. 그러나 부원군은 입가의 미소를 거두지 않았다.

"과연 도화서에서 쫓겨날 만한 파격의 화인이다. 이 그림 또한 도화서 화원이나 생각 없는 양반의 눈에는 불순하고 도발적이며 속되기만 한 난삽한 그림에 지나지 않을 것이다. 하늘과 땅의 법도가 반상과 남녀의 귀천으로 구현되거늘, 이 그림은 그 건곤의 법을 정면으로 뒤집어놓지 않았느냐. 허허허."

부원군의 웃음은 그림의 탁월함에 대한 감탄과 그림이 담고 있는 도발에 대한 불편을 아우르는 웃음이었다. 그림에서 눈을 떼지 못하던 이문직이 입

을 열었다.

"그림에 등장하는 인물들의 신분과 표정 또한 다양하기 이를 데 없습니다. 늙고 젊은 양반가의 사람들이 있고, 두 기녀가 있고, 떠꺼머리 상노가 있고, 차면선으로 내외하는 몰락 양반이 있고, 준수한 외양과 몸집의 악공들이 있습니다. 특히 화면 아래쪽에 있는 악공들은 흡사 실제로 그림 속 검무의 긴장감을 극대화하는 음악을 들려주는 듯 현실감을 주고 있습니다. 모두 여섯 명인데 왼쪽부터 해금을 켜는 자, 나발을 부는 자 둘, 젓대를 부는 자, 장고를 치는 자 그리고 북을 치는 고수의 순이지요."

그러나 이문직의 말은 다른 계원들의 흥미를 끌지 못했다. 그것은 감식안이라거나 그림의 숨은 뜻을 찾아 의미를 해석하는 것이 아니라 보이는 것을 설명하는 데 지나지 않았던 것이다. 계원들 중 가장 젊은 데다 그림을 대한 연조도 짧은 그의 한계였다. 듣고 있던 김시년이 나섰다.

"이 그림의 가장 큰 특질이자 생명은 검무를 추는 두 여인에게 있습니다. 특히 두 여인의 복장이 보여주고 있는 약동성과 그 색채의 현란함입니다. 두 여인은 군복에 전립을 쓰고 양손에 칼을 들고 있지요. 왼쪽 여인은 옥색 전립에 노란 저고리, 붉은 치마를 입었고 오른쪽 여인은 검은 전립과 옅은 녹색 저고리, 옥색 치마를 입었습니다. 두 여인 모두 치마저고리 위에 주황색 전복을 걸치고 있어 약동성을 보여주고 있습니다. 팽팽한 긴장감과 힘, 그리고 속도는 두 여인의 복장을 통해 표현되고 있습니다. 휘날리는 전모의 붉은 깃과 치맛자락의 움직임이 두 여인의 현란한 움직임을 보여주고 있습니다."

부원군이 고개를 끄덕였다. 그 역시 그림 속에서 뿜어져 나오는 현란한 색채의 잔치를 마음껏 즐기고 있었다. 뒷줄에 앉아 있던 윤인원이 김조년과 같은 질문을 던졌다.

"이 그림 역시 쟁투의 장면을 그렸으니 승부가 있을 것입니다. 화원은 분명 승부를 그림에 담았을 것이니 어느 편이 이겼는지를 유추하는 것은 우리들의 일이겠지요."

대청마루 위에 정적이 흘렀다. 윤복이 낸 문제 또한 그들은 비켜갈 수 없었다.

누군가는 왼쪽 여인의 두 발이 균형을 잃은 듯하다 하여 오른쪽 여인의 승리를 점치기도 했고, 어떤 누군가는 오른쪽 여인이 화면 변두리로 밀려났다고 하여 화면 중앙을 장악한 여인의 승리를 주장하기도 했다. 그러나 어느 한쪽도 자신의 주장에 대한 명백한 근거를 대지는 못하였다.

한참 동안의 설왕설래가 잠시 잦아들자 계원들의 시선은 한 사람에게로 집중되었다. 김조년은 그들의 초조한 눈빛이 구하는 바를 정확히 알고 있었다.

"검무 대결에서 이긴 쪽은 화면 가운데에 붉은 치마를 입은 여인으로 보입니다."

김조년의 담담한 말투에 계원들은 주눅이 들었다. 부원군이 계원들을 대신해 물었다.

"어찌하여 그러한가?"

"오른쪽 여인의 전모가 그것을 말해주고 있습니다. 두 여인은 지금 궁극의 일합을 끝낸 직후입니다. 두 여인의 몸동작을 세심하게 살펴보십시오. 왼쪽에서 오른쪽으로 돌고 있는 왼쪽 여인은 치마 살의 각으로 보아서 회전 속도가 그다지 빠르지 않음을 알 수 있습니다. 전모의 깃털 또한 왼쪽에서 오른쪽으로 휘날리는 것을 볼 수 있지요. 반대로 푸른 치마를 입은 여인은 오른쪽에서 왼쪽으로 급하게 몸을 회전하고 있음을 휘날리는 군복 자락과 치맛자락으로 알 수 있습니다. 그런데 전모의 깃털은 왼쪽에서 오른쪽으로 날리고 있습니다. 몸과 얼굴의 회전 방향이 다른 것이지요. 몸의 중심과 머리의 중심이 완전히 흐트러져 있는 푸른 치마 입은 여인이 진 것입니다."

모든 계원들의 눈길이 윤복에게로 쏠렸다. 부원군이 역시 모두를 대신해 물었다.

"과연 그러한가?"

윤복은 천천히 고개를 들었다.

"그러하옵니다."

탄성이 터져 나왔다. 그것은 그림에 대한 탄성이기도 했지만, 누구도 따라갈 수 없는 김조년의 탁월한 안목에 대한 감탄이기도 했다.

두 점의 그림을 앞에 둔 채 화인과 계원 들은 격렬한 대화를 주고받았다. 계원들의 감상평은 최고의 그림을 통해 자신의 감식안을 과시하는 방편이었다.

대결은 이미 두 화인의 것만이 아니었다. 계원과 계원끼리 의견에 따라 합종하고 연횡하며 불꽃 튀는 설전이 벌어졌다. 탁월한 평설과 냉정한 지적, 예리한 관찰과 놀라운 발견이 이어졌다. 두 화원이 혼을 다해 그린 그림들은 그들의 안목으로 인해 더욱 깊이를 얻게 되었다. 홍도와 윤복은 그림을 그리면서조차 의식하지 못했던 뜻을 가려내는 계원들의 감식안에 내심 적잖이 놀라고 있었다.

오후의 한나절은 훌쩍 지나가고 해가 뉘엿뉘엿 기울어갔다. 대결은 점점 종국으로 치닫고 있었다. 두 점의 그림 중 어느 편의 손을 들어줄 것인가는 이번 도사대결의 종착점이었다. 부원군이 마른 입가를 손바닥으로 쓰윽 닦으며 말의 물꼬를 텄다.

"과연 평생 있을까 말까 한 진귀한 격돌이다. 전체적인 구도와 주제는 쌍둥이처럼 닮아 있으나 그것을 표현해낸 방식은 극과 극을 달리듯 다르니 그 변화무쌍한 대결이 자못 흥미롭다. 그러나 대결의 궁극에는 반드시 승부가 있어야 하는 법, 이기고 짐이 없는 대결은 이루어지지 않은 것만 같지 못할 것이다."

그림을 보며 탄복하고 감탄하던 계원들의 눈동자가 차갑게 반짝였다. 그들은 이제 냉정한 평가를 내릴 심사관이 될 것이었다.

"두 그림은 화인들 각자의 특질을 고스란히 간직하고 있으면서도 극단의 기법을 보여줍니다. 두 점 모두 쟁투라는 화제를 빼어난 방식으로 형상화하였으며, 대결에 나선 두 사람을 중심으로 주변에 구경꾼들을 배치하는 방식에 있어 같습니다. 그러나 단원이 사내들의 겨루기를 그렸다면 혜원은 여인들을 그려 서로 다른 화풍을 극명하게 드러냈지요. 약동하며 힘이 넘치는 남성적인 단원의 그림과 달리 혜원의 그림은 정중동을 묘파했고 여성적이면서도 강렬한 시각적 긴장감을 주고 있습니다."

윤인원이 두 그림의 근본적인 차이점을 명확하게 드러냈다. 듣고 있던 이문직이 보충하듯 말을 이었다.

"무엇보다 극명한 차이는 색감입니다. 단원의 그림이 황색을 주조색으로 한 단색 계열임에 비하여 혜원의 그림은 화려한 색채로 약동감을 살려냈습니다. 그러므로 두 그림의 우열은 단순한 먹선과 화려한 색감의 대결이라 할 것입니다."

"두 점 모두 민가의 풍속을 그린 속된 그림이나 굳이 우열을 가린다면 저는 단원에게 무게를 싣고 싶습니다. 전통적인 문인화의 시각으로 볼 때 거침없이 뻗쳐 내린 힘 있는 화법과 정감을 불러일으키는 단순한 색조 때문입니다."

김시년의 낭랑한 말소리가 그치자 곧바로 윤인원의 쇳소리가 섞인 목소리가 이어졌다.

"두 화인은 모두 기존의 그림 양식을 벗어난 새로운 기법을 선보였습니다. 혜원의 그림은 기존의 도화서 그림이나 문인화를 훌쩍 넘어선 새로운 색의 경지를 보여줍니다. 주변 색을 엷은 옥빛과 흰색 계열로 처리하고 두 여인에게 강렬한 색으로 약동하는 운동감을 준 것은 누구도 흉내 내지 못할 뿐이난 기법이라 아니할 수 없습니다. 앞으로도 저 화인처럼 색채의 배합과 그 구현에 뛰어난 채색화의 달인은 오래도록 나타나지 않을 것입니다. 어쩌면 우리는 백 년이나 이백 년 이후에 나올 그림을 앞서서 보고 있는 것인지도 모릅니다."

여기저기서 웅성대는 소리가 들렸다. 저마다 홍도의 그림이나 윤복의 그림을 취해 손을 들어주려는 사람들이었다. 그 와중에서도 어느 한쪽을 선택하지 못한 몇몇은 두 점의 그림을 번갈아 살피며 곤혹스러워했다. 정석을 깬 것은 낭랑한 부원군의 목소리였다.

"그림 속 대결의 팽팽함만큼이나 화원들의 승부 또한 팽팽하니 과연 쟁투라는 화제가 걸맞다. 계원들의 평가가 엇갈리고 나 또한 우열을 짐작할 길이 없으니 다시 화인에게 묻는다. 지금껏 계원들이 보지 못한 특장과 기법이 그림에 있다면 말하라. 모두가 받아들일 만한 것이라면 승리를 인정하겠다. 화원이 숨긴 뜻을 알아보지 못하고서야 조선 최고의 도화계란 세평이 부끄러울 따름이다."

홍도가 조심스럽게 허리를 굽히고 일어섰다. 계원들의 초조한 눈빛이 홍도에게 쏠렸다.

"계원들께서는 뛰어난 그림 완상가들이시니 이 그림에서 반듯한 균형감을 보실 수 있을 것입니다. 생각 없이 그린 듯하지만 긴장과 균형의 조화를 꾀해보았습니다. 보이는 대로 그리는 것이 그림이라 하나 화폭 안의 정연함은 한 치도 어긋날 수 없습니다. 그래서 생도청에서 구장산술을 가르치고 방진과 도형을 배우는 것입니다. 모든 그림에는 도형과 산술이 숨어 있지요."

"이 그림의 균형과 조화의 비밀을 눈에 보이는 해법으로 논증할 수 있다는 말인가?"

부원군이 놀란 눈으로 되물었다.

"그렇습니다. 이 그림을 잘 보십시오."

홍도가 들고 있던 부채로 그림 정중앙에 가로세로로 반듯한 선을 그었다. 부채가 지난 자리를 기준으로 화면이 네 장의 정사각형으로 분리되었고, 열 십자 모양의 두 선은 정확히 두 씨름꾼이 있는 화면 한가운데에서 만났다.

"화면의 가로세로를 정확하게 나누는 열십자의 선을 그으면 화면은 네 개의 면으로 나뉘어집니다. 각각의 면에 위치한 사람들의 수를 헤아려봅시다. 오른쪽 위에는 다섯 명, 왼쪽 위에는 여덟 명, 오른쪽 아래에는 두 명, 왼쪽 아래에는 다섯 명 그리고 가운데에 두 명이 있게 됩니다."

홍도는 앞쪽 탁자에 놓인 종이 위에 먹을 찍은 붓으로 무언가를 쓱쓱 그려 펼쳤다. 네 영역으로 나누어진 그림 속의 인물들의 수와 아홉 개로 나누어진 도표 안의 숫자가 완벽하게 맞아떨어졌다. 홍도는 말을 이었다.

"도표 안에서 대각선의 숫자를 더해보지요. 여덟에서 둘을 더하고 또 둘을 더하면 열둘이 됩니다. 반대편 대각선의 다섯에서 둘을 더하고 다섯을 더해도 합은 열둘이지요. 또한 왼쪽 위의 여덟을 두고 보면 양면에 같은 숫

자인 오가 있고 합이 열셋이 됩니다. 오른쪽 아래의 이를 기준으로 보아도 양옆에 같은 숫자인 오가 위치하고 그 합은 칠이 되지요."

계원들은 눈앞에서 벌어지는 알 듯 모를 듯한 숫자와 도형의 조화에 입을 다물지 못했다. 부원군이 떨리는 목소리로 말했다.

"이제야 별 뜻 없이 보이는 이 그림이 이토록 완벽한 균형 속에서 조화를 이룬 이유를 알겠다."

"그림이란 그린 사람의 생각과 뜻을 자신만의 기법으로 풀어내는 재주입니다. 그 기법에는 독특한 필법으로 그린 선과 형태, 재질감과 색채감 등이 포함되지요. 그 모든 기법은 막무가내가 아니라 누구에게든 설명 가능한 보편타당한 논증으로 구현되어야 합니다. 그 정밀함은 선 하나만 다르게 그려도 전체의 조화가 어긋나고, 필법의 세기를 조금만 빠르게 하거나 느리게 해도 전체의 분위기를 해치기 때문입니다."

"그것은 자네 혼자만의 이론인가? 그렇지 않으면 모든 걸작에 공통되는 이야기인가?"

"모든 뛰어난 그림은 수적인 논증으로 풀어낼 수 있다고 생각됩니다."

"그렇다면 혜원의 쌍검대무 속에도 그와 같은 산학과 도형의 원리가 숨어 있다는 말인가?"

"그렇습니다. 쌍검대무 속에도 씨름도와 같은 정교한 수와 도형의 원리가 숨어 있습니다."

홍도는 윤복의 그림 쪽으로 옮겨가 부채를 들고 같은 방식으로 화면을 가로질러 분할했다. 부채는 먼저 그림을 가로로 크게 삼등분한 후 세로로 절반을 잘랐다. 그림은 모두 여섯 개의 면으로 잘렸다. 홍도는 같은 방법으로 탁자 위의 종이에다 도표를 만들어 그렸다.

"맨 위쪽의 수를 합하면 칠이고 맨 아래쪽 수를 합하면 역시 칠입니다. 화면의 상단과 하단에 각각 같은 수의 인물을 배치하고 가운데에 두 명의 여인을 배치함으로써 완벽한 균형미를 구현했습니다. 거기에다 이 그림의 백미는 가운데에 있는 두 여인의 몸짓에서 보이는 회전운동입니다. 지루한 정방형의 구도를 해치지 않으면서도 역동적인 원운동을 통해 화면 전체의 역동감을 살려내었죠. 이 같은 원운동의 형세는 수와 도형을 통해서도 논증할 수 있습니다."

홍도는 화면 가운데의 일자 위에다 오른쪽에서 왼쪽으로 둥근 원을 그리고 화살표를 그려 방향성을 주었다. 따분하던 정방형 구도가 순식간에 방향성을 얻게 되었고 운동감이 살아났다. 홍도는 말을 이었다.

"오른쪽 위에서부터 원운동 방향으로 이-삼-사-오의 형태로 숫자들이 점차 늘어가며 화면의 힘을 얻게 되는 것입니다."

하찮은 환쟁이들의 그림 나부랭이에 심오한 숫자의 수수께끼가 숨어 있다는 사실을 처음 접하는 순간이었다. 정연한 설명으로 눈앞에 드러난 숫자의 조화를 본 이상 계원들은 할 말이 없었다.

"저들은 그림 그리는 화인이기 전에 수와 도형을 다루는 격물의 달인들이

라 하겠다. 내 저들의 재능을 너무도 얕보았음을 알겠다. 한낱 알량한 감식
안을 뽐내며 화인들에게 구태여 싸움을 시킨 것도 그러하거니와 얄팍한 지
식으로 저들의 그림을 평가하려 한 것 또한 불찰이 아닐 수 없다."

부원군이 탄식하듯 내뱉었다. 김조년이 붉게 상기된 얼굴로 말했다.

"어떻든 대결은 대결입니다. 어렵게 성사된 동제각화이니 우열을 가려야
하지 않겠습니까?"

"우리 중 누가 두 화인의 우열을 가릴 것인가? 나인가, 자네인가? 두 화인
의 우열을 가릴 사람은 두 화인밖에 없도다."

부원군의 말에 김조년의 두 눈이 붉게 달아올랐다. 당혹감이 그의 얼굴
을 거미줄처럼 끈적끈적하게 덮어씌웠다. 김조년은 이 대결이 김홍도와 자
신의 대결로 압축되고 있음을 분명하게 알게 되었다. 화인과 화인의 대결,
화인들과 계원들의 대결은 종국에는 김홍도와 자신의 대결로 좁혀지고 있
었다. 그것은 결국 이 대결이 누구나 받아들일 수 있는 승부를 가릴 수 있을
것인가, 아니면 승부를 가리지 못할 것인가 하는 것과 관련이 있었다. 승부
를 가리지 못한다면 김조년은 지게 된다. 그런 일이 일어나서는 안 된다. 승
부가 없는 대결이란 있을 수 없으니까. 김조년은 헛기침을 내뱉은 후 입을 열
었다.

"그 기법의 뛰어남이 까마득한 경지에 있으니 둘 중 누가 높고 낮은지 가
리기 힘들 것입니다. 그렇다고 우열을 가릴 수 있는 방법이 전혀 없는 것은
아니겠지요."

김조년의 태연자약한 말에 이문직이 나서며 물었다.

"기법의 탁월함과 그림의 세련미를 떠나 화인의 자질을 평가할 어떤 방법
이 있단 말이오?"

"저와 같은 범부의 눈에는 그 뛰어남을 가리는 것보다 그 모자람을 가리
는 편이 훨씬 쉽겠지요. 누가 더 잘 그리느냐를 가리는 것은 무의미할 것입

니다. 오히려 누가 실수를 덜했느냐가 승부의 관건이 아닐까 합니다."

"두 화인의 그림에 실수가 있다는 말인가?"

부원군의 물음에 김조년은 여유로운 미소를 떠올렸다.

"두 화인이 아니라 그중 한 화인의 그림이지요."

"누구의 그림인가?"

"단원의 그림을 자세히 살펴보십시오. 오류는 오른쪽 아래 구경꾼의 손입니다. 씨름꾼이 자기를 덮칠까 봐 놀라서 뒤로 손을 내짚은 사내의 왼손과 오른손이 바뀐 것을 볼 수 있을 것입니다."

부원군은 찬찬히 오른편 아래쪽의 구경꾼을 보았다. 김조년의 말대로 구경꾼의 양손은 분명 좌우가 바뀌어져 있었다. 오른손은 왼손으로, 왼손은 오른손의 모양을 하고 있었다.

"역시 김 행수답다. 예리한 안목으로 천재의 실수를 찾아내었구나. 두 화인의 뛰어남을 견줄 수 없으니 작은 실수라도 승부에는 치명적이라 할 것인즉……"

홍도의 눈빛이 초조하게 흔들렸다. 붉은 노을이 서쪽 하늘에 어리고 있었다. 온 세상을 물들인 노을은 붉은빛을 더해갔다. 홍도는 기다렸다는 듯 천천히 입을 열었다.

"실수를 인정하오나 승부가 끝난 것은 아닙니다. 다시 저의 그림에 주목해주십시오."

"오후 내내 들여다보고 평했던 그림이네. 더 이상 집중해서 볼 무엇이 남았다는 것인가?"

윤인원이 심드렁하게 말하며 홍도를 흘기던 눈을 그림으로 향했다. 잠시 표정을 바꾸지 않던 그의 얼굴이 천천히 놀라움으로 굳어갔다. 그림에 나타난 강렬한 변화 때문이었다.

타는 듯한 노을빛을 정면으로 받은 그림은 타오르듯 붉은빛을 발했다.

황토빛 일색의 화면은 노을의 붉은빛을 그대로 빨아들여 강렬하게 되뿜어 냈다. 그림에는 오후 내내 보아왔던 것과는 전혀 다른 강렬함이 살아 있었다. 붉은 태양빛으로 인해 두 씨름꾼과 구경꾼들의 긴장과 역동성이 더욱 강렬해졌다. 반대로 윤복의 화려하던 색깔은 강렬한 태양빛에 가려 약해지고 있었다. 계원들은 시시각각 강렬함을 더해가는 그림을 바라보며 입을 다물지 못했다. 이윽고 홍도가 입을 열었다.

"같은 그림이라 해도 어떤 빛 아래에서 보느냐에 따라 다른 그림이 됩니다. 화면 전체에 주황색을 쓴 것은 단조롭게 보일 수 있으나, 같은 계열의 강렬한 노을빛을 빨아들여 그림의 전체적인 분위기를 고조시키려 함이었습니다. 지금 이 순간이야말로 그림이 가장 강렬하고 아름답게 보이는 시점이지요."

"그림을 보는 가장 좋은 태양광까지 생각하는 용의주도함이라니……. 그앞에 사소한 실수가 무슨 흠이 될 것인가!"

부원군이 탄식하듯 중얼거렸다. 그러나 가장 아름다운 순간은 가장 빠르게 지나갔다. 붉게 타오르던 노을은 거뭇거뭇 어둠에 잠식당하고 있었다. 사위어가는 강렬함을 못내 아쉽게 바라보던 부원군이 계원들에게 고개를 돌렸다.

"도사대결은 끝났다. 얕은 안목으로 이들을 시험하려 했으나 결국 승부를 가리지 못했다."

부원군의 나직한 목소리가 어둠이 다가드는 마당 위로 퍼져나갔다. 그 자리에 모인 누구도 부원군의 말에 반대할 수 없었다. 홍도와 윤복은 젖은 솜처럼 무거운 몸을 숙여 예를 표한 후 어둠이 차곡차곡 쌓여가는 마당을 가로질러 중문을 나섰다. 이틀 치의 피곤이 어둠처럼 온몸을 감싸고 옥죄었다.

푸른 달빛이 창문 사이로 스며들었다. 문밖을 쏘아보는 김조년의 주름진 얼굴은 어둠 속에서 하얗게 바랬다. 다만 분노와 자괴감으로 떨리는 두 눈이 들짐승처럼 푸르게 빛을 발하고 있었다. 평생의 풍상을 겪으며 고비마다 수많은 싸움을 치러왔다. 저잣거리에서는 떡 한 덩이를 두고 주먹질을 했으며, 나이 들어서는 지게꾼 영역을 두고 주먹꾼들과 싸웠다. 코피가 터지고 이마가 찢어져도 죽기 전이라면 물러서지 않았다.

세월이 지나고 머리가 굵어지자 싸움의 상대는 더욱 강해졌다. 시전의 상인들을 엎어뜨리고 육의전의 전주들을 무릎 꿇리자, 이번에는 한성부의 이속들이 덤벼들었다. 한성판윤을 제압하자 다음에는 조정의 관리들이 달려들었다. 때론 위협으로, 때론 돈 꾸러미로 김조년은 그들을 굴복시키고 회유했다. 육조의 판서들과 왕실의 왕족들까지 차례차례 무릎 꿇렸다. 그에게 삶은 싸움이었고, 싸우지 않는 삶은 곧 죽음이었다. 싸우면 이기고, 이기지 못할 싸움은 하지 않는 그야말로 타고난 승부사였다. 그러나 이번 승부는 달랐다. 승부사답지 않게 질 싸움을 시작하고 만 것이다. 분명 싸움의 시작은 김조년의 주선으로 시작되었다. 조선 최고의 도사대결. 그 싸움을 성사시키는 것만으로도 김조년은 승부사로서의 진가를 드높일 수 있었다.

계원들은 최고의 화인들마저 손아귀에 쥐고 흔드는 그의 수완을 아낌없이 칭송했다. 뜨거운 박수 소리는 김조년의 뜨거운 승부욕을 더욱 자극했다. 세상을 다 얻은 듯한 자신감과 모든 싸움에서 이길 수 있다는 자만심이 그를 달구었다. 그는 대결을 참관할 애호가들을 모으고, 승부에 재물을 거는 내기를 주선하고, 거기에 자신의 재물을 엎어 걸었다. 어느 순간, 이쯤에서 멈추어야 하지 않을까 하는 생각을 잠시 한 것 같기도 하다. 하지만 이미 도가니는 달아올랐고 풀무는 뜨거운 바람을 토해내고 있었다. 아무리 단단한 강철이라 해도 그 뜨거움을 견디기는 힘들었을 것이다. 그리고 단 한 번의 승부는 어이없이 끝났다. 도가니가 식고 풀무질은 멈추었지만 김조년은 자신이 예전의 단단함을 잃어버린 것을 알았다. 김조년은 그제야 차가운 도가니 안에 초라하게 녹아 붙은 자신의 모습을 발견했다.

"승부는 끝났다. 철저하게 패했어."

김조년이 서글픈 탄식을 내뱉었다.

"그렇지 않습니다. 승부가 끝나긴 했으나 이기고 짐을 가리지 못했으니 어른께서 패한 것은 아니지요."

어둠 속에서 들려오는 목소리를 윤복이 그렸다면 옥빛을 썼을 것이라 생각하며 김조년은 고개를 돌렸다. 희미한 어둠 속에서 하얀 얼굴이 떠올랐다. 김조년은 쓴웃음을 지었다.

"모르는 소리. 남들이 보기엔 무승부였지만 나는 철저히 진 거야. 팔도를 떠들썩하게 한 화인들의 대결에서 승부를 가리지 못한 것은 대결을 주선한 나에겐 치명적이지. 승부를 기대했던 모두에게 헛물만 켜게 한 셈이니."

"그것은 위세에 잠시 드리운 그늘일 뿐입니다. 어른께서 크게 잃을 것이 무엇이겠습니까."

"나는 내 사람과의 승부에서까지 지고 말았다. 지지 않는다면 화인들이 원하는 것을 주겠다 하였는데……. 그래, 그들은 서로를 이기지 못했지만 그렇다고 지지도 않았어."

"무엇을 주기로 하셨는지 모르오나 그것은 어른께서 지니신 힘과 권세에 비하면 턱없이 작은 것일 터이니 그냥 주시면 될 것입니다."

"그래. 어쩌면 그것은 턱없이 작은 것일지도 모르지. 하지만 그들과 내게는 모든 것일지도 모른다."

"재물입니까? 그림입니까? 그림이라면 다시 사들이면 될 것이고, 재물이라면 너른 강에서 물 한 바가지 퍼내는 것과 같을 것입니다."

"재물도, 그림도 아니다."

"그럼 무엇입니까?"

"사람이다. 김홍도가 가장 아끼는 사람, 신윤복이 가장 아끼는 사람…….

그 둘은 곧 내가 가장 아끼는 사람들이기도 하지."

정향은 자신을 바라보는 그 눈빛이 말하고 있는 한 사람이 자신임을 알아차렸다. 팔도를 떠들썩하게 만든 대결에 자신의 운명이 걸려 있었던 것이다.

"내가 잃어야 할 것은 그뿐만이 아니다."

체념한 듯 나직한 목소리에는 긴 한숨이 섞여 있었다. 그것이야말로 어둠 속에서 내뱉었던 '철저하게 패했다'는 독백의 전모였다.

"이제 곧 날이 새면 서른 명의 참관인들이 몰려올 것이다. 그들이 이김으로써 마땅히 챙겨야 할 것들을 챙기기 위해서 말이다."

"그 사람들 중 절반은 김홍도에게 걸었고, 또 절반은 신윤복에게 걸었습니다. 승부가 나지 않았는데 어찌 그들이 이겼다 하십니까?"

"이번 도사대결의 내기는 하나가 아니었다."

"승부를 가리는 것 말고도 또 다른 내기가 있었다는 말씀입니까?"

"그래. 나 자신도 모르게 끌려 들어간 도화계의 수석계원 박안식 대감과의 내기지."

"그 어른과 도대체 무엇을 걸고 어떤 내기를 하셨기에……."

김조년은 지끈거리는 관자놀이를 두꺼운 손마디로 지그시 눌렀다. 이레 전, 그러니까 도사대결이 있기 사흘 전의 일이 어제 일처럼 떠올랐다. 이미 져버린 바둑을 복기하는 심정으로 김조년은 천천히 입을 열었다.

"참관인들 중 박안식 대감이 유일하게 내기에서 빠지겠다는 보고를 들은 나는 잠을 이룰 수 없었다. 이 양반이 무엇을 하자는 것인가……. 이 김조년이 기껏 이룬 일에 코를 빠뜨리겠다는 것인가?

날이 밝는 대로 나는 그 댁 솟을대문을 두드렸다. 나는 내가 벌인 일생일대의 큰판을 터럭 한 올의 허점도 없이 완성하고 싶었다. 하지만 그 어른이 빠진 판은 국수 사발이 빠진 잔칫상처럼 너절할 것이었다. 나는 다급해졌지. 늙은 여우 같은 영감을 어떻게든 내가 마련해놓은 판으로 끌어들이고 싫었다. 내가 물었다.

'대감께서는 어찌하여 평생 보지 못할 판에 끼어들기를 꺼리십니까?'

노인은 대답했지.

'소문난 잔칫상은 실속 없거나, 혹은 엎어질지도 모르니까.'

내 심장에서 뿜어져 나온 피가 머리끝까지 치솟았다. 차 한 모금을 마시면서 노인이 말했지.

'자네 명부에 적힌 자들 중 단원의 이름 아래 줄을 선 자가 몇이며, 혜원의 이름 아래 재물을 건 자가 또 몇인가?'

나는 대답했다.

'두 화인의 실력처럼 팽팽합니다. 단원에게 건 자가 절반이요, 혜원에게 건 자가 절반입니다.'

그것은 대답이라기보다는 선택을 종용하는 또 다른 물음이었다. 노인이 주름진 두 눈을 뱀처럼 교활하게 반짝였다.

'자네는 어느 쪽에다 걸었는가?'

나는 소리를 높여 대답했다.

'저의 사람에게 저들이 건 만큼의 돈을 걸었습니다.'

노인이 놀라기는커녕 헛웃음을 흘렸다.

'그래 봤자 열여덟 대 열아홉일 뿐이군.'

곰곰이 생각해보니 노인의 말은 틀리지 않더군. 내가 두 배로 판돈을 키웠어도 이길 것을 점치는 자의 숫자는 크게 변하지 않았으니까. 노인이 다시 말했다.

'그렇다면 나는 단원에게 걸어야 균형이 맞는 건가?'

나는 다시 여우 같은 노인이 던진 미끼를 덥석 받아 물었지.

'어느 쪽이든 상관없습니다. 판에 들어오시어 조선 최고의 도사대결을 빛내주십시오.'

노인이 마른 낙엽처럼 버석버석 소리가 날 것 같은 웃음을 그쳤다.

'난 조금 다른 선택을 하겠네.'

노인의 말에는 내가 기껏 만들어놓은 판을 완전히 흔들어버리겠다는 계산 같은 것이 묻어 있었다.

'어떤 선택입니까?'

노인은 식어버린 차를 다기에 버리고 뜨거운 새 차를 따른 후 말했다.

'어느 편인가 하면, 나는 숫자와 통계를 믿는 편이지.'

어리둥절한 나의 시선을 무시하면서 노인이 말을 이었다.

'지혜로운 한 사람이 수많은 바보를 당하지 못하는 법이네. 나는 지혜로운 한 사람이 되기보다는 많은 바보들의 뜻을 따르겠네.'

나는 노인에게 바짝 다가들며 물었다.

'재물을 건 자들은 많고 적음을 가리는 것이 무의미할 정도로 팽팽합니다. 대감께서는 점치는 자가 한 사람이라도 더 많은 혜원을 택하고자 하십니까?'

노인이 천천히 고개를 가로저었다.

'열아홉보다는 서른일곱 명의 선택을 따라야겠지.'

내가 다시 물었다.

'서른일곱 명의 선택이라고 하셨습니까?'

노인이 대답했다.

'열여덟 명은 단원을, 열아홉 명은 혜원을 택했지만, 그들이 모인 서른일곱 명은 또 다른 선택을 했지.'

'그것이 무엇입니까?'

'십팔 대 십구라는 팽팽한 구도는 정작 어느 누구의 승리도 장담할 수 없는 무승부라고 말하고 있는 걸세.'

이마에 진땀이 맺혔지만 나에게는 선택권이 없었다. 선택권은 이미 그 여우 같은 영감에게 넘어가 있었으니까. 나는 다급하게 물었다.

'그러면 대감께서는 무승부에 거시겠다는 말씀입니까?'

'많은 바보들이 말없이 그렇게 말하고 있으니까.'

나는 속으로 쾌재를 불렀다. 아무리 깐깐하다 하나 숫자의 함정에 걸린 미욱한 영감일 뿐이었다. 천하의 도사대결이 무승부가 될 확률은 일 할, 아니 일 푼도 되지 않았다.

두 화인은 모든 것을 걸고 도사에 임할 것이며 내기를 건 참관인들 또한 명확한 승부를 기대하고 있었다. 어떤 방식으로든 이기고 지는 자를 가리는 것은 필수 불가결했다. 칼자루는 다시 나에게 돌아오고 있었다. 나는 영감을 타이르듯 여유롭게 말했다.

'웬만하면 어느 한쪽에 거시지요. 열여덟 명과 열아홉 명으로 그 구도가 팽팽한 점을 무승부의 근거로 삼으셨지만, 그것은 바꾸어 말하면 서른일곱 명 모두가 어느 한쪽의 승리를 선택했다는 말입니다.'

하지만 노인은 완강했다. 어쩌면 나는 그것을 원하고 있었는지도 모른다. 어차피 내가 이길 것이 분명한 내기였으니까. 얼마간의 시간을 끌던 나는 못 이긴 체하며 노인의 말을 들어주었다.

'대감께서 그토록 원하시는 일이니 무승부에다 거는 것을 받아들이겠습니다. 하지만 이 내기는 대감과 저의 내기입니다.'

노인은 자신의 옹고집이 받아들여지자 어금니가 빠진 입안을 드러내며 어린아이처럼 순진하게 웃었다.

'무엇을 얼마나 걸 텐가?'

나는 느긋한 웃음을 띠며 대답했다.

'대감께서 거는 만큼 저도 걸겠습니다.'

찻종을 내려놓은 노인이 고개를 절레절레 흔들었다.

'모두가 승부가 나는 쪽으로 걸었네. 승부가 나지 않을 거라고 한 사람은 나 하나뿐이야. 자네 말마따나 나는 그만큼 불리한 도박을 하려는 것일세. 그러니 자네는 내가 거는 돈의 서른일곱 배를 걸어야 옳지 않겠는가?'

노인이 음흉하게 웃었다. 말도 되지 않는 소리에 나는 기분이 상할 대로 상했다. 이 노인이 알량한 숫자 놀음으로 천하의 장사꾼을 가지고 놀려는 것인가? 노인은 나의 속을 꿰뚫어 본 듯 말을 이었다.

'기분이 상했다면 미안하네. 하지만 만에 하나 두 화인이 승부를 가리지 못한다면 자네는 어떻게 할 것인가?'

나는 잠시 고민했다. 물론 희대의 도사대결을 주관한 나의 위세는 막심한 타격을 입을 것이었다. 막대한 돈을 건 자들의 원성도 엄청날 것이었다. 하지만 나는 그 모든 가능성을 털어버렸다.

'그런 일이 일어나지 않도록 해야겠지요.'

노인은 빙그레 웃으며 자신의 진짜 제안을 들려주었다.

'판은 커질 대로 커져버렸어. 그러니 누구도 상처를 덜 입는 방법을 찾아야겠지.'

노인이 의미심장한 눈빛을 반짝였다.

'만약 대결이 무승부로 끝난다면…… 두 화인에게 건 모든 참관자들의 내기 돈을 자네가 변상하게.'

나는 잠시 어안이 벙벙했다. 노인은 천천히 짐승을 모는 몰이꾼처럼 서두르지 않았다.

'나로 말하자면 먼저 무승부라는 선택으로 판에 끼어들 수 있어 좋을 것이야. 또 자네는 무승부는 결코 없을 거라는 확신이 있으니 그 모든 참관자들의 내기 돈을 물어줄 일은 없겠지. 그리고 참관자들로 말하자면 부지불식간에 자신들의 선택에 대한 보증을 받게 된 셈이 아닌가.

영감의 말대로라면 누구도 손해 볼 것이 없는 거래였다.

'그러면 대감께서는 어떤 이득을 얻게 되는 것입니까?'

'만약 무승부가 난다면 서른일곱 배가 꼭 아니더라도 나는 자네로부터 얼마간 내기 돈을 받을 터이고, 참관자들에게 돌아갈 내기 돈의 일부를 걷는 것으로 족할 것이야.'

얼핏 생각하면 말이 되지 않는 것 같은 산술이었다. 하지만 그것이 말이 되든 그렇지 않든 나는 다급했다. 일단은 노인을 판에 끌어들이는 것이 급선무였다. 게다가 노인의 계산은 대결이 무승부로 끝난다는 전제하에서만 맞아떨어질 것이었다. 그럴 일은 없을 것이라고 나는 확신했다. 어쩌면 그때쯤에는 내가 너무 멀고 깊은 곳까지 가고 있다고도 생각했던 것 같다. 하지만 나의 욕망은 이미 더 멀고 깊은 곳을 향하고 있었다. 나는 노인의 조건을 명부에 그대로 받아쓴 후 그의 수결을 받았다. 노인이 수결하는 순간, 나는 건너올 수 없는 강을 건너고 만 셈이지. 노인의 약삭빠른 머릿속에서만 가능할 거라고 생각했던 일어날 수 없는 일, 일어나서는 안 될 일이 일어나고만 거야."

김조년은 깊이 빨아들인 연기를 어둠 속으로 뿜었다. 지난 일의 경위를 안 정향은 앞으로 어떤 일이 일어날지도 알 수 있었다.

박안식은 무승부라는 의외의 결과 앞에서 허탈감에 빠진 참관인들에게 뜻밖의 기쁜 소식을 전했을 것이다. 무승부는 내기가 무효가 되었음을 뜻하는 것이 아니라 모두들 자신이 건 내기 돈만큼을 딸 수 있다는 뜻임. 내일 아침 날이 밝으면 그들이 몰려올 것이다. 사랑채를 차지하고 앉아 재물과 전답 문서를 요구할 것이다. 자신들이 감수했던 위험만큼을.

"조금 가지려 하는 자는 조금 잃을 것이고, 많이 가지려 하는 자는 많이 잃을 것이며, 모든 것을 가지려는 자는 모든 것을 잃는 것이 아닐지요."

정향의 나직한 말소리가 김조년의 가슴을 베고 지나갔다.

"너의 말이 그릇되지 아니하다. 나는 모든 것을 얻고자 하였으니 모든 것을 잃게 되었다. 너 또한 나의 곁에서 떠나보내야 하겠고……."

정향을 바라보는 눈빛은 쓸쓸하고 공허했다.

"모든 것을 잃는다 해도 너를 잃고 싶지는 않다."

"저는 단 한 번도 어른의 것이라고 스스로 생각한 적이 없습니다."

정향의 대답은 차고도 모질었다. 김조년은 한때 자신의 것이었던, 아니 자신의 것이라고 생각했던 여인을 원망스럽게 바라보았다.

"다른 것을 다 내주어도 너는 떠나보내지 않을 것이다!"

"그럴 수 없을 것입니다."

"그럴 수 있다! 재물에 대한 내기는 박안식 대감의 수결이 있으니 발뺌하기 어려울 것이나 너를 둔 화인과의 내기는 내가 모른다 하면 모르는 일이 될 것이니……."

"서면으로 된 증표와 수결이 없다 하나 사내와 사내의 약속을 어찌 모른다 하시렵니까?"

김조년이 쓸쓸하게 웃으며 곁눈으로 정향을 바라보았다. 교활하고 비열함을 함께 뿜어내는 눈빛에 정향은 섬뜩 놀랐다. 김조년의 검붉은 입술이 씹어뱉듯 말했다.

"사내와 사내의 약조는 아니었다."

정향의 미간 사이에 가는 주름이 여럿 잡혔다. 관자놀이의 맥이 빠르게 뛰었다. 그제야 정향은 처음 보던 순간부터 수수께끼처럼 윤복을 감싸고 흐르던 서늘한 공기의 비밀을 짐작할 것 같았다. 반듯한 눈매와 길고 숱 많은 속눈썹도, 길고 가는 손가락과 새되고 가녀린 목소리도 모두 같은 비밀을 담고 있었다. 그것은 하늘과 땅이 바뀌는 것만큼이나 받아들이기 힘든 진실이었다. 하지만 여러 밤, 어둠 속에서 가야금 소리를 듣고, 서로의 얼굴을 마주 보고, 옷고름을 풀고, 하얀 몸을 어둠 속에서 바라보면서도 끝내 다가오지 않던, 마지막 보내는 밤에 매끄러운 몸을 쓰다듬으며 마른 붓으로 새기

듯 자신의 배 위에 그림을 그리던…… 그 남자. 그 남자라면 그럴 수도 있겠다고 생각했다.

젖어드는 정향의 눈동자 너머로 김조년의 하얀 도포 자락이 지나갔다. 서늘한 공기가 밀물처럼 밀려들어 번쩍 정신이 들었다. 대청 아래의 축대를 내려선 김조년은 별당지기 막종을 불러 세웠다.

"힘 좋은 종놈 몇을 별당 주변에 세워라. 별당 아씨가 중문 너머로 출입하지 못하게 하란 말이다."

별당지기는 어안이 벙벙했다. 하지만 곧 심상찮은 일이 일어났음을 알고는 서둘러 장정들을 불렀다. 어둠 속에서 일렁거리는 어지러운 횃불들을 뒤로 하고 김조년은 무거운 발걸음을 사랑채로 옮겼다.

인시 무렵 문밖에서 웅성거리는 소리가 들렸다. 깊은 잠을 이루지 못한 채 뒤척이던 김조년은 방문을 열어젖혔다. 하얀 달빛이 내린 마당 아래에 흰 중치막 차림의 사내가 꿇어 엎드려 있었다.

"글쎄…… 날이 밝으면 찾아오라 하여도 어른을 뵙기를 청하며 영 막무가내입니다."

행랑아범은 오줌 마려운 고양이처럼 송구스러운 표정이었다. 김조년은 그자가 찾아올 것을 미리 알고 있었다. 자신이 생각하는 일이라면 그자 또한 생각할 수 있을 테니까…… 그럴 것을 미리 알고 지난밤 정향의 거처에 건장한 사내종들을 세웠던 것이다.

"청하오니 별당 사람을 잠시 만났으면 합니다."

윤기 나는 목소리가 떨리고 있었다.

"날이 밝으면 네 사람이 될 터인데 이 밤에 말이냐?"

"계집의 팔자가 뒤웅박이라 하지만, 마음이 따르지 않은 몸은 허수아비일 뿐입니다. 밤 깊은 시간이라 하나 여인의 마음을 확인하고 싶습니다."

사내가 말했다. 김조년의 마음속에 한 가닥의 여린 빛줄기가 새어드는 것 같았다.

"여인이 따르지 않는다면 내기의 결과를 상관하지 않겠느냐?"

"그렇습니다."

김조년은 생각을 정리했다. 손해 볼 것이 없는 거래였다. 늦은 밤이라 하나 별당에서 잠시 두 사람을 만나게 하는 것은 별일이 아닐 것이다. 아무리 중치막 자락으로 가렸다 해도 여린 계집에 불과하다. 별당을 둘러싼 사방에 건장한 사내종들을 풀었으니 허튼짓을 하지 못할 것이었다. 정향 또한 놈이 계집이란 사실을 알게 되었으니 마음을 바꿀 수도 있다. 그러면 내기는 저절로 없었던 일이 된다.

김조년은 마뜩잖은 표정으로 행랑아범에게 눈짓을 했다. 윤복은 찬 마당 흙에 이마를 대고 절한 후 행랑아범이 밝히는 초롱을 따라 걸었다. 행랑아범이 중문을 들어섰다. 발간 촛불의 불빛에 단정하게 앉은 여인의 옆모습이 문짝 한쪽에 비쳤다. 행랑아범은 초롱을 낮추며 입맛을 다신 후 고했다.

"화실 사람이 뵙기를 청하였고 어른께서 허하셨습니다."

"드시라 이르시오."

발간 문종이에 오린 듯 비친 여인의 그림자가 미동도 하지 않고 말했다. 촛불이 일렁거리자 여인의 그림자가 미세하게 흔들렸다. 행랑아범은 언짢은 기색으로 중치막 자락을 걷어붙이며 중얼거렸다.

"천한 기생 년이 별당을 차지하고 앉아서는 상전노릇을 하려 드는군."

윤복은 대청마루를 지나 방 안으로 들어갔다. 문살 너머로 커다란 그림자가 일렁이더니 자리를 잡고 앉자 곧 움직임이 잦아들었다. 행랑아범은 문살에 비친 그림자를 한순간도 놓치지 않는 것이 자신의 일이라 생각했다. 어른이 이른 새벽 무례한 자를 별당에 들도록 허락한 것은 까닭이 있을 것이었다. 똑똑한 자라 하나 자신의 일거수일투족이 문살 위에 손바닥처럼 비치니 허튼짓을 하려야 할 도리가 없을 것이다.

행랑아범은 느긋하게 곰방대를 물고 문살에 어린 두 사람의 그림자를 즐기듯 바라보았다. 역시 예상대로였다. 연놈은 반듯하게 마주 보고 앉은 자세를 흐트리지 않았다. 알아듣지 못할 조용한 목소리가 물 흐르듯 새어나올 뿐이었다. 문살에 고정된 듯 비친 두 그림자가 따분하기까지 했다.

먼 데서 새벽닭 울음소리가 들렸을 때 가물가물 흔들리던 촛불이 꺼졌다.

"무슨 일이옵니까?"

행랑아범이 다급한 목소리로 물었다. 안에서 정향의 침착한 목소리가 들렸다.

"촛불의 심지가 닳았나 보오. 새 초를 가져다 불을 밝히면 될 터이니 별일 아니오."

행랑아범은 안도하며 긴 숨을 내쉬었다. 곧 부싯돌이 타닥거리는 소리와 함께 새 초에 불이 붙었다. 문짝은 다시 발갛게 물들었고 두 그림자가 변함없이 다소곳하게 문짝 양쪽에 비쳤다.

"대충 하고 나올 일이지 무슨 할 얘기가 그리 많누?"

축대 아래 마당에서 대기하던 장정 하나가 투덜거렸다. 투덜거림을 듣기라도 했는지 윤복의 그림자가 자리에서 일어섰다. 흔들리는 중치막 자락에 불빛이 크게 흔들리고 그림자가 일렁거렸다. 대청으로 통한 방문이 열리고 중치막 자락을 젖히며 윤복이 문밖으로 나섰다.

"이야기는 잘 끝나셨남⋯⋯요?"

영감이 내키지 않는 존대를 붙였다. 윤복은 말없이 갓끈을 고쳐 매며 어둑한 마당으로 성큼성큼 발걸음을 옮겼다.

"길밝이불을 들어드릴까⋯⋯요?"

"됐소. 곧 동이 틀 테니⋯⋯."

윤복이 성큼성큼 가로질러 간 마당에 짧은 대답이 남았다. 그제서야 긴장이 풀어진 영감은 두 팔을 쳐들고 입이 찢어지게 하품을 했다.

윤복이 떠난 뒤에도 별당의 불은 켜져 있었다. 푸르스름한 먼동이 밝아
왔다. 삐걱, 중문을 밀치고 사방관을 쓴 김조년이 들어섰다. 밤새 뜬눈으로
어둠을 노려보다 섬뜩한 느낌에 허겁지겁 달려온 것이었다. 한잠도 자지 못
한 따가운 눈을 비비던 망꾼들과 행랑아범은 누가 먼저랄 것도 없이 깊이
고개를 숙였다.

"간밤에 별일 없었느냐?"

김조년이 마당의 이곳저곳과 문살에 비친 정향의 그림자를 확인했다. 마
당 귀퉁이와 중문 옆, 축대 아래에 건장한 사내종들이 서 있었다. 행랑아범
이 앞으로 나서며 자신 있게 대답했다.

"여부가 있겠사옵니까. 화원은 잠시 아씨와 담소를 나눈 후 곧 돌아갔
으며, 그 후에는 쥐 새끼 한 마리 드나들지 않았습니다요."

김조년은 영감의 말을 듣는 둥 마는 둥 하며 대청 위로 올라섰다. 마당 안
에 희뿌연 새벽의 공기가 들어찼고 먼 동쪽 하늘가에 먼동이 떠왔다. 김조
년은 벌컥 문고리를 잡아당겼다. 낯익은 여인의 향기가 코끝을 감쌌다. 방
한쪽에 정물처럼 앉아 있던 여인은 고개를 들지 않았다. 김조년은 고개를
숙인 여인을 바라보았다. 삼회장의 노란 저고리, 자줏빛 치마와 정갈하게 빗
어 넘긴 머리……

여인을 유심히 바라보던 김조년이 느닷없이 큰 웃음을 터뜨렸다. 웃음소
리는 방문을 지나 마당을 건너 중문을 넘을 정도로 크고 우렁찼다. 영문을
모르는 망꾼들과 행랑아범은 서로를 멀뚱하게 쳐다볼 뿐이었다. 하지만 김
조년의 웃음은 끝나지 않았다. 한참 동안이나 계속되던 웃음소리는 급기야
신음 같은 탄식으로 바뀌었다.

"네가 나에게 이렇게까지 해야 했느냐?"

온몸의 힘이 모두 빠져나간 듯 힘없는 목소리로 김조년이 물었다. 정향은, 아니 정향의 치마저고리를 입은 윤복은 고개를 들어 김조년을 똑바로 쳐다보았다.

"이렇게 하지 않으면 그 여인을 어른의 손에서 구할 방도가 없었겠지요. 어른은 처음부터 저와의 약조를 지킬 생각이 없었을 테니까요."

김조년은 그렇게 말하는 화인의 반듯한 얼굴을 불타오르는 눈으로 지지듯 바라보았다.

"분명 방 안에 불이 켜져 있었고 마당에서 사람들이 지켜보았는데 어떻게 된 일이냐?"

"그림자는 그림자일 뿐이지요. 그림자는 실체의 반영이지만 실체의 진실마저 보장하지는 못하니까요. 게다가 그림자는 빛이 사라지면 존재할 수 없습니다. 그림자를 보고 실체를 안다고 생각하는 것이 그래서 위험한 것이겠지요."

김조년의 두 눈이 불을 뿜었다.

"나의 여인이다. 어디로 빼돌린 것이냐?"

"그 여인은 어른의 것이 아닙니다. 어른은 그 여인을 가졌다고 생각했을지 모르나, 그 여인은 단 한 번도 어른의 것인 적이 없었습니다."

"그 계집을 어디로 빼돌렸든 땅끝까지라도 쫓아가서 찾아내고 말 것이다."

김조년이 회백의 수염 끝을 부들부들 떨었다. 윤복은 침착한 목소리로 대답했다.

"그 이전에 해결하셔야 할 일들이 많을 것입니다. 우선 곧 몰려들 팔도의 참관인들에게 내기에 건 돈을 갚아주셔야겠지요. 그다음에는 의금부에서 사령들이 들이닥칠 것입니다."

윤복이 김조년의 두 눈을 똑바로 보며 말했다. 김조년의 두 눈이 희번덕거렸다.

"의금부? 의금부에서 내 집에 들이닥칠 일이 대체 무엇이냐? 비록 무리한 내기를 주선하였으나 내기에 진 돈만 갚으면 문제가 없을 것이다. 팔도에서 투전판이 벌어지는데 그림 애호가들이 도사대결을 즐기기 위해 돈을 건 것이 무슨 죄라더냐?"

"도박에 관한 죄가 아니라 살인의 죄를 말하는 것입니다."

붉게 충혈된 김조년의 두 눈이 가벼운 경련을 일으켰다.

"살인? 살인이라고 했느냐?"

"십 년 전 사람을 시켜 대화원을 죽인 일과 그 일을 추적하던 화원 서징을 죽인 일 말입니다. 어른은 당시 세손과 그를 따르는 무리들을 숙청하려던 벽파 영수 조영증 대감의 눈에 들기 위해 사도세자의 어진을 찾던 중이었지요?"

한참동안 가식적으로 헛웃음을 웃어젖히던 김조년이 겨우 입을 열었다.

"누구냐…… 너는……."

"억울하게 죽은 아비의 딸이자, 욕망에 사로잡힌 아비의 아들이기도 하지요."

한참이나 지난 후에야 김조년은 무언가를 알아차렸다는 듯 낄낄대며 웃었다.

"놀랍군. 서징에게 딸이 있었다는 것도, 그 딸이 신한평에게 거두어져 난데없는 아들이 되었다는 것도……. 하지만 네 말이 사실이라 해도 그것을 증명할 자가 없을 것이다. 하물며 강수항 아들마저 돈과 벼슬로 입을 봉해버렸으니. 그러면 네놈, 아니 네년의 교활한 계책도 막다른 골목을 만나겠지."

윤복이 가소롭다는듯한 미소를 떠올렸다.

"돈과 벼슬로 막은 입은 같은 것으로 열 수 있습니다. 이번에 어른과의 내기에서 이긴 박안식 대감이 강유언을 불러다 십 년 전 어른께서 막았던 입을 다시 열 것입니다."

"하지만 누구도 장안 최고 거상인 나를 두고 네놈의 말을 믿으려들지 않을 게야. 게다가 난 네놈, 아니 네년이 타고난 성별을 속여 화원이 되고 내 계집과 벌인 추잡한 짓을 발설할 것이다."

"내기에 진 빚을 전부 상환하고 나면 어른은 더 이상 장안 최고의 거상이 아니겠지요. 제가 신분을 속인 것은 아비의 죽음을 밝히기 위한 것이었으니 이제 더 이상 그럴 필요가 없을 것입니다."

"아무리 네 계책이 교활하다 하나 내 위세를 어쩌지는 못할 것이다. 당장 의금부를 관할하는 형조의 판서를 불러다 담판을 지을 것이고, 그것으로 모자란다면 조정 사람들이 나서줄 것이다."

"어제까지라면 그랬겠지요. 하지만 지금은 다릅니다. 내기에 재물을 걸었던 팔도의 참관인들과 계원들 모두가 어른께 등을 돌렸습니다. 지금 어른께서 가지고 있는 것이 과연 무엇인지요?"

"십 년 전 일이다. 대화원을 누가 죽였든 그건 나와는 상관없는 일이야."

김조년이 애써 태연함을 가장하며 천천히 말끝을 늘어뜨렸다.

"어른께서 화원 서징과 대화원 강수항의 죽음을 청부한 사실을 증언할 자가 지금 의금부에 잡혀 들어가 있습니다. 제가 알기로 그자는 이마에 길고 깊은 칼자국을 지니고 있다지요."

김조년의 얼굴이 마침내 흙빛으로 변했다. 윤복은 입가에 희미하게 떠오르는 미소를 감추며 말을 이었다.

"저의 아버님께서 돌아가시던 순간까지 몰두해 그린 범인의 인상도가 단서가 되었지요. 물론 나이가 들고 세월이 흘러 옛 모습을 찾기가 쉽지는 않았지만 이마의 칼자국은 흐르는 세월로도 감출 수가 없었습니다."

김조년은 허탈함을 감추려는 듯 일부러 소리를 높여 크게 웃었다. 큰 짐승의 울부짖음 같은 웃음소리가 중문 밖으로 퍼져나갔다. 허탈하게 웃는 김조년의 눈가가 붉게 젖어 있었다.

"눈물을 흘리시는군요."

김조년의 웃음소리는 마침내 낄낄거리는 귀신의 울음처럼 음침하게 무너지고 있었다.

"나라고 눈물이 없겠느냐."

"교활한 승냥이도 눈물을 흘리지요. 다만 슬퍼서가 아니라 배가 고파 눈물을 흘릴 뿐……."

중문 밖에는 마흔 명에 가까운 참관인들이 몰려오고 있었다. 중문 밖의 웅성거리는 소리가 다가오자 김조년의 웃음소리는 더욱 커졌다. 윤복은 다소곳이 자리에서 일어나 나붓이 큰절을 올렸다.

"그동안 보살펴주신 은혜 감사드립니다. 저는 오늘로 어른의 댁을 떠날 것입니다."

윤복은 절을 마치자마자 방문을 열고 대청으로 나섰다. 마당을 지키고 있던 망꾼들과 행랑아범은 다가오는 사람들을 막기 위해 중문 밖으로 달려나가고 있었다. 윤복은 별당을 뒤로 돌아 뒤란으로 난 작은 문으로 유유히 빠져나갔다.

박안식은 쥐처럼 영리한 눈을 지닌 늙은이였다. 김조년은 마른 입술을 핥아 축이며 그에게 상석을 내주었다. 어제까지만 해도 손인 그에게 주인의 자리를 내주지는 않았을 것이다. 박안식은 검고 윤기 나는 수염을 쓰다듬으며 김조년이 내어준 보료 위에 앉았다.

"내기에 해당하는 재물은 챙겨두었겠지?"

부글거리는 속을 가라앉히며 김조년은 허리를 숙였다.

"청지기더러 준비하라 하였으니 제대로 내주어질 것입니다."

박안식이 만족스러운 미소를 지었다. 지금이야말로 뒤죽박죽이 되어 거꾸로 돌아가는 세상의 큰 축을 바로잡는 순간이었다. 난전의 장사꾼이 고관들을 매수하고, 천한 돈으로 산 양반의 권세로 오백 년 반상의 질서를 교란시키는 세상. 천한 것들이 들이미는 뇌물에 막혀 수백 년 명문가의 자제들이 급제하지 못하고, 돈 많은 상놈들이 사대부의 모임에 끼어들어 문학, 역사, 철학과 시서화를 능욕하는 시절.

그 모든 뒤틀어진 세상의 맨 앞에 김조년이 있음을 그는 언제나 눈꼴사납게 보아왔다. 대대로 정승을 낸 가문의 자제를 돈으로 꼬드겨 호형호제하며 상스러운 언행을 일삼는 자였다.

천한 자들과 상스러운 자들은 철이 들기 전부터 김조년처럼 되겠다며 노래를 부르고 다녔다. 반상의 법도는 깨어지고 재물만이 인격과 신분을 결정하는 유일한 준거가 되었다.

박안식은 돈으로 그림을 사들이고 재물로 계원들을 매수하여 도화계를 쥐락펴락하는 김조년에 대한 모욕감을 감추어왔다. 그렇게 하지 않을 수가 없는 현실이었다. 가문은 돈을 이기지 못하고, 명예는 재물을 막지 못했으므로. 김조년을 막을 것은, 아니 김조년의 재물을 막을 것은 아무것도 없었다.

상석을 내주고 물러앉은 김조년의 얼굴을 박안식은 똑똑히 보았다. 삼정승과 왕실 어른들까지 구워삶았다는 천하의 세도가인 김조년의 초라한 모습이었다.

"안된 일이나 내기는 내기인 법. 둘만의 내기가 아니라 팔도에서 모여든 사십여 권문세가의 양반들이니 그들과의 약속이 없던 일이 될 수는 없을 것이다."

그렇게 말하며 박안식은 적이 흡족했다. 권문의 양반이 천한 장사꾼에게 하대를 하는 것이 당연하지 않은가.

김조년 역시 자신을 감싸주던 철갑이자 방패였으며 후광이었던 재물이 자신의 곁에서 사그라들고 있다는 사실을 분명히 느꼈다.

"약조는 약조입니다. 소인의 재물이 모두 녹아난다 해도 약조는 지켜야 하겠지요."

김조년이 어금니를 부드득 갈며 말했다. 밖에서는 현금과 전답 문서들을 내어주며 수결을 받는 청지기와 참관인들의 시끌시끌한 목소리가 들려왔다.

"장사꾼만 재물 앞에서 개가 되는 줄 알았더니 양반 놈들도 다르지 않군."

박안식이 냉소적인 목소리로 시끌벅적한 바깥을 힐끗 돌아보며 말했다.

"허나 마음에 들지 않는 양반 놈들이라 해도 음흉한 저자의 장사꾼보다는 낫겠지……."

김조년은 그것이 자신에게 들으라고 하는 말이란 것을 알았다. 도가니가 끓어 넘치듯 속에서 뜨거운 것이 끓어올랐다. 그러나 김조년은 냉정하게 목소리를 가라앉혔다.

"재물을 잃는 일이야 두렵지 않습니다. 원래 맨주먹인 놈이었으니까요. 하지만 본 것 없는 천한 놈이라 해도 그림을 보고 예약을 감식하는 안목은 누구에게도 뒤지지 않는다 생각했습니다. 저는 분명 저의 안목을 믿었던 것인데 어찌 일이 이 지경이 되었는지 지금도 꿈만 같을 뿐입니다."

그것은 내기의 승자와 패자가 아니라 미학적 안목을 지닌 감식가가 그림을 아끼는 애호가에게 던지는 하소연이었다. 잠시 주춤하던 박안식이 결심한 듯 입을 열었다. 훨씬 눅은 목소리였다.

"감식안이란 그림이 있은 후에 기능하는 것이지. 그림이 이미 작정을 했는데 안목이며 감식이 무에 필요한가?"

알 듯 모를 듯한 말에 김조년은 바짝 긴장하고 다음 말을 기다렸다. 박안식은 그런 김조년의 조바심을 안다는 듯 일부러 뜸을 들이며 천천히 말을 이었다.

"이번 도사대결은 두 화인의 대결이 아니었네. 겉으로 보기엔 두 화인의 대결이었지만, 도화계원들 간의 대결이었고 팔도의 그림 애호가들 간의 대결이었으며 자네와 나의 대결이었지. 그리고…… 궁극적으로는 두 화인과 자네의 대결이었네."

김조년은 머리카락이 쭈뼛 서는 듯했다.

"제가 모르는 어떤 일이 있었던 것입니까?"

박안식이 한편으로 통쾌한 눈빛으로, 또 한편으로는 안타까운 눈빛으로 김조년을 보며 말했다.

"자네가 당한 거야. 깨끗이 당했지."

김조년의 눈꼬리가 가늘게 떨렸다. 바르르 떨리는 그의 수염 끝을 보며 박안식은 말을 이었다.

"한 달쯤 전에 도화서 화원 김홍도가 날 찾아왔었네. 그 자리에서 화원이 은밀한 제안을 하더군."

김조년이 떨리는 목소리로 물었다.

"그자가 대감께 무슨 제안을 한 것입니까?"

노인은 그제야 자신의 숨겨둔 패를 천천히 내보이기 시작했다.

"화원은 며칠 후 자네가 큰 도사대결을 주선할 것이라고 했지. 조선 최고의 도사대결이니 엄청난 돈이 걸리는 큰 내기 판이 될 것이라더군. 하지만 나는 그림을 겨루고 돈을 거는 따위에는 관심이 없던 터였네. 순수하게 그림을 즐기는 것이 아니라 그림을 팔고 사며, 그림으로 내기를 하는 천하고 속된 일에는 넌덜머리가 났으니까. 그자가 말하더군.

'이번 도사대결은 어차피 피할 수 없는 시합이 될 것입니다. 누군가 한 사람은 질 수밖에 없고, 그는 화인으로서의 모든 것을 잃고 말 것입니다.'

내가 물었다네.

'그럼 이기는 자는 최고의 영예를 얻게 되겠군?'

화원이 대답하더군.

'두 화인은 투계장에 나서는 닭과 같습니다. 지면 죽을 것이고, 이긴다 해도 회복하지 못할 상처를 받겠지요.'

나는 이자가 도대체 나에게 무슨 말을 하는 것인가 싶어 괘씸한 생각이 들었네. 못된 화원 놈이 나의 위세를 이용해 무슨 사악한 속임수를 쓰려는 것인가 생각했지.

'그럼 이 대결에서 이기는 자가 누구란 말인가?'

화원이 거침없이 대답하더군.

'김조년입니다.'

'김조년이?'

'그는 이번 도사대결을 주관한 것만으로도 조선 최고의 구경거리를 성사시킨 거간꾼이 될 것입니다. 또한 이 대결에 걸린 엄청난 판돈을 통해 엄청난 재물을 얻을 것입니다.'

화원의 말에 나는 불쾌감과 위기감을 동시에 느꼈지. 어떻게든 막고 싶었네. 천한 상것이 돈을 벌고 어떻게든 예술적 감식안을 키울 수는 있었겠지만, 순정한 양반들의 도화계에 들어 주인 노릇까지 하는 건 용서할 수 없었네. 이제 조급해진 쪽은 화원이 아니라 나였지. 나는 물고 있던 장죽을 치우고 화원에게 물었네.

'막을 방도가 있는가?'

내가 자신의 그물에 걸려들었음을 확인한 화원은 흰 이를 드러내며 싱긋 웃었지.

'김조년은 대감마님께도 내기를 권할 것입니다. 천하의 장사꾼이니 이번 도사대결로 큰 몫을 건지려 할 테니까요.'

내가 다시 물었네.

'그럼 나더러 그 저속한 노름판에 돈을 걸고 뛰어들란 말인가?'

화원이 말하더군.

'대감마님께서는 이 판에 뛰어드셔야 합니다.'

나는 다리를 바꾸어 꼬았네.

'그럴 생각은 없네. 도화계가 저잣거리의 투전판이 아닌 다음에야……'

'한 푼도 걸지 않아도 대감마님께서는 김조년이 벌인 판에서 이미 빠져나가실 수가 없습니다. 김조년은 이번 대결을 통해 돈 많은 장사꾼일 뿐 아니라 뼈대 있는 양반들조차 능가하는 예술적인 감식안을 갖춘 인물임을 천하에 과시할 것입니다. 그렇기 때문에 저에게 건 모든 참관인들의 판돈에 해당하는 거액을 혜원에게 걸었던 것입니다. 대감마님은 김조년이 지금보다 더 행세하는 세태를 원하시는지요?"

그렇게 되면 나는 어떻게 될 것인가? 불안과 초조함에 사로잡힌 나의 속마음을 읽기나 한 듯 화원은 나의 눈을 바라보았지. 나는 이미 내가 피할 곳이 없는 막다른 골목에 몰려 있다는 것을 깨달았네. 나는 떨리는 목소리로 물었지.

'그럼 내가 어느 쪽에 걸어야 하는가?'

초조한 나의 질문에 화원은 대답했네.

'아무에게도 걸지 마십시오.'

나는 다시 한번 놀랐지.

'지금 나와 장난을 하자는 건가? 아까는 내기에서 빠질 수 없다더니 이번에는 무승부에 걸라는 것인가?'

'그렇습니다.'

화원의 교묘한 말장난에 놀아나는 듯하기도 했고 교묘한 속임수에 걸려든 것 같기도 했지. 나는 끓어오르려는 화를 가라앉히고 다시 물었네.

'팔도의 참관인들이 양쪽에 팽팽하게 돈을 걸고, 김조년은 내깃돈을 두 배로 불려 판을 키웠네. 그런데 나 혼자 단 일 할의 승률도 보장하지 못하는 무승부에 걸라는 말인가? 자네는 나의 재물을 한 번에 녹이려고 마음을 먹

은 것 같구만.'

화원이 말했지.

'제가 재물을 한 번에 녹여 패가망신시키려는 자는 대감마님이 아니라 김조년입니다. 대감마님께서도 그것을 원하시지 않는지요?'

되지 않은 상것들이 예술 벽이네 그림을 사 모으고 화인을 고용하여 도사대결이란 명목으로 투전판을 벌이는 것을 내가 못마땅하게 생각하고 있다는 사실을 화원은 알고 있었네. 하지만 화원의 속뜻은 알 수 없었지. 그래서 다시 물었네.

'대결에서 무승부란 상상이 되지 않는군. 화제 또한 도사대결 당일 아침에 정해지니 미리 짜고 그럴 수도 없는 일 아닌가. 만약 무승부가 되지 않는다면 어떻게 할 텐가?'

화원이 말했네.

'도사대결은 무승부가 될 것입니다.'

'어떻게?'

'당일 어떤 화제가 나오더라도 승부를 가리지는 못할 것입니다. 저희는 그림 속에 수많은 반전의 열쇠들을 숨겨 그릴 테니까요. 참관인들이 도저히 알아차리지 못하는 상징과 열쇠를 무승부라는 판정이 나올 때까지 계속 번갈아 드러낼 것입니다.'

하지만 나는 불안하기만 했지. 그렇다고 모른 척할 수도 없었네. 나는 무언가에 쫓기는 기분이 되어 화원을 닦달했지.

'내가 자네의 재능을 믿을 수 있는 무언가를 나에게 보여보게.'

화원은 잠시 망설이더니 대답하더군.

'김조년이 자신의 화인을 혼자 아끼며 도사대결에 내보내지 않아왔음을 대감마님께서도 아실 것입니다.'

나는 고개를 끄덕였네.

'그런 김조년이 어찌하여 자신이 아끼는 화인을 닭싸움이라고나 할 도사 대결에 내보내야 했는지를 아신다면 저의 말을 믿으실지요?'

'그 이유가 무엇인가?'

'저와 대결을 벌일 화인이 그림으로 그의 마음을 움직였기 때문입니다.'

'그림으로 사람의 마음을 움직인다? 어떻게 말인가?'

'김조년이 자주 드나드는 화실에 모종의 그림을 그려두었지요. 그 그림에 는 김조년의 죽음과 관련된 상징들을 심어놓았습니다. 상을 당한 여인이 흘 레붙은 개를 보고 웃는 그림, 김조년으로 생각되는 자의 도포에 흰색 띠를 그려 넣어 죽음을 연상시키는 그림 등등입니다. 그림의 소재와 구도, 색의 배합을 통하여 그의 증오심을 유발하고 흥분을 불러일으킨 것이지요.'

'그것은 그림에 대한 김조년의 감식안과 해박한 지식 탓이렷다?'

화원이 느긋한 웃음을 보이며 고개를 끄덕였지. 나는 탄식처럼 내뱉었네.

'그 천한 자의 해박함이 자신의 목을 조이는구나!'

화원은 말을 이었네.

'김조년은 혜원의 재능을 더할 수 없이 아꼈지만 자신에게 반항하는 그를 내쫓을 수밖에 없었습니다. 하지만 그냥 내보낼 수는 없었지요. 한몫 단단 히 챙기려는 생각을 했던 것입니다.'

그림 한 점으로 보는 사람을 분노케 하고, 가장 아끼던 화인을 내치도록 하고, 확신할 수 없는 거대한 도박판에 돈을 걸게 만드는 그림. 그런 그림을 그리는 자들이라면 한번 믿고 모험을 걸어볼 수도 있겠다고 나는 생각했네. 나는 말했지.

'나와 결탁을 해서 비열한 속임수를 쓰자는 것인가?'

화원이 멈칫하더니 대답하더군.

'속임수가 아닙니다. 그저 대감과 저의 만남을 김조년이 모르게 하는 것일 뿐입니다.'

나는 대답하지 않았네. 다만 마음속으로 생각했어. 두 쪽 다 나쁜 것은 마찬가지겠지만 좋은 사람의 나쁜 짓이 조금은 나을 거라고. 그것은 한 번으로 끝낼 수 있기 때문이지.

화원은 대답을 기다리지 않고 방문을 나섰지. 화원의 말대로 곧 자네가 날 찾아왔고, 나는 무승부라는 희박한 승률에 걸었네. 그리고 그 도박은 아주 아슬아슬하게 맞아떨어진 거야. 아니 아슬아슬했다기보다는 그들이 예정한 대로였겠지만 말일세."

김조년의 얼굴이 잿빛으로 굳었다. 믿을 수 없는 현실이 모두 놈들의 교활한 계략이었다. 하지만 상황은 돌이킬 수 없었다. 김조년은 허탈한 웃음과 함께 자신을 농락한 자들의 이름을 중얼거렸다.

"김홍도…… 신윤복…… 김홍도…… 신윤복……."

중얼거림은 곧 웃음이 되어 허물어졌고, 웃음소리는 점점 높아갔다가 다시 흐느낌으로 잦아들었다.

그 헛헛한 웃음과 흐느낌은 한 남자가 평생을 쌓아 올린 견고한 담이 무너지는 소리였다. 뜨거운 욕망과 꿈을 버무려 쌓아 올린 거대한 벽.

홍도는 이마에 맺힌 땀을 소맷부리로 닦아내며 붓을 내려놓았다. 아직 먹물이 마르지 않은 그림에서 은은한 묵향이 풍겨 났다. 홍도는 비로소 웃음 띤 얼굴로 자신의 그림 속으로 빠져들었다.

북과 장구, 피리 둘에 대금과 해금이 어우러진 여섯 악공들로 이루어진 삼현육각의 악단이었다. 질펀한 장단과 가락이 그림 속에서 흥겹게 들려오는 듯했다. 왼쪽 위에는 몸을 곧추세우고 앉아 양손으로 북장단을 치는 고수가 보였다. 그 옆으로 장구를 바짝 끌어안고 쳐대는 사내는 한창 흥이 오른 듯 어깨를 들썩 추키며 가락을 탔다. 입 한쪽으로 피리를 문 사내는 한참

바 람 의 화 원

신명이 올랐다. 초립 쓴 사내는 양볼 가득 바람을 넣고 입을 오므린 채 피리를 불었다. 훌쩍 키 큰 사내의 대금 소리와 그 아래 사내의 아련한 해금 소리가 들려오는 듯했다.

둥글게 둘러앉은 악공들 가운데 눈에 띄는 인물은 흥겨운 춤사위의 무동이었다. 왼손을 머리 위로 올리고 오른손을 천연덕스럽게 늘어뜨려 무르익은 흥겨움이 더욱 흐드러졌다. 오른쪽 다리는 흥에 겨워 번쩍 쳐들고, 왼발로 힘껏 땅을 박차며 하늘로 둥실 떠오를 듯했다.

"여섯 악공들의 가락과 장단이 어우러져 그림 밖으로 흥겨운 소리가 울려 퍼질 듯합니다."

등 뒤의 목소리에 홍도는 고개를 돌렸다. 중치막 자락을 휘날리는 윤복이었다.

"네 그림에서 떠오른 생각이 있어 그려보았다."

홍도가 말하지 않아도 윤복은 이 그림이 자신의 '쌍검대무'에서 착안했음을 알 수 있었다.

"쌍검대무의 아래쪽에 늘어앉은 삼현육각의 악공들 말입니까?"

"쌍검대무의 주된 인물은 칼춤 추는 두 여인과 양반들이었지. 뒷모습으로 그려진 그 악공들이 안쓰러워 악공들이 주인 되는 그림을 그려본 것이다."

"악공이란 본시 돈 많은 양반들의 행차에 흥을 돋우는 자들이니 듣는 자가 있어야 비로소 존재합니다. 그런데 이 그림에는 어찌 악공들과 무동만 보일 뿐 연주를 듣는 자도 보는 자도 없습니까?"

"저들은 누구를 위해서가 아니라 스스로 흥에 겨워 북을 치고 피리를 불며 자신들의 신명으로 춤추기 때문이다. 돈 많은 장사꾼들과 권세 높은 양반들이 오라면 오고 가라면 가는 천한 광대가 아니라 스스로 흥을 풀어내는 예인들이지."

그림 속의 악공들은 홍도와 윤복 자신을 은유하고 있었다. 도화서의 고

착화된 양식에 따라 볼모살이를 하듯 그리던 그림, 양반들의 요구에 따라 그리던 그림……. 그렇게 얽히고 속박되고 강요된 그림이 아니라 내면에서 솟구치는 혼을 그리고 싶은 욕망은 홍도만의 것이 아니었다. 홍도는 그 강렬한 욕망을 한 장의 그림으로 풀어냈다. 게다가 그 그림은 품고 있는 뜻만큼이나 그 기교에 있어서도 출중했다.

"원형 구도는 악공들을 일렬로 늘어세운 것보다 흥과 가락의 어울림을 훨씬 강렬하게 보여줍니다. 그림은 소리를 표현할 수 없으니 무동의 날렵하고 흐드러진 춤사위로 흥거움을 표현하셨고요."

"씨름도에서 취했던 동심원 구도다. 둥글다는 것은 함께 어우러지는 것이 아니더냐. 소리가 어우러지고, 흥이 어우러지고, 서로에 대한 믿음이 어우러지는 것이다. 이쪽에 앉은 자는 저쪽에 앉은 자를 보고, 저쪽에 앉은 자는 이쪽에 앉은 자의 연주를 듣지."

"그림의 초점은 역시 무동인 듯싶습니다. 다른 악공들이 모두 정적인 모습으로 앉아 있는데 비해 혼자 거리를 두고 떨어져 동적인 동작을 하고 있군요. 게다가 악공들의 옷 주름이나 얼굴 윤곽의 먹선은 어렴풋하게 그린 반면 무동의 옷자락이나 주름 선은 힘차게 내리그어 눈에 띄도록 강조한 듯합니다."

"신명이란 멈추려 해도 멈출 수 없고, 억누르려 해도 거침없이 뻗어 나온다. 그런 신명을 그림으로 보여주려면 역시 거침없는 형세여야 하지. 강하게 찍어 한 번에 죽죽 내리긋고 관절이 꺾이는 곳에서는 머물러 강한 힘을 드러냈다. 결과적으로 빠르고도 힘차며, 무겁고도 날쌘 먹선이 된 것이지."

"무동의 동작은 승부 직전의 아슬아슬함을 그린 씨름도를 떠올리게 합니다. 온몸의 무게중심을 치켜든 발끝에 모은 소년이 땅을 박차고 하늘로 솟구쳐 오를 듯합니다."

"소년의 곧추세운 발끝에 모인 힘은 이 그림의 중심이자 시발점이며 모든

김홍도, '춤추는 아이', 종이에 담채, 26.8×22.7cm, 국립중앙박물관

삼현육각을 다루는 악공들이 원형 구도로 둘러앉아 각각의 악기를 연주하고 무동이 힘 있고 흐드러진 춤사위로
흥겨움을 더하고 있다. 북과 장구, 피리 등 악기 소리와 무동의 흥겨움이 화면 밖으로 넘쳐난다.

힘이 모이는 자리다. 그 힘으로 소년은 힘껏 하늘로 솟구쳐 오를 수 있는 것이지."

그림은 무엇 하나 거기에서 더하고 뺄 수 없는 완결성을 보여주고 있었다. 악공들의 어우러짐을 완벽하게 품은 원형 구도, 표정 하나하나가 살아 있는 악공들, 화면 밖으로 발산되는 신명과 흥취, 정적인 악공들과 동적인 무동의 대립과 조화, 금방이라도 날아오를 듯한 무동의 동작감, 힘차고 거침없는 먹선……

하지만 거기에는 한 가지가 빠져 있었다. 그것이 스승이 자신에게 기대려 하는 점임을 윤복은 알아차렸다. 윤복은 천천히 화구 탁자로 다가가 녹색의 안료를 덜어내 섞었다.

"무동과 몇몇 악공의 옷은 녹색이 어울릴 듯합니다."

녹색 안료를 머금은 붓을 홍도는 조심스레 받아들었다. 그리고 먹이에 달려드는 솔개처럼 붓 끝을 곤추세워 그림에 달려들었다.

거침없는 붓질에 해금 켜는 사내와 피리 부는 사내의 옷자락이 녹색으로 칠해졌다. 이번에는 조금 더 진하고 투명한 녹색을 먹인 붓이 건네졌다. 강렬하면서도 투명한 녹색이 옷자락에 스며들자 무동은 더 신바람이 난 듯했다. 강렬한 녹색은 연한 황색이 주조를 이룬 화면에 극적인 변화를 불러일으켰다.

서로 어우러지는 악기 소리처럼 색과 색이 섞이고 얽혀 눈을 즐겁게 했고, 화면은 살아 있는 듯 요동쳤다.

"색에 관한 한 나는 소경과 다름없으나, 색으로 인해 그림이 살아나는 것을 알 것도 같다."

홍도가 감격 어린 표정으로 윤복에게 고마운 눈길을 보냈다.

"색을 보지 못하신다 하나 색을 쓰고 색을 활용하는 재능은 모든 화원을 넘어섰습니다."

"색의 달인이라 할 네 입으로 어찌 그런 소리를 하느냐?"

"저는 얄팍한 재주로 색을 배합하고 정렬한다 하나, 스승님은 색을 보지 못하는 대신 빛을 이용하는 감을 지니셨습니다."

홍도는 겸연쩍음을 감추기 위해 받은 헛기침을 했다. 윤복이 조용히 말을 이었다.

"붉은 노을이 질 때를 생각해 황색을 주조색으로 쓰신 씨름도는 단순히 어떤 색을 쓰기보다는 붉은빛으로 온 화면을 불질러버리셨으니 그 신묘함을 어찌 따르겠습니까."

"색을 보지 못하는 나의 궁여지책이었다. 너는 세상에서 가장 화려한 색으로 그림을 그릴 터인데 나는 붉은색을 보지도 못하는 처지였다. 하지만 붉은색이 사람의 마음을 들끓게 하고 흥분시킨다는 것은 알고 있지. 궁여지책으로 저녁 무렵까지 이어질 참관 평의 막바지에 노을빛을 그림 속에 끌어들였다. 붉은색을 가장 붉게 받아들이는 색은 황토색이고, 황토색은 내가 볼 수 있는 색이었으니……."

윤복은 붓을 들었다. 철들기 전, 숟가락보다 먼저 들었던 붓대였다. 그러나 알지 못할 낯설음과 긴장이 온몸을 감쌌다. 살짝 미열이 나는 이마에 땀이 맺혔다.

한 점의 초상화를 그리고 싶었다. 왕도, 공신도, 대가의 양반도, 돈 많은 거부도 아닌 한 여인의 초상화를.

그것은 화인으로서의 평생 권세가 보장되는 어진도 아니고, 수많은 돈이 오가는 권문의 초상도 아니었다. 돈도 권세도 명예도 가지지 못한 한 여인. 그저 한 여인이고 싶은 여인의 초상일 뿐이었다.

한 여인이 윤복의 두 눈을 응시하고 있었다. 오래전부터 알고 지낸 것 같은, 하지만 처음 보는 듯 낯선 여인. 윤복은 시선을 돌려 탁자 위를 유심히 바라보았다.

곱고 긴 비단 폭이 붓 끝을 기다리고 있었다. 길게 숨을 내쉰 윤복은 자신의 붓을, 자신의 색을, 자신의 혼을 기다리는 비단 폭 위로 옮겼다. 빛나는 비단 위에 펴 바른 아교의 그윽한 향기가 피어올랐다. 아교는 그저 고운 천일 뿐인 비단 폭을 혼을 담는 화폭으로 바꾸어주었다.

붓을 내려놓은 윤복은 화구함에서 버드나무를 태운 가벼운 숯을 들었다. 비단 폭을 미끄러지는 숯 끝이 스친 자리마다 어렴풋한 여인의 밑그림이 드러났다. 세모필의 고운 먹선이 소리 없이 섬세하면서도 뚜렷한 윤곽을 드러냈다. 때론 짙고 때론 연하게, 먹은 비단천에 번지고 응축되었다. 붓 끝의 머무름과 내달림, 빠름과 느림은 그림에 생명을 불어넣었다. 섬세한 필치는 여인의 고혹적인 아름다움을, 빠르게 내달리는 붓질은 생동하는 느낌을 살려주었다.

안료 통을 열자 매캐한 꼭두서니 냄새와 향기로운 치자 냄새가 섞여 아득하게 코를 자극했다. 색색의 안료는 흐리고 진하게 개어져 먹선의 윤곽 사이를 채웠다.

얼마나 시간이 지난 것일까.

어느덧 윤복의 붓 끝이 스친 비단 폭 위에서 마치 살아 있는 듯한 한 여인의 모습이 떠올랐다. 여인은 살짝 정면에서 방향을 틀어선 앳된 얼굴이었다. 둥글고 반듯한 이마, 단정한 실눈썹과 수줍은 듯 시선을 피하는 맑고 고운 눈매, 다소곳한 콧날과 작지만 그래서 더 매혹적인 입술을 지닌 단아한 미인이었다. 살짝 돌린 얼굴은 수심에 잠긴 듯, 누군가를 기다리는 듯, 복잡한 속마음을 드러내고 있었다. 단정하게 빗어 넘긴 윤기 나는 머리카락 위의 탐스러운 가체는 여인의 당당함을 말해주었다. 보송보송한 왼쪽 귀밑머리는 앳된 순수함을, 귓전의 자줏빛 댕기는 발랄한 젊음을 드러냈다.

옷자락이 짧고 소매가 좁은 삼회장저고리는 단아한 어깨를 감쌌고, 배추

신윤복, '미인도(美人圖)'
비단에 담채, 114×45.5cm
간송미술문화재단
여리면서도 세밀한 필치로
여인들의 아름다움과 정한을
표현하는 신윤복 화풍의
절정을 보여준다.
아무런 배경 없이 그려낸
트레머리에 삼회장저고리를 입은
단아한 여인의 아름다움에
숨이 막힐 듯하다.

잎처럼 부푼 담청 치맛자락은 풍성함을 더해주었다. 주름진 치맛자락 아래로 살짝 드러난 외씨버선은 금방 돌아설 듯 아슬아슬했다.

모든 작업을 끝냈을 때 윤복은 한 손으로 붓을 든 채 여인의 머리끝부터 발끝까지를 유심히 살폈다. 모든 것은 남고 모자람이 없었다. 윤복은 자신을 응시하는 여인의 눈빛과, 그 눈빛이 쏘아내는 혼까지도 남김없이 살폈다. 윤복은 천천히 붓을 내려놓았다. 이제 내려놓으면 언제 또다시 잡게 될지 모르는 붓이었다. 어쩌면 다시 붓을 잡는 일 같은 건 없을지도 모를 일이었다. 더 이상 먹을 갈고 안료를 개고 붓을 씻는 일 또한 없을지도 모를 일이었다.

그릴 수 있는 모든 것을 그렸다고 윤복은 생각했다. 다른 화인들이 평생을 다해도 그리지 못할 그림들이었다. 윤복은 스르르 그 자리에 쓰러지듯 화구함에 걸터앉았다. 윤복은 아직 마르지 않은 안료 냄새가 나는 그림을 멍하니 바라보았다.

여자로 태어났으나 여자이지 못했고, 한 아비의 딸로 태어났으나 또 다른 아비의 아들이어야 했다. 화원이고자 했으나 화원이지 못했고, 혼을 그리고자 했으나 겉모습만 그려야 했다. 세상은 완고하고 강퍅해서 여자의 몸으로는 화원이 되지 못하게 했고, 양식을 따르지 않는다고 화원의 자리에서 내쫓았다. 하지만 그런 것쯤은 상관없었다. 혼을 담은 단 한 점의 그림을 그릴 수 있다면, 거짓 없고 순수한 영혼을 화폭 위에 옮길 수만 있다면……

윤복은 마침내 눈앞에 그 그림을 완성해냈다. 이제 붓을 놓은들 어떠하리. 윤복은 자신이 그리고서도 그 사실을 믿을 수 없을 만큼 강렬한 한 여인의 초상 속으로 빠져들었다.

저 여인이 나인가? 갓과 중치막 자락에 숨겨져 단 한 번도 내보이지 않았던 나의 숨겨진 모습인가? 이제는 나의 기억에서마저 사라져버린 여인. 단 한 번도 세상에 내보이지 못했던 나라는 존재. 저렇게 아름답고, 매혹적이고, 올곧고, 강렬하고, 반듯한 것이 신윤복이다. 지금껏 사내의 옷차림 속에서 한순간도 행복하지 못했다. 여인의 모습으로 나는 진정한 나를 찾았고 그 차림 속에서 행복하다.

먼 데서 노을이 윤복의 얼굴을 붉게 물들이고 있었다. 윤복은 길게 기지 개를 켜며 쪽문을 열어젖혔다. 노을이 붉은 융단처럼 펼쳐진 마당 한가운데 에 긴 그림자를 드리우고 선 홍도의 두 눈이 휘둥그레졌다.

"윤복이냐?"

어디선가 불어온 바람살이 푸른 치맛자락을 흔들고 지나갔다. 홍도는 그 자리에서 다리에 힘이 풀린 듯했다. 태어나서 처음 보는 여인이 눈앞에서 웃 고 있었다. 그렇게 오랜 시간동안 보아왔으나 단 한 번도 보지 못했던 얼굴. 늘 갓과 중치막 자락으로 꼭꼭 숨긴 채 내보이기를 두려워했던 모습. 탐스러 운 가체를 쓴 단정한 이마 아래로 투명한 얼굴색은 봄꽃 같았다. 홍도는 여 인의 아름다운 자태에 잠시 현기증이 일었다.

'할 수만 있다면 너를 일평생 곁에 두고 싶다.'

하지만 그렇게 할 수 없음을 홍도는 잘 알고 있었다. 홍도는 덜컹대는 가 슴을 애써 가다듬으며 대청마루로 올라 문턱을 넘었다.

방 안에는 아직도 월황과 치자 냄새가 섞인 향기가 배어 있었다. 홍도는 비단 화폭 안에 서 있는 곱고 단아한 여인을 넋을 잃은 채 바라보았다. 여인 은 금방이라도 버선발을 내딛으며 화면 밖으로 뚜벅뚜벅 걸어 나올 것처럼 생생했다.

앳된 얼굴이지만 무심한 눈빛에는 단단한 정념이 묻어났다. 어디선가 본 듯한 여인, 하지만 처음 본 듯 설레게 하는 여인.

"한 나라의 국모조차 변변한 초상을 지니지 못하는데, 여염 여인의 초상 이라니 믿을 수 없다."

"여인의 가슴속에 감추어진 마음을 성심의 붓 끝으로 그렸습니다."

그 말은 곧 윤복이 여인의 얼굴 옆에 유려한 글씨로 흘려 쓴 화제였다. 홍도는 그 한 글자 한 글자가 더함이 없고 덜함도 없이 그림 속의 여인을 설명해주고 있다고 생각했다.

"그림 그리는 화인을 앞에 두고 마치 옆에 아무도 없는 것처럼 거침없는 몸짓이구나. 굳은 자세로 눈알에 핏발이 서도록 반듯하게 정면을 응시하는 왕의 어진이나 공신 사대부의 권위적 초상으론 꿈도 꾸지 못할 아름다운 파격이다."

홍도의 목소리가 놀라움과 두려움으로 떨렸다. 놀라움은 윤복의 재능 때문이었고, 두려움 또한 바로 그것 때문이었다.

"여인이 아무도 의식하지 않은 듯 자유로운 것은 그 주위에 아무도 없었기 때문입니다."

"적어도 그림을 그린 화인은 있었을 것이 아니냐?"

홍도가 따지듯이 물었다. 윤복은 대답 대신 비단 화폭이 놓인 탁자 너머로 눈길을 던졌다. 그곳엔 전신을 다 비추고도 남을 만큼 길고 큰 거울이 비스듬히 놓여 있었다. 김조년의 집을 나온 뒤 윤복이 기거하고 있는 계월옥이 자랑하는 청나라산 큰 거울이었다. 매일 몸단장, 얼굴 단장에 목을 매는 기생들이 아니면 그처럼 큰 거울이 무슨 소용이었겠는가. 그제야 그림 속의 여인과 같은 치마저고리에 노리개 장식을 하고 있는 윤복이 바로 보였다.

홍도는 눈물겹게 사랑스럽고, 넋을 놓을 만큼 아름다운 그림 속의 여인을 바라보았다.

"웃는 건지 슬퍼하는 건지…… 아름다운 건지 고혹적인 건지…… 알 수가 없구나. 아무것도 알 수 없지만…… 아름답다! 아름다울 뿐이다……."

삼작노리개를 만지작거리며 홍조를 띤 여인이 누구를 생각하고 있는지 궁금하여 홍도는 고개를 가로저었다. 청아한 그림 앞에서 떠오른 불순한 생각을 떨쳐내려는 것이었다.

"알 수 없기에 더욱 아름다운 것이겠지요. 알아버린다면 아름다움도 가뭇없이 사라져버릴 테니까요. 인간은 늘 닿을 수 없는 곳으로 뛰어오르려 하고, 건널 수 없는 강에 몸을 던지려 하고, 가질 수 없는 것을 꿈꾸기 마련이지요. 하지만 그곳에 손이 닿고, 그 강을 건너고, 그것을 가진다면 가슴속에 들끓던 불덩이는 곧 재가 되고 말겠지요."

윤복의 미소를 바라보며 홍도는 그 말에 동의했다. 여인의 마음을 알아차리는 순간 여인의 매혹은 빛이 바래고 말 것이다.

"모든 화인들이 심혈을 다해 그리고 성심을 다해 그리지만…… 정작 아름다운 그림은 드물다. 그러니 그림의 뛰어남이 어디서 오는 것인지 그 근원이 궁금하기만 하다."

"그림이 뛰어난 것은 그리는 자의 사랑이 깃들었기 때문일 것입니다. 누군가를 진정 사랑한다면 그 눈에는 다른 사람에게 보이지 않는 아름다움이 보일 것입니다."

"그렇겠지. 자기 그림을 사랑하지 않는 화인이 없겠지만, 그리는 대상을 진실로 사랑하는 화인은 몇이나 되겠느냐. 더러는 권세를 탐하고 더러는 재물과 명예를 위해 그릴 뿐. 그리는 대상을 진실로 사랑하지 않는다."

"그러나 이 그림은…… 평생을 감추며 살아왔지만 단 한순간도 포기하지 않았던 바로 저 자신의 모습입니다. 저는 평생을 이 여인과 사랑했으며 앞으로도 여인 된 저를 사랑하며 살 것입니다."

영혼을 흔드는 듯한 목소리의 울림에 홍도는 온몸이 떨렸다.

"그래. 누군가를…… 누군가를 진정으로 사랑한다면 다른 사람의 눈에 보이지 않는 그 사람만의 아름다움을 볼 수 있겠지."

홍도는 바로 지금, 아무도 보지 못한 궁극의 아름다움을 보고 있었다. 그냥 아름답기만 한 것이 아니라 마음을 끌어당기는 힘을 지닌 여인이었다. 설레게 하면서 아름답고, 아름다우면서 궁금하게 만드는 여인이었다. 농염하나 청아하고, 고혹적이지만 해맑은 것은 여인을 향한 화인의 마음이 붓 끝에 전해졌기 때문일 것이다.

윤복은 말하지 않았다. 윤복이 말하지 않아도 홍도는 그 말하는 바를 들을 수 있을 것 같았다. 홍도는 긴 숨을 내쉰 후 떨리는 목소리를 이어갔다.

"그저 아름다운 그림, 그저 뛰어난 그림을 그리는 화인은 별처럼 많을 것이다. 그러나 하늘이 조선을 아껴 후대의 후대에 어떤 천재를 내어도 이 같은 걸작을 다시 그릴 수는 없을 것이다."

홍도의 찬사는 탄식처럼 들렸다. 그것은 윤복에게 필적할 당대의 유일한 화인인 자신 또한 그 뛰어남을 따르지 못한다는 사실에 대한 고백이었다. 홍도는 긴 한숨을 내쉬며 다시 그림 속에 빠져들었다.

한 떨기의 꽃 같은 여인이었다. 한없이 차갑지만 가슴속에는 뜨거운 불꽃이 들끓는 여인. 모든 것을 다 드러낸 듯하지만 속마음 한 자락도 보여주지 않는 수수께끼의 여인. 그 여인의 눈빛 속으로 빠져들어 홍도는 설레고, 두렵고, 즐겁고, 고통스러웠다. 그 동안에도 여인은 감춘 속내를 말할 듯 말할 듯 꼭 다문 작은 입술을 열지 않았다.

붉은 노을은 어느덧 짙은 어둠에게 자리를 내주었다. 홍도는 일렁거리는 촛불 아래 흔들리는 속마음을 들키지 않기 위해 숨을 죽였다.

밤이 깊어갔다.

그녀는 바람의 화원이었다.
바람처럼 소리 없고, 바람처럼 서늘하며,
바람처럼 자신을 보여주지 않았다.

바람을 찾아 떠나는 그 길을 나는 차마 나설 수 없었다.
평생을 그녀가 남긴 그림을 바라보며 나는 늙어갔다.

에필로그

그것이 내가 마지막으로 본 그의 모습, 아니 처음으로 본 그녀의 모습이었다.

아직도 눈을 감으면 떠오른다. 그 밤, 타닥타닥 서안 위의 촛불이 타는 소리, 구슬픈 밤새의 울음소리, 비단 치맛자락이 스적이는 소리, 아련히 밝아오던 비단 위의 하얀 얼굴……

그 밤이 지난 후 나는 그녀의 소식을 다시 듣지 못했다. 몇 번인가 바람결에 실려 온 모호한 소식들만 나의 귓전을 어지럽혔다.

도화서 화원을 뺨칠 정도로 그림을 잘 그린다는 전라도 어느 양반의 첩에 대한 풍문과 저잣거리에서 화원들도 놀랄 춘화를 그려 판다는 여인에 대한 밑도 끝도 없는 소문들……. 그리고 먼 왜국 땅에서 신들린 듯 화려한 채색화를 그리다가 일 년 만에 사라져버렸다는 수수께끼의 화인에 대한 풍문들…….

그녀의 그림은 말 많은 오입쟁이들의 야릇한 농지거리로 저자를 떠돌았고, 그녀의 이름은 오랜 시간이 지난 뒤에도 도화서를 틀어쥔 자들의 치를 떨게 했다. 하지만 그들은 알지 못할 것이다. 자신들이 얼마나 위대한 화인

바 람 의   화 원

을 잃어버렸는지를.

한 번쯤, 아니 어쩌면 자주, 나는 잃어버린 그녀를 찾고 싶은 간절함을 참지 못했다. 하지만 나는 번번이 들메끈을 풀고 댓돌 위에 주저앉고 말았다.

그녀는 바람의 화원이었다. 바람처럼 소리 없고, 바람처럼 서늘하며, 바람처럼 자신을 보여주지 않았다. 보이지 않는 바람을 찾아 떠나는 그 길을 차마 나는 나설 수 없었다.

그녀는 바람이었고, 나는 그녀가 흔들고 간 가지였다. 나는 그녀를 생각할 때마다 혼자 흔들리며 몸을 떨었다. 만약 나라는 가지에서 꽃이 핀다면 그것은 그녀가 피운 꽃이고, 열매가 열린다면 그 또한 그녀가 열리게 한 것일 터이다.

한때의 나는 별이었다. 하지만 이제 그 빛은 스러지고 뜨거움은 식었다. 빛을 잃고 뜨거움을 상실한 별은 별이 아닐 것이다. 별은 빛나기 위해 존재하니까……

하지만 그녀는 벼락이었다. 벼락은 사라져도 여전히 벼락이다. 한순간의 섬광을 뿜어내고 어둠 속으로 사라지지만 그 빛을 본 자는 눈이 멀 것 같은 강렬함을 오래오래 기억할 것이다. 그녀의 그림은 내 눈을 멀게 했고 그녀가 뿜어낸 빛은 내 마음을 잿더미로 만들었다.

그것은 축복이었을까? 재앙이었을까? 어느 쪽이든 상관없다. 한순간의 섬광을 본 것이 죄라면 평생을 어둠 속에 살아야 하는 벌을 나는 즐거이 받아들일 테니까……

그녀가 없는 나의 삶은 사계절이 없는 일 년 같았다. 봄, 여름, 가을, 겨울이 아닌 겨울, 겨울, 겨울, 겨울…… 남아 있는 나의 생은 오직 그녀를 그리워하기 위한 시간이었고, 그녀를 생각하기에만도 나의 삶은 모자랐다.

평생을 그녀가 남긴 그림을 바라보며 나는 늙어갔다. 그녀가 화폭 위에 남겨둔 구도와, 정념과, 표정과, 색깔들…… 붉고, 푸르고, 노랗고, 검고, 흰

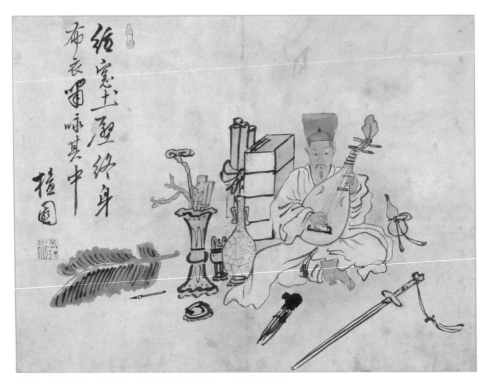

김홍도, '포의풍류도(布衣風流圖)', 종이에 담채, 28.0×37cm, 삼성미술관 리움

'흙벽에 종이창 내고 평생 벼슬길에서 물러나 시나 읊으며 살아가리'

관직에서 물러난 후 삶을 관조하는 김홍도의 자전적 성격을 띤 그림이다.

사방관을 쓰고 당비파를 켜는 고아한 선비의 정갈한 얼굴에서 김홍도의 모습을 미루어 짐작할 수 있다.

색깔들…….

이제 나는 하나의 이야기를 마쳤다. 내가 알았던 한 얼굴에 대한 아프고도 부끄러운, 아주 긴 이야기를.

누구도 이 거짓말 같은 이야기를 믿으려들지 않을 것임을 나는 안다. 늙고 병든 자가 고적함을 달래기 위해 지어낸 그럴듯한 거짓말이 될 뿐이란 것도.

어쩌면 그것이 사실일지 모른다. 늙은 화공이 부질없는 한때의 영화를 못 잊어 한갓되이 꾸며낸 그럴듯한 이야기일지도…….

덧없는 인간의 영화는 나의 관심사가 아니다. 날 선 칼로 부귀의 욕망을 베어낸 지 오래, 뛰어난 그림으로 세상을 놀라게 하려는 열망을 접은 지도 오래……. 닳은 먹으로 벼루를 쓸며 마음을 다스리고, 마른 붓으로 종이 위를 스쳐 그리움을 달랠 뿐이다.

품 안에 당비파를 끌어안고 줄을 퉁겨본다. 줄의 떨림이 가만히 가슴속으로 전해져온다. 내 가슴이 떨린다는 것은 아직도 내가 그녀를 생각하고 있다는 서글픈 증거. 어제 같은 그 일들을 아직도 잊지 않고 있다는 눈물겨운 증거.

바람이 불어온다. 산꿩이 날아간 빈 가지가 흔들린다. 나는 길게 숨을 들이마신다. 바람을 닮은 그녀의 숨결이, 그녀의 향기가, 그녀의 혼이 느껴지지 않을까 하여…….

눈을 감으면 먼 황톳길을 걸어가는 한 여인의 뒷모습이 떠오른다. 한때 나의 어린 제자였고, 나의 경쟁자였던…….

어쩌면 내가 사랑했을지도 모르는, 아니 사랑하지 않았을지도 모르는…… 그 여인.

신. 윤. 복.

10쪽
김홍도, 추성부도 秋聲賦圖
종이에 담채, 214×56cm
ⓒ삼성미술관 리움

20쪽
신윤복, 무제(기다림)
종이에 담채

153쪽
김홍도, 주막
종이에 담채, 27×22.7cm
국립중앙박물관

112쪽
김홍도, 해탐노화 蟹貪蘆花
종이에 담채, 23.1×27.5cm
ⓒ간송미술문화재단

159쪽
신윤복, 삼추가연 三秋佳緣
종이에 담채 28.2×35.6cm
ⓒ간송미술문화재단

124쪽
신윤복, 단오풍정 端午風情
종이에 담채, 28.2×35.6cm
ⓒ간송미술문화재단

172쪽
신윤복, 야금모행 夜禁冒行
종이에 담채, 28.2×35.6cm
ⓒ간송미술문화재단

150쪽
신윤복, 주사거배 酒肆擧盃
종이에 담채, 28.2×35.6cm
ⓒ간송미술문화재단

175쪽
신윤복, 전모를 쓴 여인
비단에 담채, 19.1×28.2cm
국립중앙박물관

182쪽
김홍도, 우물가
종이에 담채, 27×22.7cm
국립중앙박물관

198쪽
신윤복, 청루소일 靑樓消日
종이에 담채, 28.2×35.6cm
ⓒ간송미술문화재단

185쪽
신윤복, 정변야화 井邊夜話
종이에 담채, 28.2×35.6cm
ⓒ간송미술문화재단

201쪽
김홍도, 대장간
종이에 담채, 27×22.7cm
국립중앙박물관

187쪽
신윤복, 유곽쟁웅 遊廓爭雄
종이에 담채, 28.2×35.6cm
ⓒ간송미술문화재단

204쪽
신윤복, 무녀신무 巫女神舞
종이에 담채, 28.2×35.6cm
ⓒ간송미술문화재단

192쪽
김홍도, 행상 行商
종이에 담채, 27×22.7cm
국립중앙박물관

263쪽
신윤복, 청금상련 聽琴賞蓮
종이에 담채, 28.2×35.6cm
ⓒ간송미술문화재단

197쪽
김홍도, 타작
종이에 담채, 27×22.7cm
국립중앙박물관

268쪽
김홍도, 빨래터
종이에 담채, 28.0×23.9cm
국립중앙박물관

271쪽
신윤복, 계변가화 溪邊佳話
종이에 담채, 28.2×35.6cm
ⓒ간송미술문화재단

348쪽
신윤복, 월하정인 月下情人
종이에 담채, 28.2×35.6cm
ⓒ간송미술문화재단

286쪽
신윤복, 상춘야흥 賞春野興
종이에 담채, 28.2×35.6cm
ⓒ간송미술문화재단

370쪽
김홍도, 황묘농접 黃猫弄蝶
종이에 담채, 30.1×46.1cm
ⓒ간송미술문화재단

293쪽
신윤복, 연소답청 年少踏靑
종이에 담채, 28.2×35.6cm
ⓒ간송미술문화재단

379쪽
김홍도, 춘작보희 春鵲報喜
종이에 담채, 26.7×31.6cm
ⓒ삼성미술관 리움

304쪽
신윤복, 주유청강 舟遊淸江
종이에 담채
28.2× 35.6cm
ⓒ간송미술문화재단

385쪽
신윤복, 월야밀회 月夜密會
종이에 담채, 28.2×35.6cm
ⓒ간송미술문화재단

337쪽
김홍도, 그림 감상
종이에 담채, 28.1×23.9cm
국립중앙박물관

391쪽
신윤복, 이부탐춘 釐婦貪春
종이에 담채, 28.2×35.6cm
ⓒ간송미술문화재단

바 람 의 화 원

423쪽
김홍도, 씨름
종이에 담채, 26.9×22.2cm
국립중앙박물관

486쪽
김홍도, 포의풍류도 布衣風流圖
종이에 담채, 28.0×37cm
ⓒ삼성미술관 리움

430쪽
신윤복, 쌍검대무 雙劍對舞
종이에 담채, 28.2×35.6cm
ⓒ간송미술문화재단

471쪽
김홍도, 춤추는 아이
종이에 담채, 26.8×22.7cm
국립중앙박물관

475쪽
신윤복, 미인도 美人圖
비단에 담채, 114×45.5cm
ⓒ간송미술문화재단

바람의 화원

1판 1쇄 발행 2017년 8월 7일
1판 3쇄 발행 2023년 10월 25일

지은이 · 이정명
펴낸이 · 주연선

(주)은행나무
04035 서울특별시 마포구 양화로11길 54
전화 · 02)3143-0651~3 | 팩스 · 02)3143-0654
신고번호 · 제 1997-000168호(1997. 12. 12)
www.ehbook.co.kr
ehbook@ehbook.co.kr

ISBN 978-89-5660-131-1 (03810)